INK

文學叢書
372

戰後台灣原住民族文學形成的探察

魏貽君◎著

【自序】

回憶並感念那被歷史的精靈凝視的年代

一

　　我在碩士、博士的學位論文，研討會宣讀的論文，以及發表於學術期刊的論文，主要聚焦探討的主題，幾乎都是環繞於戰後台灣原住民族的文化復振運動、文學書寫行動的相關議題。身為一個漢族的客家人，我有如此這般的學術研究興趣，當然也曾引起若干師長、朋友及學生們的好奇探詢：為了什麼而關切原住民族的課題？

　　對於師友們的詢問，倘若對話之際的時間、心情及對象允許，我常借用德國社會學家韋伯（Max Weber）的話說，這是一種「選擇性的親和性」（elective affinity）[1]，偶爾還曾模仿法國年鑑學派（Annales School）的學者布勞岱（Fernand Braudel）的話說，「任何與原住民有關的事物，都令我愉悅……那是一種情感」[2]。

---

[1] 「選擇性的親和性」是韋伯的歷史社會學探討事件之間因果歸屬關係的核心概念之一，但在面對社會科學如何可能的問題時，韋伯參照德國哲學家康德（Immeunel Kant）的論點，詮釋「選擇性的親和性」的理念乃是一種「規約的」（regulative）原則，以此作為保障行動者【被研究者】及研究者之間互為主體的共識社區的原則，給予一個社會性的保證，以此掌握行動者及研究者在意義層面的適切性，這是在研究情境的多元價值系統之中，保證意義聯結的基礎所在。有關「選擇性的親和性」一詞的深入解析，可參見翟本瑞，〈選擇性親和性——韋伯對歷史認識的方法論設計〉，收於翟本瑞、張維安、陳介玄合著，《社會實體與方法——韋伯社會學方法論》（台北：巨流，一九八九），頁八五～一〇三。

[2] 布勞岱的原文翻譯為：「任何與地中海有關的事都令我愉悅……那是一種情感」，轉引自高承恕，《理性化與資本主義——韋伯與韋伯之外》（台北：聯經，一九八八），頁二〇一。布勞岱的學術生涯，花費數十年的時間心力研究、尋找地中海周邊國家在政治、經濟、社會及文化面向的歷史變遷軌跡；晚年他在接受電台

　　其實，對我來說，與其說是我在探討台灣原住民族的文化復振運動、文學書寫行動在學術上的「研究」價值，不如說是透過原住民族的課題，用以「研究」並「診斷」台灣的歷史、文化、社會、人們，以及作為「研究者」的我自己。

　　一九九七年，我在碩士論文《另一個世界的來臨——原住民運動的理論實踐》的序言，描述了撰寫碩論之時的心情及目的；時隔十數年之後，這段文字在今天看來，依然還能貼切形容我在這本書的研究目的、撰寫心情：

　　　　寫作這篇論文，獲得某一種學術研究的資格符號，不是我的興趣；試著從學術理論中找出一些概念線索，提供給我的原住民朋友們作為參考，看看能否對原住民運動有些小小的幫助，這個念頭始終貫穿在這篇論文的寫作過程中。

　　　　我與原住民的第一次接觸經驗，回憶起來算是蠻早的。我在一九六二年出生在桃園縣楊梅鎮埔心里，是個漢族客家人；埔心這個小聚落是個種族大雜鍋，住民一半以上是客家人，又分四縣語系與海陸語系，其他的是至少八個以上的眷村，剩下的就是閩南人。

　　　　從我有印象開始，家後就有一戶人家，是由史姓外省老兵、他的阿美族妻子和一個女兒組成，這位婦人有腿疾，行動非常不方便，常常被他粗暴的丈夫酒後毆打，哀號聲傳到我家，母親聽了不忍，會說「那個可憐的『番婆』又被『老兵牯』打了」。

訪問時，就以這句話為自己數十年研究地中海的學術作為，下了如是的註腳。我在就讀東海大學哲學系期間，選修社會系老師高承恕開授的「社會變遷」課程，課堂聞聽高承恕老師講述布勞岱這句既唯心又唯情的話語，至今仍還深烙腦海。

　　史先生不知為什麼，常是外出大半年不回家，他的妻子偶爾
會找一些族人到家裡吃飯，我們客家小鬼頭愛蹲在她家屋外偷
聽，然後笑說她們講的話是「咕嚕咕嚕哪」。

　　他們的女兒名叫史美花，與我是小學同班同學，體格壯碩，
但是跟她的母親一樣是沉默，一臉苦顏，她在學校裡有同學，
沒有朋友；女生嫌她臭，常笑她是「臭番婆」，男生則學大人
的口吻罵她「兵孃仔」。

　　這種笑諷或謾罵是無理的，因為她沒做錯什麼，就只沉默地
坐在座位上；因為我在三歲時罹患小兒麻痺，右腿肌肉萎縮，
打小就被嘲諷是「跛腳大仙」，所以在心理感受上，我親近於
那位至今不知姓名的阿美族鄰婦，與她的女兒史美花。那股因
著膚色、語言、身體的差異而來的、揮之不去的歧視言語或鄙
憐眼神的滋味，是很不好消受的，因為我曾嘗過。

　　一種疑惑的感覺，始終在童年時期盤繞著，我做錯了什麼，
才要遭這種歧視與鄙憐？那位阿美族鄰婦與史美花又做錯了什
麼，要受那種笑諷與謾罵？而那些流露出歧視與鄙憐、笑諷與
謾罵的人，他（她）們不是所謂的「壞人」，有的甚至還是鄰
居或親戚，為此我一直疑惑著。

　　隨著年歲漸長，這才慢慢知道，有一種在上面的、看不見的
「東西」，透過了那些鄰居或親戚的嘴巴、眼神才現出原形，
所以問題是出在那個「東西」上頭，要消除掉心裡被歧視、被
鄙憐的滋味，除非消除了、或是改變了那個「東西」的構造。

　　這個「東西」，以我今天的語言形容是：社會權力操控結
構。

我在一九九七年的碩論序言寫下的心情敘述，在今天若以學術

的思考角度檢視，不難看出我在青少時期的原住民接觸經驗，就已在日常生活對於文化差異性的族群關係想像，潛伏著既疏離，又親近的雙重弔詭。

　　一方面，童年時期的我很自然地學習、模仿埔心客家人社群的生活詞彙，逕以疏離性、全稱式的貶義語詞去描述眷村住民[3]，例如「老兵牯」泛指一九四九年隨著國民黨政府來台的外省籍男性軍人、「兵嬤」指稱嫁給「老兵牯」的女性，「兵嬤寮」意指眷村。對於史先生這位「老兵牯」為什麼沒有住在「兵嬤寮」，且還娶了行動不便的「番婆」，我家周邊的鄰婦之間，私下流傳種種怪誕的揣測。但在我這個同樣有著腿疾、閃躲旁人投來鄙憐視線的客家小男孩眼中，卻對這位常遭家暴的瘸腿「山地人」阿姨，以及屢遭同學嘲諷排擠的史美花，有著超越了族群、性別及年齡的親近感，因為當時的我們在許多人的眼裡，是跟「一般人」不一樣的邊緣的、殘廢的、不正常的人。

　　這樣的心理感覺，如影隨行，黏附著我的年歲成長，所以我在親友眼中竟有異常叛逆的青春期，如今回想起來，一點也不奇怪；直到大學時期，這樣的心理感覺才逐漸淡去。

　　一九八二年，我在台中的東海大學念哲學系，當時的系上師資，不乏響叮噹角色（例如，偶爾應邀從香港到東海哲學系客座的新儒家大師牟宗三、專攻宋明理學的蔡仁厚、詮釋康德哲學而受好評的關子尹、研究美學的譚家哲、專研倫理學的李瑞全、專攻知識論的葉保強、文思慧夫婦，還有那把馬克思當成仇人罵的系主任馮滬祥）。但是，我

3　眷村住民同樣也以貶義性的語詞（例如「台客」）指稱眷村之外的住民。祖籍廣東、出身眷村的蘇偉貞，在她的長篇小說《有緣千里》，就曾描寫「台客」及「外省豬」的年輕人在眷村大門叫陣對罵的場景；蘇偉貞，《有緣千里》（台北：洪範，一九八四），頁一一五～一一六。

的資質駑鈍、慧根未具，總覺得百科全書式的哲學太偉大、太玄奧，我的書桌變成供桌，供奉哲學大師們一本又一本神聖的、經典的名著，讀書成了讀經、求學變成朝聖，那是折磨腦細胞的知識體操，不是撼搖心弦的生命感動，愈念愈覺得自己很遲鈍、很卑微，遂把我二十歲的生命搞得太抽象、很虛無，也很焦慮，所以得要找到自我安頓的辦法才行。

一方面，我跑到社會系選修高承恕、黃瑞祺、張家銘、鄒理民等老師開授有關於台灣的「社會變遷」、「文化社會學」、「工業化專題」及「歷史社會學」課程。另一方面，則是因為某天陪著同班同學葉松齡返回他的老家左營省親，赫然得知他的父親、矮小而不起眼的初老長者，竟然就是台灣文學的大老葉石濤；那天在與葉石濤談話之後，返回東海，貪婪閱讀任何有關於台灣文學的作品，其餘的時間則是被自己的小說創作、書寫狂熱而淹沒。

我在大學時期發表的短篇小說〈霧中的同情者〉，就是以「史美花」作為虛擬情節的救贖者雛本，小說探討誰是同情者、誰是救贖者的虛實之辯。小說的敘事者「我」年逾三十歲，投入現實的職場生活之後，一方面猶仍矜持知識分子的優雅身段，另一方面卻在家庭、婚姻及人際關係困頓失意，偶爾重逢有著原住民血統的小學女同學「柳花」，得知她除了在西餐廳駐唱，也還迫於生計而賣身，敘事者的「我」遂以自詡高潔的知識分子論調而同情、想協助「柳花」脫離火坑，最後卻是「柳花」的自殺，救贖了「我」日漸沉淪的靈魂。

這篇寫在大學時期的〈霧中的同情者〉，今天來看，小說情節單薄而濫情，「柳花」既被安排在社會底層的位置，並且唯有透過了死亡才有救贖者的聖潔位格可言；顯然地，文學青年時代的我對於原住民女性的想像，受到了當時普遍地將原住民污名化的影響，

「漢族本位」的偏見，致使小說敘事者的「我」對於原住民境遇的同情或悲憫，也只不過是隔著重重迷霧的喃喃囈語。

對於原住民族的歷史想像，我也同樣有著偏差的、無知的問題。為了撰寫一份社會系選修課的學期報告，主題似乎是想探討日治時期的原住民族有沒有「英雄崇拜的悲劇意識」，我到龍潭拜訪已經發表多部有關於原住民歷史題材的長篇小說的客家籍文壇大老鍾肇政；經過一個下午的交談之後，懊惱發現自己根本沒有處理這個主題的歷史知識與論述能力，鍾肇政老師隨後在寫給文友的信中，也提到了「約半月前，魏貽君曾來舍，是為了他畢業論文來找我的，結果他的幾個預擬的主旨都被我推翻了，原來他也是參加『高』書討論的一員」[4]。

鍾老師信中提到，我是「『高』書討論的一員」，這段文字觸引了一段曾經在我三十歲之前刻意遺忘的難堪記憶，如今已然中年的我，也該是到了重啟、面對並反思這段塵封回憶的時刻了。

在我升上大四的一九八五年暑假，作家呂昱[5] 找來當時就讀台大外文系的林芳玫、政大法律系的陳為祥、輔大法文系的林深靖[6]，以及東海哲學系的我，共同研讀鍾肇政的「高山組曲」《川

---

[4] 鍾肇政著，陳宏銘、莊紫蓉、錢鴻鈞編輯，《鍾肇政全集27：書簡集㈤》（桃園：桃園縣文化局，二〇〇二），頁四六六。

[5] 呂昱，本名呂建興，一九四九年出生，台南市人，另以筆名「莘歌」創作小說；一九六九年因為「統中會案」遭國民黨政府逮捕入獄，判處無期徒刑，後因蔣介石死亡的特赦而減刑為十五年，一九八四年二月出獄，旋即投入小說創作、文學評論工作，積極串連全台各地具有批判意識、論述能力的大學生，並在一九八六年十月創辦《南方》雜誌，堪稱一九八〇年代後期為台灣的學生運動、文化批判及社會實踐而蓄積動能的幕後推手之一。關於呂昱的其人其事，可參見鍾肇政著，陳宏銘、莊紫蓉、錢鴻鈞編輯，《鍾肇政全集17：隨筆集㈠》（桃園：桃園縣文化局，一九九八），頁四六九～四七二、四八六～四九二。

中島》、《戰火》二書並進行討論。會前，我以文本細讀的分析方
式把《川中島》、《戰火》讀了又讀，摘記不少讓我讀來觸動心弦
的語句段落，哪知到了討論會的現場，赫然發現，這些在台北念大
學的朋友們是另外一種讀法。

他（她）們採取的解讀方式，是把鍾肇政書寫的《川中島》、
《戰火》視為論述的襯底，據以陳述台灣族群關係的歷史反省、文
化批判，並且質疑作者鍾肇政身為漢人、男性的族群及性別位置
而書寫原住民、女性故事的適切性問題。我在討論會現場的對談反
應，就像呂昱寫給鍾肇政的信中所言，「『台文』97期已刊出『高
山』討論會，從整理過的這份記錄比出四位年輕學生對作品感觸的
敏銳性之高下。東海的魏貽君顯然居於下風，討論現場他沉默很長
時間，對林深靖、林芳玫、陳為祥三人的爭執無力插入，尤其是論
及新左派及生產關係對族群意識轉變的部份，他更是陌生得只有聽
的份了」[7]。

我在當年的討論會之所以會有「沉默很長時間」、「顯然居於
下風」的反應，呂昱的解讀是因為「魏貽君被戀愛沖昏了頭，耽誤

---

[6] 這三位都是我在大學時代結識的優秀朋友，大學畢業之後各有深造成就，如今互有
各自抉擇理念實踐的朝野位置；林芳玫後來留學美國拿到社會學博士，學成返台後
擔任政大新聞系副教授，2000年政黨輪替後入閣，擔任行政院青輔會主委、北美事
務協調委員會主委，現為台灣師範大學台灣文化及語言文學研究所教授；陳為祥則
在中興大學拿到法學碩士，現在已是廣受肯定的人權律師，尤其是在攸關原住民的
人權法益議題上常可看到他的奔波身影，目前擔任財團法人小米穗基金會董事長、
法律扶助基金會宜蘭分會長；林深靖在取得法國里昂第三大學的現代文學碩士學位
後，暫停他在巴黎第八大學的歐洲研究博士學業，返台投入基層的工農運動，先後
擔任台灣新社會協進會秘書長、台灣農民聯盟發言人、民主行動聯盟執行長等職。

[7] 引自呂昱在一九八五年十一月二十三日寫給鍾肇政的信；鍾肇政著，陳宏銘、莊紫
蓉、錢鴻鈞編輯，《鍾肇政全集27：書簡集㈤》，頁四七三。

不少正事」[8]。對我來說，這跟是否陷入熱戀的荷爾蒙腺素分泌，沒有多少關係（事實上，當時的呂昱也才新婚未久），我的真正問題是徒有同情、悲憫原住民的人道關懷，只是透過文學而想像原住民，但卻不曾在歷史上、世俗上認識原住民，尤其是根本缺乏足夠厚度的理論背景、學術訓練，用以提供或協助我在探討原住民議題之時的概念分析工具[9]。

另外，在我進入東海大學之後感受到的校園整體氛圍，頗為疏離於入世的社會實踐參與；大度山的東海文青們，多愛自詡是在「森林學院」隱居、遠離紅塵的修行名士。也就是因為我在當年陷溺於文學的蹈空想像、困乏於知識的基礎訓練，遂而使得我既觸摸不到原住民族在殖民歷史上的真實體溫，也更無力窺見並詮釋那在殖民歷史上作用於原住民族的權力操控機制。

時隔已近三十年之後，如今已入中年的我，面對著蒼白的電腦螢幕，指尖撫觸鍵盤，逐字敲下深埋在記憶深處的往事，嘗試釋放我在一九八五年「高山組曲」討論會之後萌生、囓咬自我的羞赧、封閉之情。

其實，我是謝禱著能有參與那場討論會的機緣。

在那之後的我，透過閱讀並思考而檢視、反省自我的膨脹與欠

---

[8] 呂昱在一九八六年七月十五日寫給鍾肇政的信；出處同上註，頁五〇七。

[9] 在我一九八六年六月大學畢業之前，東海哲學系、社會系開設的專業選修課程，幾乎沒有任何關於馬克思主義（Marxism）系統脈絡的課程，當時的東海哲學系主流課程若不是「鵝湖」系統的新儒家，就是歐陸系統的現象學，唯一有關的是系主任馮滬祥開的「馬列主義批判」，遺憾的是他把這門課搞得像是苦光日教學的政令宣導，總是不忘強調「黃河九曲，終必東流」的中華道統優越論；至於社會系的專業選修課程，主要側重於探討社會變遷的歷史社會學及知識社會學，我跟著高承恕老師念了一些韋伯、布勞岱、派深思（Talcott Parsons），以及哈伯瑪斯（Jürgen Habermas）的作品，但是不曾在課堂上讀到馬克思及其徒子徒孫的批判論述。

缺，進而確認了除非我能真正接觸並貼近原住民族在歷史上、現實中的生命文本，否則我對原住民的認識也就不可能走出「霧中同情者」的身段迷障、褪去「漢族本位」的制式思維，遑論「研究」原住民云云。

　　巧合的是，或許也是歷史機緣的偶然，一九八二年以短篇小說〈拓拔斯‧塔瑪匹瑪〉受到文壇矚目的布農族小說家田雅各（族名：拓拔斯‧塔瑪匹瑪），一九八五年從高雄醫學院醫學系畢業，分發到台中憲兵隊擔任少尉醫官，因為表弟就讀東海大學中文系，田雅各遂在大度山租屋，經常利用假日帶著也愛寫作的表弟造訪我的住處，通宵達旦、無所不談，從此建立深厚的友誼。

　　因著拓拔斯‧塔瑪匹瑪的關係，使得我在大學畢業之後，得以「朋友」的身分而不是「觀光客」、「旅人」的身分進入原住民部落，就近參與了原住民朋友的日常生活，進而觀察原住民族的內部差異問題。

　　因為拓拔斯‧塔瑪匹瑪志願前往蘭嶼衛生所擔任醫生，一九八八年的年初，我與新婚妻子楊翠決定「蜜月旅行」就到蘭嶼；現在回想起來，真是委屈了楊翠。　新婚夫妻遂把「蜜月旅行」變成「田野調查」，夜晚的住處毫無「星級」的飯店規模可言，其實就是拓拔斯的醫生宿舍，蟑螂亂竄、潮味甚重，拓拔斯則是睡在衛生所的診療床。

　　為期一周「蜜月旅行」的白天時刻，我與妻子坐在蘭嶼衛生所的老舊救護車，拓拔斯‧塔瑪匹瑪擔任司機，從一個部落轉到一個部落尋診患者；那時候我才知道，布農族的拓拔斯在蘭嶼達悟族人的眼中，其實也是從台灣來的，原來他們之間的語言根本不通，就算拓拔斯很是花費心力學習達悟族語，但在替老年人看診之時，還是得要佐以比手畫腳的「國語」，或是透過年輕一輩的達悟族人居

間翻譯。類似的影象，在我的「蜜月旅行」之時不斷搬演，既讓我徹底佩服了拓拔斯前往蘭嶼行醫的決定，也讓我真切瞭解到了在台灣原住民族的內部，還有各族之間的文化差異性問題存在。

「蜜月旅行」結束後，我與妻子在一九八八年的初夏，應拓拔斯‧塔瑪匹瑪之邀，前往他在南投縣信義鄉「人和村」（Take-Tokun）的老家餐敘；那兩天的原漢家族聚會，賓主盡歡，甚至可以說是替我往後在原住民部落進行田野調查之前，上了第一堂的基礎課程[10]。

拓拔斯‧塔瑪匹瑪的老家是兩層樓的建築，屋頂是醒目的桃紅琉璃瓦，屋內隔間寬敞，屋外則有花圃庭園、可供遠眺濁水溪上游的露台涼亭，堪稱是整個「人和村」的地標，也是我在其他的原住民部落不曾見過的「氣派」建築物。乍見拓拔斯的老家規模，心中著實豔羨不已，完全打破了我在稍早對於原住民部落的刻板印象，

---

[10] 尤其是拓拔斯‧塔瑪匹瑪擔任牧師的祖父拓拔斯‧塔瑪匹瑪（一九一八年出生，漢名：田文統），特別讓我印象深刻；那天的造訪之前，我一直搞不懂又不好意思問田雅各他的漢姓是怎麼取的？族名是怎麼來的？又是代表什麼含義？經過當天他的祖父詳細解說後，我才恍然大悟，原來在他的漢姓、族名背後有著一段揉雜著複雜的、曲折的國族歷史敘事。他的祖父有著三個名字，一個是依循布農族人取名傳統的「拓拔斯‧塔瑪匹瑪」，一個是在日治時期配合皇民化運動而取的「田中武男」，一個是在一九四六年之後因為國民黨政府強制推動「山胞更正姓氏」而取的「田文統」。一九六〇年出生的拓拔斯‧塔瑪匹瑪，因為是家中長子，依據布農族人取名的傳統而承襲祖父的族名「拓拔斯」，若是次子則承襲曾祖父的族名，若是三子則是承襲叔公的族名，其他的兒子分別承襲伯父、叔父的族名，至於長女則是承襲祖母的族名，其他的女兒承襲姑媽的族名，所以從「田文統」與「田雅各」的族名皆為「拓拔斯」就可得知他們是祖孫關係，且是長子、長孫的出生排序，又如田雅各的祖母族名為「阿佩‧索克魯曼」，那麼田雅各的大妹族名就是「阿佩‧塔瑪匹瑪」。田雅各的祖父對我說，「塔瑪匹瑪」是布農族巒社群祭司氏族之一的名字，所以「拓拔斯‧塔瑪匹瑪」這個族名代表了「拓拔斯」這個人是巒社群祭司氏族「塔瑪匹瑪」的嫡長子或長孫。

但在深入地與拓拔斯及其祖父交談之後，這才知道他家的「氣派」
造型完全無關乎財富的炫耀云云。

　　原來「人和村」的布農族語Take-Tokun，指涉的是巒社群「塔
瑪匹瑪」祭司氏族幾經遷徙之後的居住地，歷代祭司的住家也就同
時是調解部落事務、接待外來賓客之處；換句話說，巒社群祭司
氏族之一的「塔瑪匹瑪」等於就是「人和村」部落的代名詞，難怪
日本學者岡崎郁子在拜訪拓拔斯·塔瑪匹瑪的老家之後，會以「望
族出身」的措辭形容他[11]。透過了「人和村」的走訪經驗，我觀察
到至少在布農族的山地部落之內，也有若干原住民的生活水準、知
識水平毫不遜色於平地的漢人家庭，這都迫使我得修正以往認為原
住民部落不外乎就是「落伍」、「陰黯」、「荒涼」等等負面表列
的觀念命題；更進一步來說，我還發現即使是在同一個原住民的部
落，族人之間其實也還存在著身分階層上、職業階級上的差異性問
題，內部彼此在日常生活的互動、齟齬及衝突的磨合現象，恐怕還
比原漢關係的摩擦來得更為頻繁。

　　回到戰後台灣原住民族文學的形成、書寫與研究的論述脈絡來
談，我在拓拔斯·塔瑪匹瑪創作的小說文本之中，曾以「匿名」的
形式存在。一九八八年，仍在蘭嶼衛生所服務的拓拔斯，申請獲准
到彰化基督教醫院的小兒科受訓，迢迢遠從蘭嶼來到彰基擔任小兒
科住院醫師的拓拔斯，經手的第一個病例就是因為「先天性食道閉
鎖」而遭父母遺棄的女嬰，院方也決定放棄治療，但在僅是注射葡
萄糖水以維持生命機能的五天之後，拓拔斯赫然發現這名女嬰仍然

---

[11] 岡崎郁子曾在一九九二年、一九九五年走訪拓拔斯·塔瑪匹瑪誕生的部落，生動記
　　錄她與拓拔斯家人的對話內容，以及她在停留「人和村」期間的所見、所聞及所
　　思；參見岡崎郁子著，葉迪、鄭清文、涂翠花譯，《台灣文學——異端的系譜》
　　（台北：前衛，一九九七），頁二七一～三二八。

存活，且還出現旺盛的求生意志，拓拔斯遂向當時在報社擔任記者的我求助，希望透過媒體的報導，帶給女嬰的家人、院方壓力，簽署手術同意書以開刀處理女嬰的食道閉鎖問題。

我在接到拓拔斯‧塔瑪匹瑪傳來的訊息後，隨即向當時擔任《自立早報》總編輯的向陽報備並取得同意，立即趕赴彰化報導這則新聞[12]，拓拔斯隨後也以題為〈「小力」要活下來〉的小說形式寫下這個故事，文中的「記者朋友」就是我。

之所以透露這段往事，用意在於說明兩點，一是，類似拓拔斯‧塔瑪匹瑪這些具有代表性的原住民文學書寫者，其所創作的題材範疇不僅只是侷限於原住民族的主題，也以原住民觀點的文學書寫而參與、介入並詮釋一般性的歷史、政治、社會、文化及人權等等面向的課題，這也就意味著台灣的原住民族文學除了是族群性的建構，同時也是社會性的建構；二是，戰後台灣原住民族的文學書寫歷史，其實也在某種程度的時空點上疊合於、扣聯著我的生命歷程，遂讓我在面對戰後台灣原住民文學書寫的「研究者」位置上，不時會有「互文性」的辯證反思，這是已然無法改變的經驗事實了，因為我們（若干的原住民文學書寫者與我）之間的相互參與、介入並彼此詮釋的互文關係，已經烙印在各自的生命記憶之內。

二

一九九七年，我在清華大學社會人類學研究所教授李丁讚的指導下，完成碩士論文《另一個世界的來臨──原住民運動的理論實踐》。論文的最後一段，有感而發寫下了「以一篇碩士論文要能窮

---

[12] 後續的事態發展，參見拓拔斯，〈「小力」要活下來〉，收於拓拔斯，《情人與妓女》（台中：晨星，一九九二），頁一六五～一九一。

盡探討原住民運動的各個相關主題，那是絕對不足的，但向原住民
朋友們謙卑受教的心情，將會帶領筆者在這個議題上持續進行深度
的、廣度的學習」。

　　當年寫下這段文字的我，三十五歲，在《台灣日報》擔任副總
編輯兼採訪主任，轄下帶領著近百位的編輯、記者。報社的繁瑣事
務接踵而來，讓我常以煩躁、易怒的脾氣對待同事，但是每在深夜
的燈下，抵抗疲憊、忍耐寂寞，撰寫碩士論文過程之時，不僅逐漸
沉澱了白天的煩躁之氣、反省我對同仁動輒責罵的不當，同時透過
了對原住民運動的探討，也讓漸入中年的我，不時重溫了年少時期
易於感動的心緒，也讓我看到了人們對於社會關係網絡進行公共反
思的可能性觸媒；在森密的社會權力操控機制底下，原住民各族的
朋友們依然找尋著任何可能發現自己、認識自己、堅定自己，並且
挺立自己的認同線索，那是極其頑韌的生命勁力，足以帶給人類心
靈深處的悸動，尤其是在日漸媚俗的社會習氣裡，心靈的悸動，已
經不是一件容易的事了。

　　對於一個專職且忙碌的新聞工作者，頂多是「學術研究」門外
漢的我來說，之所以在三十歲投考清華大學的社會人類學研究，並
在二〇〇二年以四十歲的「高齡」報考成功大學的台灣文學系博士
班，且以戰後台灣的原住民運動、原住民文學的相關議題作為學位
論文的探討主題，其實，相當程度是在逼迫自己正視並回應這個問
題：長年受到中國國民黨政府「黨國詮釋教化機制」規訓的我們，
是該到了拆解謊稱式的知識體系的時刻了；在學院的理論訓練當
中，我們是不是必須時時檢視、修正論述的理論架構？我們是不是
必須時時提醒自己去丈量社會抗爭的深度？任何理論律則的演繹，
率皆無法跳脫於日常生活節奏的時空質素，否則，到頭來所成就
的，充其量只不過是虛懸蹈空的學術外衣。

　　一九九七年完成的碩士論文、二〇〇七年完成的博士論文，對我來說，毋寧就是「向原住民朋友們謙卑受教」，進行「深度的、廣度的學習」過程。曾經，我羞於承認自己是客家人，大學畢業之後投入新聞採訪工作，親身接觸了投身於台灣民權運動的各個族群人士，終於，我敢坦然而驕傲地向身旁的人說「我是客家人」；因著這段對於自我族群身分的辨識（identify）、認同（identity）過程，更讓我對於參與原住民運動、原住民文學的各族原住民朋友們，有著學術研究之外的感情親近性。

　　其實，當我在一九九一年考上清華大學的社會人類學研究，就已打定主意，要以「原住民文學」作為碩士論文的研究主題。為了碩論的理論架構預作準備，遂在一九九二年選修李丁讚教授開的「文化社會學」、廖炳惠教授開的「殖民論述」，另在一九九三年選修林瑞明教授開的「台灣近現代文學史」，也在語言學研究所旁聽鄭良偉教授開的「台灣南島語言」課程。

　　一九九六年秋天，當我與李丁讚老師具體討論碩士論文的研究主題之時，李老師希望我能修改「原住民文學」的研究主題。李老師謙稱，他對「原住民文學」的接觸、閱讀有限，何況原住民作家的文學書寫行動仍在進行之中，不宜過早操作學術研究的手術刀而驟下診斷。李老師認為，「如果不先談原住民運動，那麼原住民文學就談不下去」，建議我不妨把原住民文學放在原住民運動的發展脈絡底下去觀察。

　　最後，我接受李丁讚老師的建議，重新處理碩士論文的問題意識，遂將戰後台灣的原住民文學放在一九八〇年代之後的原住民族文化復振運動的範疇脈絡之中去理解。在對相關史料文獻的閱讀、梳理，參照西方學者的少數論述、後殖民理論、解構主義，以及文化研究的學派論點之後，我的碩論以近三分之二的篇幅，論證原住

民族在台灣歷史上被殖民、被統治的放逐、遷徙、屠殺、役使的邊緣化經驗，最後做出了「原住民的文學創作並不只是為了圖取所謂的『文學終極價值』，文學乃是作為原住民主體身分的自我療癒、自我構築之用」的結論。

　　一九九七年取得碩士學位後，我從「兼職」的碩士班研究生身分，回復為「專職」的新聞工作者，期間也在幾所大學兼課，但仍牢記我在碩論對自己許下的承諾，並也盡可能的親身實踐。

　　二〇〇五年初秋，我為自己的人生路向做出了重大轉彎的決定。在妻子楊翠的體諒與支持之下，辭去報社工作的所有專職及兼職，全心投入於博士論文的撰寫。那段期間，除了必要的教學工作，已然四十出頭好幾的我，幾乎成了標準的「在室男」，暫息所有的社會交遊，鎮日埋首於文本典籍的閱讀、思考及論文的撰寫；家中大大小小、名目不一的開銷支出，完全是由楊翠負擔，至於兩個孩子魏揚、魏微逐漸進入青春期的學業、感情及生活問題，也都是由楊翠扮演起耐煩的、親切的顧問角色。事實上，對於我的博士論文，楊翠也在學術的、生活的、心理的層面上，即時扮演隱形但重要的「指導教授」角色；因為楊翠的體諒及支持，才有這本書的出現。

　　本書輯錄了十一篇論文，前六章是從我的博士論文《戰後台灣原住民族的文學形成研究》，抽取相關探討主題的章節，重新組織、改寫而成，基本的論述觀點仍承博論；容我不再贅述。第七章到第十章，分別是我在博士班研讀期間發表的論文，以及在東華大學專任教職之後獲得行政院國科會補助研究計畫案的執行成果，並在匿名審查制的期刊發表後加以擴充、改寫。附錄的〈地牛踩不斷的番刀——試論九二一地震前後的瓦歷斯・諾幹部落書寫策略轉折〉，是我進入博士班之前的試探性質論文，或許可供讀者搭配

本書的第五章〈「莎赫札德」為什麼要說故事？──「原運世代作者」的形成，及其書寫位置的反思與實踐〉參照閱讀。

即使，我對這本書的大多數內容還有許多的不滿意，但是，所有的問題率皆出自於我在撰寫之時的智識不足；但在學術研究、論文撰述的過程當中，任何一位具有這方面經驗的你或我可以發現，閉門苦思、撰寫論文的自己，其實並不孤單，仍有許許多多的親人、師長與朋友們，在不同的角落、以不同的形式，給予你或我種種的問候及關懷（這種默默遞染而來的溫馨之情，對我來說，其實才是支撐著完成學術論文的最主要動源）。

我要感謝葉石濤、鍾肇政、李喬、吳晟等老師，自一九八〇年代以來在文學上、學術上、生活上對於我、楊翠，以及兩個孩子魏揚、魏微的諸多關懷；這樣的感謝之情，發自於人生記憶構築的最底層，那是只能無言感受的，任何的筆墨文字難以言詮。

感謝我的雙親、岳父母體諒並支持他們的兒子、女婿「中年轉業」，雖然他們到現在還認為我在二〇〇五年辭去報社總主筆的職務，逕把家計交給楊翠負擔的決定，太過冒險；妻舅楊曜聰為我解決電腦上的疑難雜症，謝謝。

同時，我也要感謝我的碩士、博士學位論文的指導教授李丁讚、游勝冠老師，他們對於學術研究的執著熱情、對於教學工作的心力投入，無不是我的學習榜樣；口試委員趙剛、紀駿傑、傅大為、浦忠成（巴蘇亞・博伊哲努）、林淇瀁（向陽）以及施懿琳等老師，耐煩而無私地為我的不成熟論點提供寶貴的修正意見，在此一併致上真摯的感謝。

博士班修業期間，同班同學陳龍廷、陳淑容在課業與生活上的互動情誼，至今仍讓我懷念，尤其是在龍廷的家中啜飲紅酒、思想對話，以及聆聽他所珍藏的黑膠唱片，允為人生一大快事；淑容在

我的論文口試、公開演講之時，周詳打點會場的瑣碎事宜，再次感謝她的細心體貼。

另外，在我的博士班研讀期間、專任教職以來，感謝多個學術機構給予的獎勵肯定，包括國立台灣文學館給予的「台灣文學研究論文獎助」、彭明敏文教基金會授予的「博士論文獎」，以及行政院國科會補助我的研究計畫案。書中多篇論文的撰述期間，感謝陳培豐、邱若山、王惠珍、李佩容老師協助翻譯外文典籍；也要謝謝我的學生林宗德、林谷靜、吳金龍協助彙整文獻資料。

這本書的出版，特別感謝老友初安民的鼓勵與支持；也要謝謝江一鯉小姐的費心編輯。最後，感謝所有曾在我的研究工作當中，撥冗接受訪談的各族原住民朋友，如果沒有各位的肯定及支持，我的這本書也就絕對沒有完成的一天。

第一章

戰後台灣原住民族文學形成的力系問題
——台灣原住民族文學形成的認識、定義與構造的辯證脈絡

流體力學式的研究認識

　　戰後台灣原住民族文學形成的複合動力因素，牽扯複雜。就算再怎麼複雜，如果只從一般理解的常識角度來看，那也應該牽扯不上法國學者米歇爾·傅柯（Michel Foucault）。

　　確實牽扯不上。傅柯逝於一九八四年的初夏，我不敢肯定他是否曾經閱讀任何一篇台灣原住民書寫的文學作品。但是，換從知識的角度來說，任何一位研究台灣原住民族文學的學者，不免多少會有一個學術上的好奇，關於台灣的原住民文化復振運動為什麼是在一九八〇年代初期生長，卻又會在一九九〇年代中期逐漸式微或轉型？以及，為什麼是原住民族的文學書寫，而不是其他的藝術表現手法、文化展演形式，會在一九九〇年代的文化消費市場、學術研究場域，吸引了相對較大規模的跨領域學者們動員其所熟稔的理論投入於研究？這些研究的論述成果，究竟對於台灣文學的定義容量、典律標準，或是對於社會認識的原漢關係、歷史想像的文化位階等等，產生了多大程度的結構演變效能？

傅柯式的提問

　　這個屬於「問題意識」（problematic）範疇的學術研究興趣，恰也正是我在這裡召喚傅柯之名的原因。對於傅柯來說，構成「問題意識」這個語詞的辯證意涵，並不完全只是宣稱「一種新的看待問題、提出問題的方式」的空泛論說[1]，他比較感興趣的是從思想

---

[1] Michel Foucault., Joseph Pearson (ed.) *Fearless speech* (Los Angeles, Ca.: Semiotext, 2001). p. 74；譯文參引Michel Foucault著，鄭義愷譯，《傅柯說真話》（台北：群學，二〇〇五），頁一二二。鄭義愷將problematic譯為「成問題的」、problematization譯為「問題化」、problematizing譯為「將……問題化」。

史的分析剖面，切入而論：

> 世界上許多非常不同的事物是如何集合起來，又是如何並為何
> 變成一個問題而被刻劃、分析⋯⋯它們如何成為一個問題，帶
> 動討論及爭論，激發新的反應⋯⋯這樣理解的思想史，即是人
> 們如何開始關心某件事的歷史，他們如何對這件事或那件事感
> 到焦慮的歷史。[2]

　　戰後台灣原住民族文學的形成，倘若參照傅柯式的提問，究竟
是由哪些「非常不同的事物集合起來」？這項主題又是如何、為何
「問題化」（problematization）而被不同社會屬性的人們「刻劃、
分析」，進而「帶動討論及爭論，激發新的反應」？那群參與了將
之問題化（problematizing）的人們，又都是各自基於哪些考量、關
懷或利益而「對這件事或那件事感到焦慮」？這樣的焦慮因子，又
都分布在哪些心理上的、現實上的層面而被自我壓抑，或向公眾表
述？傅柯對於「問題意識」辯證意涵的梳理，台灣學者姚人多則以
「蜘蛛結網」的例子進行補充分析：

> 它從原本熟悉的領域往外擴散，把一些不相干的領域納進來，
> 而為了應付、面對、處理、解釋、包容這些新的領域，事物或
> 行為的外貌及內涵於是開始進行必要的演變；「問題化」也可
> 以說是一個被「外力入侵」的過程，這些突然到來的力量導致
> 了該事物或行為的修正或形變，它們往往造成一些「危機」，

2　Michel Foucault. *Fearless speech.* pp. 171, 74；譯文參引Michel Foucault著，鄭義愷
　　譯，《傅柯說真話》，頁二三〇、一二三。

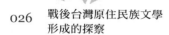

有可能使得原本的架構無法從容應付，也有可能問了一些原本的架構根本無法回答的問題，於是改變是可以預見的……用傅柯的話來說它是一種「動力學」。[3]

　　從傅柯對「問題意識」這個語詞的辯證、衍繹的解析角度，以及姚人多的詮釋視域出發，檢視戰後台灣原住民族的文學形成、書寫景觀之所以在一九八〇年代集結、躍興，並在二〇〇〇年之後的轉進走向，同時成為被社會閱讀的、學術研究的對象或課題，並非單只繫於各族的原住民因著興趣、熱情或感召而投入文學書寫的軸線。事實上，不論是原住民族文學的表述者、書寫者、出版者、閱讀者或研究者，他們都以不同的動機、不同的方式，參與了一場集體性的社會行動，進而或者有目的性地、或者無意識地，對於社會的定義系統、價值判別，以及學術的研究格局，造成種種不規則的衝撞，這也恰正是「動力學」脈絡底下的「外力入侵」，致使不論是在文學生產、學術研究、出版市場，以及文化消費的機制體系之內，人們對於台灣原住民族的社會認識、歷史想像的整體構圖，逐漸面臨著「外貌及內涵於是開始進行必要的演變」。

多面向的「外力入侵」層疊效能

　　另外，藉由印度裔學者阿爾君・阿帕杜萊（Arjun Appadurai）在一九九〇年發表的論文〈全球文化經濟之中的斷裂與差異〉（Disjuncture and Difference in the Global Cultural Economy）挪引物理學的「混沌理論」（chaos theory），用以辨認、理解，詮釋全球文化

3　姚人多，〈說真話的問題化──《傅柯說真話》導讀〉，收於Michel Foucault著，鄭義愷譯，《傅柯說真話》，頁二六、二九。

經濟形構之中嶄新而複雜的跳動軌跡，應該也可以有助於更進一步
申述戰後台灣原住民族文學形成的複式「動力學」脈絡：

> 文化造形（cultural shape）的模式必須改變（alter）……為了讓以
> 「斷裂性流動」（disjunctive flows）為基礎的全球文化互動理論
> 能夠更有說服力，而不僅僅只是流於機械式的隱喻（mechanical
> metaphor），我們還必須挪引某些科學家所探討的「混沌」理
> 論進入到人文學科之中；換句話說，我們需要問的並不是這些
> 複雜的、湊疊的（overlapping）、斷片的（fractal）互動形式為
> 什麼沒有構成一個簡單的、穩定的（即使是規模很大的）全球文
> 化體系，而是應該要問，它們的（按，阿帕杜萊指的是複雜的、
> 湊疊的、斷片的文化造形單位）動力究竟是什麼？[4]

阿帕杜萊的這段話，可以借來回應我在前面提出的問題之一，
也就是為什麼台灣的原住民文化復振運動會在一九八〇年代初期生
長？為什麼是原住民族的文學書寫在一九九〇年代以來的台灣文化
景觀成為新興的、亮眼的，不可或缺的奠基岩盤之一？對於阿帕杜
萊來說，分析某些「重大事件」的成因、構造及其影響固然重要，
但是也應該要被追問的是：

> 為什麼有些重大事件在某個時間點上發生在某個地方而不是在
> 別的地方？當然，這些都是人文學科關於因果性（causality）、
> 偶然性（contingency）及預測性（prediction）的傳統問題。但是
> 在這個斷裂的全球流動的世界之中，換一種方式提出這些問

---

[4] Arjun Appadurai. *Modernity at Large* (Minn.: University of Minnesota Press, 1996). pp.
46-47.

題，或許也是很重要的；這種提問方式是著眼於流動性、不確定性以及「混沌」的形象，而不是拘泥於陳舊的秩序、穩定性和系統性的形象。如果不是試著這樣提出問題，我們就會熱衷於構造一個全球文化體系理論（theory of global cultural systems），因而就跟關鍵的「過程」（process）錯身而過。[5]

順著傅柯、姚人多、阿帕杜萊的論述脈絡下來，不難得出一項暫時性的結論：線性的詮釋史觀，已然無法解釋戰後台灣原住民族文學形成的「力系」（system of force）問題。

如果原住民族的文化復振運動、文學書寫行動，是為觀測一九八〇年代之後台灣主體性的文化構成、文學構造模式的指標之一，那麼箇中的歷史發展過程所牽涉複雜、多變的社會作用力流入、流量、流向、流速與流動的軌跡，又該以什麼樣的理論架構、詮釋角度去看待？

線性史觀的詮釋局限

以往關於戰後台灣原住民族文學的先行研究，大多採取線性史觀的詮釋角度，亦即在對於原住民族文學的形成因素、生成脈絡的解讀上，不外乎是依循著「一九八〇年代初期的世界原住民文化復興運動→台灣的黨外民主運動→原住民族文化復振運動→原住民族文學」的發展軌跡而論；這樣的線性史觀，固然正確體現了某個側面的歷史經驗事實，但是顯然無法定位卑南族的巴恩·斗魯、巴力·哇歌斯，鄒族的吾雍·雅達烏猶卡那在日治中期、戰後初期以

5　Arjun Appadurai. *Modernity at Large*. p. 47. 譯文參引阿爾君·阿帕杜萊著，陳燕谷譯，〈全球文化經濟中的斷裂與差異〉，收於汪暉、陳燕谷主編，《文化與公共性》（北京：三聯，一九九八），頁五四八。

迄一九六〇年代，就以羅馬字拼寫的族語或日語創作、發表敘事性
歌詩，並在部落、族人之間傳唱的流通現象及意義位階（上述三位
的生平、文學作為及其意義，留待第二章詳論），也無法含括一九七
〇年代前後許多原住民以族語、漢語混雜形式創作的敘事性林班歌
謠、工地歌謠在社會傳唱之時，間接生產對於「山地人」的族群性
（ethnicity）想像（這部分將在第三章討論）。

　　再者，因應於一九八〇、一九九〇年代的原住民運動、原住
民文學接續蹦現的集體抗爭行動、文學書寫現象，線性詮釋史觀
的研究視域固然取得一定程度的解讀成效（亦即，是把原住民族的社
會運動、文學書寫放在文化抵抗、認同政治、主體性重構的範疇之下理
解），但是巴恩・斗魯、吾雍・雅達烏猶卡那、巴力・哇歌斯在日
治中期、戰後初期以迄一九六〇年代創述之時的族裔文化身分自覺
意識，絕對不是在一九六〇年代之後以漢語進行文學書寫的排灣族
陳英雄、阿美族曾月娥可以況比的；然而，不論是巴恩、吾雍、巴
力的族語歌詩作品，或是陳英雄、曾月娥等人的漢語書寫文本，卻
又顯然並未有意識地、有目的地沾染文化抵抗的質素。換句話說，
原住民以文化身分的自覺意識而進行敘事性的文學表述、書寫，這
是一回事，但其表述、書寫是否源生於、聯結於，或者導向於文化
抵抗的認同策略，這又是另一回事。

　　這裡思考並提出的問題：為什麼從一九五〇年代的初期到
一九七〇年代的後期，根本沒有原住民透過文學的表述、書寫，
策略性爭取原住民族尊嚴的集體意識豁顯？若從阿帕杜萊的角度
來看，如果原住民族文學的形成是戰後台灣文學發展的「重大事
件」，那麼為什麼這起「重大事件」不是在一九五〇年代初期到
一九七〇年代後期的那段期間發生？這也就意味著以往的線性詮釋
史觀、研究假設必須被重新調整。原住民族的文化身分意識自覺，

並不完全等同於原住民族文學的形成及生成因素；認同政治底下的
文化抵抗策略，也不必然完全就是激昂原住民族文學集結、躍興的
催化因素，箇中另還涉及諸多複雜、湊疊因素的「外力入侵」。

　　以今觀昔，從一九九○年代中期的原運議題動能漸弱、原住民
族的文學發展概況來看，線性史觀的解讀效力確實出現嚴重的侷限
性問題。畢竟，關於台灣原住民運動、原住民文學之所以形成、生
成、集結、躍興及式微或轉進的動力研究上，除了涉及不同理論
系統的知識動員，且還必須兼攝、觀照那些纏繞於戰後台灣的國
族（族群）之內的認同政治、族群關係、學術論辯等等向度的諸多
作用力；挪用力學的概念術語來說，這是屬於「流體力學」（Fluid
mechanics）、「多體系統動力學」（Multibody dynamics）的範疇，
不再只是線性史觀認知底下的「剛體力學」（Rigid-body mechanics）
或「靜力學」（Statics）的問題而已。因此，在這個相對宏觀的歷
史檢索層面上，我將逐步觀察、理解並詮釋一九八○年代之後崛興
的原住民運動、原住民文學「為何」、「如何」成為催發戰後台灣
的文學生產、消費、研究機制，以及對於文化身分認同展開再編
組、再定義的動力系統（dynamics system）問題。

　　二十一世紀的當下，對於戰後台灣原住民族文學形成的研究，
愈來愈需要處理關於書寫者、研究者、出版者及閱讀者的意念、動
機、利益及其影響效應加總而成的「力系」問題。如果原住民運
動、原住民文學已然漸是觀測一九八○年代之後台灣文學、社會構
造的指標之一，那麼對於戰後台灣原住民族文學形成的研究探察，
也就必須嘗試接合跨學科領域的理論概念，以能觀照箇中涉及到的
複雜、多變的社會作用力的流入、流量、流速及流向的動態軌跡。

戰後台灣原住民文學發展的關鍵年度：一九八四

　　文學評論家唐文標在他主編的《一九八四台灣小說選》序言，以他一貫犀利的反諷式、批判性的文字指出：

　　文學上台灣的一九八四年是異常寂寞的……今年一九八四年的台灣小說給我們什麼呢？我們的閱讀僅是一點小娛樂，一些激情，一些虛無的放棄，甚至一些荒謬、諷刺、現代人的無聊等等。[6]

　　回到一九八四年台灣社會的時空背景脈絡，若從原住民族的角度來看，那被唐文標批評為商業化、庸俗化的文學現象，自然是以漢人作為構成核心的台北文壇那裡輻射而出，但他在文中也不忘期勉：

　　作家面對的是一個歷史挑戰，在這個時刻，人將怎樣重建人的尊嚴，拒絕商業化帶來的庸俗，努力把人的先天意義帶出來。[7]

　　對於唐文標來說，一九八四年及之後的台灣文學或許應該在逸樂的、虛無的、庸俗化、商業化的氛圍纏繞底下，努力擠出一些能夠「重建人的尊嚴」的文學芽胞出來；然而，如果是從戰後台灣原住民族的文學形成、發展過程的建構脈絡來看，無疑地，一九八四

6　唐文標，〈一九八四年的台灣經驗〉，收於唐文標主編，《一九八四台灣小說選》（台北：前衛，一九八五），頁四、九。

7　唐文標，〈一九八四年的台灣經驗〉，頁一〇。

年是個值得豎立里程碑的指標性年度。

《春風》揭示「山地人文學」的形構戰略

一九八四年四月，多位具有弱勢關懷、社會批判理念的漢族詩人、小說者、學者、出版家共同創辦的《春風》詩叢刊，以六頁篇幅的「山地人詩抄」專輯，刊登排灣族詩人莫那能（漢名：曾舜旺，一九五六～）的三首詩作，分別是描述原住民族在台灣歷史上屢屢遭受不同殖民者、統治者施以壓迫、奴役與屈辱命運的〈山地人〉、悼念自幼輾轉於體力勞動市場卻受騙、傷殘而亡故的同族友人的〈流浪——致死去的好友「撒即有」〉，以及激勵族人奮勇投入族群權利復振行動的〈孬種，給你一巴掌〉。《春風》詩叢刊製作的「山地人詩抄」，不僅是戰後台灣的現代漢語文學刊物首度以專輯的形式，刊登原住民的文學創作，且在專輯的引言、雜誌的編輯後記指出：

> 我們深信，山地文學將是台灣文學未來的希望之一。並且，唯有山地文學的加入，台灣文學才能算是有完整的面貌……山地人的詩篇不僅要豐富詩史，且更要見證百年來山地人的坎坷命運。這是台灣文學的新聲音，是一九八四開春的驚雷……冀望山地朋友，參與文學工作，用文學見證自己的命運與歷史。[8]

一九八四年九月，第二期的《春風》詩叢刊更名為《春風》叢刊，再度以多達一百零五頁的篇幅，製作封面主題專輯「美麗的稻穗——台灣少數民族神話與傳說」，除了繼續刊登莫那能的兩首詩

8　《春風》詩叢刊第一期（台北：春風編委會，一九八四年四月），頁四五、一七二。

作，分別是鼓舞原住民挺立族群身分戰鬥位置的〈如果你是山地人〉，以及長達二百七十六行的敘事詩〈來，乾一杯〉，另有漢族的作家、學者撰寫或編譯的〈阿能的故事〉、〈始祖來源傳說〉、〈馬太安阿美族神話與傳說〉、〈台灣原始神話傳說〉、〈魯凱族豐年祭見聞〉、〈黑色的悲曲〉、〈藍斯頓・休斯作品選〉與〈澳洲的高山族〉等文。

　　總計出版四期的《春風》叢刊，雖然先後遭到當時國民黨政府的警備總部查禁[9]，但是仍有漏網之魚的《春風》在少數的藝文圈內人士之間流傳，或被更少數的圖書館收藏[10]；即便如此，綜觀《春風》第一期、第二期、第三期的內容[11]，對於往後的原住民文學書寫及研究提供的意義，至少有三個面向值得觀察。

　　一、雖然當時的《春風》編者是以「山地人詩抄」、「山地文學」等詞界定莫那能的詩作，並未冠以「原住民詩人」或「原住民文學」的修辭[12]，但是《春風》編者除了明確指出「山地人」的詩篇、文學是構成台灣文學的新聲音，並在第二期專訪南非女作家葛拉娣・湯瑪斯（Gladys Thomas；一九四四～）的編者按語指出，「我們期盼台灣原住民提起筆，寫下歷史的遭遇與苦難，寫下自身的命

9　林瑞明編，〈台灣文學史年表〉，收於葉石濤，《台灣文學史綱》（高雄：文學界，一九八七），頁三四七；焦桐，《台灣文學的街頭運動（一九七七～世紀末）》（台北：時報文化，一九九八），頁二七八～二七九。

10　手邊收藏的《春風》叢刊除了第一期、第二期，尚有一九八五年二月出版的第三期、一九八五年七月出版的第四期。經查，圖書館部分僅有國家圖書館收藏《春風》第一期、第二期，惟缺第三期、第四期。

11　《春風》叢刊第三期除了繼續刊登莫那能的詩作〈遺憾〉，另有旅美學者許達然選譯十一首北美印第安人的詩作，以及署名「知山」撰寫的〈山地人簡史㈠〉。

12　可考的文獻資料顯示，台灣的文學批評家首度使用「原住民作家」、「原住民文學」等詞，應是在客家籍小說家吳錦發主編、一九八七年一月出版的山地小說選《悲情的山林》序言，及在一九八九年七月二十一日～二十六日的《民眾日報》副刊發表的〈論台灣原住民現代文學〉。

運與奮鬥，否則，『我們的苦都白受了！』」[13]；由此可見，所謂
「山地文學」的定義，至少對於《春風》的編輯委員會來說，應該
是由「台灣原住民提起筆」，「寫下歷史的遭遇與苦難，寫下自身
的命運與奮鬥」，否則「我們的苦都白受了」，而這也是最早出現
關於原住民族文學的定義範疇必須扣連於「身分」及「主題」與
「文化抵抗」的論點主張。

　　二、透過了專訪葛拉娣・湯瑪斯的〈黑色的悲曲〉，碰觸到了
關於族裔文化身分的認定、認同或構成，因為殖民歷史過程的異族
通婚現象而產生的含混、交織問題；湯瑪斯的母親是愛爾蘭裔的白
人，父親則是非裔的黑人，雖然湯瑪斯的膚色白皙，但在南非實施
種族隔離政策期間的白人政府核發的身分證明上卻註明「有色」
（colored）人種的戳記，因為「黑人和任何人生的孩子都是有色人
種」[14]，然而偏白的皮膚、不義的法令並未影響湯瑪斯對她身為非
裔黑人的種族文化身分認同，以及自我確信她的作品屬於「南非黑
人文學」、「弱小民族文學」的一員。但是類似的問題在台灣卻
複雜得多，至少《春風》的編委會在當年透過對湯瑪斯的介紹報
導，箇中可能存在著召喚性的戰略思維，也就是即使在《民法・親
屬篇》第一千零五十九條「子女從父姓」的法令規範底下[15]，原住
民女性嫁給非原住民的男性後，生下的所謂「一胞半」[16]子女，他

---

[13] 《春風》叢刊第二期（台北：前衛，一九八四年九月），頁八八。

[14] 《春風》叢刊第二期，頁九〇。

[15] 這個問題在二〇〇一年制定《原住民身分法》後已不存在，根據該法第四條第二項
規定「原住民與非原住民結婚所生子女，從具原住民身分之父或母之姓或原住民傳
統名字者，取得原住民身分」；行政院原住民族委員會編印，《原住民族法規彙
編》（台北：行政院原住民族委員會，二〇〇四），頁二四。

[16] 相對於原住民以往被官方稱為「山胞」，多位具有一半原住民血統的原住民作家或
學者，遂以「一胞半」自嘲，例如學者董恕明的父親祖籍浙江、母親是卑南族，她
在博士論文就以「一胞半」自稱；董恕明，《邊緣主體的建構——台灣當代原住民
文學研究》（台中：東海大學中國文學系博士論文，二〇〇三），頁二〇四。

（她）們的文學書寫作品也該被視之為「山地人文學」。

　　三、「山地人」透過文學的書寫形式「見證百年來山地人的坎坷命運」，那麼在「山地人文學」的形構戰略上，不僅可以經由原住民族的神話、傳說以向內探尋文化身分認同的源頭，同時也可參照其他國家的原住民族、弱勢族群的文化復振模式以向外尋求精神結盟。

原權會與「原運世代」

　　一九八四年之所以是影響戰後台灣原住民族文學形成、發展的關鍵年度，除了《春風》叢刊首開現代漢語文學刊物以專輯形式刊登、詮釋原住民的文學創作、神話傳說的這個線索之外，還有另一個更為重要的決定性構成要件，亦即一九八四年十二月二十九日在台北市成立的「台灣原住民權利促進會」（以下，簡稱原權會）[17]，正式宣告戰後台灣的原住民族文化復振運動（以下，簡稱原住民運動或原運），邁入了泛族群的組織化集體行動[18]。

　　成立初期的原權會，根據學者謝世忠的觀點，除了是戰後的台灣原住民族「首先有組織、有計劃地推動民族運動的泛族群組織……領導『泛原住民運動』的單位」[19]，並且是在大專院校、神

---

[17] 原權會在一九八七年十月二十六日召開的第二屆第二次會員大會，決議更改會名為「台灣原住民族權利促進會」。關於原權會的籌組過程、理念訴求、行動個案、會員的背景分析，謝世忠的著述有詳細探討；謝世忠，《認同的污名——台灣原住民的族群變遷》（台北：自立晚報社，一九八七），頁五九～一〇八；謝世忠，《族群人類學的宏觀探索：台灣原住民論集》（台北：台灣大學出版中心，二〇〇四），頁二七～六六。

[18] 根據謝世忠在一九八五年的調查，原權會的會員已從創會時的二十四人增加到五十三人，其中原住民籍的會員三十九人（七十三‧六％），漢族的會員十四人（二十六‧四％）；謝世忠，《認同的污名》，頁七六。

[19] 謝世忠，《認同的污名》，頁七六。

學院系統之內具有公眾演說、書寫能力的原住民族知識分子[20]，首
度集結在一個族群身分意識自覺的行動團體之中，主動設定或建構
社會議題（social agenda）並且付諸行動實踐，其後又因著一九八〇
年代的台灣社會民主運動、一九九〇年代初期的世界原住民文化復
興運動帶來的反思性、批判性的思潮衝擊，以及黨禁、報禁陸續解
除之後，加速撐開了公共領域的言論空間、報刊版面的稿源需求、
基進學者的社會參與並引進文化研究、後殖民論述、新社會運動等
等歐美學者的思想論述，連帶激發了在原權會的內部或是以不同方
式參與廣義的原運組織的各族原住民知識分子，嘗試透過文學的書
寫、刊物的創辦，用以展開自我主體的敘事策略，企圖尋求族群認
同的再發現、文化身分的再建構、歷史記憶的重新編整。換句話
說，也就是在一九八四年的前後，各族「原運世代」的文學創作
者、文化論述者[21]，不僅奠定了戰後台灣原住民文學構成的基礎，
進而掀起並帶動了不同世代的原住民以漢語、族語或混語參與文學
書寫的浪潮。

---

[20] 一九八五年正式加入原權會的原住民籍會員的學歷背景，主要集中在大專院校、
神學院的兩大系統，其中大專及碩士肄業或畢業的有二十三人（四十三‧三%），
神學院（包括玉山神學院、台南神學院、基督書院）肄業或畢業的有十七人
（三十二‧一%）；謝世忠，《認同的污名》，頁七八～七九。

[21] 原住民文學的「原運世代」一詞，指涉的是在原權會做為原運的主要動源期間
（一九八四年至一九九六年），曾以文學書寫參與原運的原住民作家，他（她）們
的出生年代分布於一九五〇年代至一九七〇年代之間，絕大多數是在部落出生、小
學多在鄰近部落生活幅射網絡的學校完成，並在都市（台灣或外國）接受中學以上
的教育，也都分別經歷了方式不一的原住民文化身分自覺過程，個人的第一本文學
作品也在一九八四年至一九九六年之間結集出版。我在第五章詳論「原運世代作
者」。

「山海」文學的建構運動

一九八四年是戰後台灣原住民族文學發展歷程的關鍵年度，另在謝世忠看來，一九九三年「山海文化」雜誌社的成立、《山海文化雙月刊》的創辦，則是標誌著戰後台灣原住民族的文學表述、書寫、翻譯與論述，進入「文學建構運動」的境域[22]。整體來看，「山海文化」雜誌社在「文學建構運動」的角色作為上，主要表現在串連並擴展原住民族文學的書寫梯隊、灌輸原住民族文學的理論內涵、籌辦原住民族文學獎、編選原住民族漢語文學選集及日譯、舉辦跨國性的原住民族文學研討會、推動台灣原住民族文學國際交流的六大面向（關於「山海文化」雜誌社、《山海文化雙月刊》在戰後台灣原住民族「文學建構運動」發揮的角色功能及其意義，留待第六章探論）。

戰後迄今，台灣各族的原住民文學工作者或隱或顯、直接或間接、有意或無意識地以敘事性的文學表述、吟唱、書寫及演示的形式，作為耙梳、整理、尋覓與復振族群文化、身分認同的策略之用，以及可能無涉乎原住民身分意識自覺、族群文化復振的文學作品，已在多項文學獎獲得名次、或被選入年度文學選集或讀本，以及國高中的國文科教科書之內，這些現象在在顯示原住民族的文學創作已在一九九〇年代之後的「創作／出版」、「書寫／閱讀」、「研究／學位」的文學消費市場、學術研究場域，引起一定程度的閱讀興趣及研究趨勢。尤其是在二十一世紀之後的原住民族文學表述、書寫的「作者」形成模式，以及閱聽受眾的「讀者」類型板塊，逐漸地向童話、繪本、視訊、影音及數位化空間移動、拓展的

---

[22] 謝世忠，〈「山海文化」雜誌創立與原住民文學的建構〉，收於《聯合報》副刊編輯，《台灣新文學發展重大事件論文集》（台南：國家台灣文學館，二〇〇四），頁一七五～二一二。

現象，也就同時意味著對於戰後台灣原住民族文學的研究，除了賡續既有關於文本分析、作者研究範疇之內的認同政治、文化抵抗、歷史記憶、再現敘事、離散書寫的等等觀照範疇之外，更需一併探討在被擺置於商業性的生產、展演、流通、消費的文化經濟市場機制底下，原住民族文學及作者可能出現的內在肌理、外在形貌的諸多變體。

「戰後台灣」的雙重意義指涉

在進一步考察、探討戰後台灣原住民族文學的形成脈絡之前，我認為，對於本書各章節所將使用的關鍵語詞、核心概念進行操作定義，以及針對這些語詞、概念在特定的時空語境底下，彼此牽動衍繹的辯證意義展開梳理，都是必要的基礎工作。

首先，「戰後台灣」這個語詞在本書的論述脈絡當中，具有「貫時性──歷史意識的」、「共時性──文化結構的」雙重指涉意義；「戰後」的時間性指涉，並不只是趨近於歷史分期的年序修辭，另還表徵著台灣各個族群住民在第二次世界大戰之後對於國族、族群文化身分，以及自我主體性認同的內在辯證、外在塑型過程，猶仍處於眾聲雜沓、多音交織的狀態。

一九四五年八月十五日，日本天皇透過廣播，正式承認日本在第二次世界大戰的太平洋戰區失敗，結束對台灣主權長達五十年餘的殖民統治，台灣住民自此褪去「皇民」的殖民烙印，但在一九四五的九月以降，迄至一九八八年蔣經國總統病逝之前的台灣住民，卻是墜入「後天皇」時代的蔣介石、蔣經國父子主政的另一種訴諸於龍族、華夏圖騰的國族認同、文化政治的操控機制之內。

一九五〇年代以迄一九六〇年代中期，台灣在國際冷戰體系的戰略
位置被美國重新評估，並以實質的軍事、外交、政治及經濟奧援行
動支持台灣政府，默許蔣介石政權以一黨專政、獨裁決策及武力恫
嚇的手段，對台灣的政治體制、社會結構、教育機制、土地運用、
空間配置、產業類型以及人民的思想、言論、遷徙、結社行為施展
「內部殖民主義」（internal colonialism）的統治權力。

　　戰後初期的美援期間，台灣原住民族再度切身經驗著統治者的
權力、國家的意志以一波強過一波的「山地開發化」、「山胞文明
化」、「產業工業化」、「教育現代化」政策勁道，壓印於部落的
傳統領域、組織倫理，族人的身體之上，迫使難以計數的各族原
住民（裡面當然也包括不少的原住民文學創作者、文化論述者在內）在
一九八〇年代末期之前的文化分類、社會認識的機制底下，煎熬展
開文化身分認同的「污名化」苦澀之旅。即使是在一九九六年的台
灣總統民選、二〇〇〇年的政黨輪替執政之後，台灣各個族群住民
對於國族文化主體認同的爭辯態勢，依然不脫於眾聲雜沓、多音交
織的塵埃飛揚，原住民族文學的形成脈絡在相當程度上，也是纏捲
於如此的時代氛圍結構狀態之內。

原住民族文化、文學的形構地基

　　「台灣」的空間性指涉，在本書的論述脈絡，並非只是單純侷
限於台灣的地理位置、行政轄區而論；對於一九八〇年代初期生成
的原運參與者、文學書寫者來說，「台灣」的空間認識，蘊含著殖
民歷史底下的「地理空間／文化認同」辯證關係。

　　包括愛德華・索雅（Edward Soja）、艾倫・普瑞德（Allan
Pred）等學者對於「權力／地理」的空間理論，都曾清楚指明一項
對等式的論述命題：地理空間與身分認同之間的關係，乃是聯結於

日常生活的認知及其實踐；普瑞德指出：

> 人們的每一個行動和事件，始終具有時間的、空間的屬性，以
> 此形成個人主體的存在。透過了在日常生活上，或是較長的觀
> 察尺度上對於「時間——空間的主體」（time-space subject）的
> 測量，一個人的一生可以被概念化及圖示化。[23]

　　對於普瑞德來說，地理空間乃是個人的主體在日常生活實踐的
客體，身體的經驗在此累積、公眾的生活在此開展、世代的歷史記
憶在此層疊、權力的施用也在此處流動。準此以觀，「台灣」也就
不單單只是一個標誌地理空間存在的指涉詞，更是融塑原住民族的
「地方感」（sense of place）、「感覺結構」（structure of feeling）的
觸媒載體，也是原住民族的文化復振、文學發聲等等集體社會性行
動不可分離的形構地基。

　　更進一步來看，任何一個集體性的社會行動生成與集結，總是
受到那些來自於歷史的、地理的、社會的因素相互作用，借用索雅
的話來說，台灣原住民族的文化復振、文學發聲的集體行動之所以
成為一種「社會存在」（social being），乃是由於歷史的「歷史性
（historicity）」、地理的「空間性（spatiality）」，以及社會的「社
會性（sociality）」等等意識的生成、轉化而模塑（becoming）。在
這樣的認識論前提之下，「台灣」這個地理空間之為原住民族的文

---

[23] Allan Pred. "Structural and Place: On the Becoming of Sense of Place and Structure of
Feeling," in *Journal for the Theory of Social-Behavior*. vol, 13, No, 1 (March 1983.). pp.
45-68. 譯文參引艾蘭・普瑞德著，許坤榮譯，〈結構歷程和地方——地方感和感覺
結構的形成過程〉，收於夏鑄九、王志弘編譯，《空間的文化形式與社會理論讀
本》（台北：明文，一九九三），頁八三。

化復振、文學書寫的形構地基,「不僅是歷史的創造,同時也是人文地理學的建構、空間的社會生產,以及地理景觀的持續塑造與重塑」[24]。

　　本書對於原住民族文學形成的研究範疇,設定在「戰後台灣」的時間性軸線、空間性架構,據以探討原住民族的敘事性文學表述、書寫及其周邊幅射的出版、流通、研究等等相關的社會效應。證諸史實,台灣的平埔族原住民早在十九世紀初葉的清領時期,就有可考的文學書寫活動,並有零星的、片斷的漢詩作品收錄在漢族詩人選輯的詩冊之中[25],隨後亦有各族的神話傳說、民間故事被清國、日本的文士或學者以不同的語文採記保存,然而這些漢詩作品及口傳文學在卑南族學者孫大川看來,「大都以『第三人稱』異己

---

[24] Edward Soja. "Postmodern Geographies and the Critique of Historicism," in J. P. Jones & W. Natter (eds.) *Reassesing Modernity and Post-modernity* (New York: Guiford Press, 1995). pp. 18-19。譯文參引愛德華‧索雅,〈後現代地理學和歷史主義批判〉,殷寶寧、王志弘、黃麗玲、夏鑄九等譯,《台灣社會研究》季刊第十九期(一九九五年六月),頁一~二九。經由普瑞德、索雅等人的論述觀點來看,達悟族人居住的蘭嶼雖然位於台灣本島之外,惟因蘭嶼在清同治十三年(一八七七)併入清國版圖,且在一八九六年隨著台灣、澎湖納入日本主權,另在一九四六年之後被中國國民黨政府編入山地鄉,設置蘭嶼鄉公所,達悟族人從此也被納入戰後台灣政治、產業、文化及教育等等治理面向的作用範圍之內。

[25] 清道光元年(一八二一)台灣各地普設「土番社學」,加速了平埔族原住民社群的儒漢化,並且產生了多位「番秀才」,其中較為知名的「埔里番秀才」望麒麟(一八六一~一八九五)在清光緒十年(一八八四)前往台南府城應試,高中秀才;詹素娟,〈末代埔番傳人——望麒麟〉,收於莊永明總策劃,詹素娟、浦忠成等撰文,《台灣原住民》(台北:遠流,二〇〇一),頁六七。另如清領時期的新竹地區「梅竹吟社」古典詩人王松,曾在他輯錄的《臺陽詩話》提到淡水地區的平埔族頗多「番秀才」,包括毛少翁社的翁文卿、雷朗社的陳春正、陳春輝、陳春華、大基隆社的陳洛書、擺接社的陳宗潘等人,「均能文且名駢馳一時」;引自伊能嘉矩著,台灣省文獻委員會譯編,《台灣文化志(中譯本)下卷》(台中:台灣省文獻委員會,一九九一),頁二九八。

論述的方式來進行」[26]、「他人的描繪、記錄、揣摩，終究無法深入到我們的心靈世界」[27]，同時也缺乏相關的資料線索以判讀、偵測這些作品的刊行、流通網絡，及其觸發的族裔文化身分認同的社會效應動線。

　　相較於日治時期或是更早的清領時期，戰後台灣的原住民族在物質上的、精神上的各個生活層面，更被現代國家的治理機能所穿透，也被資本主義的經濟邏輯所滲透；在此之前，原住民的文學（不論是以何種形式、語文表述或書寫）並未出現有意識的集體化串連行動，遑論對於原住民族文學的出版及研究，直到「戰後」始有不同族別的原住民陸續萌發了文化身分的主體自覺、認同意識，逐漸以文化抵抗的動機、目的，採取文學書寫（不論是口傳文學或作家文學）的創述策略，「從第三人稱的異己論述，到第一人稱的自我開顯」[28]，對抗現代國家治理機能的穿透、資本主義經濟邏輯的滲透，以能揭示並挺立原住民族的文化主體尊嚴；期間，當然也不乏純為文學而書寫，創作動機無關乎文化身分認同意識的原住民作家及作品，唯此率皆觸動了戰後台灣文學版圖容量的蠕變，並在商業化屬性的出版市場之中搭建了原住民的文學平台，進而開發了不同於以往看待原住民的另一種視域的社會認識，且在學院之內逐漸成為一門動員、整合相關理論解釋系統的新興研究領域（當然，出版市場的商業機制、學術規格的研究機制，也可能收編或馴化原住民的文學書寫動能）。

---

[26] 孫大川，《夾縫中的族群建構——台灣原住民的語言、文化與政治》（台北：聯合文學，二〇〇〇），頁八一。

[27] 孫大川，《山海世界——台灣原住民心靈世界的摹寫》（台北：聯合文學，二〇〇〇），頁一二一。

[28] 孫大川，《夾縫中的族群建構——台灣原住民的語言、文化與政治》，頁九四。

權力之眼凝視底下的原住民文化身分認同問題

　　「戰後台灣原住民族文學」的這句修辭，另有兩組語詞的界義
必須說明，一是「原住民」的身分認定、認同問題，二是「原住
民文學」的內容界定。關於前者，「原住民」的身分認定、認同
問題，箇中相關的先行研究涉及了血緣的、語言的、種族的、法律
的、政治的、文化的、歷史的，以及跨國比較的等等論述取向，
觀點頗為龐雜分歧[29]。台灣原住民族在一九八〇年代初期湧現的文
化復振運動、文學書寫行動，不可避免地，首先必須面對的正是原
住民的文化身分「認同」（cultural identity）何以成為問題，並且對
之做出理論性的回應。換句話說，關於文化身分的質疑、尋覓及重
建，幾乎就是原住民的文化復振運動、文學書寫行動之所以發軔的
最主要構成質素，也是同時環繞著行動者、觀察者與研究者之間的
核心焦點之一。

　　原住民族對於文化身分的認同問題，自從一九八〇年代初期
以來，仍在相當程度上連帶於台灣社會，或者說是漢人對於國家
認同（中華民國vs.台灣共和國）、國族認同（中華民族vs.台灣民族）
的「認同政治」（identity politics）論辯之中，並且成為漢人的政治
組織及其意識型態拉攏、召喚、結盟的對象[30]；然而，這些是否意

---

[29] 學者林修澈對此有詳細的整理分析。參見林修澈，《原住民的民族認定》（台北：
行政院原住民委員會，二〇〇一）。

[30] 最具代表性的例證，即是一九九九年九月十日由民進黨籍的台灣總統候選人陳水扁
在蘭嶼與原住民族的各族代表簽訂〈原住民族與台灣政府新的夥伴關係〉協定，並
在當選總統之後的二〇〇二年十月十九日，以國家元首的身分再度與各族代表簽署
〈原住民族與台灣政府新夥伴關係再肯認〉協定；關於這兩份協定的條文內容，參
見行政院原住民族委員會編印，《原住民族法規彙編》（台北：行政院原住民族委
員會，二〇〇四），頁四七五～四八〇。

味著原住民、原住民族的文化身分認同已然完成？這裡也還涉及到
了關於原住民如何形成原住民族群／民族的問題，也就是對於原住
民來說，認同的對象、過程與意義究竟是什麼？能在文化復振、文
學書寫的集體行動形式之下被呈現、驗證嗎？諸如此類的問題，都
還有待更進一步細膩探討，借用英國學者凱瑟琳‧伍沃德（Kathryn
Woodward）的話來說，「我們需要把認同概念化（to conceptualize
identity），將之區分為幾個不同的面向，據以理解認同是如何運作
的」[31]。

在當今的人類社會，「認同」這個詞彙，可以說是最常被使用
的語詞之一，因著表述情境、語義脈絡的不同（尤其是在受到國族
認同論爭、全球化體系的形構及其影響之下），「認同」的概念指涉
也就隨之變化，甚至經常出現了對於認同對象、認同過程，以及認
同線索所可能造成的干擾或誤認效應，誠如英國學者保羅‧吉洛伊
（Paul Gilroy）所言：

> 我們生活在一個認同問題（identity matters）的世界之中。它之
> 所以成為問題，既是在概念、理論上，也是在現今政治生活上
> 引發爭議的事實；不論是在學術領域之內或之外，「認同」這
> 個詞語的本身，已然引起了當前難以計數的人們共鳴。[32]

從吉洛伊的角度來看，戰後的台灣社會，尤其是從一九八〇年
代開始，確實遭遇著五花八門的「認同問題」，人們從不同的角
度、立場及身分談論或爭論有關於認同的各形各樣問題，時至今

---

[31] Kathryn Woodward. "Concepts of Identity and Difference," in *Identity and Difference*. edited by Kathryn Woodward. (London: SAGE publications, 1997). p. 11.

[32] Paul Gilroy. "Diaspora and The Detours of Identity," in *Identity and Difference*. p. 301.

日，猶仍方殷未歇（諸如國家、民族、群族、階級、性別、性向，乃至於顏色、手勢，以及消費行為的品味選擇等等，均被納入廣義的「認同政治」範疇之內）。

「認同」的概念化

「認同」這個詞彙的概念，在學術研究上的操作定義、指涉，不同學科領域的學者有不同的詮釋取徑，對於吉洛伊來說，「認同的概念，是由相當多樣化的觀念濃縮凝結而成」：

> 認同提供一種理解的方式，用以理解我們對於世界的主觀經驗（subjective experience），以及透過文化及歷史背景而模塑的各種主體性之間的相互作用……它標示出在我們的社會生活之中各種的區分（divisions）及從屬（sub–sets），同時協助我們去界定周遭一切不穩定的、因地制宜的界線，以讓置身其中的人們可以理解這個世界，並且察覺世界與自我的關係。[33]

在吉洛伊看來，「認同」的概念指涉，毋寧是提供人們在流動的歷史認識、社會接觸，以及生命經驗當中，用以辨識、區別自我的主體性在人我互動關係的歸屬位置及理解方式；另一方面，在吉洛伊的論點基礎上，伍沃德的觀點則是更進一步細緻分析「認同」的形構機制：

> 認同是透過差異（difference）而被辨示出來……經由象徵性的符號（symbols）而標示……所以認同的建構既是象徵的，也是

---

[33] Paul Gilroy. "Diaspora and The Detours of Identity". p. 304.

社會的（both symbolic and social）……事實上，認同是一種關係
取向（relational），差異則是透過在與他者（others）相關的象
徵元素（symbolic making）的區別而被建立。[34]

順著吉洛伊、伍沃德的分析脈絡，似乎已對「認同」的概念胚
形、操作定義進行模式勾勒，但是箇中仍有幾個不同層次的問題必
須梳理。首先，如果認同是透過「差異」而被辨示出來，那就意
味著有一種或多種用以辨識區別「差異」的社會分類系統（social
classificatory systems）存在，然而必須追問的是，「差異」為何、如
何產生？分類系統又是以什麼樣的標準而操作？人們真的會因為自
身的實然「差異」，而對之產生應然的認同？

其次，倘若認同是經由象徵性的符號而標示，那麼「象徵性符
號」的相關指涉是什麼？是否可能凝固不變、恆久不動以待認同的
標示？如果認同是一種關係取向，那麼人們在日常生活之中有著不
同的角色身分扮演，這又是否意味著在不同生活場域的不同角色當
中，有著不同的認同關係取向？換句話說，每一個人在關係取向的
社會生活之中，不可能只有一種認同，一旦認同的內容殊異、矛盾
之時，又該如何折衝調節？以孫大川的自述為例，在他的生命經驗
構圖之中，屢屢飽受認同矛盾的煎熬折磨：

我的生命裡包含了三個家鄉：生而為原住民（卑南族），這是我
的第一個家鄉，是屬於自然的。而由於時空條件的制約，讓我活
在漢人的符號世界裡，這是我的第二個家鄉，是屬於文化的。天
主教的信仰，則是第三個家鄉，是屬於宗教的。這三個家鄉有時

---

[34] Kathryn Woodward. "Concepts of Identity and Difference". pp. 9-12.

各當其位，相安無事；有時三鄉斷裂、交互矛盾，窒礙難通。而
時常徘徊於三鄉之間，正是我生命中最深的煎熬。[35]

　　孫大川的自述，顯示了對於具有族裔意識自覺的原住民來說，
文化身分的認同過程，往往攪雜著徘徊、煎熬及抉擇的心靈多重試
煉。最後，認同固然提供了人們據以察覺自我、理解世界的方式，
但此並不保證人們因而必然投入這個認同位置預設的社會行動；換
句話說，認同是一回事，認同的實踐與否又是另一回事。

社會規約機制之下被生產的認同

　　英國學者史圖亞特・霍爾（Stuart Hall）、保羅・杜蓋伊（Paul
du Gay）的研究顯示，任何形式的身分「認同」，無不是在各種
樣式的「規約」（regulation）機制底下被生產而出，不論這種「規
約」是來自於外在的歷史構造、權力凝視、社會監看，或是內在的
自我意識、心理狀態；認同的構成肌理，總是存在著本質性、建構
性的雙重紋路。認同，以霍爾的話來說：

並非超越空間、時間、歷史及文化而早已存在。文化身分固然
有其歷史的源頭，惟與其他所有具有歷史的事物一般，它們也
經歷了經常性的轉變（constant transformation）；認同，絕不是
永遠被固定在某個本質化的過去（essentialised past），它們總是
被不斷「上演」（play）的歷史、文化及權力所支配著。[36]

---

[35] 孫大川，《久久酒一次》（台北：張老師，一九九一），頁一三二～一三四。

[36] Stuart Hall. "Cultural Identity and Diaspora," in Patrick Williams & Laura Chrisman.
eds., *Colonial discourse and Post- colonial theory: A Reader*. (New York: Harvester
Wheatsheaf, 1993). p. 394.

　　因此，對於霍爾來說，問題的重點「不是認同的重新發現，而是認同的生產（production of identity）」[37]，他認為「應該把認同視之為一種『生產』，它從未完成，永遠處在過程之中（in process），並且總是在這個過程的內部而非外部構成了再現（representation）」[38]。

　　從吉洛伊、伍沃德、霍爾等人的分析觀點來看，人們之所以會對某種文化身分的位置產生歸屬感的認同，主要是因為人們意識到那個文化身分的位置關聯於自我的主體經驗，並且察覺到那個文化身分的位置是因與他人的差異而存在，此即伍沃德所說的，「認同是透過『差異』而被辨示出來」；雖然，一個人意識到、察覺到差異的存在，並不必然預設這個人就會對於因著差異而來的文化身分產生認同。然而，究竟差異是從何而來？以霍爾、杜蓋伊的觀點來看，差異是在「不斷上演的歷史、文化及權力」支配影響底下的社會「規約」機制而製造、強化的。關於這一點，借用傅柯的觀點來說，「原住民」的身分認定、認同問題，唯有放在「權力之眼」（The Eye of Power）的凝視架構底下來談，才有具體可供驗證的社會張力可言：

　　　　個人的認同及其性格，乃是在身體、多重性、運動、欲望、力量之上運作的權力關係的產物。[39]

　　順著傅柯的觀點，「原住民」的身分認定、認同問題在戰後台

---

[37] Stuart Hall., "Cultural Identity and Diaspora". p. 393.

[38] Stuart Hall., "Cultural Identity and Diaspora". p. 392.

[39] Michel Foucault. "The Eye of Power," in Power/Knowledge: selected interviews and other writings, 1972-1977 (New York: Pantheon, 1980). pp. 146-165.

灣的演繹過程，強烈沾染著政治權力上、法律權益上既對抗又妥協
的況味，使得「原住民」的身分認定判準呈現著既有本質論又有建
構論的浮動、含混軌跡；或許亦可藉由德國社會學家卡爾・馬克思
（Karl Marx）探討階級形構之時的重要概念「自在階級」（class in
itself）與「自為階級」（class for itself），進一步思考「原住民」身
分認定的族群形構問題；馬克思指出：

> 經濟條件首先把大批的居民變成工人。資本的統治為這批人
> 創造了同等的地位和共同的利害關係。所以，這批人對資本
> 說來已經形成一個階級（class in itself），但還不是自為的階級
> （class for itself）。在鬥爭（我們僅僅談到它的某些階段）中，這
> 批人逐漸團結起來，形成一個自為的階級。他們所維護的利益
> 變成階級的利益。[40]

　　對於馬克思來說，工人們的生產位置、生活方式，經濟條件互
為類似，使得他們成為「自在階級」，但在這個階段的工人們「好

---

[40] 馬克思，〈政治經濟學的形而上學〉（《哲學的貧困》第二章），收於中共中央馬
克思恩格斯列寧斯大林著作編譯局編，《馬克思恩格斯選集・第一卷》（北京：
人民，一九七五），頁一五九。事實上，「自在」（in itself）、「自為」（class
for）的概念是馬克思從德國哲學家黑格爾（Friedrich Hegel）那裡挪用來的，黑
格爾在《精神現象學》（The Phenomenology of Mind）探討人的自我意識（self-
consciousness）時指出「自我意識的存在，是既自在又自為的（exist in itself and for
itself），這是當它，並且因為它是為另一個自我意識而自在自為；也就是說，它只
能作為被承認的存有而存在」；轉引自Frantz Fanon. *Black Skin, White Masks* (New
York: Grove Weidenfeld, 1967). p. 216；譯文參考弗朗茲・法農著，陳瑞樺譯，《黑
皮膚，白面具》（台北：心靈工坊，二〇〇五），頁三〇八。

像一袋馬鈴薯是由袋中的一個個馬鈴薯所集成的那樣」[41]，唯有經由階級意識（class consciousness）自覺與凝聚的過程，工人們的階級屬性藉由自我認定（self-description）而成為「自知階級」（class know itself），進而透過「自為階級」的集體行動，翻轉工人階級的社會位置、重組國家機器的構造屬性。

　　馬克思以「自在階級」、「自為階級」的概念（事實上，馬克思本人並不曾直接使用「自知階級」這個語詞），分析工人如何「階級化」，並從經濟的生產者轉變成為政治的行動者，固然已被不少學者批評為流於「結構決定論」、論證邏輯跳躍簡化之嫌[42]，惟若援引馬克思的概念架構，並將「階級」這個概念語詞依據原住民不同的主體認同狀態、集體行動時態，置換代以「原住民／族群／民族」（native／ethnic groups／nation），或許對於描述、分析台灣原住民分別在「自在」（in itself）、「自知」（know itself）及「自為」（for itself）的各個主體認同狀態的身分認定、族群想像及民族構成，仍有參考價值的釐清作用。

「自在原住民」、「自知族群」、「自為民族」

　　首先，因為血緣的出生背景、法律的收養關係而被認定為原住民的人，不論他（她）是否具備著生／身為原住民的身分認同意識，抑或是有無族語的聽講能力，甚且是否因故而隱藏、否認、乃

---

[41] 馬克思，〈路易・波拿巴的霧月十八日〉，收於《馬克思恩格斯選集・第一卷》，頁六九三。

[42] 較具代表性的相關批評可參見E・P・湯普森（E. P. Thompson）著，賈士蘅譯，《英國工人階級的形成》（台北：麥田，二〇〇一）；王振寰，〈工人階級形成的分析：E. P. Thompson與新馬克思主義〉，《台灣社會研究季刊》第二卷第三、四期（一九八九年秋／冬季號），頁一四七～一七四。

至於排斥自己的原住民身分，但就「自在」的角度視之，他（她）
的原住民身分並不因此而剝落，這個階段的個人主體時態，我以
「自在的原住民」（native in itself）稱之[43]；換句話說，主體時態
「自在」的原住民，或者是為與生俱來的血緣本質，或者是為經由
法律收養程序的人為建構，他（她）的原住民身分並不必然預設著
原住民文化身分的意識伴隨。

　　但在透過內在的自我意識因素，或是因著外在的社會作用因
素，故而知曉、察覺他（她）自己的原住民身分乃是文化差異性的
社會存在（social being），並將自我的文化身分認同標線從個人、
家族、部落擴延聯結於族群的概念，以「自知」的角度來看，這
個階段的族群主體想像的認同時態，我以「自知的族群」（ethnic
groups know itself）稱之。然而，「自知族群」的認同時態，牽涉到
了文化差異之內的差異問題，亦即「差異的認同／認同的差異」，
箇中的文化身分認同邏輯可能體現著階序性、雙軌化以及選擇性的
認同，誠如趙中麒的觀察，「原住民各族因為彼此的語言或其他社

---

[43] 「自在的原住民」（native in itself）這個詞彙的意涵是否周延適當，還有修正
的思考空間，此處必須說明兩點，一是根據英國學者雷蒙・威廉斯（Raymond
Williams）的考證研究，「當native這個字用來指涉自己的地方或自己的人時，它
是具有非常正面的意涵……Indigenous是一個委婉語詞，同時也是一個具有較中性
的詞彙」，參見雷蒙・威廉斯著，劉建基譯，《關鍵詞：文化與社會的詞彙》（台
北：巨流，二○○四），頁二五八～二五九；我在這裡使用「原住民」的英文時暫
捨通用的Indigenous或Aborigines，改以native，用意即在凸顯「原住民」這個語彙
乃是原住民用以「指涉自己的地方或自己的人」。二是，「自在原住民」（native
in itself）的原義，乃指這個階段的原住民並無任何動機意圖以向外表徵個人身分認
同的行動指涉，然而「原住民」這個詞彙在台灣不同年代的出現就有不同的社會解
讀，二十一世紀的現今聽聞「原住民」這個詞彙或許稀鬆平常，但在一九九○年代
或是更早之前使用「原住民」的詞彙，往往會被貼上「基進學者」或「有心人士」
的標籤。

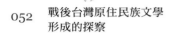

會文化特徵的歧異，彼此並未有對他族的跨族別認同」[44]：

> 原住民各族原本即有互不歸屬的獨特認同，因而對原住民來
> 說，將原住民族視為「一個民族」，而各族則成為「原住民
> 族」此民族下的支族此一做法並不妥適，甚至在認同「原住民
> 族」一詞時，更認同自身的族別歸屬。[45]

　　另外，根據英國學者葛爾納（Ernest Gellner）的研究，「族群」
與「民族」有許多共同之處，最大的差異在於「民族」通常還牽涉
到政治主權的觀念，「民族」是由民族主義界定出來的，民族主義
要求的就是「『文化界線』必須與『政治界線』重疊的一種政治原
則」[46]。但從民族構成（nation formation）的「自為」角度來看，原
住民各族之所以構成「一個民族」，借用趙中麒的話來說，既是
「一種抵抗的符號、建構的論述」，也是「典型的社會實踐的結
果」[47]，對於趙中麒來說，「原住民族一詞所顯現的其實是深具運
動策略的『多元民族體』，至於這個多元民族體的多元意義則是由
各民族作為單元民族體所補足。於是，原住民族與原住民各民族乃
呈現出『多元一體』的關係」[48]；因此，這個階段的原住民泛族群
文化身分的集體認同時態，我以「自為民族」（nation for itself）稱
之。

---

[44] 趙中麒，〈關於台灣原住民『民族』生成的幾個論辯〉，《台灣社會研究季刊》第
五十一期（二○○三年九月），頁二○九。

[45] 同上註。

[46] 轉引自王甫昌，《當代台灣社會的族群想像》（台北：群學，二○○三），頁五。

[47] 趙中麒，〈關於台灣原住民『民族』生成的幾個論辯〉，頁二一六。

[48] 趙中麒，〈關於台灣原住民『民族』生成的幾個論辯〉，頁二一七。

　　我之所以挪引馬克思分析工人如何「階級化」的概念架構，嘗試釐清並界定戰後台灣原住民在不同階段的主體認同時態，進而提出「自在原住民」、「自知族群」、「自為民族」的概念語詞，用意並不在於強調三者之間必然就是直線演繹的進階關係，也不認為每一位原住民都可能或應該從「自在」的狀態而知曉、察覺自我的文化身分意識，進而參與「自知族群」、「自為民族」的集體行動；反之，我認為在探討戰後台灣的原住民文化復振、文學書寫之時，不應概念跳躍，未先對於「自在」、「自知」及「自為」的主體認同時態進行梳理論證之前，不宜驟然地將原住民均質化，使用含括著泛原住民集體意識的「原住民族」語詞，否則恐在界義「原住民族」的文化復振運動、文學書寫行動之時會有疏漏、貶抑，乃至於排擠「自在原住民」之虞。

原住民族，「母體兼他者」（m[other]）的容器

　　基於以上的探討，或許可以援引茱莉亞・克麗絲蒂娃（Julia Kristeva）探討「主體敘事理論」（subject narrative theory）的核心概念「母性空間」（chora），而將「原住民族」這個語詞理解為「子宮」（womb），是讓「自在」、「自知」的原住民得以在「自為」的集體運動當中，由細胞胚胎、組織生成而滋養形構的「敘述主體的容器」（receptacle of speaking subject）。

　　克麗絲蒂娃探討書寫、敘事的主體表意過程（signifying process）之時，批判現代的語言學研究者僅只著重於語法結構的細究、語言內容的操作，並對敘事的主體提出種種的邏輯規範；在克麗絲蒂娃看來，語言並非只是完全屈服於各種社會／歷史的權力制約底下的單一、統一的結構，而是一個複雜的象徵過程，在她的著名論文〈婦女的時間〉（Women's Time），克麗絲蒂娃以女人懷孕

為例指出：

> 懷孕似乎像在經驗著主體分裂的大試煉：身體重製再重製，自
> 我（母體）及他者（胎兒）是既分離又共存，這個他者（other）
> 既是生命機能上的也是意識上的、既是生理上的也是話語上的
> 他者。[49]

　　換句話說，從生物學的角度來看，在懷孕的母體子宮之內，胚
胎的細胞分裂恆在其中進行著，從克麗絲蒂娃的語言學理論內容來
說，在受到各種社會／歷史的權力制約底下的語言結構母體之內，
也是他者的敘事主體形成的「母性空間」，恰也正是這種「母體兼
他者」（m[other]）[50]的雙重結構，形成了語言的多樣化與分裂。

　　因此，在以克麗絲蒂娃的「母性空間」、「子宮」、「容器」
等概念作為參考架構下，「原住民族」一詞之於戰後台灣原住民
的文化復振、文學書寫而言，當可理解為「母體兼他者」的母性
空間、子宮或容器；在現存既定的各種社會／歷史的權力操控結構
之下，「原住民族」一如台灣這個母體懷孕的胚胎他者，一方面接
收來自於母體子宮分泌供輸的滋養質素，據以進行著細胞的分裂
繁衍，終而自為地成為「說話的主體」（speaking subject）；另一方
面，「原住民族」也像是經驗著身體重製的懷孕母體，各個原住民

---

[49] Julia Kristeva. *The Kristeva Reader*. p. 206. 譯文參引邁可‧潘恩（Michael Payne）
著，李奭學譯，《閱讀理論：拉康、德希達與克麗絲蒂娃導讀》（台北：書林，
一九九六），頁二四〇～二四一。

[50] 克麗絲蒂娃並未使用m[other]這個術語，乃是邁可‧潘恩的詮釋用語，李奭學譯之
為「母體兼他者」；參見邁可‧潘恩（Michael Payne）著，李奭學譯，《閱讀理
論：拉康、德希達與克麗絲蒂娃導讀》，頁二三九。

的他（她）及各族之間在「原住民族」這個子宮、容器之內既共存
又分離，相互容受著彼此之間文化差異性的他者存在，共同體驗著
「對另一個人的愛（love for an other）」[51]。

原住民文學的三重類型定義及詮釋

　　依循以上分就「自在」、「自知」、「自為」的各個主體認同
時態而論「自在原住民」、「自知族群」及「自為民族」的概念定
義脈絡，底下針對原住民的文學書寫進行三重類型的釋義。

　　首先，前已提及，以原住民的觀點來說，「文學」的範疇含括
著向內傳承教育的敘說、吟唱的口傳文學，以及對外傳播流通的書
寫、發表的作家文學。

　　其次，本書的主要探察課題之一是台灣自戰後迄今「原住民的
文學書寫」，而非「書寫原住民的文學」，換句話說，我研究的
對象是以具有原住民身分的文學表述、書寫者及其文本，不論他
（她）是以何種的文學表現形式，或其書寫的內容為何，俱為本書
的探討之列，至於非原住民的漢人、外國人以文學書寫原住民的作
品，即使他們的創作動機、寫作內容及書寫技巧是如何讓人肅然起
敬，均非本書定義底下的「原住民的文學書寫」，但仍具有對比於
原住民文學的參照價值。

　　最後，「原住民的文學書寫」依其題材、內容呈顯的文化身分
意識有無或強弱，可以概分三個層面。

　　一、在「自在」的概念詮釋層面底下，凡是具有原住民身分的
文學書寫作為，不論他（她）的創作動機是否有意或無意地脫離、

---

[51] Julia Kristeva., *The Kristeva Reader.* p. 206.

背離於文化身分意識，或其書寫的內容根本無涉於原住民的周邊關聯課題，甚至於刻意隱匿原住民文化身分的書寫位置，均屬於「原住民文學」的定義範疇之內，畢竟一個人原有的族裔身分不能因其文學書寫的內容而磨滅，惟此「自在」類型的原住民文學書寫並不必然歸屬於「原住民族文學」的定義範疇。

　　二、在「自知」的概念詮釋層面底下，原住民的文學表述者、書寫者已然知曉並表露自我的文化身分認同位置，透過不同的語言、表現形式以發抒個人的文學想像，闡釋親友、家屋、氏族或部落的歷史記憶圖像，或者嘗試以文學的表述、書寫形式而整理個人的生命經驗、族群連帶，或者嘗試以原住民文化身分的觀點位置介入一般性的文學主題、社會議題而進行文學發言，這種「自知」類型的原住民文學表述者、書寫者已然知覺自我的原住民身分乃是文化差異性的社會存在，並在進行文學的表述創作之時既將自我的文化身分認同標線從個人、家族、部落擴延聯結於族群，且以原住民的身分轉身面向社會發言、尋求對話；因此，「自知」類型的原住民文學書寫，既屬於「原住民文學」，亦可定義於「原住民族文學」的範疇之內。

　　三、在「自為」的概念詮釋層面底下，「原住民族文學」的定義內涵方有飽滿的實質意義可言；「自為」類型的「原住民族」文學書寫，指涉原住民的文學創作者在「自知」文化身分、族群認同的前提下，文學的書寫思維、視域架構，趨近於以「原住民族」這個「想像的共同體」（imagined communities）為對象，借用英國學者班納迪克・安德森（Benedict Anderson）的話，試圖經由文學書寫的策略，以將「民族的想像」[52] 構圖具象化，它要求文學的書寫者

---

[52] 班納迪克・安德森（Benedict Anderson）著，吳叡人譯，《想像的共同體：民族主義的起源與散布》（台北：時報，一九九九），頁一七。

在個人的主體身分、族別位置的基礎之上，更以原住民族的史觀敘
述原住民曾在這塊土地上與其他族裔的人們集體經歷的歡愉、喜
樂、榮耀以及放逐、禁錮、遷徙、離散、孤立、排擠、打壓、貶
抑、羞辱，乃至於死亡的故事。若從這個角度來看，「自為」類型
的「原住民族文學」在作品的量、質上仍待經營，尤其是以原住民
族史觀、長篇敘事架構的所謂「大河小說」書寫、出版狀況有限，
仍還不足以支撐「自為」類型的原住民族文學，即連影響原住民族
命運甚鉅、暴露殖民政治殘暴、牽動原漢關係變化的多起歷史事
件，亦少見到原住民以長篇架構或史詩規模的文學敘事技巧、實驗
形式書寫之[53]，顯示「自為」類型的原住民族文學猶有更待續航、
發展的潛力空間，以能更為增強原住民文學及原住民族文學的重量
厚度。

台灣／原住民族文學史的辯證關係

　　台灣原住民文學／原住民族文學的三重類型定義，已如前述；
底下的篇幅，我將探察原住民族文學與台灣文學之間的關係界定問
題。事實上，關於這個「問題」的討論或爭辯，在二〇〇九年十
月，鄒族學者巴蘇亞・博伊哲努（浦忠成）出版《台灣原住民族文
學史綱》（全書計分上、下兩冊，厚達一千一百八十五頁）之後，看似

---

[53] 根據學者邱若山的研究，「一九九〇年代起台灣的原住民文學蓬勃發展，原住民作
家以霧社事件為題材寫成的作品，筆者尚未看到，希望原住民作家的霧社事件作品
早日誕生」；引自邱若山，〈關於霧社事件的歷史解釋的變遷〉，收於《天理台灣
學會第15回研究大會：台灣大會紀念演講および研究發表論文報告集》（日本天理
大學「天理台灣學會」主辦，二〇〇五年九月十日），頁D6・10；經詢邱若山，
他指的是原住民文學的長篇小說部分尚未出現以霧社事件為題材寫成的作品。

已無再議的必要，但是如果我們同意並接受這樣的論斷，勢必會跟
台灣原住民族文學建構主體位格的繁複、層疊的力系作用過程，錯
身而過；誠如廖炳惠探討法國學者保羅・里柯（Paul Ricoeur）的思
想論述之時，借用了有機性、不規則的生育隱喻，理解文學史構造
的生命譜系問題：

> 對文學史上的千變萬化，從嫡傳到私生、自生、歧出、追認生
> 父……各種現象，我們也許得用尼采（Friedrich Nietzsche）及傅柯
> （Michel Foucault）的「衍生」概念（genealogy）【去理解文學史
> 之中】一直在變動，產生、衍生其無法控制的生命譜系。[54]

台灣原住民族文學史的「從嫡傳到私生、自生、歧出、追認
生父」、「一直在變動，產生、衍生其無法控制的生命譜系」建
構過程，我在本書的其他章節已有初步探討[55]，此處不贅。如前所
述，一九八四年是影響戰後台灣原住民族文學發展的關鍵年度、
一九九三年則是標示了台灣原住民族進入「文學建構運動」，這段
期間，吳錦發是首度使用「原住民作家」、「原住民文學」等詞語
的台灣文學批評家，他在一九八九年七月二十一日～二十六日《民
眾日報》副刊發表的〈論台灣原住民現代文學〉一文，以正面的態
度肯定原住民族的文學表現價值，「台灣文學有這批作品的加入，
在意義上才能成為周延的文學」[56]；文中，卻因其中一段的文句修

---

[54] 廖炳惠，《里柯》（台北：東大，一九九三），頁一六三。

[55] 參閱本書第八章〈少數文學與數位書寫的建構及共構——戰後台灣原住民族漢語文
　　學的超文本書寫〉、第九章〈「布農文學」的形成及構造的初步考察〉。

[56] 轉引自瓦歷斯・尤幹，《番刀出鞘》（台北：稻鄉，一九九二），頁一二七、
　　一三二。

辭「台灣現代原住民文學是台灣文學中新興的一個支派」，意外觸
發一場至少延燒到二〇〇〇年之後的跨世紀論戰火苗，亦即關於原
住民族文學的主體性界定、構造、範疇及與台灣文學關係屬性定位
的詮釋之爭[57]。

共構入史論vs.自築入史論

　　拱塑這場論戰構圖的總體論述脈絡，概括地說，是由兩條時而
交集、時而平行的軸線構成。其中的一條脈絡，我以「共構入史
論」（co-formative historiography）名之，犖犖大者的論述烽線，主要
幅射自葉石濤、彭瑞金、孫大川、岡崎郁子等人的相關著述之中；
論者以為，在「共構入史」的文學邀請、結盟架構之下，確認台灣
文學、原住民文學的關係屬性，當是「接合的」（articulate）相互
涵攝，例如日本學者岡崎郁子以族群和解的共存角度認為：

　　本來我就覺得沒有必要區別台語文學、客家文學、原住民文學
　　的。將一切總稱為台灣文學就行了。因為作家們，不問外省
　　人、本省人和原住民都各有對其出身的認同（identity），但比
　　之於它，對台灣的社會、政治、文化的環境也擁有共同的認

---

[57] 吳錦發的「支派說」，按其文脈，並無貶抑原住民文學主體性之意，但卻觸發了原
　　住民文學與台灣文學關係屬性定位的詮釋爭論，雖無論戰之名，卻有論戰之實，
　　可參考齊隆壬，〈民族誌與正文──台灣原住民文學的書寫和種族論述〉，收於
　　馮品佳主編，《重劃疆界：外國文學研究在台灣》（新竹：交通大學外文系，
　　一九九九），頁一八五～一九七；瓦歷斯・諾幹，〈關於台灣原住民族現代文學的
　　幾點思考〉，收於周英雄、劉紀蕙編，《書寫台灣──文學史、後殖民與後現代》
　　（台北：麥田，二〇〇〇），頁一〇一～一一九；廖咸浩，〈「漢」夜未可懼，何
　　不持炬遊？：原住民的新文化論述〉，收於何寄澎主編，《文化、認同、社會變
　　邊──戰後五十年台灣文學國際學術研討會論文集》（台北：行政院文建會，二
　　〇〇〇），頁三三九～三六一。

同。[58]

　　岡崎郁子宣稱台灣各個族群的住民對於台灣的社會、政治、文化「擁有共同的認同」，證諸於經驗事實，恐怕是出自於善意卻又未免天真的論斷，也正是因為沒有建立起對於台灣的共同認同，致使台灣在社會、政治、文化上的論辯、吵罵，乃至於爭鬥的現象，紛擾至今。又如，彭瑞金認為現階段的台灣文學本土化論述，事實上是以台灣認同、土地關懷為終極價值的立基所在，有人類就有文學的觀念，與原住民作家所推展的原住民文學的終極理想，並非敵對的：

　　　　由於歷史的因素，原住民文學可以弱勢自居，若因此自外於
　　　　「台灣文學」，恐怕將難以走出迷霧。[59]

　　相對於「共構入史論」的另一條脈絡，我以「自築入史論」（self-constituted historiography）喻之，箇中的主要論述意旨，展現在齊隆壬、瓦歷斯・諾幹、巴蘇亞・博伊哲努的相關著述。有別於「共構入史論」跨越族群的邊線，優先強調文學奮戰位置的屬性相近、共同定義「台灣文學史」的主體構造，而對原住民文學發出邀請函、締盟書以發振台灣認同、土地關懷的文學終極價值，「自築入史論」則是將原住民文學放在整個原住民文化復振運動的範疇脈絡之中去理解，正如巴蘇亞・博伊哲努所言：

---

[58] 岡崎郁子著，葉迪、鄭清文、涂翠花譯，《台灣文學——異端的系譜》（台北：前衛，一九九七），頁二七二。

[59] 彭瑞金，《驅除迷霧、找回祖靈——台灣文學論文集》（高雄：春暉，二〇〇〇），頁二四八。

在「爭取政治參與」、「正名」、「還我土地」等運動的推動
中，文學創作成為原住民表達其沉重悲傷及嚴肅目標的重要方
式。[60]

　　在主張「自築入史論」的學者看來，原住民的文學創作並不只
是為了圖取「文學終極價值」，文學乃是作為原住民主體身分的自
我療癒、自我構築之用；原住民的文學書寫所要凝視的歷史對象，
在於原住民族的主體剝落與重返的過程，而非掛懷於是否融入「台
灣文學史」的主體構造。

　　原住民文學與台灣文學的關係屬性定位的「共構入史論」、
「自築入史論」交鋒脈絡，略事整理之後，或許可以發現雙方對於
文學史主體性的界定、構造以及範疇的標識，文學書寫的策略、作
用以及願景的認知，相當程度是以不同的問題意識架構去認識、去
思考問題，連帶導衍而出了對於問題的解釋、解決的方案不同。

　　「共構入史論」的認知前提，在以台灣主體性（Subjectivity）
兼容多種族的主體（multi-racial subject），邀請原住民文學共同參
與「台灣文學史」的構築工事，藉以喚起多元對話、眾聲鳴唱的
「多種族風貌的台灣文學」[61]；相對於「共構入史論」以「多元發
生」（polygenesis）的角度定義「台灣文學史」的構成，「自築入

---

60 巴蘇亞・博伊哲努（浦忠成），《思考原住民》（台北：前衛，二〇〇二），頁
　一三三。

61 一九九四年，葉石濤首度提出「開拓多種族風貌的台灣文學」，他賡續黃得時在日
　治時期發表〈台灣文學史序說〉的觀點，主張台灣文學應該是由共同生活在台灣的
　「南島語族的山地原住民九族、平埔九族、閩南人、客家人以及外省人」這五個種
　族共同建構；葉石濤，〈開拓多種族風貌的台灣文學〉，原載《文學台灣》第九期
　（一九九四年一月），頁一〇～一四，收於葉石濤，《展望台灣文學》（台北：九
　歌，一九九四），頁二〇。

史論」則以原住民族遭受不同殖民者、統治者的文化控制施用，主
體性的認同線索已然離異、剝落，甚至斷裂的歷史事實，因此基於
未先療傷、如何上陣的認知前提，而把原住民族文學的歷史作為優
位性，交付在原住民運動對於族群主體性（ethnical Subjectivity）的
重新辨認、集體復振之上。

共構入史論：歷史和解、家族相似

進一步來看，葉石濤、彭瑞金、孫大川、岡崎郁子等學者，基
於一九八〇年代中期湧現的原住民族文學肇生於原住民運動，而
原住民的族群認同、文化復振運動又是抽胚於台灣民權運動的歷
史脈絡認知，因而確認原住民文學與台灣文學的關係屬性是「共
構入史」，例如孫大川在一九九三年發表的論文〈原住民文學的
困境——黃昏或黎明〉，援引奧地利哲學家路德維希・維根斯坦
（Ludwig Wittgenstein）提出的「家族相似」（family resemblances）概
念指出，原住民運動或原住民文學書寫的努力，可以說是一項邀
請，使得台灣一切主體性的建構能從「我」與「他」的對立，轉而
朝向相互交談、對話的「你我關係」之中；孫大川認為，原住民的
文學書寫者應該跳脫「種族本質論」的迷思，並在不同的脈絡進行
不同的連結，以能構成不同的新義，基於「文學邀請」的認知而共
同參與台灣文學主體性建構的「家族串連」，如此一來「原住民跨
越黃昏朝向黎明的可能性問題，便可以做完全不同的思考」[62]。另
如岡崎郁子提出「沒有必要區別台語文學、客家文學、原住民文學
的。將一切總稱為台灣文學就行了」的主張，無疑也是以歷史和

---

[62] 孫大川，〈原住民文學的困境——黃昏或黎明〉，原載《山海文化》雙月刊創刊號
（一九九三年十一月），頁九七～一〇五，收於孫大川，《山海世界——台灣原住
民心靈世界的摹寫》，頁一五九。

解、共構入史的角度，看待原住民文學與台灣文學之間的關係屬性。

自築入史論：建構原住民視域的文學主體性

　　孫大川、岡崎郁子基於「家族相似」、「歷史和解」的立場，提出的「共構入史」論點，受到學者齊隆壬、泰雅族作家瓦歷斯·諾幹的質疑批判。齊隆壬在討論原住民文學如何可能成為一種新的「民族誌」（ethnography）指出，對於種族身分一再受到殖民統治權力操弄、改造而改變的原住民而言，孫大川提出「家族相似」的文學邀請說法「幾乎找不到」、「渺然不可觸及」，齊隆壬在閱讀排灣族莫那能的詩、布農族拓拔斯·塔瑪匹瑪的小說，達悟族夏曼·藍波安的散文，以及瓦歷斯·諾幹的報導文學之後認為，原住民作家的文本書寫實踐，不只是揭露了種族的差異和壓迫歧視，更是深一層顯示原住民文本書寫跨越邊界的可能，並以多音形式展現了原住民族的主體性建構與抗拒痕跡，這是「歷史的他者和凝視的對象，已有準備進入歷史主體位置的願望」[63]。

　　另一方面，對於「共構入史論」的質疑、批判最力者，當屬瓦歷斯·諾幹。一九九八年四月，他在接受中華民國比較文學學會、美國哥倫比亞大學的邀請，前往紐約參加「書寫台灣：文學史、後殖民與後現代」研討會宣讀的論文當中，質疑孫大川「從文字、語言可以是『家族相似』的文學邀請，不過是體現了損益原住民文學主體性的哲學姿態；葉石濤將原住民文學納編台灣文學，則掉入『融合』的陷阱之中」，瓦歷斯·諾幹以「自築入史」的角度指

---

[63] 齊隆壬，〈民族誌與正文──台灣原住民文學的書寫和種族論述〉，收於馮品佳主編，《重劃疆界：外國文學研究在台灣》，引文見頁一八六、一九一、一九四。

出，「強調原住民文學『自治區』的概念，不過是建立原住民視域
的基礎，也是在這個基礎之上，原住民文學敘述體的發言策略才得
以實現，原住民文學在擁有自決權下，才具備真理性的特質」[64]。

　　針對「共構入史論」、「自築入史論」的論爭交鋒，期間雖有
學者倡導「遺忘入史論」以圖平議，卻未觸及論戰源起的真正核
心，例如學者彭小妍擔心原住民文學在建構族群文化、爭取族群
權益的同時，可能導致「族群衝突、動搖國族的『危險』」，她希
望原住民的文學工作者重新思考法國的歷史學家歐內斯特・勒南
（Eenest Renan，彭小妍譯為「何農」）提出的遺忘論，亦即「遺忘族
群母語、傳統、建國歷史，選擇認同國族」。彭小妍提出的「認同
國族」之說，顯然是以中華民族主義為意識張本，她建議原住民的
文學工作者「承接中國的五四文學，以現代文學史和白話文的發展
為背景」、「豐富漢語，表現族群想像力和傳統文化特長，發展不
可限量」[65]；彭小妍的說法，顯示她對戰後台灣原住民族文學的形
成及發展脈絡、台灣文學精神構圖的理解欠缺，遂有「遺忘族群母
語、傳統、建國歷史」這類掏空史實、不知所指的論點。

---

[64] 瓦歷斯・諾幹，〈關於台灣原住民族現代文學的幾點思考〉，收於周英雄、劉紀蕙
編，《書寫台灣——文學史、後殖民與後現代》，引文見頁一一三。

[65] 彭小妍，〈族群書寫與民族／國家——論原住民文學〉，收於行政院文建會
編，《原住民文化論文集》（台北：文建會，一九九四），引文見頁七○、
七二、七六。經查，勒南的原意略以「遺忘歷史的錯誤（historical error），乃
是創建一個國家的決定性要素，這也正是為什麼歷史研究的發展通常會對國民
性（nationality）的構成造成危險（danger）之故」，引自 Eenest Renan. "What is
a nation?," in *Nation and Narration.* edited by Homi K. Bhabha. (London: Routledge,
1990). p. 11.

文化差異性的文學主體聯屬模式

　　基於「文化差異性存在」（beings of cultural difference）的認知前提，原住民文學的書寫取徑，確實異質於台灣文學的漢人書寫構圖，就這個角度來說，我的論述立場是相對親近於「自築入史論」。我在一九九三年發表的論文〈反記憶‧敘述與少數論述──台灣文學中的「他者問題」〉指出，原住民文學確實是為台灣文學「文化差異性存在」的一脈，但也同時援引後殖民論述學者霍米‧巴巴（Homi Bhabha）的「主體聯屬模式」（model of subject articulation）指出，台灣文學的範疇邊界恆常處於不斷再創造、再定義、再生產、再編成，以及再聯組的過程之中，原住民的文學工作者以其族群在台灣歷史上被殖民、被統治的放逐、遷徙、屠殺、役使的邊緣化經驗，「給予台灣文學一個新的敘述形式」，原住民的文學工作者也在台灣主體性的砌建過程之中，「嘗試建立原住民自我敘述體的發音策略」[66]。

　　換句話說，與其論辯原住民文學是否應被「納編」（incorpration）於台灣文學的定義之內，不如改以「聯屬」、「接合」（articulation）的角度，思考原住民文學與台灣文學的關係屬性定位問題；借用巴巴的觀點來看，原住民族在台灣毋寧是「文化差異的存在」，他認為在探討或處理文化差異性的問題之時，首先必須排除文化同質性的整體論框限，代之以另一種的知識認知趨向（disposition of knowledges），也就是各個文化差異群體之間的

[66] 魏貽君，〈反記憶‧敘述與少數論述──台灣文學中的「他者問題」〉，原載《文學台灣》第八期（一九九三年十月），頁二〇七～二三〇，收於李魁賢、羊子喬、鄭清文、張恆豪主選，《一九九三台灣文學選》（台北：前衛，一九九四），引文見頁四一七、四二五、四二六。

文化位格是「既非可使之統合的、亦非可使之整體化的」（neither unified nor unitary）的聯屬模式，因此在面對、研究文化差異存在的族群書寫、發音策略之時，不僅必須注意他們說了什麼內容，亦須觀照他們是從什麼位置而敘說（not only what is said but from where it is said），對於巴巴來說，各個存在著文化差異的社群之間毋寧是「互為他者」的關係，彼此之間絕對不是「附麗」（add-up）的累積湊數關係，而是相互聯結（conjunctive）、彼此接合（articulate）的「增補」（adding-to）關係[67]。在我看來，原住民文學與台灣文學之間的關係屬性，毋寧是為水平的相互聯屬關係，而非線性的垂直編納關係。

　　總地來說，關於原住民族文學的主體性界定、構造、範疇，及與台灣文學關係屬性定位的詮釋之爭，不論是主張「共構入史」或是強調「自築入史」的學者們，不容諱言，確實都有其洞見，以及不見之處，某個程度也都共同驗證了前引的傅柯之言，「對這件事或那件事感到焦慮的歷史」。

　　「共構入史」的論者，對原住民族文學發出了協同參與台灣文學構築工事的邀請函，固然體現「台灣認同」、「土地關懷」的文學終極價值，卻未相對檢視、反思歷史上的儒漢文化，也曾是導致原住民族的主體離散、剝落、斷裂的共犯結構一員。「自築入史」的論者，以族群主體性的重新辨認、集體復振作為原住民文學活動的優位性，亦未相對省思、檢視原住民族的殖民受難經驗，其實是在台灣之為外來政權的殖民者、統治者施加種種名目的文化操控、轉化機制底下「歷史的『歷史性』」（historicity）、地理的『空間

---

[67] Homi Bhabha., 1994. *The Location of Culture*. New York: Routledge. pp. 140, 162-163.

性』（spatiality），以及社會的『社會性』（sociality）」[68] 具體時空脈絡之中進行，在那當時的歷史現場並不是只有原住民族遭遇外來殖民者、統治者施加的血淚創傷，也不是只有原住民的母親在暗夜泣悼傷亡的親友之靈，更何況原住民的文學書寫活動也不盡然都是出自於重振族群主體認同的文化抵抗策略。

　　換個角度來說，「共構入史論」、「遺忘入史論」的最大問題，在於未把原住民族文學的歷史構圖放入原住民族的殖民受難經驗、族群文化復振運動之中去理解；至於「自築入史論」的最大問題，則是把「文化差異」的論點無限上綱，過度放大了、檢算於以往原住民族遭受的殖民傷痕，未把原住民族放入「互為他者」的福佬籍、客家籍、外省籍的等等「白浪」或「百朗」（漢人）也曾共同遭遇台灣的殖民者、統治者施予傷痛血淚的經驗架構之內去檢視；畢竟，族群心靈的集體創傷之慟、之深，那是無法量化比較的。

　　確實，關於原住民族文學的主體性界定、構造、範疇，及與台灣文學關係屬性定位的詮釋之爭，早自一九九○年代初期延燒至今，依然伏流未歇，幾乎每一篇探討戰後台灣原住民文學的博碩士學位論文，研究生都得花費時間、心力來碰觸、梳理這些問題；孰不知，這些問題之所以成為問題的本身就很有問題，箇中暗含了一種弔詭預設，也就是原住民族文學的發展、建構尚未成熟定型，所以得在進行析論、研究之時，援引諸子百家的學說予以台灣原住民族文學的形成、表述、書寫及其砌塑的總體景觀，進行種種內外在的界義塑形，即使是在原住民族的口傳文學、作家文學的研究領域

---

68 愛德華・索雅（Edward Soja）著，殷寶寧、王志弘、黃麗玲、夏鑄九譯，〈後現代地理學和歷史主義批判〉，頁一～二九。

上，儼然已成一家之言的巴蘇亞‧博伊哲努在二〇〇五年發表的論文〈什麼是原住民族文學〉，依然不能避免地得以相當的篇幅、引述各家說法，進行何謂原住民族文學的闡釋與定義問題。

　　文中，巴蘇亞‧博伊哲努「運用多層次的定義方式」，逐項針對身分、血統、語文、題材的狹義角度、廣義層面進行梳理，嘗試要為台灣的原住民族文學定義確立「開放而有彈性條件的設定方式」；對於原住民族文學與台灣文學的關係屬性，巴蘇亞採取的是「互為他者」的自築入史立場：

> 兩者間語言、文化背景與歷史經驗等都有相當大的差異，發展的脈絡也有不同，所以如果貿然將原住民族文學納入與台灣學界一般所稱的「台灣文學」範疇，將會窄化原住民族文學……台灣這塊土地擁有不同屬性的文學，而原住民族文學是其中的一類。[69]

　　值得注意的是，巴蘇亞‧博伊哲努在論文的結語處，針對台灣族原住民文學的屬性，提出另外一種界定觀點，亦即「第四世界的文學」，他認為台灣原住民族由於遭遇的情境與世界上許多的原住民族多有類似之處，在文學的主題訴求、敘事表述上經常趨近，「所以在這層意義上，台灣原住民族文學與世界原住民族文學又能放在同一類的範圍，即第四世界的文學」、期許「以後台灣原住民族文學的創作者會以流暢的國際語言向更大的世界發聲」[70]。巴蘇

---

[69] 巴蘇亞‧博伊哲努，〈什麼是原住民族文學〉，原載《中外文學》第三四卷第四期（二〇〇五年九月），頁一七一～一九二，收於浦忠成，《被遺忘的聖域：原住民神話、歷史與文學的追溯》（台北：五南，二〇〇七），頁四八五。

[70] 巴蘇亞‧博伊哲努，〈什麼是原住民族文學〉，收於浦忠成，《被遺忘的聖域：原住民神話、歷史與文學的追溯》，頁四八四～四八五。

亞提出台灣的原住民族文學可以接合於、聯屬於「第四世界的文
學」，無疑是對台灣原住民族文學的研究拋出了另一種觀察視域
的問題意識，但是卻也可能因此導致出生於一九七〇年代中期、
一九八〇年代之後的台灣原住民族文學創作者在書寫的語文、作品
的流通、讀者的構成上，產生了向主流靠攏、漸離族人、菁英傾向
的迷思風險。

「第四世界文學」的書寫位置？

　　「第四世界」的原住民族文學創作者，大多能以各該國家的官
方語文及其族語書寫，但在發表作品或出版文集之時，往往都得妥
協於出版單位的商業利益考量，而以國家制定、社會流通的官方
語文刊行，即使是像非洲肯亞的「吉庫育族」（Gikuyu）作家恩谷
吉（Ngûgî Wa Thiong'o）在一九七七年之後改以族語書寫的作品，
或者是像日本愛努族的女詩人巴契勒・八重子（Bachelor八重子，
一八八四～一九六二。童年被英國傳教士John Bachelor收養，遂跟養父
的姓）以愛努語創作的系列短歌[71]，台灣原住民的文學創作者及研
究者也是必須透過英文、日文的翻譯，甚至是據以再譯為漢文的版
本之後，才有可能產生閱讀、想像及理解的意義空間可言；期間從
「第四世界」的族語書寫者到台灣原住民的譯本閱讀者之間，經歷
了多重的文化翻譯（cultural translation）流程，相同的流程也會複製
在台灣的原住民文學向「第四世界」的原住民族文學接合、聯屬的
過程之上。

---

[71] 有關巴契勒・八重子的生平，及以愛努語創作的短歌作品，參見新井 'リンダ' か
　おり著，石村明子譯，〈タイトル：「アイヌ文學」とは何のことか〉（什麼是
　「愛努文學」？），收於「山海的文學世界：台灣原住民文學國際研討會」論文集
　（花蓮：國立東華大學民族語傳系主辦，二〇〇五年九月），頁四六六～四七五。

　　換句話說，各國的原住民族文學創作者為了協力打造「第四世界文學」的夢土願景，卻有可能盡量減少或停止以其母語、族語書寫文學，傾向於改以在各該國家、社會流通的優勢語文書寫、發表作品，以能符合或滿足於出版市場的商業機制[72]、便利或提高於文學產品的翻譯誘因[73]，如此一來，確實是有可能使得以其母語、族語書寫文學卻未獲青睞而被出版、翻譯的各國原住民文學創作者，無緣躋身於「第四世界的文學」？

　　再者，「流暢的國際語言」固然可以期許為今後台灣的原住民

---

[72] 例如澳洲的原住民女作家盧碧・蘭福德・吉妮碧（Ruby Langford Ginibi；一九三四～）在一九八八年以英文書寫、出版的生命記事《別把你的愛帶去鎮上》（Don't Take Your Love to Town），就是由澳洲的大型出版社「企鵝圖書公司」（Penguin Books Ltd）出版，銷售量高達三十萬冊；吳淑華，〈澳洲女性原住民寫作——生命記事〉，「山海的文學世界：台灣原住民文學國際研討會」，頁三二五～三四九。另一位澳洲的原住民女作家、攝影家莎莉・摩根（Sally Morgan；一九五一～）在一九八七年以英文書寫、出版的《我的故鄉》（My Place），是由澳洲研究原住民文化議題的小型出版社「Fremantle Arts Centre」（簡稱F.A.C.P.）出版，銷售量約在七萬冊之譜，但在英國、美國、中國、印尼、日本、德國、法國、瑞士及荷蘭等國都有發行或翻譯，（來源：http://www.ozco.gov.au/arts%5Fin%5Faustralia/artists/artists%5Fliterature/sally%5Fmorgan/）。

[73] 例如日本學者下村作次郎領銜監譯的《悲情的山林》、《台灣原住民文學選》等有關台灣原住民文學的日譯作品，沒有選入全文是以族語書寫的作品，遂有日本的評論家野林厚志撰文質疑這些被選譯的原住民作家及以漢文書寫的作品是否「選擇性的被選擇出來」（選択的に選ばれた）？引自下村作次郎，〈日本における台灣原住民文學研究——翻譯、出版、研究論文、學會、シンポジューム—〉，「山海的文學世界：台灣原住民文學國際研討會」，頁二三五。另由柳本通彥負責選譯的《台灣原住民文學選》第四卷《海よ山よ：十一民族作品集》，阿美族的綠斧固・悟登以族語創作的童話並未被收錄，選譯的是他以日文書寫《リヴォクの日記》的片斷，因為綠斧固以日文書寫的日記洋溢文學氣息，「有如永井荷風的風格」（まるで永井荷風である）；柳本通彥，〈「解說」木靈する生命の歌〉，收於孫大川、楊南郡、サキヌ等著，柳本通彥、松本さち子、野島本泰等譯，《台灣原住民文學選4・海よ山よ：十一民族作品集》（東京：草風館，二〇〇四），頁三五三。

族文學「向更大的世界發聲」的書寫裝備，但從台灣原住民族的社
會構造、語言政治，以及文學接受的脈絡來看，如此的期許，卻有
流於陳義過高的迷思或陷阱之虞，反而可能出現巴蘇亞·博伊哲努
憂慮「將會窄化原住民族文學」的現象。

　　台灣的原住民以「流暢的國際語言」書寫文學，這並不是能否
做得到、如何做得到，或者何時做得到的問題，那是牽涉到了原住
民族可能又將再度經歷、承受在台灣的殖民歷史情境之時語言接觸
的政治權力不平衡經驗；那也牽涉到了原住民文學的創作者為了追
逐、操作「流暢的國際語言」，遂在書寫之時可能淪為文學形式、
語言技巧的俘虜；那還牽涉到了原住民文學的創作者以「流暢的
國際語言」寫就、出版的作品，可能拉大了不諳「國際語言」的族
人閱讀距離；那更牽涉到了台灣原住民文學可能愈來愈轉向知識菁
英、「文化貴族」傾斜的危機，愈來愈有被商業化、跨國化的出版
市場機制馴服的體質；借用美國非裔文學批評家小亨利·路易斯·
蓋茲（Henry Louis Gates, Jr.）的話來說：

　　我相信，我們必須分析書寫與種族發生關聯的種種方式，分析
　　對待種族差異的態度是如何被引生、被建構在我們所創作的文
　　本，以及跟我們有關的文本當中；我們必須確定，批評方法如
　　何能夠有效揭露文學當中關於族群差異的痕跡。[74]

　　一九七〇年代或一九八〇年代之後出生的台灣原住民族文學創
作者，能否具有「流暢的國際語言」或者以羅馬字拼寫族語的能

---

[74] Henry Louis Gates, Jr. "Writing `Race' and the Difference It Makes," in Henry Louis
Gates, Jr. ed. *"Race," writing, and difference* (Chicago: University of Chicago Press, 1986). p.
15.

力，這是一回事，但是具備基本的母語言說、思考能力卻是起碼的
要求，否則原住民族文學必然逐漸失去生命的能量。也唯有確實掌
握到了母語的言說、思考能力，新生世代的原住民族文學創作者，
才有可能把自己的書寫位置，聯結於前行代作者們的文本生命之
內，進入原住民族在台灣的歷史年輪之中，曾經創造的美、曾經遭
遇的痛。

這個研究意味著什麼？

　　日治中期、戰後初期以至一九八〇年代原運迄今，這段將近甲
子之久的時程當中，台灣各族的原住民以敘事性的文學表述、書
寫形式，作為疏理、尋繹以及復振族群文化、身分認同的策略之
用，或者是根本無涉於原住民文化身分自覺意識的文學作品，已在
一九八〇年代中期之後的「創作／出版」、「書寫／閱讀」、「研
究／學位」的文學消費市場、學術研究場域，獲得一定程度的影響
效應確認。面對這股尤其是在一九九〇年代之後集體湧現的、新興
的文學書寫、學術研究景觀，我們一方面好奇，另一方面也有必要
動員或援引相關的歷史認識、理論著述，以及訪問調查，用以探索
「原住民族文學的形成及其研究，在台灣到底意味著什麼？」[75] 的
結構性問題。

　　首先，戰後原住民族的文學形成及其研究，在台灣究竟「造
就」（making）了什麼？若就表象以觀，答案似乎再明顯不過了。

---

[75] 「原住民族的文學形成及其研究，在台灣到底意味著什麼？」的修辭，借自學者陳
光興〈文化研究在台灣到底意味著什麼？〉一文標題的改寫；不敢掠美，特此說
明；陳光興主編，《文化研究在台灣》（台北：巨流，二〇〇〇），頁七～二五。

因著對於原住民文學的書寫、研究與出版，有人從中取得了「作家」的身分頭銜、「官員」的仕進棧道、「學者」的學術資格，或者博得了關懷少數或弱勢族裔發言權的「出版家」美名，他們的生命樣態、學術地位、社會評價，以及在名聲上的、財富上的生產、累積模式，因而有著一定量度的轉變。換句話說，對於「原住民族文學的形成及其研究，在台灣到底意味著什麼？」的問題，借用法農的觀點來說，這不僅只是歷史分析、文化研究或文學批評的問題，更是「一個社會診斷的問題」（question of a sociodiagnostic）[76]。也就是說，戰後的原住民族文學的形成，其實不僅是「造就」了書寫者、研究者、出版者在社會流動（social mobility）層面上的重新構圖，相當程度也是在箇中參與者的「混合動機情境」（mixed-motive situation）之下、交叉形構的「混合效果模式」（mixed-effect model）當中，在在迫使我們對於台灣文學的定義容量、原住民的身分認定、文學書寫的影響效應、社會變遷的動力系統，以及跨學科的研究方法挪引、理論接合模式的等等面向，都得隨之因應，以能重新尋拾詮釋的效能。

　　如果，單以學術上的角度看待戰後台灣原住民族文學的形成，那麼，我的主要探察目的之一，在於嘗試揭示戰後台灣原住民族文學的研究不能僅只停留於作者論、文本論的靜態分析，我們應該也必須探索原住民族文學的書寫者、研究者與出版者的「混合動機情境」；事實上，即使是不同世代的原住民在參與文學表述、書寫的動機意念上，也有各自殊異的內在考量、外在情境，不能化約式的等同而論。對我來說，嘗試透過這項主題的探察研究，「診斷」戰後台灣原住民族文學及其研究的「意義」（meaning）何在？對於

---

[76] Frantz Fanon. *Black Skin, White Masks*. p. 11.

「戰後台灣原住民族的文學形成及其研究，到底意味著什麼」的問題，除了必須探討「造就」的問題，也該處理「意義」的問題。

研究意義的「診斷」

戰後台灣原住民族文學形成及其研究的「意義」問題，除了涉及到了對於戰後台灣社會變遷動能、身分認同多元複雜的認識及解讀，另還在於一種新興的、接合的、批判的理論系統的動員及生產，用以鬆搖、搬動並擴充關於台灣文學史、原住民族生命史，及其文學的認識介面與定義容量。任何關於戰後台灣原住民族文學的研究，毋寧是在探討日治中期、戰後初期以至一九八〇年代原運迄今參與文學表述、書寫的原住民為何、如何經由文學的創作，用以描述或再塑原住民的文化認同主體的剝落、重返與砌建的過程，以及測量社會閱讀的總體效應。

底下接續的章節，我將逐步探察戰後台灣的原住民族文學創作者為何、如何操作種種不同的記憶再現敘事、語文書寫方式及其文本的發表、出版形式。不論是原住民文學或原住民族文學，其在戰後台灣的文學生產、典律建構的場域之內，都不是單獨的、真空的文學類型存在，定然是在與其共時的社會結構當中的各種作用力對話之下的產物；換句話說，原住民文學或原住民族文學在戰後台灣的形成、發展及建構，並不盡然只是族群性、民族性的內在驅力使然，也還必然是社會性的文學類型。事實證明，原住民族文學對於戰後台灣的社會變遷、政策制度、族群關係、文化想像、文學生產、市場機制，以及學術生態，已然產生了相當的動能意義。

另一方面，則是以「文學史」的編成角度梳理、思考「台灣原住民族／族群文學史」為何、如何可能的問題，以及不時檢視其與「台灣文學史」之間的對位關係。進一步來說，關於「台灣原住民

族／族群文學史」、「台灣文學史」的集成、編纂的形構過程，史
家或學者在標立疆界、巡按流變、淬煉史觀的取樣書寫之時，允應
避免以總體論的觀點，化約解讀族裔的、階級的、性別的、區域
的，以及國族認同的歷史時空構成元素，尤其不宜鬆離於對殖民歷
史之前、之後的庶民生活樣態、殖民權力凝視的觀照及拆解。

第 二 章

敘事性族語歌詩及其族裔意識
認同的線索
——巴恩・斗魯、吾雍・雅達烏猶卡那、巴力・哇歌斯的生命敘事

原住民族文學「作者」類型的多義性

　　台灣鄒族學者浦忠成（巴蘇亞・博伊哲努）嘗以文學的形成、文類的型態、傳播的方式、創作的目的之分類角度，將台灣原住民族文學的表現形式、敘事類型，劃分為「口傳文學及作家文學兩種」[1]；他在查核相關的出版資料之後概略推算，「原住民族籍作者已逾三百人，以台灣原住民族整體人口而言，不可謂少」[2]。

　　底下，我將嘗試在巴蘇亞・博伊哲努以及相關學者的研究基礎之上，分疏「作者」（author）這個概念、語詞在台灣原住民族文學形成脈絡之中的相應意涵，再進一步分類、比較並探討戰後台灣原住民以「口傳的／書寫的」、「族語的／漢語的」及混語形式進行文學性的表述、採集、編纂、翻譯、改寫與創作的作者身分形成及來源（authorship）問題。

　　藉由巴蘇亞・博伊哲努的觀點之助，一方面擴充了台灣原住民族文學的定義容量，另一方面也對以往關於戰後台灣原住民族文學形成的定年說法、研究取樣偏重於一九八○年代原運之後的詮釋傾向，做了認識論的翻轉。對於巴蘇亞來說，戰後台灣原住民族文學形成的研究，勢必不能忽略包括卑南族的巴恩・斗魯（Pang Ter，漢名：陳實，一九○一～一九七三）[3]、鄒族的吾雍・雅達烏猶卡那

---

[1] 巴蘇亞・博伊哲努（浦忠成），《思考原住民》（台北：前衛，二○○二），頁一三一。

[2] 巴蘇亞・博伊哲努（浦忠成），《被遺忘的聖域：原住民神話、歷史與文學的追溯》（台北：五南，二○○七），頁四八五。

[3] 巴恩・斗魯，一九○一年出生於台東的卑南族知本部落，日本名字為「川村實」，一九一八年就讀台灣總督府國語學校師範部乙科（一九一九年改制為台北師範學校），一九二二年畢業後任教太麻里公學校，一九二四年轉任知本公學校訓導，戰

（Uongu Yatauyogana，漢名：高一生，一九〇八～一九五四）[4]、卑南族的巴力·哇歌斯（Bali Wakas，漢名：陸森寶，一九〇九～一九八八）[5]等人在日治時期、戰後初期以族語或日語創作、發表的歌詩、短文以及在部落進行的傳統歌謠、口傳文學的調查採錄。巴蘇亞認為，上述三位的文學行誼及作為，無疑已在一九六〇年代之後漸興的台灣原住民族文學的作家系譜當中，奠定了先行者、開創者的精神位格，「如果環境允許，他們在文學的成就可能不必讓今人」[6]。

「作者」的雙重作用意態

英國學者丹尼·卡瓦拉洛（Dani Cavallaro）的考察指出，英文的「作者」（author）在拉丁文的字源augere，是被當作動詞的語態使用，指涉著「使之成長」（to make grow）或「用以生產」（to produce）之意，它又同時聯繫於「權威」（authority）及「權威行為」（authoritarian）的概念；卡瓦拉洛認為，作者身分（authorship）這個語詞的含義，標示著「自由的」（liberating）以及

後的一九四五年擔任知本國校校長，一九四六年更改漢名為「陳實」，一九五〇年官派台東縣議會議員，一九五二年擔任卑南鄉大南國校校長，一九五五年退休後投入部落史整理及歌詩創作，一九七三年病逝。巴恩·斗魯的譯名是我根據他的日語族名「パントル」而譯，特此說明。

[4] 吾雍·雅達烏猶卡那，一九〇八年出生於阿里山的鄒族部落，日本名字為「矢多一生」（ヤタ カズオ；Yata Kazuo），一九三〇年台南師範學校畢業，旋即返鄉任教，一九四五年更改漢名為「高一生」，並被國民黨政府委派為吳鳳鄉（今阿里山鄉）鄉長，一九五一年遭台灣省保安司令部指控涉嫌「高山族匪諜湯守仁等叛亂案」，一九五二年遭逮捕，一九五四年被判「匪諜叛亂罪」槍決。

[5] 巴力·哇歌斯，一九〇九年出生於台東的卑南族部落南王村，日本名字為「森寶一郎」，一九二七年考入台南師範學校，一九三三年畢業後任教於台東新港公學校，一九四七年擔任台東農校的音樂、體育老師，一九八八年去世。

[6] 巴蘇亞·博伊哲努（浦忠成），《思考原住民》，頁一五六。

「限定的」（restrictive）雙重作用意態[7]。

　　透過卡瓦拉洛的詮析，任何一位「作者」的形成過程、現身機緣，都不可能抽離了現實情境底下的歷史、社會的時空因素而單獨式、真空式的存在；「作者」及其「文本」的產生，總是有著脈絡可尋的「互文性」（intertextuality）[8]構成質素，無論他（她）們的文學操作形式是以口傳表述或文字書寫，無不受到了那些先於他（她）們的生命經驗之前種種歷史典故、語文環境及意識形態的影響而「使之成長」，即使是如「架空世界」（secondary world）之類的奇幻文學，「作者」的書寫創作條件依然不能免於各該當時的歷史情境、社會氛圍的世俗「限定」，仍然在文本之中藉由對於口傳神話、傳說的超凡人物事蹟的想像、改寫或演繹而「生產」、投射創作者的價值關懷及判斷。因此，「作者」既是其文本的創造者，同時也是歷史文本的閱讀者及詮釋者；「作者」對其文學創造範疇的表述形式、書寫方式的選擇是「自由的」意志作用，但是外在的

---

[7]　Dani Cavallaro. *Critical and cultural theory: Thematic variations* (New Brunswick, NJ: Athlone Press, 2001). p. 50.

[8]　「互文性」是法國學者茱莉亞・克麗斯蒂娃（Julia Kristeva）在對俄國文學理論家米哈伊爾・巴赫汀（Mikhail Bakhtin）提出的「複調」（polyphony）理論的研究而衍繹的概念。在她的操作釋義上，「互文性」主要指涉的是所有的文本都會以直接或間接的、明顯或隱微的形式而跟其他的文本進行對話，透過了對前人的文本加以模仿、降格、嘲諷的改寫策略，進而產生複讀、強調、濃縮、轉移和深化的作用。近幾年，克麗斯蒂娃嘗試把「互文性」概念的解讀範圍擴大，希望「跳脫文本自身的藩籬，並將它安置到一個較寬廣的背景，即包含別的文本的歷史和心態的歷史等等」。有關克麗斯蒂娃對「互文性」的釋義轉折，可參見Julia Kristeva.edited by Toril Moi. *The Kristeva Reader* (New York: Columbia University Press, 1986). pp. 37, 111；譯文參引茱莉亞・克麗斯蒂娃著，納瓦蘿訪談，吳錫德譯，《思考之危境：克麗斯蒂娃訪談錄》（台北：麥田，二〇〇五），頁一〇～一二、五〇～五一、一四二～一四三；廖炳惠編著，《關鍵詞200》（台北：麥田，二〇〇三），頁一四三。

歷史情境、社會氛圍也以種種形式內化於、形塑了「作者」個人
的生命經驗，並對他（她）們的文學創述條件、書寫模式及題材內
容，產生程度不一的限定作用。

「作者」概念的出現

　　經由以上對於「作者」概念含義的簡略分疏，回到本章的論
述脈絡以觀，台灣原住民族的敘事性口傳文學系統之內，嚴格地
說，並不存在著具有個人性的、人格化的「作者」概念。人類歷
史任何一個原住民族的敘事性口傳神話、傳說及故事的原初「作
者」，用法國學者傅柯的術語來說，也都共同有著「超驗的匿名
性」（transcendental anonymity）特徵；同樣地，巴蘇亞・博伊哲努
也以「佚名性」的觀點詮釋台灣原住民族口傳文學的所謂「作者」
問題：

> 因為它【按，敘事性口傳文學】是藉著口頭和集體去創造、傳
> 播，所以它就不可避免有口頭性、集體性、佚名性（即無法確
> 認其創作者）及變異性等特徵。[9]

　　原住民族敘事性口傳文學的源起、生成問題，並不適用於以一
般定義下的「作者」概念去解釋，以傅柯的觀點來看，「作者」的
概念、角色及功能，必須擺置於個體性、所有權的觀念形成、建制
之後的脈絡底下，才有進行歷史考察、社會分析的意義效用可言：

---

[9] 巴蘇亞・博伊哲努（浦忠成），《台灣原住民的口傳文學》（台北：常民文化，
　一九九六），頁一〇六。

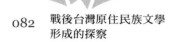
　　「作者」概念的出現，構成了人類思想、知識、文學、哲學及
科學史上的個人化（individualization）特殊階段。[10]

　　換句話說，「作者」概念的出現，通常如影隨形於「書寫」及
「閱讀」行為。原住民族的敘事性口傳文學系統，則是經由跨世代
的非書寫性、集體參與的口語表述、聆聽過程而漸形成，在這個意
義層面底下的原住民族口傳文學，並不存在著書寫的、創作的「作
者」身分；反之，是以「講述者」、「演示者」的代言或再現方式
的傳播身分呈顯，但當原住民的口傳文學被以文字化、書寫化的方
式採擷、載錄、翻譯或改寫的形式傳播及被閱讀之後，口傳文學的
「作者」概念與定義，也就隨之翻轉。

　　原住民族敘事性口傳文學的「作者」，雖然普遍存在著「匿名
性」、「佚名性」或「作者不詳」（authorless）的特徵，但是這並
不對於原住民敘事性口傳文學的價值功能，構成任何的鬆蝕；對於
原住民來說，通常透過部落或家族的長者表述而聆聽、接收各該族
群的口傳文學，啟動了他們對於自我族裔身分構成的歷史想像。因
此，若以「作者」生成的概念角度認識戰後台灣的原住民族文學，
首先意味的是對於原住民族「文學」的重新定義。借用德國詮釋學
家漢斯-格奧爾格‧噶達瑪（Hans-Georg Gadamer）的話來說：

　　文學的概念本質，乃是對應於「智識的存留與移交的功能」
　　（function of intellectual preservation and tradition）而言，並將箇中

---

[10] Michel Foucault. "What Is an Author?" in *Textual Strategies: Perspectives in Post-Structuralis Criticism* (Ithaca, N. Y.: Cornell University Press, 1979). p. 141.

的隱秘歷史帶進了每一個世代之中。[11]

　　順著噶達瑪的觀點來看，我們也才能夠理解為什麼許多位的原住民作家在具備一定程度的漢語文學書寫技巧之後，又都歸返於原住民族「隱秘歷史」的口傳文學尋探之上，採擷並聆聽原住民族的神話、傳說及民間故事流洩而出的素樸生命樣態。

作家文學與口傳文學的「互文性」聯帶

　　不論是排灣族陳英雄的《域外夢痕》、布農族拓拔斯・塔瑪匹瑪的《最後的獵人》、達悟族夏曼・藍波安的《八代灣的神話》、泰雅族瓦歷斯・諾幹的《戴墨鏡的飛鼠》、魯凱族奧威尼・卡露斯的《野百合之歌》、布農族霍斯陸曼・伐伐的《玉山魂》、排灣族亞榮隆・撒可努的《走風的人》、布農族乜寇・索克魯曼的《東谷沙飛傳奇》、卑南族巴代的《檳榔・陶珠・小女巫：斯卡羅人》、泰雅族里慕伊・阿紀的《山櫻花的故事》等等原住民文學的文本構成內容，率皆呈現著口傳文學及作家文學之間的「互文性」聯帶關係形式；這些「作者」通過各族神話、傳說、故事、歌謠、祭典之類口傳文學的重新聆聽、採擷以及再詮釋、解析之後，擇以不同的文體類型、語文形式而書寫創作。因此，原住民文學在戰後發展而出的地質構造上，口傳文學作為底層岩盤的存在位置及價值，乃是

---

11 Hans-Georg Gadamer. *Truth and Method* (New York: Crossroad, 1989). p.161. 譯文參考漢斯-格奧爾格・加達默爾著，洪漢鼎譯，《真理與方法——哲學詮釋學的基本特徵・上卷》（上海：譯文，二〇〇二），頁二一一。中國學者洪漢鼎把噶達瑪原著的這段德文譯為「文學其實是一種精神性保持和流傳的功能」，我在對照英譯本的噶達瑪論述語義脈絡，將「preservation」譯作「存留」、「tradition」譯作「移交」。

毋庸置疑的，進而也帶出另一項關於原住民文學的「作者」是多重含義存在的觀察命題。

戰後台灣原住民文學的「作者」多義性，除了表現在口傳表述的、書寫創作的文學演示類型之外，另外也表現在「對於自我身分意識的認知位置及書寫範圍」、「對於原住民文化身分認同的實踐過程及書寫位置」、「一九九〇年代參加原住民文學獎徵文獲得名次，取得作家身分而持續創作者的書寫內容及位置」的三大面向的觀察判準之上。

一、對於自我身分意識的認知位置及書寫範圍，這又可再細分四種模式。

　　㈠作者從部落的族裔意識出發，以日語、族語或漢語的表述形式，或以歌詩、短文，或以口傳故事的採錄改寫、小說及散文的創作方式，集中於書寫個人的、家族的、部落的生命史或人文地理景觀，例如卑南族的巴恩・斗魯、巴力・哇歌斯、曾建次，鄒族的吾雍・雅達烏猶卡那，阿美族的綠斧固・悟登，達悟族的夏本・奇伯愛雅、夏曼・藍波安，泰雅族的達利・卡利、游霸士・撓給赫，魯凱族的奧威尼・卡露斯，布農族的霍斯陸曼・伐伐等。

　　㈡作者的文學書寫範圍主要聚焦於泛原住民族意識，除了書寫個人的、家族的、部落的故事，另還掛懷原住民族的命運境遇，包括卑南族的阿勒・路索拉門（胡德夫），排灣族的莫那能、利格拉樂・阿烏，布農族的拓拔斯・塔瑪匹瑪，泰雅族的瓦歷斯・諾幹等，他們大都是原住民文學「原運世代」的核心成員，雖然具備多語的言說能力，漢語仍是他們主要的書寫工具。

　　㈢女性的原住民文學創作者，她們是「少數文學」之中的少

數，作品內容卻呈現紛歧的身分意識多重性。泰雅族麗依京・尤瑪、排灣族利格拉樂・阿𩰋的作品，既有原住民的身分認同意識挺立，更有跨越族群關懷、批判的女性主體意識堅持；鄒族的白茲・牟固那那、泰雅族的里慕伊・阿紀因與漢族的男性通婚且定居於台北地區，不僅使得她們的作品展現多層次的文化雜混風格，並從為人妻、為人母的女性敘事角度，思考原住民遷徙都市的文化適應、子女教育問題，里慕伊・阿紀的中產階級女性的生活經驗，其實也為原住民的文學書寫主題開啟了思索「族群性」、「階級性」及「社會性」辯證關係的可能性。他如排灣族的達德拉凡・伊苞、泰雅族的悠蘭・多又的身分意識及書寫內容，卻是有別於前述幾位原住民女性作者的另一種範式；達德拉凡・伊苞畢業自玉山神學院，悠蘭・多又則是東華大學族群關係與文化研究所碩士，也曾同時擔任中研院民族學所的研究助理，使得她們有機會頻繁進入各族部落進行田野調查，觀察並採錄部落女性的生命傳記，最後在各自出版的文集《老鷹，再見》、《泰雅織影》之中，均有扎實的部落生活記憶，細膩刻劃部落老人、巫師與離鄉移居都市的年輕族人之間的思念之情，以及死亡之慟，尤其是她們透過旅遊書寫或學術論述的形式，針對台灣原住民族與西藏人民、紐西蘭毛利人之間的文化差異、生命哲學與社會待遇等等議題，展開宏觀而細膩的跨國族原住民生活文法的比較研究與書寫。

(四)原住民的「自顯式」作家，包括排灣族的溫奇、卑南族的董恕明、阿美族的阿綺骨、布農族的甘炤文等；他（她）們並不刻意以原住民文學的「作者」自我定位，文學的書寫內容大都環繞於發抒私己的生命意識、呈現個人的感知經驗，相

對較少聚焦於原住民的題材或文化身分意識認同，甚至於對一九八三年出生的阿綺骨來說，文學的作用也只是為了證明「我遺失我的存在……而結局，仍是一片空白」[12]。

二、對於原住民文化身分認同的實踐過程及書寫位置，這又包括以下種兩模式。

　㈠無需經過原住民文化身分認同覺醒的社會辯證過程，文學創作之時即已明確知曉個人的族裔身分，生活於部落並進行文學形式的口傳表述、改寫或創作，例如卑南族的巴恩・斗魯、巴力・哇歌斯、曾建次，鄒族的吾雍・雅達烏猶卡那，泰雅族的達利・卡利、阿美族的綠斧固・悟登，排灣族的陳英雄，達悟族的夏本・奇伯愛雅等；他們幾乎都是在一九五〇年代之前出生，除了少數幾位之外，這個模式的原住民文學「作者」並未接受國民黨政府的制式教育。

　㈡一九八〇年代中期受到原運效應的直接或間接影響，「作者」的原住民文化身分認同意識覺醒，陸續從都市返回原鄉部落定居、生活及進行文學書寫，包括阿美族的阿道・巴辣夫，布農族的拓拔斯・塔瑪匹瑪、霍斯陸曼・伐伐、卜袞・伊斯瑪哈單・伊斯立端，達悟族的夏曼・藍波安，魯凱族的奧威尼・卡露斯、台邦・撒沙勒，泰雅族的瓦歷斯・諾幹、娃利斯・羅干、麗依京・尤瑪，排灣族的利格拉樂・阿烏、亞榮隆・撒可努等。另外，同樣經歷原住民文化身分認同的實踐過程，但其文化論述、文學書寫的生活空間仍以都市為主，包括泰雅族的游霸士・撓給赫、里慕伊・阿紀，卑南族的阿勒・路索拉門、孫大川，排灣族的莫那能，鄒族的巴蘇

---

[12] 阿綺骨，《安娜・禁忌・門》（台北：小知堂，二〇〇二），頁一八九。

亞・博伊哲努。

三、一九九〇年代參加原住民文學獎徵文獲得名次，取得「作家」
　　身分而持續創作者的書寫內容及位置，包括以下種四模式。

　　㈠在部落進行口傳文學的採錄、翻譯及改寫，例如賽夏族的伊
　　　替・達歐索、魯凱族的巴勒達斯・卡狼，阿美族的黃東秋、
　　　歐密・納黑武，鄒族的依憂樹・博伊哲努。其中最為特殊的
　　　是持續以族語、漢語進行新詩書寫的布農族卜袞・伊斯瑪哈
　　　單・伊斯立端。

　　㈡在部落採錄口傳故事而以散文、小說形式書寫者，例如卑南
　　　族的巴代，排灣族的亞榮隆・撒可努，布農族的乜寇・索克
　　　魯曼，泰雅族的得木・阿漾。

　　㈢日常生活的空間場域主要是在都會地區，不定期偶爾返回部
　　　落，並以漢語進行散文、小說或報導文學的書寫，例如鄒族
　　　的白茲・牟固那那、泰雅族的里慕伊・阿紀、啟明・拉瓦，
　　　卑南族的董恕明，排灣族的達德拉凡・伊苞，布農族的甘炤
　　　文。

　　㈣在電腦網路架設個人的文學「部落格」（blog），或在相關
　　　的原住民網站發表文學作品，例如排灣族的達摩棟，魯凱族
　　　的達卡鬧・魯魯安，卑南族的巴代，布農族的乜寇・索克魯
　　　曼、沙力浪・達发斯菲萊藍。

　　原住民文學的「作者」多義性，除了表現在以上分類列舉的觀
察判準，另外也表現在原住民文學「作者」身分的多重性，例如孫
大川、董恕明、巴蘇亞・博伊哲努、瓦歷斯・諾幹，除了是原住民
文學的「作者」，另一個更為活躍的身分是原住民文學的研究者。
又如孫大川、瓦歷斯・諾幹、利格拉樂・阿烏、達摩棟、霍斯陸
曼・伐伐、馬紹・阿紀等人，也是原住民刊物、媒體的編者或記

者。再如排灣族的伐楚古、亞榮隆・撒可努，阿美族的拉黑子・達立夫等人，則是知名的原住民雕塑家。又如巴恩・斗魯、吾雍・雅達烏猶卡那、巴力・哇歌斯、綠斧固・悟登、夏本・奇伯愛雅、奧威尼・卡露斯、達德拉凡・伊苞、悠蘭・多又等人，曾經擔任國家學術機構的研究助理，協助不同國族背景的學者們採錄原住民部落的語文、樂舞及祭儀等敘事性口傳文本。

「國共內戰」製造的原住民作者問題

相對於上述三大觀察判準面向所提及的「作者」，另外尚有一群人數待考、文本待尋的原住民文學「作者」是被長期忽略的，也就是因為一九四〇年代中期的國共戰爭之故，因而滯留於、出生於中國的台灣原住民及其後代子嗣的離散文學書寫。戰後台灣原住民文學「作者」的生成脈絡，固然體現了多義性的演繹軌跡，他（她）們表現在口傳表述的、書寫創作的文學演示活動，仍然集中於「台灣」作為社會性、文化性、歷史性的空間場域之內，但是那群因為漢人戰爭的政治因素而被迫移居、出生於「台灣」之外的原住民及其子嗣的文學書寫活動，卻也不應將之排除在台灣原住民的「文學」、「作者」定義涵攝範疇之外；換句話說，有關於原住民的歷史離散、身分建構及意志選擇的問題必須一併探討，這些問題都不是單只訴諸於血統論、本質論的詮釋架構就能解決。

一九四五年八月，日本結束對台灣殖民統治的前後，中國的內戰又起，台灣多有各族的原住民遭到國民黨政府的脅逼誘騙而入伍，被迫投入中國大陸境內的國共戰爭，期間不乏原住民族裔的士兵遭到中共俘虜，或者因傷未及撤退而滯留中國，這群所謂「身陷匪區」的台籍原住民士兵人數不詳，但在一九八〇年代之前的生命歲月，卻是外人難以想像的悲慘。根據一九五七年出生於中國福建

省福州市的米甘幹・理佛克（阿美族，漢名：張佳賓，一九九五年獲
准來台落籍）的描述：

> 原住民的兵滯留大陸比一般台灣兵更慘！不會講中文，溝通有
> 困難，從此默默無聞，有的當了農民，父親則跟幾個原住民兵
> 到山上以燒木炭維生，收入非常微薄。媽媽嫁給父親時，娘家
> 非常看不起父親，拒絕往來。禍不單行，母親又不幸在我四歲
> 時病故醫院，四歲的我與無法與漢人溝通的父親一路傻傻走
> 來，真是嚐盡人間艱辛……[13]

　　米甘幹・理佛克的父親張朝福，一九二一年出生於台東縣長濱
鄉的阿美族部落，戰後初期遭國民黨政府強迫拉伕，用槍押至高雄
港上船，在上海下船後，跟著國民黨軍隊一路打到徐州，「最令父
親弄不明白的是『為什麼都是自己人打自己人？統統都不是日本
人，講話一樣、制服一樣，可是互相打來打去？』他怎麼也弄不明
白」[14]；國共戰爭結束後因傷滯留中國，娶妻生子，一九九一年終
於獲准返台定居[15]。根據米甘幹的說法，類似其父遭遇的台籍原住
民士兵人數，至少在千餘人之譜。
　　值得注意的是，因為國共戰爭而滯留中國的台籍原住民士兵及
其子女，一九八〇年代之後漸有敘事性的文學表述、書寫作品收錄
於中國官方的政府出版品之內，此如福建省文化局一九八〇年編印
的《台灣民歌選》，即收錄了包括米甘幹・理佛克之父等多位台

---

[13] 米甘幹・理佛克，〈戰爭於我如惡靈〉，（來源http://mikangk.blogspot.com/）。

[14] 米甘幹・理佛克，〈戰爭於我如惡靈〉。

[15] 米甘幹・理佛克，《原住民族文化欣賞》（台北：五南，二〇〇三），頁一一八～
　　一二二。

灣原住民的族語漢譯歌謠[16]，另如米甘幹來台定居之前的漢語新詩
作品〈播種〉、〈農民〉、〈井〉，也收錄於一九八八年出版的
《中國青年新詩潮大選》、一九八九年出版的《當代中國寓言大系
1949—1988》第一卷[17]。

　　戰後類似張朝福、米甘幹‧理佛克父子，以及其他因故滯留
於、出生於中國的原住民的文學表述、書寫作品，雖然發表或收錄
於中國官方的政府出版品，但並無損於其為戰後台灣原住民族文學
作者的界義位格，他們的「自在」（in itself）族裔身分，不能因為
戰爭的殘緒而註銷[18]；相對地，一旦揭露若干「投共」、「附匪」
（借用中國國民黨的政治術語）之原住民的文學表述意旨、書寫動
機，明顯是為附庸於北京政府向台灣、原住民族的政治宣傳工作、
統戰工具之時，無疑也在當下證成了以血統論的視角界定台灣原住
民族文學「作者」的定義缺陷問題。

　　一九九九年，多位中國學者以「慶祝建國五十周年」為名，聯
合編選六卷包括詩歌、散文、中篇小說、短篇小說、報導文學及
理論批評等文類的《1949—1999中國少數民族文學經典文庫》，
其中的《詩歌卷》收錄一首篇名為〈台灣一定要回歸祖國〉的漢語

---

[16] 福建省文化局編，《台灣民歌選》（上海：上海文藝，一九八〇），頁一九〜
一一五。

[17] 米甘幹‧理佛克，《原住民族文化欣賞》，頁二〇六〜二〇七。

[18] 根據米甘幹‧理佛克的描述，他的父親對於台灣及部落的思念之情，令人動容：
「因為大家都是台灣去的，一心巴望著能回台灣。所以戰爭結束後大家都盡量往
福建方向移動，這也是福建省的台灣兵特別多的緣故。又因為一心巴望著能回台
灣，所以許多人都不結婚，到後來實在無望了，才勉強結婚」，身為長子的米甘
幹‧理佛克是一九五七年在福建省福州市出生，當時他的父親已然三十六歲；另在
一九八七年中國政府發給的身分證民族欄，米甘幹‧理佛克的父親拒絕福建省南平
市公安局的戶政官員填上「高山族」的字樣，堅持自己的民族身分是「阿米族」
（阿美族的漢語音譯）；米甘幹‧理佛克，《原住民族文化欣賞》，頁一二一。

詩作；根據該書的編按，此詩的作者為「陳連生，一九二九年生，
一九八四年去世，高山族。台灣台東人。一九四七年參加中國人民
解放軍，曾獲戰鬥英雄稱號。一九五二年到中央民族學院學習，後
留校工作。整理發表過一些高山族民歌、民間故事，創作過散文與
詩歌」[19]；如果只從血統論的角度來看，這位「陳連生」無疑具有
戰後台灣原住民文學「作者」的族裔身分，但其詩作〈台灣一定要
回歸祖國〉的敘事內容，沾染強烈的中華文化史觀、北京立場的政
治想像，試圖通過對於台灣原住民族神話傳說的挪借改寫，收編台
灣及原住民的國族主體性；全詩抄錄如下：

> 在我的家鄉台灣，／有一座半屏山，／一個動人的傳說，／伴
> 隨它傳至今天。／相傳在古老的年代，／大陸與台灣山水相
> 連；／後來地殼變動，／才出現海峽的波瀾。／為了紀念當日
> 山川的聯繫，／一座石山被劈成兩半，／一半留在大陸，／一
> 半留在台灣。／多麼美麗的傳說啊，／它寄託著台灣人民世世
> 代代的心願；／台灣和大陸自古緊緊相連，／這可上溯到兩千
> 年以前。／強盜們曾將她霸佔，／人民用武器又將她奪還；／
> 中華兒女的血汗，／把她的沃土澆灌！／台灣人民心向首都北
> 京，／半屏山聳立在人們心間！／台灣一定要回歸祖國，／這
> 是祖國各族人民的心願！[20]

由於手邊欠缺「陳連生」其他的文學作品，因此難以準確掌握

---

[19] 王一之主編，《1949—1999中國少數民族文學經典文庫，詩歌卷》（昆明：雲南人
民，一九九九），頁一○○。

[20] 王一之主編，《1949—1999中國少數民族文學經典文庫，詩歌卷》，頁九九～一
○○。

他在中國的文學表述、書寫活動，單就這首〈台灣一定要回歸祖
國〉的詩作內容以觀，顯然是以應和於北京政權的政治立場、親近
於中華民族的文化史觀，逐對台灣及原住民族的歷史構圖、集體心
靈，進行片面的曲解詮釋。與其說這是文學性的詩作書寫，不如說
是政治性的立場宣示。

換句話說，血統決定論的界義視角，並不能夠完全保證具有原
住民血統的文學表述者、書寫者，必然就可進入原住民族的心靈構
造、生活世界，寫出「原住民的生活或歷史」；當然，「陳連生」
之例僅是極端的個案，然而透過這項個案以及張朝福、米甘幹‧理
佛克父子的事例，也提醒了研究者注意到以往對於台灣原住民族文
學的認識、閱讀與研究往往忽略了那些因為國共戰爭之故而滯留
於、出生於中國的原住民及其後代子嗣的離散文學書寫[21]。

族語吟唱的「作者」

回到本章的論述脈絡，在將原住民族的「文學」表現形式溯及
口傳神話、故事的採錄表述，以及歌詩、童謠的詞曲創作範疇，我
們可以發現，「作者」的概念在戰後的一九六〇年代之前，就已在
國家機器的漢化語文政策滲透力的末稍邊緣地帶，以集體共享的、
流變的吟唱形式，出現在各族的部落之中，卑南族學者孫大川指

---

[21] 二十一世紀後，包括導演湯湘竹拍攝的紀錄片「路有多長」（二〇〇九）、卑南族
作家巴代撰述的《走過：一位台籍原住民老兵的故事》（二〇一〇），都以阿美
族、卑南族的台籍原住民老兵的第一人稱敘事角度，呈現了因為國共戰爭而滯留
中國、終返故鄉的台籍原住民士兵及其子女的生命故事。另外，布農族瑪哈桑‧達
和（一九二九～一九九八）的《走過時空的月亮》撰寫、出版過程，同樣寫照了台
灣原住民的身體無奈受制於日本殖民帝國、中華民族／國族的軍事征伐而被編制、
擺盪、游移的歷史線索；參閱本書第九章〈「布農文學」的形成及構造的初步考
察〉。

出：

> 對我們上一代部落族老而言，唱歌不純然是音樂的，它更是文
> 學的；他們用歌寫詩，用旋律作文。幾千年來，我們的祖先就
> 這樣不用文字而用聲音進行文學的書寫。[22]

　　歷史事實顯示，台灣原住民族文學口傳形式「作者」的出現，
早於文學書寫形式的「作者」；這個現象，一方面是因為原住民並
未創發文字書寫系統，「而用聲音進行文學的書寫」，另一方面這
也並不盡然是原住民的文學表述者、書寫者得以自我選擇、決定的
結果，毋寧是在戰後初期以迄一九六○年代之前的台灣政治社會條
件規約之下的結果。

　　一九四五年八月，日本結束對台灣的五十年殖民統治，中國
國民黨政府接掌台灣的統治權柄，隨即頒行種種政策法令，強制
更易、規範台灣人民的國族認同內容。戰後初期，台灣行政長官
公署[23] 推行的國族建造工程，基本上，是以中國國民黨總理孫文的
「建國大綱」、「三民主義」思想論述體系做為行動圭臬，「應該
把中國許多民族融化成為一個中華民族……而使蒙藏回滿同化於我
漢族，建設一最大之民族國家者，是在漢人之自決」[24]。一九四六
年四月，台灣行政長官公署央請教育部派員來台，協助成立「台灣

---

22 孫大川，〈用筆來唱歌──台灣當代原住民文學的生成背景、現況與展望〉，《台
　灣文學研究學報》第一期（二○○五年十月），頁一九八。

23 台灣行政長官公署在一九四六年十月二十五日正式成立，一九四七年四月二十二日
　行政院決議撤廢台灣行政長官公署，同年五月十六日依「省政府組織法」成立台灣
　省政府。

24 中國國民黨中央黨史史料編纂委員會編印，《國父全集‧第二冊》（台北：中央文
　物供應社，一九七三），頁三九六～三九八、四九一。

省國語推行委員會」，希望能在最短的時間重新塑造台灣的語文環境，期能達成「重國語以尊國體，而造成優勢的國語環境，仍承重慶的戰鬥姿態，在精神上給台胞以鼓勵安慰，給日語以打擊」[25] 的中華國族體制建造目標，遂在一九四六年九月禁止台灣各級學校使用日語，十月公布「報紙日語版禁止令」[26]，而由客家籍作家龍瑛宗主編的《中華日報》日文版文藝欄，也在一九四六年十月二十四日廢刊，使得當時全台灣的報紙副刊「變成清一色的中文了。日文作家大多數放棄文學創作的路，不得不結束了作家的生涯」[27]。

　　因為統治政權的更迭、國家語文的轉換，迫使一九四〇年代以日語思考、日文書寫的漢族作家們，成為詩人林亨泰形容的「跨越語言的一代」[28]，他們一方面困頓於統治者強制語文轉換的心理煎熬，另一方面驚懼於一九四七年之後陸續發生二二八事件、四六事件的白色恐怖氛圍，使得「跨越語言的一代」漢族作家若要延續自我的文學生命，就得面對「書寫／語言」的失語斷層，以及「文學／政治」掙扎拉扯的雙重焦慮。

　　相較於一九四〇年代「跨越語言的一代」漢族作家們，同一時期的原住民在「文學」的表述、創作上，並沒有這方面的問題限制及困擾，原因略之以有三。

　　其一，戰後台灣原住民族文學以書寫形式出現的「作者」，當可推自一九六〇年代初期的排灣族陳英雄，在他之前的原住民「作

---

[25] 張博宇編，《台灣地區國語運動史料》（台北：商務，一九七四），頁二七。

[26] 賴錦雀，〈台灣の日本語教育政策に見る台灣人の日本觀〉，收於《天理台灣學會第十五回研究大會：台灣大會紀念演講および研究發表論文報告集》，日本天理大學「天理台灣學會」主辦（二〇〇五年九月十日），頁B4～17。

[27] 葉石濤，《台灣文學史綱》（高雄：文學界，一九八七），頁七五。

[28] 林亨泰，〈跨越語言一代的詩人們──從「銀鈴會」談起〉，收於林亨泰編，《台灣詩史「銀鈴會」論文集》（彰化：磺溪文化學會，一九九五），頁七二～八〇。

者」大都是以族語或日語的口傳敘事形式，進行「文學」的表述及
創作，至於受眾也是透過聆聽、講唱的方式接收、傳播各族的敘事
性口傳文學，不像漢族作家們當下面臨著文學表現形式因為語文轉
換而產生的書寫、發表及閱讀的跨越障礙。

　　其二，國民黨政府的「國語政策」推行效力在一九六○年代之
前，仍然未能全面有效作用於山地部落各族原住民的日常生活之
中，「國語」及漢文並未完全成為一九五○年代之前出生的原住
民進行言談、書寫以及社會聯繫的表意工具。換句話說，一九六○
年代之前的原住民據以進行「文學」表述、創作的語文表意工具，
是不同於漢族作家。回到史實發展脈絡來看，戰後台灣的漢人政
府在一九五一年特別針對原住民實施「台灣省各縣山地推行國語辦
法」，但卻相對忽略了天主教、基督教的教會系統早在日治時期即
已養成了原住民信徒以日語、羅馬字拼寫族語的言說、書寫能力[29]，
國民黨政府直到一九五八年才對各縣市政府發文公布「勸導制止教
會使用日語文傳教」、「在三年內暫准使用羅馬字聖經，以後逐漸
淘汰」[30] 的禁令，這也意味著至少在一九四六年以迄一九六○年的
這段期間，具有西方宗教信仰的各族原住民仍然具備一定程度以日

---

[29] 孫大川的父母親都是日治時期出生，他曾經描寫父親生前「遺留下來的零星筆
記……全是用日文書寫的」，母親則以羅馬字拼音書寫的家書寄給負笈歐洲的兒
子。孫大川，《山海世界——台灣原住民心靈世界的摹寫》（台北：聯合文學，二
○○○），頁二○；孫大川，《久久酒一次》（台北：張老師，一九九一），頁
一八。另如阿美族綠斧固‧悟登（Lifok 'Oteng）一九五一年開始撰寫《遲我十年
——Lifok生活日記》的語文使用轉折「簡直就是一個社會歷史變遷的反映。早期
以日文為主，後來用更多的漢字；有注音符號，有羅馬拼音」。孫大川，《山海世
界——台灣原住民心靈世界的摹寫》，頁二○四。

[30] 張博宇主編，《慶祝台灣光復四十週年臺灣地區國語推行資料彙編（上）》（台
北：商務，一九八九），頁四六八～四六九。

語、羅馬字拼寫族語的表述、閱讀及書寫能力，至於「國語」、漢文卻是相對陌生的語文表意系統。

　　其三，戰後初期以迄一九六〇年代的原住民「文學」表述者、創作者，例如卑南族的巴恩・斗魯、巴力・哇歌斯，鄒族的吾庸・雅達烏猶卡那，他們在一九四五年八月之前的日治時期，即已完成體制內的師範學校教育，個人的族裔文化身分意識亦因透過親身採擷部落的神話傳說、民間故事而告厚實；另外，因為他們在各該世居的部落分別擔任教師、鄉長（吾庸・雅達烏猶卡那）的職位角色，這在族人的公眾認知之中具有「權威性」的社會身分，相對有助於他們以日語、羅馬字拼寫的族語敘事性口傳文學的表述及創作，在部落、族人之間的接受度及流傳度。

　　戰後初期以迄一九六〇年代之前的原住民族文學「作者」的形成及定義，質性上是殊異於同時期「跨越語言的一代」漢族作家們。事實上，當時的各族原住民在日常生活的社會聯繫上，不僅是有著同於漢族作家們面臨跨越語言的深沉焦慮，更有截然不同於漢人的文化重新調適問題[31]。但就「文學」、「文本」的生產、接收與傳播的層面以觀，原住民族文學在戰後初期的「作者」形成路徑，並非決定於漢文的、書寫的、閱讀的形式機制；反之，廣義來看，他們可以說是戰後的台灣文學首先使用「母語」進行文學性表述、敘事的創作者，以學者林瑞明的話來說：

---

[31] 孫大川曾經訪問一位八十五歲的卑南族老婦人，老人家說「孩子們都不在身邊，年輕人又不會說我們的話，老朋友們一個個先我而去，『老弟啊』和『百朗』的話，我又不會講，我這個身體讓我活得好辛苦啊」。「老弟啊」是卑南族人用來指稱外省人、「百朗」指涉閩、客族裔的台灣人。孫大川，《夾縫中的族群建構──台灣原住民的語言、文化與政治》（台北：聯合文學，二〇〇〇），頁三九。

從日文跨越語言而使用中文的作家，在五、六〇年代，即使寫
得再好，在整個文壇中僅處於聊備一格的邊緣位置而已。[32]

戰後初期原住民族文學的表述者、書寫者的創作思路，並非是
以作家的身分聯繫於文壇的位置爭取，他們以日語、羅馬字拼寫的
族語進行敘事性口傳文學的表述及創作，直接對應的受眾是部落族
人，並在不同的部落、世代的族人之間流傳，不僅從中陶鑄各族原
住民的族裔文化身分意識，也為各自的族群部落存留珍貴的語文史
料，進而支撐一九八〇年代之後的原運得以維繫、傳承族裔文化意
識的生成觸媒。

第一位採集卑南族歌謠的原住民──巴恩・斗魯

大正七年（一九一八），巴恩・斗魯從台東的卑南族卡地布
（katatipul，知本部落）負笈台北，就讀台灣總督府國語學校師範
部乙科（一九一九年改制為台北師範學校）；已可確認的一點，他
是比鄒族的吾雍・雅達烏猶卡那、賽德克族的花岡一郎（族名：
拉奇斯・諾敏，Dakis Nomin。一九〇八～一九三〇）更早入學、畢業
的原住民師範生[33]。一九二二年，巴恩自台北師範學校畢業後，先

---

[32] 林瑞明，《台灣文學的歷史考察》（台北：允晨，一九九六），頁五一。

[33] 根據陳素貞的研究，吾雍・雅達烏猶卡那「是原住民第一位師範畢業生」；陳素
貞，〈高山哲人其萎──原住民在白色恐怖時代的一幕悲劇〉，《台灣文藝》新生
版第二期（一九九四年四月），頁六。另據莊永明的說法，花岡一郎在一九二五年
二月考上台中師範學校，「為『先住民』接受中等教育的嚆矢」；莊永明，《台灣
記事──台灣歷史上的今天・上冊》（台北：時報文化，一九八九），頁一八六。
但在二〇〇一年、二〇〇三年關於巴恩・斗魯的生平年表陸續公開刊行之後，陳素

後在台東縣卑南族聚落的太麻里公學校（今大王國小）、卑南公學
校（今南王國小）、知本公學校（今知本國小）任教，期間也曾在
一九四三年協助日本音樂學者黑澤隆朝在卡地布部落採集卑南族歌
謠[34]；戰後擔任知本國校、大南國校校長[35]。巴恩在執教期間及退
休之後，根據林頌恩、蘇量義的研究：

> 他憑藉在學校奠定的樂理基礎，將身邊可以聽到的老歌記錄下
> 來……可說是當時第一個在東部以系統化方式進行傳統原住民
> 歌謠採集與整理的台灣人。[36]

貞、莊永明的論點似有商榷的必要。經查，巴恩‧斗魯在一九一八年就讀台灣總督
府國語學校師範部乙科，時間上早於花岡一郎考上台中師範學校的一九二五年，再
者巴恩‧斗魯是在一九二二年畢業，時間上也早於吾雍‧雅達烏猶卡那從台南師範
學校畢業的一九三〇年。但因我能掌握及閱讀的相關史料有限，既不敢也不願驟然
斷論巴恩‧斗魯是台灣第一位原住民的師範生或畢業生；事實上，同為台東卑南族
的林再成（族名：庫拉‧沙以，クラ サイ，一八九六～一九七二）也在一九二一
年以在職教員的身分獲推薦就讀台北師範學校的公學校講習科，並在一九二二年畢
業，是和巴恩‧斗魯在同一年的同校不同科畢業的師範學校原住民畢業生；引自姜
祝山撰，〈林再成〉，收於施添福總編纂，《台東縣史：人物篇》（台東：台東縣
政府文化局，二〇〇一），頁二〇六～二〇七。

[34] 黑澤隆朝，《台灣高砂族の音樂：The music of Takasago tribe in Formosa eng》（東
京：雄山閣，一九七三），頁二二八～二三四；駱維道著、陰麗君譯，〈卑南族的
多聲部歌唱技巧及社會組織〉，《山海文化雙月刊》第二十一期、二十二期合刊
（二〇〇〇年三月），頁三四。

[35] 有關巴恩‧斗魯的生平事蹟及詞曲作品，可參見孫民英撰，〈陳實（1901-
1973）〉，收於施添福總編纂，《台東縣史：人物篇》，頁六九～七〇；林頌恩、
蘇量義，《回憶父親的歌之一：海洋hohaiyan》（台東：國立台灣史前文化博物
館，二〇〇三）。

[36] 林頌恩、蘇量義，《回憶父親的歌之一：海洋hohaiyan》，未編頁碼。

　　林頌恩、蘇量義的調查指出，巴恩・斗魯原本可能成為第一位留學德國的原住民：

　　在學校他開始接觸現代音樂，會用簡譜寫歌，也學習鋼琴、小提琴與簧風琴等樂器。老師發現他在這方面有天分，曾希望畢業後送他到德國繼續深造，但因父親不答應而作罷。[37]

　　巴恩・斗魯以羅馬字拼寫的族語作曲、填詞的卑南族歌詩多達兩百餘首，目前已難判定哪些作品是在戰後創作，另據其子陳明仁（族名：Mizin，一九五二～，現為「北原山貓」、原住民部落工作隊「飛魚雲豹音樂工團」主要成員之一）指出：

　　父親一生採集、創作歌曲達兩百多首，然而，因為歌謠手稿散失，僅能憑靠高齡八十七歲的母親的記憶所及，再加上過去父親的口述記憶與自己的整理，來探究他的音樂。[38]

　　事實上，巴恩・斗魯以羅馬字拼寫的族語作曲、填詞的卑南族歌詩「常被他人另外填詞或改編，大量流傳」[39]，倘若細聽巴恩創作的歌詩旋律、細讀他以羅馬字拼寫的族語歌詞，即使是在一九五〇年代之後出生的漢人，也會頓時萌起了似曾相識的耳熟之感。

「nalowan」吟嘆曲被漢人擅自填詞為〈台灣好〉

　　巴恩・斗魯以羅馬字拼寫的族語詞曲旋律當中，頻繁出現

---

[37] 林頌恩、蘇量義，《回憶父親的歌之一：海洋hohaiyan》，未編頁碼。
[38] 林頌恩、蘇量義，《回憶父親的歌之一：海洋hohaiyan》，未編頁碼。
[39] 林頌恩、蘇量義，《回憶父親的歌之一：海洋hohaiyan》，未編頁碼。

「nalowan」（那魯灣）[40]、「hohaiyan」（荷嗨雅）的襯詞[41]，這是研究戰後台灣原住民族文學「作者」形成的文化混雜多義性的關鍵轉折點。

「nalowan」是在花蓮、台東地區的阿美族、卑南族及排灣族原住民之間跨族使用的語詞，阿美族語意指「山上的草寮」[42]，另據一九六〇年代知名的阿美族歌手盧靜子指出，「早期老人的歌沒有歌詞，都是na-lo-wan、na-lo-wan」[43]；原本作為早期的阿美族人在山上耕作、狩獵之時遮風避雨的草寮、吟唱自娛的襯詞「nalowan」，卻在一九八〇年代中期的原運之後，逐漸成為各族原住民用以自我指涉共同原鄉想像的代名詞。戰後初期，首先是由巴恩・斗魯以羅馬字拼寫的卑南族語將「nalowan」從襯詞的位置提升譜成吟嘆曲，前兩段為「na lo wan-na lo wan-na i ya na-i yo ya on／ho i na lo wan- na i ya na- i yo yan ho-hai yan」[44]，此曲主要表現襯詞「nalowan」的旋律轉調，詞意並無具體的敘事指涉，主要體現了族人在日常生活之中對於家園「nalowan」依戀、感恩的吟嘆，但是透過時而高昂、時而低吟的旋律起伏，賦予了吟唱者、聆聽者對於「nalowan」這個語詞象徵的寄情想像空間，正如林頌恩、蘇量義所言：

---

[40] 例如陳實詞曲、陳明仁整理的〈台灣好〉；林頌恩、蘇量義，《回憶父親的歌之一：海洋hohaiyan》，未編頁碼。

[41] 例如陳實詞曲、陳明仁整理的〈海洋〉；林頌恩、蘇量義，《回憶父親的歌之一：海洋hohaiyan》，未編頁碼。

[42] 孫大川，〈搭蘆灣手記〉，《山海文化》雙月刊第三期（一九九四年三月），頁一。

[43] 江冠明編著，《台東縣現代後山創作歌謠踏勘》（台東：台東縣立文化中心，一九九九），頁三〇三。

[44] 陳實詞曲、陳明仁整理〈台灣好〉；林頌恩、蘇量義，《回憶父親的歌之一：海洋hohaiyan》，未編頁碼。

唱歌的人可以隨時依照當下的情景，將襯詞換為具有實際意義的歌詞來唱出當時的心聲；唱歌的人不用受到固定歌詞的限制，能夠以旋律為主來抒發自己的情感。這種自由的形式讓歌曲本身可以擁有很寬闊的表現，也讓唱歌的人可以在不同時空背景去自由詮釋一首歌，唱歌的人也可以跟歌曲之間發展出更多互動的可能性。[45]

　　花東地區阿美族、卑南族、排灣族傳統歌謠的襯詞「nalowan」，透過巴恩・斗魯在戰後初期以羅馬字拼寫的族語譜曲填詞，傳唱於東台灣各族部落的吟嘆曲，逐漸在一九五○年代之後向平地社會擴散流傳，變異而成台灣各個族裔交熾著文化混雜、國族想像的敘事文本。一九五○年代初期，曾經擔任考試院副院長的羅家倫將此曲取名〈台灣好〉，填入充滿著國仇家恨之情、孤臣孽子之心的漢文歌詞：

　　台灣好，台灣好，台灣真是復興島／愛國英雄、英勇志士，都投到她的懷抱／我們受溫暖的和風，我們聽雄壯的海濤／我們愛國的情緒，比那阿里山高，阿里山高／我們忘不了，大陸上的同胞在死亡線上掙扎，在集中營裡苦惱／他們在求救，他們在哀號／你聽他們在求救，他們在哀號／求救，哀號／我們的血湧如潮，我們的心在狂跳／槍在肩刀出鞘，破敵城斬群妖／我們的兄弟姊妹，我們的父老／我們快要打回大陸來了／回來了，快要回來了。[46]

---

[45] 林頌恩、蘇量義，《回憶父親的歌之一：海洋hohaiyan》，未編頁碼。

[46] 根據林頌恩、蘇量義的說法，羅家倫填詞的〈台灣好〉旋律已與原曲唱法不太一樣，「這首歌很可能是因為曲調優美而被他人應用填詞，再加上當時的歌詞可能具有宣導台灣寶島形象功能而廣為流傳」；林頌恩、蘇量義，《回憶父親的歌之一：海洋hohaiyan》，未編頁碼。

　　在羅家倫填詞〈台灣好〉的國族想像之中，巴恩‧斗魯及「nalowan」俱為不在場的缺席存在，作曲者成為「佚名」、東台灣原住民族的家園想像「nalowan」成為復國基地的想像符號，即使是台灣的空間意象在歌詞當中也是飄浮的不確定性，僅只充做國民黨政府「打回大陸」的復興島而存在。

　　不同於羅家倫在一九五〇年代初期以漢文填詞的〈台灣好〉，出自於中華國族的法統意識，強調「大陸上的同胞在死亡線上掙扎」的愁苦境遇、營造「槍在肩刀出鞘，破敵城斬群妖」的肅殺氛圍，用以呼應「快要打回大陸」的動員戡亂體制正當性，巴恩‧斗魯以族語創作的吟嘆曲卻賦予了族人在日常生活的節奏之中，對於「nalowan」這個語詞作為家園方位象徵、集體心靈依戀的開放想像空間[47]，此如也是台東知本部落出身的卑南族音樂工作者高子洋（漢名：高飛龍，一九五二～）初中畢業後，十六歲「第一次流浪到台北，在永和一棟新建公寓擦油漆時，因想念故鄉而創作」[48]，他在一九七三年服役期間以漢文詞曲創作的〈我們都是一家人〉，即是取材於童年時期在部落聆聽父母吟唱巴恩的「nalowan」吟嘆曲：

　　　　你的家鄉在那魯灣，我的家鄉在那魯灣／從前的時候是一家
　　　　人，現在還是一家人／手牽著手肩併著肩，盡情的唱出我們的

---

[47] 新竹市香山區鹽水港的堤岸旁即有一處陸續自一九八九年從花東地區遷居而來的阿美族人聚落，名之「那魯灣村」，透過租地的方式以石棉瓦搭建低矮房舍，村內共有二十一戶約一百二十多位阿美族人居住，大都從事近海捕撈、遠洋船員或短期粗工的體力勞動，村民每兩年自選頭目，村內仍舊保留傳統部落的規範與道德約束力，重要事務由族人共同商議後交由頭目決定，每年八月舉辦豐年祭；引自鍾祥賜，〈原住民在都市〉，（來源：http://www.csps.hc.edu.tw/dns/country/c11.htm）。

[48] 江冠明編著，《台東縣現代後山創作歌謠踏勘》，頁二七一。

歌聲／團結起來，相親相愛，因為我們都是一家人，永遠都是
一家人。

這首〈我們都是一家人〉創作於原運勃興至少十年之前的歌
曲，詞意訴諸於「nalowan」的想像以召喚泛原住民意識的凝聚，
不僅成為一九八〇年代中期之後各族原住民自我形塑文化身分指
涉、建構共同原鄉想像的音符曲目，同時跨越原漢的族群邊界、
政黨立場的對壘，在台灣「現已膾炙人口，李登輝唱過、宋楚瑜
唱過，幾乎成為現代原住民的『國歌』」[49]；另據江冠明的研究，
〈我們都是一家人〉從中國青年反共救國團的團康歌謠，成為
一九八〇年代國民政府黨政軍活動場合的團康歌，江冠明指出：

九〇年代兩岸文化交流，中共進行台灣原住民文化統戰，受邀
交流的原住民又將這首歌帶到中國大陸，經過許多類似的團康
活動成為中共少數民族地區的新民歌，風行在中共官場。兩岸
官場的流行，使〈我們都是一家人〉的詮釋，變成國共兩黨各
取所需的政治統一想像。[50]

---

[49] 林志興，〈從唱別人的歌，到唱自己的歌：流行音樂中的原住民音樂〉，收於孫大
川主編，《舞動民族教育精靈──台灣原住民族教育論叢・第四輯：樂舞教育》
（台北：行政院原住民族委員會，二〇〇六），頁一八三。

[50] 江冠明，〈動盪時代的歌聲〉，《台灣新聞報》西子灣副刊（二〇〇一年一月
二十一日）。高子洋在戒嚴時期服役之時，因為協助籌組部落族人創業基金的「愛
心互助會」而創作的〈我們都是一家人〉等曲，遭到情治單位約談，質疑他籌組
「愛心互助會」的動機並勒令解散，退伍後又遭管區警員的監視，隨後並以「地
方首惡分子」的罪名移送管訓三年；江冠明編著，《台東縣現代後山創作歌謠踏
勘》，頁二七二～二七三。

巴恩・斗魯以羅馬字拼寫的詞曲，頻繁出現跨族性的「nalowan」、「hohaiyan」襯詞旋律，以及對於生活周遭的人文、地文、水文景觀的詠嘆，應該是因為他成長於、生活於多個族裔文化流動、交揉、混雜的空間場域之故，而這也正是大多數的戰後台灣原住民族文學「作者」形成脈絡的共同胚體。

生命經驗異質的、多語的文化混雜空間

以「作者」的個人生成背景來看，巴恩・斗魯之所以具備歌詩詞曲創作的能力、條件，來自於三個層面的型塑，亦即日本殖民體制師範教育灌輸的文明想像、西方樂理訓練的卡農（canon）對位式吟唱[51]，以及對於世居部落的傳統歌謠與民間故事的採擷。另以「作者」的外在形成脈絡來看，巴恩的生命歷程、日常生活穿梭於異質的、多語的文化混雜空間，台灣的統治者在他四十四歲那年易幟，由於擔任公學校、國民學校的校務主管職務，日語及「國語」（漢文）遂成巴恩對外進行社會聯繫的主要語文工具[52]，且因世居、教學之地均為卑南族、阿美族、魯凱族及漢人混居之處，使

---

[51] 巴恩・斗魯創作的曲目旋律，絕大多數採取對位式的卡農吟唱法。樂理上所謂的「卡農」指涉的是一種曲式，亦即「輪唱」之義，數個聲部的旋律依次出現、交叉進行，相互模仿又彼此追隨，藉以產生綿延不斷之感；卡農曲式的旋律簡單，但有精密完美的樂曲結構。例如巴恩・斗魯以族語創作詞曲的〈海洋〉「這首歌在旋律運用上採用卡農唱法，巧妙地展現海浪一波又一波的氣勢。這種輪唱法是以前卑南族傳統歌謠所沒有的」；林頌恩、蘇量義，《回憶父親的歌之一：海洋hohaiyan》，未編頁碼。

[52] 國民黨政府在一九五一年實施的「台灣省各縣山地推行國語辦法」規定，山地各學校的教師必須直接以國語教學，禁用日語，「違者免職」；張博宇主編，《慶祝台灣光復四十週年臺灣地區國語推行資料彙編（上）》，頁九八。巴恩・斗魯在一九四五年至一九五五年期間分別擔任台東縣知本國校、大南國校的校長，主持校務及教學自然必須「以身作則」，使用「國語」（漢文）。

得他除了具備嫻熟的卑南族母語言說能力之外，尚還略通一定程度的阿美族語、魯凱族語與漢族的福佬話[53]。

巴恩・斗魯跨越日本殖民體制、中國國民黨政權的生命經驗，以及具備多語的言說能力，允為足堪供給作為文學書寫的珍貴資財，以巴蘇亞・博伊哲努的話來說，「如果環境允許，他們在文學的成就可能不必讓今人」[54]。

由於台灣的歷史構造情境、原住民族傳統的語文表現形式使然，巴恩・斗魯的「文學」成就，自然不是建築在於書寫性、個人性的「作者」名聲之上，他的「文學」表現模式提供了我們思考在戰後台灣的族裔文化混雜性、流動性、互文性的社會關係底下，關於原住民文學「作者」形成脈絡的各種可能性，以及在「文學」表述、書寫的過程如何聚焦於文化身分意識的連帶與實踐。

巴恩・斗魯在日治時期的一九四二年獲得台灣總督府敘勳八等，授予「瑞寶勳章」，也曾在戰後的一九五〇年被國民黨政府官派為第一屆平地山胞台東縣議員；對於殖民者、統治者頒賞的名銜

---

[53] 巴恩・斗魯在一九四七年協助台東縣政府教育科主辦鄉土歌謠活動，講述他所採集的阿美族歌譜；一九五二年擔任台東縣卑南鄉大南國校的校長，該處的「大南社」是唯一居住於台灣東部的魯凱族聚落，學童大多數是魯凱族，巴恩・斗魯從學生及家長那裡學會簡單的魯凱族語；另據人類學者宋龍生、喬建、陳文德的調查研究，台東縣卑南族人的主要聚落知本、南王部落在戰後的原漢混居複雜程度，遠遠超過外界的想像，例如一九六三年的南王部落人口數原住民佔六二・八七％，漢人佔三七・一三％，然而到了一九九四年的原住民人口數僅佔四二・〇三％，漢人則有五七・九七％之譜，引自陳文德，〈「族群」與歷史：以一個卑南族「部落」的形成為例（1929～）〉，收於夏黎明、呂理政主編，《族群、歷史與空間：東台灣社會與文化的區域研究研討會論文集》（台東：國立台灣史前文化博物館籌備處，二〇〇〇），頁二〇一。由此可以推論，巴恩・斗魯因為教育工作需要，可自混居於卑南族聚落的漢人處學得某種程度的福佬話。

[54] 巴蘇亞・博伊哲努（浦忠成），《思考原住民》，頁一五六。

榮寵，巴恩並未訴諸於文化抵抗意識而拒絕接受，但也並未因此產生族裔文化身分認同的傾斜。截至目前為止，尚未看到他以日語或漢文創作的詞曲作品，至於已可確認是巴恩輯編、創作的詞曲則是皆以羅馬字拼寫的族語形式書寫，內容亦多環繞於對部落族人的日常生活網絡之中可見、可觸、可思的人事景物的吟唱詠嘆。

　　另一方面，巴恩‧斗魯不是一個耽戀於自我孤寂美學、自外於文學受眾的「作者」，他以親身實踐的方式連帶於、踐履於詞曲創作的族裔文化身分意識認同。根據年表所載，他在戰後擔任知本國校的校長之後「開始教導學生所採集與創作的歌曲」，並在退休之後的一九六〇年「率領知本族人於口傳史所述之祖先發祥地立碑紀念祖先」[55]；由此可見，早在戰後的一九四〇年代中期以迄一九六〇年代之前，巴恩的族語歌詩詞曲、族裔意識創作，即已為往後的原住民文學書寫鋪設了流動性、延展性與實踐性的多義認同軌跡。

　　若以戰後台灣原住民族文學「作者」形成的角度來看，無疑地，巴恩‧斗魯的生命歷程、生活空間、創作理念的實踐，及其作品被以填詞改編、轉譯再現的形式呈顯流傳的過程，毋寧具有更進一步研究的價值；現有關於巴恩的「作者」研究資料，散見於國立台灣史前文化博物館在二〇〇三年出版的《回憶父親的歌之一：海洋hohaiyan》，江冠明在一九九九年編著的《台東縣現代後山創作歌謠踏勘》也收錄多首巴恩以族語採集、創作的歌詩[56]，另在「北

---

[55] 林頌恩、蘇量義，《回憶父親的歌之一：海洋hohaiyan》，未編頁碼。

[56] 《回憶父親的歌之一：海洋hohaiyan》書中收錄巴恩‧斗魯以卑南族語創作的〈海洋〉、〈歡迎好友之歌〉、〈台灣好〉、〈歡樂歌〉、〈海洋歌〉，參見林頌恩、蘇量義，《回憶父親的歌之一：海洋hohaiyan》之「陳實的代表作品」，未標頁碼；《台東縣現代後山創作歌謠踏勘》則收錄巴恩‧斗魯的〈讚美卡地布〉、〈知本古老民歌〉詞曲簡譜，參見江冠明編著，《台東縣現代後山創作歌謠踏勘》，頁三一九～三二〇。

原山貓」的專輯「摩莉莎卡」亦有巴恩以族語創作詞曲的〈生命之歌〉。

悲劇性的鄒族先行者──吾雍‧雅達烏猶卡那

　　同樣是為一九一○年代出生的原住民族知識菁英、影響效應也逐漸在一九八○年代之後萌現的原住民族文學「作者」，相較於巴恩‧斗魯的生命歷程、創作理念及其族裔身分認同意識的柔軟實踐方式，生不逢時的吾雍‧雅達烏猶卡那夾纏著聰穎早熟、多情易感又錯放位置的公職行政身分，已然注定了他在政治場域扮演著謗譽糾纏的悲劇性角色；他在戰後以族語、日語及偶爾間雜漢字的文學書寫、歌詩表述的語文操作形式，則為戰後台灣原住民族文學的「作者」形成類型，展示了書寫主體的混語化基調。

文化身分認同線索的斷裂與重塑

　　吾雍‧雅達烏猶卡那在一九一八年的十歲之時，父親因故身亡，母親依鄒族習俗改嫁，遂被嘉義郡的日籍警部收養，並從部落的達邦教育所轉學到嘉義市區的平地學校就讀[57]；少年階段的生命歷程重大轉折，不僅使得吾雍的生活空間移動於部落及都市之間，也讓他的文化身分認同、文化想像圖景，流動於鄒族傳統生命禮儀

---

[57] 浦忠成，〈帶領鄒族現代化的第一人──高一生（吾雍‧雅達烏猶卡那）〉，收於莊永明總策劃，詹素娟、浦忠成等撰文，《台灣放輕鬆5：台灣原住民》（台北：遠流，二○○一），頁一三九。另見巴蘇亞‧博伊哲努（浦忠成），《政治與文藝夾纏的生命：高山自治先覺者高一生傳記》（台北：行政院文建會，二○○六），頁二三～二七。

及日本殖民者現代性啟蒙的曖昧混雜之間。綜觀吾雍在日治時期發表的詩文或談話，顯示出了一位置身於殖民體制底下的原住民知識菁英，遭遇著國族身分認同、現代文化想像既矛盾又含混、既妥協又堅持的雙重結構性擠壓；有一股外在的社會分類機制把他的階層身分推向日本人或其權力代理者的位置，但有另一股內在的族裔認同趨力把他的文化身分拉回阿里山的鄒族部落及族人之中，一推一拉的來回之間，吾雍的任何一個抉擇，都已注定了沾帶悲劇性的酸澀滋味。

父親意外身亡、日籍警部收養之故，十歲的吾雍・雅達烏猶卡那，遂從「蕃童」就讀的達邦教育所，轉學到「本島人」學童就讀的嘉義市玉川公學校，未久即被轉入專供「內地人」學童就讀的嘉義尋常高等小學校[58]，十六歲的一九二四年又被保送進入台南師範學校。少年時期的吾雍，因為個人不可抗力的社會分類機制，入學資格的身分判定從「蕃童」轉變而成「內地人」，日常生活的文化學習空間網絡也從山林的部落轉換而至平地的都市，入學身分的轉變及學習空間的轉換，無疑是對這位聰穎早熟、十幾歲鄒族少年文化身分認同線索的斷裂並重塑。

嚴格來說，吾雍・雅達烏猶卡那是第一位台灣原住民以文學書寫、個人署名形式在報刊雜誌發表詩文的「作者」；十三歲就讀嘉義尋常高等小學校高等科五年級之時，即以日本姓名「矢多一生」在大正十一年（一九二二）七月十日的《台灣日日新報》，以日文發表一篇題為〈昨日の日曜〉的短文，描寫他跟隨、觀察並模仿哥

---

[58] 馬場美英，〈高一生（矢多一生）からのメッセーヅー I 〉，載於下村作次郎編集，《高一生（矢多一生）研究》2號（東京：草風館，二〇〇五），頁一四～一八。原文為日文，感謝王惠珍老師協助翻譯。另見巴蘇亞・博伊哲努（浦忠成），《政治與文藝夾纏的生命：高山自治先覺者高一生傳記》，頁二七。

哥在屋旁持鏟挖掘蚯蚓，到公園池邊釣魚的動作，後因看到東方的
天色轉黯、雷聲悶鳴而悵然返家的情景，文中採取第一人稱的敘事
角度，情節固然簡單，但卻顯示了「少年一生的心思柔軟、洞察
力敏銳」，以及對於「自然現象的觀察眼、一體感」[59]；當年僅只
十三歲的學童，即有敢予具名的膽氣向報刊投文，顯示少年的吾雍
確實是有聰穎早熟的資質才氣。

　　一九二七年六月，當時正在日本大阪外國語學校任教的俄國語
言學者聶甫斯基（N.A.Nevskij，一八九二～一九三七）來到阿里山的
特富野部落研究鄒語，時年十九歲、就讀台南師範學校普通科四
年級的吾雍・雅達烏猶卡那，經由部落駐在所的日本警察推介而結
識聶甫斯基，「在為期一個多月間，吾雍教導他鄒族語，並協助採
集鄒族的民間傳說」[60]、「採集兩千餘條當時特富野部落的詞彙語
料，和不少口傳文學的資料，後來這些調查成果，編成了《台灣鄒
族語典》」[61]。透過以上兩項事例，不難看出吾雍在二十歲弱冠之
前，即已具備了以日文書寫、族語表述的文學敘事能力，雖然他因
個人不可抗力的因素而被日本殖民者的官員收養，但仍可以看到他
勉力於自我維繫對部落族人的歷史記憶、語言詞彙、人我關係的連
帶。

　　但在一九三〇年結束師範生的修業身分，吾雍・雅達烏猶卡那

---

[59] 馬場美英，〈高一生（矢多一生）からのメッセーヅー I 〉，頁一四～一五。

[60] 范燕秋，〈倡議自治・族群導師——吾雍・雅達烏猶卡那〉，收於台美文化交流基
金會編印，《島國顯影》第三輯（台北：創意力，一九九七），頁三〇四。

[61] 浦忠成，〈帶領鄒族現代化的第一人——高一生（吾雍・雅達烏猶卡那）〉，頁
一三九。關於聶甫斯基的生平事蹟以及他在阿里山鄒族部落研究鄒語、採集鄒族民
間故事的過程，可參見李福清（B. Riftin），〈俄國學者與鄒族結緣——《台灣鄒
族語典》譯者序之一〉，收於聶甫斯基著，白嗣宏、浦忠成、李福清譯，《台灣鄒
族語典》（台北：臺原，一九九三），頁七～一八。

選擇返回故鄉阿里山的達邦教育所執教，並被派兼達邦駐在所巡查補之後，他就必須不時面對隨著多重身分而來的矛盾、衝突及抉擇；歷史事實顯示，吾雍希望能夠面面俱到，終究卻是不斷苦吞了立足點流失的愁悒之果，致使老一輩族人對他的評價褒貶不一。誠如巴蘇亞・博伊哲努的觀察，政治及文藝的本質矛盾性，夾纏於吾雍的生命歷程之中；在我看來，吾雍「悲劇性」生命歷程的不幸，除了是政治及文藝的矛盾性夾纏之外，更重要的是聰穎早熟、才智兼具、易於感動又常率性作為的他，二度生不逢時於國族身分認同意識的轉折之際，偏偏這位生性浪漫的理想主義者又被殖民者、統治者交付或委派以權力代理人的行政職位，時代情境使然的角色位置錯放結果，最後的結局就是吾雍的鄒族自治理念，不見容於戰後初期的軍事威權政體而遭逮捕入獄，一九五四年槍決之時，僅只得年四十六歲[62]。

---

[62] 吾雍・雅達烏猶卡那的生平詳細事蹟，可參見陳素貞撰寫的〈我為什麼要寫高一生：詳敘結緣和追蹤的過程〉、〈高山哲人其萎──原住民在白色恐怖時代的一幕悲劇〉、〈高一生的背景資料〉、〈高一生與鄒族人參與二二八事件始末〉、〈獄中書信點點滴滴訴真情〉、〈力搏宿命的高一生──高一生的原住民自治區論犯了叛亂罪〉、〈冤情告白〉等文，均載於《台灣文藝》新生版第一期、第二期（一九九四年二月）；范燕秋，〈倡議自治・族群導師──吾雍・雅達烏猶卡那〉，收於《島國顯影》第三輯，頁三○○～三三九；浦忠成，〈帶領鄒族現代化的第一人──高一生（吾雍・雅達烏猶卡那）〉，收於莊永明總策劃，詹素娟、浦忠成等撰文，《台灣放輕鬆5：台灣原住民》，頁一三八～一四三；巴蘇亞・博伊哲努（浦忠成）編撰，《政治與文藝交纏的生命：高山自治先覺者高一生傳記》。另外，日本學者下村作次郎在二○○五年七月結合台灣的鄒族學者浦忠成、馬場美英（PaitsuYatayongana，漢名高美英，吾雍・雅達烏猶卡那的么女，父親被捕時她只有八個月大）、日本學者內川千裕、魚住悅子、塚本善也、橋本恭子、森田健嗣等人，共同成立「高一生（矢多一生）研究會」（Uongu Yatauyogana Study Group），同時在二○○五年七月五日創刊會誌《高一生（矢多一生）研究》，同年十月三十一日發行研究會誌第二號，有系統蒐集、研究吾雍・雅達烏猶卡那生前創作的文稿、歌詩等史料。

　　作為原住民族文學的代表性創作者之一，吾雍‧雅達烏猶卡那
的「作者」位格形成及其創作理念，固然一方面體現了政治及文藝
的夾纏糾葛，另一方面則是顯示了在日治體制底下，受到殖民者刻
意栽培扶植為文化樣板、權力代理人的原住民知識分子，徘徊於殖
民者灌注的現代性文化想像、族人傳統文化習承之間的越界遊走，
以及隨之而來的迷離困頓；換句話說，吾雍之為原住民族文學「作
者」的文化混雜性、悲劇性宿命，已然早在日治時期埋下伏筆。

部落景物、族裔意識的認識與認同

　　根據一九三〇年代台灣總督府警務局理蕃課的機關刊物《理蕃
の友》記載，返鄉執教之初的吾雍‧雅達烏猶卡那，除了兼任達邦
駐在所的巡查補，並在一九三〇年開始以「高砂族青年團」幹部的
身分介入仲裁部落事務，另以部落族人「代表」的名義，發表應和
於殖民者理蕃政策、依附於皇民化運動的詩文或談話，立論的思量
層面率皆是向殖民者灌輸的現代文明想像的立場傾斜。然而，值得
注意的是，吾雍返居部落娶妻、生子的一九四〇年代之後，當他逐
漸在日常生活之中接近、認識、感受部落族人的真實面貌，以及日
本殖民者強制徵召年輕族人離鄉投入戰爭的粗暴事實，吾雍的創作
視域、敘事風格明顯轉向，改以悲憫的、召喚的角度，展露他對部
落景物、族裔意識的珍惜及強調。

　　昭和十一年（一九三六）十一月，返鄉擔任教師、兼任警察未
久的吾雍‧雅達烏猶卡那，在《理蕃の友》發表一篇以日文書寫的
新詩〈更生の喜び〉（更生的喜悦）：

　　吳鳳の殺身成仁に／其の名を謳はれた／阿里山のツオウ族／
　　だか其の現實は／桃源の夢を實りて／來ろ日も來ろ日も飲酒

に恥り／因製にさいなまれて／再び起つ氣力さへもなく／あ
はれ自滅の道へと急いで行く／間一髪／見よ旭光を負ふて／
母國人は慈愛の手を差しのべて／あはれな迷夢者阿里山蕃を
／自滅の淵より希望の彼方へと／自力更生の喜びが／中央山
脈の一角阿里山に湧く／そして村の若人は／獵銃を棄て、鍬
を取り／老人は因襲をかなぐり棄て／若者の後を追ふ／目指
すは希望に輝く／郷土の開拓へ──／永年の迷夢今覺めて／
堅く堅く踏みしめろ／自力更生の第一步／石鑿の音も高らか
に／山田の稔りを樂みつ／夜は國語の學習に……[63]

　　全詩意譯略以，吳鳳「殺身成仁」的事蹟、名聲受到謳歌，但
是現實中的阿里山鄒族人卻仍貪戀於桃花源之夢、沉溺於飲酒而醉
生夢死，失去再度奮起的氣力，急速走向自我毀滅的道路，所幸在
千鈞一髮之際，祖國人們慈愛的手將迷夢者阿里山蕃從自滅的深淵
拉向希望的彼方，自此之後，族人獲得自力更生的喜悅，村中的年
輕人丟棄獵槍、拿起圓鍬，老人們也棄絕貪杯的因襲而在年輕人的
後面追趕，開拓鄉土的目標閃爍著希望，長年的迷夢如今覺醒，使
勁扎實踏出自力更生的第一步，石鑿開墾的聲音響亮、山田豐收的
樂音響起，夜夜學習國語。

　　詩中，隱約可以感受到剛自師範學校畢業未久，返鄉執教並兼
警察職務、青年團幹部之初的吾庸・雅達烏猶卡那的心理矛盾撞擊
之情，他的敘事角度及書寫位置徘徊、糾纏於對部落族人的愛怨情
結之間，一方面以局外人（outsider）的書寫位置，將日本殖民者統

---

[63] 矢多一生，〈更生の喜び〉，載於台灣總督府警務局理蕃課編，《理蕃の友》第二
卷，總號第五年十一月號（東京：綠陰書房，一九九三），頁一二。感謝王惠珍老
師協助翻譯。

治之前的鄒族人形容為因襲傳統積習的「迷夢者」，貪戀於「桃源の夢」、瀕臨於「自滅の淵」，另一方面又以局內人（insider）的敘事角度，感念日本「母國人」伸出朝陽旭光一般的「慈愛の手」，使得部落族人放棄傳統的狩獵維生模式，改以墾荒農耕的生產方式，進而獲得更生的覺醒喜悅。透過〈更生の喜び〉這首以日文書寫、發表於殖民者理蕃機關刊物的新詩，不難窺見吾庸在歸返部落之初的國族文化認同意識，是以依附、同化於殖民母國的現代文明想像、文化優越意識的權力共謀角色，逕將維繫部落族人的生命禮儀停格於吳鳳「殺身成仁」之前的蠻荒之域。

　　發表〈更生の喜び〉的稍早之前，台灣總督府在昭和十年（一九三五）十月二十九日以「紀念始政四十周年」、「慶祝台灣博覽會」為名，召集來自各州各族的三十二位「高砂族青年團」幹部在台北舉行懇談會。根據《理蕃の友》記載，受邀與會的吾雍‧雅達烏猶卡那在發言時，痛陳部落族人將往生的死者葬之於屋內的傳統習俗「是極不衛生的陋習，非打破不可」，他並透露曾經無視於死者的遺族意願、族老的反對，指示青年團的團員強行將已埋於屋內的腐屍挖出，改葬於共同墓地[64]；顯然地，吾雍此刻的發言位置，是以殖民者的權力代理人、文化監理人的上位角度凝視、監察並督飭部落族人的言行作為。

　　昭和十五年（一九四〇）五月，吾雍‧雅達烏猶卡那受邀參加「高砂族青年內地視察團」前往日本各地參訪三周[65]，返台後在

---

[64]〈高砂族青年團幹部懇談會〉，《理蕃の友》第二卷，總號第四年十一月號，頁四～五。

[65]視察團成員包括吾雍‧雅達烏猶卡那在內的五十七位各族青年團幹部，另有七名台灣總督府警務局的高階日本警官隨行，一九四〇年五月三日從基隆港搭乘富士丸出發，行程參訪橿原神宮、伊勢神宮、遙拜皇居，視察東京、京都、大阪、廣島、岡山等都市及鄉村，五月二十二日返台。〈神國日本の感銘〉㈠編按，《理蕃の友》第三卷，總號第百二號，頁四。

《理蕃の友》製作的專輯「神國日本の感銘」，發表一篇題為〈憧れの內地へ、我等の祖國內地へ！〉（到我憧憬的內地去、到我們的祖國內地去！）的近萬字遊記[66]，此文允為台灣原住民族文學史上首度出現以「報導文學」形式書寫、發表的作品，不僅意味著吾雍作為原住民文學「作者」的創作視域、書寫位置的關鍵性轉折點，同時預告了他將不再以殖民者、統治者權力代理人的上位凝視角度，鄙夷看待部落的傳統文化、族人的日常生活。

在〈憧れの內地へ、我等の祖國內地へ！〉一文，吾雍・雅達烏猶卡那以連載兩期的近萬字篇幅，展現了他對於日本近現代歷史智識發展的博學涉獵，及以蘊含詩質的流利日文進行文學性書寫的能力。文中，吾雍除了毫不掩飾描述他對於親臨「母國」、「內地」而遭遇現代性、機械化的文化撞擊的瞠目眩暈之感，引發高砂族青年的孺慕之情，但他顯然更加側重於觀察並讚嘆日本境內神社、佛閣的建築格局充滿文化寓意，體現了住民對於土地、建築的集體感情及歷史記憶，尤其是在視察當時被譽為「天下の模範村」的岡山縣高陽村之時，吾雍的敘事角度明顯是以自己的鄒族部落作為參照比較。

透過吾雍・雅達烏猶卡那的敘事描述，高陽村從二十幾年前的「貧乏村」一躍而為「模範村」，主要是村中老幼、男女的協力總出動，每個家戶充分利用空地以發展養雞、養豬的副業，白天共同經營村落的產業組合，晚上共同炊事、歌唱娛樂，村中住民彼此友愛；文中，吾雍以感性的語詞發下豪語，有生之年將讓自己的部落「阿里山地方」成為另一個高陽村，這是「一生懸命」的奮鬥目

---

[66] 矢多一生，〈憧れの內地へ、我等の祖國內地へ！〉，《理蕃の友》第三卷，總號第百二號、第百三號，頁四～六。

標[67]。相較於初返部落之時的詩作〈更生の喜び〉批評族人貪戀於
「桃源の夢」，但是隨著年歲漸增、部落生活日久，以及高陽村民
建築在友愛基礎之上的協力互助模式，吾雍隱約察覺部落族人編織
形構的「桃源の夢」，並不是可被譴責的。

敘事性歌詩體現鄒族的傳統生命哲學

　　結束「高砂族青年內地視察團」行程、發表〈憧れの內地へ、
我等の祖國內地へ！〉之後，吾雍・雅達烏猶卡那自此未在《理蕃
の友》發表詩文或談話，開始頻繁地以族語、日語創作歌詩，題材
主要取自於對阿里山鄒族傳統生活場域的歷史典故、自然景觀的感
懷或詠讚，這些歌詩作品在當時均未公開發表，僅向親友、族人教
唱時流傳於各個部落之間，其中以日語創作的〈登山列車〉，當是
吾雍在日治時期的代表作之一[68]：

阿里山の森の汽車　今發車	阿里山的森林火車　就要出發了
たちまち灣橋　鹿麻產	經過北門越過灣橋　來到鹿麻產
鹿の群　平埔族の村は今何處	昔日鹿群　平埔族的村落今何處
山鹿　山小屋　稻田	山鹿　山林小屋　稻田
竹崎の丘越へば奮起湖	越過竹崎的山崗　來到奮起湖

<small>67　矢多一生，〈憧れの內地へ、我等の祖國內地へ！〉，《理蕃の友》第三卷，總號
　　第百三號，頁四。

68　〈登山列車〉的日語原文引自馬場美英，〈高一生（矢多一生）からのメッセーヅ
　　―Ⅰ〉，頁一六～一七；漢文翻譯引自陳素貞，〈移民之歌〉，《台灣文藝》新
　　生版第二期（一九就四年四月），頁二一；陳素貞將這首歌詩的篇名譯為「登山
　　火車」，另在日語原文的比對上，《台灣文藝》的版本多有漏植或誤植之處，故以
　　《高一生（矢多一生）研究》2號的版本為準，特予說明。</small>

下ればララウヤ　イムツ社へ	下望是福山樂野　還有石鼓盤
遙かな空の果ては草領か	遙望北邊白雲盡處是草嶺
ヨヨリン蛤里米社　雪の海	幼葉林　蛤里米社在雲海中

トロエンの森越えれば十字路へ	越過多林　穿過杉林　來到十字路
見れはダパン社　ララチ社へ	看見達邦社　還有來吉社
ヘイシの山越えば阿里山へ	越過平遮那　穿過二萬平　來到阿里山
先祖の御魂しい塔山に	祖先靈山——大塔山就在眼前

お祝いの山越えればタータカへ	越過祝山　來到塔塔加
見えるばルフト社　ナマカバン	遠望可見魯富都社　那瑪卡萬
白き森　松林　羊の群れ	白樹林　松樹林　長鬃山羊群
見えたぞ聖山—Patunguonu	終於看到聖山——八通關

　　吾雍‧雅達烏猶卡那在一九四〇年創作的〈登山列車〉，以鄒族人的觀察視域出發，不僅把一九一二年竣工通車、全長七十一點四公里的阿里山森林火車，從發車的嘉義站到終點站沼平的沿線各個車站，包括北門、竹崎、灣橋、鹿麻產、奮起湖、多林、十字路、平遮那、二萬平、阿里山等站入詩[69]，且以歷史的、人文的、族群的變遷省視角度，融入於對沿線不同海拔的自然景物變化的細膩觀察，遂讓阿里山森林火車在吾雍的筆下，呈現出了鄒族人得以認識、歸返祖靈的豐饒意象，借用馬場美英的話來說，吾雍的這篇〈登山列車〉既是「地理學的、自然環境學的、生物學的、文化人類學的貴重資料之歌」[70]，也是體現了鄒族「以山養山，得與自然

---

[69] 阿里山森林鐵道原有的灣橋、鹿麻產等站，現已裁廢；洪致文，《台灣鐵道傳奇》（台北：時報文化，一九九二），頁一一八～一二一。

[70] 馬場美英，〈高一生（矢多一生）からのメッセーヅ―Ｉ〉，頁一六。

調和、共生共存」[71]的傳統生命哲學。

　　吾雍・雅達烏猶卡那生前最為外界熟悉的歌詩創作，當屬〈春
の佐保姬〉（意指，春之女神）[72]這首作品，此曲的確切創作時間尚
待更進一步的考證確認，有一說是約寫於一九四〇年[73]，另有一說
是吾雍在一九五二年因案被羈押於台北市的「軍法看守處」期間所
寫[74]，但從歌詩的詞意以觀，佐以吾雍在一九四〇年代初期感受戰
爭時局肅殺氛圍愈趨緊凝的心情轉折研判，〈春之佐保姬〉創作於
一九四〇年代日治末期的可能性居高；為了便於論述，茲將〈春之
佐保姬〉的日文歌詞及漢譯抄錄如下[75]：

---

[71] 馬場美英，〈高一生（矢多一生）からのメッセーヅーＩ〉，頁一七。

[72] 新台唱片股份有限公司在二〇〇四年製作發行的「台灣傳記音樂1：高一生紀念專
　　輯」音樂光碟，即以「春之佐保姬」作為封面詞曲，總計收錄吾雍・雅達烏猶卡那
　　創作的「杜鵑山」、「打獵歌」、「長春花」、「想念親友」、「登山列車」、
　　「登玉山歌」、「春之佐保姬Ｉ」、「春之佐保姬ＩＩ」、「移民之歌Ｉ」、「移
　　民之歌ＩＩ」、「移民之歌ＩＩＩ」、「古道」等十二首作品。二〇〇五年五月十七日在
　　綠島舉行的「綠島人權音樂祭」，高美英（馬場美英）也為父親獻唱「春之佐保
　　姬」；馬場美英，〈「綠島人權音樂祭～關不住的歌声～」參加記〉，載於下村作
　　次郎編集，《高一生（矢多一生）研究》創刊號（東京：草風館，二〇〇五），頁
　　五～七。

[73] 根據陳素貞的調查，〈春之佐保姬〉這首曲子「寫於約一九四〇年，是高氏與妻
　　子春芳女士共勉的心聲」；陳素貞，〈魂魄永遠守著山川家園──歌聲迴響人已
　　遠〉，頁八。

[74] 根據馬場美英的說法，吾雍・雅達烏猶卡那被羈押在「軍法看守處」之時，自知已
　　然無法再歸返故鄉，遂在「嚴酷的、絕望的環境之中，基於對所愛家族的思念，作
　　成了獻給最愛之妻的永遠名曲〈春之佐保姬〉」；馬場美英，〈「綠島人權音樂
　　祭～關不住的歌声～」參加記〉，頁六。

[75] 日語原文引自馬場美英，〈「綠島人權音樂祭～關不住的歌声～」參加記〉，頁
　　六；漢文翻譯則由吾雍・雅達烏猶卡那之子高英傑意譯，引自盧梅芬、蘇量義，
　　《回憶父親的歌之二：杜鵑山的迴旋曲》（台東：國立台灣史前文化博物館，二
　　〇〇三），未標頁碼。

誰か呼びます　深山の森で	是誰在森林的深處呼喚
静かな夜明けに	在寂靜的黎明時候
銀の鈴のような　麗しい聲で	像銀色鈴鐺一樣華麗的聲音
誰を呼ぶのだろう	呼喚著誰
ああ佐保姫よ	啊！佐保姬呀
春の佐保姫よ	春之佐保姬呀

誰か呼びます　深山の森で	是誰在森林的深處呼喚
淋しい夜更けに	在寂寞的黃昏時候
銀の鈴のような　麗しい聲で	像銀色鈴鐺一樣華麗的聲音
森に響き渡り	越過森林
ああ佐保姫よ	啊！佐保姬呀
春の佐保姫よ	春之佐保姬呀

誰か呼んでる　深山の奥で	是誰在高山的深處呼喚
ふるさとの森の　奥の彼方から	在故鄉的森林　遙遠的地方
麗しい聲が	用華麗的聲音
誰か呼んでいる	有人在呼喚
ああ佐保姫よ	啊！佐保姬呀
春の佐保姫よ	春之佐保姬呀

　　全詩乍讀之下，明顯地，吾雍・雅達烏猶卡那是把日本名字為「湯川春子」（ゆかわ　はるこ）的妻子高春芳（一九一三～一九九九）譬喻為「はるの佐保姫」，歌詞意境流露出春之女神思念著遠方所愛的親人，遂以銀色鈴鐺一般的華麗聲音呼喚著，召喚遊子從遙遠的他方回返故鄉的森林。然而，若放大歷史的視域來看，吾雍的這首〈春之佐保姬〉，毋寧是為日治末期遭到殖民者徵

召投入太平洋戰爭，充當「高砂義勇隊」而遠赴南洋作戰的鄒族子弟而寫。

一九四二年，吾雍・雅達烏猶卡那顯然不再是以兼任巡查補身分的殖民權力代理人的上位角度凝視、規訓族人的身體，他因為公開反對日本殖民者以勸誘、威逼的手段徵調鄒族青年赴南洋征戰，「因而被日警處罰在神社面壁思過」[76]；一九四四年，日本帝國在太平洋戰爭的敗象已露、「高砂義勇隊」傷亡慘重[77]，吾雍銜命前往高雄軍港領回陣亡的鄒族子弟骨灰之時，「當晚大醉，高唱悲傷曲」[78]。據此研判，吾雍創作〈春之佐保姬〉並不單單只是眷戀夫妻之間的兒女情長，毋寧是藉這首歌詩，能讓因故而遠離鄒族家鄉的族人在吟唱之時，真切感受到來自於故鄉森林的家人、親友的思念召喚。

浪漫的理想主義者遭威權政治戕害

可悲復可嘆的造化弄人，吾雍・雅達烏猶卡那在戰後的一九五二年遭到國民黨政府羅織罪名而囚禁於台北的「軍法看守

---

[76] 范燕秋，〈倡議自治・族群導師──吾雍・雅達烏猶卡那〉，頁三〇五；陳素貞，〈高一生生時年表〉，《台灣文藝》新生版第二期，頁一五。

[77] 《理蕃の友》第百三十號（昭和十七年十月）、第百三十一號（昭和十七年十一月）、第百四十四號（昭和十八年十二月）等期的報導。值得注意的是，昭和十七年（一九四二）對「高砂義勇隊」壯烈奮戰的報導，頻繁出現了諸如「神迅進擊」、「獅子奮迅」、「如隼俊敏」、「如豹精悍」的語詞，然而到了昭和十八年（一九四三）對「高砂義勇隊」的征戰報導，卻是一再出現司令官、部隊長頒給陣亡「高砂義勇隊」的賞狀、賞詞或感謝狀，宣稱「高砂義勇隊不滅の榮光」、「皇國の道と高砂族」，然而作為日本殖民者在一九三〇年代之後的理蕃政策機關刊物《理蕃の友》，卻在一九四三年的十二月廢刊，顯示了即使壯烈奮戰、陣亡南洋的「高砂義勇隊」也無力協助日本殖民者扭轉不利的戰局。

[78] 陳素貞，〈高一生生時年表〉，頁一五。

處」，獄中寫給妻兒子女的家書屢屢提到〈春之佐保姬〉這首曲
子，例如在一九五二年十一月三十日寫給妻子的信：

> 我的魂不在台北，每夜都在家裡的小房間陪伴妳，妳不會寂寞
> 的。想到「春之佐保姬」這首歌嗎？想起來的話，請用妳的感
> 情去唱，我想妳最合適唱這曲子。[79]

又如一九五二年十二月七日寫給女兒的信中提到：

> 貴美信上說「春之佐保姬」是很有美妙的歌，大家都很喜愛。
> 我眼前彷彿看到菊花和貴美大聲唱這首歌，妳在旁邊凝神地
> 聽，眸子閃亮著光芒……此冬的苦楚將會不知不覺地隨著「春
> 之佐保姬」的歌聲消去，我會早日歸去。我以此向神明祈求，
> 神必體念我的心。[80]

遺憾的是，夫妻再次相見之時，卻是春之女神離開故鄉的森
林，黯然來到台北認屍，「一九五四年四月十七日，春子女士與其
他同案受難者家屬被帶至台北，認出自池中撈出的高氏屍體，火化
後攜回達邦村家園中下葬」[81]。一九九〇年代初期，首開先河研究

---

[79] 引自陳素貞，〈獄中書信點點滴滴訴真情〉，頁二四。

[80] 陳素貞，〈獄中書信點點滴滴訴真情〉，頁二六。

[81] 陳素貞，〈高一生生時年表〉，頁一五。關於吾雍‧雅達烏猶卡那被控涉嫌「高
山族匪諜湯守仁等叛亂案」的案情經過，可參見李敖審定，《安全局機密文件
（上）》（台北：李敖，一九九一），頁八六～八七；《安全局機密文件》上、下
兩冊，乃是根據國家安全局在一九五九年四月出版的《歷年辦理匪案彙編》的原寸
影印方式印製，有關吾雍‧雅達烏猶卡那被控涉嫌「高山族匪諜湯守仁等叛亂案」
的原始文件，陳素貞的研究亦有引用，但是在這份原始文件當中卻有明顯的錯誤，

吾雍‧雅達烏猶卡那的陳素貞，數度進入阿里山的鄒族部落，試圖透過有限史料、田野調查以還原這位鄒族菁英的悲劇性生命歷程，她在當時發表的文章當中以感性口吻指出：

> 四十年後的現在，已經八十歲進入老年失憶狀態的春子，聽到次女貴美哼出這首歌（即，春之佐保姬）的旋律時，還能清晰的唱出每一句歌詞，陶醉的神情彷彿她的丈夫回到了她的身邊。[82]

　　回到戰後初期台灣原住民族文學「作者」形成的論述脈絡來看，倘若不是因為誤判政治情勢而遭槍決殞命，吾雍‧雅達烏猶卡那的文學書寫成就，或可使得戰後台灣的原住民族文學呈現出截然不同於今天的發展曲線。吾雍在日治時期曲折的生命歷程經驗、國族身分意識認同的轉折、現代文明想像的體驗、族裔歷史記憶的實踐、西方樂理音律的熟稔、勤於閱讀典籍的博學，以及在漢人政權統治初期即已練就達意的漢文書寫能力[83]，在在都是足以支撐他進

亦即本案的偵破時間為「三十九年十月」（一九五○年十月），判決文號及日期為「國防部四十三年二月十七日（43）清澈字第433號令核定」，然而死刑執行日期卻載為「三十九年二十三日」（一九五○年二月二十三日），死刑執行的時間點竟然早於偵破時間及判決日期，顯示國民黨政府的情治單位在白色恐怖時期偵辦政治案件、判人死生之時的草率。

[82] 陳素貞，〈魂魄永遠守著山川家園──歌聲迴響人已遠〉，頁八。高春子一九九九年病逝，享年八十六歲。

[83] 根據吾雍‧雅達烏猶卡那一九五二年在監期間以漢文寫給家人的多篇獄中家書內容研判，他在戰後初期已能掌握一定程度的北京話文書寫能力，同世代「跨越語言」的漢族作家漢文書寫障礙似乎在他的身上並不明顯。吾雍‧雅達烏猶卡那以漢文書寫的獄中家書原件影本，參見陳素貞，〈獄中書信點點滴滴訴真情〉，頁二二～二三。

行文學性表述、書寫的資財條件，然而隨著馬場町的暗夜槍響[84]，
如今這些假設卻已成為歷史的悲劇註腳，盡都付諸於慨嘆的遺憾之
中。

根據鄒族學者巴蘇亞・博伊哲努、汪明輝，漢族學者陳素貞、
范燕秋、王嵩山、吳叡人的調查研究顯示，吾雍・雅達烏猶卡那的
理想主義者浪漫性格，顯然是他在戰後初期錯估台海兩岸政權「內
戰」狀態延續的政治時勢，驟然地以官派鄉長的身分向原住民各族
賢士提出「高山族」自治的行動訴求，自陷於複雜、險惡的政治意
識型態清算名單之列，卻仍渾然不察的主要肇因。統治政權更迭
的戰後之初，吾雍的政治性外顯作為，場景轉換的速度讓人目不暇
給，這對生性浪漫、易於感動的吾雍來說，恐怕也有像是陀螺一般
被抽鞭、身不由己而旋轉的莫名感。

一九四五年八月之後，日本殖民地的台灣主權改隸於中國國民
黨政府的接收、統治之下，當時儼然已是鄒族領導者的吾雍・雅達
烏猶卡那，在未見到國民黨軍隊的一兵一卒之前，主動申報更改漢
名為「高一生」，同時加入「三民主義青年團」，並在一九四六年
被漢人政府委派為吳鳳鄉（今已改名阿里山鄉）鄉長；一九四七年
的二二八事件之後，吾雍庇護入鄉「避難」的外省籍台南縣長袁國
欽（隨後也保護遭到國民黨政府追捕而入山躲藏的二二八事件參與者，
多為漢人），一九四八年率領原住民各族代表共組的「南京致敬
團」遠赴中國向蔣介石領導的國民政府致敬，之後又因國民黨政府
的特務單位在一九五〇年藉故逮捕多名鄒族菁英，身為鄉長的吾雍

---

84 馬場町（新店溪畔的台北市青年公園十一號水門一帶，今設「馬場町紀念公園」）
為蔣介石政府在一九五〇年代白色恐怖時期槍決政治犯的主要刑場，死刑執行前的
吾雍・雅達烏猶卡那監禁於台北市青島東路的「軍法看守處」，研判應是依例「就
近」押送馬場町刑場執行槍決。

被迫「繳交武器」以輸誠，並且再組「致敬團」而赴台北向統治者
再度輸誠，之後不論是時任總統的蔣介石，或是人稱「太子妃」的
蔣經國之妻蔣方良到阿里山避暑度假、政令宣導，身為鄉長的吾雍
在接待準備的前置作業上，莫不戒慎、力求周到。

　　諷刺的是，戰後初期在政治場域的鄉長角色上，勉力於周旋權
貴、政要之間以求面面俱到，且已多次獲得統治者蔣介石約見會談
的吾雍‧雅達烏猶卡那，卻在一九五一年遭到台灣省保安司令部指
控涉嫌「叛亂」，隔年即遭逮捕入獄，未經任何的合法審判程序即
在一九五四年被以「匪諜叛亂罪」的罪名執行槍決，留下一具充滿
「福馬林」（甲醛）消毒水氣味的冰冷遺體，浮沉於屍池之中，殘
酷地讓為人妻的高春芳辨認、完成領屍手續。

隱藏在獄中家書之內的憂鬱靈魂

　　截至本書出版之前，尚未看到吾雍‧雅達烏猶卡那在戰後初期
以漢文書寫、發表的文學性作品，在以日文或以羅馬字拼寫族語而
流傳於部落族人之間的歌詩作品當中，幾乎找不到任何一篇是單純
表現「作者」個人情感、美學想像的自娛之作，主要都是扣聯於族
人生活場域、部落歷史記憶的兩大敘事脈絡。

　　一九四七年的二二八事件之後，台南縣長袁國欽為了答謝吾
雍‧雅達烏猶卡那庇護他入鄉避難，特案批准吾雍的請求，而將日
治時期軍用牧場的縣府公共用地劃歸吳鳳鄉所有[85]（當時的吳鳳鄉屬
於台南縣政府管轄）；吾雍之所以向縣府請增新地，顯然是想以日
本岡山縣高陽村的村民協力經營模式為本，擴增部落族人的生活空

---

[85] 此處即為目前阿里山鄉的新美村、茶山村，已是鄒族人發展農牧、經營民宿的主要
　　聚落；王嵩山、汪明輝、浦忠成著，《台灣原住民史‧鄒族史篇》（南投：台灣省
　　文獻委員會，二〇〇一），頁一六八。

間，期以發展農牧協作的產業組合，吾雍為了鼓勵族人前往移居墾殖，遂以羅馬字拼寫的族語創作三首〈移民之歌〉，包括〈來到尤依阿那〉、〈離別家園〉、〈來吧！來吧！〉[86] 並廣為教唱。在這三首〈移民之歌〉的音律節奏上，吾雍參考鄒族傳統祭儀的吟唱方式，採取卡農式的男女多部合音、對位誦吟形式，為族人的移居墾殖賦予肅穆的、神聖的意義，歌詞的意境則是藉由鄒族先民為了後代子孫而冒險遷徙以找尋豐饒新天地的傳說寓意，祈求祖靈祝福移居墾殖的族人們。

戰後初期的吾雍‧雅達烏猶卡那以鄉長的身分，透過合法的行政程序，為部落族人爭取新增的生活墾殖空間，此舉既不是對於他族領土的武力侵略，也不是對於國有土地的違法侵佔，但卻種下了他命喪馬場町的伏因；另一方面，吾雍並非是以鄉長的身分而強制命令族人前往移居墾殖，他以結合族人歷史記憶傳說的歌詩創作及教唱方式，鼓勵族人移居墾殖的意願。吾雍在戰後以迄一九五〇年之前政治性作為的梗脈、文學性創作的肌理，相當比重奠基於對族裔生命意識、部落生活場域的保全及維繫，一九五〇年之後漸有「泛高山族」集體意識的認同行動，串連全台各地多位原住民籍的民意代表共同提出「高山族自治縣」的構想[87]，發函邀請各族領導

---

[86] 吾雍‧雅達烏猶卡那以族語創作的三首「移民之歌」，現有陳素貞、高英傑的歌詞漢譯版本，詳見陳素貞，〈移民之歌〉，頁一九；盧梅芬、蘇量義，《回憶父親的歌之二：杜鵑山的迴旋曲》，未標頁碼。另在國立台灣史前文化博物館製作的網頁亦有三首「移民之歌」歌詞的族語、漢譯及演唱（來源：http://www.nmp.gov.tw/main/04/4-3/4-3o/index.htm）。

[87] 王嵩山、汪明輝、浦忠成的調查顯示，吾雍‧雅達烏猶卡那提出「高山自治區隸屬於縣長所轄，下設警察、產業、教育、建設、財政及衛生六課，故並非搞高山族獨立或分離主義」；王嵩山、汪明輝、浦忠成著，《台灣原住民史‧鄒族史篇》，頁一六八。

人、賢士集會討論高山族自治區的問題，豈料消息走露、信函遭到情治單位截獲[88]，吾雍及多位原住民菁英在一九五二年九月被以涉嫌叛亂的「匪諜」罪名逮捕；根據陳素貞的調查統計，吾雍從入獄到槍決之前的「一年半裡共寄達到太太手中的書信，計有五十六封一百一十一頁」[89]。

國族文化身分認同過程的躑躅、徘徊及無悔抉擇

吾雍・雅達烏猶卡那的獄中家書，即使受限於獄方的通訊字數及審核規定，猶仍不時流露為人夫對妻子的深情眷戀、為人父對子女的掛念叮嚀、身為族長對部落的思念牽掛；家書之中，如實描述他的獄中心情轉折，如何地從自信清白而終必獲釋返家，再到屢屢夢回部落親人而苦遭鄉愁啃囓，最後自知冤情難雪而坦然交待後事。透過吾雍的獄中家書，我們看到一位戰後初期的原住民菁英心靈夾纏在國家政權轉替、族裔身分意識之間的遊移、徬徨、抉擇及無悔的顯影。吾雍的獄中家書，投射出了一個憂鬱的靈魂漫遊在時代悲劇背幕的身影，無疑是研究戰後台灣原住民族文學的珍貴史料，允有輯註出版的歷史見證價值。

礙於篇幅，此處摘錄一首吾雍・雅達烏猶卡那在一九五四年自忖死期不遠，遂以遺書形式寫給妻子的最後一封家書當中以日文寫詞、作曲的「つつじの山」（杜鵑山）[90]，據以論探吾雍的國族文

---

[88] 陳素貞，〈力搏宿命的高一生——高一生的原住民自治區論犯了叛亂罪〉，頁三三～三七；王嵩山、汪明輝、浦忠成著，《台灣原住民史・鄒族史篇》，頁一六七。

[89] 陳素貞，〈獄中書信點點滴滴訴真情〉，頁二二。

[90] 馬場美英根據母親高春子收藏吾雍・雅達烏猶卡那的獄中家書及遺物推測，「つつじの山」是父親生前最後一首以日文創作的詞曲作品；馬場美英，〈高一生（矢多一生）からのメッセーヂⅡ〉，載於塚本善也編著，《高一生（矢多一生）研究》三號（東京：草風館，二〇〇六），頁二四～二九。

化身分意識想像夾纏於殖民統治體制底下的終極掛懷。〈杜鵑山〉
的日文歌詞及漢譯如下[91]：

つつじの山を離れきて	自從離開杜鵑山
思いは懷かし　くぬぎの林	時時刻刻懷念橡樹林
彼の山戀し　彼の山戀し	想念那山，真想念那山
雲がちぎれて　何處へやら	拆散的白雲啊！不知飄到何方？
つつじの山の　夢見たが	夜裡夢見了杜鵑山
くずれて消えた　くぬぎの林	橡樹林的影像漸漸模糊不清
彼の山見えぬ　彼の山戀し	那山竟然看不見，真想念那山
青い鳥さえ　何處へやら	可愛的藍鵲，現在不知飛到何方？
つつじの山は　南向き	杜鵑山在南邊方向
廣い野原の　くぬぎの林	就在遼闊原野的橡樹林
夕日に赤い　彼の山戀し	看見灼紅的夕陽，更使我想念那山
山のかっこう鳥　鳴くであろう	山上的郭公鳥，正在哀鳴吧！
つつじの山の　細道は	杜鵑山有個小山徑
森をよぎりて　くぬぎの林	橫越森林，到達橡樹林
彼の山いずこ　彼の山戀し	那山現在怎樣了？真想念那山
こずえに小鳩が　また歸る	斑鳩現在是否安然又回到樹梢？
つつじの山は　彼のあたり	杜鵑山好像在那個方向
やがてもみじが　色づくだろう	現在正是楓葉著色的時節吧！

[91] 日語原文引自馬場美英，〈高一生（矢多一生）からのメッセーヅⅡ〉，頁二六～
　　二七；漢文翻譯參考高英傑的節譯，引自盧梅芬、蘇量義，《回憶父親的歌之二：
　　杜鵑山的迴旋曲》，未標頁碼。

彼の山戀し　彼の山戀し　　　　想念那山，真想念那山
からすも古巢へ　歸るだろう　　　這時烏鴉也該回到了牠的老巢窩吧！

　　身陷死牢、歸期無望，吾雍‧雅達烏猶卡那以他最熟悉的語文
創作〈杜鵑山〉向他最摯愛的家人告別；詞意之中，透顯著吾雍表
述鄉愁之切、靈魄回歸之處的雙重意象隱喻。一方面，正如吾雍最
小的女兒高美英所言，杜鵑山對於父親來說，既是故鄉阿里山的代
名詞，同時承載著他在幼少時期最美好的生命記憶，他在歌詩之中
將鄉愁託寓於杜鵑山的天空、山野、森林及河川，以向家族及鄒族
傳達深沉思念的最後告別[92]。

　　另一方面，吾雍‧雅達烏猶卡那在已知不久人間的告別之作
〈杜鵑山〉，不用具體地理指涉的「阿里山」（アサトヤマ），改
採另富意象隱喻的「杜鵑山」（つつじの山），並不盡然是為了文
學性書寫、創作意境以呼應詞中思念「郭公鳥」（杜鵑鳥的同類）
啼鳴的故鄉山林。吾雍留給家人、族人的告別遺作，之所以使用日
文書寫，毋寧是因為兼備著族語、日語及漢語等多種語文言說能力
的他知道，杜鵑「つつじ」的日文漢字為「躑躅」，這在漢文的詞
義指涉著心有所慮、欲行又止，終得舉步向前的意涵，杜鵑鳥的啼
聲亦被古來的文人賦予「不如歸去」的想像意境，對於少年時期下
課返回日籍警部的家門口即被僕人高聲叫喊「蕃人的一夫（蕃人の
かつお）回來了」[93]的吾雍來說，國族文化身分意識的認同過程多
有躑躅、遲疑及徘徊的跌宕轉折，但在一九四○年代初期不忍看到
部落青年遭到殖民者誘惑、徵調投入戰場而寫下〈春之佐保姬〉，

---

[92] 馬場美英，〈高一生（矢多一生）からのメッセーヅⅡ〉，頁二七。
[93] 陳素貞，〈高一生的背景資料〉，頁一一～一二；吾雍‧雅達烏猶卡那的日本名字
　　原為「矢多一夫」，後來才改為「矢多一生」。

　　以及他一九五○年代初期倡議高山族自治理念，卻遭統治者羈禁死
牢而寫下〈杜鵑山〉之後，吾雍的文化身分認同的終極掛懷，顯然
已從浪漫想像的國族意識轉向於部落生活實踐之下的族裔認同。

　　正如現今部分老一輩的泰雅族、賽德克族人（尤其是女性）對
於一九三○年向日本殖民者發動「霧社事件」武力對抗行動的馬赫
坡社頭目莫那‧魯道，有著愛恨糾纏、褒貶夾雜的評價一般，在老
一輩鄒族人的記憶之中，對於他們所認識的吾雍‧雅達烏猶卡那，
也是攙雜著既熟悉又陌生、既敬之又畏之、既愛之又惡之的矛盾
情結[94]，這都顯示吾雍的生命位格在殖民統治體制底下，留給族人
們複雜的、矛盾的、流動的歷史記憶；但從戰後台灣原住民族文學
「作者」形成的脈絡以觀，吾雍的歌詩作品及獄中家書，當是提供
了搜尋原住民的族裔意識、文化身分的認同實踐線索，以及原住民
族的集體政治心靈在戰後初期蒙難驚懼、自我禁錮的歷程再現，值
得更進一步的探討研究。目前已可確認是吾雍在戰後初期以日文、
族語創作的歌詩作品，包括〈登玉山歌〉、〈移民之歌〉三首、
〈古道〉、〈杜鵑山〉、〈長春花〉、〈獵鹿歌〉等[95]，這些作品

---

[94] 老一輩鄒族人對於吾雍‧雅達烏猶卡那的褒貶評價說法，參見陳素貞，〈我為什麼
要寫高一生：詳敘結緣和追蹤的過程〉，頁七六～七九；陳素貞，〈冤情告白〉，
頁四一～五五。王嵩山、汪明輝、浦忠成著，《台灣原住民史‧鄒族史篇》，頁
一六六。

[95] 根據陳素貞的研究，吾雍‧雅達烏猶卡那生前創作了許多詞曲或填詞的歌詩，但是
除去他在獄中家書提到的〈美麗的山峰〉、〈高地的花園〉、〈奇妙之泉〉等幾首
已經失落了，和其他不知名的或是族人不敢明指出來的，有完整傳留下來的總共有
十一首，分別為〈春之佐保姬〉、〈登山列車〉、〈杜鵑山〉、〈移民之歌〉、
〈古道〉、〈登玉山歌〉、〈想念親友〉、〈長春花〉、〈獵鹿歌〉等；陳素貞，
〈魂魄永遠守著山川家園——歌聲迴響人已遠〉，頁八。

仍在鄒族四、五十歲以上的族人之間傳唱[96]，至於獄中家書僅有部分摘錄於相關學者的著述之中[97]，尚待吾雍的家人及學者們彙編註解出版。

以族語講述、吟誦普悠瑪——巴力·哇歌斯

　　另一位在戰後初期台灣原住民族文學「作者」形成脈絡之中，堪稱為先行者、開創者的是卑南族的巴力·哇歌斯，他在日治時期的成長經驗、創作背景與鄒族的吾雍·雅達烏猶卡那在某些面向上，有著既相似又差異的生命軌跡（現有的文獻史料尚不足以判斷兩人在生前是否相識，或者交往）。

　　兩人都在少年之時失怙[98]，不同的是，出生於頭目之家的吾雍·雅達烏猶卡那在父喪後被日籍的警部收養，並從部落轉學遷居

---

[96] 浦忠勇（依憂樹·博伊哲努），《台灣鄒族民間歌謠》（台中：台中縣立文化中心，一九九三），頁二〇八～二三三。書中，浦忠勇對吾雍·雅達烏猶卡那創作〈移民之歌〉的時間及動機的註解有誤，浦忠勇指出「當時吳鳳鄉第一任鄉長高一生也配合日人政策，極力遊說族人往新的地方居住」，事實上，吾雍是在戰後的一九四六年被中國國民黨政府官派為吳鳳鄉第一任鄉長，一九四七年台南縣政府將新美、茶山聚落劃歸吳鳳鄉，吾雍遂以族語創作三首〈移民之歌〉以鼓勵族人移居墾殖，箇中過程無關乎「配合日人政策」。

[97] 包括陳素貞的〈獄中書信點點滴滴訴真情〉，盧梅芬、蘇量義的《回憶父親的歌之二：杜鵑山的迴旋曲》以及巴蘇亞·博伊哲努（浦忠成）的《政治與文藝交纏的生命：高山自治先覺者高一生傳記》等。

[98] 吾雍·雅達烏猶卡那的父親在一九一八年因意外身亡，吾雍當年僅只十歲；浦忠成，〈帶領鄒族現代化的第一人——高一生（吾雍·雅達烏猶卡那）〉，頁一四三；巴力·哇歌斯在就讀台東公學校五年級時，父親因病去世；胡台麗，〈陸森寶——唱「懷念年祭」，憶已逝的卑南民歌作家〉，收於胡台麗，《文化展演與台灣原住民》（台北：聯經，二〇〇三），頁五一八。

都市，出生於窮苦家庭的巴力‧哇歌斯在父喪後靠兩位姊姊砍柴、農作的收入供讀，課餘則在台東公學校的日籍校長家中打掃，賺取微薄工資；兩人是台南師範學校的前後期學生，不同的是吾雍在一九二四年以保送方式入學，巴力則在一九二七年以優異成績考取入學（當年的台東公學校畢業生，僅有他及校長的兒子錄取）；兩人在台南師範學校就讀期間的拿手科目均為音樂，嫻熟樂理及鋼琴演奏，畢業之後陸續返回各自的部落任教，且以歌詩的創作共鳴於族人的生活、詠讚於部落的景觀，不同的是吾雍在日本的殖民體制、國民黨的統治時期被委派兼任警察、鄉長的行政職位，巴力在有生之年未曾以任何公職身分參與政治事務[99]。

透過兩人之間的生命軌跡對比，顯示吾雍‧雅達烏猶卡那、巴力‧哇歌斯在同為戰後初期台灣原住民族文學的「作者」形成肌理之中，呈現著結構性相似、主體性差異的既交叉又分歧的發展曲線。

族語歌詩維繫擴散的族裔生命意識

如同吾雍‧雅達烏猶卡那一般，巴力‧哇歌斯也曾在青年時期以嫻熟族語、日語的師範生身分，返回部落協助外籍學者記錄

---

[99] 關於巴力‧哇歌斯的生平事蹟及詞曲作品，可參見胡台麗〈陸森寶──唱「懷念年祭」，憶已逝的卑南民歌作家〉、〈懷念年祭──紀念卑南族民歌作家陸森寶（Bali Wakas）〉、鍾肇政〈卑南歌聲──懷念卑南族作曲家陸森寶先生〉以及阿道‧巴辣夫〈卑南族的心靈之歌〉、〈巴力‧哇歌斯──一代民歌作家〉、〈陸森寶（巴力‧哇歌斯）先生創作民歌表〉，均收錄於吳錦發編，《原舞者》（台中：晨星，一九九三），頁一三〇～一六二；另可參見胡台麗，《文化展演與台灣原住民》所附的「卑南族民歌作家陸森寶（Bali Wakas）作品選集」，頁五二五～五五九；孫民英撰〈陸森寶年表〉，收於《台東縣史：人物篇》，頁七一～七二。

[99] 巴蘇亞‧博伊哲努（浦忠成），《思考原住民》，頁一五六。

採集部落的神話傳說、民間故事。台北帝國大學的「言語學研究室」自一九三〇年開始，利用第十一任台灣總督上山滿之進（任期一九二六年七月～一九二八年六月）提供的高山族研究補助費，針對原住民各族的部落組織、親屬結構、語言系統、神話傳說進行長期的田野調查，其中由小川尚義、淺井惠倫合作編寫、一九三五年出版的《原語による台灣高砂族傳說集》，獲得當年日本學術界最高榮譽的「學士院賞」及「恩賜賞」[100]；書中，關於卑南族的族語語法、神話傳說的採錄，小川尚義、淺井惠倫即是在昭和五年（一九三〇）八月、昭和七年（一九三二）八月，分別透過兩位卑南族師範生的協助採錄、翻譯及註解而來，其中一位正是當時就讀台南師範學校的巴力。

　　根據《原語による台灣高砂族傳說集》一書的記載，巴力・哇歌斯以族語講述卑南社的四則神話傳說，篇名分別題為〈pujuma；卑南社の人〉、〈biau：鹿〉、〈takio；タキオ〉、〈sakino；サキノ〉[101]，內容主要集中，描述卑南族的卑南社南王部落的源起、

---

[100] 劉斌雄，〈日本學人之高山族研究〉，收於黃應貴主編，《台灣土著社會文化研究論文集》（台北：聯經，一九八六），頁七九。

[101] 小川尚義、淺井惠倫，《原語による台灣高砂族傳說集》（東京：刀江書院，一九五三），頁三一四～三二三。此書在台灣有詩人陳千武以漢文節譯的《台灣原住民的母語傳說》，但對各族的神話傳說並未特別註明口述者，巴力・哇歌斯在日文版原著講述的四則卑南社神話傳說，漢文的節譯版亦只選譯了「卑南社的人」、「鹿」兩則；陳千武譯述，《台灣原住民的母語傳說》（台北：臺原，一九九一），頁一四九、四七～四八。至於「takio；タキオ」講述名為takio的小偷到火燒島（sanasan，綠島）打獵遇困，幸為大魚搭救的奇遇故事，漢文翻譯可見林道生編著，《原住民神話、故事全集（1）》（台北：漢藝色研，二〇〇一），頁一一九～一二〇，標題改為「大魚與海祭」，未註明講述者。〈sakino；サキノ〉則是講述一位名為sakino的男子被兩名女子欺騙，且被淋上滾燙的豬油而變成烏鴉報復的故事，漢文翻譯可見林道生編著，《原住民神話、故事全集（2）》（台北：漢藝色研，二〇〇二），頁一二三～一二五，標題改為「撒基諾變成烏鴉」，亦未註明講述者。

遷徙過程、海祭由來、英雄傳奇、愛情故事，以及與阿美族人之間
的摩擦、緊張關係等等，顯示當時年僅二十歲的巴力已能透過族
語、日語的詞義對譯，協助日籍學者採錄流傳於卑南社的神話傳
說、民間故事；另據人類學者胡台麗的調查，在巴力留存下來的
五十餘首詞譜當中，只有一首〈春子小姐〉創作於日治時期，「濃
濃的日本味道，呼之欲出的是對日本女友的思念」[102]，曲名的構思
設計上與吾雍・雅達烏猶卡那在日治時期創作的〈春之佐保姬〉，
頗有巧合之妙。

　　不同於吾雍・雅達烏猶卡那的文學才識夾纏、陷困而夭折於陰
森的政治泥淖之中，巴力・哇歌斯在戰後蔣介石、蔣經國父子統治
的威權時期，婉拒擔任任何可能要與政府部門進行政治事務接觸的
行政主管職位（一九四七年曾經短暫擔任台東市加路蘭國校的校長，隨
即應聘轉往台東農校擔任音樂、體育老師，直到一九六二年退休）[103]。
同樣是在日治時期完成師範教育、返鄉任教，並在當時的部落族人
之間受到敬重（敬畏）的知識菁英，戰後的巴力並沒有選擇出任類
似巴恩・斗魯、吾雍・雅達烏猶卡那被統治者權力納編的行政公職
位置，刻意拉開政治權力的直接凝視距離，但這並不表示族人認識
的巴力是個自我放逐於部落事務的孤僻隱士，他在統治者的威權效
力未能滲透、震懾的隙縫空間之內，持續了近四十年（一九四九～

---

[102] 胡台麗，〈懷念年祭──紀念卑南族民歌作家陸森寶（Bali Wakas）〉，頁五二
　　○。巴力・哇歌斯在台南師範學校畢業後，分發到台東的新港公學校任教，後與同
　　校的日籍女老師「春子」相戀，但當論及婚嫁時遭到雙方家長的反對，且因日籍校
　　長、督學的阻撓而被調職，巴力遂作此曲以抒心中的情思愁鬱；戰後，巴力在〈春
　　子小姐〉後加夏、秋、冬三段而成〈四季歌〉，其中的第二段即是以同族妻子夏陸
　　蓮的日本名字「夏子」（ナツユ）為名。

[103] 孫民英撰，〈陸森寶年表〉，收於施添福總編纂，《台東縣史：人物篇》，頁
　　七一～七二。

一九八八）以羅馬字拼寫族語歌詩、詞曲的創作及流傳形式，維繫
並擴散跨世代、跨部落的族裔生命意識和歷史記憶，連結著吟唱者
及聆聽者對於自我與部落、生活與信仰、傳統與現代、族人與時局
之間的多重對話關係。

召喚族人認識部落的歷史記憶

　　根據林娜玲、蘇量義、孫民英的調查研究，巴力・哇歌斯「每
作完一首歌，陸森寶就會將詞曲抄寫在大海報上，騎著腳踏車邀集
部落族人練唱。現在部落裡祖父、祖母輩的長者及天主堂的教友，
幾乎沒有人不會唱陸森寶的歌」[104]，另據巴力的么子陸賢文（族
名：bun，一九五九～）指出：

> 父親的歌曲有一個很大的特點是別人少有的，就是凡是他所作
> 的歌都是免費的，是誠心送給族人的。後來我才知道父親的心
> 意，他說族人過去幫他不少忙，尤其是求學那段時期，所以今
> 天他僅以棉薄之力回饋鄉親，這就是他創作的動機。[105]

　　巴力・哇歌斯在戰後創作了近六十首以族語吟唱的歌詩，率皆
是以這種直接面對部落公眾的無償教唱、傳播形式，將歌詩詞意
的族裔認同、生命哲理以及族人的感情連帶意象託喻其中，他在
一九四九年以族語書寫的歌詩〈卑南山〉（penansan）當是戰後初
期最早一首的實驗之作；族語歌詞及其漢譯抄錄如下[106]：

---

[104] 林娜玲、蘇量義，《回憶父親的歌之三：愛寫歌的陸爺爺》（台東：國立台灣史前
文化博物館，二〇〇三），未標頁碼。

[105] 林娜玲、蘇量義，《回憶父親的歌之三：愛寫歌的陸爺爺》，未標頁碼。

[106] 此作的另一個曲名為〈頌讚聖山〉（a denan i kamaiDangan），卑南族語歌詞由林
豪勳、林娜玲漢譯，收於林娜玲、蘇量義，《回憶父親的歌之三：愛寫歌的陸爺
爺》，未標頁碼。

a denan　i kamaiDangan a tengal　i　kapuyumayan

　那　山　　　　古老的　　　那　山　是　普悠瑪的

temabang　i　kababutulan temungul i DiLaDiLan

　眺望到　　蘭嶼　　　眺望到　　里壠（關山）

amau na mingalad i kalalauDan

　是　　　有名的　　東　方

amau la na kimangangay

　是　　　　　傳　話

la kaDiu kan emu i kinaDiwan

　到那邊　先祖　本土

pakasaT Da kali kuTeman bulay tu inudawayan

　高到　　　那　雲海　　美　　　形狀

temabang i kadaybuan temungul i maLagesag

　眺望到　　大武山　眺望到　　海天交接處

amau tu dinawa i kan demaway

　是　　　創作　　　造物者

amau tu pinakababulay kanta kaDini i makalauD

　是　　　為美化　　我們　　這裡　東方

歌詞意譯：高高的山是卑南族的老山，可眺望蘭嶼島及關山，
是東方（東部）有名的山，祖公可傳話到那邊。形狀美麗、聳
入雲霄的卑南山，可眺望到大武山及都蘭山，創造者要我們成
為美好的東方（卑南族）[107]

---

[107] 全曲歌詞的意譯者為巴力・哇歌斯的二女婿陳光榮、胡台麗整理，收於胡台麗，
　《文化展演與台灣原住民》，頁五二七。

　　巴力‧哇歌斯在一九四九年創作的族語歌詩〈卑南山〉，時值台灣的政局情勢陷入空前的混亂、險惡之際，犖犖大者如漢人作家楊達撰寫一篇呼籲族群和解、權力下放的〈和平宣言〉而遭逮捕，北部多所大學發生「四六事件」的學生運動，警備總司令部發布「全省戒嚴令」，中央政府由重慶移轉台北等等；國民黨政府鑑於二二八事件、國共戰爭失敗，嚴厲緊縮對於台灣各個公共領域的言論、思想檢查的網孔，伴隨著統治者下達「動員戡亂」、「復國備戰」的政治作戰指令，戰後初期台灣社會原本就因為二二八事件之後整肅異己、清鄉運動而瀰漫的白色恐怖氛圍，更是在一九四九年之後呈現肅殺、緊凝的趨勢。據此以觀，巴力在一九四九年創作的族語歌詩〈卑南山〉，對於當時的統治權力掌控者來說，絕對不是符應於中華國族意識的所謂「政治正確」（political correctness）之作，但從〈卑南山〉的詞意來看，巴力固然無意於干擾或挑戰統治者的意識型態權威，但也間接顯示了他欠缺政治敏感嗅覺的純樸創作理念。

　　巴力‧哇歌斯的〈卑南山〉創作動機，有著兩種詮釋說法，一是當他在一九四九年任教於台東農工之時「常聽說，東部是台灣最落後的地區，但是陸老師不以為然。他認為台東有那麼多高高的山，他以高山為榮，東部的山是東部所有人的精神堡壘」[108]，另一種詮釋說法是「普悠瑪部落的傳說故事中，卑南山（都蘭山）是卑南族南王社（puyuma）祖先的登陸地。卑南山俯瞰平原、展望海洋的傲人英姿，也是族人引為典範的精神標竿。過去老人家會告誡孩子要向卑南山看齊，擁有好名聲。陸森寶離家遠行前總會朝卑南山默禱行禮，以祈得祖靈的智慧與庇祐」[109]。

---

[108] 胡台麗，《文化展演與台灣原住民》，頁五二七。

[109] 林娜玲、蘇量義，《回憶父親的歌之三：愛寫歌的陸爺爺》，未標頁碼。

　　對於巴力‧哇歌斯在一九四九年創作〈卑南山〉動機的兩種詮
釋說法，彼此之間並沒有衝突矛盾，率皆顯示了他以身為卑南族南
王社的「普悠瑪」（puyuma）後裔的身分認同視域出發，對於標示
著部落族人傳統生活領域、文化衍生空間的卑南山（都蘭山）象徵
意涵的認同及實踐。換句話說，即使是在戰後初期統治者強力宣傳
中華國族認同意識的漫天蓋地之際，巴力仍以族語創作的歌詩提
示、召喚部落族人認識祖先登陸、生活、傳衍後代的地理空間及傳
說話語。

〈美麗的稻穗〉衍繹的泛族認同意識

　　巴力‧哇歌斯在一九四九年創作〈卑南山〉的動機，回到當年
的時空脈絡來看，固然無意於針對統治者的中華國族認同意識展
開迂迴的文化抵抗戰略考量，但卻間接另闢了戰後台灣原住民族
「文學」以族語歌詩創作、吟詠及傳唱的表述形式游離於權力凝視
的族裔認同蹊徑；巴力的族語歌詩作品最為知名、傳唱最廣，並與
一九七〇年代中期的民歌運動、一九八〇年代後期的原運有著直接
聯帶關係之作，即是一九五八年掛念「八二三砲戰」之時在金門前
線服役的部落子弟而創作的〈美麗的稻穗〉（pasalaw bulay naniyam
kalalumayan）；族語歌詞及其漢譯抄錄如下[110]：

　　pasalaw　bulay　naniyam　kalalumayan　garem
　　非常　　美麗的　我們的　　稻子　　　　現在
　　o-i-yan o-i-yan a-ru-ho-i-yan
　　（歡呼呀！我們高聲歡呼！）

---

[110] 卑南族語歌詞由林豪勳、林娜玲漢譯，收於林娜玲、蘇量義，《回憶父親的歌之
　　三：愛寫歌的陸爺爺》，未標頁碼。

adaLep　mi　adaLep mi emareani　yo-ho-i-yan

　近了　我們　快了　　　割稻了

o-i-yan o-i-yan a-ru-ho-i-yan i-ya-o-ho-yan

（歡呼呀！我們高聲歡呼！）

patiyagami patiyagami kanbaLi etan i king--mong

　寫信　　　寄信　　給哥哥　在　　金門

pasalaw　bulay　naniyam　kaongrayan　garem

　非常　美麗的　我們的　　鳳梨　　現在

o-i-yan o-i-yan a-ru-ho-i-yan

（歡呼呀！我們高聲歡呼！）

adaLep　mi　adaLep　mi　epenaliDing yo-ho-i-yan

　近了　我們　快了我們　　搬運

o-i-yan o-i-yan a-ru-ho-i-yan i-ya-o-ho-yan

（歡呼呀！我們高聲歡呼！）

apaaatede apaaated　kanbaLi　etan　i　king-mong

　寄　　　寄　　給哥哥　在　　金門

pasalaw　bulay　naniyam　kadadolingan　garem

　非常　美麗的　我們的　　造林　　現在

o-i-yan o-i-yan a-ru-ho-iyan

（歡呼呀！我們高聲歡呼！）

adadep　mi　adadep　mi　emarekawi　yo-ho-i-yan

　近了　我們　快了我們　砍木材

o-i-yan o-i-yan a-ru-ho-i-yan i-ya-o-ho-yan

（歡呼呀！我們高聲歡呼！）

asasangaan asasangaan da sasudang puka i king--mung

　製造　　　製造　　　船　送　到　金門

歌詞意譯：今年是豐年，鄉裡的水稻將要收割，願以豐收的歌
聲報信給前線金門的親人；今年是豐年，鄉裡的鳳梨將要收
割，願以豐收的歌聲報信給前線金門的親人；鄉裡的造林，已
長大成林木，是造船艦的好材料，願以製成的船艦贈送給金門
的哥兒們[111]

一如吾雍‧雅達烏猶卡那的〈春之佐保姬〉，巴力‧哇歌斯的
〈美麗的稻穗〉也是因為掛慮、思念身在戰場前線的族中青年而
作的懷鄉曲；不同於〈春之佐保姬〉在一九六○年代的白色恐怖
時期，僅在吾雍的家族親人、鄒族部落之間私下吟唱，〈美麗的
稻穗〉在同時期即已傳唱於東台灣地區的卑南族、阿美族及排灣
族部落[112]，一九七○年代中期還被當時校園民歌運動的代表歌手之
一的楊弦選錄在個人的唱片專輯，胡德夫（族名：阿勒‧路索拉門，
一九五○年出生，父親卑南族、母親排灣族）亦曾將之改編成藍調版
演唱，「進入當時民歌排行榜第二名，傳遍全國校園」[113]。胡德夫
曾經自述，他在一九六二年從台東部落北上淡江中學念書之後，每
每因為思鄉心切，獨自跑到學校旁的相思樹林唱著家鄉的歌謠，胡
德夫表示：

---

[111] 胡台麗，《文化展演與台灣原住民》，頁五三三。

[112] 一九五六年出生在台東縣達仁鄉的排灣族詩人莫那能，一九八九年出版的戰後台灣
原住民第一本個人詩集，即以《美麗的稻穗》為書名，他在自序中表示自幼就常聽
到族人吟唱這首曲子，只是不知創作者為何人，甚至一度認為「這首歌本來是卑南
族的傳統民謠，歌詞的內容大概是從日據時期就延留下來的」；莫那能，《美麗的
稻穗》（台中：晨星，一九八九），頁六。

[113] 江冠明，〈動盪時代的歌聲〉，《台灣新聞報》西子灣副刊（二○○二年一月
二十一日）。

這首「美麗的稻穗」，就是唯一能哼唱的家鄉歌謠，是父親從
部落中學來……這首歌就是我創作生涯的開端，也好像是自己
的另一張身分證。[114]

巴力‧哇歌斯的〈美麗的稻穗〉在一九七○年代透過漢人楊
弦、族人胡德夫的傳唱，間接使得原住民的自我關懷、族裔認同之
聲在當時飄浮著中國想像式的鄉愁、流浪、邊疆及荒涼意象為尚的
校園民歌運動之中[115]，挺現而出一股對於現實生活所在的土地、作
物及族人的思念關懷。一九八○年代中期的原運之後，〈美麗的稻
穗〉及〈我們都是一家人〉這兩首曲子，更是儼然成為泛原住民族
文化身分、認同意識的指標性符碼。正如曾將〈美麗的稻穗〉改編
為管絃樂曲的指揮家姜俊夫所言，巴力這首以族語創作的歌詩作
品：

好像在吟頌而不是在唱歌。如說是從原住民的靈魂深處吟唱出
來的（夾雜著宗教信仰、種族意識、文化傳承）的詩篇，我想會
更為貼切。[116]

巴力‧哇歌斯在戰後創作的歌詩作品，皆以羅馬字拼寫的族語
發音，但他不曾以個人署名的方式向公開發行的、營利性質的報
刊雜誌投寄作品，即使是在生前得知自己的歌詩創作被不同族裔
的歌手、作家以不同的形式、動機演唱、改編或引用，他也並未因

---

[114] 胡德夫，《匆匆》音樂專輯（台北：參拾柒度製作公司，二○○五），頁三二。

[115] 張釗維，《誰在那邊唱自己的歌》（台北：時報文化，一九九四），頁一七八～
一九一。

[116] 轉引自江冠明編著，《台東縣現代後山創作歌謠踏勘》，頁一五六。

此訴諸於智慧財產所有權而有爭名、爭利、爭權的興訟之念；與其說巴力是戰後台灣原住民族文學的「作者」，毋寧說他的人格特質是讓人敬重的長者。一九六二年他從台東農工屆齡退休，但因新的教師尚未到任而志願留校教學，並且「經常背著一台錄音機，四處採譜，他的曲子便多半是以這些採得的旋律為基礎，另加他的創意構成」[117]，這些作品「都是以母語表達，而且與普悠瑪的人、事、物息息相關」[118]；巴力在戰後創作了近六十首皆以族語吟唱的歌詩，較為知名的包括一九四九年〈卑南山〉、一九五三年〈散步歌〉、一九五七年〈頌祭祖先〉、一九五八年〈美麗的稻穗〉、〈思故鄉〉、〈俊美的普悠瑪青年〉、一九六一年〈再見歌〉、〈祝福歌〉、一九六三年〈卑南王〉、一九七一年〈蘭嶼之戀〉、一九七二年〈神職晉鐸〉、一九八五年〈海祭〉、一九八八年〈懷念年祭〉等。

一九九二年七月，原住民舞團「原舞者」藉著巡迴全台展演的「懷念年祭——陸森寶專輯」，獲得該年度「吳三連文藝獎舞蹈類獎」，並獲文建會遴選為「扶植國際表演藝術團隊」，一九九三年間並在十三所大專院校巡迴演出「懷念年祭」，觀眾反應熱烈，學者胡台麗指出：

> 透過陸森寶的創作，認識了卑南南王聚落的發展軌跡，再以他的最後一首遺作「懷念年祭」中的懷想年祭，寄望年輕人不要忘記傳統習俗。[119]

---

[117] 鍾肇政，〈卑南歌聲——懷念卑南族作曲家陸森寶先生〉，收於吳錦發編，《原舞者》，頁一四七。

[118] 阿道・巴辣夫，〈卑南族的心靈之歌〉，收於吳錦發編，《原舞者》，頁一三五。

[119] 胡台麗，《文化展演與台灣原住民》，頁四八八～四八九。

要言之，巴力‧哇歌斯一方面是以第一人稱的敘事角度，進行族語歌詩創作、分享傳唱的形式再現（representation）卑南族傳統口述式文化的「作者」，另一方面他也是被不同世代、族裔的創作者以第三人稱的詮釋形式展演、再現的「作者」。透過巴力的族語歌詩傳唱、展演及詮釋，某個角度來說，已為一九八〇年代之後台灣原住民的族裔認同及社會認識，預留了文化想像、文學書寫的增值動能空間。

敘事性族語歌詩的價值重估

綜合上述以巴恩‧斗魯、吾雍‧雅達烏猶卡那、巴力‧哇歌斯為例的戰後初期台灣原住民族文學的「作者」研究，扼要歸納以下允可留待日後更進一步探討的觀察線索。

第一，他們固然都是成長於、生活於、游移於文化混融空間的原住民知識菁英，因而具備多語的閱讀、思考、言說及書寫的表述能力，但都歸返各自的部落定居生活，這也使得他們的文學性歌詩創作是籠罩於族裔生命意識底下的「生活」表現形式，尚還不是對應於統治者意識型態、漢人社會文化強勢滲透及控制的文化抵抗，也不是經營個人名聲位階的文學「生產」，至於部落族人則是其文學表述作品的集體分享者、承載者及傳播者，而不是滿足美學感官想像的「消費者」。

第二，他們在制式教育體系的知識學習位置之外，均曾親自採擷、記錄族群部落的神話傳說、祭儀歌舞及敘事性的民間故事，成為日後進行文學性歌詩創作的思緒基底，即使曲調轉音的旋律結構不乏西方的卡農式、對位式及日本民謠、音頭（おんどう）的樂理形式，但是詩詞的構成肌理仍然多以部落的人文、地文、水文之類的描述、詠贊及感懷為主，直接供給一九七〇年代之後原住民漢語

歌謠創作、文學書寫的族裔意識認同線索。

第三，他們以羅馬字拼寫的族語歌詩作品，並非是以書寫形式刊登、發表在一九五〇年代期間的報刊雜誌，因此同世代的漢人作家在戰後初期「跨越語言」以漢文書寫的障礙，並未作用於原住民的「作者」身上，也讓他們的族語歌詩創作既未受到漢文書寫的格律形式規約，同時避開了統治者文藝政策的思想檢查機制，得以在不受政治權力直接凝視、干預的罅隙底下，透過敘事性的族語歌詩創作以傳承、召喚或凝塑部落族人的歷史記憶及族裔意識。

第 三 章

儒漢意理凝視之下的櫥窗洋娃娃？

——林班、工地歌謠以及漢語文學形成的影響效應

戰後初期「內部殖民」體制之下的原住民

　　中國現代史的教科書記載，一九四六年六月開始軍事衝突的
「國共內戰」，蔣介石統領的中國國民黨軍隊屢遭挫敗；一九四九
年十月，毛澤東領導的中國共產黨在北京天安門廣場建政，激昂
地向國際社會宣布「中華人民共和國」正式成立。同一時間，日益
惡化的局勢迫使國民黨中央政府不得不在一九四九年十二月移轉台
灣，稍早已經公開宣布下野，並以「平民」身分先行避禍於台灣
的中國國民黨總裁蔣介石，則因當時代理總統職位的副總統李宗仁
「負氣怠職」，遂在一九五〇年三月「復職」總統並視事[1]。這段
時期的台灣統治集團，內有二二八事件遺留的民怨待以陰柔整飭的
政治手段清理，外有中國新主的毛澤東政權軍隊伺機進擊，對於斯
時的原住民文學「作者」以族語創作歌詩、召喚族裔意識的「政治
不正確」相關問題的偵測、究辦，允非迫切需要優先處理解決的治
理要務。

　　對於當時遭遇內外局勢嚴峻考驗的蔣介石政權來說，一九五〇
年六月爆發的韓戰，無疑是得喘口氣、重獲生機的回魂丹；正如經
濟學者劉進慶所言，韓戰「使得一九四九年從中國本土內戰中敗退
逃避到台灣的國民黨政權，有了起死回生的轉機」[2]。一九五〇年
六月，北韓偷襲式出兵攻擊南韓，以及中國政府派兵奧援北韓的參
戰之舉，迫使當時的美國總統哈利・杜魯門（Harry Truman）及其
國家安全顧問、白宮幕僚群，不得不重新評估台灣的戰略地位，除

---

[1] 張玉法，《中國現代史》（台北：東華，一九八二），頁七一七～七二三。

[2] 劉進慶著，王宏仁、林繼文、李明俊譯，《台灣戰後經濟分析》（台北：人間，
　一九九二），頁三五〇。

了派遣第七艦隊巡弋台灣海峽，協助台灣政府防範中國軍隊伺機進襲，並且「從一九五一年到六五年，持續達十五年的美援（除去開發協助）……實際援助金額為十四億四千三百三十萬美元，平均每年約達一億美元」[3]。根據劉進慶的研究：

> 美援透過貨幣經濟的機制，支配了此十五年來台灣的經濟過程。大略言之，美援財貨之中約有半數投入軍事、政治的消費，與社會的再生產過程脫離；另外一半則被納入社會經濟的再生產過程而被資本化。換言之，前者支持了軍事的黨專制權力，後者支持了經濟（公業、私業）發展。[4]

從劉進慶的論述角度來看，一九五〇年代以迄一九六〇年代中期，以美國為首的北大西洋公約組織、西方資本主義國家，在韓戰之後對蘇聯、中國採取圍堵政策，不僅重新評估台灣在國際冷戰體系的戰略位置，並以實質的軍事、外交、政治、經濟奧援行動支持台灣政府，默許蔣介石政權以一黨專政、獨裁決策、武力恫嚇的手段，對於台灣的政治體制、社會結構、教育機制、土地運用、空間配置、產業類型，以及人民的思想、言論、遷徙、結社權利，施展「內部殖民主義」（internal colonialism）的統治權力。換句話說，台灣原住民族在戰後的美援期間，再度切身體驗統治者的權力、國家的意志，復以一波強過一波的勁道，壓印於部落的傳統領域、組織倫理與族人的身體之上，進而間接形塑了不同於巴恩・斗魯、吾雍・雅達烏猶卡那、巴力・哇歌斯的原住民族文學「作者」形成模式，及其文學的表現形式與創作動機。

---

[3] 劉進慶，《台灣戰後經濟分析》，頁三五一。

[4] 劉進慶，《台灣戰後經濟分析》，頁三六二。

國家權力的凝視、漢化改造的欲望

若從戰後台灣原住民族文學「作者」生成脈絡的年序角度來看，一九五〇年代以迄一九六〇年代之間出生、求學、就業或婚嫁的原住民族文學「作者」，呈現著統計數據意義之外的某種共同性、集中性的趨勢現象，此即統治者在美援期間逐次推展「產業工業化」、「山地開發化」、「山胞文明化」、「教育現代化」政策機制底下的他（她）們，絕大多數是在部落出生，父母的婚嫁對象多為同族或他族的原住民，但其求學、就業的地點多為遠離出生部落的平地都市，尤其是女性的原住民族文學「作者」多為族外通婚或其後裔，她們的夫婿或父親常是一九四九年之後從中國各省來台的新移民、亦即俗稱「外省人」的漢人。

日治中期、戰後初期的原住民族文學「作者」如巴恩·斗魯、吾雍·雅達烏猶卡那、巴力·哇歌斯等人，皆為族內通婚，他們的就業之地亦在各自出生、成長的部落，遂使其以族裔意識而抒發的族語創作歌詩，有著現實生活的必然性、聽傳受眾的對應性。韓戰之後的美援期間出生、求學、就業或婚嫁的原住民族文學「作者」，卻是呈現著結構性差異的脈絡線圖，並讓各族的原住民在文化分類機制、社會聲望評量的體制擠壓底下，展開了文化身分認同「污名化」的苦澀之旅。

一如以往的殖民者、統治者多以有意或不自覺的權力傲慢姿態、文化優越意識，鄙夷對待並圖改造原住民的存在位格，戰後初期的蔣介石政權，在其統治台灣的正當性基礎獲得美援的庇護之後，逐漸也對原住民族的傳統生活領域、生產模式及族人的生命樣態，展露了權力凝視的欲望、漢化改造的企圖。一九五一年，台灣省政府陸續公布「山地施政要點」、「促進山地行政建設大

綱」、「山地人民生活改進運動辦法」、「獎勵山地實施定耕農業
辦法」，以及「獎勵山地育苗及造林實施辦法」，這些法令在學者
看來，背後蘊含的同化精神無疑是國民黨政府以國家的、儒漢的意
識型態，強制作用於原住民族：

> 「現代化」與「漢化」的三大運動……塑造了漢文化的「優
> 勢」或「權威」的形象，於是原住民族原有社會文化逐漸崩
> 落，與漢人的差異性消失，而達到將原住民族同化的目的。[5]

漢人政府在一九五〇年代初期針對「山地行政」頒行的政策
法令，措詞用語顯示了蔣介石政權對於台灣歷史認識的無知，飽
含著對於原住民族文化鄙夷、歧視的價值判斷，法令使用的修辭
語詞「增進山胞之智能，扶植山胞之進步」、「提高山胞文化水
準」、「改善山胞經濟」、「增進山胞健康」、「勸止裸露或半裸
體的不良習慣」、「勸導生活規律化」、「糾正婚姻陋習及防止早
婚」[6]云云，莫不顯露了漢人政府以家父長式的心態貶抑、規訓原
住民的況味。戰後初期，蔣介石政府的如是心態及作為，正如法農
（Frantz Fanon）的論點所示：

> 殖民主義刻意地向土著（native）的頭腦之中塞進一種想法，也
> 就是如果殖民者離開了，土著們就會重新回到野蠻、退化及獸

---

5 藤井志津枝，《台灣原住民史・政策篇》（南投：台灣省文獻委員會，二〇〇
　一），頁一八四～一九三。孫大川，《夾縫中的族群建構——台灣原住民的語言、
　文化與政治》（台北：聯合文學，二〇〇〇），頁九七～一二三。

6 藤井志津枝，《台灣原住民史・政策篇》，頁一八四、一八六、一九〇。

行的境況。[7]

　　意識型態及文化體系「漢化」的心理說服、身體改造工程，畢
竟是需要時間的潛移默化；戰後初期的國民黨政府以國家意志進
駐、重塑並改造原住民族的傳統生活領域、生存心態以及身體移
置，且可當下發揮作用並持續擴散影響力者，乃是一九五六年七月
動工開鑿、一九六〇年四月完工通車的中部橫貫公路。

瀝青路面切割的傳統生活領域

　　攔腰貫穿台灣中央山脈的中橫公路，「基於國防、經濟上的需
要，和開發山地資源，提高原住民生活及縮短東台灣與中部的交通
距離而闢建」，是由一九五四年十一月成立的「行政院國軍退除役
官兵輔導委員會」（簡稱退輔會）以輔導就業的名義，前後動員將
近一萬名退除役的所謂「外省人」、「榮民」以人工方式開鑿[8]，
西起台中泰雅族、賽德克族人聚落的谷關，東至花蓮阿美族、太魯
閣族人聚落的太魯閣，全長一九四公里。

　　隨後，國民黨政府「為了開發台灣北部山地資源及促進山地
文化與交通」[9]，陸續由退輔會、榮工處在一九六三年五月動工開
鑿北部橫貫公路（西起桃園的復興鄉，東至宜蘭的棲蘭，全長七十一公
里，一九六六年五月完工通車）；一九六八年動工開鑿南部橫貫公路
（西起台南的玉井鄉，東至台東的海端鄉，全長一百八十二點六公里，

---

[7]　Frantz Fanon. *The Wretched of the Earth* (New York: Grove Weidenfeld, 1970). p. 169.

[8]　林瓊華撰，〈行政院國軍退除役官兵輔導委員會〉，收於許雪姬總策劃，《台灣歷
史辭典》（台北：行政院文建會，二〇〇四），頁三二〇。

[9]　陳柏儒撰，〈北部橫貫公路〉，收於許雪姬總策劃，《台灣歷史辭典》，頁二三
〇。

一九七二年十月完工通車）。這三條分別貫穿中央山脈北段、中段及南段的橫貫公路，開鑿動工的時期都早於一九七一年八月開工的中山高速公路（北起基隆，南至高雄，全長三百七十三公里，一九七八年全線完工通車），箇中的開路時序先後現象，當然不足以代表蔣介石、蔣經國父子領導的國民黨政府之所以優先開鑿三條橫貫公路，是因為比較重視「提高原住民生活」、「促進山地文化與交通」，但卻證明了早在一九六〇年代初期隨著三條橫貫公路及其支線、產業道路的開鑿通車，沿線至少包括泰雅族、賽德克族、布農族、阿美族、太魯閣族、排灣族、魯凱族等族部落的傳統生活領域，逐漸地被瀝青路面切割覆蓋，交通動線影響所及的原住民部落、族人以等倍於以往的速度面臨著漢人商業資本的滲透進入，以及部族文化資本的滲漏流出，這是觀察、探討一九五〇年代以迄一九六〇年代之間出生、求學、就業或婚嫁的原住民族文學「作者」形成脈絡，及其「文學」表現形式的關鍵環節。

不同於清領、日治時期的統治者基於「開山撫蕃」或「防禦兇蕃」的宣示性、防衛性考量，遂在「民蕃」交界沿線設置兵力以開發、保護產業物資運輸動線的「隘勇線」[10]，一九六〇年代初期的台灣統治者一方面認為「山胞之智能」、「文化水準」有待「增進」、「提高」，另一方面動員近萬名的人力深入「蕃界」以開鑿中橫，卻又未派兵力隨同保護；期間不幸殉職的工程人員，沒有一位是因為原住民的「出草」、「逞兇」襲擊而殞命，顯示國民黨政府在「山地施政要點」等法令之中對於原住民的歧視性措詞用語，暴露了其對台灣歷史、原住民文化認識的傲慢無知。然而，隨著三條橫貫公路及其支線的陸續開鑿及通車，證諸於歷史經驗事實，愈

---

[10] 藤井志津枝，《理蕃——日本治理台灣的計策》（台北：文英堂，一九九八），頁一七四。

來愈多的原住民漸離、斷裂於各自族群的身分認同線索、部落的土
地歷史記憶、傳統的物質生產方式，以及族人之間的感情聯帶模
式。

　　三條橫貫公路及其支線在一九六〇年代之後陸續通車，隨著工
程隊的「榮民」以及各式各樣的服務業店家、製造業工廠、觀光業
飯店及其從業人員、平地住民的跟進入山消費，遂使沿線的原住民
各族主動或被動捲入了有史以來最大規模的集體性、商業化、社會
性的文化接觸。一九八〇年代中期「原運世代」的原住民文學書寫
者，在其作品之中抒懷、感嘆、指控或批判的現實性景象主題，回
到戰後台灣的歷史發展脈絡來看，相當比重是肇生於一九六〇年代
的三條橫貫公路及其支線陸續開鑿之後。

原住民女性的「族外通婚」比例大幅增加

　　先就一般性的角度觀察，一九六〇年代前後的原住民女性族外
通婚比例，呈現大幅增加的趨勢；隨著中橫公路的興建，根據余光
弘的調查：

> 泰雅族婦女與漢人等其他族群男性相婚之比例頗高……工程隊
> 中榮民首先大量進入東部山地；民國四十九年中橫興建完成後
> 由於交通便利，更增加了泰雅婦女與外族，尤其是經濟水準較
> 高之漢族之接觸機會……每四個結婚婦女中就有一個嫁給「阿
> 兵哥」。[11]

---

[11] 余光弘，〈東賽德克泰雅人的兩性關係〉，《中研院民族學研究所集刊》第四十八
　　期（一九七九年六月），頁三三。

　　林修澈在二○○一年針對原住民的族外通婚現象的調查結果，
也再驗證了余光弘的觀察；林修澈指出：

> 平均每四個已婚原住民中就有一人是通婚的，原住民社會外婚
> 現象極為顯著……看來通婚現象的影響是光復之後，在光復之
> 前的日本時代，通婚是極為罕見的。[12]

　　事實上，戰後台灣的原住民族文學「作者」之中，多有淵源關
係於廣義的「阿兵哥」，例如阿美族曾月娥、鄒族白茲·牟固那那
的夫婿均為「外省籍」軍官，排灣族利格拉樂·阿烏、卑南族董恕
明的父親亦是「外省籍」的軍人，至於泰雅族瓦歷斯·諾幹的乾
爹，則是漢人俗稱「老芋仔」的外省籍阿兵哥。

　　一九六○年代之後逐漸出現原住民女性的族外通婚現象，也有
某種比例是建築在婚姻買賣的基礎之上，利格拉樂·阿烏即曾不諱
言表示，安徽省籍的父親當年就是以五根金條的代價，買下了排灣
族的母親為妻：

> 介紹人（意指，婚姻掮客）集合了部落中適婚的女孩，辦了一
> 場「山地少女選美大賽」，父親幾個人掛名「裁判」，名為選
> 美，實為買妻，母親就是在這樣的情況下，被父親以五根金條
> 買了回去當老婆。[13]

---

[12] 林修澈，《原住民的民族認定》（台北：行政院原住民族委員會，二○○一），頁
三二。

[13] 利格拉樂·阿烏，《誰來穿我織的美麗衣裳》（台中：晨星，一九九六），頁
一五九～一六○。

　　另如泰雅族瓦歷斯・諾幹的乾爹「紅爸爸」，則是在退役後被以騙婚、買妻的形式而最後不得不定居部落：

> 憑著長官的媒妁尋到Mihu來「買妻」，錢給了長官，一路從部隊找到東勢小鎮，再走十三里路來到部落裡，才知道這一趟是徹頭徹尾的騙局。[14]

　　進一步來看，隨著一九六○年代三條橫貫公路及其支線的陸續開鑿，原住民女性的族外通婚固然是有婚姻買賣的個案，但此同時對於女性身體的仲介買賣、金錢交易的現象、觀念也向原住民社會滲透蔓延，謝高橋的研究指出：

> 民國五十八、五十九年期間大批越戰美軍到台灣度假；民國六○年日本觀光客湧入台灣（尤其花蓮一帶），使得台灣的色情行業蓬勃發展，因而吸引了許多年輕山地女子離開山地加入色情行業。這種特殊的遷移模式，不但造成了山地青少年之賣淫問題，連帶影響了山地少男擇偶的困難。[15]

　　一九六○年代以自主意志或經濟誘因而族外通婚的原住民女性，自然不宜盡以「背叛自己的部落」[16]的角度詮釋批評之，然而

---

[14] 瓦歷斯・諾幹，《戴墨鏡的飛鼠》（台中：晨星，一九九七），頁六八。

[15] 謝高橋，《台灣山胞遷移都市後適應問題之研究》（台北：行政院研考會，一九九一），頁一○○。

[16] 邱貴芬的研究發現，若干來自於父系社會的男性原住民作家在其作品當中「似乎都暗示原住民的女性嫁給漢人是背叛自己的部落，這中間當然牽涉到經濟的誘因」；邱貴芬，《「（不）同國女人」聒噪——訪談當代台灣女作家》（台北：遠流，一九九八），頁四○。

可考的個案顯示，嫁給漢人（尤其是外省人）的原住民女性在平地
社會的文化接觸之時，通常必須被迫壓抑、遺忘婚嫁之前的身體記
憶、族群文化的認同尊嚴，如同是個「文化的無產階級者」，自我
隱形於夫家的文化意識之下，就像是法農描述在白人社會凝視底下
的黑人：

> 我在各個角落鑽行，我保持靜默，我渴望匿名，渴望遺忘。
> 啊，我什麼都接受，只要大家不再注意到我。[17]

利格拉樂・阿烏的母親在嫁入眷村的漢人社會之後，「慢慢
地，濃厚的外省腔她聽得懂了，滿是辣椒、大蒜的菜她也吃得下
了，彷彿一切都可以習慣了，但是村子裡有色的眼光仍像母親身上
排灣族的膚色一樣，怎麼努力也洗不掉」[18]；即使是具有漢語的文
學書寫能力，作品也已獲得肯定的曾月娥、白茲・牟固那那，當以
原住民文學的「作者」身分談及其與外省籍丈夫、漢人文化的互動
位置之時，猶仍不禁流露出對於自我主體、族裔文化的卑微意識，
例如曾月娥的丈夫曾經擔任海軍官校的政治系主任，「是她寫作的
催生者」，她也期望兒子「做一個堂堂正正的中國人」[19]；白茲・
牟固那那的夫婿是中校退役的四川省籍軍官，「從小就背古文觀
止」，她在婚嫁之後因為每天閱讀國防部配贈軍眷家庭的《青年戰

---

[17] Frantz Fanon. *Black Skin, White Masks* (New York: Grove Weidenfeld, 1967). p. 116。譯
　文參考弗朗茲・法農著，陳瑞樺譯，《黑皮膚，白面具》（台北：心靈工坊，二
　〇〇五），頁一八八～一八九。

[18] 利格拉樂・阿烏，《誰來穿我織的美麗衣裳》，頁三六。

[19] 林清玄，〈永遠為阿美族寫下去！——曾月娥的心願〉，收於高上秦主編，《時報
　報導文學獎》（台北：時報文化，一九七九），頁一一三。

士報》副刊，因而逐漸有了文學的概念，當她學習以漢語創作文學之時，不敢把作品拿給丈夫看，「怕自己的程度不夠」[20]。

商業資本主義漸向山地部落滲透

族外通婚的原住民女性在一九六〇年代平地社會的文化接觸，隱藏或者卑微化自我的、族裔的文化身分主體性，同時期的原住民山地部落也因為市場經濟的商業生產模式逐漸進入，愈發加速原住民族傳統生活領域人文、地文及水文的結構性變貌，山地保留地聚居著不同族群文化背景、不同維生方式的住民。張茂桂的研究指出：

> 隨橫貫公路之通車，一九六〇年後，平地人上山墾殖者愈眾，山地從依賴微額貿易、自足之粗放農業，正式進入受「市場經濟」左右之時期，土地生產轉為以經濟作物為主，而土地逐漸成為具有「市場價值」可租讓買賣之商品。[21]

一九五〇年代末期至六〇年代，台灣經濟的主要發展模式逐漸由農業經濟轉為出口導向的工業發展，再因人口增加、農地不足，國民黨政府倡導「農業上山」、鼓勵邊際土地開發，顧玉珍、張毓芬的研究顯示：

---

[20] 白茲・牟固那那在二〇〇五年九月三日「山海的文學世界：台灣原住民文學國際研討會」（花蓮：國立東華大學民族語言與傳播學系主辦）的原住民作家創作經驗分享與座談會發言。

[21] 張茂桂，〈原住民保留地問題與「原漢」關係〉，收於麗依京・尤瑪主編，《心靈改革、社會重建——台灣原住民民族權、人權學術研討會論文集》（台北：台北市政府原住民事務委員會，一九九八），頁二三四。

一九六〇年修訂《台灣省山地保留地管理辦法》，開放國有林班地及保留地供非原住民的公私企業或個人申請墾殖開礦，許多原居平地的閩客小農便依此案移居山地開發，平地資本順勢上山，此案另有優厚公教人員無償使用保留地栽種的規定，吸引了不少公教人員在山地落籍定居……開道鑿山的外省榮民，便留居梨山境內的清境、福壽山與武陵三個退輔會農場；再加上五〇年代撤退來台被安置於南投縣仁愛鄉境內的滇緬義軍，外省榮民成為移居山地鄉另一特殊族群。[22]

由此可見，一九六〇年代之後隨著三條橫貫公路及其支線、環山產業道路的陸續開鑿通車，鄒族的吾雍・雅達烏猶卡那在日治末期、戰後初期為族人勾勒的「桃源之夢」無疑漸告幻滅，不論是漢人上山墾殖的商業資本，或是原住民聽從政策而進行的農業生產，率皆不足以提供青壯的原住民該有的就業空間及維生水平，迫使許多原住民在戰後展開另一波向都市遷徙，以能謀求生計的集團移住行動。

被迫成為兼業農或離農的原住民

換個角度來看，一九六〇年代開始頻繁出現了上山墾殖、經商的漢人店家、農戶及資本家，為了山地保留地的租借、買賣問題，而與原住民發生土地糾紛；根據張茂桂的研究，平地漢人在山地保留地的投資事業，多以經營規模較小的雜貨店、飲食店為主，其次是農業的農場、加工與休閒農場等項目，旅館、觀光旅遊、卡拉

---

22 顧玉珍、張毓芬，〈原住民族的土地危機：山地鄉「平權會」之政治經濟分析〉，收於麗依京・尤瑪主編，《心靈改革、社會重建——台灣原住民民族權、人權學術研討會論文集》，頁二六八～二六九。

OK亦多，然而所能提供給周邊部落原住民的就業員額相當有限，
且其使用的土地若不是向原住民以私下交易、個人協議的方式低價
買斷，就是以不公平的租約方式長期低價租用，張茂桂指出：

> 原住民無力、無能收回，或者造成水土破壞無法復耕，凡此均
> 增加了土地最終「流失」的可能性，甚至根本就是流失之前期
> 過程。[23]

　　另一方面，即使部落原住民遵循政府宣導的「獎勵山地實施定
耕農業辦法」，進行家戶式的勞力動員以種植水果菜蔬，但是卻也
因此愈發陷入了市場經濟的多重剝削機制，原住民既無法決定其所
種植、生產的蔬果在市場產銷制度的價格，更難在漢人盤商的喊價
收購遊戲之中，賺取高過於生產成本的合理利潤；再者，一旦原住
民成為農民之後，正如經濟學者陳玉璽的分析，現代的農業生產迫
切需求化學肥料、殺蟲劑、除草劑、農耕機具等等替代人力的勞動
工具，從而形成金錢交易佔主導的市場經濟，農民為了支付日益上
升的農業生產費用，也就經常需要備存現金以利購買，日常生活的
消費品也要現金，進而出現了陳玉璽觀察到的現象：

> 這就使農民陷入進退兩難困境。為應付生產和消費兩方面的開
> 支，而動員全家勞動力去幹非農營生遂成為經濟上的迫切需
> 要，從而使農民面臨喪失社會階級完整性和內聚力的危機。[24]

---

[23] 張茂桂，〈原住民保留地問題與「原漢」關係〉，頁二三四、二五一。

[24] 陳玉璽著，段承璞譯，《台灣的依附型發展──依附型發展及其社會政治後果：台
灣個案研究》（台北：人間，一九九五），頁一四三。

　　也就是在一九六〇年代之後，原住民部落開始出現愈來愈多暫
時離家，而以林班工作謀取家戶生計的兼業農，甚至遷出部落而投
入平地都市體力勞動工作的離農者，這也正是一九六〇年代之後的
原住民族「文學」表述形式出現以林班歌、工地歌的集體創作、傳
唱的「作者」緣由，並且嘗試透過林班、工地的歌謠創作及傳唱方
式，以使原住民族的族裔情感內聚力，能在「苦中作樂」的樂聲之
中，勉強賡續。

一九六〇年代的原住民族文學「作者」類型

　　蔣介石政府在一九五〇年代以至一九六〇年代中期的美援期
間，制訂實施「山地施政要點」、「促進山地行政建設大綱」、
「山地人民生活改進運動辦法」、「獎勵山地實施定耕農業辦
法」，「獎勵山地育苗及造林實施辦法」等等法令，絕對不只是山
地產經政策的宣示性表述；證諸於經驗事實，這些政策、法令及相
關的施行細則，深沉影響並改變了台灣原住民族的傳統領域、空間
區位、維生模式、生產方式，以及對於自我主體認識、族群文化認
同的形塑樣態，例如一九五六年出生在台東縣達仁鄉排灣族部落的
詩人莫那能，回憶童年時期在部落的生活經驗指出：

　　政府正強力推動以「改善山胞生活」為口號的「山地平地化」
　　政策，將部落中的每戶家庭依生活改善普查分成四個等級，在
　　門口釘上「特優」、「優」、「普通」、「劣」等不同顏色的
　　木牌。因為要被「改善」，所以我也開始意識到「貧窮」的意

義。[25]

　　漢人政府判定部落原住民「生活改善」程度的標準，是以家戶
是否設置廚房、爐灶、廁所、浴室，以及有無定期清除溝渠、垃圾
等雜物[26]，若有臥房隔間、使用電氣化用品的家戶，則予以加分鼓
勵；種種的評判標準，繫諸以家戶財富的外顯程度而定，自幼家貧
的莫那能在童年時期最深刻的記憶之一，就是家門口被掛上斗大漢
字「劣」的木牌日夜瞪視著他，時時提醒著他及部落絕大多數的族
人是要被漢人政府「改善」的「劣」等級之人，就讀國中時期的莫
那能常想多賺點錢，以讓家門的木牌換個顏色：

　　常在周六、日或寒暑假去林班打工，每扛一噸木材裝上卡車可
　　賺七十元。有時也扛生薑到山下賣，或是在當時還是碎石路的
　　南迴公路發生坍方時，到工務局當臨時修路工。[27]

　　透過陳玉璽的研究分析、莫那能的少年經歷，不難發現隨著國
民黨政府在美援期間經由相關政策、法令以對原住民族的部落及族
人實施現代化、定耕化與漢化的「三大運動」，使得一九五〇年代
初期以迄一九七〇年代末期的原住民族文學，有著三種表述形式的
「作者」類型。

　　第一種類型是未被納入市場經濟、體力勞動的機制，側身於教
會系統擔任神職工作的族語歌詩創作者，但仍最終暫離部落而進入

[25] 莫那能口述，盧思岳採訪整理，〈被射倒的紅蕃〉，收於楊澤主編，《七〇年代
　　──懺情錄》（台北：時報文化，一九九四），頁七四。

[26] 藤井志津枝，《台灣原住民史‧政策篇》，頁一九〇。

[27] 莫那能口述，盧思岳採訪整理，〈被射倒的紅蕃〉，頁七四。

都市的勞務生產現場，主要代表者為阿美族的綠斧固・悟登（Lifok 'Oteng，漢名：黃貴潮，一九三二～）。

　　第二種類型，乃是為了家戶生計的勞動，身體散居於山林工寮、文化身分認同線索渙裂於都市工地的「離散模式」（disapora model）林班歌、工地歌詩創作及傳唱者。

　　第三種類型，則是馴化於「污名認同」的文化分類、社會規約機制底下，主要使用漢語進行文學書寫、發表及出版的「作者」，主要的代表者為其書寫位置游移於部落、都市之間的排灣族陳英雄（族名：谷灣・打鹿勒，一九四一～）、阿美族曾月娥（族名：蘇密，一九四一～）。

首先出版長篇族語敘事著作的綠斧固・悟登

　　一九三二年，綠斧固・悟登出生於台東縣成功鎮宜灣部落，幼因染疾而不良於行，正式的學校教育為日治時期「台東廳小湊國民學校」，戰後就讀「台東聖若翰傳教學校」兩年半，一九七〇年代之前在部落的天主教教會擔任傳道師；根據孫大川對綠斧固的訪談：

　　　　漢文的使用對他仍然有些隔閡。他是一個處在語言混亂時代的
　　　　人，先是日語，後來是「國語」、客家話、閩南語。傳教時期
　　　　甚至要用一些拉丁經文。[28]

28 孫大川，《山海世界——台灣原住民心靈世界的摹寫》（台北：聯合文學，二〇〇〇），頁二〇五。

　　事實上，綠斧固最為嫻熟的書寫語文仍為日文，日籍學者甚至
肯定他以日文書寫的日記、散文「有如永井荷風的風格」（まるで
永井荷風である）[29]。根據江冠明的研究，「一九五○——六○年代
之間，黃貴潮創作了『良夜星辰』、『阿美頌』等數十首歌謠，也
在部落間傳唱不已」[30]；綠斧固在接受江冠明的訪談時指出，「我
還沒當傳教士以前，那時各部落每年有音樂比賽，我召集指導年青
人，我會彈吉他，所以他們找我幫助，我也會那卡西」[31]。

　　一九五○年代至一九七○年代期間，腿疾的綠斧固因為照顧年
老多病的母親，主要的生活場域環繞著部落及教會，綠斧固表示：

　　　　我因傳教之便，有機會大量採集各部落的語言、神話、傳說、
　　　　風俗、社會制度、親屬網絡以及音樂、美學等事物。這對我後
　　　　來從事阿美族的文化及人類學研究幫助甚巨。[32]

　　這段期間的綠斧固除了以日文撰寫日記，並以羅馬字拼音的族
語創作歌謠、兒歌。一九七二年十月九日，綠斧固的母親病逝，帶
給長期以來母子相依為命的綠斧固極大的心理打擊，也為他的日常
生活空間、文學表述形式帶來巨大轉變；綠斧固從一九五一年三月

---

[29] 柳本通彥，〈「解說」木靈する生命の歌〉，收於孫大川、楊南郡、サキヌ等著，
柳本通彥、松本さち子、野島本泰等譯，《台灣原住民文學選4‧海よ山よ：十一
民族作品集》（東京：草風館，二○○四），頁三五三。永井荷風（一八七九～
一九五九）是日本近代文學（昭和時期）「自然主義」的代表作家之一；秋山
虔、三好行雄，《原色シグマ新日本文學史》（東京：文英堂，二○○○），頁
一六二。

[30] 江冠明編著，《台東縣現代後山創作歌謠踏勘》，頁三二。

[31] 江冠明，〈黃貴潮——歌謠創作與流行歌的起源〉，收於江冠明編著，《台東縣現
代後山創作歌謠踏勘》，頁一八五。

[32] 孫大川，《山海世界——台灣原住民心靈世界的摹寫》，頁二○○。

五日開始，每天撰寫的日記就停止於母親病逝後的一九七二年十月
二十四日，當天的日記僅止簡短寫下：

> 老人們照樣每天晚上來家陪伴，我也慢慢地適應孤獨生活，但
> 將來真的孤獨了能怎麼樣？真的不敢想……[33]

　　為了糊口謀生，綠斧固在一九七三年撐著拐杖，從台東的阿美
族宜灣部落，隻身遠赴台北的成衣加工廠擔任技工，時時承受並忍
受周遭漢人對他投以「蕃仔」、「跛腳仔」的鄙夷眼神；這段時期
的綠斧固，幾乎停止任何文學形式的表述創作，「在宿舍裡，一有
空閒，便埋首於他四處『搜括』過來的書籍，潛心靜修」[34]。

　　一九八三年，綠斧固透過日本學者馬淵悟的引介，結識了中央
研究院民族學研究所的研究員劉斌雄，不僅因而在一九八三年至
一九九六年之間擔任該所的研究助理，並在一九八九年六月以第一
人稱的敘事角度，結合人類學的田野調查記錄、小說情節的對話、
人物性格刻劃的技巧運用，出版戰後台灣原住民族文學發展史上第
一部以羅馬字拼音的族語書寫形式，揉合著部落口傳故事、家族祭
典禮儀、親友宗教信仰、個人生命史的長篇敘事著作，此即《宜灣
阿美族三個儀式活動的記錄》[35]，雖然綠斧固的這本著作在出版之
後被劃歸為人類學的田野調查，並未獲得台灣原住民族文學研究者
的應有重視，然而對於綠斧固來說：

---

[33] 黃貴潮著，馬淵悟編，《リボク日記》（台北：南天，一九九五），頁二一四。
譯文引自黃貴潮，《遲我十年：Lifok生活日記（1951—1972）》（台北：山海文
化，二〇〇〇），頁二八三。

[34] 孫大川，《山海世界——台灣原住民心靈世界的摹寫》，頁二〇一。

[35] 黃貴潮原著，黃宣衛編譯，《宜灣阿美族三個儀式活動的記錄》（台北：中央研究
院民族學研究所，一九八九）。

經過那麼多年處處做田野、時時做田野的點滴積累，逐漸能咀
嚼到沐浴在自己文化之中的快樂，我們本身就是「根」，就是
源頭；那種被浸透、被充滿的感覺，令人沉醉。知道嗎？我現
在甚至是非原住民的東西都不想看了，也只有用母語記錄或寫
出來的東西讀起來才過癮、才有味道、才令我感動。我真正體
會到當民間學者之樂、收藏母語之樂、創作之樂、尋根之樂以
及自我充實之樂！[36]

　　綠斧固之有種種身為原住民族文學創作者、民間學者的母語書
寫、創作「之樂」，時間性的感觸脈絡當然是在一九九〇年代之
後，且因他在一九三〇年代初期出生，又因腿疾而使得他在一九七
〇年代之前生活於以日語、族語為主要言談媒介的部落族人之中，
這也意味著他的族裔文化身分認同意識是在日常生活的節奏當中自
然形塑，誠如他在一九九五年接受孫大川的訪問時所言：

我是宜灣的阿美族人，其實我真正瞭解的也只有我的宜灣部
落。我看著她的變化，熟悉那兒的風。我認識那裡的人，不論
他是生者、死者。知道這家人的爸爸、媽媽，甚至祖父、祖
母的故事……單單要認識宜灣，就可以花掉我一輩子的時間。
我甚至覺得我完全不認識「阿美族」，什麼或誰是「阿美族」
呢？太抽象了！你們年輕人創造出的新名詞「原住民」，嘿，
我實在不瞭解你的明白。[37]

---

[36] 孫大川，《山海世界——台灣原住民心靈世界的摹寫》，頁二〇四。

[37] 孫大川，《夾縫中的族群建構——台灣原住民的語言、文化與政治》，頁一五二。

　　回到本章探述一九五〇年代以迄一九七〇年代原住民族文學
「作者」的形成及其類型的脈絡以觀，這段時期原住民族文學「作
者」的第二種類型，乃是為了家戶生計的勞動身體散居於山林工
寮、文化身分認同線索渙裂於都市工地的「離散模式」（disapora
model）歌詩創作及傳唱。

誰在山林工寮、都市工地那裡唱歌？

　　這個類型的原住民族文學「作者」形成的政治經濟、文化社會
背景，從孫大川觀察的角度來看，國民黨政府在教育方面對於原住
民的國族文化身分意識的同化、融合，其實早在整個一九五〇年代
即已大致完成，原住民新一代的意識世界逐漸脫離部落的價值邏
輯，部落與家庭不再能夠擔負起族群成員的人格陶成和價值形塑的
責任，孫大川指出：

> 經濟「推／拉」力量的強大影響，也使原住民人口劇烈移動，
> 海上、礦坑與都市鷹架，形成了新的「部落」，山地社會因而
> 逐漸「空洞化」。經濟邏輯與錢幣邏輯，超越了「行政」力
> 量，使原住民不自覺地「自我解構」。[38]

　　另外，根據劉進慶的研究，一九六〇年代中期之後的台灣經濟
由於美援的停止，再度面臨嶄新階段的挑戰，「美援的停止，一方
面以台灣經濟已達發展階段為背景，同時也意味著台灣經濟面臨轉

變的階段……美援停止不久的一九六四年七月，國府為了迎接美援
停止及國內投資的擴大和輸出的增加，展開『獎勵投資條例』的
修訂及『加工出口區設置管理條例』的制訂」[39]；經濟學者林鐘雄
的研究顯示，「在一九六〇年代至一九七三年，工業生產指數增加
六‧九倍，平均每年工業成長率達一七％，其中營建業及製造業平
均每年成長率分別為二九％至一八％，尤為顯著。在同一期間內，
農業幾保持年年成長狀態，但平均每年成長率只有四‧二％，因而
農業產值乃逐漸被工業產值超過」[40]。但在工業資本部門以壓倒性
之姿向農業生產部門擠壓的同時，陳玉璽的研究提供另一個檢視國
民黨政府在一九六〇年代之後創造所謂台灣「工業起飛」、「經濟
奇蹟」的省思角度，陳玉璽指出：

> 在社會文化方面，我們注意到台灣製造業大多靠年輕工人。官
> 方統計顯示，製造業勞工一半以上年齡在十五歲至二十四歲之
> 間……青工比需要養家活口的年長勞工更願意接受低工資。[41]

　　至於這群大量集體投入製造業的年輕工人從何而來，陳玉璽採
取「工業／農業」、「都市／鄉村」、「老人／青年」的二元分析
架構，探討一九六〇年代之後台灣經濟結構內部的勞動生產力流動
趨勢，他說：

> 六〇年代末，九〇％農村青年離開鄉村，而留下來的人七〇％

---

[39] 劉進慶著，王宏仁、林繼文、李明俊譯，《台灣戰後經濟分析》，頁三七一。

[40] 林鐘雄，《台灣經濟發展40年》（台北：自立晚報社，一九八七），頁六六。

[41] 陳玉璽著，段承璞譯，《台灣的依附型發展——依附型發展及其社會政治後果：台灣個案研究》，頁一五七。

在四十歲以上，另二○％是婦女與兒童。這就是說，農村社區
所流失者不僅是體力勞動者，而且是農業和社區發展所需要的
智力資源。[42]

　　陳玉璽的研究取樣範圍，固然並未刻意區別一九六○年代之後
離農轉入製造業的年輕勞工的族群身分背景，但在其他學者的相關
研究顯示，原住民「十五歲至二十四歲之間」的部落青年幾乎也在
同一時程離開各自的部落，投入不同都市的營建業、製造業的體力
勞動工地，就連漸入中年、已為人父的原住民也多是兼業農，經常
為了貼補家計而離開部落，從事短期的體力勞動工作；例如，瓦歷
斯‧諾幹的父親就是擔任林務局的臨時工，他在鞍馬山區的深山荒
野從事林班工作之時，透過收音機的榜單播報而得知兒子考上台中
師專[43]。

　　從青少年到漸入中年的原住民迫於現實的生計壓力，陸續離開
部落，轉入都市的體力勞動或深山的林班工作，意味著原住民族的
年齡階層組織、傳統生產模式，已然不足以扮演著支撐部落的組織
倫理、人我關係、文化傳承的黏著劑，自然也在同時造成「原住民
部落社區所流失者不僅是體力勞動者，而且是族人和部落發展所需
要的智力資源」。再者，廖文生的研究顯示：

以民國六十七年而言，山地同胞十五至二十九歲外出謀生人口
為8,301人，佔該年該年齡層總人數45,379人的18.07％，平地山
胞十五至二十九歲外出謀生人口為11,632人，佔該年該年齡層

---

[42] 陳玉璽著，段承璞譯，《台灣的依附型發展——依附型發展及其社會政治後果：台
　　灣個案研究》，頁一三九。

[43] 瓦歷斯‧諾幹，《戴墨鏡的飛鼠》，頁三四。

總人數36,362人的31.99%，這個數字並不低，再加上因流動性
高，不易調查所導致的偏低估計，則外出的現象就更普遍了。[44]

廖文生的研究提供了一項值得注意的數據，此即在被行政劃歸
為「平地山胞」主要居住區域的花蓮縣、台東縣一帶，「十五歲至
二十九歲」的年輕原住民，每十人當中至少就有四人在一九七〇年
代外出謀生，這在某個意義上解釋了為什麼一九七〇年代的原住民
林班、工地歌謠、救國團團康歌的「作者」，大都是為出身於花東
一帶部落的阿美族、卑南族及排灣族之故。

敘事性林班歌謠的形成與流通

國民黨政府一九五一年制訂「獎勵山地育苗及造林實施辦
法」，主要是以經濟利益的角度看待山地林木、作物的砍伐及栽
種，「國營機關林務局為育苗造林大量僱用山地社會勞力……種
植包括一些重要的經濟林產物，如相思樹、油桐、油桐子等」[45]；
一九五八年，農政單位更進一步制訂「林業改革方案實施綱領」，
依然是以經略開發的利潤觀念為出發點，「仍舊強調全省檜木林一
定要在八十年內清理完畢，其他的則在四十年內清理完畢。同時，
還強調開發闊葉林改植針葉林，而且，還要分年修築道路來開發不
易到達的林地」[46]。

---

[44] 廖文生，《台灣山地社會經濟結構性變遷之探討》（台北：台灣大學社會學研究所
碩士論文，一九八五），頁一三五。

[45] 楊士範編著，《礦坑、海洋與鷹架——近五十年的台北縣都市原住民底層勞工勞動
史》（台北：唐山，二〇〇五），頁一三。

[46] 林俊義在〈救救我們的森林！〉座談會發言內容，原載《自立早報》（一九八九年
三月十二日）；收於陳玉峰，《人與自然的對決》（台中：晨星，一九九二），頁
一二一。

從此可見，一九五〇年代開始的山地林木作物產業化政策，年輕的原住民扮演主要的勞動力供應者，但也從中形塑而出一個矛盾的景觀，原住民基於家計的需要、金錢的誘因而離開部落，進入深山的林班工作，一方面成為漢人統治者圖取山林經濟利益，裂變原住民族傳統生活領域的「幫手」，另一方面又在工餘之時以揉雜著族語、漢語的集體隨興吟唱形式，創作不少傳唱於多族部落原住民之間的敘事性林班歌謠。

換句話說，這些多為佚名的敘事性林班歌謠「作者」，是在漢人統治者的國家權力、市場經濟深入並改變原住民族傳統生活領域的現場，透過集體的、隨興的吟唱形式以表述、創作「另類的」原住民族敘事性口傳文學，只不過歌詞傳達的意符，大都是身為「山地人」的無奈及悲嘆。

原住民族的敘事性口傳神話、傳說及故事的「作者」多有匿名性的特徵，一九六〇年代初期之後逐漸傳唱於多族部落原住民之間的敘事性林班歌謠，也有「詞曲作者不詳」的現象。然而，深山林班的勞動經驗、林班歌謠的傳唱經驗，卻是真實而深刻烙印在眾多出生於一九六〇年代前後的阿美族、卑南族、排灣族人的勞動歷程與生命記憶，進而成為他們日後辨認自我的族裔文化身分認同的重要線索。楊士範曾經訪談一位一九六三年出生的男性排灣族人，描述他在林班工作的生活情形：

　　大部分去的都是同村的人，去造林地最多六十個人，在山上臨時搭的工寮，六十幾個人在那邊睡，也是很熱鬧，因為山上沒有電啊，都是靠蠟燭，每天晚上生活在一起……雖然在山上不可以做什麼，但我們喜歡跑深山，因為山上的生活有很多的歡樂，比如說狩獵啦，放夾子啦，捕鼠器啦，抓飛鼠、山羌、山

豬，更多更多的野生動物，這些都是我們以往的生活方式。[47]

　　就在原住民族的傳統生活領域、族人視為祖靈棲息的禁地逐漸
遭到電鋸、推土機、怪手等機具入侵改變的同時，原住民的林班工
人卻仍天真地以族人在山林狩獵、講述故事的傳統餘興模式，打發
工餘的時間，但也同時創作多首的敘事性林班歌謠，「這些林班歌
從山上隨即傳入部落裡，在不同的青年中傳唱」[48]。

　　江冠明的調查也證實了現今被不同族裔、年齡的原住民、漢人
傳唱的敘事性林班歌謠，起源自「一九五〇年代左右開始林務局僱
請各部落的青年上山整理森林草木等工作」，江冠明指出：

> 因為工作時間常常一作就是一兩個月才下山。晚上無聊，經常
> 烤火圍著唱歌解悶，因此在國語歌與母語歌的交互傳唱中，慢
> 慢發展出新歌謠。[49]

　　敘事性林班歌謠的「作者」固然多有佚名、不詳的現象，但可
確定這是由戰後出生的各族原住民在林班工作之時，經由集體的、
隨興的吟唱形式，創作而出新類型的原住民族口傳文學；歌曲旋
律、歌詞內容大多透露原住民族在一九五〇年代中期之後的社會接
觸、文化混雜、族群關係之下的失落、調適，以及自我調侃式的安

---

[47] 楊士範編著，《礦坑、海洋與鷹架——近五十年的台北縣都市原住民底層勞工勞動
史》，頁一〇七。

[48] 例如一九五八年出生的卑南族學者阿吉拉賽（漢名：林志興，母親為阿美族）在
一九七六年之前「很少接觸原住民社會的音樂，我常聽的是林班歌曲，林班歌曲這
名詞那個時候就已經出現了，是原住民同學自己說是林班歌曲，因為我們知道是林
班傳出來的」；引自江冠明編著，《台東縣現代後山創作歌謠踏勘》，頁二一七。

[49] 江冠明編著，《台東縣現代後山創作歌謠踏勘》，頁四三。

頓想像。一九五一年出生的排灣族教師宋仙樟分析敘事性林班歌謠
之所以在各部落的青年之間傳唱，主要是因為「在那個時候社會的
狀況好像滿流行嫁給外省人，老夫少妻，就會出現很多比較哀怨的
歌曲，如（不要把我嫁給外省人，我只要嫁給山地人）的歌曲，有很
多是社會型態引起的歌曲」[50]；另如〈心上人〉這首代表性的敘事
性林班歌謠，詞曲「作者」佚名，早在一九六〇年代中期就在台東
太麻里一帶的卑南族、排灣族部落傳唱[51]，歌詞傳達出年輕的男性
原住民對於情人或許將要族外通婚、或將遠赴平地工作而離開部落
的思戀不捨之情：

> 自從和你相識了以來，好像你在我的眼前，永遠永遠不分離。
> 青青的高山，茫茫的大海，愛你像大海的那樣深。當你要離別
> 的那一天，少了你在我的身邊，遙遠的故鄉，高高的月亮，請
> 你抬起頭來，看看那個星月光。走了一步，眼淚掉下來，再會
> 吧！我的心上人。

　　一九五〇年代中期之後逐漸傳唱於花東一帶部落族人的敘事性
林班歌謠，固然也有類似於日治中期、戰後初期的巴恩・斗魯、吾
雍・雅達烏猶卡那、巴力・哇歌斯等人採取以族語的襯詞疊唱形式
表述，但在歌詞之中除了大量使用原住民式的漢文語法，同時透顯
了原住民族在漢人政府強力推動「三大運動」的社會接觸之後，部
落原住民對於現代性想像、儒漢文化調適、生活空間遷徙，以及身
體離散經驗的諸多失落心緒，正如卑南族學者林志興的觀察分析：

---

[50] 江冠明，〈宋仙樟訪問——從原住民到救國團的傳唱歌謠〉，收於江冠明編著，
《台東縣現代後山創作歌謠踏勘》，頁二一一。

[51] 江冠明編著，《台東縣現代後山創作歌謠踏勘》，頁四三。

> 　　原住民的林班歌曲是用了母語和國語的攙雜表現，而這個國語
> 的表現從中文的角度來講是很差的中文，可是，如果撇開中
> 文，直指人心聽他們的心聲的時候，是一個別有風韻而且非常
> 質樸的歌曲……雖然不是好的漢語，仔細直接從歌詞來感受，
> 其實是很令人感動、很悲愴的描述，用直接的語言去描述當時
> 原住民的狀況。[52]

　　另一方面，敘事性林班歌謠「作者」的創作、表述及傳唱的地
理空間，畢竟仍然是在逐漸變貌的原住民族傳統生活領域涵攝範圍
之內，但從林班歌謠延續轉型的一九六〇年代末期的原住民都會區
域工地歌曲，卻是見證了原住民族在日治初期的集團移住政策之
後，首度被納入部落產業結構逆變、勞動生產力轉移網絡當中最大
規模的都市移民潮[53]。

敘事性工地歌謠的形成與流通

　　一九六〇年代末期遷居都市的各族原住民，普遍有著共工、群
居的生活適應模式，根據阿美族文史工作者林金泡的觀察：

---

[52] 江冠明，〈林志興訪問──創作歌謠的變遷與互動〉，收於江冠明編著，《台東縣
現代後山創作歌謠踏勘》，頁一〇九。

[53] 根據李亦園在一九七八的調查研究，原住民在一九七〇年代前後因為求學、就業等
教育或經濟因素，移居都市的人數呈現快速等倍增加的趨勢，「民國五十一年之
前，高山族遷居城市的人數甚為有限，其總數不過數百人而已。自民國五十一年之
後，遷居人數逐漸增加，但並不是太快速，九年間約增三點六倍。自民國六十年以
後，遷居城市的高山族變得最為快速，在六年間增加八倍有餘，如照總人口的比例
而算，遷居城市的高山族已是其總人口的十二分之一了……以阿美、排灣及泰雅三
族最多，根據民國五十五年戶口普查資料計算，阿美族約佔移住總數三六・一%、
排灣族佔二四・九%、泰雅族佔二一・九%」。引自李亦園，《台灣土著民族的社
會與文化》（台北：聯經，一九八七），頁四〇三。

遷移方式有集體行動移居，就如螞蟻在某處發現了食物立即回
原處報告好消息，然後成群結隊，由發現者領隊到食物處運
回。都市山胞的群居之所以形成，就是集體觀念所致，當某村
鎮之山胞來都市找到好工作，就介紹他們父老弟兄前來都市謀
生，久而久之，有的為方便計而定居都市，而且各地區都市山
胞之群居都以同鄉鎮遷移居多。[54]

　　然而，多位學者的調查一致顯示，一九七〇年代前後遷移都市
的原住民所能找到的並不是所謂的「好工作」，絕大多數是體力密
集、低技術、低工資，高職災風險的遠洋漁工、礦工、板模工、鐵
工、搬運工、捆工、木工、司機、工廠工人，甚至於是學徒等等
「較易受到剝削、較無法得到一般勞工所享有的各項保障與福利。
並且，這些都不能說是平地社會的好職業，而都是屬於所謂雙重市
場中的『次級勞動市場』，即『工作不穩定、待遇差、不安全、升
遷機會非常小』的那些工作」[55]。另據謝高橋的調查顯示，原住民
在遷移都市後的轉換工作現象頗為普遍：

　　在受訪者中，曾有人換過十次或更多次工作，但仍以換過一到
　　三個工作的人最多……然而，頻繁的工作轉換，未必意味著
　　職業地位的提升，只是在同行業中轉換不同僱主而已。換句
　　話說，都市山胞的工作轉換只有橫的社會流動，鮮有直的社會
　　流動。其實，移居都市的山胞仍以從事體力勞動或工廠工作為
　　主。[56]

---

[54] 林金泡，《北區都市山胞生活狀況調查研究》（南投：省政府民政廳，
　　一九八一），頁一一。

[55] 廖文生，《台灣山地社會經濟結構性變遷之探討》，頁一一二。

[56] 謝高橋，《台灣山胞遷移都市後適應問題之研究》，頁一七四～一七五。

　　正是因為遷居都市的原住民在勞動現場，普遍遭受惡劣的勞動環境條件、工作的轉換率，以及被替代的失業率高，其在平地的社會接觸經驗經常承受職業的、種族的雙重監視及歧視，進而生成了原住民在都會區域的工地歌謠創作。江冠明的調查顯示，一九七〇年代前後遷移都市的原住民：

> 只要下工休息，一瓶米酒加保力達P，一把吉他，幾個空瓶罐、鋸子或洗衣板，凡是可拿來敲打節拍的工具，都可以拿來當伴奏樂器，即興唱歌解悶。因此，從林班歌謠變成工地歌謠，加上每個人的心情故事，每個人加上一句自己的故事，一個思念，於是發展一系列的組曲。[57]

　　不同於原住民族的敘事性口傳神話、傳說、故事，以及敘事性林班歌謠的「作者」多為佚名，多首較為知名的原住民都市工地歌謠的「作者」已被陸續確認為一九七〇年代前後從部落赴台北地區求學或工作的原住民，此如〈我們都是一家人〉、〈可憐的落魄人〉、〈涼山情歌〉等被普遍傳唱、翻唱的原住民歌謠，詞曲創作者即是一九五二年出生在台東卑南族知本部落的高子洋（漢名：高飛龍），他在初中畢業後的十六歲「第一次流浪到台北，在永和一棟新建公寓擦油漆時，因想念故鄉而創作」；高子洋在一九七〇年代中期創作的工地歌謠，當時幾乎都被政府的出版審查單位認為歌詞粗俗、不雅而禁唱，「我的歌在唱片公司送審時都被打回來被禁唱了」[58]；諷刺的是，一九七〇年代也被禁唱的〈我們都是一家

---

[57] 江冠明編著，《台東縣現代後山創作歌謠踏勘》，頁五一。

[58] 江冠明，〈高子洋訪問整理──歌謠創作經驗〉，收於江冠明編著，《台東縣現代後山創作歌謠踏勘》，頁二七二。

人〉，一九八〇年代中期之後卻已儼然「成為現代原住民的『國歌』」，不僅是各族原住民自我形塑文化身分指涉、建構共同原鄉想像的音符曲目，同時跨越原漢的族群邊界、意識型態的畛域，以及台海兩岸的政治對峙，升格而成不同族裔之人進行文化召喚、政治號召的交集性歌曲。

　　至於也曾因為歌詞粗俗、不雅而被禁唱，解禁之後陸續被原住民歌手陳明仁、沈文程，其他漢人歌手演唱的〈可憐的落魄人〉，初中畢業程度的高子洋在歌詞之中使用的漢語，借用林志興的話來說「是很差的中文」、「不是好的漢語」，但其歌詞內容不僅見證了一九七〇年代前後的原住民遷移都市之後，社會文化接觸的某種普遍性心緒感懷，並且微妙聯結於、隱喻著一九七九年美國向台灣斷絕官方外交關係之後，台灣政府的國際生存處境與心情：

> 你可以戲弄我，也可以呀利用我，既然你不再愛我，見面也該說哈囉。我也可以戲弄你，也可以呀甩掉你，就算我不再見你，見面也該說哈囉；每一次見到了你，你總是斜眼看看我呀瞪一眼，到底我是個落魄的人，請你可憐呀心上人，喔咿呀喔呀。

　　高子洋在譜曲填詞〈可憐的落魄人〉之時的創作動機，完全無涉於對台灣當時的國際生存空間位置的借喻影射，其實也就只是因為「當時年輕愛唱歌，因認識了很多的女性朋友，在嬉鬧中大家妳一句我一句掰來掰去的拼湊，不知不覺中這首歌也就莫名其妙的隨各人心情，隨各族群的腔調而傳唱」[59]，但也正如原住民遷居都市

---

[59] 同上註。

的漢人社會之後遭遇種種的文化歧視及鄙棄，台灣的國際法人位格
在一九七〇年代期間的國際外交場域，亦是屢遭聯合國、日本與美
國斷棄之「可憐的落魄人」境況。

　　是以，設若放大於對一九七〇年代原住民族文學「作者」的詮
釋視域架構，高子洋以漢語譜曲填詞的〈我們都是一家人〉、〈可
憐的落魄人〉等曲，已然間接地讓原住民的文學性表述在一九七〇
年代期間聯結於台灣處於國際外交場域的邊緣化位置，但也如實勾
勒了絕大多數的原住民在一九七〇年代前後遷移都市的勞動力市場
之後，在各個生活層面與平地漢人進行社會接觸、文化想像之時的
集體邊緣化位置，原住民的族裔意識逐漸褪色、部落的生命記憶逐
漸遺忘，都市出生的新世代原住民也逐漸斷裂於族群文化身分的認
同線索，以高子洋自己的話來說：

　　原住民是一個浪漫又愛歌唱的民族，但當時代的環境變動，沒
　　有土地、沒有尊嚴、沒有未來感的時候，整個民族都在為求生
　　存，離鄉背井，做船員、捆工、板模工、妓女、酒女……，他
　　們如何唱出和諧浪漫的詩歌，如何創作詳和有趣的情歌？就算
　　唱出祖先的歌，也是一面唱一面掉眼淚，訴說與回憶美好的過
　　去，忍不住又拿起酒瓶一口一口的喝下去，以過量的酒精殘害
　　他們的身體，等待上帝的召喚，他們相信只有那裡才有公義。[60]

　　對於高子洋及其同世代的原住民都市工地歌謠「作者」來說，
以原住民腔韻的「很差的中文」、「不是好的漢語」，夾雜族語襯

---

[60] 江冠明，〈高子洋訪問整理──歌謠創作經驗〉，收於江冠明編著，《台東縣現代
後山創作歌謠踏勘》，頁二七二。

詞創作的敘事性歌謠，創作的心思不在於對歌詞進行文學性的語句雕琢、意象經營，毋寧是在社會歧視性、自我卑微化的生存位置之中，透過歌聲以吟唱、發抒日常生活的諸般壓抑之情，既無意也無力於經由工地歌謠的創作與傳唱而召喚、凝聚原住民的族裔意識，以向日漸滲透、剝削的漢人意識型態與市場機制，進行文化抵抗或社會批判。

中華國族意識凝視下的原住民漢語文學

　　相對於一九七〇年代期間的原住民都市工地歌謠「作者」及作品出現、流通的同時，恰也正是原住民族「認同的污名」被建構、操作的現象漸次普遍化之際，誠如謝世忠在一九八〇年代後期研究「台灣原住民污名認同的基本形成過程」[61] 的分析模式所示：

　　居原住地　→　保有正面族群意識

　　↓（遷移）　　↓（面臨挑戰）

　　接觸開始　→　接觸奇怪眼光；忍受不雅指稱

　　↓（定居）　　↓（認同調整）

　　廣泛接觸　→　忍受被拒絕；忍受競爭失敗的挫折；懷疑、否定自己

　　↓（調適）　　↓（認同變質）

　　最後結果　→　失去正面族群意識，污名認同形成

---

[61] 謝世忠，《認同的污名——台灣原住民的族群變遷》（台北：自立晚報社，一九八七），頁三七。

透過謝世忠對於原住民「污名認同」的分析模式，我們可以看到一九五〇、六〇年代的原住民族林班歌謠「作者」們，即使是以國家行政部門的約僱勞工身分，暫離部落、進入深山工作，但其勞動的地理空間、歌謠的創作形式，依然籠罩在廣義的原住民族傳統生活領域、部落意識網絡之中；一九七〇年代前後遷移都市的原住民工地歌謠「作者」們，卻是直接承受文化分類機制、社會聲望評量的體制凝視，且被社會分類系統視之為「差異」的他者，一旦他（她）們的身體必須或被迫得在公眾場合出現之時，總是不免承受著來自於外在的社會監視，以及內在的精神否認，這群他者們總是難免擺脫「污名認同」框架的糾纏。

換句話說，一九七〇年代原住民都市工地歌謠「作者」的創作意識，已然不可避免納入於社會分類系統的規約機制之中，即使因為歌詞內容「粗俗不雅」或其他因素而遭禁，但其作品是以歌詩的表述、傳唱形式，流通或傳唱於不同族裔、文化背景的族群之間，間接使得原住民工地歌謠的「作者」即便勞動、創作的地理位置已然遠離部落，但仍保有「正面族群意識」的彈性發抒空間（例如高子洋的〈我們都是一家人〉、胡德夫的〈牛背上的小孩〉等曲）。

族群文化位格自我卑微化的漢語文學敘事

然而，一九六〇年代初期以迄一九七〇年代的原住民族文學「作者」類型，不必然能以是否居於部落、勞動位置的判準，從而辨別其作品內容是否投射了「正面族群意識」的有或沒有；這段期間原住民族文學「作者」的第三種類型，即是不自覺馴化於「污名認同」的文化分類、社會規約機制底下，進行所謂「異國情調」況味的漢語文學書寫、發表及出版的「作者」。

台灣原住民操作漢語文進行「現代文學類型」（新詩、散文、

小說及報導文學）的書寫，而被納入於文學傳播、流通及接受的範疇，始自於一九六〇年代的排灣族陳英雄以漢名或筆名「鷹娣」書寫、發表並結集出版的短篇小說集《域外夢痕》[62]。身為戰後台灣原住民族第一位出版個人漢語文集的「作者」，陳英雄的其人其文，卻在一九九〇年代的原住民文化復振運動、台灣文學研究漸興之時，並未受到評論家、研究者的肯定式關注；彭瑞金認為：

> 由於他的作品放棄了原住民或排灣族人文化的主體性，接受漢文化的價值觀，若論及反映原住民社會、文化價值的正面、積極性，反而遠遠不如那些不具歧視性的、善意的非原住民作家的作品。[63]

卑南族學者董恕明在她的博士學位論文，則是只以隨頁註釋的形式，淡化處理陳英雄在戰後台灣原住民族文學發展史上的地位，董恕明認為：

> 他個人的寫作，並未形成如今日八、九〇年代台灣原住民作家、學界和出版界所共同創造出在創作、評論與出版發行的「蓬勃」氣氛，故於此暫存而不論。[64]

---

[62] 一九七一年由台灣商務印書館出版，二〇〇三年再版，書名改為《旋風酋長——原住民的故事》。新版除了增加陳英雄所撰的〈再版序文〉，另在封面加註「陳英雄——最早的原住民作家」字樣，並將初版《域外夢痕》所輯各篇小說使用的「山地同胞」、「山胞」詞彙，一律改為「原住民」。

[63] 彭瑞金，《驅除迷霧，找回祖靈——台灣文學論文集》（高雄：春暉，二〇〇〇），頁二三九。

[64] 董恕明，《邊緣主體的建構——台灣當代原住民文學研究》（台中：東海大學中國文學系博士論文，二〇〇三），頁一。

　　相較於彭瑞金、董恕明採取批判性的、存而不論的角度看待陳
英雄的漢語文學書寫及其文本，孫大川則以同情的理解角度指出：

　　在陳英雄寫作的那個年代，台灣原住民的議題還沒有走到主體
　　性的位置，但陳英雄卻從一開始就毫不閃避地將自己族群的經
　　驗和觀點融進他的創作中。[65]

　　證諸於一九七〇年代之前的漢人政府種種加諸於原住民族部落
「平地化」、「產業化」、「現代化」及「儒漢化」的文化滲透、
社會規約機制，陳英雄個人的警察經歷背景，以及他在一九六〇年
代嘗試以漢語進行文學書寫、創作之時的整體文壇氛圍，論者責以
他的作品「放棄了原住民或排灣族人文化的主體性」、未能彰顯
「『蓬勃』氣氛」，故而對他的漢語書寫作品「存而不論」，恐有
歷史跳躍論證的未盡公允之嫌。但是，倘若隱約聯繫於認同政治、
文化抵抗的分析概念而論，宣稱陳英雄「從一開始就毫不閃避地將
自己族群的經驗和觀點融進他的創作中」，亦恐有對陳英雄的漢語
書寫文本過度詮釋的辯護之虞。

　　陳英雄之為戰後台灣原住民族第一位以漢語書寫文學、出版文
集的作家，毋寧是歷史的必然律則、偶然因素交叉作用之下的文化
現象。

　　陳英雄出生在日治末期猶仍實施母系繼承制度的台東縣大武鄉
愛國浦部落，母系的家族女性是掌管部落祭祀禮儀的巫師；礙於部
落的傳統規範，身為家中的第三個兒子、男性的陳英雄，不得繼承
母親的巫師身分，但是自幼聆聽母親講述部落的神話、傳說及故

---

[65] 孫大川撰，〈陳英雄簡介〉，收於孫大川主編，《台灣原住民族漢語文學選集‧小
　　說卷（上）》（台北：印刻，二〇〇三），頁一四。

事，日後成為他以漢語進行小說書寫創作的主要題材[66]。戰後畢業
於省立台東中學初中部，一九六〇年代離鄉北上，就讀台灣警察學
校外事警員班，結業後分發花蓮縣、台東縣的山地鄉派出所擔任警
員，因緣結識了當時在花蓮山區墾荒寫作的「外省籍」作家盧克
彰[67]，隨後在盧克彰的鼓勵、教導及潤稿之下，開始學習以漢語進
行文學書寫，並且嘗試向平地社會的文學報刊雜誌投寄作品[68]。

　　一九六二年四月十五日，陳英雄的散文處女作〈山村〉在《聯
合報》副刊發表，允為戰後台灣原住民以漢語書寫、刊登的第一篇
敘事性文學作品；值得注意的是，此文撰寫、刊登的背後，隱含著
漢人文化意理的上位式作用力。根據陳英雄的自述，由他掛名「作
者」的〈山村〉是先經由盧克彰的修改、潤飾之後才定稿，同時
「盧克彰先生幫我寫了一封信給當時的聯副主編林海音女士，盧先
生深知林主編的編輯方向，就讓我抄下如文的一封信，附在山文一
併寄去」；信中的措辭用語，無疑是漢人的盧克彰想像、模擬並具
象化地以排灣族的陳英雄身分說話，某種程度顯示盧克彰在一九六
〇年代初期以漢人的文化優越感去認識原住民的文化位格，陳英雄
既同意也接受如此的文化認識論，遂將盧克彰代擬的信函全文抄
寫：

---

[66] 陳英雄自述他的漢語小說題材主要是根據母親的口述，「經過小說體裁的處理而撰
　　寫出來的排灣族人的神話」；陳英雄，《旋風酋長──原住民的故事》，頁一。

[67] 盧克彰（一九二三～一九七六），浙江省諸暨縣人，中央軍校十六期畢業，
　　一九四九年隨軍來台後與多位軍中作家主持「中華文藝函授學校」、主編《文
　　壇》兩年，「曾在花蓮山區墾荒五年，並寫下以阿美族和泰耶魯族為題材的短
　　篇小說」；引自《中華民國作家目錄1999》第七冊（台北：行政院文建會，
　　一九九九），頁二五七五。

[68] 陳英雄在《域外夢痕》的初版後記及《旋風酋長──原住民的故事》的再版序文指
　　出，他之所以從事寫作，得力於「盧克彰先生的鼓勵與指導」，並視盧克彰為其文
　　學創作的「啟蒙老師」；陳英雄，《旋風酋長──原住民的故事》，頁二。

我是一個出生在文化落後的山地青年……因為家裡窮，沒唸多少書，但我甚喜愛文藝。素稔　先生愛護後進，才敢把這篇不成熟的作品寄給您，希望先生不吝指正，使自由中國文藝的光輝，照耀到文化落後的山地裡去。[69]

信隨稿件投寄之後，「一個禮拜後的早上，我看到了我文章被發表在聯合副刊上」，即使是陳英雄到了六十二歲的二〇〇三年《旋風酋長》再版序文，他還認為〈山村〉之所以能在投稿的一周之後獲刊於林海音主編的《聯合報》副刊，原因在於「也許是我寫的散文感動了林主編，也許我的信打動了她的心」[70]。

事實上，即使是在一九六〇年代初期的報社副刊主編，每個工作日在辦公室拆閱的稿件、信件數量，至少都在十數封以上，這個繁重的文字閱讀及判斷是否刊登、何時刊登的工作位置，不允許副刊主編們的心緒太容易被感動或打動。陳英雄的散文處女作〈山村〉在投稿的一周之後刊登於《聯合報》副刊，與其說是「盧先生深知林主編的編輯方向」，不如說是陳英雄以「文化落後的山地青年」身分進行漢語的文學書寫之舉，隱微引起了具有漢族知識分子道德之心的盧克彰、林海音等作家、編輯的「驚豔式」回應或「贖罪式」迴聲；另如他的漢語短篇小說〈旋風酋長〉在一九六五年獲選輯入《本省籍作家作品選集》第九輯，客家籍的主編鍾肇政也在編者按語撰文強調「作者係山地排灣族人，為高山同胞第一個作家，其成就彌足珍貴」[71]。

---

[69] 陳英雄，《旋風酋長——原住民的故事》，頁二。

[70] 同上註。

[71] 鍾肇政主編，《本省籍作家作品選集》第九輯（台北：文壇社，一九六五），頁一七一；陳英雄的〈旋風酋長〉以筆名「鷹娣」發表在《幼獅文藝》第二十一卷第二期（一九六二年六月）。

以漢人的價值思維改寫部落的神話故事

　　陳英雄在一九六〇年代以原住民的身分，嘗試學習以漢語進行文學的書寫及發表，這對當時的盧克彰、林海音、鍾肇政等漢族的文學工作者來說，毋寧是以往他（她）們對於原住民族的文化想像構圖少有的新奇（驚奇）經驗，因而不吝給予超越一般文學新人待遇規格的期勉肯定。換句話說，陳英雄的漢語文學書寫之在一九六〇年代台灣的文學場域出現，主要的因素並不盡然是其作品的「文學性」書寫形式技巧，相當程度是因「作者」的族裔文化身分提供了、迎合了當時的政治意識型態加諸於原住民族「平地化」、「現代化」及「儒漢化」的社會想像軸線。

　　一九六〇年代戒嚴台灣的政治氛圍、文化意理、社會結構，以及文學的生產機制，直接凝視、規約並壓縮著以漢語進行文學書寫、尋求發表空間的陳英雄對於自我族裔文化身分認同的表述形式及詮釋位格，因為「早年軍警的身分，明顯影響他寫作的題材」[72]；再者，他在山區部落嘗試進行漢語文學書寫之初，舉凡文詞、語彙、意象、隱喻等等的創作形式、寫作技巧，多是盧克彰的隱身在後教導及潤飾，遂使陳英雄的作品除了頻繁出現類似「酋長」、「公主」等以漢人的文化想像模式，描述排灣族人身分階層的外來語詞（如〈旋風酋長〉、〈巴朗酋長〉及〈太陽公主〉等文），並且或以漢族男性的敘事角度呈現青春期的山地少女善良純情、山地少男的粗暴易怒，以及漢族軍士的親切愛民（如〈高山情溫〉、〈域外夢痕〉等文），或以政治意識同化於國民黨政府的「山地

---

[72] 孫大川撰，〈陳英雄簡介〉，收於孫大川主編，《台灣原住民族漢語文學選集・小說卷（上）》，頁一四。

人」員警敘事角度合理化、正當化蔣介石政權對於異議人士展開思想整肅、鼓勵自首的清鄉運動（如〈覺醒〉一文）。

陳英雄以向漢人學舌的價值思維模式、漢語的文學書寫形式而翻譯、改寫部落族人口傳表述的神話、故事傳說，並且自我卑微化地將部落、族人給予「文化無產階級」的敘事定位，借用施碧娃（Gayatri Chakravorty Spivak）的話來說，這不就是一個關於「文化被殖民主體不斷地將自身抽離於『土著報導人』（native informant）的過程」[73]？

再者，陳英雄在一九六〇年代以漢語書寫的文學作品，絕大多數發表於訴求「反共抗俄」、「復興中華」、「表彰民族正氣」、「祖國迫切的呼喚」之類的軍警情治單位與「中國青年反共救國團」所屬的機關刊物[74]，這也顯示了陳英雄以漢語書寫的文學表現形式，一方面斷裂於排灣族部落、原住民族人傳統的文學性接收、表述脈絡，另一方面馴化或內化於儒漢文化優越感的所謂主流論述之內，自我否視或卑微化看待山地部落族人的文化質素，期望透過他以漢語的文學書寫「使自由中國文藝的光輝，能藉著我的禿筆，照耀到文化落後的山地裡去」[75]。換句話說，陳英雄的漢語文學書寫，即使是確實「將自己族群的經驗和觀點融進他的創作中」，代

---

[73] Gayatri Chakravorty Spivak. *A Critique of Postcolonial Reason: Toward a History of the Vanishing Present* (Cambridge, Mass.: Harvard University Press, 1999). p. ix. 譯文參考 Gayatri Chakravorty Spivak原著，張君玫譯，《後殖民理性批判：邁向消逝當下的歷史》（台北：群學，二〇〇六），頁二。

[74] 根據一九七一年初版《域外夢痕》輯錄的各篇作品刊登資料彙整，陳英雄在一九六〇年代的漢語作品一半以上發表於官方出資或控制的刊物，例如〈高山情溫〉發表於一九六七年二月五日的《新文藝》月刊、〈覺醒〉發表於一九六二年六月二十日的《樹人》月刊、〈旋風酋長〉發表於一九六二年六月一日的《幼獅文藝》。

[75] 陳英雄，《旋風酋長──原住民的故事》，頁一九〇。

價卻是複製了「污名認同」的文化分類、社會規約機制，是以符節於特定政治意識構成的文學刊物編輯、讀者對於「山地人」的文化想像圖式而創作敘事；他所設定的作品閱讀群體，是在「文化落後的山地」之外的平地社會。

華夏文明「包容」之下的「山胞」？

一九六○、七○年代以漢語書寫文學而博得文名的原住民，除了排灣族的陳英雄，另有阿美族的曾月娥；一九七八年，她以〈阿美族的生活習俗〉獲得《中國時報》主辦的「第一屆時報報導文學獎」甄選首獎，允為台灣原住民獲得大型徵文比賽最高獎項肯定的第一人。在此之前，曾月娥「斷斷續續在報刊雜誌上寫有關阿美族的文章，有一篇『阿美族在那裏？』還曾引起普遍的回響」[76]；但在戰後台灣原住民族文學的發展脈絡，曾月娥宛如驚鴻一瞥的傳奇式隱形人物，她在得獎後接受作家林清玄的訪問表示「我要永遠為阿美族的文學而努力，永遠為阿美族寫下去」[77]，但是因為獻身於啟智教育的辛勞教學，並未持續創作發表文學作品。台南師專畢業的曾月娥，先後擔任高雄地區小學的特殊教育工作，曾在一九八七年獲得「全國特殊教育優良教師」、「師鐸獎」，一九九六年七月退休後定居高雄市。

回到一九七○年代原住民族文學「作者」的形成脈絡，及其書寫的「文本」內容以觀，曾月娥的身體記憶及文化意識，確實已然承受並浸淫於漢人文化優越感、現代性改造原住民的結構化認識之中。曾月娥在一九六○年代族外通婚，丈夫是曾任海軍官校政治系

---

[76] 林清玄，〈永遠為阿美族寫下去！——曾月娥的心願〉，收於高上秦主編，《時報報導文學獎》（台北：時報文化，一九七九），頁一一○～一一三。

[77] 林清玄，〈永遠為阿美族寫下去！——曾月娥的心願〉，頁一一三。

主任的外省籍軍官，「是她寫作的催生者」，她對子女的期望是「做一個堂堂正正的中國人」。婚後以迄〈阿美族的生活習俗〉獲獎期間，曾月娥的國族文化身分認同意識，糾纏迴繞於阿美族、漢族的含混矛盾境域之中；面向原生族裔文化的傳承之時，她憂慮自己及族人「隨著時代的潮流，隨時在改變自己。改變得好可怕，連自己都不認識自己了」[78]，另一方面在面向平地的漢人文化社會之時，則以重詞審判族人「膚淺、自私、貪圖物質享受、愛慕虛榮。做事沒半點長遠計劃，沒有創見，自卑感太重」[79]。對於曾月娥來說，阿美族人的文化更生、傳承，唯有託付於儒漢的國族意識、文化救贖，才可免於沉淪的悲劇宿命：

> 今後，阿美族必須要覺醒，認清自己。負起除舊陋習。保守過去的優良傳統。做個堂堂正正的中國人。能秉承繼往開來的使命。做阿美族優秀的子子孫孫。[80]

透過當年台灣的知名媒體《中國時報》舉辦的徵文活動及獲獎，曾月娥之為原住民文學書寫的「作者」身分，取得一九七〇年代後期的漢人文化學術界認識與認可，但這也僅只是涉及曾月娥個人文學名聲評價的流動，全然無關乎原住民族文化位格的社會認識框架鬆動；反之，愈發鞏固、強化了相當比例的漢人以文化優越感、歷史的無知而貼黏於原住民「污名認同」的文化分類、社會規約機制。作為甄選首獎的作品，〈阿美族的生活習俗〉自然也被選入了高上秦（高信疆）主編的《時報報導文學獎》作品集之列；該

---

[78] 曾月娥，〈阿美族的生活習俗〉，頁一〇七。

[79] 曾月娥，〈阿美族的生活習俗〉，頁一〇九。

[80] 同上註。

書附錄的評審會議記錄顯示，兼具學者、作家身分的評審孟瑤[81]，在評審會議極力推薦〈阿美族的生活習俗〉，即使其他的評審彭歌、胡菊人、張系國、陳奇祿質疑此文的語詞運用「文學性質素不足」、「欠缺對於阿美族生活習俗的如實描述」，但是對於孟瑤來說，〈阿美族的生活習俗〉縱使確有文學修辭不足、文獻史料堆砌的瑕疵，但在猜測並證實此文作者的阿美族裔身分之後，孟瑤表示：

> 作者是阿美族人，知道了這一點，使人吃驚她駕馭中文的能力竟這般高強，也吃驚大漢民族的寬和涵煦和「有教無類」。也想到禮運大同篇「大道之行也，天下為公」的事實印證。[82]

　　經由孟瑤的論述觀點，曾月娥取得原住民文學書寫「作者」戳記的同時，證成了某些漢人知識菁英以家父長式的、上位心態的文化監護人位置，欣慰看待原住民透過漢語文學書寫而展示的教化之效。孟瑤在題為〈華夏文明包容下的山胞生活——我讀「阿美族的生活習俗」〉的評審推薦文，更將儒漢優越感的文化史觀，直接壓印於對曾月娥的文本解讀之上，演繹了她對於台灣歷史的族群構造、原住民族文化位格的認識論暴力，孟瑤在評審推薦文的開頭指出：

---

[81] 孟瑤（本名揚宗珍，一九一九～二〇〇〇），湖北省漢口市人，曾任中興大學中文系教授、系主任；引自《中華民國作家目錄》第三冊（台北：行政院文建會，一九九九），頁九四七。

[82] 孟瑤，〈華夏文明包容下的山胞生活——我讀「阿美族的生活習俗」〉，收於高上秦主編，《時報報導文學獎》，頁四一八。

> 台灣自從鄭成功驅除了荷蘭人，這美麗的寶島就都屬我華夏子
> 孫了……每溫習華夏民族與山胞相處的史實，就容易想到吳鳳
> 的故事。這位老人希望山胞除去陋俗，不惜犧牲生命來感化他
> 們，這種博愛精神真是能驚天地而泣鬼神。[83]

　　結語之處，孟瑤透過了對曾月娥的文本詮釋，展露她以漢人知識分子的位置對於「山胞」的文化想像：

> 山胞的走向文明是必然的趨勢，但是這迷失了的孩子，經過了
> 跌跌撞撞，饑寒交迫之後，不僅會得到指引，而且也會找到自
> 己應該走的方向。[84]

　　一九八〇年代之前，採取「華夏文明」、「漢人史觀」的文化上位凝視姿態、詮釋視域，看待台灣的族群構造關係、原住民族文化位格，自然不僅只有孟瑤一人而已；如今，台灣社會的庶民常識、學界的文化史學取得的趨近共識，也已在某種程度證驗了「華夏文明」、「漢人史觀」詮釋效力的侷限性，及其沾帶荒謬況味的反諷性。然而，回到戰後初期以迄一九七〇年代台灣的政治氛圍、文化構圖的歷史現場來看，陳英雄、曾月娥等以漢語作為文學書寫工具的原住民文學「作者」，多已不自覺或欣悅於馴化在「華夏文明包容下的山胞」之類的文化身分認同位置。

　　在以漢語書寫，而不是以族語表述的文學流通空間之中，

---

[83] 孟瑤，〈華夏文明包容下的山胞生活──我讀「阿美族的生活習俗」〉，頁四一八、四二二。

[84] 孟瑤，〈華夏文明包容下的山胞生活──我讀「阿美族的生活習俗」〉，頁四二二。

一九七〇年代前後的原住民文學「作者」如陳英雄、曾月娥，親身
體驗的心緒感受是周邊漢人作家、編輯及學者施予的鼓勵、期勉或
「包容」，但此同時的另一義是隱形於「華夏文明」、「漢人史
觀」之名底下的文化優越感、上位性或監護人的權力凝視機制對於
原住民文化身分屬性的包圍、滲透以及模造，甚至直接施予身體的
訓誡、心理的凌辱；此如，即使是不在三條橫貫公路及其支線的開
鑿範圍之內、部族傳統生活領域遠在台灣外海的蘭嶼達悟族人，
一九六〇、七〇年代也在制式教育體系之中，被迫遭遇漢人的國族
意識、文化想像的權力之眼凝視，一九五七年出生的夏曼・藍波安
曾經描述他在小學三年級遭到漢人老師體罰的過程，原因只是因為
他在考試時把太陽「下山」的填空題答案寫成「下海」，漢人老師
為此憤怒地說「你們這些『野蠻的小孩』，書裡寫什麼你們就寫什
麼，笨哪，你們這些蠻子」，少年夏曼・藍波安為此錯愕不解：

> 實際上，在我們認知的環境裡太陽不是「下山」而是「下
> 海」。我們笨嗎？非也！漢人住在我們的島嶼幾十年，有哪位
> 能說我們的語言呢，他們一點也不聰明。[85]

　　從夏曼・藍波安少年時期的親身經歷來看，所謂「華夏文明包
容下的山胞」的命題邏輯，當被重新認識與表述。戰後以迄一九八
〇年代之前的台灣原住民族以身體遭訓誡、心靈被凌辱、部落傳統
生活領域裂解、族裔文化身分認同線索渙散的代價，「包容」漢人
的國族意識、文化想像劫掠「山胞」作為活體實驗的對象。

---

[85] 夏曼・藍波安，〈邁向自治之路〉，《原住民族》第二期（台北：原住民族部落工
　　作隊，二〇〇〇），頁六。

迷路的櫥窗洋娃娃？

　　日治中期、戰後初期的原住民族文學「作者」（包括巴恩・斗
魯、吾雍・雅達烏猶卡那、巴力・哇歌斯、綠斧固・悟登等人），用以
創作敘事性歌詩的語文媒介，絕大多數是以羅馬字拼音的族語，或
已成為第二母語的日文[86]，顯示這段期間尚有一定比例的部落族人
可以使用族語或日語接收、流通敘事性的歌詩文學；原住民族的文
學「作者」位格，不是決定於漢人的文學書寫格律之採認與否，這
也同時意味著承載中華國族意識、儒漢文化想像的官方語言「國
語」及漢文，並未能夠全面覆蓋在原住民族人日常生活、宗教信仰
的表意系統之上。只不過這個罅隙在一九五〇年代中期的蔣介石政
權基礎獲得美援挹注漸穩，並以蠶食鯨吞之勢，持續向原住民族的
土地、部落及族人施以產業改造經略、文化滲透政略之下，逐漸地
被封閉填平。

　　台灣原住民族的傳統生活領域、文化傳承模式、經濟生產方
式、身體區位空間，語文表意系統等等構成原住民身分認同、文化
想像的線索，莫不漸在一九六〇年代之後，遭遇十七世紀以來最大
規模的殖民者、統治者恃恃合法性治理暴力的文化傲慢意識之滲透
及改造，並從外部決定的文學操作方式、文化分類模式，以及社會
定義機制的脈絡，重新模塑並生產原住民文學「作者」的形成條件

---

[86] 例如鍾肇政在追憶他與巴力・哇歌斯生前多次的交談經驗之時指出，「與陸氏交談
時，最適切的語言，非日語莫屬，而當他用日語說話時，他完全成了個受日語教育
長大的知識分子，不獨表達上一無窒礙，還自自然然顯露出洗練的、淵博的，並且
歷盡滄桑的思考形態」，參見鍾肇政，〈卑南歌聲——懷念卑南族作曲家陸森寶先
生〉，收於吳錦發編，《原舞者》，頁一四六。

及樣本。

　　同樣是以敘事性歌詩作為文學性的表述形式，戰後以迄一九六
○年代初期的原住民族文學「作者」，幾乎多在日治時期完成
（或接受）制式學校教育，即使是在統治政權易幟之初，亦可藉此
學歷取得家計收入的部落教職，或是鄰近於部落地區的就業位置。
但是對於大多數在戰後出生的一九六○、七○年代原住民族的林
班、工地歌謠「作者」來說，一九五六年實施的學齡兒童強制入學
制度[87]、一九六八年實施的九年國民義務教育，固然使得他們得以
透過學校教育，逐步掌握基礎的漢文閱讀、書寫工具，或者順從
「萬般皆下品，唯有讀書高」的儒漢文化想像邏輯，據以編織日後
走出校門得以提高社會階層位置的可能性，然而一九六○、七○年
代以漢人國族思想為綱本的教育體制、升學模式，在孫大川看來：

> 充滿國家意識形態的灌輸，強調齊一而忽略異質的存在；整個
> 的學習與生活脫節，學校與社區部落隔離。就原住民而言，進
> 入學校即等於和自己的母體文化和部落關係疏離。[88]

---

[87] 國民黨政府一九五六年公布實施「強迫學齡兒童入學辦法」，條文規定凡應入學而
未入學的學齡兒童，先對其父母或監護人進行勸告，勸告五天後仍未將兒童送入指
定學校就讀者，將其父母或監護人的姓名榜示警告，警告後七天仍未送入學校者每
名處十元以下罰鍰，並仍飭令限期入學；汪知亭，《台灣教育史料新編》（台北：
商務，一九七八），頁二七一。

[88] 孫大川，《夾縫中的族群建構——台灣原住民的語言、文化與政治》，頁一九五～
一九六。即使是在一九六八年實施的九年國民義務教育，相當程度沾染著中華國
族主義的法統意識，此如當時擔任總統的蔣介石在執政黨中常會指出「吾人必須
認定，九年國民教育之實施，實為我復興國家民族之關鍵。如實施有效，我民族文
化，必能由此復興……即對大陸同胞亦具有其重大號召作用」；汪知亭，《台灣教
育史料新編》，頁三七九。

　　另一方面，因為絕大多數的原住民家庭無力負擔子女參加初中
（或高中）升學考試的補習費用[89]，被迫提早投入深山林班、都市
工地、遠洋漁船，窒悶礦坑的體力勞動工作；也就因著如此的結構
性因素使然，一九七○年代前後期間的原住民族林班、工地歌謠
創作者，使用的是攙雜著族語的「很差的中文」、「不是好的漢
語」，這類敘事性歌詩雖以原漢語言混雜的形式創作，毋寧是文化
位階不對等的滲透式混雜。

　　尤其是多以漢語填詞的原住民工地歌謠「作者」移居都市的社
會接觸經驗，相當程度承受著種族的、學歷的、職業的多重歧視，
他們之以「很差的中文」、「不是好的漢語」創作的林班、工地歌
謠，並不是經過文學書寫、出版市場的篩濾而流通，他們的創作亦
非為了滿足漢人閱讀社群對於歌詞修辭的品評咀嚼、意境的鑑賞想
像，或者是向漢人訴苦乞憐。不論是林班歌謠或工地歌謠的「作
者」身分，在一九七○年代前後的當時，依然在某種程度有著佚名
性、集體性的現象，但對生活於部落或已遷居都市的各族原住民來
說，「很差的中文」歌詞表述的敘事內容，卻是易於接近、進入與
傳唱的，這也使得林班、工地歌謠在各族的原住民傳唱之時，生

---

[89] 根據汪知亭的研究，台灣學童為了升學而被迫課後留校補習，或者自費校外補習的
現象，早在一九五○年代即已相當普遍，「一般國民學校為滿足家長願望，爭取
學校的榮譽，於是不擇手段普遍採行惡性補習的方式。有些縣市甚至自四年級即
開始補習；少數學校竟令學生補習至夜晚十時左右」；汪知亭，《台灣教育史料新
編》，頁二七一～二七二。另如一九六一年出生的瓦歷斯‧諾幹曾經指出，他在就
讀東勢國中三年級時是全班唯一沒有補習的學生，「也不可能參加補習，我是通車
生，從部落到東勢要一個小時，早上六點出門，晚班車最晚也是六點，回到部落已
經是七點了，所以不可能參加補習」；魏貽君，〈從埋伏坪部落出發──專訪瓦歷
斯‧尤幹〉，收於瓦歷斯‧尤幹，《想念族人》（台中：晨星，一九九四），頁
二一五。

產出了對於「山地人」的族群性（ethnicity）想像，但這並不能從一九八〇年代中期之後的原運揭櫫的文化復振或文化抵抗的角度予以詮釋，反之，林班、工地歌謠的傳唱流通過程，出現了原住民「認同政治」及國家「文化滲透」之間的雙重矛盾。

「山地人」文化身分位格的泛族想像及滲漏

原住民族的林班、工地歌謠，一方面透過各族原住民在非正式的文化流通場域的傳唱，釀蘊了對於「山地人」文化身分位格的泛族共同體想像，另一方面卻也提供了官方文化意理的滲透空間，用以滿足平地漢人對於「山地」及「山胞」的異國情調想像。不少原住民族的林班、工地歌謠在一九七〇年代被「中國青年反共救國團」改寫、輯錄之後，代之以「山地民謠」或「團康歌曲」名之，詞曲作者的欄位則是換以「詞曲：救國團」的文字標示，箇中收編過程的儒漢文化傲慢意識之滲透及展示，以施碧娃的話來說：

> 打著土著的知識（indigenous knowledge）的名號，直接染指「土著報導人」的敘事位置而行生命剽竊（biopiracy）之實。[90]

根據江冠明的調查，一九七〇年代傳唱於台東卑南族、阿美族部落的林班歌謠〈卑南情歌〉，一九八三年被改編、收錄在救國團出版的康輔手冊《落山風》，羅馬字拼音的族語歌詞卻被改以漢文的注音符號記音，江冠明指出：

---

[90] Gayatri Chakravorty Spivak. *A Critique of Postcolonial Reason: Toward a History of the Vanishing Present.* p. ix. 譯文參考Gayatri Chakravorty Spivak原著，張君玫譯，《後殖民理性批判：邁向消逝當下的歷史》，頁二。

　　在一連串的田野調查中，慢慢查證〈卑南情歌〉的旋律風格是
　　來自阿美族的歌謠，不知道什麼緣故卻掛上〈卑南情歌〉的歌
　　名，當它收編在救國團的團康歌曲中，唱的卻是國字拼音的歌
　　詞，這是很有趣的文化混雜現象。[91]

　　救國團改寫、收編原住民族林班歌謠的操作手法，能否簡化闡
釋之為「很有趣的文化混雜現象」，有待商榷。事實上，不論是族
語歌詞被改以漢文注音記詞、阿美族的旋律風格卻被冠以〈卑南情
歌〉的歌名，或者是以「詞曲：救國團」的標示形式篡佔「作者」
的身分位置，都已充分表露了沾染中華國族法統意識的救國團，對
於台灣原住民族傲慢且粗暴的族群認識及文化滲透，其間容或有著
「文化混雜現象」的表徵形式，但若深入探究，卻也是文化位階不
對等的傲慢性、滲透式混雜。

　　置身於族裔文化身分的認同線索逐漸地被斷裂、細碎，以及污
名化的社會氛圍結構之中，一九六〇、七〇年代以漢語書寫、發表
於平面媒體的原住民文學「作者」陳英雄、曾月娥，固然已為個人
取得作家的名聲，但其作品主要的閱讀、消費社群的分布位置，及
其文本的流通形式、空間區域，並不是直接對應於原住民族部落或
都市的族人；另從文本的內容以觀，陳英雄、曾月娥雖然並未隱匿
「山地人」的文學書寫者身分，其以漢語書寫的文本卻又處處顯露
中華國族意識的滲透之下對於族裔文化卑視、貶抑的鑿痕。這些在
一九六〇、七〇年代期間以漢語書寫的原住民文學「作者」，以法
農的話來說：

---

[91] 江冠明，〈動盪時代的歌聲〉，《台灣新聞報》西子灣副刊（二〇〇二年一月
二十一日）。

狂熱投身於對殖民者文化的攝取，利用任何機會以批評其民族
的文化……是文學消費群的一員……為殖民者服務的暴力、華
麗、一唱一和式的寫作，藉以證明其對統治者權力文化的忠誠
及同化（assimilated）。[92]

陳英雄、曾月娥以漢語進行文學書寫的作品內容，設若責之以
「為殖民者服務」，如此的論斷之名，過於沉重，但其文本內容馴
服於漢人對原住民族文化認識、分類的污名化框架，溶解「作者」
自我的族裔文化構造分子，卻也是個難以辯飾的歷史事實。但從同
情的理解角度，探討一九六○、七○年代原住民漢語文學書寫「作
者」的形成脈絡，除了觀照以漢語的文學書寫、流通形式更容易
直接遭遇統治者意識型態的監視、儒漢文化霸權的滲透、漢文書寫
格律的規範之外，也應一併觀察這些「作者」在當時的職業身分位
階、族群關係想像之中的人我互動線圖。

若就一般常識的理解角度來看，陳英雄、曾月娥之為警察與
教師的職業身分取得過程，使得他（她）們較諸於其他從事體力勞
動的原住民，更常遭受威權統治之時的國家機器意識型態定期施
予身家調查、言行考核，以及思想檢查等等的權力凝視；因此，
他（她）們首先被社會認定、自我認識的身分是公務員，而不是作
家，其以漢語書寫的文學作品是向國家、政府及漢人顯示或證明
他（她）們在言行思想的「政治正確」、在文化層序的「力爭上
游」，也因此在他（她）們的漢語文本之中被描述、呈現的「山地
部落」及「山地人」必須符合於純樸但落後的、天真但迷信的漢人
想像規格，他（她）們的書寫是把族人推向於接受文明教化的切片

---

[92] Frantz Fanon. *The Wretched of the Earth*. pp. 190-192。

檢查，而不是回歸以向族人宣示認同，例如曾月娥在〈阿美族的生活習俗〉以政令宣導的語調模式，而不是文學觀看的修辭筆觸描寫自己的部落：

> 在清代以前，當這兒還是荒漠的後山時代，雜草叢生，常沒人數丈高。族人來往是沿著海邊行走。日本佔領台灣後為了便於控制山胞，才建了公路。族人在此傍水而居，過著半原始的生活。直到抗戰勝利後，才走向文明。[93]

世居於花東縱谷、海岸山脈的阿美族人在曾月娥的筆下，日治時期「過著半原始的生活」，如是的史觀，展示了敘事者歷史記憶的嚴重塌陷，全然不知後山的原住民在日治時期即有巴恩・斗魯、巴力・哇歌斯等接受師範教育的知識分子在鄰近部落進行文史教育工作；再者，日治時期的台灣是日本殖民地，包括高砂族在內的台灣住民當時或主動或被迫納入於日本天皇的臣民認定範圍之內，又何來「直到抗戰勝利後，才走向文明」之說？這都顯示曾月娥在〈阿美族的生活習俗〉的敘事位置，已遭一九七○年代之前的黨國教化體系收編、詮釋機制馴服，進而以統治者的文化代理人身分凝視、規訓族人「一味的模仿，一味的改造自己。膚淺、自私、貪圖物質享受、愛慕虛榮。做事沒半點長遠計劃，沒有創見，自卑感太重」[94]。

溶解於中華國族意識的原住民族文化位格

另一方面，陳英雄、曾月娥以漢語書寫的文本之中，雖然頻繁

---

[93] 曾月娥，〈阿美族的生活習俗〉，頁七六。

[94] 曾月娥，〈阿美族的生活習俗〉，頁一○九。

出現部落神話傳說、民間故事的擷錄，並以漢人的文化價值思維模式向漢文的成語詞彙大量借喻改寫，但在當時他（她）們對於文學構造形式的想像來說，部落長者講述的神話傳說、民間故事並不構成「文學」的一般形式要件，曾月娥甚至以「迷信」的角度詮釋阿美族的始祖創世、造人的神話傳說，「山村在過去根本談不上醫學與科學。凡事都求諸神幫助。無形中迷信也就特別的繁多」[95]；陳英雄則是在盧克彰的鼓勵之下，才開始以漢文「試寫排灣族人的神話故事」[96]。

　　換句話說，陳英雄、曾月娥是在進入工作職場之後，逐漸受到身旁漢人作家（大多數是所謂的「外省人」）的鼓勵教導之下，學習漢語的文學書寫，因此陳英雄把盧克彰視為他在文學上的啟蒙老師，又如「曾月娥的先生在海軍官校任政治系主任，是她寫作的催生者，台南師專趙雲、王家誠，台東師範邢文煥、楊斯慧四位老師，都是她寫作的啟蒙師」[97]。由此可見，一九六○、七○年代的原住民漢語文學書寫「作者」，並不把講述神話故事的部落長者視之為「文學」的催生者或啟蒙師，更不把在身邊耐心教導文學寫作技巧的漢人作家看成是代理中華國族意識滲透、教化的監護人，在對漢語文學書寫技巧的學習、模仿過程當中，浸淫於中華國族意識、儒漢文化優越論而被傳染，卻不自覺。

　　戰後初期以迄一九七○年代後期，短短不到三十年的時間，原住民族文學「作者」對於族裔文化身分的認同想像，呈現強烈的對比落差。以三位同樣具備教師身分的「作者」及其文本的意境來看，巴力‧哇歌斯在一九四九年以羅馬字拼寫族語創作的歌詩〈卑

---

[95] 曾月娥，〈阿美族的生活習俗〉，頁一○三。

[96] 陳英雄，《旋風酋長──原住民的故事》，頁二。

[97] 林清玄，〈永遠為阿美族寫下去！──曾月娥的心願〉，頁一一三。

南山〉，期勉孩子們的胸襟格局要向卑南山看齊，離家遠行之前，
要記得朝向卑南山的方位行禮默禱，以向祖靈祈求智慧與庇祐。

吾雍・雅達烏猶卡那一九五四年在死牢以日語填詞創作的歌詩
〈杜鵑山〉，更是以他的國族文化身分認同過程躊躇、遲疑、徘徊
的跌宕轉折為見證，最後他對族裔文化身分的終極掛懷，才從浪漫
想像的國族意識轉向於部落生活的認同實踐。

曾月娥一九七八年以漢語書寫的獲獎作品〈阿美族的生活習
俗〉，則把原住民在艱苦生活環境之中不忘傳唱林班、工地歌謠所
蘊藏的泛族「山地人」文化身分位格想像，重新拆卸、溶解於另一
種文化距離的中華國族意識之內：

阿美族，就好比走在街頭上迷失了的小孩。拼命的哭喊，跌跌
撞撞，饑寒交迫。他是那麼的可憐，那麼的幼稚。僅僅是為
了，想多看一眼，櫥窗裏的洋娃娃。好心人看見了，只好帶著
他走往警察局，任人來招領。[98]

誰家的小孩迷路了？恐怕不是那個為了貪看「櫥窗裏的洋娃
娃」而迷路，最後哭哭啼啼被帶到警察局，「任人來招領」的阿美
族。

文化迷路的人，恐怕也是任何一個要把原住民推向「做個堂堂
正正的中國人」之路，還把原住民粉妝扮成展示儒漢文化啟蒙之
功、現代文明教化之效的「櫥窗裏的洋娃娃」之人，不論他／她是
什麼樣的族裔文化身分背景。

---

[98] 曾月娥，〈阿美族的生活習俗〉，頁一〇七。

第四章

受傷的「阿基里斯肌腱」?
——原運的生成因素、原權會的價值再探

認同政治意義之下的原住民族「文學」及「作者」形成

　　千禧年的二十一世紀以後，關於「原住民傳統知識體系」（Indigenous traditional knowledge system）[1] 的探討、論辯與建構，儼然已是台灣學術界跨領域研究「原住民／原住民族」課題的發展趨勢之一，甚且成為國家制定保障原住民族集體法益的重點立法項目。事實上，早在一九九〇年代的初始之際，即有多位不同族別的原住民文學創作者、文化論述者以各異的修辭用語、各別的實踐位置，思索「原住民傳統知識體系」建構如何可能的相關議題。

　　歷史發展過程的表象顯示，時序轉進一九八〇年代之後，對於台灣原住民族的社會認識方式、文化描述語境，亦漸透過原住民的文化復振運動、文學書寫行動而有翻轉的跡象。人們不再完全依靠政府編印的教科書、官方製播的宣傳影片、沉澱式的文化積習而對原住民族進行活化石一般的獵奇式想像、觀光式認識，污名化鄙薄；一九八〇年代初期生成的原運，以及坦然表明自我的族裔文化身分、採取第一人稱敘事位置的原住民文學書寫，在在展現了愈來愈多的各族原住民不再甘於扮演「櫥窗裡的洋娃娃」角色，試圖透

---

[1] 「原住民傳統知識體系」這個語詞的指涉內涵，布農族學者陳張培倫的定義、論點具有參考價值，他認為「可以將原住民族知識界定為一個世居某土地領域的原住民族從古至今為求其族群存續發展所形成的知識體系。它具有在生存處境中鞏固族群認同以及處理權力／資源爭奪或分配的功能。它包含著族群長久以來所形成的世界觀與價值觀等哲學內涵，以及與此一基礎互為表裡、用來處理生存世界（包括社會與自然）實用目的的知識概念。同時，此一知識體系保有以其為核心的自主能動性，在歷史進程以及內外衝擊影響下，不斷地進行調整，有所繼承亦有所汰新，以因應生存挑戰」；陳張培倫，〈建構原住民族知識體系──一些後設思考〉，收於台灣原住民教授學會、東華大學原住民民族學院編，《第一屆原住民知識體系研討會論文集》（花蓮：國立東華大學原住民民族學院，二〇〇九），頁六～一五。

過集體參與的社會運動、文學書寫以翻轉族群的文化生命位格、證驗族裔的自我存在尊嚴。

三項命題的梳理

一九八〇年代之後歷史發展過程的外顯表象之內，仍有三項命題必須梳理。首先，就「文學形成」（literature formative）的脈絡以觀，一九八〇年代之後原住民族的「文學形成」是既斷裂又聯結於之前的原住民族「文學」，尤其是在當時的社會認識之下「原住民文學」與「台灣文學」之間的辯證性互動關聯形式，允應以還原歷史情境的方式進行界定；其次，就「運動形成」（movement formative）的脈絡以觀，原運的生成因素並非僅只環繞於原住民族內部針對被殖民剝削、被統治壓榨的歷史反思行動，箇中另還涉及原住民族之外的諸多因素作用力；最後，就「作者形成」（authorship formative）的脈絡以觀，以鄒族學者巴蘇亞・博伊哲努的觀察來看：

> 台灣原住民作家文學的產生有幾個重要條件，其一是戰後出生並接受現代教育的原住民知識份子，其二是台灣社會運動勃興及重視本土文化的風潮，促使原住民作者對於台灣社會及原住民知識份子在政府規劃中小學師資、醫生養成及特考的措施下，逐漸形成有史以來最龐大的原住民基層教育、行政及醫護工作團隊……在「爭取政治參與」、「正名」、「還我土地」等運動的推動中，文學創作成為原住民表達其沉重悲傷及嚴肅目標的重要方式。[2]

---

[2] 巴蘇亞・博伊哲努（浦忠成），《思考原住民》（台北：前衛，二〇〇二），頁一三。

一九八〇年代之後的原住民族文學「作者」，誠如巴蘇亞・博伊哲努的觀察，絕大多數有著知識分子的背景，或者基層教師、醫護人員等具公職身分的所謂中產階級。更重要的是，一九八〇年代台灣政治社會情勢而形塑的原運，確實從中養育了構成戰後台灣原住民族文學形成核心的「原運世代」（這個語詞的操作定義、具體指涉，留待下一章探述）；但在伴隨著台灣解嚴之後的社會變遷發展，一九七〇年代中期之後出生的原住民文學「作者」的書寫位置，及其文本的形式內容，也就愈來愈無關乎「原運世代」對於認同政治的切身經驗，及以文學書寫彰顯的文化抵抗意義。

綜觀上述的三項命題，不難看出一九八〇年代之後原住民族的文化復振運動、文學書寫行動，並非外在於台灣的文學本土化、政治改革化，人權法益化而獨立存在，俱皆聯結於當時的政治民主運動、新興社會運動而被一併認識與解讀。另從原住民族文學形成的內部角度以觀，一九八〇年代以迄一九九〇年代初期的原住民族漢語文學書寫，固然並不全是「原運的附屬產品」，但在這段期間的原住民文學創作者，經由不同的書寫位置、參與方式而環繞著原運的相關組織、周邊議題，進行豐沃彼此的創造性對話關係，卻也是為不容否認的歷史事實；換句話說，一九八〇年代以迄一九九〇年代初期原住民族文學的「作者」形成，允應架構於原運的發展脈絡、論辯範疇，認同實踐之中去觀察、理解與探討。

戰後台灣原住民族文學傳承脈絡的證成

一九八〇年代初期，以漢語作為文學書寫主要媒介的原住民，對於原住民族「文學」的傳承、認識是斷裂的；除了極少數的幾位之外，他們大多不知道在日治中期、戰後初期以迄一九六〇年代期間，就有卑南族的巴恩・斗魯、巴力・哇歌斯、鄒族的吾雍・雅達

烏猶卡那、阿美族的綠斧固‧悟登等人，以羅馬字拼音的族語、日語進行敘事性的歌詩創作；縱使在他們的成長時期也曾傳唱原住民的林班、工地歌謠，或是流行歌曲的山地歌謠，但在當時並不將之視為原住民族的「文學」表現形式，即使他們當中的極少數人曾經閱讀陳英雄、曾月娥在一九六〇、七〇年代以漢語書寫的文學作品，也不認為那是值得學習的原住民文學書寫模本。

事實上，一九八〇年代初期的原住民作家對於原住民族「文學」認識的斷裂現象，也曾同樣發生在一九六〇、七〇年代的漢人作家對於台灣的文學歷史認識斷裂，林瑞明指出：

> 六〇年代出發的年輕作家，已受了完整的中文教育，寫出了不少優秀的作品，但在當時「無根與放逐」、「橫的繼承」之影響下，對於台灣文學的傳統一無認知，處在斷裂的狀態之下。[3]

對於戰後台灣文學的歷史系譜、精神構圖，及其內涵定義的建構過程、辯證關係，相關學者的研究成果豐碩，此處不贅；要言之，漢人作家在一九八〇年代前後對於台灣文學歷史的重新認識、縫合斷裂的過程，也在相當程度提供了當時的原住民作家以另一種高度的視域，認識自我的書寫位置、族群的社會位置，以及文學的構成質素。

一九九〇年三月，當時就讀玉山神學院的泰雅族小說家娃利斯‧羅干（漢名；王捷茹，一九六七～）在吳錦發主編的《民眾日報》副刊發表〈敬　泰雅爾──文學創作裡思考原住民文學的傳達〉，明確地把原住民族文學的歷史位格做了認識論的翻轉：

---

[3]　林瑞明，《台灣文學的歷史考察》（台北：允晨，一九九六），頁四一。

探究台灣文學淵源，必要推從原住民族的口傳文學開始；即一般存在於台灣原住民族群的原始神話傳說……台灣原住民族是有文學的！而且是個相當優美的文學表達。現時，就本土意識暢言，台灣原住民文學傳達方式，是必要受重視和尊重與肯定的。[4]

當時年僅二十二歲的娃利斯‧羅干發表〈敬　泰雅爾──文學創作裡思考原住民文學的傳達〉之後，催動了當時參與文學書寫的原住民作家思考原住民族文學的雙重接合問題：向內接合於口傳文學、對外接合於台灣文學的書寫策略。值得注意的是，一九九〇年代初期對於原住民族文學的雙重接合議題，是被擺置於廣義的原運脈絡之中思考，例如在向內接合於口傳文學的層面上，達悟族作家夏曼‧藍波安在一九九一年參加《文學台灣》雜誌社主辦的「傾聽原聲──台灣原住民文學討論會」表示，他將原住民族口傳文學的神話傳說、民間故事歸類為「沒有批判性的文學」：

這類文學……完全沒有支配者與被支配者之間的對立，只是表現了對大自然的崇拜或畏懼，從這樣的口傳文學，可以看到未受漢化或皇民化的原住民文學本來面貌。[5]

另在思考原住民族文學對外接合於台灣文學的的層面上，瓦歷

4　娃利斯‧羅干，〈敬　泰雅爾──文學創作裡思考原住民文學的傳達〉，原載《民眾日報》副刊（一九九〇年三月十四日～十五日）；收於瓦歷斯‧尤幹，《番刀出鞘》（台北：稻鄉，一九九二），頁二三九～二四〇。

5　〈傾聽原聲──台灣原住民文學討論會〉，《文學台灣》第四期（一九九二年九月），頁七六。

斯・諾幹在一九九〇年四月發表的〈原住民文學的創作起點：讀
「敬　泰雅爾」的幾點思考〉指出：

> 原住民作家現今所展現的文學作品，其題旨不外撰述原住民社
> 會的變遷、原住民社會在台灣這塊土地上顛沛流離的命運、掙
> 扎及抗爭，其文學精神乃和台灣文學抗議的、抗爭的精神面貌
> 是一致的。[6]

　　綜合娃利斯・羅干、夏曼・藍波安、瓦歷斯・諾幹在一九九〇
年代初期的論點來看，這幾位在一九五〇、六〇年代出生，並在
一九八〇年代陸續發表文學作品的「原運世代作者」對於原住民
文學的認識，相當程度疊層於台灣文學當時被認知、載負的「本土
意識」、「批判性」、「抗議的、抗爭的精神」等等內涵；換句話
說，他們一方面是通過一九七〇、八〇年代期間「台灣文學本土論
的興起與發展」[7]的辯證過程，從中重新認識、搜尋原住民族文學
的形成系譜、表現形式及精神指涉的蹊徑，另一方面則是透過對於
原運的參與及批判、認同書寫的實踐及修正，從而證成戰後台灣原
住民族文學的傳承脈絡、表現形式以及「作者」形成、文本構成的
多重性與多義性。

第一人稱的文學敘事位置

　　進一步觀察，一九八〇年代前後，愈來愈多的原住民各族知識
青年以悲涼的、焦慮的「黃昏意象」認知、表述原住民族的文化

---

[6]　瓦歷斯・尤幹，《番刀出鞘》，頁一三一～一三二。

[7]　此詞借自游勝冠，《台灣文學本土論的興起與發展》（台北：前衛，一九九六）。
　　不敢掠美，特予說明。

主體位置[8]；或以街頭遊行、政治參與的途徑，或以文化評述、文學書寫的方式，投入於原住民族「重返族群認同」、「文化復振運動」的集體行動。這段期間，一九八四年十二月二十九日成立的「台灣原住民權利促進會」（以下，簡稱原權會）[9]，扮演著廣義的原運的火車頭、領頭羊角色。一九八〇年代期間被社會閱讀到的原住民族文學，概括來看，就是原住民族的文學「作者」以第一人稱的敘事位置，踏緊著認同政治、文化抵抗的基調進行文學書寫。一九九〇年代中期迄今，因為政治體制的民主化、社會結構的多元化，以及媒體形式的多樣化，莫不又再重新砌塑原住民文學的語文媒介、表現形式、文本內容、流通方式的多樣性，以及「作者」的流變虛擬性。

　　一如戰後初期以迄一九八〇年代之前原住民族文學「作者」的形成趨力，逐漸遭遇著中華國族意識的文化滲透，這般景況已然較少見於一九八〇年代之後具有族裔文化身分認同意識的「作者」之上，但在一九八〇年代初期以迄一九九〇年代中期的「原運世代作

---

[8] 最具體的例證是孫大川在一九九二年四月二十五日接受清華大學中國語文所之邀，發表題為「黃昏文學的可能——試論原住民文學」的專題演講，孫大川指出，「從人口、土地、語言文字到社會制度、風俗習慣的失落，是造成這個原住民黃昏性格最重要的原因。這樣的一個黃昏處境，當然會對原住民的心靈世界、心靈結構有影響」；孫大川，〈黃昏文學的可能——試論原住民文學〉，《文學台灣》第五期（一九九三年一月），頁六一～一二二。

[9] 原權會在一九八七年十月二十六日召開的第二屆第二次會員大會，決議更改會名為「台灣原住民族權利促進會」；關於原權會的籌組過程、理念訴求、行動個案以及會員的背景分析，謝世忠的著述有詳細的探討，參見謝世忠，〈原住民運動生成與發展理論的建立：以北美與台灣為例的初步探討〉，原載發表於1987年《中央研究院民族學研究所集刊》第六十四期（一九八七年），收於謝世忠，《族群人類學的宏觀探索：台灣原住民論集》（台北：台灣大學，二〇〇四），頁二七～六六；另可參見關曉榮、夏曼・藍波安主編，《原住民族》月刊第三期（二〇〇〇年七月），頁一九～二七。

者」形成脈絡，在許多面向上，截然不同於一九九〇年代中期迄今的原住民文學「作者」形成機制。換句話說，戰後初期迄今的原住民族文學「作者」的形成動因，不可逕以歷史化約、同質論的詮釋方式等同視之。

　　本章的論述重點，在於探討一九八〇年代迄今的原住民文學「作者」形成的社會脈絡及媒介機制，尤其側重於探討原權會的組成、集結，及其動能為何漸次疲軟的意義。下一章，則將嘗試扣緊認同政治、文化抵抗的論述基軸，側重於探討原運之時、之後的原住民文學「作者」的角色位置、實踐方式，及其文學表述、書寫對應於身分認同議題的表現形成。

原權會與原住民族文學的互文關係

　　二〇〇五年三月二十六日、二十七日，包括台灣、日本兩國數十位研究台灣原住民族相關議題的學者們，在日本的東京外國語大學參與「台灣原住民研究：日本與台灣的回顧與展望」研討會。會中，台灣學者林修澈應邀發表開幕演講，在這篇題為「台灣原住民族研究的新趨勢──從採蜜轉向養蜂」的講稿當中，林修澈將原住民運動的組織壽命標定為一九八三年至一九九六年：

　　總共有十四年活躍期。開始的一九八三年是台大原住民學生刊
　　物《高山青》創刊，點燃運動的聖火，隔年一九八四年原權會
　　成立，運動正式展開。式微定在一九九六年，因為一九九四年
　　的第三次修憲，「原住民」一詞已經入憲，一九九六年行政院
　　原住民委員會也已經成立，原權會頓時喪失有力的訴求點，更

重要的是前後任會長也正是在一九九五～九六年均被判刑而坐牢，原權會持續到一九九六年第五屆以後便形同解散。[10]

扮演原運火車頭角色的原權會，雖然已在一九九六年漸趨式微、形同解散，但是林修澈依然高度肯定原權會在整合各族菁英、開發議題、領導原運的走向上，有著不容抹煞的貢獻：

> 整體來看，原運追求「原住民主體性」的觀念普遍獲得支持，不單在原住民，就是在平地人，也得到熱烈的回應。平地人方面，消極的回應是有感於過去百年對原住民的壓迫而愧疚，積極的回應是支持「原住民主體性」正可以印證和強化「台灣主體性」[11]

身為一位長期研究台灣原住民族相關議題的漢人學者，林修澈對於原權會在原運當中扮演領航員角色的肯定，以及原運的訴求已在原漢族群之間普遍獲得支持的論斷，毋寧是出自於善意的觀察、樂觀的評價。

原權會形同解散，原運香火未熄

唯若採取批判的解讀角度，深入一九八〇初期之後的原運發展脈絡來看，林修澈的觀察及評價，既然是在「台灣原住民族研究的新趨勢」的審度範疇而發，那麼他的論點顯然存在著至少以下五個

---

[10] 林修澈，〈台灣原住民族研究的新趨勢——從採蜜轉向養蜂〉，「台灣原住民研究：日本與台灣的回顧與展望」研討會開幕演講，東京外國語大學アジア・アフリカ言語文化研究所、東洋大學聯合主辦（二〇〇五年三月二十六日），頁二。

[11] 林修澈，〈台灣原住民族研究的新趨勢——從採蜜轉向養蜂〉，頁三～四。

面向的缺疏。第一、林修澈似乎有意迴避碰觸、探討有關於參與原運的各族知識菁英與部落之間、各族知識菁英之間、知識菁英與政治菁英之間、原運組織與組織之間的緊張或磨合關係。

第二、倘若原權會在一九九六年以後形同解散的觀察為真，但此同時的前後任會長均因參與原運而「觸法」被判刑坐牢，若以人情義理或社會公義的角度來說，原權會的成員允應為了聲援入獄的幹部而重新集結、復振活力才是，何以反之任由原運領航員的原權會崩裂、形同解散？

第三、原運活躍期（一九八三～一九九六）的三大主題理念訴求，包括「正名」、「設置部會級原住民機構」、「還我土地」[12]，驗諸於經驗事實，並不必然是如林修澈所樂觀推斷的已在各族原住民之間普遍獲得支持[13]，甚至於多有各族原住民部落的族人在當時根本不知道原權會的存在，也不瞭解原運的目的何在[14]。

---

[12] 林修澈，〈台灣原住民族研究的新趨勢——從採蜜轉向養蜂〉，頁二。

[13] 事實上，若以原住民族爭取回復族名登錄於戶籍資料的「個人權」正名運動上，林修澈也發現「可是到二○○二年九月，使用民族名字的人數只有五九五人，更有更改為傳統名字後又申請回復原漢式姓氏者達三十二人。這是追求民族本色爭取原住民族主體性的失敗」；林修澈，〈台灣原住民族研究的新趨勢——從採蜜轉向養蜂〉，頁三。另據《中國時報》（二○○五年十一月七日）報導，「自一九九五年修改《姓名條例》以來，原住民開始可回復傳統姓名。但根據內政部統計資料，總數達四十五萬的原住民，僅有八百五十多人恢復傳統姓名，連千分之二都不到。值得注意的是，甚至有五十多人恢復傳統名字後，又改回漢姓，尤以公教人員佔最大宗」。另如原權會的創會會長胡德夫認為，行政院成立的原住民族委員會「對原住民實質上是一個污辱，給我們的經費不夠、人力資源也不夠」，他主張應該廢掉原民會這個「對我們原住民真正的傷害」，參見丹耐夫·正若總編輯，《部落面對面·三》（台北：公共電視，二○○三），頁三○五。

[14] 公視製播的「部落面對面」在二○○○年十月二十九日題為「原運哪裡去了？」的節目中，曾經擔任原權會財務長的麗依京·尤瑪不諱言指出原住民運動「幾乎和部落是脫節的，它無法得到部落族人的認同，部落是不瞭解有這樣的運動，甚至不瞭解這樣的運動目的是什麼？」引自丹耐夫·正若總編輯，《部落面對面·三》，頁二九五。

　　第四、倘若「平地人」的朝野政治決策人士對於「原住民主體性」的積極回應、支持，是為了印證或強化「台灣主體性」的理念，那麼，如是的觀察無疑反證了原運爭取「原住民主體性」的成效弱化，原住民的主體性仍未自足飽滿，終究還是陷溺於、依附於漢人政治社會關於國族主體認同角力的工具性框架。

　　第五，林修澈的講稿全文當中，隻字未提一九八〇初期之後伴隨原運而起的原住民文學書寫現象及其成果，對照於他在二〇〇二年三月參加「原住民歷史文化重建」研討會，建議原住民在認同政治上重建自己的歷史之時，也應「回過頭去塑造自己的歷史與文學」[15] 的論點，林修澈卻在二〇〇五年三月面對台灣、日本的數十位學者發表「台灣原住民族研究的新趨勢」的專題演說，略過未提戰後台灣原住民族的文學書寫景觀及成果。

　　經驗事實顯示，戰後台灣的原住民族透過口傳文學、歌詩表述、書寫形式以向社會傳達自我文化主體性存在的時序，早於一九八〇年代初期之後（一九八三～一九九六）的原運，即使原權會在一九九六年形同解散，原住民族的文學性表述、書寫依然經由不同的創作動機、寫作形式及發表方式，賡續著原住民族對內認同、向外發聲的香火，提供其他族群認識原住民族之為文化差異性存在的窗口。換句話說，雖然原權會在一九九六年之後因故而形同解散，雖然原住民族的文學書寫、出版、研究在二〇〇五年之後，因為種種尚待更進一步探討的主客觀因素而有轉型或降溫的跡象，但這並不損於原權會及原住民文學是為拱塑一九八〇初期之後的原運

---

[15] 林修澈，〈從多元走向一體──談原住民族的歷史重建〉，收於施正鋒、許世楷、布興・大立主編，《從和解到自治──台灣原住民族歷史重建》（台北：前衛，二〇〇二），頁三七〇。

兩個主要「阿基里斯肌腱」（Achilles tendon）[16] 的功能存在價值。

但就本章的問題意識以論，仍然必須回到林修澈對於原運的觀察、評價的論述之中，探討原權會何以在一九九六年之後形同解散的緣故，並且檢視一九八○年代之後不同世代的原住民文學書寫者在廣義的原運脈絡當中的角色位置，或其文學書寫的形式、內容，對於原住民族認同政治的關聯性。

原運意理之內、之外的文學書寫位置

學界對於原權會為何在一九九六年之後形同解散的解釋，往往傾向於採取「結構功能論」（structural functionalism）的角度視之，亦即所謂的「功成，身退」。設若證諸於一九九六年之後的經驗事實，如是的詮釋角度就表象以觀，確實也禁得起驗證，例如在原住民的「個人權」部分，中央政府在一九九五年訂定《台灣原住民族回復傳統姓名及更正姓名作業要點》，二○○一年制定《原住民身分法》、《原住民族工作權保障法》；另在原住民族的「集體權」部分，中央政府在一九九四年的國民大會修憲會議通過「原住民」的名稱入憲，一九九五年國立東華大學設立「族群關係與文化研究

---

[16] 我把一九八○年代初期到·九九年代中期的原權會、原住民文學比喻為原運的「阿基里斯肌腱」，採取的是運動醫學的解釋，而不是希臘神話的隱喻。在運動醫學的解釋，「阿基里斯肌腱」俗稱「跟腱」，位於小腿後側的腿肚基部，附著於腳踝的跟骨之上，是人體內排名第二強壯的肌肉，也是人體抵抗地心引力最重要的肌肉群之一，若因運動傷害而斷裂，不易治療；在希臘神話裡，阿基里斯是希臘聯軍圍攻特洛伊（Troy）的頭號驍將，他是女海神「特緹絲」（Thetis）與凡人生下的兒子，特緹絲為了能讓兒子擁有刀槍不入之身，遂在他幼年時提著他的腳踝倒浸入「冥河」（Styx），阿基里斯的腳踝因被母親的雙手握住而未能浸到河水，成為他的致命要害，後來在攻破特洛伊城時遭箭射入腳踝而喪命。必須說明並強調的是，本章探討原運的「阿基里斯肌腱」究竟遭到什麼樣的傷害而有斷裂之虞，而不是把原權會、原住民文學視之為原運的「阿基里斯肌腱」致命傷。

所」，一九九六年包括台北市政府、行政院先後掛牌成立原住民委員會，一九九八年制定《原住民族教育法》，二〇〇〇年國立東華大學成立「原住民民族學院」，二〇〇三年通過《原住民民族認定辦法》（正式將邵族、噶瑪蘭族、太魯閣族、撒奇萊雅族納入國家認定的原住民族之列），二〇〇三年行政院原住民族委員會特設「原住民族自治制度推動諮詢小組」，二〇〇五年通過《原住民基本法》、原住民電視台正式開播、制定「原住民族語言書寫系統」等等，皆可視之為國家對於原權會在一九八四年創會之時發表包括「正名」、「設置部會級原住民機構」、「還我土地」的〈台灣原住民族權利宣言〉十七項主題理念訴求的直接回應，正如鄒族學者汪明輝的觀察所言：

儘管仍有體制缺陷，過去輕視或敵視原運之行政官僚，正逐漸轉型為具備多元文化概念與更尊重原住民族之態度。[17]

表象以觀，台灣在一九九四年之後，確實已在政府的組織編制、政策法令、學院結構及傳播媒體之內，回應著原運爭取「原住民主體性」的理念訴求，同時也讓一九八〇年代之後出生的原住民在對自我的族裔文化身分認同上，逐漸不再感受到來自於種族的、膚色的文化污名與社會歧視。凡此種種的現象，似乎均是標誌著原權會的歷史成就，以及原住民族的文化身分認同，已然逐漸趨近於飽滿。但以「結構功能論」的角度詮釋原權會的階段性任務功能，卻有可能逕把原運的生產動能，導入於「國家統合主義」（State

---

[17] 汪明輝，〈台灣原住民族運動的回顧與展望〉，收於張茂桂、鄭永年主編，《兩岸社會運動分析》（台北：新自然主義，二〇〇三），頁一二三。

corporatism）的陷阱困境之中[18]，例如汪明輝即以批判性的論述視域
出發，一方面肯定原權會：

> 為運動建立了正當性，使得相關主流社會之思維言行、政策法
> 令之擬定中無法再忽視「民族性」或「原住民」社群因素；又
> 如原住民行政層級提升至中央部會，在行政院設置原住民委員
> 會，同時現任之主任委員正是當時積極活躍之原運分子，而其
> 他原運者也紛紛進入體制或加入政黨，這似乎意味著原住民抗
> 爭運動目的──即執政已經達成，運動組織可以解散了。[19]

但在另一方面，汪明輝認為，原權會的歷史階段性任務僅只於
在面對漢人平地社會的政治統治、文化滲透之時召喚、動員原住民
各族的泛族意識，卻又無力落實於各族部落的日常生活模式推動重
建改造：

> 泛原運動所達成為原住民族發展之上層結構，卻無能直接落實

---

[18] 根據美國政治社會學者希達・斯科克波（Theda Skocpol）、馬丁・卡諾伊（Martin Carnoy）的研究，當代歐美、亞洲地區的資本主義國家在面對工人運動在內的各種新興社會運動之時，不再單向充任資本家或者優勢族群的利益執行者，國家機器的主事者愈來愈傾向於扮演社會共識的營塑者或仲裁者，遂以國家集體意志之名而將各個新興社會運動的訴求理念、組織領導者，選擇性地統合、納編於體制之內，這也間接使得社團體紛以理念訴求是否獲得官方的回應、認可，做為運動組織存續的重要判準；關於「國家統合主義」的概念探討，參見Theda Skocpol. "Bringing the State Back In: Strategies of Analysis in Current Research," in *Bringing the State Back In.* edited by Peter B. Evans, Dietrich Rueschemeyer, Theda Skocpol. (London: Cambridge University Press, 1985). pp. 22-24；卡諾伊（Martin Carnoy）著，杜麗燕、李少軍譯，《國家與政治理論》（台北：桂冠，一九九五），頁四五～四八。

[19] 汪明輝，〈台灣原住民族運動的回顧與展望〉，頁九六。汪明輝此文發表之時的原民會主委為布農族牧師尤哈尼・伊斯卡卡夫特。

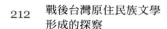

到各部落族群之重建與振興……如果原住民族只是為了顧及現
實權利而鬥爭，而非著眼於長遠民族利益而團結，不論何種理
想之自治形式，仍將改變不了民族滅絕之命運。[20]

　　在另一篇發表於稍晚的論述，汪明輝一方面坦承他對原權會賦
予過重的任務期待，另一方面他以鄒族的部落文化、議事機制重建
為例指出，原住民族的文化再造模式唯有繫諸於各個部落的族人參
與方式，才有所謂的成效可言。在另一篇探討原運的策略議題空間
如何從泛原住民族意識轉向各族部落文化重建的論文，汪明輝表
示：

原運至此，需要重新思考，尋求新的動能，重新出發，否則，
原運就將走到了……社會運動過程之末期──消失階段。[21]

　　綜合上述，基於對原權會、原住民文學，乃是拱塑戰後台灣原
運的兩個主要「阿基里斯肌腱」、供給原住民族實踐「認同政治」
動能的認知前提之下，本章除了援引相關學者的著述，探討原權
會、原住民文學在原運脈絡之中的結構性生成因素，並將嘗試以批
判性解讀的視域參引、接合歐美學者關於社會運動理論、政治社會
學、後殖民論述、文化研究，以及文學批評理論的論點，梳理並詮
釋原權會為何形同解散的緣由？「後認同」（after identity）的原運
是否存在，或如何證明存在的價值意義？進而搜尋並比較「原運世
代」之前、之時及之後的原住民文學書寫者的認同過程、書寫位

---

[20] 汪明輝，〈台灣原住民族運動的回顧與展望〉，頁一三〇。

[21] 汪明輝，〈台灣原住民民族主義的空間性：由社會運動到民族發展〉，《國立台灣
　　師大地理研究報告》第三十一期（一九九九年十一月），頁八三～一一〇。

置、創作條件，以及相應而起的文本主題取向。

　　戰後台灣原住民族的文學書寫模式差異，除了因為出生世代不
同的因素使然，另還牽涉到原住民族文學的「作者」置身於、感受
到何種樣態的歷史結構、社會氛圍、生活情境、心理狀態及書寫條
件底下，從而決定著「作者」及文本被生產出來的形式與內容。要
言之，一九八〇年代初期以迄一九九〇年代中期，「原運世代」的
原住民文學「作者」形成脈絡及其文本內涵，相當程度已是當今對
於台灣原住民族文學的社會認識、研究取樣的主要範疇，那麼也就
有必須釐清、探討「原運世代」的原住民族文學「作者」形成，及
其與原運意理、組織之間既親近又疏離的諸多辯證關聯，進而探論
「原運世代」之後的原住民文學「作者」形成軌跡。

原運的生成因素與原權會的組織功能價值

　　台灣的文化人類學界對於原住民族的研究開始走出以單一部
落、氏族、家族的親屬結構、部落組織、會所制度、信仰系統以及
語言研究等等主題的學術認識論，而將原住民族擺入與外在的整
體政治、經濟、社會之間辯證性、運動性的關係發展變貌者，應該
是人類學者謝世忠在一九八七年出版的《認同的污名：台灣原住民
的族群變遷》，及在一九八九年發表於《中研院民族所集刊》第
六十四期的〈原住民運動生成與發展理論的建立：以北美與台灣為
例的初步探討〉。謝世忠的研究指出，原運的內在本質、外顯特
徵，不可避免地「是政治與社會性的」[22]。對於一九八〇年代初期

---

[22] 謝世忠，〈原住民運動生成與發展理論的建立：以北美與台灣為例的初步探討〉，
　　頁二八。

原運的生成因素，謝世忠概分為「外在因素」與「內在因素」，外在因素略以「傳統的——因襲的綜攝名稱：『番』、『蕃』、『高砂族』或『高山族』」、「政策的——山地行政的意識型態」；內在因素包括「歷史的——共同的歷史經驗」、「文化的——類同的文化背景」、「情境的——族群的危機」及「社會的知識份子的新思潮」[23]。

原權會的成立、發展與困境

　　謝世忠的《認同的污名：台灣原住民的族群變遷》出版之後，人類學者許木柱一九八八年二月在清華大學社會人類學研究所主辦的「台灣新興社會運動」研討會，發表論文〈台灣原住民的族群認同運動：心理文化研究途徑的初步探討〉。不同於謝世忠使用的「原住民運動」一詞，許木柱使用的是「原住民族群認同運動」，並且指出三項成因：「原住民的血緣和文化截然有別於多數族群的漢族」、「原住民九大族群普遍具有相似的適應困境，並因而衍生出強烈的相對剝奪」、「受到一九八〇年代初期迅速擴展的本土關懷和政治改革運動的影響」[24]。相同於謝世忠的觀點，許木柱也認為「原住民族群認同運動」是由原住民族的知識菁英推動[25]。原運

---

[23] 謝世忠，〈原住民運動生成與發展理論的建立：以北美與台灣為例的初步探討〉，頁六六～七六。

[24] 許木柱，〈台灣原住民的族群認同運動：心理文化研究途徑的初步探討〉，收於徐正光、宋文里主編，《台灣新興社會運動》（台北：巨流，一九九〇），頁一四九～一五〇。

[25] 謝世忠在一九八五年的調查指出，原權會的會員已從創會時的二十四人增加到五十三人，原住民族裔的會員三十九人（七十三‧六％），漢族的會員十四人（二十六‧四％）。原住民族裔會員的學歷背景，主要集中在大專院校、神學院的兩大系統，其中大專及碩士肄業或畢業的有二十三人（四十三‧三％），神學院（包括玉山神學院、台南神學院、基督書院）肄業或畢業的有十七人（三十二‧一％）；謝世忠，《認同的污名》，頁七六～七九。

的生成、躍起因素，固然是由於原住民族知識菁英的推動參與，但其背後另有一股外在於原住民知識社群之外的政治改革組織、基進理論思想，扮演重要的支撐及奧援角色，許木柱指出：

> 受到在野政治力量的極力支持……從運動的本質，以及利用言論和街頭運動做為政治訴求的方式來看，它明顯的受到台灣本土運動，特別是自決（self-determination）理念的影響。[26]

在謝世忠、許木柱看來，台灣原住民族有著「歷史的——共同的歷史經驗」、「文化的——類同的文化背景」，以及共處於「情境的——族群的危機」、「普遍具有相似的適應困境，並因而衍生出強烈的相對剝奪感」，所以在原住民各族及漢人知識菁英的中介、推動之下，因而生成了原住民運動的內在因素；這個詮釋角度是正確的，然而是就站在原住民族之外的視域去看，是把原住民族整體化地擺在殖民歷史進程當中曾經遭逢宰制、剝削、壓抑的權力結構之內去看，遂把原住民族同質化，概以「自知族群」（ethnic group knowing itself）視之。

原住民知識菁英在原運的角色

然而，我在第一章探討原住民的文化身分認同機制的形構問題時，已然嘗試論證每一個個人在社會位置的歸屬認定上，總是有著複雜的文化想像空間，尤其是對於人口數已然絕對偏少的原住民族來說，文化身分主體性的認同或建構，乃是一個揉雜著政治、社

---

[26] 許木柱，〈台灣原住民的族群認同運動：心理文化研究途徑的初步探討〉，頁一四九。

會、經濟、文化、心理及歷史差異的複雜規約體系，並非是有一組先驗存在的「民族真理性」本質，凝固沉澱在那裡等著被發現；因此，個人文化身分認同的抉擇、再現模式上，必然是由既存的政治結構、社會情境、經濟體制、生活條件、意識型態，及以個人從中的抉擇等等複雜因素模塑而成。原住民文化復振運動、文學書寫行動在一九八〇年代初期湧現的同時，其實仍有為數不少的原住民有著異化於自我文化身分認同的迴避、偽裝或否認的心理反應。

　　再者，還必須一併思考的是本質之內也有差異的問題。個人之間的差異距離，常常是大到無法簡單化約、等同的懸距，這又牽涉到原住民族在歷史的辯證發展過程之中，認同的對象、符號或象徵的形構，有著極其複雜的心理精神、文化操作機制。換句話說，原住民族之為「自知族群」的集體認同機制，得要回到歷史那當時的政治經濟操控過程之中去梳理、去尋找有沒有這樣的機制？在這個問題還未被面對，以及應有的探討處理之前，不宜驟然就把原住民從「自在族群」（ethnic group in itself）的本質存在，跳躍推論到原住民族已然是為臻至集體認同境界的「自知族群」。

　　其次是有關於原住民知識菁英在原運的角色定位問題。謝世忠、許木柱分別過度標高了原住民各族知識菁英在原運當中扮演的角色功能，並且是放在「本土的」、「在野的」政治運動架構底下予以定位；這樣的觀察斷論，容或是對一九八〇年代初期台灣政治景觀的如實呈顯，例如第一份原住民族的批判性刊物《高山青》，是在一九八三年五月由三位台大的原住民學生夷將・拔路兒（阿美族，漢名：劉文雄）、伊凡・尤幹（泰雅族，漢名：林文正）、巴萬・尤命（泰雅族，漢名：楊志航）發起；一九八四年四月，黨外編輯作家聯誼會成立「少數民族委員會」；一九八四年十二月，原權會在台北市成立。這些原運初期的刊物、組織，固然都是環繞在

知識菁英及黨外運動之間運作，但該更進一步追問的是，在這些知識菁英、政治力量的「中介」之下，原運就已召喚、凝聚原住民的集體認同意識，且從「自知族群」轉化蛻變而成「自為族群」（ethnic group for itself）了嗎？

原權會「偏離群眾」？

謝世忠、許木柱發表於一九八〇年代後期的論述過程之中，有關於原運的知識菁英與部落之間、知識菁英與知識菁英之間、知識菁英與政治菁英之間，乃至於組織與組織之間的緊張或磨合關係，當時並未觸及申論，社會學者徐正光、宋文里即曾質疑謝世忠、許木柱的論述缺陷：

> 對於社會運動的領導者與參與者的深入訪談，以及社會運動所掌握的資源、行動策略、目標的選擇、內部的緊張關係等的系統調查，仍然相當欠缺。[27]

事實上，謝世忠在稍後發表於一九九二年的論文，也觀察到了參與原權會的知識菁英普遍存在「偏離群眾」的嚴重問題，他也不諱言指出「原權會幾乎完全沒有能力觸動族人或同胞們的心」，因為「他們在都市中，耗費大量精力……在山地家鄉卻沒有根據地」[28]。對於學者的觀察、質疑或批評，當年參與原運的原住民知識菁英在一九九二年之後，逐漸也有類似的反省與調整（這部分留

---

[27] 徐正光、宋文里主編，《台灣新興社會運動》編後記，頁三二九。

[28] 謝世忠，〈偏離群眾的菁英──試論「原住民」象徵與原住民菁英現象的關係〉，《島嶼邊緣》總號第五期（一九九二年十月），頁五六；收於謝世忠，《族群人類學的宏觀探索：台灣原住民論集》，頁七一。

待下一節討論）。

　　在謝世忠、許木柱分別以菁英決定論、政治決定論的分析架構，探討原住民運動的生成脈絡之後，社會學者張茂桂則在一九九四年十二月出版的《社會運動與政治轉化》一書，援引「資源動員理論」（resource mobilization theory）的觀點，論述原運之所以可能面臨動員衰竭、發展瓶頸的結構因素，張茂桂指出：

> 「原住民運動」應該是各種運動中最具抗爭性與激進性的運
> 動，但是事實並非如此。最大的原因，恐怕在於本身的凝聚性
> 低、資源匱乏，無法激起政治局內人的重大興趣，即便引入外
> 來資源，很容易也引進外來的分裂原因。[29]

　　張茂桂的論述貢獻，在於他準確觀察到了原運在生成、凝聚過程的同時也潛伏著外部、內部的緊張關係，可惜並未進一步申論，但他明確指出原住民族內部的族群、種族差異問題：

> 其實原住民族並不是個單一的民族。「原住民族」只有在相對
> 於當今漢民族的優勢的脈絡中才有意義。否則，它是九個語
> 言、文化、傳統社會結構均各有特色的族群，分散在全省各
> 地。這使得原來資源缺乏的原住民內部凝聚出現弱點，並容易
> 受到外來資源的左右，不易建立運動的獨立性。[30]

　　張茂桂把原住民族之為「自在族群」轉變為「自知族群」、轉

---

[29] 張茂桂《社會運動與政治轉化》（台北：國家政策研究中心，一九九四），頁
六八。

[30] 同上註。

化為「自為族群」的直線連帶關係，做了認識論的斷裂；他一方面指出各族的原住民不是一個同質化的單一民族，不宜驟然就把原住民各族放在「自知」、「自為」的認識架構底下去談原運，另一方面仍然是以政治的、都市的、理性計算的「資源動員」角度，將原運及其同時的各種社會運動，併擺在如何轉化政治威權體制的分析平台之上。事實上，這又回到了謝世忠質疑原運菁英「偏離群眾」的老問題，如果沒有在形構、砌塑原住民族的認同機制之中，進行文化意義的再生產、運動能量的再增殖，否則遠離部落而偏離族人的都市化、菁英化的原運是無力於「轉化政治威權體制」可言。

原權會形同解散的因素探討

透過學者們對於原權會生成因素的研究略加分疏、批判之後，底下我將探察原權會之所以形同解散的各種可能因素。

一九九四年七月二十八日，第二屆國民大會第四次臨時會完成中華民國憲法增修條文，在增修條文第十條「基本國策」的第十項、第十一項，首度把「原住民族」的用語正式載入國家根本大法的憲法之內，並在同年的八月一日由總統李登輝公布實施。原住民「正名運動」的成功，普遍被當年參與原運的知識菁英理解為自原權會成立以來，最大也是最值得珍惜的原運成就，卑南族學者孫大川指出：

它一方面從「被命名」為番、為高山族、為山地山胞、平地山胞等的「主／奴」關係中掙脫，爭回自己（主體）的命名權；另一方面「原住民」的泛稱也成了族群凝聚、整合的象徵，標

示下一個新的歷史起點。[31]

　　二〇〇五年六月十五日，民進黨執政下的行政院院會決議通過「紀念日及節日實施條例」草案，並送立法院審議（已在二〇一一年正式施行）；草案當中，擬將每年的八月一日訂為「原住民族紀念日」，用以紀念憲法增修條文將「山胞」正名為「原住民族」；二〇〇五年七月三十一日，行政院頒發「台灣原住民族正名運動貢獻獎」，受獎人包括原權會首任會長的路索拉門・阿勒（卑南族，漢名：胡德夫）、夷將・拔路兒（阿美族，原權會第二任會長）、麗依京・尤瑪（泰雅族）、馬耀・谷木（阿美族），以及漢族的范巽綠、謝世忠等六位，另外包括台灣基督長老教會、原權會也因「推動正名運動有功」之故，分別獲頒「尊（顏）」獎座。

　　透過媒體的報導，胡德夫在領獎致詞之時「感慨良多」[32]，謂以當年參與原住民族運動的工作者，因為二〇〇〇年總統選舉的政黨輪替之故，有些已經走入政府的體制之內，且還經常與在野的原權會扮演不同的角色，胡德夫說「希望原權會能繼續打拚」；倘若媒體報導無誤，那麼，胡德夫的談話是讓長期關切、觀察原運發展的學者們感到不解；一九八四年十二月二十九日成立的原權會，根據謝世忠、林修澈、汪明輝等學者的研究，已在一九九六年形同解散，如今在時隔二十餘年之後，原權會當年的組織成員、創會功能還存在嗎？

---

[31] 孫大川，《夾縫中的族群建構——台灣原住民的語言、文化與政治》（台北：聯合文學，二〇〇〇），頁一五〇。

[32] 引自「中央通訊社」報導，（來源：http://www.epochtimes.com/bt/5/7/30/n1002870.htm）

競逐於原住民族行政體系之內卡位？

事實上，胡德夫在他寫於一九九九年底、發表於二〇〇〇年二月《左翼》雜誌第四期的〈原住民族運動再起〉當中，也曾不諱言表示：

原權會的運作已幾近停擺，創會時的精神已經淪喪，原權會的諸位領袖們，尤其在近幾年來都忙著卡位於行政體系中新成立的原住民事務委員會中。[33]

夏曼·藍波安也在同一期的《左翼》指出：

當原權會的組織成員漸趨複雜，內部的共識相對地脆弱，加之外圍豪勢族群、政黨的利用與分化，原運如曇花一現地雲消霧散，成了令人惋惜的歷史回憶。[34]

另外，包括胡德夫、馬列亞弗斯·莫那能、夏曼·藍波安等多位原住民運動者、作家們，為了協助一九九九年九二一大地震受災的各族部落重建工作，遂以「原住民族運動再起」的名義，在二〇〇〇年二月成立「原權會部落工作隊」（五月更名為「原住民族部

---

[33] 胡德夫，〈原住民族運動再起〉，《左翼》雜誌第四號（二〇〇〇年二月）；另可參見「胡德夫資訊網」收錄的隨筆，（來源：http://puyuma.com/kimbo/pen000228.htm）

[34] 夏曼·藍波安，〈從部落初探原運的再起〉，《左翼》雜誌第四號（二〇〇〇年二月）；另可參見「夏曼·藍波安隨筆索引」，（來源：http://awigo.com/syamanrapongan/pen000228.htm）

落工作隊」）[35]，並在同年的十月發起《讓「原權會」走進歷史》的
連署聲明：

> 一九八四年以來，「原權會」致力於原運所哺育的菁英，絕大
> 多數已被漢族政治勢力收編，或者淪為教會組織的資源與勢力
> 的附從者，背離了原住民族主體在追求民族平等，民族解放的
> 終極目標……「原權會」近年來的無力化、空洞化，遠遠脫離
> 了原住民族各部族的在地戰鬥，與各部族、各區域的團結路
> 線，嚴重地阻礙並束縛了原住民族的解放運動。[36]

　　經由上引資料的梳理，原來胡德夫在領取「台灣原住民族正名
運動貢獻獎」時致詞「希望原權會能繼續打拚」所指的原權會，並
不是一九八四年十二月二十九日成立的「原住民權利促進會」，而
是二〇〇〇年五月從「原權會部落工作隊」轉型更名的「原住民族
部落工作隊」。這個新的原運組織，是否能為一九九〇年代中期以
來，逐漸消寂的原運帶來新的動員能量，尚待更進一步的觀察，但

---

[35] 「原住民族部落工作隊」能否掀起二十一世紀新一波的原運，尚待觀察，但從他們
揭櫫的運動綱領來看，恐有流於種族本質論的二元對立、對抗之虞；在「原住民族
部落工作隊」發行的《原住民族》發刊詞當中，批評二〇〇〇年五月二十日就職總
統的陳水扁政府「躲藏在新台灣人意識、台灣民族意識、福佬菁英唯我意識、福佬
民粹主義出頭意識、二二八福佬悲情黃昏意識、日帝皇民化奴隸意識，以及美帝海
外第五十一州改宗意識」，並且譴責民進黨政府的原住民政策白皮書是「『福佬種
族主義』可怕、猙獰、仇恨嗜血的面目」，因此要將之撕毀「並用它點燃原住民族
救亡的烽火！」引自《原住民族》月刊創刊號（二〇〇〇年五月），頁一～四。

[36] 〈讓「原權會」走進歷史〉的連署聲明全文，引自《原住民族》月刊第六期封面裡
（二〇〇〇年十月），共有十三人領銜連署，包括胡德夫、馬列亞弗斯・莫那能、
夏曼・藍波安、麗依京・尤瑪、巴努・佳巴暮暮、郭建平、雲力思、張俊傑、李保
全、董文明、潘永福、王智章、張富忠等人。

從胡德夫、莫那能、夏曼‧藍波安等多位創會元老對於原權會「創會時的精神已經淪喪」、「組織成員漸趨複雜」、「忙著卡位」、「政黨的利用與分化」等等檢討、批評的敘述來看，其實已經隱約點出了原運的「阿基里斯肌腱」之所以斷裂的徵兆線索。

路線經營的戰略思維躁進？

一九九四年四月十日，在由文建會主辦、李登輝總統出席致詞的「民國八十三年原住民文化會議」，夷將‧拔路兒受邀宣讀題為〈台灣原住民族運動發展路線之初步探討〉的論文；在這篇首度由原權會領導幹部撰文反省原權會路線經營缺失的論文當中，夷將不諱言原運的發展困境在於「草根組織未落實」、「原運團體之間缺乏凝聚力」、「政治菁英角色的錯置」、「政治資源的匱乏」及「過早投入『國家』體制內的公職選舉」等五項因素[37]。以今觀昔，夷將確實道出了原權會創立初期的領導團隊在路線經營上、戰略思維上，過於躁進的失著之處。

根據夷將‧拔路兒、台邦‧撒沙勒（漢名：趙貴忠，魯凱族，一九六五～，《原報》發行人）的調查，從一九八五年底的原權會執行委員伊凡‧尤幹參選「山地山胞」省議員選舉開始，到一九九二年底的夷將、多奧‧尤給海（漢名：黃修榮，泰雅族，一九五二～一九九四）分別參選「平地山胞」、「山地山胞」立委選舉的這段

---

[37] 夷將‧拔路兒，〈台灣原住民族運動發展路線之初步探討〉，收於文建會編印，《原住民文化會議論文集》（台北：文建會，一九九四），頁二九○～二九一；另在二○○○年十月二十九日參加公視「部落面對面」節目的「原運哪裡去了？」，當時擔任台北縣政府原住民行政局局長的夷將‧拔路兒仍然認為「原住民運動當時會遇到很大的困難，就是因為投入了選舉，造成我們整個推動上出現許多的問題」，引自丹耐夫‧正若總編輯，《部落面對面‧3》，頁二九七。

期間，「歷次參選結果無人當選」[38]、「原權會組織的鬆散和連連
參選帶來的挫敗，委實讓這個扮演原運火車頭角色的團體搖搖欲
墜」[39]。夷將認為，原權會在成立不到一年的情況下，就由領導者
或重要幹部投入選舉，「耗掉了原運的人力與資源，也容易造成原
運的挫敗感」[40]，另外在草根組織未落實、原運團體之間缺乏凝聚
力，以及政治資源匱乏的態勢下「過早投入國家體制」的公職選
舉，所得的效果適得其反：

> 一般的原住民並不一定能夠理解原權會的用心，反而以為原權
> 會所有的努力，只是要從國民黨原住民政治菁英奪取公職的頭
> 銜，對於原住民族運動的「正當性」與「真理性」呈現負面之
> 影響。[41]

按照夷將‧拔路兒當年的論述脈絡來看，似乎意指著只要原運
的草根組織能夠落實、原運團體之間建立共識凝聚力，以及政治資
源逐漸豐厚之後，原運的「正當性」、原住民的「真理性」自可經
由公職選舉的程序而告確立，以讓一般的原住民理解原權會的用
心，並且達成向全體社會成員「宣傳跟對這個體制下的反抗」[42]。
然而，在未說明、反省為什麼原運的草根組織不能落實，原運團體
之間何以缺乏凝聚力的情況下，夷將卻又提出原運未來發展的四項

---

[38] 夷將‧拔路兒，〈台灣原住民族運動發展路線之初步探討〉，頁二九一。

[39] 台邦‧撒沙勒，〈廢墟故鄉的重生：從「高山青」到部落主義──一個原住民運動
者的觀察和反省〉，《台灣史料研究》第二號（一九九三年八月），頁三六。

[40] 夷將‧拔路兒，〈台灣原住民族運動發展路線之初步探討〉，頁二九一。

[41] 夷將‧拔路兒，〈台灣原住民族運動發展路線之初步探討〉，頁二九一。

[42] 引自胡德夫的談話，收於《部落面對面‧3》，頁二九七。

可行性策略，包括「成立『台灣原住民族議會』」、「推動『原住民族權利』法制化的運動」、「充分運用『政黨政治』的法碼原理」以及「積極參與國際組織活動」[43]。詳細閱讀夷將的論述，不難發現他對原運未來發展可行性的建議策略，其實仍然扞格於他對原運陷入困境的檢討，因為他所提出的政黨政治「法碼原理」，過於迷信且迷戀「資源動員論」的效能；他建議原住民族應該充分運用「政治天平」的法碼原理，在朝野各黨爭奪執政權柄之時發揮「關鍵性少數」的力量，屆時「將近四十萬的台灣原住民族，將足以影響由誰擔任台灣的執政黨」[44]。

政治機會的過度依賴與迷戀？

事實上，夷將・拔路兒的論點，恰也正是原運之所以漸趨衰退、瀕臨式微的病灶所在。原運的領導者一方面必須無奈面對「政治資源匱乏」、「歷次參選結果無人當選」的事實，另一方面卻又認為可以代表原住民的「真理性」，而在朝野各黨之間操作「法碼原理」，仗恃著或膨脹著「將近四十萬的台灣原住民族」足以發揮「關鍵性少數」力量的想像而圖左右逢源、面面俱到；孰不知，最後終將失去的是原運主體性的立足點。即使是在二○○○年、二○○八年總統選舉的兩度政黨輪替之後，原運所能生產、釀製或營造而出的政治資源，相當程度仍被既定的政黨利益博弈框架所決定[45]。

---

[43] 夷將・拔路兒，〈台灣原住民族運動發展路線之初步探討〉，頁二九二～二九三。

[44] 夷將・拔路兒，〈台灣原住民族運動發展路線之初步探討〉，頁二九三。

[45] 此如廣義的原權會系統所產生的第一位國會議員、泰雅族立委的巴燕・達魯，並不是經由選區的原住民普選產生，而是民進黨在一九九五年透過政黨代表比例制的不分區立委安全名單設計之內而躋身國會。事實上，巴燕・達魯並非長年參與原權會會務的核心幹部，由於他在民進黨中央黨部擔任黨工，又有長老教會的教友身分，另因「高雄醫學院青年社」在一九九四年初領銜向民進黨中央黨部、中執委及各級

依賴「政治天平」、「法碼原理」而過於競逐政治機會，尋求政治
位置變動的原運或者原住民菁英，就算贏了，也並沒有創造，充其
量只是菁英個人的政治位階流動，但是整體民族的文化空間位置不
動，權力操控結構依然頑存盤據。

　　換個角度來說，「資源動員論」的基本假設，是指任何的社會
結構在種族、階級、性別之間必然存在著不公義、不公平、不平等
的階層化現象，一旦這股不滿的情緒、怨氣積累到了公民容忍的臨
界點，就有可能引發社會運動，但是不滿情緒或怨氣最多的弱勢族
群或團體，通常也是最沒有社會資源、組織能力及鬥爭經驗的社
群，所以需要外來的政治力量、團體組織、社會資源，以及「專業
人士」的奧援或指引，箇中牽涉了複雜的組織形式與溝通模式，以
及在發現、掌握政治機會的議題上，如何觀照於「組織」、「利
益」、「資源」、「機會」以及「策略」等等會對集體行動構成交
叉影響的客觀變數[46]。易言之，應用或操作政治天平、法碼原理而
扭身穿梭於朝野政黨之間的「資源動員論」乃為弱者兵法，講究的
是對「政治機會」有計畫性、策略性、目的性的掌握，進而展開因
勢利導的集體行動，但是證諸於經驗事實，「資源動員論」對於
一九八〇年代中期之後的原運而言，某種程度已然構成致命傷的主
要創口來源之一。

　　在一九八〇年代中期的原運初起之時，所謂的「政治機會」，

公職人員服務處發起「一九九五年我們期待一位原住民不分區立委的誕生」連署聲
明活動，種種內外在的因素使然，而讓民進黨決策當局把巴燕・達魯納入一九九五
年立委選舉不分區立委的安全名單之內。關於「高醫青年社」的聲明全文，參見
〈一九九五年我們期待一位原住民不分區立委的誕生〉，《原報》（一九九四年二
月），頁二三。

[46] John MaCarthy and Mayer Zald. "Resource Mobilization and Social Movements: A
Partial Theory," in *America Journal of Sociology.* Vol. 82, No. 62 (May, 1977). pp. 12-15.

基本上有兩種截然不同角度的解釋模式，一種是如夷將・拔路兒基於提升原住民主體性權益而倡議的「充分運用『政黨政治』的法碼原理」，另一種則是執政者操作「國家統合主義」以滲透、分化而削弱原運影響效力的「政治機會」。

在前者，以張茂桂的話來說，「政治機會」往往不是「凝聚性低、資源匱乏」的原住民族所能主動創造的；反之，在許多原住民政治菁英的崛起過程當中，卻是接受統治者賜予的「政治機會」，藉以「製造」他們所要的原住民族政治領袖（或說樣板）。在後者，原住民的政治菁英在對「政治機會」的爭取、分配過程中，實際上也正是執政者援用「二桃殺三士」的策略，用以分化、弱化或收編原運效能的「政治機會」，夷將・拔路兒即指出「當原住民族運動之主張與統治政黨的政策對立時，政治菁英仍然站在統治政黨那一邊」[47]，另如英國學者史帝芬・柯奈爾（Stephen Cornell）研究美國印地安人的政治復甦運動過程之中，也曾發現到同樣的現象，「新領導者的出現，也造成了新的派系內訌（new faction）」[48]。

部落組織倫理的裂變？

早在一九二〇年代的日本殖民者，即以攏絡、分化的手段，介入各個部落推選頭目的「政治機會」，除了排灣族、魯凱族的頭目為貴族世襲制之外，「其他種族多由社眾所選出之頭目，在統率社之同時身兼司祭者」[49]，台灣總督府在一九二一年至一九二九

---

[47] 夷將・拔路兒，〈台灣原住民族運動發展路線之初步探討〉，頁二九〇。

[48] Stephen Cornell. *The Return of the Native: American Indian Political Resurgence* (New York: Oxford, 1988). p. 73.

[49] 近藤正己，〈霧社事件後的『理蕃』政策〉，《當代》第三十期（一九八八年十月），頁五〇。

年之間，以一年支給年額二圓的頭目津貼攏絡之，並從一九三二年開始授予「頭目章」，且對社內「握有穩健勢力者」授予「理蕃善行章」、金牌、獎狀及現金五圓[50]。值得注意的是，部落族人推選出的頭目，年齡主要分布在四十一歲以上～六十歲以下（共有二百七十三人），三十一歲以上～四十歲以下者有六十二人，六十一歲以上～七十歲以下者也有五十四，七十一歲以上者八人，至於三十歲以下即被選任頭目者僅只二十七人[51]，「其中未受過日本教育的舊世代，共佔百分之九十五以上，通日語者僅佔一成左右」[52]。

一九三〇年爆發的霧社事件，迫使台灣總督府的「理蕃政策」改弦易轍，決定逐漸透過理蕃警政系統，深化介入、重組各族部落的政治社會組織，「將實權由各家之長所代表的家長會來取代原來統領蕃社的頭目、勢力者，並定出養成次代統制機關之青年會的方針」[53]。日本殖民者在一九三〇年代之後，壓抑部落族人推選產生之頭目的公眾影響力，轉而提升各族「青年團」幹部對於部落公眾事務的發言地位，這項舉措廣泛、深沉改變了原住民各族部落的傳統政治組織生態，年長的頭目、族老逐漸喪失了對部落的祭儀、糾紛的詮釋權或仲裁權，取而代之的是受到殖民者、統治者刻意栽培或扶植的新生世代知識分子、政治菁英。

---

[50] 〈頭目、善行蕃人を表彰〉，台灣總督府警務局理蕃課編，《理蕃の友》第二年五月號，昭和八年（一九三三）五月（東京：綠蔭書房，一九九三），頁六。截至一九三三年四月，台灣總督府總計授予四百三十一枚頭目章、表揚兩百八十八名善行蕃人。

[51] 〈頭目、善行蕃人を表彰〉，台灣總督府警務局理蕃課編，《理蕃の友》第二年五月號，頁六。

[52] 近藤正已，〈霧社事件後的『理蕃』政策〉，頁五〇。

[53] 同上註。

正如我在第二章指出，昭和十年（一九三五）十月，台灣總督府以「紀念始政四十周年」、「慶祝台灣博覽會」為名，邀請三十二位來自各州各族的青年在台北舉行「高砂族青年團幹部懇談會」；會中，擔任鄒族部落教師並兼巡查補的吾雍・雅達烏猶卡那，批評族人將死者葬於屋內的傳統習俗「是極不衛生的陋習，非打破不可」，甚且無視於遺族的意願、族老的反對，強行指示青年團的團員將葬於屋內的腐敗遺體挖出來，改葬於共同墓地[54]；另如，新竹州大溪郡的泰雅族青年「日野三郎」（樂幸・瓦旦；漢名：林瑞昌。台灣總督府醫學校畢業，一八九九～一九五四）表示，他因為支持日本警察「押收」族人槍枝的政策，遭到族老們的憤慨指責「畢業出了學校，以為會站在族人的立場說話，沒想到卻袒護日本人來苛責同族人，到底像什麼話」，甚至他的日籍妻子幾度被挾持為人質而威嚇，但是他仍堅持「泰雅族應改為溫順以通向幸福之道」[55]。

一九三〇年代的日本殖民者，為了抑制原住民各族部落傳統的頭目領導制度，轉而刻意栽培、扶植新世代的知識青年，用以代理殖民者的統治效能，然而不能忽略一個重點事實，也就是日本殖民當局在對各族原住民新世代知識菁英的「政治機會」授予上，並非漫無標準、隨興所至的派任空降部隊，包括「矢多一生」、「日野三郎」等人都是出生於各該部落，學成之後又是定居於、從公於各該部落，即使他們的行事觀念、公眾作為並不必然能被族老認可接受（甚至還被恫嚇威脅），但是無損於他們為了部落、族人的忍謗奉獻精神。

[54] 〈高砂族青年團幹部懇談會〉，《理蕃の友》第二卷，總號第四年十一月（第十年三月），昭和十年（一九三五年十一月），頁四～五。

[55] 〈高砂族青年團幹部懇談會〉，頁二～三。譯文參引近藤正己，〈霧社事件後的『理蕃』政策〉，頁五一。

　　時序轉進戰後初期，「矢多一生」的吾雍‧雅達烏猶卡那，一九四五年被國民黨政府委派為嘉義縣吳鳳鄉（阿里山鄉）鄉長；「日野三郎」的樂幸‧瓦旦，一九五一被國民黨政府提名當選第一屆臨時台灣省議會議員[56]。除了是因為學歷、經歷的考量因素之外，更為重要的是吾雍、樂幸長年落籍於、生活於各該部落的在地代表性；然而，戰後台灣原住民族政治菁英的「構成要件」，在一九五〇年代初期之後出現結構性的逆變。

　　吾雍‧雅達烏猶卡那、樂幸‧瓦旦等原住民族政治菁英，因為主張「高山族自治」的理念不見容於當局，一九五四年被控涉嫌「高山族匪諜湯守仁等叛亂案」的罪名被捕、槍決之後，國民黨政府對於原住民政治菁英的栽培、扶植管道或方式，不再訴求於落籍、生活各該部落的「在地代表性」，轉而改以職業上的軍公教身分的思想忠誠度，作為是否提名參選的「政治機會」、授予「公職身分」的判準依據，戒嚴期間舉凡各級公職人員選舉的候選人提名資格，莫不集中於軍警、公務員或教師的身分之間，已然較少顧及

---

[56] 第一屆台灣省參議員選舉在一九四六年四月十五日舉行，原本並無原住民的名額，後在省參議會第一屆第三次大會時建議政府增加「山地區域」省參議員的名額，經行政院核准由各縣山地鄉產生的縣參議員聯合選出省參議員一名，並在一九四八年三月二十日集中在省政府進行間接選舉，結果由排灣族的華清吉當選第一屆省參議員「山胞代表」，一九四九年十二月二十一日華清吉轉任省府委員，遺缺遂由林瑞昌遞補；鄭梓，《本土精英與議會政治──台灣省參議會史研究（1946～1951）》（台中：作者自印，一九八五），頁一六、六〇。林瑞昌擔任省參議員期間，積極向政府爭取更多山地議員的名額（五名），但最後只獲三席名額，一九五一年當選第一屆臨時省議會議員；林志興，〈原住民第一位西醫──南志信〉，收於莊永明總策劃，詹素娟、浦忠成等文，《台灣放輕鬆5：台灣原住民》（台北：遠流，二〇〇一），頁一二六；吳叡人，〈台灣原住民自治主義的意識型態根源：樂信‧瓦旦與吾雍‧雅達烏猶卡那政治思想初探〉，收於洪麗完主編，《國家與原住民：亞太地區族群歷史研究》（台北：中央研究院台灣史研究所，二〇〇九），頁一九三～二二九。

他（她）們是否定居於、熟稔於部落生活的關聯度。

過早投入國家體制的選舉遊戲？

　　一九九五年九月，《山海文化》雙月刊舉辦的「原住民與選舉」座談會上，受邀與會的各族知識青年幾乎一致地以批判的角度指出，選舉被認為是個人的社會身分、地位能否快速晉升的政治機會，但是現行的資本主義代議民主、威權侍從模式的選舉制度對於原住民來說，相對剝落了各族部落原存的權威象徵功能，當選公職身分的原住民，「一夜之間就變成布衣卿相，相對地傳統的領袖，愈來愈不被地方人士所尊重，這對我們原住民族群的文化，是一個很大的傷害」[57]；另一方面，國家機器的黨政系統也透過選舉制度，而對原住民操作威權體系的侍從養育，「讓原住民傳統上對部落的忠貞，轉到國家的認同，這是制度設計背後所隱含的一個重要的基礎」[58]，至於漢人社會賄選積習的選舉風氣也同時入侵部落，「競選活動在部落開始活躍，以前部落的人都五、六點回來就關門了，現在到晚上十二點門還打開，因為想等等看是不是有人送錢來當樁腳。所以選舉是慢慢地腐蝕我們的人心，在墮落我們原住民傳統的文化結構」[59]，因此「面對選舉的時候，我們沒有辦法去玩，整個台灣設計出來的選舉制度，你玩下去絕對是完蛋的」[60]。

　　基於原權會幹部「過早投入國家體制」公職選舉卻皆挫敗，打擊原運元氣，以及對於選舉制度泡製「政治機會」的批判反省，

---

[57] 〈原住民與選舉〉座談會紀錄，阿美族林江義的發言，《山海文化》雙月刊第十一期（一九九六年一月），頁七。

[58] 〈原住民與選舉〉座談會紀錄，排灣族高德義的發言，頁八。

[59] 〈原住民與選舉〉座談會紀錄，泰雅族卓文華的發言，頁一三。

[60] 〈原住民與選舉〉座談會紀錄，泰雅族瓦歷斯·諾幹的發言，頁一七。

　　一九九〇年代中期之後的原運菁英開始思考替代性的策略方案，
亦即跳脫漢人社會「設計出來的選舉制度」而成立「台灣原住民族
議會」，夷將・拔路兒提出的方案是將既有的原權會各地、各族分
會，改組成為「台灣原住民族議會」，兩百三十多位的原權會會
員重新組合，「初期的議會形態與運作，以共同研商每年全島性原
住民族抗爭運動訴求為主，另外也定期召開原住民族專家會議，從
文化、土地、經濟、教育、政治等，評估原住民族權利的年度發展
情勢。經過相當的運作並獲得原住民族信任之後，台灣原住民族議
會可發展成為代表原住民與『國家』對等談判的機構」[61]；夷將提
出的構想，一度在各族菁英及原運團體之間獲得共識，並且曾在
一九九七年召開第一次「台灣原住民族議會」籌備委員會議，最後
仍然無疾而終[62]。

統治者滲透分化的「導正專案」

　　回到一九九〇年代的原運發展脈絡來看，各族的原運菁英及團

---

[61] 夷將・拔路兒，〈台灣原住民族運動發展路線之初步探討〉，頁二九二。

[62] 全島性的「台灣原住民族議會」雖然因故未能組成，但其理念卻已具體在泰雅族、
鄒族、阿美族獲得初步的實踐。二〇〇〇年十二月十日宣布成立的「泰雅爾族民
族議會」，是台灣第一個原住民族議會，鄒族、阿美族隨後也宣布成立「鄒族民
族議會籌備會」、「阿美族民族議會籌備會」。另外，政治大學原住民族研究中心
也在二〇〇六年九月舉辦「舊社與新民族自治」國際學術研討會，邀請已經成立民
族議會的各族青年發表相關主題的論文，包括泰雅族的沈孝英發表〈「Ginlhoyan
Pspung Zyuwaw Tayal泰雅爾族民族議會」之成立及發展過程與其最終目標〉、賽
夏族的趙一先發表〈通往自治之路：從部落會議到賽夏族民族議會〉、太魯閣族的
帖喇・尤道發表〈太魯閣族自治的緣起與發展〉、布農族的海樹兒・犮剌拉菲發
表〈布農族議會推動的回顧與展望〉、鄒族的石明雄發表〈鄒族民族議會之沿
革〉、邵族的石慶龍發表〈追逐另一隻白鹿——邵族民族議會〉、達悟族的謝永泉發
表〈達悟族對民族議會的組織運作與發展——從Iraarly部落會議成立談起〉。

體之間為什麼缺乏凝聚力？為什麼足以彰顯泛原住民族意識的「台
灣原住民族議會」遲遲未能成立？又為什麼曾經擔綱扮演原運火車
頭角色的原權會在一九九六年形同解散？事實上，這些疑問，早在
夷將‧拔路兒一九九四年發表的論文〈台灣原住民族運動發展路線
之初步探討〉就已透露蛛絲馬跡，他在行文之間委婉指出：

> 一九八七年以後原住民各類型的自主性團體紛紛成立，但團體
> 之間缺乏溝通、協調，不僅未能達到彼此分工的角色，有時候
> 反而互相猜忌、攻訐。[63]

　　夷將‧拔路兒為什麼特別標明各族參與原運的菁英、團體之間
缺乏凝聚力，且還互相猜忌、攻訐的年度，是在「一九八七年以
後」？答案是因為國民黨政府在一九八七年到一九八九年之時，趁
隙把握「政治機會」，針對原運領導幹部展開滲透、分化、誘惑與
收買的「導正專案」之故。

　　所謂「導正專案」的真相，至今仍然撲朔迷離，但對原運的打
擊、傷害，及其後續影響效應卻是顯然的。一九八八年，民進黨立
委向行政院提出書面質詢，略以國家安全局、國民黨中央社工會以
「導正專案」為名，計畫從一九八七年到一九八九午到以新台幣兩
百萬元的專款，逐年按月發給原權會的四位主要幹部津貼並安排工
作；一九八九年一月八日發行的台灣基督長老教會《台灣教會公
報》第一九二三期，刊登了「導正專案」的機密公文內容，「消息
一經披露，原權會核心幹部、會員與廣大的原住民族民眾，以及支
持原住民族運動的社會人士之間，迅速地掀起一場疑慮、猜忌、恐

---

63 夷將‧拔路兒，〈台灣原住民族運動發展路線之初步探討〉，頁二九○。

懼和震驚的風暴」[64]。

　　遭到點名涉嫌收受國民黨政府、情治單位金錢的原權會創會會長胡德夫、現任會長夷將・拔路兒、前執行委員伊凡・尤幹以及童春慶等人，隨即聯名發表聲明，嚴正否認收受金錢、接受工作安排，但因媒體刊登「導正專案」的所謂機密檔案原件，遂讓真相愈發迷離，卻已造成原運內部猜忌的嚴重傷害，曾經擔任原權會財務長、後來轉任「台灣原住民族部落聯盟」總召集人的麗依京・尤瑪，公開撰文譴責：

　　　　國民黨收買這些原運領袖的最大目的就是「顛覆」，這些領袖們表面上帶領著同胞為民族權益而抗爭，實際是在背後搞反住民的權益運動，及進行分化、鬥爭異議份子，他們更在每一次的抗爭遊行前，呈報所有抗爭的策略計劃等等。[65]

　　曾經擔任原權會副會長、被視為原運前輩的太魯閣族都鳴・巴尚（漢名：陳道明，一九四七～）一九九六年為麗依京・尤瑪的著作寫序時，猶仍痛心指出：

　　　　「導正專案」的最高點在一九八七年至一九八九年，國民黨透過『原奸』花了兩百萬，分三年收買原權會的重要幹部，原住民運動之質變就這樣持續至今，蒙騙了不少參與或關懷原運的人士。[66]

---

[64] 關曉榮，〈原住民族知青被收買了？從「導正案」風波試探原住民族運動問題〉，《原住民族》月刊第十二期（二〇〇一年四月）。

[65] 麗依京・尤瑪，《傳承──走出控訴》（台北：原住民史料研究社，一九九六），頁一七〇～一七一。

[66] 都鳴・巴尚，〈還歷史的真貌〉，收於麗依京・尤瑪，《傳承──走出控訴》，頁八。

　　相對於麗依京・尤瑪、都鳴・巴尚等人的嚴厲批判，被指疑似捲入「導正專案」的原運幹部當事人的自清聲明，顯得微弱而無力，胡德夫在他寫於二〇〇〇年的〈原住民族運動再起〉一文，即曾回顧並說明他在「導正專案」挫傷原運之時，為什麼「選擇保持沉默，默然接受大家的指責和批判」的原因，且以感性的文字強調「我是清白而無愧的！」[67]

　　「導正專案」的事件疑雲之後，不僅損傷原運的元氣，同時暴露了「原權會的毫無作為就面臨了原住民運動的內部挑戰」[68]，隨後又因為《鄒季刊》、《原報》、《山海文化雙月刊》、「原舞者」、「獵人文化」、「原住民人文研究中心」、「布農族文化發展總社」等原住民刊物、藝文團體的創設出現，「使原權會的社會資源受到瓜分，募款成績一年不如一年」[69]，遂讓原權會在一九九三年十月二十一日召開的執委、促委聯席會議上，一度因為財務拮据的壓力而考慮暫停會務運作，但因原權會畢竟對於原運有著火車頭的象徵意義，多位原權會幹部認為，若是就此終結會務運作，恐怕會讓外界產生「原住民放棄自己」的誤解觀感，於是決議將會址由台北市遷往南投縣日月潭，由邵族的巴努・佳巴暮暮（漢名：毛隆昌，一九五五～）擔任會長，「落實原住民運動扎根部落的意旨」[70]。

---

[67] 胡德夫，〈原住民族運動再起〉，《左翼》雜誌第四號（二〇〇〇年二月）。

[68] 台邦・撒沙勒，〈廢墟故鄉的重生：從「高山青」到部落主義——一個原住民運動者的觀察和反省〉，頁三六。

[69] 同上註。

[70] 引自利格拉樂・阿烏輯，〈山海日誌：82年9月16日至11月30日〉，《山海文化雙月刊》第二期（一九九四年一月），頁一六〇。

新世代參與原運帶動新的戰略思維

　　值得注意的是，因為「導正專案」的事件衝擊，導致原權會一度考慮暫停會務運作之後，原運並未隨之瓦解，反而呈現了世代交替的勃興氣象，以及原運的理論層級提升，箇中最為顯著的事例是在一九九三年十二月十日的「國際人權日」、「國際原住民年」閉幕日的當天，逾千名的各族原住民在台北市總統府、外交部的博愛特區，展開「反侵佔、爭生存」訴求的第三次台灣原住民族「還我土地」大遊行，在這場被喻為是一九九三年之前的原住民族歷年來各項抗爭活動的參與者最多，又以新生代原住民知識青年為主的原運當中，原權會的角色「也由原先的發起者變成被動的參與者」[71]，原住民的大專學生不僅首度被納入原運的籌備、決策過程之中，他們一方面質疑「為何原運十年來沒有培養出一批新的投入者或領導者？換句話說，為何原運沒有辦法吸引、擴大更多優秀人才參與？」[72]

　　另一方面，新世代的原住民大專學生發揮原運的創意宣傳、提升原運的理論層級，以台灣各原住民族的名義向外交部遞交《致李登輝總統暨中華民國宣示書》，迫使執政當局不得不正視原運以原住民族集體權向國家進行交涉、尋求對話的政治道德壓力，總統府緊急協調行政院各部會主管業務涉及原住民事務的單位，最後是在文建會排定的「中華民國八十三年度全國文藝季」系列活動之中，插入「原住民文化會議」，並且安排李登輝總統在一九九四年四月十日的開幕式，以國家元首的身分親臨致詞（在此之前，台灣的各級

---

[71] 拉百，〈輕舟難過萬重山——現階段原運的困境與突破〉，《原報》（一九九四年二月一日），頁二○。

[72] 拉百，〈輕舟難過萬重山——現階段原運的困境與突破〉，頁一九。

政府單位仍未給予「原住民」、「原住民族」的正名對待，但在文建會
的「原住民文化會議」稱銜及李登輝總統的致詞內容上，卻已多次正式
使用「原住民」、「原住民族」的稱呼）。

　　就在新生世代的原住民知識青年也已逐漸參與原運的同時，以
及一九九四年七月二十九日的國民大會修憲會議把「原住民」、
「原住民族」的詞語正式載入憲法增修條文之後，原權會幹部、
原運團體之間因為「導正專案」而產生的猜疑、嫌隙及攻訐並未
隨之平息，例如泰雅族的巴燕・達魯、阿美族的夷將・拔路兒在
一九九五年間為了競爭民進黨不分區立委的席位而鬩牆批鬥，胡德
夫為此而痛心撰文批評：

　　其間表現出來的惡質選舉文化，更是早已忘卻了過去運動的精
　　神，讓關切民族問題的原住民同胞大失所望，也為年輕人立下
　　了非常不良的示範。[73]

　　另如伊凡・諾幹在二〇〇二年被提名為考試委員，遭到排灣族
詩人莫那能以「背叛原運」等語公開批評，而在立法院審查考試委
員被提名人的資格時，阿美族的立委林正二也詰問伊凡當年在「導
正專案」的角色，伊凡都以「絕沒有背叛原運」、「相信歷史會還
我清白」回應[74]。

　　綜合上述，前引的學者們認為原權會在一九九六年形同解散的
觀察，嚴格講起來，並不完全精確，事實是原權會在一九九三年十
月決定遷址南投，並在一九九三年十二月十日的第三次台灣原住民

---

[73] 胡德夫，〈原住民族運動再起〉，《左翼》雜誌第四號（二〇〇〇年二月）。

[74] 二〇〇二年六月十二日《自由時報》第三版報導，〈曾被國民黨導正專案收買？伊
　　凡・諾幹：我絕沒有背叛〉。

族「還我土地」大遊行，「變成被動的參與者」之後，即已無力於
以組織的型態催發、動員、凝聚或主導原運的集體行動，而是逐漸
地將會務重心轉往參與國際性的原住民議題活動[75]，或是各別的會
員以個人名義參與原運行動，及在部落進行草根工作。換句話說，
若從創會之初的精神意旨的角度來看，原權會的組織構合條件，早
在一九九六年之前，就已因為「導正專案」的事件衝擊效應而形同
解散；然而，這並不足以否定或推翻原權會在一九八〇年代中期、
一九九〇年代初期，對於原住民泛族群文化身分的認同政治進程當
中，所曾扮演並發揮的領航員、觸媒者的角色功能價值。

「新社會運動」概念的辯證意義

原權會的組織功能意義，首要之處在於透過集體的、跨族的社
會運動形式，以向內凝塑、對外幅射原住民族「集體權」的泛原住
民意識（一九五〇年代之後出生，如今分別在各個職業、行業的社會領
域嶄露頭角的原住民，個人的生命經歷、認同經驗都曾直接或間接、或
多或少受到原權會活躍時期的原運效應影響）。但是，我也論證了原
權會的組織生命週期、何以形同解散之故並不適用於「結構功能
論」的所謂「功成，身退」解釋之；原權會的領導幹部，過於迷信
並迷戀「資源動員論」的效能，專注於政治機會的競逐、政治位置
的汲營，相對偏忽了部落意識的草根經營、偏離了原住民「個人

---

[75] 巴努・佳巴暮暮自述他在擔任原權會會長的兩年任期之內，「幾乎都是在從事國
際會議方面較多」；巴努・佳巴暮暮，〈我的原運生涯〉，（來源：http://bbs.
nsysu.edu.tw/txtVersion/treasure/tmm/M.872870915.A/M.904922258.A/M.904922396.
K.html）

權」的認同厚實，以致於在各級民意代表的選舉接連失利，且為統治者製造了滲透、分化原權會的「政治機會」，進而造成原運「阿基里斯肌腱」的傷害、斷裂之虞。

底下，我要梳理、論證的是，原運唯有建立在領導者、參與者及團體組織之間的相互依賴、信任的條件基礎之上，族群認同的集體行動才有可能聯結於原住民族「集體權」的泛原住民意識、部落意識，以及原住民「個人權」的文化身分認同，所以有必要建立起一種認知，亦即原運作為一種社會運動，除了是「種族的」、「政治的」社會運動之外，原運還應該同時是「擴散性的」（diffusible）、「接合的」（articulate）、「社會性的」運動（societal movements），一種「新社會運動」（new social movements）。

根據社會學者顧忠華二○○三年發表的論文指出，戰後台灣以單一議題（single issue）為訴求的社會運動，在一九八七年七月蔣經國總統宣布解除戒嚴之後的三到五年之間，陸續達到高峰期，當時各式各樣社會運動的訴求主題、集體行動，「與西方自六○年代以來出現的『新社會運動』（new social movements）有頗多相同之處，都帶有一定程度的文化規範與道德意涵」[76]。在顧忠華的論述脈絡之中，原住民運動也被納入於「新社會運動」的範疇類別之一，但是並未針對「新社會運動」的詞彙含義進行定義上的理論回顧，亦未說明原運如何聯結於「新社會運動」的形構戰略。

---

[76] 顧忠華，〈社會運動的「機構化」：兼論非營利組織在公民社會中的角色〉，收於張茂桂、鄭永年主編，《兩岸社會運動分析》頁三。另對一九八八年以至一九九五年之間各個社會運動的出現年度、類別及其理念訴求，參見容紹武撰，〈社會運動〉，收於林小鈴、林苓玫主編，《現代用語百科》（台北：書泉，一九九五），頁D070-D086。

　　根據張茂桂、朱雲漢、黃德福、許宗力等學者,一九九○年接受行政院研考會委託的「民國七十年代台灣地區『自力救濟』事件之研究」顯示,包括勞工、環境、特殊團體、政治及生計抗議等五種類型的自力救濟事件,在一九八七年至一九八八年的增加率「是非常驚人的,分別是一一八‧八%和五九‧九%,故可以用『爆增』來形容」[77]。

「資源動員理論」的詮釋局限

　　值得注意的是,張茂桂等學者是以「相對剝奪理論」(relative deprivation theory)、「資源動員理論」的角度,探討自力救濟事件的生成及衰落的因素,他們主張「唯有結合相對剝奪理論與資源動員理論,才能較為明確地掌握我國當前政治自力救濟事件的形成因素」[78],學者們認為,包括原住民運動在內的特殊團體自力救濟事件興起及低盪的模式,也就宿命式地不可避免於衰落的預言之途,「一旦外來資源與支持撤出、或是領導人物遭鎮壓逮捕之後,運動便急遽衰落」[79]。然而,如同我在前述,若以「資源動員理論」的角度探討、觀測原運的生成或衰落因素,固然確實是在某種層面上符節於原權會為何會在一九九六年之後形同解散的發展趨勢,但卻無法解釋一九九○年代初期之後的原住民歸返部落、文學書寫的集體行動,為何能夠成為賡續原運精神的活水及香火,當然也更無法解釋為什麼台灣文學家葉石濤會在二○○二年提出「台灣文學的未

---

[77] 行政院研究發展考核委員會編印,《民國七十年代台灣地區「自力救濟」事件之研究》(台北:行政院研考會,一九九二),頁一二八。

[78] 參與研究的學者對於「相對剝奪理論」、「資源動員理論」的詮釋及操作,參見《民國七十年代台灣地區「自力救濟」事件之研究》,頁一九~二三。

[79] 《民國七十年代台灣地區「自力救濟」事件之研究》,頁一三一。

來，將由原住民作家們一肩挑起」[80]的樂觀預言了。

「資源動員理論」主要用之於解釋威權國家在朝向自由化轉型期間，出現的新興社會運動之生成、衰落因素的分析效力，及其可能的侷限，箇中牽涉到了一九六〇年代之後美國、歐洲的社會學者對於探討集體行為、社會運動的理論思想傳承、論爭及演變過程，限於篇幅，無法在此詳述[81]。事實上，台灣的人文社會學術領域的基進（radical）學者們在一九八〇年代末期、一九九〇年代初期，也曾針對當時漸次湧現的各類新興社會運動，展開或進行不同理論取向、價值關懷的研究及論戰[82]。

相對於張茂桂等持「資源動員理論」的學者們以外部的政治力量、團體組織、社會資源，以及「專業人士」的奧援或指引等等因素，作為研判社會運動生成或衰落的理論取向，另外還有

---

[80] 葉石濤在二〇〇二年六月十五日應邀赴日本東京大學文學部以「我的台灣文學六十年」為題發表演講的談話；參見葉石濤作、張文薰譯，〈我的台灣文學六十年〉，《文學台灣》第四十四期（二〇〇二年十月），頁四八。

[81] 關於美國、歐洲的社會學者在一九六〇年代之後，探討集體行為、社會運動的四種理論傳統（行為科學的經驗主義、馬克思主義、資源動員理論、新社會運動理論）的分類、詮析及應用，可參見Nick Crossley. *Making sense of social movements* (Buckingham: Open University Press, 2002). pp. 10-13.

[82] 一九九〇年代初期對於台灣新興社會運動的總體研究圖覽，可參見前引的《民國七十年代台灣地區「自力救濟」事件之研究》、《台灣新興社會運動》。另因《中國時報》副刊在一九八八年六月二日起，陸續刊登旅美學者余英時、丘宏達、許倬雲、項武忠等人的文章，影射批評台灣的社會運動偏激、非理性及破壞性，《自立早報》副刊遂在一九八八年六月二十三日製作「走出新神話國」系列回應專題，邀請傅大為、呂正惠、楊儒賓、林聰舜、吳怡芝等學者撰文反駁，這些文章收於傅大為，《知識與權力的空間——對文化、學術、教育的基進反省》（台北：桂冠，一九九〇），頁二三～五四。至於當時「民間社會」（civil society）與「人民民主」（popular democracy）之間兩派學者的論戰梗脈，可參見機器戰警編，《台灣的新反對運動》（台北：唐山，一九九一）。

一群從歐陸的新馬克思主義、文化研究及新社會運動理論那裡汲取思想養分、借取理論概念的新生代基進學者們，採取「人民民主」（popular democracy）[83] 的理念認知而質疑、批判「資源動員理論」、「民間社會」（civil society）訴求的社會運動政治決定論及菁英決定論，當時屬於「人民民主」陣營的陳光興在二〇〇〇年回憶指出：

> 我們對於民間社會挑戰的第一個直接目的，在於保留社會運動以及邊緣團體的相對自主性空間，使其在台灣社會這個批判厚度薄弱的地方有自我深化的可能性，而不是快速地被吸納到政黨政治的空間裡。[84]

對於陳光興以及其他站在「人民民主」這邊的學者來說，自由化轉型的社會形構過程之中的民主抗爭運動，箇中的複雜程度，不是簡單地以「國家vs.市民社會」（State vs. Civil Society）的化約主義模型就能解釋的，陳光興指出：

> 我們以更為動態的人民（以不同戰線的社運為主體）與權力集

---

[83] 「人民民主」的概念，主要是政治社會學者厄尼斯特・拉克勞（Ernesto Laclau）、尚塔爾・墨菲（Chantal Mouffe）在一九八〇年代初期，針對弱勢團體在與統治權力集團進行民主抗爭之時發展的社運主體多重接合的戰略構想。關於「人民民主」的概念梳理探討，可參見Ernesto Laclau & Chantal Mouffe. *Hegemony and Socialist Strategy: Towards a Radical Democratic Politics* (London: Verso, 1985)。此書在台灣已有翻譯，拉克勞、莫菲著、陳璋津譯，《文化霸權和社會主義的戰略》（台北：遠流，一九九四）。

[84] 陳光興，〈「政治社會」與「人民民主」〉，收於陳光興主編，《發現政治社會：現代性、國家暴力與後殖民民主》（台北：巨流，二〇〇〇），頁一七四。

團（power block，包括國家、資本、媒體及主流民間團體在不同狀況中的結盟）的對立，來揭示新興的社會矛盾、敵意與緊張關係。[85]

透過上述「論戰」的概略回顧，底下，我探討的是原運如何聯結於「新社會運動」的形構戰略，包括知識分子在文化身分認同的實踐位置及方式、原運的能量凝聚、擴散的策略可能性，以及扣聯於本章（包括下一章）論述主旨之一的一九八〇、九〇年代原住民族文學書寫意義如何擺置於原運脈絡之中被理解。

為數頗多受到馬克思主義影響的歐美當代社會學家，分別在一九七〇年代前後觀察指出，傳統馬克思主義以階級意識的對立、衝突及對抗作為社會形構、歷史變遷的動力分析模式，已然不再適用於解釋全球化資本主義社會如何形成、國族文化斷裂、流動的問題。學者認為，今天絕大多數的人類社會，已然漸被多股隱形的、跨國的、複雜的傳播體系所代表的全球文化經濟、流動資本滲透約制著，國家或社會衝突的中心逐漸地從資本主義生產模式底下的階級關係轉移而出，因此新的社會運動──反戰運動、反核運動、環保運動、和平運動、女權運動、學生運動、工人運動、同志運動，以及反種族歧視運動等等[86]，不僅是對傳統上盤據著物質生產結構的權力集團的餘緒展開鬥爭，同時也向遍及於社會經濟、政治文

---

[85] 陳光興，〈「政治社會」與「人民民主」〉，頁一七五。

[86] 英國學者尼克・克羅斯利（Nick Crossley）對於新社會運動的類別進行詳細臚列，對他來說，新社會運動的共同特質之一就是反對任何形式威權、獨斷的法西斯，以能創造生活形式的新秩序；Nick Crossley. *Making sense of social movements.* pp. 1-3。另被喻為一九八〇年代台灣反核運動理論大師之一的生物學者林俊義，亦曾基於「反核是為了反獨裁」的理念而撰寫發表相當篇數的反核論述，相關作品參見林俊義，《反核是為了反獨裁》（台北：自立晚報社，一九八九）。

化層面的集體遙控、約制力量進行鬥爭，以法國學者亞蘭‧杜漢
（Alain Touraine）的話來說：

> 工業社會轉化了生產工具，後工業社會則是改變了生產目的，
> 亦即改變了文化。[87]

　　社會運動在後工業時代的全球化社會脈絡之中，面臨著雙重的
弔詭迷離處境──個人的自我主體性認知或認同，既被細碎化，又
被組織化──人們根著於生成之地的歷史意識、集體記憶，一方面
被以後現代的多元主體、遊牧主體之名而斷裂、細碎化及重新拼湊
化，另一方面卻又因為種種習焉不察的生活表現形式而被全球文化
經濟形構、流動資本滲透的跨國傳播機制，納入於杜漢形容的「程
控社會」（programmed society）之中：

> 這個術語掌握了該社會形式創造出管理、生產、組織、分配和
> 消費模式的能力，進而使社會──就其所有的功能性層面──
> 看起來像是社會本身行動的產物，而非各種自然法則或文化特
> 殊性的結果。[88]

　　我們可以發現到，社會自我生產（self production）這種新的馴
化控制網絡，乃是外在於直接的生產過程之外，卻對每個人類個體
每天的日常生活，展開新的馴服模式的轉型，滲入並盤繞於人類行

---

[87] 亞蘭‧杜漢（Alain Touraine）著，舒詩偉、許甘霖、蔡宜剛等譯，《行動者的歸
　　來》（台北：麥田，二〇〇二），頁二六〇。舒詩偉等譯者，及為此書導讀的邱延
　　亮，均將postindustrial society譯為「破工業社會」。

[88] 亞蘭‧杜漢著，舒詩偉、許甘霖、蔡宜剛等譯，《行動者的歸來》，頁二六一。

動所及的空間、時間之中。

輸贏之外，還創造了什麼？

換句話說，當今人們所面對的權力操控機制，不再只是直接、粗暴外顯於生產領域的經濟剝削、資本積累，以及政治控制之上，國家機器也不再是權力操控機制唯一的承載者、終極的行使者；這樣的權力操控機制，隱形卻擴散於任何一個我們所能想像得到的社會角落之中，因此在與這樣的權力操控機制展開對抗之時，社會學者逐漸反省認為，以往在政經領域、生產關係的範疇之內，訴諸以階級作為行動主體、對抗資本主義生產模式剝削的社會運動，不僅是有著自我限制（self limiting）的動員擴散有限性，甚至還可能因為行動目標的要求政治利益重新分配、財經決策的重新調整，卻也同時在某種程度上，不自覺地默許、承認、接受而妥協於現存形式上的「民主化」國家機器、「自由化」市場經濟的運作邏輯，如此一來，反而鞏固了全球化時代、跨國性科層體制的權力操控機制對於俗民日常生活時間、空間的更進一步滲透[89]。

基於如此的認知，投入於新社會運動理論研究的學家們認為，運動的目標不應該完全設定在對政治資源的競逐之上，至於運動者個人或群體的政治位置翻轉移動，也不能被視之為檢驗運動成效輸贏的核心指標，否則社會運動的理念、訴求很容易地會被統治者吸納、收編及統合，以形式民主之名而形塑了新的威權侍從體制，窒礙了社會運動原初生成之時的價值信念、文化意識的再生產動能。

簡單一句話：新的社會運動要問的，並不是運動進程的輸贏問

---

[89] Jean L. Cohen. "Strategy or Identity: New Theoretical Paradigms and Contemporary Social Movements," in *Social Research*, Vol. 52, No. 4 (Winter 1985). pp. 669-670.

題，而是在運動的過程當中，創造了什麼的問題；新的社會運動創
造出來的成果，也應該是可以被社會公眾集體學習、分享與傳承的
公共資財。

　　基於這樣的思考架構，我將在新社會運動的理論脈絡之內，進
一步探討原運及原住民族的文學書寫所能建構、生產、創造何種樣
式的公共領域（public sphere），以供不同族裔的社會公眾學習、分
享與傳承。

原運「公共領域」的參與及建構

　　不同於傳統的馬克思主義、工會主義者，以及社會主義政黨主
張工人階級是促使歷史翻轉、重新形構社會、國家建造的行動承載
者，廣義的新左派（New Lefts）學者們[90] 認為，階級質素並不是構
成行動者集體意識認同的決定性因素，他們關切的是在市民社會之
中的草根政治（grass-roots politics）如何形成及展現，並在一般性的
共同議題展開各個草根民主團體之間的水平式、協商式的結盟關
係，因此新左派關切的實踐層面在於社會運動能否砌塑「日常生活
結構的民主化」，以及各個草根民主團體之間相互的「溝通形式及
集體認同」[91]。

---

[90] 關於一九五六年間在英國的馬克思主義學者、知識分子及社運人士之間形成的新左
派過程、組織及其論述主張，可參見Stuart Hall、陳光興著，唐維敏編譯，《文化
研究：霍爾訪談錄》（台北：元尊文化，一九九八），頁三八～五一。

[91] Jean L. Cohen., "Strategy or Identity: New Theoretical Paradigms and Contemporary
Social Movements" p. 667.

公共領域與菁英決定的矛盾

　　新左派學者雖然將社會運動的理論觀照層面，下拉到日常生活的結構領域，但是依然存在著認識論上的缺陷，例如德國哲學家尤爾根‧哈伯瑪斯（Jürgen Habermas）在探討市民社會的公共領域時認為，輿論民意的形成「必須首先預設一群擁有理性能力的公眾存在」，而此公共領域是具有易於進入的開放性，它所要追求與實踐的是「共同的善」（common good），但是哈伯瑪斯在檢視十八世紀歐洲的公共領域形成歷程時指出，對抗國家、教廷權威的行動承載者是「資產階級公共領域」（bourgeois public sphere），他們運用官方控制的「知識分子報紙」，而以監督原則來反對既存的權力，「監督原則，乃是改變權力性質的一種手段，它並不是要以一種合法化根據去取代另一個合法化根據」[92]；另外，在以「公共性」（publicity）的概念，探討二十世紀的公共領域功能轉型的論述中，哈伯瑪斯認為，公共領域的基礎建立在對每個人開放的報刊、雜誌，以及新媒體的電影、廣播、電視之上，並以「公共性」為構成要件，遏制公共領域的再封建化：

> 不僅是政府的機關報（organs of state），所有在政治公共領域之中具有政治評論者式地影響力（publicistically influential）的機構，都應被要求具有公共性，因為社會性的權力（societal power）轉換為政治權力的過程正如政治支配權對社會的合法

---

[92] 哈貝瑪斯（J. Habermas）著，劉鋒譯，〈公共領域〉，收於哈貝瑪斯等著，甘陽主編，《社會主義：後冷戰時代的思索》（香港：牛津大學，一九九五），頁三〇～三三。

性運作（legitimate exercise）一樣，也需要被批判及監督。[93]

　　哈伯瑪斯以資產階級或中產階級的概念，界定的公共領域形構
模式，遭到美國女性主義學者南希・芙蕾哲（Nancy Fraser）質疑是
為一種公然展現「布爾喬亞式的男性雄風」（bourgeois masculinist）
的論點，根本忽略了性別、種族的門檻因素，以及財富分配上的社
會不平等事實，哈伯瑪斯宣稱的公共領域徒有「公共性」之名，卻
只對特定身分階層的少數人開放，本質上仍是封閉性的、不易進入
的，此如排灣族作家利格拉樂・阿烏在一九九七年反省、批判原權
會內部性別分工的權力問題的文章指出：

　　假設以一九八四年「原權會」成立做為近代原運的開端來看，
　　在十二年的原住民運動裡，我們幾乎看不到原住民的女性列名
　　在其中，就算有也只不過是個跑腿打雜的小角色，難道原住民
　　的女性在原運上是缺席的嗎？不，當然不是，只是掌握權力的
　　男性原住民菁英遺忘了她們，遺忘了在背後施展助力的女性，
　　是遺忘？是忽略？抑或是歧視？這個問題該是值得原住民的運
　　動菁英再去深思的。[94]

　　至於被哈伯瑪斯高度肯定的知識分子透過公共領域，以對權力
集團進行批判、監督的對話效果，在芙蕾哲看來「協商，也只不過

---

[93] Jürgen Habermas. *The Structural Transformation of the Public Sphere: an inquiry into a category of bourgeois society* (Cambridge, Mass: MIT Press, 1989). p. 210.

[94] 利格拉樂・阿烏，〈騷的過火——參加「日本台灣原住民族交流會」三周年活動紀實〉，《台灣日報》副刊，一九九七年一月六日～十五日。

是替統治者戴上另一張面具（mask for domination）」[95]，她嘗試以
「替代性的」（alternative）、「後布爾喬亞」（postbourgeois）的概
念，重新思考公共領域的複式建造模式；芙蕾哲認為，弱勢社群的
社會運動不能停留於、滿足於公共領域的政治性協商達成的權力資
源再分配（redistribution），更為重要及艱鉅的任務是如何能夠持續
凝塑對於文化身分集體意識再認知（recognition）的創造性動能[96]。

複式的、庶民的公共領域之必要

透過芙蕾哲以「複式的公眾」（multiple publics）、「庶民的
反公眾」（subaltern counterpublics）、「另類的公眾」（alternative
publics）[97]的概念觀照之下，哈伯瑪斯建構的知識菁英式的公共領
域，更讓不平等社會之下的弱勢者受到雙重的噤聲宰制，以政治學
者珍妮・曼斯布里奇（Jane Mansbridge）的話來說，「生活在底層社
會的人們，有時候苦於無法找到恰當的發言方式或字句來表達他們

---

[95] Nancy Fraser. "Rethinking the Public Sphere: A Contribution to the Critique of Actually
Exciting Democracy," in *The Phantom public sphere.* edited by Bruce Robbins.
(Minneapolis: University of Minnesota Press, 1993). pp. 9-11.

[96] Nancy Fraser. "From Redistribution to Recognition? Dilemmas of Justice in a 'Post-
socialist' Age," in *Redistribution or recognition? a political-philosophical exchange*
(NewYork: Verso, 2003). pp. 11-13.

[97] 根據芙蕾哲的論述脈絡來看，她所使用的subaltern counterpublics一詞，乃是相對
於哈伯瑪斯的bourgeois public sphere概念逆轉的策略性指涉；在芙蕾哲看來，哈
伯瑪斯的公共領域形構論述模式，是一種建立在中產階級男性菁英立場的社會排
除論，她在文中引用施碧娃對「庶民」（subaltern）的觀點，嘗試還原那些被排
除、邊緣化的女性、不同種族、庶民們的公共領域位置，也就是經由「反公眾」
（counterpublics）的概念辯證，而重構「另類公眾」（alternative publics）的公
共領域多元化戰略概念，以能搜尋社會平等、文化多樣，以及參與式民主的可能
性；參見Nancy Fraser. "Rethinking the Public Sphere: A Contribution to the Critique of
Actually Exciting Democracy". pp. 14-18.

的想法，就算他們做到了，他們也發現到知識分子與官方，根本沒有在聽」[98]；更為嚴重的情況，是如加拿大政治學者查理斯・泰勒（Charles Taylor）所觀察到的現象，「國家與那些參與國家諮詢的強大的民間組織，已經聯成一氣，兩者同樣趨向於菁英統治，卻和他們宣稱所代表的群眾，產生愈來愈大的距離，而且兩者都借技術效益之名，對於人們生活愈來愈多的方面，進行官僚式控制」[99]。曼斯布里奇、泰勒的觀察論述，在台灣原住民族的代議政治之中多有類似的事例可供驗證，排灣族詩人莫那能的詩作〈注你一支強心針〉，即是以檢討、批判及期勉的角度，探討原住民籍民意代表的代議角色功能：

> 你高坐議會，耳朵在天堂／苦楚的故事到處有／你住在城市，聽說像綿羊／眼裡再也沒有真相／代表、代表，你該看一看／祖先有過多少血淚和悲愴／漢族寫的歷史從來也不談／奸商的吳鳳上課堂／同胞的尊嚴往哪放⋯⋯／這樣的屈辱你不反抗／還把魚肉塞進肥腸／代表、代表，你想想／娼館的姊妹淚眼汪汪／海上的子弟前途茫茫／礦坑的朋友暗無天日／都市的同胞飄泊流浪／那麼多的苦難和絕望／你仍舊充耳不聞⋯⋯／你怎麼還有面目返家鄉？[100]

綜合上引各家學者的理論參照觀點，允可探知原權會在一九九六年之後形同解散的緣故，相當程度肇端於政治認識論的菁

---

[98] 轉引自 Nancy Fraser. "Rethinking the Public Sphere: A Contribution to the Critique of Actually Exciting Democracy". p. 11.

[99] C.泰勒（Charles Taylor）著，文一郡譯，〈原民間社會〉（Invoking Civil Society），收於哈貝瑪斯等著，甘陽主編，《社會主義：後冷戰時代的思索》，頁四五。

[100] 莫那能，《美麗的稻穗》（台中：晨星，一九八九），頁二九～三一。

英取向、迷茫於「代議民主」的政治效能、搶佔「政治機會」的出線位置，以致於一方面使得原運的公共領域為之菁英化與扁平化，另一方面導致原運掉入於統治者籌謀的既收編又分化的國家整合策略之內，在在使得那被謝世忠認為是「一方面敦促了原住民力量的生成，另一方面也阻礙了統治族群對原住民運動批判的構思」的原住民族「真理性」[101]，在菁英式的、都會化的、政治性的原運之中，屢遭過度消耗使用。

在此同時，一九九○年代初期之後，愈來愈多曾以不同形式參與原運的原住民文化論述者、文學書寫者自省發現，對於原住民族「真理性」的認同基礎與實踐方式，有必要重新修正、定位及再創造；關於這個層面，當可透過「新社會運動」的理論觀點、論述架構，加以理解探討。

首先使用「新社會運動」一詞的杜漢，界定這個詞彙的概念指涉意義時認為，新的社會運動的抗爭場域，主要是發生在市民社會的內部，是許多要求自主的社會群體與控制資訊、掌握知識的統治階級之間的衝突，因此新的社會運動既不是政治運動，也不企圖要奪取國家機器的支配權，更抗拒被吸納、統合而成制度化的、規格化的政治參與者，或是常設性的、建制化的、忠誠的（loyal）反對組織；新的社會運動，在杜漢看來：

> 為了轉變那與主要文化資源（生產、知識、倫理規則）相聯的社會支配關係……重新建立起集體行動與社會系統的關係。[102]

---

[101] 謝世忠，〈原住民運動生成與發展理論的建立：以北美與台灣為例的初步探討〉，頁四五。

[102] 亞蘭・杜漢（Alain Touraine）著，舒詩偉、許甘霖、蔡宜剛等譯，《行動者的歸來》（台北：麥田，二○○二），頁一九八～二○二。

杜漢界定新的社會運動是拒絕參與傳統政黨的博奕政治，對於制度化、規格化的政治體制的排斥及疏離，驟然看之，難免會被批評是過於沾染「防禦性」、「隱逸化」的名士色彩，既不具有實踐的行動導向，也更無力於翻轉、改造既存的社會權力操控機制，無疑甘於在角落堆砌著自己的積木；對此，杜漢指出：

　　如果說，新的社會運動是有政治本質的，那是指涉於它對傳統政黨政治的排斥與疏離，以及它對市民社會內部的社會關係的民主要求，此即社會群體的自主權與協商權的要求。[103]

　　我們可以看到，在杜漢關於新的社會運動的概念指涉當中，相當程度對於哈柏瑪斯定義的「中產階級公共領域」，產生了既呼應又顛覆的雙重效應；呼應的是，「中產階級公共領域」也好、新的社會運動也好，都是透過對話、協商的監督原則，以能轉化政治權力的支配本質或運作方式；顛覆的是，市民社會之內各個社會群體的自主權及協商權，是不能夠被那些擅於言詞表達、媒體表演、長袖善舞的政治明星，僭用代表之名而壟斷獨佔。在杜漢看來，這些被商業性的主流媒體製造出來，也甘於配合演出以博得個人名聲、利益及地位的「靈活分子」，某種程度也是參與了形構一個原子化的、扁平式的公共領域，且在其中控制著資訊的流通、知識的掌握，以及社會共識的方向，這種以代表之名而壟斷、獨佔社會協商權的現象，恰也構成了其他社會群體所要衝突的對象。

---

[103] Alain Touraine. *The Self-Production of Society* (Chicago: University of Chicago, 1997). p. 68.

複式公共領域之間的擴散參與

對於杜漢來說，任何一種形式的社會運動「絕不會與其他的衝突形式脫離」[104]，都是在對社會的統治階級爭奪「歷史性」（historicity）的詮釋所有權；「歷史性」在杜漢的定義，指涉的是透過維持、轉換或推翻等等目的不一的集體行動，以能翻轉文化的構造模式、價值觀念，生產新的文化意義，以及個人新的自我實踐能量。新社會運動的主要價值關懷，即是在於轉換「歷史性」以成為更新的、更高的文化意義活動的指標與方向[105]；因此，杜漢強調：

> 新的社會運動也就是一種文化運動，是一種文化價值的轉型在其中扮演著核心角色的社會運動，社會衝突也在這個價值轉型的過程之中同時出現。[106]

借由杜漢關於新社會運動的概念分析、論述意旨的參照，允可得出一項對於原運構成本質、實踐面向的翻轉式結論，亦即原運除了訴諸於原住民族的「真理性」，以能召喚、凝聚各族原住民的文化身分認同，原運除了是以原住民的「族群性」為構成單位的社會運動，同時也是「社會性」、「文化性」的社會運動，提供各個族裔的人們共同思考台灣的文化構造、價值模式，展開創造性轉型的可能線索。事實上，原權會之所以在一九九六年之後形同解散，除

---

[104] 亞蘭・杜漢（Alain Touraine）著，《行動者的歸來》，頁二〇五。

[105] Alain Touraine. "An Introduction to the study of Social Movements," in *Social Research*, Vol. 52, No. 4 (Winter 1985). pp. 749-788.

[106] Alain Touraine., "An Introduction to the study of Social Movements," pp. 776-777。

了原住民族內部的自我反省、檢討及批判（批鬥）之外，另一個重要的關鍵可能是原權會在創會之時發表〈台灣原住民族權利宣言〉的十七項訴求，將近一半的項目，是以咄咄逼人的文句語氣，要求國家必須、應該為原住民族做什麼，卻未談及原運將可以為台灣社會的各個族群提供或創造什麼樣新的生活文法[107]。

　　容我再次引用法農的觀點，佐證我的論點。生前身為法國殖民地黑人的法農有段話，或許容易讓人產生誤讀的困惑，他說，「發現一個早在十五世紀就已存在的黑人文化，並不足以讓我獲領一紙人性的權狀（patent of humanity）。無論如何，過去（past）無法引領

---

[107] 原權會成立當天發表〈台灣原住民族權利宣言〉的十七項訴求，內容包括：一、原住民的一切人權必受尊敬。二、原住民有生活基本保障權（包括生存權、工作權、土地權、財產權與教育權）、自治權、文化認同權。質言之，有權決定自己的政治地位及自由謀求自己經濟、社會與文化發展的方向。這些權利不應受強權體系之壓迫、侵犯而予以剝奪。三、台灣原住民族傳統聚居的地方實行區域自治。提升自治機關以及主管原住民事務的行政機構為中央層級。國家應充分保障原住民行使自治權，並幫助原住民發展政治、經濟、社會和文化的建設事業。四、國家的各級議會中，都應當有適當名額的原住民代表。各級議會中，有關原住民各項議案，原住民代表擁有最終否決權。五、國家應制定「尊重而非同化，平等而不壓迫」的原住民政策。六、原住民的地位及權益，國家應立法保障。七、國家必須承認原住民的人口，地區和社會組織。八、原住民有他們土地和資源的所有權，一切被非法奪取、霸佔的土地應歸還給他們。九、土地權包括地上、地下和海域（按國際法限度）。十、原住民有權利用他們的資源來滿足他們的需要。十一、原住民有權決定誰是原住民。十二、原住民有權決定他們社會機構的結構和權力範圍。十三、原住民的文化為全人類的祖產。十四、國家必須尊敬原住民的文化、習俗。原住民有使用和發展自己的語言、文字以及保持或者改革自己的習俗習慣的自由。十五、原住民有權用自己的母語受教育。成立自己的學校。國家要尊重原住民母語的平等地位。原住民地區應採取各族語併行之教育政策。十六、原住民有使用本族語言、文字進行訴訟的權利。法院對於不通曉台灣地區普通通用的語言、文化的原住民當事人，應當為他們翻譯。十七、原住民有恢復固有姓氏的權利。引自〈台灣原住民族權利宣言〉，《原住民族》第三期（二〇〇〇年七月），頁二五。

當下的我……黑人，不管如何地誠摯，仍是過去的奴隸（slave of the past）」[108]。因此，對於法農來說：

> 要能確實掌握黑人的現實性（reality），唯有使得黑人不再遭
> 受文化結晶化（cultural crystallization）的損害……我不是一個歷
> 史的俘虜（prisoner of history）。[109]

乍讀之下，法農的論點確實容易引起誤解，例如他質疑「黑人
性」的論述是讓黑人的現實性遭到掩蓋，淪為「過去的奴隸」、
「歷史的俘虜」，因而蒙受「文化結晶化」的損害。事實上，法
農的論旨，並非是將黑人的現實性切割於、斷裂於過去的歷史，反
之，他以有力的論證指出，所謂的「黑人問題」（Negro problem）
並不是黑人的問題，而是「資本主義者、殖民主義者的社會對於黑
人的剝削、奴役、鄙視的問題」[110]。

「去異化」的歷史認識視域

對於黑人來說，歷史進程的資本主義者、殖民主義者多為白
人，但是這就相對合理化預設了「黑人性」存在的歷史必然嗎？拋
開膚色的因素不談，那對黑人施予剝削、奴役或鄙視的社會規約機
制來源，難道就僅只是白人而已嗎？對於法農來說，黑人如何看待
自我的社會存在位格，不能陷溺於膚色的二元對立，淪為「過去的
奴隸」、「歷史的俘虜」，那些建築在民族、族群、種族及膚色上

---

[108] Frantz Fanon. *Black Skin, White Masks* (New York: Grove Weidenfeld, 1967). p. 225.
[109] Frantz Fanon. *Black Skin, White Masks.* pp. 203,229.
[110] Frantz Fanon. *Black Skin, White Masks.* p. 202.

的誰比誰還優越、低劣的「文化結晶化」迷思必須打破，也就是在如此的認識論基礎之上，法農指出：

> 黑人並不存在，白人亦然；兩者必須脫離各自的祖先曾經有過的非人性之音（inhuman voices），以便能讓真正的溝通誕生。但在發出積極的聲音之前，必須進行去異化（disalienation）的努力以求得自由。[111]

由此可見，法農並非片面的質疑、否定黑人在資本主義者、殖民主義者的合謀底下，曾經遭受的集體心靈傷痕，他也生動的描述黑人在公共場合出現之時總是受到雙重監看，那些外在的社會監視、內在的精神否認等等，其實都是來自於過去的、歷史的幽靈糾纏投射，黑人及白人都應共同地從這些歷史幽靈的陰影底下釋放出來，以能尋得彼此的救贖。法農以另一種的思維高度，詮釋德國哲學家尼采（Friedrich Nietzsche）的話指出，「在排拒之中，永遠有著怨恨（there is always resentment in a reaction）」[112]，因為在當今這麼一個分眾化的社會生活結構當中，混融、交雜著殊異的文化內容，已然使得以往凝聚集體認同意識的歷史記憶，逐漸細碎、斷裂與散佚，並且不可避免地成為每個人的主體意識構造的一部分。回到杜漢的分析，毋寧不難感受他之所以發展「新社會運動」概念的所謂苦心孤詣。

另外，誠如柯奈爾在探討一九六○年代之後的美國印地安人政治復甦運動（political resurgence movements）所言，印地安人的族群

---

[111] Frantz Fanon. *Black Skin, White Masks*. p. 231. 譯文參考弗朗茲・法農著，陳瑞樺譯，《黑皮膚，白面具》，頁三二六。

[112] Frantz Fanon. *Black Skin, White Masks*. p. 222.

政治意識之所以復甦的過程，主要在於並不單以自我封閉的方式定義並堅持種族的獨特性，同時還採取了「擴散政治」（distributional politics）的行動認知，而向其他的族裔民權運動、和平反戰運動、社會人權運動，宗教文化運動擴散參與，提升印地安人在各個公共論述領域的參與度及影響力，經過如此的資源互通運用，印地安人一方面與其他的社會文化運動，進行理念的、資源的協作接合（incorporation），形成新社會運動的行動者結盟，另一方面以「擴散政治」的行動策略，向美國社會主流的、另類的政治經濟領域尋求建立對話的夥伴關係，透過持續的隱性力量，逐漸轉變印地安人與白人之間的關係[113]。

文化生產動能量的增殖與增值

經由杜漢、法農、柯奈爾的論述參照，原運作為一種新的社會運動，除了捍衛、爭取原住民族應有的政治社會權益、文化位格尊嚴的回復，另可經由「社會性」、「文化性」的社會運動視域自我定位，昇華原住民族固有的善良、互助的生命美學，參與、擴充台灣文化生產能量的增殖、增值容量。瓦歷斯·諾幹嘗以這樣的角度，檢視、反省原運的訴求構造及發展走向：

假如原運內部無法在族群、階級、性別上共策共力、共享榮辱，我們如何與台灣原住民族以外更為廣大堅實的台灣民眾一同打造新樂園？當台灣原住民各族侈言共享、分享、集體意識、共作共勞這些富含「左翼」普世理想、博愛精神、關注人

---

[113] Stephen Cornell. *The Return of the Native: American Indian Political Resurgence.* pp. 214-218。

類社會的共同利益時，怎能是只從族群利益出發的民族認同
（原質主義）了事的！[114]

　　恰也正是在一九八〇年代後期，基於對原運發展路線、認同實
踐方式，以及文學演示效能的反思脈絡，逐漸形塑了戰後台灣原住
民族文學形成系譜的「原運世代」，亦即在認同政治、文化抵抗，
以及擴散參與的意義脈絡底下，他們的文學創作位格從原住民的文
學「作家」轉換而成原住民族文學的「作者」，透過不同形式的文
體類型、語文表意媒介，而使原住民族文學開展了雙重接軌的格
局，向內縫接於原住民族的敘事性口傳文學、對外接合於斯時的台
灣文學體現鄉土認識、社會關懷，以及政治批判的基軸，進而使得
原住民族的文學表述、書寫與展演，成為一九九〇年代迄今對於原
住民族的社會認識、文化想像、學術研究的重要入口。

　　處於二十一世紀的今天，已有必要擴充我們對於原住民族「文
學」的認識視域、定義容量。同樣地，對於原運的存在價值、意義
認知，也不應該因為原權會一九九六年之後形同解散，因而淡釋、
註銷原運的歷史位格；反之，我們或許可以參考新社會運動的論述
觀點，重新定義、擴充原運的價值義理。若以現今的角度來看，孫
大川的觀點「原住民文學不再是原運的附屬產品，除了抗議和控
訴，文學有了它獨立存在的生命」[115]，確實也是可以成立的命題，
然而也必須一併反思、追問的是，倘若在戰後台灣原住民族文學的

[114] 瓦歷斯・諾幹，〈從問號到驚嘆號──我所體認的原住民運動與原住民文學〉，收
於「山海的文學世界：台灣原住民文學國際研討會」論文集（花蓮：國立東華大學
民族語文系主辦，二〇〇五年九月），頁八二。

[115] 孫大川，〈用筆來唱歌──台灣當代原住民文學的生成背景、現況與展望〉，《台
灣文學研究學報》第一期（二〇〇五年十月），頁二一一。

形成構圖之中，抽去了一九八〇年代初期以迄一九九〇年代中期的
原運及其價值，那麼今天的原住民族文學又會是何等的構圖樣態？

　　對於「原運世代」的原住民族文學「作者」來說，原運的義理
價值，絕對不是被封存於歷史記載之中的抽象名詞，或是供做學術
研究的探討主題；那是一段關於青壯年歲的生命記憶銘刻著族裔文
化身分認同過程的迷惑、徘徊、覺醒與實踐的諸般滋味。瓦歷斯・
諾幹曾在二〇〇五年發表的文章當中，感性回顧一九九〇年代前後
的社會情境，不得不「讓我們提筆上陣」：

> 我相信，是這樣一個被壓迫群體的生存，包括其境遇和命運，
> 注定要成為那一群體的作家優先思考的主題。之後我們或者是
> 在街頭相遇，在討論的場合見面，在隨性衝入山林的訪友之
> 間，這「優先思考的主題」總是我們酒酣耳熱的熟稔話題。[116]

　　對於瓦歷斯・諾幹，以及「原運世代」的原住民族文學創作者
來說，即使個人的心緒在當時或許因為見證了原運功能的疲乏、組
織成員的攻訐，因而屢有倦怠、失落與感慨之情；然而，原運的參
與經驗，卻也使得他（她）們從個別的、各族的作家位置，匯聚而
至原住民族文學的「作者」位格，從而透過族群意識認同實踐的文
學書寫、文化論述，以及社會參與的行動，不僅開啟了他（她）們
以另一種高度的視域看待自我的生命格局，也讓原住民族文學獲得
另一種高度的社會認識，同時更讓台灣的文學容量有了更為寬闊的
可能性。

---

[116] 瓦歷斯・諾幹，〈從問號到驚嘆號——我所體認的原住民運動與原住民文學〉，頁
　　七九。

第 五 章

「莎赫札德」為什麼要說故事？

——「原運世代作者」的形成，及其書寫位置的反思與實踐

「原住民傳統知識體系」的建構

　　千禧年之後，關於「原住民傳統知識體系」（Indigenous traditional knowledge system）的探討、論辯及建構，儼然已是台灣學術界跨領域研究「原住民／原住民族」課題的發展趨勢之一[1]，甚且成為國家制定保障原住民族集體法益的重點立法項目。事實上，早在一九九〇年代的初始之際，即有多位不同族別的原住民文學創作者、文化論述者以各異的修辭用語、各別的實踐位置，思索著「原住民傳統知識體系」的建構如何可能之相關議題。

　　歷史發展過程的表象顯示，時序轉進一九九〇年代之後，對於台灣原住民族的社會認識方式、文化描述語境，逐漸透過原住民的文化復振運動、文學書寫行動而有翻轉的跡象；人們不再完全依靠政府編印的教科書、官方製播的宣傳影片及沉澱式的文化積習，以

---

[1]　舉犖大者如國立東華大學原住民民族學院、台灣原住民教授學會在二〇〇九年五月主辦「第一屆原住民知識體系研討會」，邀請近二十位原漢不同族裔、研究專長的學者發表論文；另有多位具有原住民身分的碩士班研究生，也以各自出身族群、部落的傳統知識體系建構為題撰寫學位論文，篇數頗多，暫不臚列。關於「原住民傳統知識體系」這個語詞的指涉內涵，布農族學者張培倫的定義論點具有參考價值，他認為「可以將原住民族知識界定為一個世居某土地領域的原住民族從古至今為求其族群存續發展所形成的知識體系。它具有在生存處境中鞏固族群認同以及處理權力／資源爭奪或分配的功能。它包含著族群長久以來所形成的世界觀與價值觀等哲學內涵，以及與此一基礎互為表裡、用來處理生存世界（包括社會與自然）實用目的的知識概念。同時，此一知識體系保有以其為核心的自主能動性，在歷史進程以及內外衝擊影響下，不斷地進行調整，有所繼承亦有所汰新，以因應生存挑戰」；張培倫，〈建構原住民族知識體系——一些後設思考〉，收於台灣原住民教授學會、東華大學原住民民族學院編，《第一屆原住民知識體系研討會論文集》（花蓮縣：國立東華大學原住民民族學院，二〇〇九），頁六～一五。

對原住民族進行活化石一般的獵奇式認識、想像及鄙薄。然而，這段歷程的轉變並不是必然的，更不是可以抽離於現實權力操作的感喟式美談。

回到歷史的現場來看，戰後初期的美援期間，台灣原住民族切身體驗統治者的權力、國家的意志以一波強過一波的「山地開發化」、「山胞文明化」、「產業工業化」、「教育現代化」政策勁道，壓印於部落的傳統領域、組織倫理及族人的身體之上，迫使難以計數的各族原住民（裡面當然也包括不少的原住民文學創作者、文化論述者在內）在一九八〇年代之前、之時的文化分類、社會認識的機制底下，煎熬展開了破解文化身分認同「污名化」的苦澀之旅。

透過一九八四年底成立的「台灣原住民權利促進會」（一九八七年十月二十六日的第二屆第二次會員大會，通過更改會名為「台灣原住民族權利促進會」；以下簡稱原權會），以及隨後發起的「正名運動」、「還我姓名」「還我土地」、「族名入憲」、「公義之旅——打倒吳鳳神話」、「搶救雛妓」、「抗議東埔挖墳事件」與「蘭嶼達悟族人反核」等等集體運動，陸續召喚了不同族別的原住民萌發文化身分主體性的自覺、認同意識，逐漸以文化抵抗的動機、目的，而以文學書寫（不論是口傳文學或作家文學）的創述策略，「從第三人稱的異己論述，到第一人稱的自我開顯」[2]，抵抗現代國家治理機能的穿透、資本主義經濟邏輯的滲透，以能揭示並挺立原住民族的文化主體尊嚴；期間也當然不乏純為文學而書寫，創作動機無關乎文化身分認同意識的原住民作家及作品，唯此率皆觸動了戰後台灣文學版圖容量的蠕變，並在商業化屬性的出版市場搭建原住民的文學平台，進而啟動了不同於以往看待原住民的另一

2 孫大川，《夾縫中的族群建構——台灣原住民的語言、文化與政治》（台北：聯合文學，二〇〇〇），頁九四。

種視域的社會認識，且在學院之內逐漸成為一門動員、整合相關理
論解釋系統的新興研究領域。

　　然而，一九八〇年代初期生成的原運及原住民文學，如何辯證
式地發展、關聯於千禧年之後的「原住民傳統知識體系」建構脈
絡，這是本章的主要探討課題。

「莎赫札德」的出現

　　深入以論，原權會固然一方面迫使台灣社會重新思考歷史敘事
的多元視角、族群關係的互動模式，以及國家資源的分配正義，但
另一方面原運的團體、單位及部落族人在一九八〇年代後期，逐漸
地對原權會的議題走向、組織型態過度集中於抗爭性、都市化、菁
英化、以及迷戀政治機會的競逐、偏離群眾的現象有所質疑批判，
尤其是焦慮發現原權會領導的原運路線，停格於殖民歷史傷痕的舊
創哀怨、拘泥於原漢民族的二元對立論述，已然無力於針對一九八
〇年代之後的原住民族文化身分認同議題，提出任何具有感召力、
說服力及動員力的論述，正如英國學者吉洛伊所言：

　　　　當認同變成一種固定、封閉的概念，那麼可為個體的能動性提
　　　　供的可選擇範圍，也將變得愈來愈小，甚且漸趨消失；人們要
　　　　嘛就成為不容質疑的認同修辭，一種應邀前來歌頌差異的信
　　　　差（bearers of the differences），要嘛就變得什麼都不是（become
　　　　nothing）。[3]

---

[3]　Paul Gilroy. "Diaspora and The Detours of Identity," in *Identity and Difference*. edited by
　　Kathryn Woodward. (London: SAGE publications, 1997). p. 309.

　　原權會在本質上，畢竟是一個訴諸於泛族群的集體意識認同、以文化抵抗與認同政治作為議題設定、動員之政治性的社會運動組織[4]，這也就相對限制了原權會在文化的或文學的層面上生產、增值原住民文化身分構造的認同內涵。但是，人類學者謝世忠的研究指出，原權會發行的七期會訊《原住民》、一期《山外山》雜誌，「是為八〇年代末期重要的原住民政治社會論述文書……文字筆練雖不是文學，卻是原住民建立中（漢）文書寫信心的先鋒部隊」[5]；鄒族學者巴蘇亞・博伊哲努（浦忠成），也以歷史回顧的視域肯定這群在《原住民》、《山外山》發表論述文字的作者們：

> 這些作者在筆端之上擺置相當沉重的歷史文化負擔……所以當他們以原住民身分書寫之時，便幾乎一致以原住民為其寫作的焦點，絕少徒然為賦新詞強說愁的篇章，這種勇於揭露醜惡、敢於對抗霸道與侵凌而摒棄風花雪月、無病呻吟之作的態度，是原住民作者務實與擔當的表徵。[6]

　　對於一九八〇年代中期以不同形式參與廣義原運的「原運世代」文化論述者、文學創作者來說，他們的文學書寫意圖或策略，

---

[4] 原權會的創會會長胡德夫在二〇〇五年「山海的文學世界：台灣原住民文學國際研討會」表示，研究學者們不要把原權會設想得太偉大，他說「什麼是原權會？辦公室是跟好心人士借來的，換來換去，就連請來掃地接電話的小妹薪水都付不出來」。

[5] 謝世忠，〈「山海文化」雜誌創立與原住民文學的建構〉，收於《聯合報》副刊編輯，《台灣新文學發展重大事件論文集》（台南：國家台灣文學館，二〇〇四），頁一七七。

[6] 巴蘇亞・博伊哲努（浦忠成），《思考原住民》（台北：前衛，二〇〇二），頁一四八。

直接聯繫於原住民族的歷史位格、社會位置，以及文化命脈的重新檢視、詮釋與賡續之上，他們或從歷史文獻的閱讀，或從現實情境的體驗，驚覺原住民族文化的自我傳承機制，已然漸趨破裂、解體，甚至瀕臨於窒息邊緣的死亡險域；他（她）們的心情，或許就像法國學者米歇爾・傅柯（Michel Foucault）詮釋阿拉伯民間故事集《一千零一夜》（The Thousand and One Nights）那位透過訴說一個又一個故事以延遲死亡，獲得新生的宰相之女「莎赫札德」（Scheherazade），藉著故事的講述、文學的敘事，以使那在黑夜瀕臨於死亡邊緣之人、之事，得以守候日出之際釋放而出的復活訊息：

> 敘述或書寫的概念，變成了某種試圖避開死亡的東西；書寫已經與犧牲，甚至與生命的獻祭緊密相連。[7]

經由傅柯對於「莎赫札德」隱喻的延伸解讀，即使原權會作為原住民族公共領域的角色功能漸在一九八〇年代後期淤淺窄化，但卻同時催化了「原運世代作者」的文學書寫內容、創作位置，返身轉向族群歷史接近、向部落族人親近的轉型實踐契機。「原運世代作者」，何嘗不也恰似著透過訴說故事以延遲死亡，獲得新生的「莎赫札德」們。

一九八〇年代初期以迄一九九〇年代中期「原運世代」的原住民族文學作者，一方面嘗試透過《原報》、《獵人文化》、《南島時報》、《山海文化》等刊物的創辦，以及向漢人經營的報刊媒體

---

[7] Michel Foucault. "What Is an Author?" in *Textual Strategies: Perspectives in Post-Structuralis Criticism* (Ithaca, N.Y.: Cornell University Press, 1979). p. 142.

投稿，介入或擴散原住民在平地社會公共領域的公眾議題參與度；
另一方面，他（她）們當中的大多數以歸返部落定居的形式，重新
進入部落、族人的傳統公共領域，學習各該族群的生命禮儀、部落
的生活文法。也就是透過了對於社會的、部族的公共領域的雙重參
與，「原運世代作者」撐展了原住民族文學的社會認識，並且豐厚
了他（她）們的文學書寫資材，也讓台灣文學的整體定義容量為之
擴充，殖民歷史傷痕底下的族裔認同政治、文化抵抗，以及「他者
書寫」（other writing）漸次納入於台灣文學史的認識、解讀、詮釋
及研究的構圖之中，進而在千禧年的日出之後，豐富了「原住民傳
統知識體系」的建構視域。

「原運世代作者」的形成辯證過程

　　原住民族文學的「原運世代作者」這個詞語，指涉的是在以
原權會作為原住民運動的主要動源期間（一九八四年至一九九六
年），曾以文學書寫的途徑參與廣義原運的原住民族裔作家；他
（她）們的出生年代，分布於一九五〇年代至一九七〇年代之間，
絕大多數是在部落出生，小學階段多在鄰近部落生活幅射網絡的
學校完成，並在都市（台灣或外國）接受中學以上的教育，也都
分別在一九八〇年代經歷了方式不一的原住民族裔文化身分自覺
過程；個人的第一本文學作品，也在一九八四年至一九九六年之
間結集出版，例如排灣族的馬列亞弗斯・莫那能（一九五六～）
的詩集《美麗的稻穗》（一九八九）、達悟族的夏曼・藍波安
（一九五七～）的第一本散文集《八代灣的神話》（一九九二）、布
農族的拓拔斯・塔瑪匹瑪（一九六〇～）的第一本小說集《最後的

獵人》（一九八七）、泰雅族的瓦歷斯・諾幹（一九六一～）的第
一本散文集《永遠的部落》（一九九〇）、泰雅族的娃利斯・羅干
（一九六七～）的小說集《泰雅腳蹤》（一九九一）、排灣族的利格
拉樂・阿烏（一九六九～）的第一本散文集《誰來穿我織的美麗衣
裳》（一九九六）。

　　我在第一章指出，現有的研究資料顯示，一九八四年乃是戰後
台灣原住民族文學發展的關鍵年度；然而，在一九八〇年代首先開
始以漢文書寫、發表具有原住民族裔文化身分自覺意識的文學作品
者，並不是排灣族詩人莫那能，而是布農族的拓拔斯・塔瑪匹瑪
（漢名：田雅各）。

　　拓拔斯・塔瑪匹瑪就讀高雄醫學院（高雄醫學大學的前身）期
間，就已開始以漢名在對外發行的校內詩刊《阿米巴詩刊》發表詩
作，其中寫於一九八一年十二月的〈搖籃曲〉、一九八二年三月的
〈孤魂曲〉，也被選入一九八三年出版的《阿米巴詩選：1964～
1984》[8]。隨後，又以一九八三年十二月六日～七日在《台灣時
報》副刊發表的短篇小說〈拓拔斯・塔瑪匹瑪〉，分別入選李喬主
編、爾雅出版社印行的《七十二年短篇小說選》以及彭瑞金主編、
前衛出版社印行的《一九八三台灣小說選》，並在一九八六年以短
篇小說集《最後的獵人》獲得吳濁流文學獎。就在原權會成立的
一九八四年，當時年僅二十四歲的拓拔斯，被主編《七十二年短篇
小說選》的李喬以高度期許的口吻肯定：

　　　一顆小說新星，已然昇起，一位最夠資格稱為「本土作家」的

---

[8] 高雄醫學院阿米巴詩社編，《阿米巴詩選：1964～1984》（台北：前衛，一九八五），
　頁二二〇～二二五；另亦收錄於岡崎郁子著，葉迪、鄭清文、涂翠花譯，《台灣文
　學──異端的系譜》（台北：前衛，一九九七），頁三三〇～三三五。

朋友上臺了；他將為台灣文學注入新血，使台灣文學基礎更為厚實堅固。[9]

由此可見，早在一九八四年的原權會成立之前，拓拔斯・塔瑪匹瑪即在一九八一年以漢文書寫、發表具有原住民族裔意識、身分認同的文學作品；伴隨著拓拔斯其人、其文逐漸受到台灣文壇的高規格重視，以及原權會的成立而掀起一波波原運議題之後，其實也正是在某個程度上宣告了戰後台灣原住民族文學發展脈絡之中的「原運世代」文學書寫梯隊，已然蓄勢待發。

「原運世代作者」撐開原運的意理格局

廣義來看，「原運世代」的原住民族文學書寫梯隊，若以出生的年代排序，除了排灣族的莫那能、布農族的拓拔斯・塔瑪匹瑪之外，至少還包括泰雅族的游霸士・撓給赫（漢名：田敏忠，一九四三～二〇〇三）、魯凱族的奧威尼・卡露斯（漢名：邱金士，一九四五～）、達悟族的夏本・奇伯愛雅（漢名：周宗經，一九四六～）、阿美族的阿道・巴辣夫（漢名：江顯道，一九四九～）、泰雅族的多奧・尤給海（漢名：黃修榮，一九五二～一九九四）、卑南族的巴厄・拉邦（漢名：孫大川，一九五三～）、排灣族的雅夫辣思・紀靈（漢名：高正儀，筆名：溫奇，一九五六～）、布農族的卜袞・伊斯瑪哈單・伊斯立端（漢名：林聖賢，一九五六～）、鄒族的巴蘇亞・博伊哲努（漢名：浦忠成，一九五七～）、達悟族的夏曼・藍波安（漢名：施努來，一九五七～）、泰雅族的麗

---

[9] 李喬編，《七十二年短篇小說選》（台北：爾雅，一九八四），頁二五八。

依京・尤瑪（漢名：李璧伶，一九五八～）、布農族的霍斯陸曼・伐伐（漢名：王新民，一九五八～二〇〇七）、卑南族的阿吉拉賽（漢名：林志興，一九五八～）、鄒族的依憂樹・博伊哲努（漢名：浦忠勇，一九五九～）、泰雅族的瓦歷斯・諾幹（漢名：吳俊傑，一九六一～）、達悟族的夏曼・夫阿原（漢名：郭健平，一九六四～）、魯凱族的台邦・撒沙勒（漢名：趙貴忠，一九六五～）、泰雅族的娃利斯・羅干（漢名：王捷茹，一九六七～）、排灣族的利格拉樂・阿烏（漢名：高振蕙，一九六九～）等人。

　　一九八〇年代之後，原住民族文學的「原運世代作者」多在遠離部落的都市繼續升學或就業；當時身處的地緣因素使然，他（她）們也多在一九八〇年代陸續受到世界原住民文化復興運動、台灣民主運動的歷史反思、社會批判思潮的程度不一衝擊影響，直接或間接地讓他（她）們「遊走於兩種語言、兩個世界、兩個人種之間，這種『內在與外在性』給予他們思考與論述的可能性」[10]。

　　換句話說，融鑄這群原住民運動知識青年、「原運世代作者」的文化知識體系，不一定就是「原住民族vs.漢人」之間文化差異性的本質衝突，或是兩種文化意義象徵系統的矛盾對立，誠如愛德華・薩依德（Edward Said）所言，「所有文化的歷史，就是文化採借（cultural borrowings）的歷史……各種不同文化之間的採用、共通經驗和相互依存的關係，這是一個普遍規範」[11]。卑南族學者孫

---

[10] 陳光興，〈去殖民的文化研究〉，《台灣社會研究季刊》第二十一期（一九九六年一月），頁八九。

[11] Edward Said. *Culture and Imperalism* (New York: Vintage Books, 1994). p. 217；譯文參考Edward Said著，蔡源林譯，《文化與帝國主義》（台北：立緒，二〇〇一），頁四〇七。

大川在一九九三年的一篇著述當中，亦曾深刻反思、描述了「原運世代」的文學書寫者、文化論述者共同面臨的結構性抉擇、實踐問題：

> 我們原住民不只是文字漢化，我們整個心都漢化了，這是無法算帳的，如果將漢文化從我身剝掉，我恐怕就剩下不了多少了，這是個事實，我們只能在這個事實的基礎內，找看看還有沒有可能性，多少也將民族經驗傳遞下去，或是變成一個象徵的符號。[12]

對於孫大川、莫那能、夏曼・藍波安、拓拔斯・塔瑪匹瑪、瓦歷斯・諾幹，以及其他的「原運世代」的文學書寫者、文化論述者來說，倘若片面地將漢人及其文化體系、社會構造予均質化、全稱式的罪責批判，動輒地向漢人訴諸於「原罪」意識以證成「原住民真理性」的論述，此舉無疑是讓原運陷溺於定格式、停頓化、封箱性的歷史認識，不僅自我局限了原運的社會擴散參與效應，且將梗礙原漢關係新思維的開展可能性。因此，「原運世代」的文學書寫者、文化論述者的發聲位置不斷移動，除了因時修正文本的著述觀點、因勢調整原運的參與方式，同時嘗試透過不同的文類表現形式、文化實踐模式，以向台灣社會群體進行多面向的辯證對話。

因而，一九八○年代初期至一九九○年代中期的原住民族文化復振運動之際，「原運世代」的作者們或者透過部落踏查的神話故事採集，或者經由文學想像的書寫創作、歷史反思及社會批判的文

---

12 孫大川，〈黃昏文學的可能──試論原住民文學〉，《文學台灣》第五期（一九九三年一月），頁六五。

化論述，展開自我族群文化主體的敘事策略，企圖尋求族群認同的
再發現、文化身分的再建構、歷史記憶的重新編整，進而掀起並帶
動不同世代的各族原住民以漢文、族語或以混語方式參與文學書寫
的浪潮。

土著知識分子的文化主體認同時態

　　底下，我將援引法農在《全世界受苦的人》（The Wretched of
the Earth）剖析探討非裔黑人、第三世界的土著知識分子（native
intellectuals）在獻身於爭取民族、文化擺脫殖民情境的解放運動過
程之時，可能呈現三種不同階段的文化主體性認同構圖，及其文化
實踐樣態，藉以梳理搜尋原住民族文學「原運世代作者」的形成軌
跡。循著法農的論述脈絡，當可看見不少的「原運世代作者」也曾
這樣走過來。

　　法農以歷史辯證的批判視域，深入詮釋了那些曾經切身遭受殖
民創痛的民族在擺脫殖民情境、爭取民族解放的進程之時，土著知
識分子不應該讓其民族文化陷入於傳統不變的、懷古原始的冬眠狀
態，必須在開展民族解放運動的同時也讓文化展現創造性的活力，
「文化的民族特性，也使其易受其他文化的影響，並使它能影響、
滲透到其他文化……自我的意識，並不是關閉對外的溝通大門」[13]；
法農認為，民族的解放運動是一回事，鬥爭的方式與人民的內容又
是另外一回事，他所關切的根本問題以及能夠帶給台灣「原運世

---

[13] Frantz Fanon. *The Wretched of the Earth.* translated from the French by Constance
Farrington. (New York: Grove Weidenfeld, 1970). pp. 197, 199。譯文參考弗朗茲・法農
著，萬冰譯，《全世界受苦的人》（南京：譯林，二〇〇五），頁一七一、一七三。

代作者」反思的是，民族的解放運動也應該被看待是為一種國家的文化容量及內涵的再認識、再創造現象，因為「文化的生存或存在條件，既是民族的解放（national liberation），也是國家的新生（renaissance of the state）」[14]。

　　對於法農來說，民族的去殖民解放運動及成效（如果有的話），允應聯結於社會的、國家的新生意義而被策略性思考，因為除非是一個絕對原始、共產的自給自足部族，否則任何一個民族文化的形成脈絡，不可能自外於社會的、國家的互涉影響；同樣地，任何一個國家的、社會的文化形成過程，不可能也不應該禁制或壓抑某個民族的文化對話參與。基於如此的論述前提認知，法農以歷史批判的角度指出，在殖民壓抑的年代之中，殖民統治者透過種種全面性的簡稱化、扁平化的方式，中斷被殖民者的文化傳承，包括引進新的法律關係以對民族（種族）存在的現實加以否定，將土著文化及其風俗習慣的位階放逐到偏遠地區，排除在殖民者劃定的文化版圖之外，用以剝奪、規訓、有系統的奴役男人與女人；法農指出，土著文化的被壓抑，是與人民的被剝削貧窮、民族的被宰制壓迫如出一轍的，文化變得只是一組自動化的生活習性，某些衣著服飾的傳統，和一些陳腐的風俗習慣，原本具有豐沛創造生命力的文化質素，則被驅逐、詛咒為隱密的、登不得大雅之堂的。在這樣壓抑的年代中，土著知識分子「狂熱投身於對殖民者文化的攝取，利用任何機會以批評其民族的文化……是文學消費群的一員……為殖民者服務的暴力、華麗、一唱一和式的寫作，藉以證明其對統治者權力文化的忠誠及同化（assimilated）」[15]。

---

[14] Frantz Fanon. *The Wretched of the Earth.* p. 197.

[15] Frantz Fanon. *The Wretched of the Earth.* pp. 190-192.

　　伴隨著第二次世界大戰之後，許多新興的民族國家紛紛
獨立，土著知識分子所要面對的是如印度學者阿席斯・南迪
（Ashis Nandy）形容的「殖民化的第二種形式（second form of
colonization），亦即對應於『外族統治』結束後的所謂『我族治
理』，常常會是出現『用內部殖民主義的事實來對付外部殖民主
義所支配的社會文化……用外來威脅的事實自我正當化，自我延
續……這兩種壓迫的形式必須都同時被去除，無法只去除其中的一
種』」[16]。

　　這種內部殖民的現象，也明顯表現在一九五○年代初期以迄
一九八○年代的國民黨政府對台灣的政治控制手法之上，例如以國
際外交的挫敗、中國軍事的威脅為名，向內緊縮對於政治空間的
控制、公共領域的支配，延伸其在台灣統治的正當性基礎，因此在
一九八○年代前後以爭取政治民權、民主改革的黨外運動上，土著
知識分子或「原運世代作者」的精神狀態進入法農分析的第二個階
段。

　　法農指出，在以政黨為行動單位的追求國家主權合法性過程
當中，政黨內部組織的旁枝（offshoots）之中，通常會集合著一群
「被殖民者的文化人」（cultured individuals of the colonized），他們
希望自己及同胞們能夠藉由政黨行動的參與，以「走出今日的貧
困、自卑、順從與自我揚棄，然後發現某個美麗光輝的時代，這
個時代的存在，足以重振自己及他人」[17]。這些土著知識分子自省
到，自我前此的文化認識、精神狀態是被統治者、殖民者強制放送
的意識型態所淹沒，為了遠離這種支配性宰制文化的強制幅射，

---

[16] Ashis Nandy. *The Intimate Enemy: Loss and Recovery of Self under Colonialism* (Delhi: Oxford, 1983). pp. XI –XIII.

[17] Frantz Fanon. *The Wretched of the Earth*. pp. 168-169.

「這些帶著焦慮與憤怒的人，堅決要重新認識他們種族生命在殖民時代之前，最古老的精神源頭」[18]；土著知識分子在這個階段的精神狀態是焦慮與憤怒的，他們決定要重新記憶自己是誰，但在法農看來，這也卻可能潛藏著在進行文化抵抗之時的認同政治的危機所在。

擴充「族群性」的文化實踐樣態

法農以一九四〇年代期間若干黑人知識分子，向包括塞內加爾、阿爾及利亞在內的許多非洲國家、人民訴諸於「黑人性」（Négritude）以爭取獨立建國，在抵抗殖民的民族國家組構、社會轉化過程為例指出，土著知識分子為了「必須證明黑人文化的存在」，因此遂對歐洲文化採取了絕對否定的態度，以能「對非洲文化的絕對肯定」；法農認為，這是土著知識分子為了確保自身的救贖，以從白人的文化霸權之中有效逃離，故以近乎宗教狂熱的態度視政治上的解放運動為終極關懷，以此政治取向的意識型態，囫圇吞棗一般的擁抱本土文化的所有一切，以為唯有重返他們前所未知的始祖（unknown roots），才能提供他們在政治現實上、文化精神上的停泊寄託。

法農指出，這是知識分子實踐的一種危險癥候，民族或種族的人民成為面目模糊的集體大眾，殊異的個體性被一再遺忘以及同質化，知識分子忽略了族人在文化適應上的深沉心理結構，最後可能導致知識分子與其族人之間，形成互為漂泊的雙重疏離者：

土著知識分子認真從事著一件文化工作時，他並不知道他正在

---

[18] Frantz Fanon. *The Wretched of the Earth.* p. 169.

利用著借自在其民族已然變成陌生人般的技巧與語言……嘗試
帶著這種文化成就去回歸自己民族的本土知識分子，事實上只
表現得像一個外國人（foreigner）；有時他毫不猶豫使用母語
（dialect），以此表達他想要靠近族人的意願，但他所表達的
思想和他所關注的事情，與其族人所面對的情況毫不相干……
他希望依附族人，但相反的，他只抓住了他們的外表，而這外
表只依稀反映了內在隱藏著不斷演變的生活面貌。[19]

　　法農的這段論證，無意否定土著知識分子回歸自我文化身分的
行動抉擇，而是在對於知識分子歸返民族文化、族人生活的認識論
及方法論上，提出如何避免「愛之適足以害之」的行動策略；在法
農看來，「問題出在土著知識分子願意赤裸裸面對自身的歷史之
時，他沒有同時剖析族人的心靈」，在漸漸習慣以自己的族人為說
話對象的同時，知識分子也應該知道「民族文化的面貌，從來不像
風俗習慣那樣的透明可見，它厭惡任何的過度簡化」，因此在對族
人現實存在的認識論上，不能視之為沒有差異的靜態性、一體化存
在，在對民族文化接近的方法論上，不能沉迷於僵凝化、結晶式的
文化碎片之中，「那種想要重振已被揚棄的傳統的欲望，不僅違反
歷史潮流，更是與其族人生活的違背」[20]。

「戰鬥的」認同實踐策略

　　基於以上的認知，法農建議土著知識分子，「我們必須要與
族人以同樣的步調去工作、鬥爭以建立未來」[21]，這是一種集體參

---

[19] Frantz Fanon. *The Wretched of the Earth*. p. 180.

[20] 同上註。

[21] Frantz Fanon. *The Wretched of the Earth*. p. 188.

與、相互依據的（reciprocal）文化復振運動，而非是由知識菁英單向決定的；經由如此的認識論、方法論上的翻轉，土著知識分子才是進入了法農所指稱的第三階段精神狀態，也就是「戰鬥的」（fightng）層面。

在法農看來，土著知識分子「戰鬥的」精神狀態所要臻至的境界，毋寧在於使得族人化解並超越被殖民、被統治、被壓迫而生成的消極宿命、悲情怨懟的心靈情結，將積鬱沉潛的文化創造能量釋放，以使「對包括自己及其他的他者在內的新人文主義（new humanism）重新定義」，因此在砌塑民族國家、重新建構國家主權的組織行動之內，必然也是「包含了最完整及最明顯的文化表明（cultural manifestation）⋯⋯這個根本地為人際關係重新定位的鬥爭，必須改變人民文化的內涵與形式」[22]：

> 人民生活中的民族意識的發展，改變了並明確了被殖民的知識分子的文學表現⋯⋯只有從這個時候起才能談民族文學（national literature）⋯⋯因為它告知民族意識，所以它賦予民族意識形式和輪廓，並為民族意識開闢了新的和無限的視域。因為它擔負責任，因為它是等待時機的意願，所以它是戰鬥的文學（literature of combat）。[23]

透過法農在一九六〇年代對於非裔及第三世界的土著知識分子嘗試掙脫殖民情境的精神捆綁，推展民族解放運動、建構民族文化的過程之時，可能呈現三種不同階段的文化主體性認同構圖，及其

---

[22] Frantz Fanon. *The Wretched of the Earth.* pp. 179, 197-198.
[23] Frantz Fanon. *The Wretched of the Earth.* pp. 192-193.

文化實踐樣態的論述梳理，當可發現他的分析脈絡允有視角參照的
價值，裨益於探討戰後台灣原住民族文學「原運世代作者」形成的
繁複及辯證軌跡。

「原運世代作者」的抉擇與認同實踐

　　一如法農的觀察，絕大多數「原運世代作者」的族群文化身分
認同意識醒覺及實踐之前，就已經由學校教育機制而取得了游移於
不同文化空間、多語表述系統的文學書寫能力，暫且不論統治者的
官方語文表述、書寫系統是否隱藏著對於土著族群的文化滲透及馴
服效能，但是對於「原運世代作者」來說，掌握漢語的文學書寫技
藝工具並不一定就是意味著對於統治者、漢人文化的輸誠同化，問
題在於如何自覺地以原住民的族群文化身分認同意識而轉化操作，
正如夏曼・藍波安在一場原住民族文學作家座談會所言：

> 雙語創作可能是我們現在必須去面臨、去發展的。身為原住民
> 族作家時，非得要這樣去學習，不能再膨脹自己語言多麼地美
> 麗。其實漢語也是非常美麗的一個語言，要看是誰在用這個文
> 字。[24]

　　事實上，「原運世代作者」在一九七〇、八〇年代之交，幾乎
完全沒有「雙語創作」的文學書寫意識，因為當時身為「山地人」
俱皆淹沒於認同的污名之內而勉強呼息，「原住民」的族群文化身

---

[24] 〈主題：原住民文學作者經驗談〉，收於黃鈴華總編輯，《21世紀台灣原住民文
學》（台北：原住民文教基金會，一九九九），頁三〇七。

分意識既未醒覺，又如何能夠堅實地以部落、族語為其文學書寫的
發聲或想像基地？從拓拔斯‧塔瑪匹瑪、夏曼‧藍波安、瓦歷斯‧
諾幹的憶往文字之中，即可看出「原運世代作者」在一九八〇年
代之初是如何透過漢語的文學書寫，以抒發、壓抑或隱藏他們身為
「山地人」的文化苦悶；拓拔斯‧塔瑪匹瑪說：

> 自十一歲離開家族和我出生的山地住在城市以來，寫日記就成
> 為習慣了。在城市裡，由於孤獨一人，就向著日記談著話啦。
> 到高中時代，變得寫著小說似的東西了。可是，我從未把它投
> 稿就丟棄了。[25]

原運活躍期間的一九九三年，夏曼‧藍波安在參加《山海文
化》雜誌社及《聯合報》副刊舉辦的「流傳在山海間的歌：台灣原
住民作家座談會」中表示：

> 曾經有朋友鼓勵我把自己的詩作結集，卻被我拒絕了，因為我
> 想先把神話寫出來。我發現自己的詩只不過是自己以前在台北
> 的空虛生活中，所激發出來的情結，是一種痛苦的表現。[26]

不同於拓拔斯‧塔瑪匹瑪、夏曼‧藍波安將原運之前的漢語文
學作品「未把它投稿就丟棄」，或是視之為「痛苦的表現」而拒絕
結集出版，瓦歷斯‧諾幹這位堪稱「原運世代」主要代表者之一的

---

[25] 岡崎郁子著，葉迪、鄭清文、涂翠花譯，《台灣文學——異端的系譜》，頁
三一二。

[26] 〈流傳在山海間的歌：台灣原住民作家座談會〉，《聯合報》副刊，一九九三年七
月十四日。

「作者」，幾乎能以法農的分析視域，對應於檢視他在原運參與之前的文學書寫作為。

「原運世代作者」的原運參與及書寫

　　一九七五年考取台中師專之後，瓦歷斯‧諾幹加入校內的「後浪詩社」，一九七六年嘗試寫詩，浪漫追隨詩社學長姊們附庸於騷人墨客的風雅、神迷於江南河畔的想像，自己取個筆名「柳翱」，成為新現代主義詩風格表現形式的小學徒，「但是，常常我不知道自己在寫什麼，總以為詩寫得讓人一下子看不懂的才是好詩……寫自己部落或原住民的東西很少，幾乎沒有」[27]：

> 大多時候，我藉著文學書籍所提供的浪漫地幻想，沖淡對泰雅的追憶。我也知悉，在五年的師專生涯裡，我遠離了部落的生活，部落的母語，我遠離了森林，遠離了大自然的智慧，同時，我遠離了童年的自己。[28]

　　一九八三年五月，多位台灣大學的原住民學生以手寫油印方式發行戰後台灣第一份具有原住民批判意識的刊物《高山青》，「由於編輯人員全是原住民，發行對象亦是原住民，因此，這份刊物的內容所強調的是在於喚起原住民的民族意識，及呼籲族人的團結」[29]；一九八四年四月，黨外編輯作家聯誼會成立「少數民族委員會」；一九八四年十二月，原權會成立。綜觀一九八〇年代初

---

[27] 瓦歷斯‧諾幹，《想念族人》（台中：晨星，一九九四），頁二〇八、二一一。

[28] 瓦歷斯‧諾幹，《戴墨鏡的飛鼠》（台中：晨星，一九九七），頁三六。

[29] 謝世忠，《認同的污名：台灣原住民的族群變遷》（台北：自立晚報社，一九八七），頁六三〜六四。

期的原運組織出版發行的刊物（包括《高山青》、《原住民會訊》、《山外山》），以謝世忠的話來說，「是為八〇年代末期重要的原住民政治社會論述文書……文字筆練雖不是文學，卻是原住民建立中（漢）文書寫信心的先鋒部隊」[30]。事實上，根據「少數民族委員會」召集人、原權會第一任會長胡德夫的說法，多位「原運世代」的文學創作者在一九八〇年代初期的原運萌芽之際，即已扮演主要的發起人、參與者及行動者的角色，只不過在當時他們的漢語文學作品大都不是發表於原運的刊物之上，當然原權會發行的機關刊物《原住民會訊》、《山外山》也不是單純的文學雜誌。

　　胡德夫在敘述他的原運參與過程、心情轉折的文字當中，提及他在一九八四年初為了招募「少數民族委員會」的創設成員，因而遍旅全台的辛酸（心酸）點滴：

　　　　為招募會員（當時是禁忌），我隻身由北出發……共招募到二十八名創會會員，包括……田雅各醫生（布農族）、施努來、郭建平（此二位為蘭嶼青年）[31]。

　　值得注意的是，對於胡德夫、莫那能、拓拔斯・塔瑪匹瑪、瓦歷斯・諾幹等多位「原運世代作者」來說，他們的原住民文化身分認同意識之所以逐漸覺醒並將之化為具體的社會行動，相當程度得力於一群具有歷史反思、政治批判，以及文化關懷意識的漢人知識分子；換句話說，一九八〇年代初期的原運生成因素之一，奠基於原漢族群的基進知識份子之間的互敬式接觸、交往及期勉，他們不

---

[30] 謝世忠，〈「山海文化」雜誌創立與原住民文學的建構〉，頁一七七。

[31] 路索拉門・阿勒，〈「大武山美麗的媽媽」與「原權會」〉，《原住民族》第三期（二〇〇〇年七月），頁二〇。

以原漢族群關係二元對立論式的歷史認識、文化想像而框限彼此，
例如胡德夫表示：

> 當年我認識的許多朋友當中，李雙澤是影響我、鼓勵我最大的
> 朋友。他鼓勵我唱出自己民族的歌謠，寫出代表自己民族的新
> 歌。[32]

　　曾在原權會擔任「促進委員會」召集委員的莫那能也說，他在
一九七〇年代中期之後因為結識李雙澤、陳映真、蘇慶黎、王拓、
黃春明、楊青矗、王津平及林正杰等多位漢族的知識分子、文學家
與政治異議人士，「讓我在往後峻險峭絕的命運顛躓中，總能嗅到
一絲幽微卻不斷絕的生的氣味」，莫那能說：

> 直到七〇年代末、八〇年代初的時候，我才恍然大悟，原來這
> 些人都是漢人主流社會眼中的「匪寇」。他們有人早就坐過
> 牢，有人就在那時去坐牢，另有些人是後來真的去坐牢，更多
> 的一大群人則一直在牢獄的邊緣打滾。但是我從來不後悔，藉
> 由他們，我進入另一波更大的社會脈動中，也更能看清自己以
> 及原住民族群的乖舛命運。[33]

---

[32] 同上註。李雙澤（一九四九～一九七七）原籍福建省晉江人，小學時期隨菲律賓華
僑的父親來台定居，被喻為一九七〇年代台灣民歌運動的主要催生者；關於李雙澤
的生平事蹟，可參見梁景峰編輯，《再見，上國——李雙澤作品集》（台北：長
橋，一九七八）；梁景峰、李元貞編，《美麗島與少年中國——李雙澤紀念文集》
（台北：李雙澤紀念會，一九八七）。

[33] 莫那能口述，盧思岳採訪整理，〈被射倒的紅番〉，收於楊澤主編，《七〇年代
——懺情錄》（台北：時報，一九九四），頁八一。

　　拓拔斯・塔瑪匹瑪在接受日本學者岡崎郁子的訪問時，也曾生
動描述他在大學時期結識的漢人同學們讓他「向文學開了眼」：

　　一直沒有朋友的我，一入大學卻一下子得到了五個朋友。他們
　　是王浩威、楊明敏、蔡榮裕、李勝恥、夏宇德。五個人都是漢
　　族，只有我是原住民。他們在當時來說是擁有前衛思想的，所
　　以我們六人總是在一起做社會運動和文藝活動。看了電影就討
　　論，找出受過政治迫害的人物聽他講話，到社會運動比南部旺
　　盛的台北，和吶喊民主化的人們議論。[34]

　　身為「原運世代」的原住民族文學「作者」主要代表者之一，
胡德夫、莫那能、拓拔斯・塔瑪匹瑪的憶往敘述，有力見證了
一九八〇年代初期原運的生成因素對於原住民族文學「作者」來
說，乃是一群具備著歷史反思、政治批判、文化關懷及社會參與意
識的基進知識分子們跨越原漢、族裔的文化差異畛域，集體參與推
動揉搓著「族群性」及「社會性」的社會運動。不同於胡德夫、莫
那能、拓拔斯・塔瑪匹瑪、夏曼・藍波安在台北直接參與黨外政治
組織與原權會，透過街頭行動或文學書寫而呼應原權會發起的「正
名運動」、「還我姓名」「還我土地」、「族名入憲」、「打倒吳
鳳神話」、「搶救雛妓」、「抗議東埔挖墳事件」以及「蘭嶼達悟
族人反核」等等集體運動，當時的瓦歷斯・諾幹則在花蓮縣富里國
小任教，以筆名「柳翱」寫些〈與學童書〉、〈學童記載〉之類無
關乎族群文化身分意識的系列詩作，但是：

---

[34] 岡崎郁子著，葉迪、鄭清文、涂翠花譯，《台灣文學──異端的系譜》，頁
　　三一一。

　　寫了一陣子發覺好像沒什麼題材可以寫了，很困擾，後來我就
跑到我的結拜大哥、寫小說的林輝熊那裡去，他說：你本身是
山地人，你怎麼不寫你山地的東西？可以寫你從小成長的部落
故事。我聽到的當時是滿震撼的，自己從來沒有這樣想過，因
為我不會認為寫這樣的東西是很重要的。[35]

　　在漢人朋友的點醒之下，瓦歷斯・諾幹這才重新思考自我的族
裔身分認同問題，正如法農的論述，瓦歷斯是帶著疑惑、焦慮的精
神狀態，面對自我的重新發現，「我回到宿舍開始要寫的時候，
我發覺自己竟然寫不出來，發現自己和部落的關係其實還是滿疏
遠的」[36]；就在此時，身在花蓮的瓦歷斯輾轉得知原權會在台北成
立，他曾兩度去電申請加入會員卻都未果：

　　一九八四年原權會成立之初，我還是一位遠赴花蓮富里任教
的年輕老師，當時從報紙上看到原權會會址（板橋）與連絡電
話，我去電原權會希望能夠加入成為會員，結果兩次去電均無
下文，我事後想起這一件漏網的歷史片段，私心的認為原權會
人少事雜，何況當時已經有幾件抗爭大事持續進行，因而漏了
我這條小魚。[37]

　　未能如願成為原權會的會員，但是無損瓦歷斯・諾幹決定重新

---

[35] 瓦歷斯・諾幹，《想念族人》，頁二一一～二一二。

[36] 瓦歷斯・諾幹，《想念族人》，頁二一二。

[37] 瓦歷斯・諾幹，〈從問號到驚嘆號──我所體認的原住民運動與原住民文學〉，收
於「山海的文學世界：台灣原住民文學國際研討會」論文集（花蓮：國立東華大學
民族語傳系主辦，二〇〇五年九月），頁七八。

認識自己的族群、部落的心志。為了能夠便於利用假日就近返回
部落，瓦歷斯請調獲准任教梧棲鎮的梧南國小、豐原市的富春國
小，一方面因為「初識『老紅帽』（指台灣社會主義的『台共』），
我大量閱讀『夏潮』雜誌，並且從中概略地了解台灣原住民的社
會狀態，當時給我的震撼是，為什麼我從來都不知道族人的另一
面，而陶醉於自己所編織的『文學家』的夢幻中」[38]，另一方面因
為大量閱讀社會主義的書刊，逐漸關切台灣社會在資本主義結構
之下的階級剝削問題，「我才慢慢的介入社會運動，但並不是一
下子就從進入原住民運動開始，而是從工黨進去的」[39]。但也正如
法農所言，「政黨從眼前現實（living reality）出發，也以這現實為
名，以關係著人們目前與未來的赤裸裸現實利益為名，去訂定他
們的行動方針……政治人物將他們的行動投注於現實當下的事件
（actual present-day events），文化人的關注面向卻在歷史場域（field
of history）之中」[40]，瓦歷斯在一九八○年代中期的政黨參與經驗，
也同樣面臨到法農分析的問題：

> 因為當時的工運在台灣極受打壓，所以工黨或是後來的勞動黨
> 都沒有太多的力量注意到原住民問題，對弱勢階層的組織運動
> 工作也很少，我就漸漸疏遠勞動黨。[41]

在此同時的原權會，也在一九八○年代後期逐漸出現謝世忠形
容的「偏離群眾的菁英」現象；一九九三年十一月，原權會發起

---

[38] 瓦歷斯・諾幹，《想念族人》，頁一○～一一。

[39] 瓦歷斯・諾幹，《想念族人》，頁二二○。

[40] Frantz Fanon., *The Wretched of the Earth.* pp. 167-168.

[41] 瓦歷斯・諾幹，《想念族人》，頁二二○。

「反雛妓華西街慢跑活動」，行動的訴求在於向社會控訴原住民少
女的身體遭受資本主義物化的販售剝削，但卻完全沒有站在被稱為
「雛妓」的原住民少女的生活空間、心理位置去思考運動設計的周
延性問題，同時也不自覺複製了原住民族被以污名化社會認識的修
辭暴力，利格拉樂・阿𡠁寫下了一位來自花蓮縣秀林鄉的泰雅族少
女，一個讓阿𡠁「曾經在一夜的促膝長談中令我痛哭流涕的『不幸
少女』」的話：

> 雛妓！什麼叫雛妓？我們不是人嗎？……你們不要叫我「雛
> 妓」好不好？你們這些慢跑的人知道嗎？那次遊行之後，我被
> 鎖起來三、四天，不准出去怕被發現，我不是說你們的關心不
> 好，可是，除非你當場把我們帶出去，否則，後面的日子就難
> 過了；尤其是那種剛來的，一定會被管的很緊，我的妹妹還在
> 裡面呢！[42]

　　一九八〇年代後期以原權會為領導核心的原運，逐漸出現都會
化、菁英化以及政治利益競逐的偏離群眾現象，也在學界、原運內
部及文學創作者之間引起反思或批判，正如法農分析的土著知識分
子在對民族文化認同、實踐過程之時，忽略了族人在現實生活上、
文化適應上的深沉心理結構，致使知識份子與其族人形成互為漂泊
的雙重疏離者。一九六〇、七〇年代期間的原住民族林班、工地歌
謠，至少還可透過私下的、集體的傳唱形式流通於各族的原住民之
中，間接生成或凝聚關於「山地人」的族裔文化身分共同體想像；
弔詭的是，一九八〇年代之後訴諸於「喚起原住民的民族意識，

---

[42] 利格拉樂・阿𡠁，《誰來穿我織的美麗衣裳》（台中：晨星，一九九六），頁
二四～二七。

及呼籲族人的團結」的原運及其文化復振、文學書寫的行動，反而
卻在原住民各族的部落、族人之中，得到的是冷漠反應。謝世忠指
出：

> 他們發動聲勢不小的遊行，反對主體社會處置少數民族事務的
> 方式，舉辦各種形式的研討會、座談會、和演講，以批判國民
> 黨錯誤的統治。然而，除了原權會會員、少數原住民籍支持
> 者、及一些漢人同情者之外，在家鄉大多數族人同胞竟對這些
> 「正義的行動」表現出冷漠的態度。抗爭領袖終於在原權會成
> 立五年之後，於自己編織的大夢中甦醒過來。[43]

上述引文，謝世忠所指的「抗爭領袖終於在原權會成立五年之
後，於自己編織的大夢中甦醒過來」，其實並不完全作用於原權會
的領導幹部之上，反而是在原權會幹部系統之外的原住民文化論述
者、文史工作者，以及文學書寫者之間，掀起了一波關於「部落自
治、重返原鄉」的實踐路線論爭。

「重返原鄉」的路線論爭

以今觀昔，這場論爭的實際效應不僅牽動、改變了戰後台灣原
住民族文學「原運世代作者」的文學理念，及其表述、書寫的實踐
方位與文本內容，同時促使原運的路線經營模式漸從泛族意識轉向
部落認識；換句話說，一九九〇年代前後，原權會領導幹部纏結於
偏離群眾、導正專案，政治利益競逐的諸般因素發酵之下，在在迫

---

[43] 謝世忠，〈偏離群眾的菁英——試論「原住民」象徵與原住民菁英現象的關係〉，
收於謝世忠，《族群人類學的宏觀探索：台灣原住民論集》（台北：台灣大學，二
〇〇四），頁六九。

使原運的香火賡續必須改採另一種的思考高度、行動角度以延續深化。正如瓦歷斯‧諾幹的反思批判，原權會在一九九○年代前後的角色功能呈顯的是：

只不過看到的是原運的議題不全是文學的反映。甚至於是，原運日後部分轉進體制內鬥爭，卻突出了「權力置換」的景觀。[44]

因此在一九八八～一九八九年間，瓦歷斯‧諾幹轉向參與《原報》的編輯論述工作，「他們希望在南部能有一個集中於原住民運動的嚴密組織，甚至於發行刊物，我覺得這個構想很好，就投入其中，一個月起碼跑三四趟屏東」[45]。一九九○年十月，瓦歷斯又與妻子利格拉樂‧阿烏創辦《獵人文化》雜誌，「當時天真而熱情的想法是，以文字報導來讓族人開始關心周遭的權益問題，兩年來最大的打擊並非是來自郵檢的刁難，並非是情治單位的注意，這些並未能稍減我們不斷要求台灣原住民正視原住民處境的呼聲，我們最大的挫敗反而是得不到族人的反應，哪怕是責備我們不努力也好」[46]；《獵人文化》苦撐兩年，即告停辦，箇中透顯的意義正如謝世忠所言：

在近幾年出刊的《原報》和《獵人文化》兩種原住民主要文化與政治批判性雜誌中，有不少文章是由羅拉登‧巫馬司、卡力多愛‧卡比、台邦‧撒沙勒、及瓦歷斯‧尤幹等四人所寫。尤

---

[44] 瓦歷斯‧諾幹，〈從問號到驚嘆號——我所體認的原住民運動與原住民文學〉，頁八二。

[45] 瓦歷斯‧諾幹，《想念族人》，頁二二一。

[46] 瓦歷斯‧諾幹，《想念族人》，頁一六～一七。

其是瓦歷斯·尤幹，他擔任《原報》的主筆，又負責《獵人文化》的發行，有不少事幾乎是他一人及其夫人獨力推動完成的。我們看到刊物和文章繼續湧現，但事實上只有少數人在其中貢獻理念。所以，原住民抗爭運動已受到愈來愈多族人響應支持的說法，顯然是過於樂觀的了。[47]

《原報》、《獵人文化》的論述參與及創辦經驗，之所以讓瓦歷斯·諾幹心生挫敗之感，原因或許在於「原運世代」的文化論述者、文學創作者以漢語書寫、結集、發行的書刊雜誌，在出版市場的流通機制上，很難進入部落族人的手中，更何況不少年老族人對於漢文的閱讀、理解能力是吃力的，某種程度來說這也正如法農所言，族群認同實踐的土著知識分子所帶回去的文化產品，對於族人而言像是外國人、陌生人一般的技巧與語言。孫大川探討《山海文化》雙月刊的發行困境之時，也有類似的感慨，「《山海文化》的受眾主要還是限定在原住民知識階層，以及關心原住民議題的漢人朋友身上，其訴求對象及傳播範圍是特定的……而『書寫』及其內容又難掩菁英的屬性，也無法深入到原住民的一般大眾」[48]。另一方面，包括拓拔斯·塔瑪匹瑪、瓦歷斯·諾幹、孫大川等在媒體發表文學作品、文化論述的「原運世代作者」，卻也同時是基層原運的部落族人質疑、批判的對象，例如一九九四年一位泰雅族的部落原運領袖指出：

今天我很悲觀地說，像孫大川、田雅各、瓦歷斯·諾幹他們寫

---

[47] 謝世忠，《族群人類學的宏觀探索：台灣原住民論集》，頁七〇。

[48] 孫大川，《夾縫中的族群建構——台灣原住民的語言、文化與政治》，頁一七一、一七三。

的文章，我覺得只有漢人會注意，因為這些人根本沒有跟基層
在一起……他們以學者的身分來論斷原住民的前途，這很要不
得，但是偏偏媒體要注意他們的意見，他們跟基層脫節，但是
他們的意見很重要。今天如果以他們的聲望去參加原運，一定
能號召很多人；但是他們不敢，還是只能拿筆，寫原住民的悲
哀、苦難。[49]

　　這位泰雅族的部落原運領袖在一九九四年批評孫大川、拓拔
斯・塔瑪匹瑪，以及瓦歷斯・諾幹「根本沒有跟基層在一起」的談
話，證諸於經驗事實，恐有未盡公允之嫌。孫大川在一九九三年底
開始主編《山海文化》雙月刊、拓拔斯・塔瑪匹瑪在一九八七年志
願前往蘭嶼衛生所擔任醫師、瓦歷斯・諾幹也在一九九○年自資創
辦發行《獵人文化》雜誌，若以「跟基層脫節」的評價審度他們的
相關作為，這種批評過於沉重。但從這位泰雅族部落原運領袖的觀
點來看，相當程度也顯示了「原運世代作者」肩負著戰後台灣原住
民族文學形成過程累積之下的歷史重量及壓力，布農族的霍斯陸
曼・伐伐曾經感性表示：

　　記得年輕時，經常豪邁的說：「我可以處處為家！」曾幾何
時，每逢夜半驚醒，自己像個迷失在人群中的小孩子，驚慌失
措的到處哭喊著父母的名字。對故鄉的思念宛如癌細胞般的漫
延，甩也甩不掉；治也治不好……[50]

---

[49] 引自孫大川，《夾縫中的族群建構──台灣原住民的語言、文化與政治》，頁一五
○～一五一。

[50] 霍斯陸曼・伐伐，〈寫作是為了尋找回家的路〉，（來源：http://tawww.com/
Aborigi/ShowArticle.asp?ArticleID=715）。

　　他（她）們一方面就像法農所說的，「我以三重的（triply）方式存在……我要對我的身體負責，同時也要對我的種族、我的祖先負責」[51]，另一方面在對其文化身分的認同、實踐過程之中，卻又不時承受著來自於社會外部的、族群內部的多重質疑、非議、誤解及批評壓力，孫大川即曾委婉指出：「在我許多原住民朋友當中，不少是因早期進行邊緣戰鬥而幾乎崩潰的」[52]。

「原運世代作者」的返鄉及其部落書寫

　　回到一九九〇年代前後的原運發展脈絡來看，關於原住民文化身分認同線索的再發現、再建構的實踐位置辯證過程，當可視之為構成台灣原住民族文學「原運世代作者」形成的最主要趨力；他們以切身經驗的參與或觀察位置，見證了原權會訴諸於「民族的／政治的」、「都市的／菁英的」公共領域建構模式的扁平淤塞化，進而質疑由原權會的台北領導幹部們決定的原運議題內容、路線走向，是否虛懸於族人切身所處的客觀社會結構之外，成為族人眼中的另一種貴族身分團體？他們批判部分原住民知識份子本身先疏離了部落，嗅不到原鄉的泥土味，感受不到族人真實的生活脈動需求，只是在都市的柏油路上、冷氣房內，隔空為族人思考、為族人著想、為族人痛苦掙扎，可是卻又不願回到部落，聆聽族人的肺

---

[51] Frantz Fanon. *Black Skin, White Masks* (New York: Grove Weidenfeld, 1967). pp. 111-112. 譯文參考弗朗茲‧法農著，陳瑞樺譯，《黑皮膚，白面具》（台北：心靈工坊，二〇〇五），頁一八三～一八四。

[52] 孫大川，《山海世界——台灣原住民心靈世界的摹寫》（台北：聯合文學，二〇〇〇），頁一五四。

腑之聲，例如擔任「台灣原住民族部落聯盟」召集人的泰雅族麗依京・尤瑪說，「都市裡的原運，不是我要做的，也不是原住民需要的」[53]，《原報》發行人的魯凱族台邦・撒沙勒也直言：「原住民知青們不願回鄉，一再編造理由拒絕返回部落，正是原運發展停滯不前的根本因素」[54]；在部落小學執教的鄒族依憂樹・博伊哲努也肯定「部落主義的精神應該可以帶領族人走過滄桑、揮別悲情」，他質疑在都會化、政治性的原運路線之下，「我們的部落是不是就停止了被吸納、被消化、被同化的命運？我們所設計的社會運動帶給部落族人什麼方向？」倘若原運的領導菁英們，未能就此進行深沉反思的自我批判：

> 很輕易把原住民部落生活文化簡單化、支離化甚至孤立化，這樣的結果只是讓部落生活文化更容易走入學術研究、走入舞台呈現、走入商業化、泛政治化的領域，讓不同的人去操弄……如果原住民精英無法再做更具創造性、深入性的思考，那麼原住民族仍然是大社會的邊陲民族，一個等待被淘汰、被消化的可憐族群。[55]

　　正是基於對文化身分認同實踐位置、文學表述形式及內容的多重深切反省之下，多位「原運世代作者」一九八〇年代後期開始陸續地將工作的、居家的生活場域從都市遷返部落，這不僅是他們對

---

[53] 劉湘吟，〈原住民的女兒——麗依京・尤瑪的使命與實踐〉，《新觀念》第一〇二期（一九九七年四月），頁二四。

[54] 台邦・撒沙勒，〈讓我們下鄉去——對原住民知青的呼籲〉，《原報》，一九九二年七月十五日。

[55] 浦忠勇，〈走過部落滄桑、揮別部落悲情〉，《山海文化》雙月刊第十期（一九九五年五月），頁四四～四五。

於個人生命經營轉向的重大抉擇，既賡續也維護著原運香火向部落
傳遞的實踐空間，同時也讓以往社會認識的原住民族文學景觀產生
結構性轉折，從訴諸於泛族意識「文化的滲透／抵抗」書寫策略轉
向部落意識「認同的學習／增值」實踐模式；夏曼‧藍波安即曾感
性回顧自己在返鄉定居之前的生命型態及心路歷程：

> 在外求學，我失落、我憂鬱、我頹廢、我失敗、在燈紅酒綠下
> 自甘墮落、迷茫；在漢人面前，我退縮、我自卑。但，當我一
> 回想到小學五年級與父親上山的這段小故事，我的勇氣就成了
> 一波又一波的巨浪，永不休止的律動，再重新調整自己的方
> 向。[56]

　　針對多位「原運世代作者」以行動落實返歸部落的抉擇，台
邦‧撒沙勒肯定指出：「原住民知青返鄉，正是希望他們找到自己
的歷史地位，勇於實踐自己理想的藍圖，回到自己的起初之地，發
掘運動的力源所在，進而改造民族悲情的宿命」[57]；瓦歷斯‧諾幹
也認為，原運的基礎首要落實於重返部落，回到老人與小孩的身
邊，重思部落的需要，否則一旦離開部落、失去部落甚至放棄部
落，所有的族群身分認同建構理念都將無所依憑，「任何一個原住
民知識分子必先對其土地、民俗、祭典、古蹟等賦予有生命的肉
身，這也是身為原住民亟待恢復的文化使」[58]；孫大川則從戰後

---

[56] 夏曼‧藍波安，〈我的第一棵樹〉，《山海文化》雙月刊第六期（一九九四年九
月），頁八〇。

[57] 台邦‧撒沙勒，〈讓我們下鄉去──對原住民知青的呼籲〉，《原報》，一九九二
年七月十五日。

[58] 柳翱，《永遠的部落──泰雅筆記》（台中：晨星，一九九〇），頁一八九。

台灣原住民族文學發展脈絡的角度指出：

> 許多原住民作者的經驗證實，直到他們從激越的反抗意識中返
> 回自己的族群，剝除知識分子的傲慢，學習曾被他們遺忘、漠
> 視的老人家的智慧，甚至學著服從被自己以前看來是迷信、威
> 權的各種禁忌和部落制度，他們才確立了自己的主體性，也同
> 時肯定了自己族群的主體性。[59]

證諸於一九八〇年代後期「原運世代作者」陸續在返居部落之
後書寫發表的文化論述、文學創作，幾乎可以說是他們最為社會
認識、閱讀，以及受到學者們取樣研究的代表作，同時也是構成
一九九〇年代之後原住民族文學「雙語創作」、「混語書寫」主要
的文本肌理。箇中的犖犖大者，包括布農族的拓拔斯・塔瑪匹瑪在
一九八七年七月志願前往達悟族人的蘭嶼行醫之後，一九九二年出
版短篇小說集《情人與妓女》、一九九八年出版散文集《蘭嶼行醫
記》。

魯凱族的奧威尼・卡露斯在一九九〇年返回屏東縣霧台鄉的舊
好茶部落定居後，一九九六年出版散文集《雲豹的傳人》、二〇〇
一年出版長篇小說《野百合之歌》、二〇〇二年一月出版童話故事
《魯凱族：多情的巴嫩姑娘》、二〇〇六年出版散文集《神秘的消
失：詩與散文的魯凱》。

達悟族的夏曼・藍波安在一九九〇年年返回蘭嶼部落定居，
一九九二年九月出版散文集《八代灣的神話》、一九九七年五月出
版散文集《冷海情深》、一九九九年四月出版長篇小說《黑色的

---

59 孫大川，《山海世界——台灣原住民心靈世界的摹寫》，頁一五五。

翅膀》、二〇〇五年出版繪本書《海浪的記憶：我的父親（夏本・瑪內灣）》、二〇〇七年出版散文集《海浪的記憶》、《航海家的臉》、二〇〇九年出版散文集《老海人》、二〇一二年出版小說集《天空的眼睛》。

　　泰雅族的瓦歷斯・諾幹在一九九四年七月返回台中縣和平鄉的雙崎（Mihu）部落定居後，一九九七年出版散文集《戴墨鏡的飛鼠》、一九九九年出版散文集《番人之眼》、詩集《伊能再踏查》、二〇〇三年出版散文集《迷霧之旅》、二〇一一年出版詩集《當世界留下二行詩》、二〇一三年出版小說集《都市殘酷》。

　　排灣族的利格拉樂・阿烏在一九九四年七月隨夫定居泰雅族的雙崎部落，一九九六年出版散文集《誰來穿我織的美麗衣裳》、一九九七年出版散文集《紅嘴巴的Vu Vu》、一九九八年出版散文集《穆莉淡——部落手札》，離婚後移居生活於台北及屏東的母親部落之間，二〇〇三年出版繪本書《故事地圖》。

部落作為文化身分認同、文學敘事主體的容器

　　綜觀上述五位陸續在一九八〇年代後期返居部落，展開文化論述、文學書寫的「原運世代作者」，除了以部落作為文化身分認同、文學敘事主體的容器，並以其在部落生活形成的思考方式，參與部落的土地記憶、族人的生活內容的塑造與重塑。其中，除了拓拔斯・塔瑪匹瑪之外，其餘四位都在返歸部落生活之後棄用自己的漢名，或者依據部族的傳統命名文法而恢復使用族名（例如奧威尼・卡露斯），或者依循其在家族身分位置的變化而更換族名（例如施努來改為夏曼・藍波安；瓦歷斯・尤幹改為瓦歷斯・諾幹），或者央請家族長者重新為之取名（利格拉樂・阿烏的族名，即為外婆所取）。他們以歸返部落之後的族名進行文化論述、文學書寫的作

品，閱讀者雖然仍以平地受眾、漢人為主，但其書寫的位置、發聲的視域，以及表述的內容，卻已緊密扣聯於部落的生命節奏、族人的生活意識。

　　例如，雖然都是原住民族的一員，但是對於蘭嶼的達悟族人來說，來自於台灣的布農族醫生拓拔斯・塔瑪匹瑪，其實也是一位文化語言、知識背景不同的「外地人」；然而接受現代醫學教育、志願前往蘭嶼行醫的拓拔斯並沒有對達悟族人顯露出醫師身分的優越感，或是高人一等的文化傲慢意識，反而是在日常生活當中，謙卑地向達悟族人學習，尊重並肯定不同文化的存在價值。收錄於《蘭嶼行醫記》的〈新舊惡靈的決戰〉一文，描寫一位罹患急性肺炎而生命垂危的達悟族老人從發病、送醫治療後，又被族老們以「惡靈出現」的傳統信仰觀念而接回部落，終而不幸病逝家中，但是老人靈魂已由雙親的靈魂親自接應的過程。拓拔斯以悲憫的反省文字，深刻描述老一輩的達悟族人對於現代醫學科技的疑懼，以及新舊世代之間的達悟族人對於現代化醫療制度的衝突矛盾意見。

　　〈新舊惡靈的決戰〉文中，作者固然是從醫學院畢業的高級知識分子，但他仍然回歸到人的心理、精神層面去看待、體會並尊重達悟族人對於善靈、惡靈的傳統信仰。雖然拓拔斯・塔瑪匹瑪研判如果把握治療時機，老人也許可以治癒，但是醫師面對生命的不確定感，其實也會心生恐慌，何況不認識病魔的人心理壓力更沉重，「我可以感覺病人違背傳統信仰的恐懼」，所以他安慰護士不必太刻意改變老人的信念，否則等於製造另一種恐慌，「一昧強調現代醫療而忽視他們的感受，不就成了現代新惡靈嗎？」[60] 另如〈小朋

---

[60] 拓拔斯・塔瑪匹瑪，《蘭嶼行醫記》（台中：晨星，一九九八），頁二三〇〜二三七。

友診斷醫師的不安〉描寫來自台灣山林的布農族醫師，在蘭嶼八代灣潛水射魚既好奇又不安的經驗；文中，作者以擬人化的筆法，生動描繪海底魚隻、珊瑚的靈活姿態，尤其是在背部突然傳來尖銳的刺痛之後，卻不知「肇事的兇手」是什麼？醫師頓時成為不安的病人，所幸在海邊遇到一群尚未上小學的達悟族小朋友「診斷」是遭到水母蜇傷，醫師的不安之情才漸平息，「感謝小朋友幫我確定診斷之後，我好像是病人遇上的好醫師，心裡的恐慌消失了」[61]。

又如奧威尼・卡露斯雖以幾乎「隱居」的方式在舊好茶部落以漢語、族語的混語形式，以史官的視域書寫魯凱族的神話、傳說及族人的生命禮儀，但他仍然不時透過文學的書寫形式展示原運的就地實踐精神，漢族小說家舞鶴指出：

> 「文字」令卡露斯盎參與了九四年以降的原住民政治、文化抗爭運動，尤其攸關部落存亡的「反水庫運動」他更長篇譴責「滅絕一個族群傳統文化的不公不義」──呼應他在九〇年代初喚起的「回歸舊部落」運動，顯然後來文字成為抗爭的有力工具。[62]

事實上，上述五位返居部落並展開文化論述、文學書寫的「原運世代作者」，每一位對於文化身分認同的實踐過程，及其返鄉書寫的文本內容，都有各別深入探討的價值；以瓦歷斯・諾幹為例，他在返鄉定居之後的部落書寫，具體聯結於族群的歷史記憶、部落的族人生活之上，但以他自己的話來說，「三十歲以前，我像一縷

---

[61] 拓拔斯・塔瑪匹瑪，《蘭嶼行醫記》，頁一七四～一七八。

[62] 舞鶴，〈魯凱人奧威尼・卡露斯盎〉，收於奧威尼・卡露斯盎，《雲豹的傳人》（台中：晨星，一九九六），頁Ⅵ-Ⅶ。

幽魂蕩漾在每一座不知名的城市……三十歲以後，我的靈魂逐漸有
了具體的血肉，它也不再遊蕩在不知所以的角落」[63]，也就是在返
鄉定居後進行部落的歷史記憶、族人的日常生活的踏查書寫，三十
歲之後的瓦歷斯‧諾幹逐漸地被認識、肯定為原住民族文學的指標
性「作者」之一，他的文學靈魂也才有了血肉定著的依歸。霍斯陸
曼‧伐伐的文學書寫歷程，亦有類似的痕跡：

> 寫作或許可以撫慰思鄉的心靈；創作的歷程不但讓我重新游走
> 在熟悉的部落小徑之上，也讓我的靈魂在寫作的世界裡，找到
> 回家的路。[64]

台灣原住民族文學「原運世代作者」的形成，是在一九八〇年
代中期廣義的原運脈絡底下，經由自我族群文化身分意識的認同醒
覺，透過不同的文學表述形式、身體實踐方式，以向社會的、部族
的公共領域參與或學習而成。他（她）們的思維視域，基本上，較
為黏著於對族群歷史進程的重新認識，對部落及族人生命樣態的重
新體認，他（她）們的種種文學作為，使得他（她）們在某個意義
上化身為台灣原住民族文學的「莎赫札德」，透過各個部族一個接
一個口傳神話故事採錄、改寫的表述，以及透過現代文類書寫形式
的創作，向內顯示並對外證明原住民族文化的生命接續、再創生機
的可能性，召喚了各族的原住民知識青年、文學書寫者、文史工作
者開闢不同形式的原運公共領域，掀起了各族原住民願意重返榮耀
的族群文化認同之路，進而帶動了「原住民傳統知識體系」的建構

---

[63] 瓦歷斯‧諾幹，《番人之眼》（台中：晨星，一九九九），頁一一二、一一四。

[64] 霍斯陸曼‧伐伐，〈寫作是為了尋找回家的路〉，（來源：http://tawww.com/
Aborigi/ShowArticle.asp?ArticleID=715）。

之為可能的願景。

定居於都市、移動於部落的「原運世代作者」

　　「原運世代作者」形成的意義脈絡，自然不能單單只從返鄉定
居的部落書寫面向予以探察；廣義的「原運世代」作者群，容我
再次借用陳光興的話來說，他（她）們「遊走於兩種語言、兩個世
界、兩個人種之間，這種『內在與外在性』給予他們思考與論述的
可能性」，前述的多位「原運世代作者」雖然陸續在一九九〇年代
前後以返歸原鄉的部落書寫形式，實踐族群文化身分認同，但這並
不意味他們的作品發表、出版、流通，以及讀者的分布方位，就此
抽離於平地都市、漢人社群之外[65]。準此以觀，同一時期的「原運
世代」文化論述者、文學創作者如胡德夫、莫那能、孫大川、巴蘇
亞・博伊哲努、游霸士・撓給赫、雅夫辣思・紀靈等人，雖仍居住
於不同的都市之中，但這並不減損他們遊走於原鄉部落、定居都市
之間的著述作品對於原運精神的增益價值、認同意理的內容增值，
正如孫大川在一九九九年所言：

　　我在大台北都會地區的輾轉盤旋，何嘗不是另一種失落與漂
　　泊……。年近半百，漸漸體會到其實一個人只要有思想，想要
　　出發，就有失落，也就有漂泊，這早已不是什麼回不回歸部落

---

[65] 「原運世代作者」幾乎皆以電腦寫作，結集作品亦多是由平地都市的出版事業機構
　　印行；夏曼・藍波安深夜在蘭嶼捕飛魚時還隨身攜帶手機，孫大川指出「夜半，接
　　到夏曼的電話，是大哥大打的，他在海上捕飛魚」；夏曼・藍波安自己也說「午夜
　　過後，我國中時期的老師，陳其南先生可能是喝了咖啡睡不著吧！我的手機突然音
　　響……老師，我右手抓魚線，左手握手機，我現在正在海上捕飛魚」；引自夏曼・
　　藍波安，《海浪的記憶》（台北：聯合文學，二〇〇二），頁八、一九。

的問題了。[66]

　　經驗事實顯示，台灣原住民族文學在一九八〇年代初期以迄
一九九〇年代中期原運的主要形成景觀，除了「原運世代」的文化
論述者、文學創作者對於原運親身參與經驗的觀察、反省及批判之
後，遂以返歸原鄉的部落書寫形式實踐族群文化身分認同，另有以
都市空間做為族群身分意識認同的自我實踐、文化對話的文學創述
者。換句話說，一九八〇年代後期，因為對於原權會帶領的原運逐
漸傾斜於菁英化、都會化、政治化路線的質疑、反省及批判，愈來
愈多「原運世代」的文化論述者、文學創作者選擇以部落回歸的模
式、部落書寫的形式，實踐其對族群文化身分意識的認同；但其
「實踐」的外顯效應、「作者」的形成肌理，受限於文學表述的書
寫形式，以及發表、出版的流通機制，仍然得在相當程度上結構性
地對應於平地都市、漢人社群的閱讀、理解及接受之上。

　　深入探看「原運世代作者」的作品發表、出版及流通區位，仍
然相當程度寄身於平地都市、漢人社群的文學公共領域之內，其中
僅有極少數的作品是以自費方式出版、流通於特定的友朋之間，例
如台大哲學系畢業、筆名「溫奇」的排灣族詩人雅夫辣思・紀靈，
以《南島詩稿》為書名系列的三本詩集，均以自費印刷的方式出
版，包括一九九一年的《南島詩稿：練習曲》、一九九二年的《南
島詩稿：梅雨仍舊不來的六月》以及一九九四年的《南島詩稿：拉
鍊之歌》，雅夫辣思・紀靈表示：

　　有出版社跟我接觸過，但看了我的詩作後，覺得原住民元素不

[66] 孫大川，《山海世界——台灣原住民心靈世界的摹寫》，頁二二九。

　　夠多，要求可不可以再多寫這一方面。可是我的經驗沒辦法，
叫我寫就寫得出來，沒辦法，所以未出版。[67]

　　雅夫辣思‧紀靈的談話，透露出了在一九八〇年代初期以迄
一九九〇年代中期的原運活躍期間，「原運世代作者」的文學作品
在某種程度上，被平地都市、漢人社群的文學公共領域認識、想像
及期待為能夠展示「原住民元素」，並被出版機構據以作為是否投
資印行的主要判準，這也具體顯示在既有的文學場域、公共領域機
制底下，「原運世代」的作者形成及其作品的刊行，陷入了族群文
化身分主體性既挺立又失陷的雙重弔詭境域。

　　如是景況，恰正印照並驗證一九九三年十一月《山海文化》創
刊之後，闢建了原住民族的複合式公共論述領域的功能、意義以及
價值。「山海世代作者」的登場，標誌著戰後台灣原住民族的文學
表述、書寫與譯論，正式進入了謝世忠所言的「文學建構運動」境
域。

---

[67] 溫奇，〈那路「彎」向何處？——溫奇談詩創作〉，收錄於黃鈴華總編輯，《21世
紀台灣原住民文學》，頁二九〇。

第六章

原住民族文學的建構運動與典律形塑
——《山海文化》的原漢族群接合、文化意理結盟的實踐意義

泛族群的原運、原漢對話平台

　　一九九三年六月，國民黨籍的排灣族立委華加志（族名：卡拉
給樣·達拉瓦克，一九三六～）募資成立「中華民國台灣原住民族文
化發展協會」，同年十一月成立「山海文化」雜誌社，創辦《山海
文化雙月刊》（以下簡稱《山海文化》），邀請卑南族學者孫大川擔
任總編輯。如前所述，一九八四年乃是戰後台灣原住民文學發展的
關鍵年度，一九九三年《山海文化》的創辦在謝世忠看來，不啻於
標誌著戰後台灣原住民族的文學表述、書寫及論述，開始進入「文
學建構運動」的境域[1]。

　　一九八八年，原權會爆發「導正專案」風波，致使各族參與者
及組織的裂痕逐漸擴大，原運亟需建構一個泛族群的對話平台，以
能重新召喚、凝聚族人信賴感；《山海文化》創刊之初的意義，也
就不僅只於「文學建構運動」而已，毋寧有著調停原運組織及個人
之間的嫌隙，匯聚並整合都市及部落、政治及文學、社會運動及文
史工作的原住民力量，接續深化族群認同意識、強化社會正面認識
的指標性象徵意義，孫大川在《山海文化》創刊號的序文，也不諱
言指出：

　　　《山海文化》的創刊，就是預備為原住民搭建一個屬於自己的
　　　文化舞台……團結、合作便成為《山海文化》生命真正的原動
　　　力。如何捐棄族群矛盾、個人利益、政治路線等的糾纏，不但

---

[1] 謝世忠，〈「山海文化」雜誌創立與原住民文學的建構〉，收於《聯合報》副刊編
　輯，《台灣新文學發展重大事件論文集》（台南：國家台灣文學館，二〇〇四），
　頁一七五～二一二。

是對《山海文化》的考驗，也同樣考驗著我們全體原住民社
會……文化的創造，固然無法讓我們看到立即的效果，但它卻
可以穿透時空的限制，凝聚我們的智慧，獲得生生不息的生
命。[2]

根據《山海文化》創刊號的版權頁顯示，在邀聘廣義的原運組
織幹部擔任編輯委員、編輯顧問、地區報導人、法律顧問的名單考
量上，《山海文化》與孫大川不僅兼顧原運組織的世代傳承，並且
盡可能在人選的邀聘上克服或化解「族群矛盾、個人利益、政治路
線等的糾纏」，因此除了早在原權會創會之初即已支持、參與原運
的漢人學者、作家、媒體記者及藝文工作者首肯擔任《山海文化》
的編輯顧問（例如王浩威、余光弘、吳錦發、呂興昌、金恆煒、胡台
麗、洪田浚、許木柱、張茂桂、陳其南、陳映真、陳萬益、黃美英、黃
春明、傅大為、傅仰止、虞戡平、廖咸浩、蔣斌、謝高橋、謝世忠、瞿
海源、瞿海良等人）。

更為重要的象徵性與實際意義在於《山海文化》接合了各世
代、各族裔的原運組織核心幹部，例如《高山青》的三位主要創辦
人卑南族胡德夫、阿美族夷將・拔路兒、泰雅族巴萬・尤命，分別
應聘擔任《山海文化》的編輯顧問或法律顧問。

另如，《原報》發行人的魯凱族台邦・撒沙勒、《南島時報》
社長的排灣族林明德，以及《獵人文化》、「台灣原住民人文研究
中心」創辦人的泰雅族瓦歷斯・諾幹，亦在《山海文化》編輯顧
問、地區報導人的名單之列。

---

[2] 孫大川，〈序・山海世界〉，《山海文化》雙月刊創刊號（一九九三年十一月），
　　頁四～五。

　　再如，當時已在原住民的文化論述、文學書寫或雕刻藝術家陣營之中，具有一定程度代表性的排灣族莫那能、布農族拓拔斯・搭瑪匹瑪、達悟族夏曼・藍波安、鄒族巴蘇亞・博伊哲努、排灣族林志興、阿美族阿道・巴辣夫、排灣族雅夫辣思・紀靈、卑南族曾建次，以及排灣族撒古流等人，也都分別受邀擔任《山海文化》的編輯委員或編輯顧問；至於《獵人文化》、「台灣原住民人文研究中心」的另一位創辦人，排灣族利格拉樂・阿烏則為《山海文化》逐日閱讀、分類及整輯報刊雜誌關於原住民事務報導的〈山海日誌〉。

　　準此以觀，在一九九〇年代初期廣義的原運意義脈絡底下，《山海文化》的創刊，毋寧是為媒介原漢民族的知識社群在原權會成立、分裂之後的再一次理念結盟，積極扮演並發揮原住民族公共領域介入國是議論的角色功能，除了以文字論述支持、聲援原運團體發動的一波波原住民族入憲「正名運動」，同時針對原住民族自治的理念、藍圖賦予理論層次的思考高度。以下針對《山海文化》在一九九〇年代的原住民族「文學建構運動」與「作者」形成脈絡當中的角色作為，進行分疏、探討。

「文學建構運動」的六大作為面向

　　根據謝世忠的調查，《山海文化》在二〇〇〇年十月第二十五期、二十六期合刊出版後，就未再發行新的一期，總計從一九九三年十一月創刊到二〇〇〇年十月停刊的七年期間，《山海文化》總計出刊「二十六期二十三本（按，其中第二十一期與二十二期合刊，第二十三期與二十四期合刊，第二十五期、二十六期合刊）」[3]。《山海

---

[3]　謝世忠，〈「山海文化」雜誌創立與原住民文學的建構〉，頁一八三。

文化》雖在二〇〇〇年十月之後不再出刊，然而「山海文化」雜誌
社並未停止運作，轉以活動承辦、刊物承編的形式，延續深入《山
海文化》的創刊理念；正如孫大川所言：

> 為支付龐大的人事、編輯、印刷、稿酬等諸般費用，《山海文
> 化》工作人員必須藉著舉辦活動的方式籌組經費。在這種人手
> 不足的情況下，大家都是為了一股理想在疲於奔命。[4]

耐人尋味的是，困窘的財務拮据景況，迫使《山海文化》停刊
而轉以承辦活動、刊物的「代工」形式，籌措雜誌社的運轉費用，
「山海文化」雜誌社的原漢工作成員卻展現了更為驚人的組織行動
力、議題開發力，以及社會滲透力，儼然已是二〇〇〇年之後台灣
最有活力績效的文化團隊之一（簡中的主要影響因素，不能忽略孫大
川在台灣原住民族文學系統之內兼具著作者、學者、編者，以及曾經擔
任政務官員的多重角色功能發揮使然）。

整體來看，「山海文化」雜誌社扮演戰後台灣原住民族「文學
建構運動」奠基者的角色作為，主要表現在㈠串連並擴展原住民族
文學的書寫梯隊、㈡灌輸原住民族文學的理論內涵、㈢籌辦原住
民族文學獎、㈣編選原住民族漢語文學選集及日譯、㈤舉辦跨國性的
原住民族文學研討會、㈥推動台灣原住民族文學國際交流的六大面
向。

原住民族文學書寫梯隊的銜接與開發

扣緊本章的問題意識——《山海文化》在一九九〇年代的原住

---

[4] 孫大川，《夾縫中的族群建構——台灣原住民的語言、文化與政治》（台北：聯合
文學，二〇〇〇），頁一七三。

民族「文學建構運動」及「作者」形成脈絡當中的角色作為──來看，為了向內開發原住民各族新生世代的文學創作者、對外擴充原住民族文學的社會感應效能，「山海文化」雜誌社先是在一九九五年獨力舉辦「第一屆山海文學獎」（多篇獲獎作品，亦被《山海文化》推薦刊登於《中國時報》副刊），隨後即以理念結盟的形式，向漢人的企業、媒體尋求砌塑實質的原漢合作關係，包括二○○○年、二○○一年與「中華汽車原住民文教基金會」、《中國時報》副刊合辦兩屆的「中華汽車原住民文學獎」，另在二○○二年、二○○三年與《聯合報》副刊合辦「原住民報導文學獎」、「二○○三年台灣原住民族短篇小說獎」，之後持續每年獨力舉辦「台灣原住民族文學獎」迄今（二○一三年）。

　　值得注意的是一九九五年「第一屆山海文學獎」的舉辦，雖然不是首度專為原住民族設置的文學徵文比賽（一九九二年初由行政院文建會策劃、文化總會主辦、台灣省山胞行政局承辦的「第一屆山胞藝術季」文藝創作徵選活動，允為戰後台灣首度以具有「山胞」身分為參加資格限制的文學獎），但從徵文參加對象的資格限定、徵選的文類項目，以及評審的族裔身分以觀，「第一屆山海文學獎」確實是為戰後台灣的原住民族首次透過泛族意識的徵文活動形式，針對原住民族的「文學」、「文體」及「作者」的構成意涵，進行自我文化主體性的定義、界標與操作。

　　《山海文化》在對「第一屆山海文學獎」（包括後來的「中華汽車原住民文學獎」、「原住民報導文學獎」、「二○○三年台灣原住民族短篇小說獎」以迄各年度獨力舉辦的「台灣原住民族文學獎」）參加對象的資格規定上，顯然採取了體認、尊重原住民族在戰後台灣多有異族通婚的歷史經驗、社會事實的角度指出，凡是「只要愛好文學創作的原住民，包括具二分之一原住民血統者（凡父系、母系

之血緣皆包含在內）」均可參加，這在當時台灣的民法親屬篇以父系認同為宗的血緣身分認定判準來看，無疑是體現了婚姻關係底下男女平權的進步思維。

再者，「第一屆山海文學獎」對於徵文項目的設定上，亦是體認並尊重原住民族在文學表述、書寫的不同語文形式，此如以漢語書寫的「文學創作類」、以混語形式書寫的「傳統文學類部落史」、以羅馬字拼音族語書寫的「母語創作類」；至於五位評審的邀聘名單，則是兼顧族裔背景、世代傳承的考量，除了瞿海良是漢族之外，其他包括達悟族的夏曼‧藍波安、布農族的拓拔斯‧塔瑪匹瑪、泰雅族的瓦歷斯‧諾幹，以及林志興（父親為卑南族、母親為阿美族，妻子為排灣族）等四位，都是「原運世代」知名的文化論述者或文學創作者。

通過評審會議的紀實報導[5]，五位評審各自就其學術訓練、書寫經驗以表述其對原住民族「文學」、「文體」及「作者」意涵的定義，同時以嚴謹負責的態度做成了多個獎項名次「從缺」的決議（包括文學創作類小說組第一、二名，散文組第二名，詩歌組第一、二名；傳統文學類部落史、母語創作類前三名），並未困限於參賽書寫者的「族群性」身分而犧牲作品的「文學性」要求，自我陶醉式地關起門來做出統統有獎的決定。「第一屆山海文學獎」得獎人的族裔、出生及學歷背景，詳見下表：

---

[5]　呂憶君紀錄，〈第一屆山海文學獎評審會議紀錄〉，《山海文化》雙月刊第十二期（一九九六年二月），頁六五～八九。

一九九五年「第一屆山海文學獎」得獎者族裔、出生及學歷背景

得獎人	族別	出生	學歷	作品	名次
蔡金智	太魯閣	1971	中正大學中文系三年級	花痕	小說組第三名
宋明義	泰雅	1973	士林高商畢業	童貞	小說組佳作
里慕伊・阿紀（曾修媚）	泰雅	1962	台北師院幼師科畢業	山野笛聲	散文組第一名
百子・雅細優古（安淑美）	鄒	1965	玉山神學院畢業	兒時記事	散文組第三名
達嗨・閔奇暖（蔡善神）	布農	1974	政治大學新聞系二年級	重拾自信心—布農殘障庇護中心	散文組佳作
友哈你（王榮貴）	布農	1970	逢甲大學中文系畢業	苦海樹	詩歌組第三名
沙一安（鍾鵬輝）	達悟	1974	成功商水畢業	沙惡渡	詩歌組佳作
巴勒達斯・卡狼（巴清良）	魯凱	1953	屏東師專畢業	Ki Nu Lam部落史	部落史組佳作
黃東秋	阿美	1954	英國雷汀大學閱讀與語言資訊中心博士	阿美族的年齡輩份組織——我們是踏實的工作尖兵	母語創作詩歌組佳作
歐密・納黑武（李英富）	阿美	1953	空中大學	傳說	母語創作詩歌組佳作

　　「第一屆山海文學獎」得獎人的族裔、出生、學歷背景及其獲獎文類，相當程度上也在「中華汽車原住民文學獎」、「原住民報導文學獎」、「年台灣原住民族短篇小說獎」得獎者[6] 的出生背景

6　以上各項文學獎的得獎者、作品及相關資訊，參見謝世忠，〈「山海文化」雜誌創立與原住民文學的建構〉，頁一九七～二○○。

及書寫題材當中，看出某種趨同性，此即在要求以族語書寫、創作
的「傳統文學類傳記文學組」、「傳統文學類部落史組」、「母語
創作類散文組」、「母語創作類散文組」等四組的前三名，全都從
缺；獲得「傳統文學類部落史組」、「母語創作類散文組」佳作的
三位得獎人也都是在一九五〇年代出生，兩位是一九五三年（巴勒
達斯・卡狼、歐密・納黑武），一位是一九五四年（黃東秋），顯示
能以羅馬字拼音的族語採錄、書寫部落歷史或創作者，絕大多數是
在一九六〇年代之前出生。

　　再者，其實這也是《山海文化》與孫大川最引以為憂的現象，
亦即除了鄒族的白茲・牟固那那、泰雅族的里慕伊・阿紀、卑南族
的巴代、排灣族的達德拉凡・伊苞、排灣族的亞榮隆・撒可努、泰
雅族的得木・阿漾，布農族的乜寇・索克魯曼之外，其他曾在《山
海》舉辦或合辦的文學獎獲得名次的原住民新生世代作家，幾乎都
已成為所謂的「一文作者」，孫大川在一九九五年感慨指出：

> 就《山海文化》的經驗來說，三年來我們雖不斷地鼓勵同胞撰
> 稿，並為之舉辦第一屆的「山海文學獎」，但是我們始終無法
> 突破每期原、漢作者四六的不等比例。「書寫」人才的缺乏，
> 多少反映了原住民今天介入主流媒體的脆弱性。[7]

　　孫大川的感慨，具體展示在謝世忠針對《山海文化》從
一九九三年十一月創刊到二〇〇〇年十月停刊的七年期間，各期的
文學作品創作者族群背景進行的調查統計發現，《山海文化》各期
總共刊登一百六十一篇的文學創作及論述，包括詩歌六十九篇、散

7　孫大川，《夾縫中的族群建構——台灣原住民的語言、文化與政治》，頁一七三。

文四十七篇、小說九篇、劇本兩篇、口傳文學二十五篇、文論十三篇；其中，創作者的族群背景為泰雅族八人、排灣族七人、達悟族六人、布農族五人、阿美族三人、卑南族三人、魯凱族兩人、賽夏族兩人、太魯閣族兩人、平埔族一人，另有漢族九人，「獨缺鄒族、邵族、和噶瑪蘭族投稿者。『文論』的十三篇，有三位原住民作者（卑南兩人、鄒族一人），一位日本人，其餘皆為漢人」[8]。

　　另在「第一屆山海文學獎」「中華汽車原住民文學獎」、「原住民報導文學獎」、「台灣原住民族短篇小說獎」得獎人的族裔背景分布上，謝世忠統計發現，計有泰雅族十二人、布農族十人、阿美族五人、排灣族及鄒族各四人、卑南族及達悟族各三人、賽夏族及魯凱族各兩人、賽德克族及太魯閣族各有一人，其中完全不見邵族、噶瑪蘭族的文學創作、書寫者身影：

　　　　邵和噶瑪蘭族人未正名前即具有原住民身分，但均長期被劃歸
　　　　為「平埔族」的範疇，在所有《山海》系統的原住民文學作家
　　　　中，就只見一位非該二族系的平埔作者。此一現象是否顯示泛
　　　　平埔已然失去「原住民」實質的生命經驗，以致激不起族群思
　　　　維底下的文學細胞，值得進一步觀察。[9]

　　謝世忠對於邵族、噶瑪蘭族人在戰後台灣原住民族文學形構過程缺席的緣故假設及分析，確實值得省思；但在謝世忠的論述脈絡之中，似乎意味著具有「『原住民』實質的生命經驗」之後，便可激起「族群思維底下的文學細胞」，這個論點，過於樂觀。證諸於

---

[8]　謝世忠，〈「山海文化」雜誌創立與原住民文學的建構〉，頁一九五。
[9]　謝世忠，〈「山海文化」雜誌創立與原住民文學的建構〉，頁二〇〇。

前述的原住民族文學「作者」形成脈絡，顯然有著雙重的弔詭性，對於戰後初期以迄一九七〇年代的族語歌詩表述者、林班歌謠、工地歌謠的創作者或「原運世代」的文學書寫者來說，「『原住民』實質的生命經驗」確實激起他（她）們「族群思維底下的文學細胞」，但對陳英雄、曾月娥這些在成年之前也確實具有「『原住民』實質的生命經驗」的原住民作家來說，他（她）們之以漢語書寫的原初動機，又顯然無關乎「族群思維底下的文學細胞」所致。

　　另外，對於不少一九八〇年代前後出生的都市原住民而言，「『原住民』實質的生命經驗」與「族群思維底下的文學細胞」之間，不必然是對等的命題關係，以一九八一年出生的布農族碩士班學生全淑娟的話來說，「週間，我屬於都市；週末，我屬於部落。這樣，還完整嗎？介於部落與都市之間，我是一個『灰色』的人」[10]，在不少新世代原住民的眼中，「『原住民』實質的生命經驗」往往表現在老一輩家族親人的身體及記憶之中，這種文化的鄉愁只能想像、感受而不易進入；根據阿美族學者周惠民的自述，他也曾經多次嘗試與族人一樣過著盡情歡舞歌唱的生活，「但他非常清楚自己和這些族人的距離不比漢人近，這種游離感讓他不知如何定位自我」[11]。

　　事實上，《山海文化》的編輯團隊，拒絕或排斥以任何本質的、我族的視域界定原住民族的文學、作者及作品屬性，孫大川明確指出：

---

[10] 全淑娟，〈我是我，我是Bunun〉，《Ho Hai Yan台灣原YOUNG》雙月刊第十四期（二〇〇六年五月），頁五八。

[11] 周惠民（馬耀），〈馬耀自述：一個原住民的都市記憶〉，《原住民教育季刊》第三十四期（二〇〇四年六月），頁一三一。

有人試圖從這些概念底下去尋找其「本質」或「本體」，結果
卻是愈走愈遠，成了概念、文字的奴隸。[12]

對於《山海文化》與孫大川來說，原住民族文學「作者」的
認定判準，固然要求至少具有父系或母系血緣二分之一的原住民
血統，但在「作品」的題材、內容及書寫的語文形式上，不宜也
不應訴諸於血統論、本質論的角度，而界定或規範原住民族文學
「作者」表述、創作或書寫的文本必須符節於「原住民真理性」或
「『原住民』實質的生命經驗」，否則勢必導致原住民族文學走向
雙重虛脫的困境──自絕於族人的生命樣態、自外於社會的認識溝
通。

準此以觀，《山海文化》之為戰後台灣原住民族「文學建構運
動」的奠基者角色，除了透過逐期文稿的刊登、文學獎的舉辦，以
能鼓勵或挖掘各族的文學創作書寫者之外，更為重要的是表現在將
原住民族文學之撐廣社會認識、國際對話的層面，以及深化理論思
考的向度之上。我認為，這個面向也正是證成了《山海文化》之為
戰後台灣原住民族「文學建構運動」的判準依據，所以將以稍多的
篇幅探察之。

原住民族文學的典律化問題

我在前面的章節，已經論證了，一九八○年代之後的原住民族
漢語文學已在「創作／出版」、「書寫／閱讀」、「研究／學位」
的文學消費市場、學術研究場域，引起一定程度的閱讀興趣及研究
趨勢，據以取得了學術意義上的「文學經典」構成條件，正如日本

---

[12] 孫大川，《夾縫中的族群建構──台灣原住民的語言、文化與政治》，頁一七四。

學者下村作次郎的觀察,「台灣原住民文學在台灣的文學範疇中獲
得不可動搖的地位,進一步成為一門專門的學問被廣泛地多方討
論」[13],孫大川亦以總結式的樂觀口吻指出:

> 沒有文字的原住民,借用漢語,首度以第一人稱主體的身分向
> 主流社會宣洩禁錮在其靈魂深處的話語,這是台灣原住民文學
> 的創世紀,是另一種民族存在的形式。經過十幾年來的實踐,
> 我們似乎可以較為肯定地說:台灣原住民不再是歷史的缺席
> 者。[14]

下村作次郎、孫大川等人的樂觀,在另外那些具有「文學經
典」的定義、操作與建構權力的人士眼中,是否也只不過是窩在角
落玩積木的孩童自得其樂的愉悅?答案,似乎是微微朝著點頭的方
向移動。箇中線索,可以從一九九九年三月由行政院文建會主辦、
《聯合報》副刊承辦的「台灣文學經典」評選活動當中,看出些許
端倪。

這項評選活動的初選階段,先由七位委員[15]各在新詩、小說、
散文、評論、戲劇的領域,圈選出一百五十三本的複選書單,再由

---

[13] 下村作次郎,〈日本における台灣原住民文學研究──翻譯、出版、研究論文、學
會、シンポジューム─〉(台灣原住民文學在日本──翻譯、出版、學術論文、學
會、研討會),收於「山海的文學世界:台灣原住民文學國際研討會」論文集(花
蓮:國立東華大學民族語傳系主辦,二〇〇五年九月),引文見頁二二六。

[14] 孫大川,〈編序・台灣原住民文學創世紀〉,收於孫大川主編,《台灣原住民族漢
語文學選集》(台北:印刻,二〇〇三)各卷序,頁五。

[15] 成員包括「美國哥倫比亞大學東亞系教授王德威、台灣大學學務長何寄澎、中央大
學中文系教授李瑞騰、詩人向陽、中央研究院文哲所研究員彭小妍、國立藝術學院
戲劇系教授鍾明德,以及小說家兼《讀書人》主編蘇偉貞」;陳義芝主編,《台灣
文學經典研討會論文集》(台北:聯經,一九九九),頁五一〇。

六十七位票選委員[16] 從中圈選出五十四本進入決選，最後再由初選
的七位委員「秉持嚴謹態度與學術良心」[17]，投票選出三十本戰後
台灣的「文學經典」著作，其中「初版（發表）於一九五○年代者
二種、六○年代者六種、七○年代者十五種、八○年代者五種、九
○年代者一種」[18]，隨後並在國家圖書館的國際會議廳召開「台灣
文學經典研討會」，邀請各該研究領域的學者針對三十本「台灣文
學經典」的作品、作者發表學術論文。

　　這場台灣文學史上首度由中央政府、民間媒體，以及學者作
家協力合辦的「台灣文學經典」評選活動，意外引發了一場堪稱
一九七○年代後期的鄉土文學論戰以來，關於「台灣文學」的屬
性定義、「經典構成」的容量標定，以及在意識型態上對於「台
灣文學史」的認識論、建構論最為激烈的論戰[19]；正如美國學者

[16] 成員「幾乎都是任教於各大專院校，教授現代文學及相關課程的教師，極少數票選
委員是媒體的編輯或非常活躍的評論工作者」，陳義芝主編，《台灣文學經典研討
會論文集》，頁五一一；主辦單位原先邀請九十一位票選委員，寄回複選問卷的有
六十七人，回收率約七成三。

[17] 陳義芝主編，《台灣文學經典研討會論文集》，頁五二七。

[18] 陳義芝主編，《台灣文學經典研討會論文集》，頁八。入選「台灣文學經典」的
著作包括小說類：白先勇《台北人》、黃春明《鑼》、王禎和《嫁妝一牛車》、
張愛玲《半生緣》、陳映真《將軍族》、吳濁流《亞細亞的孤兒》、王文興《家
變》、七等生《我愛黑眼珠》、李昂《殺夫》、姜貴《旋風》；散文類：梁實秋
《雅舍小》、陳之藩《劍河倒影》、楊牧《搜索者》、王鼎鈞《開放的人生》、陳
冠學《田園之秋》、簡媜《女兒紅》、琦君《煙愁》；新詩類：鄭愁予《鄭愁予
詩集》、瘂弦《深淵》、余光中《與永恆拔河》、周夢蝶《孤獨國》、洛夫《魔
歌》、楊牧《傳說》、商禽《夢或者黎明》；戲劇類：姚一葦《姚一葦戲劇六
種》、賴聲川《那一夜，我們說相聲》、張曉風《曉風戲劇集》；評論類：夏志清
《中國現代小說史》、葉石濤《台灣文學史綱》、王夢鷗《文藝美學》。

[19] 關於「台灣文學經典」評選結果引發的各方論戰，參見楊宗翰主編，《文學經典與
台灣文學》（台北：富春，二○○二），頁一三～五八；尹子玉，《「台灣文學經
典」論爭研究》（桃園：國立中央大學中國文學研究所碩士論文，二○○二）。

哈羅德・布魯姆（Harlod Bloom）所言，那些被納入經典的文學作品，是「產生焦慮而不是疏緩焦慮」（achieved anxieties, not releases anxieties）[20]。

　　值得注意的是，入選「台灣文學經典」的三十本著作當中，沒有任何一本台灣原住民書寫的文學作品，其中也僅有夏曼・藍波安在一九九七年五月出版的漢語散文集《冷海情深》，擠入複選書單之列[21]。換句話說，戰後台灣原住民族投入於文學書寫的努力及成果，在以漢人的學者、專家為構成主體的「台灣文學經典」評選標準之下，全軍覆沒；諷刺的是，承辦單位宣稱：「這三十本經典聯成的意象，不僅指明台灣的地理位置，還有人民的聲音與身影──新文學運動以來一段完整的時間樣貌，因此台灣文學的主體性當然顯現在這三十本文學作品中」[22]。

　　正如美國學者約翰・吉羅伊（John Guillory）在檢視多本由知識階層的白人男性學者領銜遴選的西方文學經典選集之後發出的喟嘆，所謂文學經典的挑選過程，「通常也正是社會排除的過程」（always also a process of social exclusion）[23]，在他列舉的清單之內包括少數民族、女性、黑人以及工人階級創作的文學作品，往往是在經典形成的「社會排除」名冊之列。然而，沒有證據顯示參與「台灣文學經典」的所有評選委員操作「社會排除」的手法，逕將原住民族文學剔除於台灣文學經典之外，我也無意於質疑或非難原住民

---

[20] Harlod Bloom. *The Western Canon: The Books and School of the Ages.* (New York: Harcourt Brace & Company, 1994) p. 38.

[21] 陳義芝主編，《台灣文學經典研討會論文集》，頁五〇四。

[22] 陳義芝，〈（序二）關於「台灣文學經典」〉，陳義芝主編，《台灣文學經典研討會論文集》，頁七。

[23] John Guillory. *Cultural Capital: The Problem of Literary Canon Formation.* (Chicago: University of Chicago Press, 1993). p. 7.

漢語文學何以未能進入「台灣文學經典」之列，畢竟所有的經典形構都是有條件式的選擇性呈現。

　　深入觀察，「台灣文學經典」評選的條件，首先是以「歷時的」（diachronic）思維邏輯，針對二十世紀初期發軔的「中國新文學運動」、「台灣新文學運動」以降的相關藝文著述在學院之內被編選、被講授、被研究的比重脈絡、影響效應進行選擇性的評量、遴選及呈現；正如後殖民文學批評家薩依德所言：

> 現代的文學研究歷史被局限於文化民族主義（cultural nationalism）的發展，箇中的首要目的在於區分民族的正典（national canon），然後維繫其優越性、權威性及美學自主性（aesthetic autonomy）。[24]

　　薩依德的觀點，直接點明了問題的癥結點所在；儒漢化的「文化民族主義」制約了、局限了台灣原住民族漢語文學之被納入於「台灣文學經典」的構成可能性；換句話說，在以歷時性的思維邏輯底下，一九六〇年代之後才漸萌現的原住民漢語文學，是為不可逆轉的「遲延性」（belatedness）後來者，箇中又還牽涉到漢語作為一種文化資本在學校教育體制、社會學習系統當中的配置及分配問題。

　　「南島語族」的原住民被迫或主動習練漢語，用以閱讀、書寫乃是相對較晚的文化事實，自然也就不必要執著於在「台灣文學經

---

[24] Edward Said. *Culture and Imperialism* (New York: Vintage Books, 1994). p. 316；譯文參考愛德華‧薩依德著，蔡源林譯，《文化與帝國主義》（台北：立緒，二〇〇一），頁五八四。

典」是否被入列，藉以證成自我。應該思考的是，文學場域「經典
形構」（canon formation）與「經典拓寬」（opening-up of the canon）
之間的辯證關係；針對歷時性的「中華國族／漢人意理」的文化
史觀、文學典律的思維邏輯之外，進行「文化對位式的」（cultural
contrapuntal）策略，也就是將「遲延性」的位置加以轉換、成為資
產，透過「共時的」（synchronic）思維邏輯，以將「經典」的定義
及質性拓寬，探尋台灣原住民族文學的典律化如何可能的線索。

　　事實上，文化對位式的共時性思維邏輯，並不是我的創見或學
術發現，早在二十一世紀之初，即有多位學者透過跨國族的彼此協
力以推動、模塑台灣原住民族文學典律化的課題。

撐廣原住民族文學的社會認識、國際對話層面

　　二○○二年開始，「山海文化雜誌社」結合日本天理大學教授
下村作次郎等多位日本學者，共同展開台灣原住民族文學選集的日
譯工作。根據下村作次郎的說法，日譯《台灣原住民文學選》最初
的選輯計畫是出版全五卷，第一卷至第四卷收錄一九八○年代到
一九九○年代輩出的原住民作家漢語詩作、小說、散文、隨筆及評
論，第五卷則選譯原住民各族的神話傳說[25]。

　　《台灣原住民文學選》前四卷，均由孫大川、泰雅族瓦歷斯・
諾幹、下村作次郎、土田滋共同負責編輯，日本東京的草風館出
版，第一卷為收錄排灣族莫那能、布農族拓拔斯・塔瑪匹瑪作品的
《名前を返せ：モ―ナノン集／トバス・タナピマ集》（二○○二
年十二月出版）、第二卷為收錄排灣族利格拉樂・阿烏、達悟族夏

---

[25] 下村作次郎，〈【解說】台灣原住民文學とはなにか〉，收於下村作次郎編譯，
　　《名前を返せ：モ―ナノン集／トバス・タナピマ集》（東京：草風館，二○○
　　二），頁三○六。這項《台灣原住民文學選》日譯在二○○八年完成出版八卷。

曼・藍波安作品的《故鄉に生きる：リカラッ・アウ—集／シャマン・ラポガン集》（二〇〇三年三月出版）、第三卷為收錄瓦歷斯・諾幹作品的《永遠の山地：ワリス・ノカン集》（二〇〇三年十一月出版）、第四卷為收錄卑南族孫大川、巴代，泰雅族娃利斯・羅干、游霸士・撓給赫、里慕伊・阿紀、馬紹・阿紀，阿美族綠斧固・悟登、阿道・巴辣夫，布農族霍斯陸曼・伐伐、卜袞・伊斯瑪哈單・伊斯立端、乜寇・索克魯曼，排灣族亞榮隆・撒可努、伐楚古，魯凱族奧威尼・卡露斯，賽夏族伊替・達歐索，鄒族白茲・牟固那那，太魯閣族蔡金智，達悟族施秀靜，以及平埔族楊南郡等十九位原住民作品的《海よ山よ：十一民族作品集》（二〇〇四年三月出版）[26]。可以預見，透過日譯《台灣原住民文學選》的出版發行，未來將有更多新生代的日本學者投入於對戰後台灣原住民族文學的研究。

　　日譯《台灣原住民文學選》進行的同時，孫大川在二〇〇三年主編、出版四卷七冊的《台灣原住民族漢語文學選集》，包括《詩歌卷》、《散文卷》（上下冊）、《小說卷》（上下冊）、《評論卷》（上下冊）；謝世忠認為，「選集的出版，使得多篇《山海文化》雙月刊停刊之後的各獎項得獎作品，有機會被選入刊載，大大

---

[26] 日譯《台灣原住民文學選》前四卷的編輯出版作業，充分顯示日本學者對於學術工作的尊重及慎重態度，每一卷不僅附有詳細的註釋解說，並且親往原住民作家的部落住處進行多次訪談，尤其第四卷收錄的原住民作家多達十九位，編譯者柳本通彥、松本幸子以年餘的時間逐一走訪，並以遺憾的語氣表示「我們努力要將台灣政府認定的原住民族的作家加以網羅，不過很可惜的，唯獨漏了日月潭的邵族，因為要從這個僅有數百人的民族找出適當的作品，確實是不容易的」，柳本通彥〈「解說」木する生命の歌〉，收於孫大川、楊南郡、サキヌ等著，柳本通彥、松本さち子、野島本泰等譯，《台灣原住民文學選四・海よ山よ：十一民族作品集》（東京：草風館，二〇〇四），頁三五四。

減少了好文章無處出版的焦慮」[27]。

　　事實上，孫大川並非只以「山海文化雜誌社」舉辦的文學獎
得主、《山海文化》刊登的作品為選輯範疇，他嘗試透過各族
原住民以漢語、族語或混語書寫的文本編選形式，呈現戰後台灣
原住民族文學書寫的流變、轉折的辯證發展脈絡，同時展現了在
台灣文學史的建構過程當中，原住民族文學參與的必要性以及正
當性，因此孫大川及選編小組以原住民族文學自成位格的歷時性
思考架構出發，在《詩歌卷》、《散文卷》（上、下）、《小說
卷》（上、下）總共選錄了三十五位漢語創作的原住民作家，其中
一九四〇年到一九四九年之間出生的有五位（佔十四％），一九五
〇年到一九五九年之間出生的有十一位（佔三十一％），一九六〇
年到一九六九之間出生的有十二位（佔三十四％），一九七〇到
一九七九年之間出生的有六位（佔十七％），一九八〇年以後出生
的有一位（佔二％）。

　　值得注意的是，就連日譯《台灣原住民文學選》也未予選錄的
排灣族陳英雄（首先在一九六〇年代以原住民身分發表漢語文學書寫作
品者），孫大川卻在《台灣原住民族漢語文學選集》的《小說卷·

---

[27] 謝世忠，〈「山海文化」雜誌創立與原住民文學的建構〉，頁二〇二。謝世忠曾對
四卷七冊的《台灣原住民族漢語文學選集》進行逐卷論評，參見謝世忠，〈如古香
如今痛，疼疼原生命——「台灣原住民族漢語文學選集」論評之一：詩歌卷〉，
《原住民教育季刊》第三十二期（二〇〇三年十一月），頁一三七～一四〇；謝
世忠，〈原味民族誌甘甘濃濃——「台灣原住民族漢語文學選集」論評之二：散文
卷〉，《原住民教育季刊》第三十三期（二〇〇四年三月），頁一三一～一四〇；
謝世忠，〈妳（你）我她（他）的故事——「台灣原住民族漢語文學選集」論評之
三：小說卷〉，《原住民教育季刊》第二十五期（二〇〇四年八月），頁一三一～
一三六；謝世忠，〈眷愛與忽略——「台灣原住民族漢語文學選集」論評之四：
評論卷〉，《原住民教育季刊》第三十六期（二〇〇四年十一月），頁一〇七～
一一六。

上冊》，將陳英雄排在選輯作家的第一順位，充分顯示了孫大川及選編小組以歷史悲憫的寬容角度，看待並詮釋戰後台灣原住民族漢語文學書寫的形成過程[28]。

　　再如謝世忠所言，「二○○二年至二○○三年之際，新自然主義股份有限公司在孫大川總策劃之下，出版了十冊原住民各族的神話與傳說、印刷精美、內容老少咸宜，迄今已再版多次」[29]；對於這套書的策劃、編排及出版意義，謝世忠給予高度肯定，例如套書的書寫者除了奧威尼・卡露斯的《魯凱族：多情的巴嫩姑娘》、阿吉拉賽（林志興）的《卑南族：神秘的月形石柱》、里慕伊・阿紀的《泰雅族：彩虹橋的審判》、亞榮隆・撒可努的《排灣族：巴里的紅眼睛》等冊是由「原運世代」或「山海世代」的知名作者撰述之外，其他各冊則是由新世代的原住民親身採錄，並以童趣的文筆改寫自各族的神話傳說故事，包括潘秋榮的《賽夏族：巴斯達隘傳說》、希南・巴娜妲燕的《達悟族：飛魚之神》以及馬耀・基朗的《阿美族：巨人阿里嘎該》，謝世忠指出：

> 全是各該族的青年才俊，十數年前或還找不出他們，而原住民
> 主體性建構運動的成功，終於讓吾人得以在今天有幸以讀者身
> 分沾光。[30]

---

[28] 此可參見孫大川在《台灣原住民族漢語文學選集》各卷撰寫的編序〈台灣原住民文學創世紀〉，尤其是在最後一節的結語「原住民文學的價值何在？我們需要從想像力的高度，作一個全新的思考」，值得尋味省思。

[29] 謝世忠，〈「山海文化」雜誌創立與原住民文學的建構〉，頁二○一。

[30] 謝世忠，〈古老故事的再生與新時代原住民文化──「台灣原住民的神話與傳說」套書評論〉，《原住民教育季刊》第二十九期（二○○三年三月），頁一三一。

在謝世忠看來，《台灣原住民的神話與傳說》套書十冊的出版，無疑是為「山海文化雜誌社」、《山海文化》之為戰後台灣原住民族「文學建構運動」的最重要貢獻之一，它一方面使得原住民族文學的書寫者、閱讀者，不再只是局限於菁英式的、學院式的領域之內，另一方面也讓原住民的文學創作者得以擺脫被研究者、評論家賦予「苦難」、「悲悽」等等「作家英雄」的格局框限，誰能要求或規定原住民族文學讀起來「一定就要『精神唯美』、『苦痛生命』、『悲情昇華』，然後再站起來戰鬥一場」[31]。謝世忠認為，這套書從策劃構思、主題選定、寫手分布、文圖構成，以及出版行銷的整個過程，無不都讓台灣原住民族的傳統文化及現代文學，帶來另一種視域的社會認識，他說：

> 新時代中的新原住民有屬於自己的新文化，而它就在你我身邊，所以一直使之自然地被忽略，那是台灣的大損失。已出版的套書成就已然，喜歡它，就應進一步從古典原住民知識，躍至推敲原住民「現代性」的層次。換句話說，不數年後，應見到述說新時代新原住民新文化新神話傳說故事的大書問世。等待出版家、策劃大師、第一流寫手、及讀者女士先生同學小朋友們的共同催生！[32]

謝世忠的感性敘述、樂觀預言的驗證度，有待更進一步的探討，但他確實精準描述了「山海文化雜誌社」、《山海文化》工作

---

[31] 謝世忠，〈眷愛與忽略──「台灣原住民族漢語文學選集」論評之四：評論卷〉，《原住民教育季刊》第三十六期（二○○四年十一月），頁一一五。

[32] 謝世忠，〈古老故事的再生與新時代原住民文化──「台灣原住民的神話與傳說」套書評論〉，《原住民教育季刊》第二十九期，頁一三六。

團隊在二○○○年之後，拓展原住民族文學的社會認識層面的作
為貢獻。究探以觀，《山海》之為戰後台灣原住民族「文學建構運
動」的奠基者角色，主要在於深化原住民族文學的理論思考、論述
肌理，尤其是二○○五年九月二日～四日在花蓮舉辦的「山海的文
學世界：台灣原住民文學國際研討會」，三天兩夜的議程，允為近
年專以特定族群文類為主題的文學會議少見的規模，學者邱貴芬指
出：

> 三百多位來自國內外的作家、學院內外文史工作者以及關心原
> 住民書寫的觀眾共聚一堂，從「原住民文學與台灣文學」、
> 「原住民文學與民族運動」談到「原住民口傳文學」、「個別
> 作家論」與日本、北美、澳洲原住民文學，格局之廣，視野之
> 寬，實是相當難得的盛會……開闢了一個豐富的跨文化研究領
> 域。[33]

　　這場研討會宣讀的各篇論文，尚未正式以專書的規模結集出
版，是以能否或如何裨益於研究者對台灣原住民族文學探討論述的
視域提高或深化，有待日後的進一步驗證。根據與會人士的觀察經
驗，印象最為深刻的是在孫大川、林志興的主持串場下，計有十七
位各族的各世代原住民作家（依發言序，分別為綠斧固・悟登、陳英
雄、阿道・巴辣夫、黑帶・巴彥、白茲・牟固那那、胡德夫、瓦歷斯・
諾幹、夏曼・藍波安、卜袞・伊斯瑪哈單・伊斯立端、里慕伊・阿紀、
馬紹・阿紀、巴代、林阿民、乜寇・索克魯曼、達德拉凡・伊苞、董恕
明、甘炤文）同場發抒個人的生命歷程與創作經驗。

---

[33] 邱貴芬，〈原住民需要文學創作嗎？〉，《自由時報》副刊，二○○五年九月二十
　　日。

各世代原住民族文學作者的同台發聲

　　根據手邊的筆記顯示，綠斧固‧悟登表示，如果日記也算是一種文學的表現形式，「我是在文學中長大的」、「吃飯睡覺之外的工作時間，就是寫日記」、「這幾年都以羅馬字拼音寫日記，採集阿美族母語」；陳英雄說，他剛開始寫文章時「是盧克彰鼓勵的，也是他幫我改的」、「鍾肇政是錦上添花的工作」，如果停了一段時間沒寫，「鍾肇政就會寫信來罵我偷懶」，陳英雄強調，自己「從來沒有自卑過」、「未來會以真誠的心投入寫作」；阿道‧巴辣夫說，他寫文章「盡量不用中文的成語，語法給它亂顛倒」、「文字是一個飛彈，用來擊碎彈藥庫，看看能不能激出什麼火花」、「以後也盡量以母語寫劇本」。

　　一九四九年出生的黑帶‧巴彥表示，四十八歲才開始進行泰雅族的文化紀錄，「我只有小學畢業，剛開始寫時，是用《蘇東坡外傳》來學中文，但是發現搭不上泰雅的語法和文化」、「現在我用族人一般的對話方式書寫」；白茲‧牟固那那說，她的丈夫是四川人，「我從看《青年戰士報》而逐漸有文學的概念」，孩子大了以後才有更多自己的時間，「報名新莊社區大學寫作班，老師曾心儀鼓勵我寫部落的故事」、「未來會一點一點把部落記憶寫出來」；胡德夫表示，「文學對我來說，已經非常遙遠了」、「從小，我對語音特別敏感，學得很快」、「以後還是一樣，用歌聲唱我的心聲，唱族群的命運」；瓦歷斯‧諾幹說，他在九二一大地震之後，開始書寫關於土地倫理與悲劇，目前大部分時間利用電腦的「部落格」進行書寫，手邊有兩部描寫家族三代的故事小說在進行；夏曼‧藍波安表示，自己的生命拐了很多的彎，今後將花比較多的時間整理、體驗家族老人們的生命記憶；一九五六年出生的卜衮‧伊

斯瑪哈單・伊斯立端說，祖父是部落的祭司，從小就被他訓練成為獵人，中學之後被父親送到平地學閩南語，「我是受到瓦歷斯・諾幹的鼓勵才創作」、「堅持以布農族語書寫」。

里慕伊・阿紀自認是個「很安逸的人」，喜歡輕鬆、有趣的生活，所以她寫的也是「輕鬆、有趣的書」，這幾年一方面在小學、電台進行母語教學的工作，另一方面也向黑帶・巴彥學習泰雅族的母語及文化；里慕伊的弟弟馬紹・阿紀戲稱，「近幾年覺得沒有安全感」，因為原住民文學的創作新人輩出，他感慨自己忙於電視台的工作，「沒有時間回部落，沒有新的靈感」，但在都市生活、工作的隨筆散文，也已累積到可出一本書的稿量；一九六二年出生的卑南族巴代（漢名：林二郎）是大學教官，隨著本省籍妻子住在眷村，受到利格拉樂・阿烏的鼓勵，參加「第一屆中華汽車原住民文學獎」獲得短篇小說組第一名，「二〇〇五年後，決定不寫風花雪月，準備寫四部長篇小說，以部落為主體，從日治時期寫起」；卑南族的林阿民是「原舞者」創團成員之一，受到阿道・巴辣夫的刺激而起念創作，「未來希望寫些田野性的散文」、「目前正在進行一個長篇」。

七寇・索克魯曼表示，他的文學想像一直離不開玉山，但是布農族沒有聖山的概念，所以他也不會把山神聖化，然而玉山是族群生命的方向，「我不做獵人，而是高山生態的嚮導員」、「作品已累積到可出書，正準備要寫長篇小說」；達德拉凡・伊苞說，因為劇場的工作經驗，讓她習慣以鼓聲的節奏、音域結合母語與漢語混用的書寫型態；董恕明的母親是孫大川的親姊姊，父親是青年軍出身的浙江人，「從小生長在很愛國的家庭中」，她說不刻意在詩文之中表露原住民意識；一九八五年出生的布農族甘炤文，是座談會作家當中最年輕的一位，就讀台大中文系的他說，一度不願觸及原

住民族的議題，「太沉重」，遂從身邊的生活化角度書寫，現在正
學習母語，「心中在拉扯，有張愛玲式的惘然」，「都會區新世代
原住民、知識分子的角色，是我未來創作的方向」。

原住民族文學形成肌理的寬敞發展可能性

透過以上十七位原住民文學創作者、書寫者的發言簡述，不難
看出多位原住民文學「作者」的形成是受到漢人、原住民作家之
間彼此的鼓勵、提攜或刺激，他（她）們的文學表現形式在語言、
音律、文體的面向上，是多樣性、混雜化的，尤其是在二○○○年
之後的文學書寫形式、文本敘事類型，呈現三種發展趨勢，第一，
利用電子數位化的「部落格」，進行機動性、實驗性及開放性的網
路文學書寫，不再受到報刊雜誌等平面媒體的審稿、篇幅及字數限
制，但其作品集結出版的機率也將多少受到影響。

第二，書寫族群的、部落的、家族的長篇歷史小說，已是生命
經驗逐漸豐厚、思想深度逐漸扎實、書寫技巧逐漸圓熟的原住民
「作者」的文學主力發展重心，例如奧威尼・卡露斯二○○一年
出版的《野百合之歌》、亞榮隆・撒可努二○○二年出版的《走風
的人》、霍斯陸曼・伐伐二○○六年月出版的《玉山魂》、李永松
（得木・阿漾）二○○六出版的《雪國再見》，另如巴代的《大正
年間》、乜寇・索克魯曼的《望鄉》，均已獲得「財團法人國家文
化藝術基金會」的長篇小說創作專案補助，俱都顯示長篇小說的書
寫及研究，在不久的將來，可望成為台灣原住民族文學構圖的重要
文類。

第三，多位　九七○年代中期之後出生的新世代、都市原住
民作家，逐漸嶄露頭角，即使尚仍年輕的他（她）們未有「『原住
民』實質的生命經驗」，文本內容亦未刻意突出認同政治或文化抵

抗，但是他（她）們並不怯於向公眾表明自我的族裔身分，甚至不迴避以原住民的書寫者身分介入、參與情欲文學或同志文學，例如阿美族的阿綺骨透過網路個人新聞台進行的情慾文學書寫，排灣族的瑪達拉‧達努巴克對於男同志的研究及文學書寫，卑南族的馬翊航以詩意散文進行的性別越界書寫。

　　總地來看，「山海文化雜誌社」、《山海文化》之為戰後台灣原住民族「文學建構運動」的重要作為者，已如前述，不贅。但更重要的是，《山海文化》的角色功能，恰正位於原運的轉型點上，搭建了一個銜接於原運前後各族群、各世代的社會運動者及藝文工作者，接合於原漢族群的知識社群、媒體力量的多元認識、對話，以及結盟的公共論述領域，有效地讓原住民的族群文化認同擺脫本質論式的、我族式的，以及懷古式的宿命框限，使得一九九〇年代初期之後的原運，保持在一種既是自我創造，亦是社會互動的整體文化意義增值的進行式狀態。

接續原運精神的「山海世代作者」

　　即使原權會的組織功能，已在一九九六年之後漸趨式微，原運的香火並未熄滅，反而經由《山海文化》的原漢族群接合、文化意理結盟的形式，擴充原運的社會感應層面及作用效能，亦讓戰後台灣原住民族的文學創述成果、作者形成肌理，有了更為寬敞的發展可能性；甚者，在台灣原住民族文學的作者系譜之中，已有「山海世代」的指涉詞語出現（亦即，經由角逐「山海文化雜誌社」在一九九五年開始主辦的歷年多項文學獎而獲得名次、持續創作，並且出版文集的原住民作家）。

　　廣義的「山海世代作者」當中，最為接合於「原運世代作者」的認同轉折、文學書寫，以及文化實踐路徑者，當是一九九八年出

版散文集《山豬‧飛鼠‧撒可努》之後，旋即受到外界廣泛注意，甚至已被某種程度偶像化、明星化的亞榮隆‧撒可努。

　　謝世忠戲稱，「在文學評論家的意識和潛意識判準下，《山海》多年努力不懈募徵文字之士，好像只造就了一個撒可努」[34]。亞榮隆‧撒可努在一篇自述他在二〇〇三年返鄉創辦「獵人學校」心路歷程的文章之中，曾以第三人稱的敘事筆法形容自己：

> 撒可努為大專院校競相邀請的熱門演講者，足跡遍及美國、菲律賓、中研院、台灣大學、清華大學、成功大學、政治大學、海洋學院、輔仁大學、銘傳管理學院、文化大學……及各中級、小學。目前並擔任大學社團的指導老師，大家都叫他「說故事的人」！2000年更獲得《2000年巫永福文學獎》首獎、《第一屆中華汽車原住民文學獎》首獎，除了聯合報、中國時報的報導外，台視的大社會（8月）和公共電視（9月）更製作一小時的人物專訪。此外，撒可努更是國家文藝基金會有史以來最年輕的被補助者。[35]

　　經由上引撒可努的自述文字，不難發現他在一九九〇年代後期，甚至於是整個戰後台灣原住民族文學「作者」的形成脈絡當中，均可謂之為特殊的景觀存在。透過撒可努的「走紅」[36]事例，某種程度顯示二十一世紀的原住民族文學「作者」的形成軸跡，不

---

[34] 謝世忠，〈「山海文化」雜誌創立與原住民文學的建構〉，頁二〇八。

[35] 撒可努，〈拉勞蘭部落青年會——獵人會所〉，《原住民教育季刊》第三十一期（二〇〇二年八月），頁一〇八。

[36] 《山海文化》、《Ho Hai Yan台灣原YOUNG》雙月刊主編林宜妙，曾以「走紅」一詞形容撒可努近年來的活躍表現；林宜妙撰，〈亞榮隆‧撒可努簡介〉，收於孫大川主編，《台灣原住民族漢語文學選集‧散文卷（下）》，頁一三二。

再只是依循以往的文學書寫、發表及出版模式，至少對於既是雕塑
藝術家，又是文學創作者的撒可努來說，原住民族文化、藝術，以
及文學的價值存在位置，必須建築於強迫性的社會視覺認識之上，
因此他以「公共展演」（public performance）的形式，要求自己穿戴
排灣族男子的傳統服飾出現在任何一個文學活動現場。

　　另一方面，撒可努在二○○二年與漢族作曲家彭靖合作，共同
發行台灣原住民族文學的第一本有聲書《VuVu的故事》，他的第
一本散文集《山豬・飛鼠・撒可努》隨後也在二○○五年被香港導
演張東亮改編為電影上映；不論是有聲書或電影，都有撒可努的獻
聲、現身演出。

　　相較於同世代的原住民族文學作者，「能說能寫、能刻能畫、
能演能唱」[37]的撒可努，確實多才多藝且少年得志，但是他也清楚
知道自己對於排灣族歷史、文化、語言的掌握程度，相當貧乏：

> 小時候不太說母語，我的爸爸刻意地包裝我，不讓我去學母
> 語，他說我們的孩子學母語幹什麼，學母語之後別人會笑他是
> 山地人，我就真的封閉了自己18年，沒有學母語。[38]

　　即使他在二○○○年以現役警察的身分，獲得「第一屆中華汽
車原住民文學獎」散文組第一名，但是當時年僅二十七歲、接受警
察學校教育的撒可努，對於原住民族在台灣的被殖民歷史、一九八
○年代初期原運歷程的認知，可以說是一片空白。撒可努一方面在

---

[37] 林宜妙撰，〈亞榮隆・撒可努簡介〉，收於孫大川主編，《台灣原住民族漢語文學
　　選集・散文卷（下）》，頁一三二。

[38] 〈主題：原住民文學作者經驗談〉的亞榮隆・撒可努發言記錄，收於黃鈴華總編
　　輯，《21世紀台灣原住民文學》（台北：原住民文教基金會，一九九九），頁三○五。

承受或忍受外界貼上偶像化、明星化的豔羨或貶抑眼神的同時，另一方面也在蓄積三十歲之後的返鄉動能。二〇〇二年，撒可努獲准調回台東擔任森林警察，擁有相對較為充裕的時間返回台東太麻里的香蘭部落，協同部落族人闢建「拉勞蘭部落青年會：獵人會所」，撒可努說：

> 在書寫《走風的人》期間，我幾乎每個禮拜往返於台東、台北間，光是來回的車資，就用掉了我大半的薪資；而跟國家文藝基金會申請的補助金，全部拿去蓋了「青年會所」。這棟會所的成立，最大的受益者就是部落和我的族人，而不只有我個人。[39]

「拉勞蘭部落青年會：獵人會所」在撒可努的構想執行下，邀集部落的族老、年紀相近的族人向新世代的部落青年、青少年開授學校內不會教的課程，包括母語的教授，土地、人民與部落的關係，圖騰符號、野生動物和獵場的認識，樂器與器物的製作，排灣族的野外取火技巧，水生物的認識與捕作，海技的練習，排灣族器物、醫學、禮節與天文的介紹[40]。透過「拉勞蘭部落青年會：獵人會所」的闢建運作，對於撒可努以及一九九〇年代前後出生的部落新生代來說，族裔文化身分的認同並不是抽象的、想像的課題；文化認同的形成、生產是真實而具體對應於部落的歷史記憶、族人的日常生活之上，正如一位參與學習的國中生所言，「有了會所後，

---

[39] 亞榮隆・撒可努，〈序一／記憶我的原鄉〉，收於亞榮隆・撒可努，《走風的人：我的獵人父親》（板橋：思想生活屋，二〇〇二），頁七。

[40] 關於亞榮隆・撒可努返鄉發起、闢建「獵人學校」的過程，參見撒可努，〈拉勞蘭部落青年會——獵人會所〉，頁九三～一二〇。

我終於瞭解，『認同』是一種成就」[41]。

　　返鄉重新學習排灣族人的生命禮儀、生活文法及技能，使得撒可努這位被偶像化、明星化的原住民族文學「山海世代作者」，不致於被媚俗的商業市場機制馴服或收編，也讓他的文化身分認同書寫歷程，接續於「原運世代作者」。返鄉學習生活的經驗如何影響、豐厚撒可努未來的文學書寫內容、文本承載重量，尚待觀察，但他在重新省思、實踐自我的族裔文化構圖之後，透過神話故事的繪本書寫作、有聲書的參與製作，以及作品改編電影的編劇與演出，卻為今後的原住民族文學表述形式、社會認識、傳播平台及流通場域，開發了另一種可能性的影音發展面向。

　　「山海文化雜誌社」、《山海文化》自一九九〇年代初期之後綿貫至二十一世紀的「文學建構運動」，在對戰後台灣原住民族文學世代系譜及書寫梯隊的整編意義上，不僅對於原住民族文學及作者的認識定義之上，重新恢復口傳表述的、吟哦傳唱的歌詩文學意義與流通價值，接續了戰後以迄一九七〇年代之前以族語、日語或漢語創作歌詩的巴恩・斗魯、吾雍・雅達烏猶卡那、巴力・哇歌斯、綠斧固・悟登以及林班歌謠、工地歌謠的創作者，並以歷史悲憫的視域包容看待一九七〇年代前後曾月娥、陳英雄等人以漢語書寫卻流失原住民族文化主體性、流於填充漢人國族意識教化櫥窗展示的文學作品，同時接合一九八〇年代初期漸次形成的「原運世代作者」，共同協力於透過「第一屆山海文學獎」、「中華汽車原住民文學獎」、「原住民報導文學獎」、「台灣原住民族短篇小說獎」的舉辦，實質開發、栽育一九九〇年代中期之後漸冒頭角的原住民族文學創作者，進而形構了戰後台灣原住民族文學之有一齣接一齣饒富戲劇張力的「作者」生命故事及其文本譜寫。

---

[41] 撒可努，〈拉勞蘭部落青年會──獵人會所〉，頁一〇二。

第七章

書寫的文字政變或共和？

——台灣原住民文學混語書寫的意義考察

文學混語書寫問題的提出

　　文學書寫的「混語（creole；lingua franca）」議題一旦被打開，
那就絕不是，也不該是在叨述一則唯美浪漫的、質樸純真的文學典
故；在台灣文學的史脈轉承肌理，以及原住民文學經驗顯影的混語
書寫現象，箇中指涉的外在具體驗證標的，借用布赫迪厄（Pierre
Bourdieu）的論喻來說，不外乎就是「整個殖民歷史……在經濟、
政治及文化面向的全方位壓抑，都參與了對話」[1]；換句話說，文
學混語書寫的議題一旦被拋出，那就是在要求「傳統上對於歷史與
文化、文學及身分認同的認知概念的重新定義」[2]。

　　一九六〇年代初期，奈及利亞的詩人、劇作家加布里爾・歐卡
拉（Gabriel Okara），曾經因為他以母語「伊卓」（Ijaw）混融於英
語而書寫的文學作為，遭致「褻瀆語言」的批評，歐卡拉憤而撰文
批駁，認為批評他的人忽略了語言生成的有機性，「語言的生成，
一如物的衍生，英語也絕不是一個死亡的語言；眼下所見的英語，
就有美洲的、西印度群島的、澳大利亞的、加拿大的、紐西蘭的敘
說版本，這在添增英語的生命活力的同時，也投射映顯了新的敘說
版原有承載的文化」[3]；歐卡拉的論點，其實也暗合了廖炳惠的觀
察「美國的英語不斷地吸收黑人的英文及其俚語，以逐漸擴大英語

---

[1] Pierre Bourdieu & Loic J. D. Wacquant. *An Invitation to Reflexive Sociology* (Chicago: The University of Chicago, 1992). p. 144.

[2] Françoise Lionnet. "Introduction: Logique Metisses: Cultural Appropriation and Postcolonial Representations," *Postcolonial Representations: Women, Literature, Identity* (Ithaca, N.Y.: Cornell University Press, 1995). p. 7.

[3] Ngûgî, Wa Thiong'o. *Decolonising the Mind: The Politics of Language in African Literature* (London: James Currey, 1994). p. 9.

詞彙的活潑性以及表達的可能性。在各種母語逐漸互動的空間裡，文化並不會因為某種本位主義而陷入隔閡的局面，反而會因為互動而引伸了種種前所未有的可能性」[4]，然而不同於廖炳惠扣緊了語文政治的歷史脈絡而談台灣的「母語運動與國家文藝體制」，歐卡拉的論點過於柔軟化了、甚至掏空了混語現象之所以生成的權力磨合關係，畢竟因著殖民關係而發的混語問題，是不能夠化約殖民歷史的辯證脈絡而徒談「語言生成的有機性」。以台灣為例，邱貴芬的研究指出，流行於台灣的「國語」事實上已結合了台灣經驗，背負了台灣被殖民歷史，等於台灣被殖民經驗裡所有不同文化異質的全部，因此「台灣語是揉合了中文、福佬話、日語、英語、客家話及其他所有流行於台灣社會的語文」[5]。

綜合歐卡拉、廖炳惠、邱貴芬的論點，容或可以得出一個尚待進一步驗證的結論：舉凡涉及內部跨族、外部跨國的語文接觸經驗史，「混語化」現象幾乎都會履經不同的轉折路徑、殊異的表現形式而時顯、或時隱發生。但在確認這項結論的同時，也必須鎖緊了殖民歷史架構的問題意識，詳細查究文學混語書寫形成的多元動態軌跡，以台灣文學及原住民文學的探討為例，經由混語的文學書寫而欲達成身分認同的策略張力、揭露殖民暴力的抵抗效力，是不能放在同一個天平上去測量的。

以下，我嘗試在「書寫／語言」的認同政治的論述脈絡底下，首先針對日治及戰後台灣文學的混語書寫史脈，略做整理分析，並且檢視帝國主義擴張之下的台灣原住民族「母語屈從史」，目的在

---

[4] 廖炳惠，《回顧現代——後現代與後殖民論文集》（台北：麥田，一九九四），頁二六五。

[5] 邱貴芬，《仲介台灣‧女人》（台北：元尊文化，一九九七），頁一六一～一六二。

於呈顯一個歷史事實：台灣文學及原住民文學混語書寫的構成背景，並非歷史上相互無涉的各自表述關係。隨後，我將以一九八〇年代中期之後，陸續湧現的原住民文學作品作為探查的起點，逐一把梳原住民文學工作者以漢語、族語、雙語、混語的書寫策略所構築的身分認同效能，測量原住民文學「書寫與差異」的敘事模式為台灣文學添增的重量刻尺，並在這個基點之上，進一步探討原住民文學的混語書寫策略，能否界定為原住民族尋求文化自主性，或是族群主體性的再現敘事表現？

我將以三個階段的論證階序，逐次揭示原住民文學混語書寫的策略必要。在第一階序，嘗試建造原住民文學混語書寫的理論基礎，經由原住民文學工作者對既定的語言符號系統──古漢文、北京話、台北國語、台灣國語、英文翻譯式漢文──的揉搓、混雜的書寫過程，我將論證原住民文學的混語書寫對於現代漢語文學的「書寫／語言」權力關係而言，已是另外闢建一個「書寫／差異」的容器可能性。

其次，我將檢視原住民文學已有的混語書寫作品，特別是以泰雅族的瓦歷斯‧諾幹、阿美族的阿道‧巴辣夫為例，考察其以族群母語發音對既定的語言符號系統的戰略變音、諧擬造詞，及對現代漢語的句法、語義、詞彙、音節的重新置換或挪動，形成「閱讀／理解」的延宕障礙，強迫浸淫於現代漢語文學的閱讀者及研究者去辨識、思考原住民文學自有的組成質素、歷史構成。

最後，我將以批判的角度指出，原住民文學的混語書寫在實踐上、理解上，不能停留於或滿足於「文字政變」、「文學遊戲」的書寫魔術；混語書寫的意義，應該也必須放在原住民族作為文化差異的身分認同策略之下被定義；原住民文學的混語書寫，以英國文化研究學者霍爾的話來說，「本身就是族裔離散（diaspoar）、

多樣性（diversity）、混雜性（hybridity）及差異（difference）的開始」[6]，是讓台灣各個族裔在參與閱讀了原住民文學的混語書寫作品之後，得以共同凝視、確立彼此之間在歷史存在的主體位置。

混語的三種界定及其在台灣文學的脈絡

　　人類的語言接觸經驗史上，混語現象大抵率循三種跨越族裔、國域、語系的衍生途徑而起，亦即遺民、移民以及殖民關係的交互影響。

　　在不涉及國族支配的權力衝突之下，某些古老的、正典的語言，是以「遺民者」的姿態而參與了混語的形構，例如艾文・古德諾（Alvin Gouldner）在他的知名著作《知識分子的未來及新階級的興起》指出，十九世紀末、二十世紀初的西歐公共領域之中，知識分子以「新階級」的社會階層身分出現的第二個階段，「表現為多種本土語言（vernacular languages）的興起，以及拉丁語作為知識分子語言的相對衰落」[7]，他認為，「新階級」的知識分子使用著「一種特殊的語言變體（linguistic variant）」，此即「批判的論述文化」，以使所有基於傳統社會權威的言說「去權威化」[8]；古德諾的論點對了一半，也錯了一半。風光千餘年的拉丁語，確如古德諾

---

[6]　Stuart Hall. "Cultural Identity and Diaspora," in Patrick Williams & Laura Chrisman. eds., *Colonial discourse and Post- colonial theory: A Reader.* (New York: Harvester Wheatsheaf, 1993). p. 401.

[7]　Alvin Gouldner. *The Future of Intellectuals and the Rise of the New Class* (New York: Continuum, 1979). p. 1.

[8]　Alvin Gouldner. *The Future of Intellectuals and the Rise of the New Class.* pp. 27, 29.

的觀察，是在當今的學術上、宗教上、政治上把盟主的權威光環讓
予英語[9]，然而他對拉丁語做出「衰落」的論斷判決，並不正確，
包括法語、西班牙語、義大利語等等拉丁語系的語言，都是拉丁語
在與各該國域的本土語言混雜、交纏之後的衍生語言。

　　某種語文以「移民者」或「殖民者」的姿態進入特定的、他者
的國族空間場域之後，暫且不論基於何種動機、籌劃而移民或殖
民，歷史經驗的運作律則佐證了一項事實：「移民者」或「殖民
者」的外來語言終究、必然促使了各該土著社會原本存在著「單
語的」（monolingual）、「雙語的」（diglossic）或者「多語的」
（polyglossic）語言政治生態，因著移民或殖民關係而在文學書寫的
語文形貌上，有機性地、辯證性地衍生了混語現象[10]。就移民關係

---

[9] 即使是英語在十七世紀初葉增加的數千個新詞，也有不少是來自拉丁語、希臘
語，根據北京大學教授李賦寧的研究指出，英國作家托馬斯・艾利奧特（Thomas
Elyot）在一五三一年出版的名著《統治者》（The Boke Named the Governor）當
中，企圖說明什麼是「民主政治」時寫道：這種統治希臘文叫作democratia，拉丁
文叫作popularis potentia（人民的權力），英文叫作the rule of the commonalty（老百
姓的統治），顯然英語需要借用希臘語詞democratia來形成現代英語詞democracy，
用以代替冗長的the rule of the commonalty。參見李賦寧編著，《英語史》（北京：
商務，一九九八），頁二九一。

[10] 例如台灣在日本殖民統治之下、一九三〇年代初期的台灣話文論爭，即有部分人士
提出混融日本語文、中國話文、台灣話文的書寫主張；支持中國話文的林海成（筆
名：林越峰）指出「就是如；煩悶不過、沒關緊要、快得很、種種和台灣的語言隔
離較遠的字句，我們都可以不用；可以把牠寫做很煩悶、不要緊、真爽、來使其更
合於台灣話、而且這樣的寫法、設使提到中國去也是講得通的。又如：自動車、水
道、萬年筆或是潤古董、搞大耳、噴雞規等等的台灣特殊方言、無妨也儘管可以插
下去、使其作品更加增上一層台灣的色彩。或是這些特殊的方言，寫了要給中國人
看不懂也沒有一定。總是我卻以為是沒關緊要的」，越峰：〈對「建設台灣鄉土文
學的形式的芻議」〉，《台灣新民報》九一五號（一九三三年九月六日），轉引自
陳淑容，《一九三〇年代鄉土文學・台灣話文論爭及其餘波》（台南：台南師範學
院鄉土文化研究所碩士論文，二〇〇一），頁八七～八八。又如王詩琅以筆名「王

而衍生的混語現象而言，大衛・克里斯托（David Crystal）在研究同為英語語系移民國家的澳洲、紐西蘭的英語混語變化現象時指出，「我們依然可以從今天澳洲人的說話習慣，聽到倫敦話（Cockney）鼻音的特色和愛爾蘭英語土腔的蛛絲馬跡……部分來自原住民土話的表達方式，在最近幾年美式英語的影響愈趨明顯，因此這個國家現在擁有非常混雜的語言特色」[11]，至於英語在紐西蘭「最近興起一股對人口佔紐西蘭百分之十的毛利人在人權及需求方面的關切，導致紐西蘭在英語中增加使用毛利字彙」[12]。

　　因著殖民關係，外來的殖民者語言與殖民地的土著語言，遂被擺置於同一個共時性的空間場域之內，而且因為語言接觸的政治權力不平衡所致，外來語言及土著語言經由撞擊、夾纏、交織、磨合之後衍生的混語現象，是比遺民、移民關係而來的混語化問題更複雜，例如在第二次世界大戰之後，曾有「日不落帝國」之喻的英國逐一交出殖民地主權的同時，不論是從非洲到亞洲，或是北美洲到大西洋洲的原初英屬殖民地，英國也遭遇了所謂「中央英語」

錦江」發表在《台灣新文學》第一卷第四號（一九三六年五月號）的〈一個試評
——以「台灣新文學」為中心——〉當中，固然感慨以漢文出發的新文學運動「不
但沒有進境，反見愈趨衰微。主流也漸漸遷移到和文去」，但是王詩琅也反對日
本左翼作家別所孝二在《台灣新文學》創刊號提出「作品用語統一為國語（按：日
語）的事，斷然是不可躊躇的」主張，王詩琅認為「台灣語式的白話文之曾（按：
應為嘗）試者漸增，而也漸漸地決定為它的主要方向……現在的台灣人既是還在用
台灣話以上，台灣話式的漢文，不但不能消滅，還有不滅前者的意義」。王錦江：
〈一個試評——以「台灣新文學」為中心——〉，《台灣新文學》第一卷第四號
（一九三六年五月），頁九四～九五。

[11] 大衛・克里斯托（David Crystal）著，鄭佳美譯，《英語帝國》（台北：貓頭鷹，
二〇〇二），頁六七。

[12] 大衛・克里斯托著，鄭佳美譯，《英語帝國》，頁六九。

（English）的破碎零散化[13]，逐漸喪失了殖民者語言的所有權，包括語詞的發音、字彙的拼寫出現變化，文法的結構也在改變；在「中央英語」被解殖民化，代之以「新英語」（new english）或「地方英語」（local english）的混語形構過程，以《魔鬼詩篇》（The Satanic Verses）一書的作者、印度裔的撒門・魯西迪（Salman Rushdie）的話說，「在一段時期之前，英語已經沒有所有權的問題了……獨立印度的新生一代似乎都不認為英語是殖民時代殘留下來不可抹滅的污點。他們像是使用印度語言般使用英語，彷彿是手上一個隨時掌握的工具」[14]。

另外，從後殖民文學批評家薩依德的角度來看，所謂的霸權語言，不僅不再專屬於殖民者圈養餵食的語文，反而逐漸成為被殖民者或者文化弱勢社群挪借、改易作為批判性文學書寫的媒介工具：

在由美國所主導的英語世界集團之內部或其緊鄰的新的社群和國家中，出現了極具顯著意義的變形（deformations）現象，

---

[13] 楊青矗在一九八五年受邀赴美參加「愛荷華國際寫作計畫」，奈及利亞的作家塔努瑞・歐嘉迪（Tanure Ojaide）在接受楊青矗的訪談時表示「我以變格英語（Pidgin English）寫作……已不是正統英文了，這裡面融入許多非洲的用語……我們雖然用英文寫作，但感受性和傳統都是非洲的」；楊青矗，《與國際作家對話——愛荷華國際作家縱橫談》（台北：敦理出版社，一九八六），頁一一四。另被喻為非洲文學祭酒的奈及利亞作家阿卻貝（Chinua Acheba）也曾指出「英文是可以承載我的非洲經驗的重量，唯此必然已是一種新的英文（new english），不是完全靜棲於英文的祖傳之所，而是已經剪裁得相應於新的非洲環境」。參見Chinua Achebe. "The African Writer and the English Language," in P. Williams & L. Chrisman.eds., *Colonial discourse and Post-colonial theory: A Reader* (New York: Harvester Wheatsheaf, 1993). pp. 428-434.

[14] 引自大衛・克里斯托著，鄭佳美譯，《英語帝國》，頁一九四、二〇三。

這個群體包含了異質的聲音（heterogenous voices）、多種語言、駁雜的形式（hybird forms），給予英語寫作（Anglophonic writing）一極特殊與可疑之身分。[15]

　　經由混語現象的三層界定，我們將要進一步檢視台灣的混語書寫發展脈絡。台灣新文學在日本殖民統治的一九二〇年代發軔以來，關於文學書寫的語言擇用問題，就已深沉捲繞於文化身分的認同辯證網絡之內[16]，那是直接指涉於殖民關係底下語言接觸的政治權力不平衡[17]，以及隨之而來的文學「書寫／語言」敘事策略對於

---

[15] Edward Said. *Culture and Imperialism* (New York: Vintage Books, 1994). p. 306；譯文參考Edward Said著，蔡源林譯，《文化與帝國主義》（台北：立緒，二〇〇一），頁五七〇。

[16] 例如大正十四年（一九二五）八月，擔任台灣文化協會理事、台灣第一位獲得德國魯茲大學醫學博士學位的王受祿，在文化協會主辦的「夏季講習會」的演講當中表示「我們本島人實際上負有三層重擔。亦即漢文、台語、日語。因此，文化的發展遲滯，倘若國語（日本話）、漢文停用，單單留用台語，則進步就會非常快」。王受祿的談話，具體指出了日治中期的台灣知識菁英在國族認同、文化認同的主體性多重糾葛；但在殖民體制之下，獲有德國醫學博士學位的王受祿猶仍挺立台灣人的主體認同，主張停用殖民者的語言，確實需要相當的道德勇氣堅持。參見王乃信等譯，《台灣社會運動史（一九一三年～一九三六年）第一冊・文化運動》（台北：創造，一九八九），頁二〇八。

[17] 昭和七年（一九三二）七月，當時任教於日本岩手縣女子師範學校的左翼詩人王白淵，邀集張文環、吳坤煌等多位留學日本各所大學的台灣左翼文學青年，共同籌組「東京台灣文化同好會」，並在《通訊》的創刊號指出「凡是台灣青年都明白的，我們殖民地人比母國國人忍受著更多的痛苦。我們沒有比母國人更多的言論自由，甚至連選擇語言的自由都沒有……不能使用自己與生俱來的母語，這是多麼殘酷的事啊！我們本來的漢文文章幾乎已被廢棄了。這種語言上的混亂，阻礙了台灣文化發展，是難以估計的」。參見《台灣社會運動史（一九一三年～一九三六年）第一冊・文化運動》，頁六一～六四。

認同政治的自我實踐[18]；也就是在這個結構性的意義點上，雖然日
治時期的台灣文學創作者針對台灣話文、中國話文以及日文的遴選
使用上，交叉展開了或棄用、或挪用、或混用的書寫策略，但這相
對無涉於個人的美學愉悅體驗[19]，而是必須放在認同政治的殖民架
構之下去檢視或理解。

文學混語書寫，是過程還是目的？

　　置身於日本殖民統治體制之下，特別是在昭和十二年
（一九三七）四月「新聞漢文欄廢止」[20]、總督府推動「皇民化運

---

[18] 昭和十年（一九三五）十月，甫以日文書寫的小說〈新聞配達夫〉入選一九三四年
東京《文學評論》第二獎的楊逵，在《文學案內》以〈台灣の文學運動〉為題指出
「對關心文學的人來說，台灣的語言是最根本的問題，這也是殖民地文學上一個很
大的煩惱根源……自從日本帝國接收台灣以來，逐漸禁止漢文教育，在初級、中級
教育方面又強制使用日本語，因而產生了語言上的畸形兒。因此，長久以來，無法
用文字表現文學上的思想或感情」；同年十一月，楊逵在《文學評論》發表的〈台
灣文壇の近況〉指出「既以台灣的大眾為對象，那麼，使用自己的語言是理所當然
的歸結」。唯當驗諸史實，日治期間的楊逵文學書寫，仍以日文書寫為多，但這絕
不意味楊逵認同殖民者的語文，而是他以殖民者的語文做為暴露殖民暴力的書寫工
具。參見彭小妍主編、涂翠花譯，《楊逵全集第九卷‧詩文卷（上）》（台南：文
化資產保存研究中心籌備處，二〇〇一），頁三六四～三六五、四一三。

[19] 根據王詩琅在晚年的追憶，日治後期的左翼文學青年賴明弘（賴銘煌）曾對他說
「用日文來創作，並非我們所樂見。可是坦白說，比起中文白話文來，日文擁有更
豐富的語彙，我們用日文反而可更自由地操縱文字與表現思想，白話倒不能有這樣
方便」；證諸史實，賴明弘在日治後期雖以日文書寫，但其作品仍在揭露日本殖民
體制之下的台灣無產階級生存窘境。參見張炎憲、翁佳音合編，《陋巷清士──王
詩琅選集》（台北：弘文館，一九八六），頁二〇〇～二〇一。

[20] 葉石濤在《台灣文學史綱》指出「一九三七年四月殖民地政府全面禁用漢文」，他
的論點成為研究日治台灣文學「漢文欄廢止」問題的基本認識，亦即是因台灣總督
府「全面禁用漢文」而造成當時主要報刊的「漢文欄廢止」。然而根據日本岐阜教
育大學外國語學部助教授中島利郎的最新研究發現，查遍現存的台灣總督府「律

動」之前，台灣作家的多語書寫模式並未受到殖民政府的強制干預，期間雖曾在一九三〇年代初期掀起文藝大眾化之辯、文化身分認同之爭的「台灣話文論爭」（一九三〇～一九三二），但都無礙於殖民地台灣作家「摸索出一條以中國白話文為基調，但盡量容納台灣方言、俚諺，以表現台灣特色的折衷式白話文的表現方式，形成了日本統治下台灣新文學初期形式上的特色」[21]；表面看去，一九三七年之前的台灣新文學顯現了多語紛呈的景觀——如以中國話文書寫的張我軍、朱點人等人；台灣話文書寫的黃石輝、蔡秋桐、鄭坤五等人；日語書寫的楊逵、張文環等人——唯若深入解析各該作品的文詞、字句以及語法的構成肌理，其實都可以檢測出漢語系的中國話文、台灣話文與殖民者語文之間程度不一的混語成分，而被喻為「台灣新文學之父」的賴和，正是日治殖民地台灣的文學混語書寫之始。

　　林瑞明的研究指出，賴和文學的書寫風格「攙雜台灣的日常用語、日式漢語，這樣的表現方式，才是二〇年代台灣文學創作的主流」[22]，而且賴和「一生創作全部都是漢文，居然連一篇日文作品也沒有」[23]。檢視賴和生前發表的作品，確實是以中國話文及台灣

令」及「府令」，並未發現一九三七年四月前後有「全面禁用漢文」的禁止令；中島利郎指出，漢文（中文）的「禁止」使用，並非是經由總督府所頒布的法令來施行，而是當時各個報社經由自主的規定來實施，並且只在報紙方面實施，在雜誌方面並無此項措施，但他也不排除各個報社受到總督府的無形施壓而妥協的可能性。參見中島利郎著、彭萱譯，〈日治時期台灣研究的問題點——根據台灣總督府的漢文禁止以及日本統治末期的台語禁止為例〉，《文學台灣》第四十六期（二〇〇三年四月），頁二九八～三一七。

21 林瑞明，《台灣文學的歷史考察》（台北：允晨，一九九六），頁五六。

22 林瑞明，《台灣文學的歷史考察》，頁二三四。

23 林瑞明，《台灣文學與時代精神：賴和研究論集》（台北：允晨，一九九三），頁一二。

話文書寫，然而這不表示身為客族裔卻不諳客語[24]，但是熟稔福佬話及日語的賴和置身於現實的日本殖民體制之下，他在構思、書寫文學作品之時能夠一心開二門，純然無雜、隨手拈來地進行中國話文或台灣話文的獨立書寫；事實上，若就漢語系的自我轉譯層面而論，他的一位文友曾經指出，賴和「每寫一篇作品，他總是先用文言文寫好，然後按照文言稿改寫成白話文，再改成接近台灣話的文章。據說也有時反其道而行的」[25]；另就殖民者語文的對譯層面而論，大正十四年（一九二五）出生、熟稔日語的台灣文學耆老鍾肇政，則以賴和發表的第一篇小說〈鬥鬧熱〉為例指出，「文章本身思考的過程分明是日本的句子……根據我的判斷，賴和有時候免不得地腦子裡浮現的也是日文日語」[26]。

　　台灣新文學的混語書寫現象，始自於賴和，這是因為身處於異族的殖民體制、多語的庶民結構使然，而非源自於個人的文學審美經驗。賴和文學的混語書寫，主要體現於文本形構過程的自我轉譯；他的「抵殖」、「反帝」的對抗強權機制，以及悲憫弱者、控訴不義的人道關懷，徹底彰顯於文本內容的脈絡之間，賴和從來不曾刻意表現形式上的諧擬類比、反諷錯置的混語書寫策略，藉以企求於鬆搖或挑戰殖民統治者、文化支配者的戰略目的。換句話說，對於賴和而言，文學上的混語書寫，只是過程，不是目的。

---

[24] 賴和在題為〈發大料坎〉的漢詩云「我本饒平客，鄉音更自忘。戚然忽傷抱，數典愧祖宗」，專研賴和文學的林瑞明認為，賴和家族幾代居於彰化，由於環境、婚姻的影響而逐漸福佬化，賴和以福佬話為母語，雖已不能說客家話，但並未忘記身為客家後裔。詳見林瑞明，《台灣文學的歷史考察》，頁一〇八。

[25] 王錦江（王詩琅），〈賴懶雲論〉，收於李南衡主編，《日據下台灣新文學明集1——賴和先生全集》（台北：明潭，一九七九），頁四〇五。

[26] 鍾肇政，《台灣文學十講》（台北：前衛，二〇〇〇），頁八四。

戰後台灣文學混語書寫的認同策略

　　一九四五年八月，日本結束在台灣半個世紀的殖民統治，國民黨政府隨即在一九四六年四月成立「國語普及委員會」，並在九月禁止各級學校使用日語，而由龍瑛宗主編的《中華日報》日文版文藝欄，也在一九四六年十月二十四日廢刊，使得當時全台灣的報紙副刊「變成清一色的中文了。日文作家大多數放棄文學創作的路，不得不結束了作家的生涯」[27]，一九二七年出生的客籍女詩人杜潘芳格在一九六七年發表的新詩〈聲音〉，就曾點出失語的無奈悲愴，「不知何時，唯有自己能諦聽的細微聲音／那聲音牢固地，上鎖了／從那時起／語言失去了出口／現在，只能等待新的聲音／一天又一天／嚴肅地忍耐地等待」[28]，另如一九二一年出生的女詩人陳秀喜，也曾以詩作寫出語文轉換的認同焦慮，「回到祖國的懷抱／高興得血液沸騰／卻不能以筆舌表達／焦急又苦惱／熱血也許會被誤為冷血／在語言的鐵柵前啜泣／為了要寫詩／學習國語／忍耐陣痛／有時候詩胎死腹中／有時候揉碎死胎兒／丟棄後苦悶著／詩的國家的文化／對我來說／比岩石更重／嘴吧如啞吧／唱不出聲時感到羞恥／我們應該向／祖先們和搖籃道歉」[29]；戰後初期的台灣文學雖然因為統治政權的更迭、國家語文的轉換而迫使日文作家必須跨越「書寫／語言」的斷層，然而混語書寫的餘燼並未熄裂，一九二四年出生的詩人林亨泰，即以混融日語語法的華文詩作，及

---

[27] 葉石濤，《台灣文學史綱》（高雄：文學界，一九八七），頁七五。

[28] 杜潘芳格，〈聲音〉，收於李敏勇編，《傷口的花──二二八詩集》（台北：玉山社，一九九七），頁三七。

[29] 陳秀喜，〈編造著笠──給鳩岡　晨先生的信〉，收於陳秀喜，《樹的哀樂》（台北：笠詩刊，一九七四），頁九九～一〇五。原詩有七十六行，此處僅節錄片斷。

以語音字形交錯而成的「符號詩」，賡續了台灣文學混語書寫的譜系。

　　林亨泰的第一本日文詩集《靈魂の產聲》出版於一九四九年四月，第一本華文詩集《長的咽喉》則在一九五五年三月出版，主要輯錄他在一九四八年開始陸續發表的詩作，此時正值林亨泰加入以日文書寫為主的同仁團體「銀鈴會」[30]。林亨泰的文學書寫起步之初，外有二二八事件、四六事件之後的白色恐怖氛圍迷漫，內有統治者強制語文轉換的心理煎熬困頓，因此在以日文書寫詩作的同時，「他通過把自己的童年時代經驗的時空固定到中文詩句中而完成了內在的自我認同」[31]，換句話說，林亨泰透過混語書寫，勾勒了自我的文化身分認同的重疊性。

　　日本學者三木直大的研究指出，林亨泰在一九四○年代末期的作品混有日語式的漢字用法，尤其是「沒有進行多音節語化的一字頓用法在日語的漢字用法中較為常見」、「如果把林亨泰的這一時

---

[30] 林亨泰是在一九四七年加入「銀鈴會」，他曾在一九八五年的一篇回憶文章當中指出「銀鈴會的活動，由一九四三年到一九四九年，在時間上前後經過了六、七年，而這六年正逢日本戰敗，台灣光復的大轉變期間，而當時政治混亂、經濟崩潰，台灣史上是很少見的。而在這一段最艱困的歲月中，仍有一群年輕人不屈不撓地努力，從事文學創作，使得台灣文學史這段期間不致留下空白」，但因一九四九年的「四六事件」以及楊逵撰寫〈和平宣言〉被逮捕，銀鈴會被迫解散，成員或遭逮捕，或者逃亡，當時就讀台灣師範學院的林亨泰倖免於難，林亨泰為此而感慨「銀鈴會的同仁可說是：在日本人最黑暗的時候當了日本人，中國人最絕望的時候當了中國人」。參見林亨泰，〈跨越語言一代的詩人們——從「銀鈴會」談起〉，原載《笠》詩刊一二七期（一九八五年六月），另見林亨泰編，《台灣詩史「銀鈴會」論文集》（彰化：磺溪文化學會，一九九五），頁六一～六四。

[31] 三木直大，〈林亨泰中文詩的語言問題：以五○年代現代詩運動前期為中心〉，收於王宗仁等編，《福爾摩莎詩哲——林亨泰文學會議論文集》（彰化：彰化縣文化局，二○○二），頁七三。

期的作品翻譯成日語的話，即使不改變句子的結構，語序上與日文基本一致的作品較多」[32]；呂興昌的研究認為，林亨泰的「符號詩」被視為怪異，「意在提醒讀者採用異於平常的閱讀策略：除了文字意義的捕捉之外，仍須注意字形、標點、空白、跳行、符號等非文字的示意作用，於是一種交雜著語音與非語音的多元『文本』於焉產生」[33]。更重要的是，我們必須特別注意，林亨泰對他之所以如此書寫方式的自我陳述，他說在最早寫詩之時「所想到的詩技法就是『疊句』（refrain）的運用……它能使殘篇斷句不致陷於支離破碎而得以統一而完整……非藉這種反覆又反覆的『疊句』法來發洩與傾訴是無法獲得協調與解脫，是無法求得寧靜與安適的」[34]，身處於政權更遞、語文轉換的那當時，林亨泰這段陳述的弦外之音，值得玩味；無奈置身於個人無法扭轉的殖民者、統治者換位的外在結構事實，並且親身經歷了新政權整肅思想的白色恐怖，詩人林亨泰面對著國族歸屬、文化身分的認同線索「支離破碎」，被迫經由混語書寫而形構的語文重疊（overlap），何嘗不也是為試圖詮釋並建構重疊性的「內在的自我認同」。

　　林亨泰賡續台灣文學的混語書寫脈絡，除了體現個人對於詩的語言、形式的美學思辯，「從整個台灣文學史的發展來看……基本上都是為了抵抗五〇年代，與白色恐怖表裡呼應的戰鬥文藝之獨霸性……揚棄虛妄而喧囂的反攻神話，強調鄉土經驗的回味與心靈

---

[32] 三木直大，〈林亨泰中文詩的語言問題：以五〇年代現代詩運動前期為中心〉，頁七五、七七。

[33] 呂興昌，〈走向自主性的世代——林亨泰詩路歷程簡述〉，收於呂興昌編，《林亨泰研究資料彙編（下）》（彰化：彰化縣立文化中心，一九九四），頁三七一。

[34] 林亨泰、呂興昌編訂，《林亨泰全集・第六冊》（彰化：彰化縣立文化中心，一九九八），頁二～一六。

世界的反省」[35]；或許林亨泰的混語書寫模式在無意之間「逾矩」
（bypass）了戒嚴體制的國家語文政策、反共戰鬥的文藝機制，但
是通過他在一九四○末期、五○初期對於新詩語言、語法以及詩體
形式的「疊句法」的迂迴實踐策略，林亨泰拒絕在白色恐怖氛圍籠
罩底下的文學書寫位置從缺，一方面隱現了文學混語書寫蘊含差異
性文化身分多元主體認同、交雜對話的本質，另一方面也為被殖民
者、被統治者保全了邊緣的發聲位置，不致於驚懼於殖民者、統治
者的思想強控手段而噤聲失語。

自我主體身分的「發現」之旅

　　時序轉進，台灣文學史上的第三波次鄉土文學論戰在一九七七
年開始。斯時前後的台灣整體局勢，內外交逼而暗潮洶湧；外有退
出聯合國、日本對台斷交、中國領導人毛澤東病逝、美國與北京建
交，內有保釣運動、長老教會發表台灣是新而獨立國家的國是聲
明、蔣經國內閣推動台灣現代化的十大建設、蔣介石去世、多位異
議人士經由立委增補選而進入國會、中壢事件、蔣經國當選總統，
以及美麗島事件。紛至杳來的內外事件，單一或總合而言，在在指
向國民黨政府對外宣稱代表「中國法統」的正當性漸次剝落，對內
持續遂行集權強控的統治模式遭受質疑，迫使威權強人之子、蔣經
國領導的中華民國政府對外必須重新定義台灣的主體位置，對內必
須肆應民間要求政治的、社會的、文化的資源重新分配的呼聲。
一九八○年代之前的威權強控體系，正在面臨著潰散或轉型的交叉
路口，相對也促使當時的台灣文學生態結構隨之蠕動，作家必須釐
清自我的思路、判定發聲的立場、選擇書寫的模式，以向現實的台

---

[35] 呂興昌，〈走向自主性的世代──林亨泰詩路歷程簡述〉，頁三六九。

灣對話；因此，王禎和在一九七〇年代陸續發表、一九八〇年代初
期結集的混語小說《玫瑰玫瑰我愛你》、《美人圖》，自應擺置於
政治空間、民間社會以及文學場域的交集座標之中觀察，才能更進
一步扣緊台灣文學混語書寫的歷史脈絡，豁朗箇中的書寫意圖及文
學價值。

　　邱貴芬、鄭恆雄的研究指出，王禎和的小說大量出現了日語、
英語、台灣化日語、台灣國語、福佬話、客家話等語文的混融書寫
現象，「這套雜燴語言不僅道出台灣歷史的演進，更反映了台灣歷
史裏，多種文化交錯、衝突、混合、一再蛻變重生的文化模式」、
「語言雜燴突破國語本位政策規劃的單一官方論述，解放了被壓抑
被歧視的台灣多音言」[36]，同時「呈現出一個很複雜的社會語言學
現象：來自不同地域，不同階層的人，混雜在一起，各自用本位的
語言和文化來詮釋共同經歷的事件」[37]；邱貴芬、鄭恆雄的研究論
證，確實精準觀察、評述了王禎和小說採取混語書寫的雜言大義，
浮凸而出了一九八〇年代前後的台灣在國族認同的政治身分、個人
認同的文化身分上，多元而飄移、空白而迷離的魅影剪輯。

　　王禎和、以及黃春明《我愛瑪莉》的混語小說，以嘲諷、悲憫
或審判的視域，將一九七〇、八〇年代台灣社會某個層面的集體心
靈顯影，濃縮置放於歷史進程的日本、美國、中國、台灣混融而成
的文化政治平台之上，檢視台灣人在外來政權文化輸入的制約、資
本主義生產模式的支配架構底下，如何又為何會產生了「又可笑，
又可鄙，又可憐」[38]的文化身分認同上的暈眩症狀？王禎和、黃春

---

[36] 邱貴芬，《仲介台灣・女人》，頁一六七～一六八、一八三。

[37] 鄭恆雄，〈外來語言／文化「逼死」（vs.「對抗」）本土語言／文化——解讀王禎
　　和的〉《美人圖》〉，收於張京媛編，《後殖民理論與文化認同》（台北：麥田，
　　一九九五），頁三〇六。

[38] 黃春明，《我愛瑪莉》（台北：遠景，一九七九），頁一九三。

明的文學混語書寫，既揭示了台灣在被殖民歷程的主體認同「雜
燴」的事實，從某個角度而言，也以「雜燴語言」的書寫方式鬆搖
了「漢語／中文」的霸權中心位階，進而撐開多語共構文本的迴旋
空間，間接地為一九八〇年代末期的「台語文學運動」提供了書寫
模式轉換的策略可能性。

　　呂興昌指出，「自第三次鄉土文學論戰、台灣文學得到正名之
後，台語文學運動逐漸勃興，創作與討論齊頭並進，不管是外緣的
雙語教育、台語官方語地位的促進，或內緣的台語文字化、台灣
文學台語化，都蔚成一股旺盛的運動風潮」[39]；雖然「台語文學運
動」曾在一九八〇年代末期引起一場頗具規模的論爭[40]，但是經過
論戰雙方對於「台語」修辭的定義詮釋、概念耙梳，及對具體作品
的解析之後，彼此在某種程度都對「台語」的含括對象逐漸採取廣
義解釋，「包括福佬話、客語與原住民語在內之台灣本土語言」[41]。

　　正是透過一九八〇年代威權體制的鬆搖、民權運動的勃興，形
構了台灣各個族裔的作家以母語或混語的文學書寫策略，作為殖民
歷史的重述、認同內容的重構，亦即通過文化身分政治學、書寫位
置政治學的雙重辨認實踐，嘗試要在國族交雜的文化想像之中，以
「書寫／語言」敘事方式的置換而展開一場自我主體身分的「發

---

[39] 呂興昌，〈台語文學的邊緣戰鬥──以八、九〇年代台語文學論爭為中心〉，收於
張炎憲、曾秋美、陳朝海編，《「邁向21世紀的台灣民族與國家」論文集》（台
北：吳三連台灣史料基金會，二〇〇一），頁二九一。

[40] 「台語文學論爭」的發展梗脈及參與論爭的各家之說，不在本文的論述範圍。關於
這場論爭的各家攻防論述，可參見呂興昌，〈台語文學的邊緣戰鬥──以八、九
〇年代台語文學論爭為中心〉一文，以及呂興昌主編，《台語文學運動論文集》
（台北：前衛，一九九九）。

[41] 呂興昌，〈台語文學的邊緣戰鬥──以八、九〇年代台語文學論爭為中心〉，頁三
〇四。

現」之旅；原住民以漢語、族語、雙語及混語而參與的文學書寫意義，也就在這個時空脈絡的詮釋架構之內被突出。

原住民文學混語書寫的多重策略

　　戰後台灣第一位原住民小說家、排灣族的谷灣‧打鹿勒（kowan Talall；陳英雄）在一九六〇年代以漢文書寫、結集的《域外夢痕》在一九七一年出版[42]，迄至阿美族詩人阿道‧巴辣夫（Adaw Palaf；江顯道）在一九九〇年代初期發表的混語作品，在這段三十餘年的時程當中，原住民的文學工作者以文學書寫的形式，作為扒疏、尋繹以及復振族群文化、身分認同的策略之用，已在「創作／出版」、「書寫／閱讀」、「研究／學位」的文學消費市場、研究場域獲得確認；特別是在一九九〇年代之後，原住民文學表現於小說、新詩、散文，以及報導文學的語言敘事策略，開始有意識地、有目的性地歧出漢文書寫模式，轉向族語、雙語，以及混語的書寫實驗，更加浮凸了原住民族在台灣之為文化差異性存在的歷史事實強調，這也迫使台灣文學的研究者必須回應、處理「書寫與差異」的問題。當台灣的原住民文學作者們在一九八〇年代中期之後的「書寫／語言」敘事策略進路，至少採取了漢語、族語、雙語、混語的四種語文書寫模式，也就必然產生了程度不一、效應不等的文化差異性張力，原住民文學的研究者也就不能再用同一套的

---

[42] 二〇〇三年四月，《域外夢痕》書名易為《旋風酋長──原住民的故事》，續由台灣商務印書館再版發行。新版除了增加陳英雄所撰的〈再版序文〉，另在封面加註「陳英雄──最早的原住民作家」字樣，並將初版《域外夢痕》所輯小說使用的「山地同胞」詞彙，一律改為「原住民」。

詮釋模式，用以析解原住民文學的四種語文書寫策略所蘊含的認同
政治欲求。

傅大為的批判與建議

　　一九九三年六月，傅大為在《當代》雜誌第八十三期，發表
〈百朗森林裡的文字獵人──試讀台灣原住民的漢文書寫〉，他在
檢視一九八○、九○年代的原住民部落社會「漢文書寫化」趨勢之
後，拋出了兩組批評性的問題意識。其一，熟練操作「百朗」（亦
即漢人）語文的原住民文學獵人，獵取了包括「古漢文、北京話、
台北國語、台灣國語、英文翻譯式的漢文」之後，原住民的文學書
寫效果就真的跨越了「沉默在邊緣」的宿命，得以「去擠破、乃至
顛覆漢文字的框框」嗎？傅大為質疑的是，原住民作家從思考到
書寫的過程之間，若是「穿上百朗文化的戲服、玩百朗文化的遊
戲」，那麼「原住民的文化主體並沒有真正發言」[43]；其二，即使
已有少數原住民作家以母語的羅馬拼音書寫，傅大為肯定這是「真
正地在建構屬於原住民的『書寫文化』的尊嚴」，但是他也質疑羅
馬拼音的原住民文學書寫，對於百朗書寫文化遭遇的對話效果相當
少，「比較是一種隔岸的宣言，對百朗書寫文化所產生的挑戰可能
有限」[44]。

　　對於原住民作家操作漢文，以及羅馬拼音的語文書寫策略，
傅大為以雙刃併進的解析方法，進行了詮釋性批評的檢討、質疑
之後，他肯定布農族小說家拓拔斯・塔瑪匹瑪（Topas Tamapima；漢
名：田雅各）的漢文操作手法，「先選擇一些布農的概念與感覺，

---

[43] 傅大為，〈百朗森林裡的文字獵人──試讀台灣原住民的漢文書寫〉，《當代》雜
誌第八三期（一九九三年六月），頁二八～四九，引文見頁三五、三九～四○。

[44] 傅大為，〈百朗森林裡的文字獵人〉，頁三七、三九。

然後也許透過漢文迷彩的偽裝，去介入、寄生於百朗書寫文化之中，並進行『地下活動』」[45]，傅大為在論文的結語提出建議「如果台灣的原住民文化要保持某種「反宰制」的自主性或主體性，則需要不斷地提出與檢驗各種積極而主動的策略」[46]；針對漢族學者傅大為的論述觀點、建議策略，卑南族學者孫大川在一九九四年五月發表的〈語言、權力和主體性的建構──以台灣原住民母語問題為例〉回應指出，「這種策略，目前似乎已成為原住民精英主要的書寫方式」[47]，但他也憂慮原住民作家以母語的特殊語法結構、語彙、象徵以及特殊的表達方式、思維邏輯、宇宙觀等等去介入或干預漢語系統，挑戰其彈性和「邊界」的原住民式漢語書寫方式「有它的陷阱，它極有可能成為漢人文學市場的俘虜，而逐漸喪失其主體位置」[48]。

孫大川的回應與憂慮

孫大川在這篇論文當中，提出他對「原住民式漢語書寫方式」的憂慮，著眼點在於一九九〇年初期的原住民文學作家們，不乏「並不瞭解自己的文化，沒有多少部落的經驗，甚至早已喪失母語使用的能力」[49]，例如二〇〇二年為達悟族作家夏曼・藍波安的散文集《海浪的記憶》撰寫的序言當中，孫大川指出，一九八〇年代末期在台北以漢名「施努來」進行文學書寫，並在一九九〇年返回

---

[45] 傅大為，〈百朗森林裡的文字獵人〉，頁三九。

[46] 傅大為，〈百朗森林裡的文字獵人〉，頁四五。

[47] 孫大川，〈語言、權力和主體性的建構──以台灣原住民母語問題為例〉，收於孫大川，《夾縫中的族群建構──台灣原住民的語言、文化與政治》（台北：聯合文學，二〇〇〇），頁四三～四四。

[48] 孫大川，〈語言、權力和主體性的建構〉，頁四三。

[49] 孫大川，〈語言、權力和主體性的建構〉，頁四三。

故鄉蘭嶼定居之前的夏曼‧藍波安「輾轉於台北街頭，其實很心虛。蘭嶼的文化是什麼？不僅所知有限，甚至思維方式、生活內涵、價值取向早已台北化了」[50]。在孫大川看來，以「原住民式漢語書寫方式」去介入或干預漢語系統是一回事，言說母語能力的喪失而致使身分主體性的剝落，又是另一回事；原住民作家在以漢文、混語進行「介入或干預漢語系統」、「寄生於百朗書寫文化之中」的文學書寫策略之前，必須先對母語承載的族群生命重量有所親近、體驗、理解及掌握，否則「單是一種情感性的自我認同，到底無法真正活出族群的主體性」[51]。

汪明輝的質疑與批判

　　二〇〇一年四月，鄒族學者汪明輝（族名：Tibusungu Vayayana）在美國哈佛大學亞洲中心、波士頓大學國際關係學系、台灣研究基金會聯合主辦的「第四屆兩岸民主化系列國際研討會」宣讀題為〈台灣原住民族運動的回顧與展望〉的論文，試圖經由檢視具有原住民身分以及非原住民的原運參與者、外在觀察者對於原住民運動的論述，「討論這些論述如何形成多角互動交鋒的相斥相爭，及相生相成之背景脈絡」[52]；文中，汪明輝以罕見的強烈措詞質疑、批判具有原住民身分的原運參與者、觀察者的發言位置、論述方法及發言內容：

---

[50] 孫大川，〈蘭嶼老人的海〉，收於夏曼‧藍波安，《海浪的記憶》（台北：聯合文學，二〇〇二），頁六。夏曼‧藍波安在返居蘭嶼部落之後，棄用漢名「施努來」，改以族名在一九九二年出版了以達悟族語羅馬拼音與漢文併列書寫的《八代灣的神話》。

[51] 孫大川，〈語言、權力和主體性的建構〉，頁四三。

[52] 汪明輝，〈台灣原住民族運動的回顧與展望〉，收於張茂桂、鄭永年主編，《兩岸社會運動分析》（台北：新自然主義，二〇〇三），頁九七。

他們常常不自覺或自覺地站在體制或主流文化發言，強調文化意義的同時並不刻意突顯民族本質，在論述中甚少見有質疑所使用之中文語言、文字或所秉持之原住民知識信念的正當性，比如中文作為論述之載體是否為殖民者之文字與知識等。相反地，他們大都精熟於中文世界之學理分析與引經據典，雖然觀照與論述之範圍廣泛，卻往往陷入現代性全球知識專業分工領域內而各執一方，較少求諸於原住民「社會文本」（social texts）之詳實考察與體認，諸等言論主張明顯是趨向與主流社會融合。[53]

值得注意的是，汪明輝在他宣讀、輯印成書的論文之中，僅以「他們」、「諸等」之類的隱名修辭，指涉他所質疑、批判具有原住民身分的原運參與者、觀察者及文化論述者，但在電腦網路版本的〈台灣原住民族運動的回顧與展望〉當中，卻可見到汪明輝直接點名包括他自己在內的「孫大川關於原住民文化哲學建構」、「致力於建構原住民文化空間而非實質空間之原住民（中）文學家們，如鄒族學者浦忠成、民間作家莫那能，及瓦歷斯‧尤（諾）幹」、「深入主流學術世界發揮影響力，如伊凡‧尤（諾）幹以及汪明輝」[54]，他們當中的絕大多數人「論原住民文學，則主張建構中文的原住民文學，雖非正式拒斥直接建構以族語拼音為文字的文學可能，卻基於文字流通、市場考量而顯得並不熱衷」[55]；另在〈台灣

---

[53] 汪明輝，〈台灣原住民族運動的回顧與展望〉，頁九八。

[54] 汪明輝，〈台灣原住民族運動的回顧與展望〉網路版，頁二～三，引自http://www. ndhu. edu. tw/~jolan/chinese/class/read/2005-1-02.doc；事實上，汪明輝題為〈台灣原住民族運動的回顧與展望〉的論文，共有三種版本，另有簡要版原載於《地友》第五二期（台北：台灣師範大學地理學系區域研究中心，二〇一年八月），頁二～一二。

[55] 汪明輝，〈台灣原住民族運動的回顧與展望〉，頁九七。

原住民族運動的回顧與展望〉的電腦網路版，汪明輝認為由孫大川擔任總編輯的《山海文化》雙月刊，乃是「原住民中文文學之建構」的指標，「儘管其內容不限於文學之創作，卻吸引眾多原漢作者投稿，參與這股文學熱潮，本文並不視之為與原住民運動同樣基調和方向的運動，毋寧是傾向於向主流文化靠攏、融合之勢力」[56]。

父子騎驢式的文學書寫語言之辯

經由以上對傅大為、孫大川、汪明輝等學者的論述梳理，似乎顯示了戰後台灣原住民族作家不論以何種語文進行文學書寫，多少都得面臨著父子騎驢式的左右為難處境。在傅大為看來，原住民若以羅馬拼音的方式進行文學書寫，「比較是一種隔岸的宣言，對百朗書寫文化所產生的挑戰可能有限」；對孫大川來說，原住民作家若以混語式的漢語書寫方式創作，「極有可能成為漢人文學市場的俘虜，而逐漸喪失其主體位置」；但對汪明輝而言，原住民的文學創作者若是純粹以漢文書寫，「毋寧是傾向於向主流文化靠攏、融合」。

各家學者的論說，各有各的立論關照脈絡，但都值得更進一步的辯證探討；然而，借用德國詮釋學家漢斯-格奧爾格・噶達瑪的話來說，「詮釋學的一切前提，不過只是語言」（everything presupposed in hermeneutics is but language）[57]：

---

[56] 汪明輝，〈台灣原住民族運動的回顧與展望〉網路版，引文見該文第三頁的註釋二。

[57] 語出德國的聖經詮釋學者施萊爾馬赫（Friedrich Schleiermacher），轉引自 Hans-Georg Gadamer. *Truth and Method* (New York: Crossroad, 1989). p. 381. 譯文參考漢斯-

詮釋學的問題（hermeneutical problem）並不是正確地掌握語言的問題，而是對於在語言情境（medium of language）之中所發生的事情，得以正當地相互了解的問題。[58]

　　戰後台灣的原住民族文學之所以呈顯了「古漢文、北京話、台北國語、台灣國語、英文翻譯式的」漢語書寫形式，以及混雜著「母語的特殊語法結構、語彙、象徵以及特殊的表達方式、思維邏輯」的混語書寫模式，或者是以「國語注音符號、國際音標、羅馬拼音」的族語書寫景觀，毋寧是為原住民族在台灣的歷史進程之中遭遇繁複語言政治的情境投射，因著各個外來殖民者、統治者施用於、作用於原住民族的「語言／權力」操弄技術，無不導致原住民的語言主體遊走於混融狀態，因此對於原住民族文學表述、書寫的語文選用及其效應問題，自當放在原住民族被殖民的、被統治的歷史事實之中、之後的詮釋架構去理解，才有可能更進一步尋得意義判讀的線索。

　　回到戰後台灣原住民族文學表述者、書寫者以不同語言形式的文學實踐面向來看，毫無疑問，漢語書寫的文學表現及成果是原住民族文學供給社會認識、學術研究的最主要面向，但對原住民族裔的文學創作者、研究者來說，這也卻是必須不斷自我發問、反思的兩難課題，至少對於主編《台灣原住民族漢語文學選集》四卷七冊的孫大川來說：

格奧爾格・加達默爾著，洪漢鼎譯，《真理與方法──哲學詮釋學的基本特徵・下卷》（上海：譯文，二〇〇二），頁四八九。

[58] Hans-Georg Gadamer. *Truth and Method.* p385；譯文參引漢斯-格奧爾格・加達默爾著，洪漢鼎譯，《真理與方法──哲學詮釋學的基本特徵・下卷》，頁四九一。

台灣原住民漢語文學的意義和價值何在？它會不會因漢語的使
用而喪失其主體性？從這十幾年來的實踐經驗來看，漢語的使
用固然減損了族語表達的某些特殊美感，但它卻創造了原住民
各族間乃至於和漢族之間對話、溝通的共同語言。不僅讓主體
說話，而且讓主體說的話成為一種公共的、客觀的存在和對
象，主體性因而不再是意識型態上的口號，它成了具體的力
量，不斷強化、形塑原住民的主體世界。[59]

　　孫大川的觀點，允為持平之論，但是也有值得商榷之處；原住
民族的漢語文學書寫，確實提供或「創造了原住民各族間乃至於和
漢族之間對話、溝通的共同語言」，然而文學上的漢語使用或操
作，並不等同於「不斷強化、形塑原住民的主體世界」，否則如何
解釋類似陳英雄、曾月娥等人在一九六○、七○年代滲漏族群文化
主體性位格的漢語文學書寫？

原住民族作家對漢語的「剪裁」？

　　若以奈及利亞作家阿卻貝（Chinua Achebe）的話來看，「英
文是可以承載我的非洲經驗的重量，唯此必然已是一種新的英文
（new english），不是完全靜棲於英文的祖傳之所，而是已經剪裁
得相應於新的非洲環境」；文學上的漢語使用或操作，要能承載原
住民族作家的原住民生命經驗的重量，進而產生「不斷強化、形塑
原住民的主體世界」效能，其中一項重要的關鍵因素在於原住民族
作家能否或如何「剪裁」漢語的語法、詞彙以相應於原住民族的

---

[59] 孫大川，〈編序‧台灣原住民文學創世紀〉，收於孫大川主編，《台灣原住民族漢
　　語文學選集‧各卷序》（台北：印刻，二○○三）。

「主體世界」，這又牽涉到原住民族作家是否掌握某種程度的族語表述、書寫能力，以向漢語展開文化對話意義上的「剪裁」，進而給予漢語一種新的文學敘事形式的可能性。

基於以上的認知，我對孫大川二〇〇三年主編、出版《台灣原住民族漢語文學選集》的《詩歌卷》、《散文卷》（上、下）、《小說卷》（上、下）等卷，約略做了簡單的統計，發現選編小組總共選錄了三十五位漢語創作的原住民作家，其中一九四〇年到一九四九年之間出生的有五位（佔十四％），一九五〇年到一九五九年之間出生的有十一位（佔三十一％），一九六〇年到一九六九年之間出生的有十二位（佔三十四％），一九七〇年到一九七九年之間出生的有六位（佔十七％），一九八〇年以後出生的有一位（佔二％）。

這份粗略的分類統計，主要是想說明以漢語創作的原住民作家出生世代的分布概況。如果勉強把一九五〇年到一九六九年之間出生，族語的表述能力堪稱流利[60]、使用漢語或混語書寫的原住民作家，統稱為「原運世代」（我指的是作家的出生年代，而不是作家書寫、發表作品的年代），那麼高達百分之六十五的比率似乎間接佐證了「原住民文學胎動於原住民運動」的論點；然而，一九七〇年代之後出生的原住民作家比率相對偏低，只有百分之七，尤其是他（她）們當中能以羅馬字或其他音標系統記音拼寫族語的比例更

---

[60] 能夠流利使用族語言說的原住民族作家，並不一定就會使用包括羅馬字在內記音符號系統拼寫族語，例如已故的泰雅族小說家游霸士·撓給赫（漢名：田敏忠，一九四三～二〇〇三）生前為了以族語及漢語併陳的方式撰寫《泰雅的故事——北勢八社部落傳說與祖先生活智慧》，特定花了好幾個月的時間學習「IPA國際語言學會」（International Phonetic Association）制定的IPA國際音標符號；游霸士·撓給赫，《泰雅的故事——北勢八社部落傳說與祖先生活智慧》（台中：晨星，二〇〇三），頁二六八。

少，其中只有一九七五年出生、具有神學院的教育背景、定居部落，從事高山嚮導工作的布農族乜寇・索克魯曼，能夠嫻熟操作羅馬字拼寫族語。

另如《山海文化》在一九九五年舉辦的「第一屆山海文學獎」，得獎者名單同樣透露了一個值得觀察的現象，此即在要求以族語創作的「傳統文學類傳記文學組」、「傳統文學類部落史組」、「母語創作類散文組」及「母語創作類散文組」等四組的前三名，竟然全部從缺；獲得「傳統文學類部落史組」、「母語創作類散文組」佳作的三位得獎人，也都是在一九五〇年代出生（兩位是一九五三年，一位是一九五四年），這是耐人尋味的現象，顯示原住民族文學的族語表述、書寫人才的相對欠缺不足。至於在一九七〇年代之後出生的原住民作家，即使不是普遍欠缺母語的言說、書寫能力，恐怕也會像孫大川憂慮的「並不瞭解自己的文化，沒有多少部落的經驗，甚至早已喪失母語使用的能力」；近年受到注意的排灣族作家亞榮隆・撒可努（一九七二年出生）曾經公開表示，「小時候不太說母語，我的爸爸刻意地包裝我，不讓我去學母語，他說我們的孩子學母語幹什麼，學母語之後別人會笑他是山地人，我就真的封閉了自己十八年，沒有學母語」[61]，直到二〇〇二年返回台東太麻里的香蘭部落，並與族人協力闢建「拉勞蘭部落青年會——獵人會所」之後，撒可努的族語言說能力才漸進展。

母語，不會說還是不願說？

綜合以上所述，「介入或干預漢語系統」的原住民式漢語書寫方式，容或是原住民族「反宰制」的自主性、主體性的「積極而主

---

[61] 〈主題：原住民文學作者經驗談〉的撒可努發言記錄；黃鈴華總編輯，《21世紀台灣原住民文學》（台北：原住民文教基金會，一九九九），頁三〇五。

動的策略」之一，但卻不是原住民族文學混語書寫策略的終極標的，唯有先對族群在被殖民、被統治時期的身心俱遭壓制的傷痕進行查尋，並對母語承載的族群生命經驗、部落生命年輪有所體驗及掌握之後，混語書寫的策略效果才有圓熟的可能性；這項結論的效力，若是佐以泰雅族作家瓦歷斯・諾幹的自述為證，當可獲得進一步的確立。

　　一九九四年七月返回部落定居之前，瓦歷斯・諾幹已以漢文書寫的散文、新詩、文化評論著述而享文名，他在一九九〇年代初期的訪談當中直言，「原住民文學應該是用我們自己族群的語言文字來創作」[62]；唯此同時，他卻也不斷反省自我的文化身分、書寫位置，「在城市，我已不說泰雅母語／儘量粉刷黧黑的膚色／儘量掩飾蠻強的血液／甚至深埋童年的記憶／學習與眾人愉快地交談／打蝴蝶結領帶，喝咖啡／他們輕拍我的肩膀讚許／我忽然覺得沉重」[63]。在那當時，已不說也不太會說泰雅母語的瓦歷斯，驚覺自己「一寸一寸地自城市消失」[64]、「像一縷幽魂蕩漾在每一座不知名的城市」[65]，他以自慚、自疚、自責的心情追問「我是不是一位浪人……我呢！Atayal後代，自身上一片一片剝落的，正是祖先的容顏」[66]。因著自我省視母語能力的碎裂、泰雅經驗的斷裂，瓦歷斯確認若要進行族語的文學書寫，他就必須返鄉，「像鮭魚始終依戀著源頭／順著洶湧的黑潮回溯／狂風吹不斷路徑／暴雨阻不止鄉

---

62 魏貽君，〈從埋伏坪部落出發——專訪瓦歷斯・尤幹〉，收於瓦歷斯・尤幹，《想念族人》（台中：晨星，一九九四），頁二二三。

63 瓦歷斯・尤幹，《想念族人》，頁一〇八。

64 瓦歷斯・諾幹，《伊能再踏查》（台中：晨星，一九九九），頁一四六。

65 瓦歷斯・諾幹，《番人之眼》（台中：晨星，一九九九），頁一一二。

66 瓦歷斯・尤幹，《荒野的呼喚》（台中：晨星，一九九二），頁三七～三九。

途／返鄉者始終依戀著母土」[67]，遂在一九九四年七月舉家遷返故
鄉的雙崎部落定居，開始學習以族人的日常生活口吻說話，置身於
部落的生活文法節奏之中，也在老泰雅的父親居間協助翻譯之下，
訪問探看族老的生命記憶深層，而也正是處於返鄉之後書寫位置的
時空環境轉換之後，瓦歷斯的混語詩作才在一九九〇年代後期漸次
出現。

　　台灣原住民族文學混語書寫的主要代表作家，不論是泰雅族的
瓦歷斯・諾幹，或是阿美族的阿道・巴辣夫，都不是遊牧於或游擊
於城市叢林的文字獵人，亦莊亦諧的混語書寫風格，也非只是興之
所至、突發奇想，只為博君一粲而已。底下，我將嘗試以理論的視
域，佐以文本的分析，探討原住民的混語文學書寫究竟敘說了什
麼？又對原住民以外的族群啟示了什麼？以及，最重要的關鍵點：
混語書寫在台灣文學史上的象徵性、實證性作為，究竟意味著什
麼？

原住民混語問題的歷史考察

　　台灣原住民族的語言雜混現象，早在荷蘭統治南台灣的十七世
紀中期就已開始，並且延續到了清領的十八世紀末期、十九世紀初
期的嘉慶時代；混語用之於文學書寫，則是直到一九九〇年代才出
現。

　　正如荷蘭的文化人類學者約翰尼斯・費賓（Johannes Fabian）對

---

[67] 瓦歷斯・尤幹，《泰雅孩子台灣心：一九八六～一九九三》（台中：台灣原住民人
　　文研究中心，一九九三），頁八六。

非洲的剛果在被法國殖民期間的土著種族語言的研究中發現，殖
民者為了肆應殖民地的社會情境，不少殖民者的語言反而被土著
化，而在被殖民者的身上，官方語言也因土著語法的介入、轉化而
為洋涇濱（pidgins），遭到被殖民者挪用、轉型作為抗拒霸權文化
侵吞的象徵工具[68]。類似的情形，也出現在荷蘭殖民南台灣的原住
民平埔族身上。荷蘭東印度公司治台期間，駐派台灣的基督教喀爾
文教派的牧師為了便於宣教，以及協助台灣長官的政務利於推行，
神職人員努力學習西拉雅族的語言，且還利用歐洲人熟悉的、紀錄
「音素」（phoneme）的羅馬字[69]，替西拉雅族語設計一套新的書寫
系統，包括編纂番語字典、在新港社譯寫「馬太福音」，並以「法
波蘭」（Favorlang）語教導平埔族原住民書寫自己的語言，此即
一九三三年由台北帝大的日籍教授村上直次郎（Murakami Naojiro）
匯集編排、刊行於世的《新港文書》（*Sinkan Manuscripts*），意味著
平埔族的原住民早在十七世紀中期就已掌握了書寫工具，即使「在
荷蘭人離開了台灣一百五十多年之後，西拉雅族還在使用羅馬字拼
寫他們自己的母語」[70]。

文學混語書寫的外在環境、內在條件

　　明鄭治領台灣之時，尚還准許平埔族人「使用羅馬字拼番語
之知識傳授其後代」[71]；清領時期，為了實施理番政策上的漢化教

---

[68] Johannes Fabian. *Language and colonial power: the appropriation of Swahili in the former Belgian Congo, 1880-1938* (Cambridge University Press, 1986). pp. 135-162.

[69] 蔣為文，〈語言、階級、與民族主義：越南語言文字演變之探討〉，「二〇〇二年台灣的東南亞區域研究年度研討會」宣讀論文（高雄：中山大學主辦，二〇〇二年四月）。

[70] 李壬癸，《台灣平埔族的歷史與互動》（台北：常民文化，二〇〇〇），頁一九〇。

[71] 伊能嘉矩著，劉寧顏主編，江慶林等譯，《台灣文化志·下卷》，（台中：台灣省文獻委員會，一九九一），頁二八六。

育，遂在康熙三十四年（一六九五）以密諭禁止使用羅馬字，「唯恐有礙正確漢字音之普及，雖非發布公例，乃以密諭禁止使用羅馬字」[72]，台灣的清國官員對於平埔族的禁用羅馬字政策執行得並不徹底，族人在漢文教材的學習上「為表漢字音，曾用羅馬字之拼音，以助其記憶者。唯徵之降至嘉慶年代，仍有以羅馬字書寫番語文書之痕跡，可知其所謂禁止，亦非嚴厲」[73]。這是值得考究的歷史現象。

　　漢語在清領台灣的統治網絡之中是霸權語文，但是仍有隙縫可讓平埔族人以漢羅融雜的「混語化」（Creolization）方式來呈現自我，但這並非是像美國學者弗朗索娃・李歐旎（Françoise Lionnet）所指出的，「混語」指涉著被殖民者與殖民者的文化權力鬥爭，「是對霸權文化發射干擾的噪音」[74]。對於十八世紀末期、十九世紀初期的平埔族原住民而言，漢羅融雜的「混語化」並非是要對清帝國的政治結構、統治威權進行挑戰、造成威脅，例如在清帝國頒定的四書、五經、時憲書等漢文教材的學習上，「番童，拱立背誦，句讀鏗鏘」[75]，在那當時的歷史現場，平埔族原住民的「混語」應該理解為平埔族在發聲方式、發聲位置上的拒絕沉默失語，而此效果當然是與殖民者的政治控制或鬆或嚴，有著直接的對應關係，一旦殖民者嚴格要求官方認可的「正統語言」（standard language）執行堅持度，那麼混語現象即在政治、種族的雙重宰制，以及族群母語逐漸流失的情況下，漸告消隱。

---

[72] 伊能嘉矩，《台灣文化志・下卷》，頁二八七～二八八。

[73] 伊能嘉矩，《台灣文化志・下卷》，頁二八八。

[74] Françoise Lionnet. "Of Mangoes and Maroons: Language, History, and the Multicultural Subject of Michelle Cliff's Abeng," *Postcolonial Representations: Women, Literature, Identity.* pp. 35-38.

[75] 伊能嘉矩，《台灣文化志・下卷》，頁二九三。

　　透過一九八〇年代的威權體制鬆搖、民權運動勃興，使得漢語、中文作為「正統語文」的霸權效能，不再具有充足的政治正確，進而形構了台灣各個族裔的作家以母語或混語進行文學書寫的外在環境；另在經由一九八〇年代中期的原住民正名運動、還我土地運動、恢復族名運動的實際參與，原住民作家以漢文書寫的文學作品彰顯了文化身分的自覺認同，爭取台灣歷史重新書寫、構成的原住民在場對話，並在一九九〇年代之後掀起了「部落自治、重返原鄉」的認同實踐運動，包括夏曼‧藍波安、阿道‧巴辣夫、拓拔斯‧塔瑪匹瑪、瓦歷斯‧諾幹、利格拉樂‧阿烏等代表性的原住民作家，陸續從不同的賃居都市，歸返世居的原鄉或他族的部落，重新浸淫並學習族群母語的生命文法，因而創造了原住民作家得以採取混語文學書學的內在條件。

拒絕再被透視及監看

　　一九九〇年代之後，原住民作家逐漸取得了文學混語書學的外在環境、內在條件，然而卻也同時遭到「看不懂」的批評，質疑原住民作家以混語書學文學的必要性，例如孫大川在他主編四卷七冊《台灣原住民族漢語文學選集》的《詩歌卷》，輯錄了阿道‧巴辣夫發表在一九九三年的兩首詩作〈彌伊禮信的頭一天〉、〈肛門說：我們才是愛幣力君啊！——給雅美勇士們，在立法院〉，另在《散文卷》也收錄一九九二年發表的〈走吧！到曠野吃大餐〉。對於阿道採取的混語書寫形式，孫大川在編序之中坦言，自己的閱讀「極為艱難」，另在專述阿道的作品風格之時，孫大川也以玄妙的詮析文字指出：

　　真真假假、虛虛實實、若有還無，是一種嘲諷，也是一種解

放……大量母語的介入以及跳躍的邏輯；彷彿說了許多又什麼
也沒說。[76]

　　孫大川對阿道・巴辣夫混語書寫作品的導讀，其實又何嘗不是
「彷彿說了許多又什麼也沒說」？就我的理解，原住民文學混語書
學的首要策略，正是書寫者經由權力不對等的語文之間相互混融、
交叉重疊，刻意營造閱讀的停頓效果，以使得原住民族的文化主體
性，不再是那麼容易被析解、被透視及被監看。原住民族在台灣的
歷史構成、族裔組成，既然謂之為文化差異性的存在，那麼這種
「差異性」就不會是一目了然的透明性。經過數百年來被殖民、被
統治的經驗，原住民族「文化的差異性」已被殖民者、統治者換位
為「治理的透明性」，便於權力的凝視、監視及役使。根據巴巴對
法農的研究指出，黑人無論在任何空間的現身在場，總會受到「社
會監視、心理拒視的雙重監督」[77]；原住民文學混語書學經由文本
的詞句揉搓、語法置換，顛覆了易於理解的閱讀常規，既在凸顯多
元國族文化形構了文化身分認同線索雜錯的不易理解性，也在迫使
研究者、閱讀者在進入原住民文學混語書學的文本之時，必須要對
原住民族在被殖民、被統治過程當中烙印的身心傷痕，有所謙卑地
認知。

意義的理解，總是被延宕的

　　以一九四九年出生、畢業於台大外文系夜間部的阿道・巴辣夫
〈肛門說：我們才是愛幣力君啊！──給雅美勇士們，在立法院〉

---

[76] 孫大川對阿道・巴辣夫的簡介，同時見於孫大川主編，《台灣原住民族漢語文學選
　　集》的《散文卷（上）》，頁四六；《詩歌卷》，頁二二。

[77] Homi Bhabha. *The Location of Culture* (New York: Routledge, 1994). p. 236.

的混語詩為例，他以達悟族人反對政府將核廢料置放於蘭嶼的現實
題材入詩，然而這首長達六十六行的混語詩，卻以嘲諷、諧擬的批
判視域，檢視了原住民族四百年來遭受的殖民傷痕：

> 看哪　来了紅髮高鼻的人／腰繫細細的彎月／手握長長的棒兒
> ／聽見棒兒的冒煙／為何癱軟了吾親愛的西拉雅人／卻見高高
> 的白人歡舞／「俺覷……俺趕……俺喔而趕……」／的狂想進
> 行曲／蹂躪了吾有形無形的籬笆／惑亂了吾原始的陶壺祭祀／
> 是荷蘭人　聽說／飄自比西方還西方的地方／看哪　被浪捲而
> 去了荷蘭人／滔滔的白浪拍岸時／並見淘然之歌／「俺覷……
> 俺趕……俺餓而幹……」／的靈獸之舞來／成就了吾千萬個的
> 「愛の渴」／也淹沒了整個的大草原／浮起的鹿皮／一一飄向
> 西方啊／……是頂聰明的　河浪的肛門／每引進阿米綠卡的幣
> 啦思想時／連肛門那半透明的六頂奶罩／罩上了吾千百座的奶
> 峰／更　肛門那誘人的三角褲／褲在吾千萬條的山澗裡啊／
> 仰觀不得天體的奧秘／耳聞不得創生的神話故事／祈求唸咒不
> 得祖靈的垂顧／行走不得捉迷藏啊很動物／住的茅屋石版屋
> 幻似彩虹的消融／還得穿上『防核衣』啊飛魚季節／看哪　附
> 著在奇幻大自然中雅美人正／奮泳著／親切地迎笑呢／頂在北
> 大奶罩的肛門／肛門說：／親愛的丁字褲啊　快游過來／肛門
> 正想創造如何起飛哩／是奶罩三角褲起飛嗎／不不不　不／是
> 幣啦起飛啊丁字褲／何況　我們肛門才是／娜魯灣的／愛　幣
> 　力　君／啊[78]

---

[78] 阿道·巴辣夫，〈肛門說：我們才是愛幣力君啊！——給雅美勇士們，在立法
院〉，收於孫大川主編，《台灣原住民族漢語文學選集·詩歌卷》，頁三三～
三九。

　　詩題的「肛門」一詞，是為「政府」（Government）的諧譯，「愛幣力君」則是「土著」（Aborigines）的音譯，阿道・巴辣夫以殖民者、統治者傲慢的「I see, I come, I overcome」一語的音譯，貫穿全詩，荷蘭殖民時期譯寫為「俺覷……俺趕……俺喔而趕」，明鄭及清領的統治時期譯寫為「俺覷……俺趕……俺餓而幹」，日本帝國殖民時期譯寫為「俺覷……俺趕……俺毆而坑」，國民黨來台統治時期譯寫為「俺覷……俺趕……俺餓而戡」。詩中，來自於不同國族的殖民者、統治者都以「俺覷」的文化傲慢姿態、「俺趕」的武力征討手段，造成了原住民族的土地、男人、婦女、資源，以及文化身分的主體位格一再遭到「喔而趕」、「餓而幹」、「毆而坑」、「餓而戡」的悲慘對待。阿道以混語的敘事史詩，勾描出了原住民族身心俱遭摧折的殖民傷痕，研究者又如何能說他的混語詩「真真假假、虛虛實實、若有還無」？

　　二〇〇五年九月，阿道・巴辣夫在「山海的文學世界：台灣原住民文學國際研討會」的閉幕座談會上，戲稱自己寫文章「盡量不用中文的成語，語法給它亂顛倒」、「文字是一個飛彈，用來擊碎彈藥庫，看看能不能激出什麼火花」。準此以觀，不同於以漢語、中文書寫而產生直線的「閱讀／理解」效果，阿道的混語書寫詩作，以族群的母語發音、外語音譯，而對既定的語言符號系統展開戰略變音、諧擬造詞，並對現代漢語的句法、語義、詞彙、音節，進行了重新置換或挪動，形成了曲線的閱讀障礙、理解的意義延宕，而這正如霍爾在詮釋法國學者雅克・德希達（Jacques Derrida）「這樣的理論家的詞語遊戲」之時指出：

　　　　德里達以他的方式，把不規則的"a"寫入了「差異」（difference）──「延異」（differance）──之中，干擾了我們

對語詞／概念的既定理解或翻譯；它使詞語向新的意義移動，卻又不抹除其他意義的印跡（trace）。[79]

正如阿道・巴辣夫常被研究者引述的著名詩句，「一直仰望公賣局，讓巴哈洗盡我的蛋兒」[80]，這段詩句若是乍然以漢語、中文的直線閱讀、思維方式析解之，頗有突兀的不解、不雅之感，但是經過阿道的註解說明，原來「巴哈」意指阿美族語「酒」（Pah）的漢譯，「蛋兒」則是阿美族語「腦或頭殼」（tangal）的漢譯。原本，阿道可以依循漢語、中文的思考模式而寫成「一直仰望公賣局，讓酒精洗盡我的靈魂」，但他刻意以阿美族語音譯的「巴哈」、「蛋兒」介入詩作之中，在於製造「閱讀／理解」的停頓效果，用以破解一般人認知原住民「酗酒成性」的鄙夷或悲憫，因為對於台灣的原住民而言，之所以被迫「讓巴哈洗盡我的蛋兒」，在於全球化擴張、擠壓的勞動市場之中，原住民族參與體力或智力勞動的就業機會，愈形窘迫，如此的身心煎熬、折磨與困頓，絕對不是一句「讓酒精洗盡我的靈魂」就可以透視、消融的。阿道・巴辣夫的混語書寫，自然也就不是「詞語遊戲」，他以阿美族語音譯的「巴哈」、「蛋兒」等詞，干擾了我們對語詞／概念的既定理解或翻譯，但又迫使我們在閱讀這些諧譯的混語詞句之時，必須略加停頓，以能思索箇中蘊含歷史的／經濟的／文化的多重曲折指涉，而這恰也正是克里斯多福・諾利斯（Christopher Norris）所指出，「意

---

[79] Stuart Hall. "Cultural Identity and Diaspora," in *Colonial Discourse and Post- colonial Theory: A Reader.* p. 397.

[80] 在阿道・巴辣夫提供給我的作品剪報資料當中，始終無法找出此句出於何首詩作，目前僅能查出是他在一九九五年六月三日參加「台灣原住民文化藝術傳承與發展系列座談」的發言紀錄。感謝阿道・巴辣夫、林宜妙小姐提供的剪報資料。

義的『理解』，總是被延宕的」[81]。

沒有母語，如何混語？

　　我在本章嘗試以相對嫌短的篇幅，概述了台灣新文學、原住民文學的混語書寫脈絡。對我而言，台灣各個族裔的文學混語書寫，企求的文化身分認同效果或對話，必須放在被殖民的、被統治的歷史事實之中、之後的詮釋架構之內，才有可能尋求意義判讀的線索；在這個層面上，漢族作家及原住民作家採行混語書寫的外在環境、內在條件是相似的。另一方面，台灣原住民作家開始進行混語的文學書寫，是在重返部落定居、學習母語敘說之後的事，這也驗證了一個基本事實：若是沒有母語的言說能力，也就不可能會有混語的書寫能力。

　　回顧歷史，台灣原住民的平埔族、高山族的混語言說、書寫的形成，真實標示出了在不同的統治體系、不同的殖民國族，作用於原住民族的「語言／權力」痕跡。雖然，原住民族試圖經由語文的遊走於混融狀態，嘗試建構族群主體性的可能，唯此也讓原住民族的母語大量流失，終致族群主體性難逃於一再被吸納、被同化的命運。這個歷史事實更讓我們確信，語言做為文化的承載母體之一，在相當程度正是扮演著「影像形構的作用劑」（image-forming agent）功能，所有關於認識「自我」之為兼具「個體性」、「集體性」的主體認同概念，都是立基在此。

　　母語的作用，讓我們知道了自己在世界之中所佔的位置；母語

---

[81] 引自 Stuart Hall. "Cultural Identity and Diaspora". p. 397.

的價值，也正是人們據以認知自我的文化身分；正如肯亞作家恩谷吉所說，「絕大部分的文化區別，是從語言而起，且使文化的源起、長成、凝著、接合，乃至於世世代代的相傳等等，成為可能」[82]。縱觀台灣文學的混語書寫脈絡，從日治中期的賴和、戰後初期的林亨泰，以及一九八○年代王禎和、黃春明，迄至一九九○年代的原住民文學作家，沒有一位是把混語書寫當成文學遊戲的書寫魔術，尤其是原住民的混語文學書寫者都曾先後經歷都市而部落的自我辯證歸返過程，以及漢語、族語、混語的書寫模式轉折經驗。混語文學書寫之於他們，不是為了圓滿個人的美學習癖，而是在探查了殖民歷史傷痕之後，深沉檢索、驗證族群的、自我的多元文化身分認同線索，正如在瓦歷斯‧諾幹的新詩〈Bei-su上小學〉中，他以混語的詩句寫出了一位泰雅父親對於兒子「飛曙」（Bei-su）入學的期許：

　　啊！我們的孩子在黑夜中摸索
　　有人看見他努力地撥動唇舌
　　ㄅㄆㄇ寫下自己的族名
　　１２３計算族人的數量
　　有一天，Bei-su將說出ABC
　　他要與每一個孩子做朋友
　　大聲地說出泰雅的神話
　　一如迸出石頭的始祖
　　驕傲而活潑地出現大地上[83]

---

[82] Ngũgĩ, Wa Thiong'o. *Decolonising the Mind: The Politics of Language in African Literature.* pp. 14-16.

[83] 瓦歷斯‧諾幹，〈Bei-su上小學〉，收於瓦歷斯‧諾幹，《伊能再踏查》（台中：晨星，一九九九），頁一四二。

　　瓦歷斯・諾幹的混語詩句，誠如霍爾所言，「這是混合、同化及匯合的協商之地」、「是多樣性、混雜性和差異的開始」[84]。原住民文學的混語書寫，策略上，是為了母語的存續與擴散，是為了族群主體的文化差異性不再易於被透視、被監看，是為了形構台灣的文化身分構成的多樣性、混雜性和差異。文學的混語書寫，證諸於遍體殖民傷痕的漢族作家及原住民作家，從來就不是為了滿足個人的文學耽美享受之用。然而，若是掏空了歷史的殖民脈絡、虛懸了個人的認同實踐，那麼由此而出的文學混語書寫，充其量，也只不過是嬉耍文字、賣弄才情的浮影之作。

---

[84] Stuart Hall. "Cultural Identity and Diaspora". pp. 400-401.

第 八 章

少數文學與數位書寫的建構及共構

——戰後台灣原住民族漢語文學的超文本書寫

數位化時代的原住民族文學

　　台灣原住民操作漢語、羅馬字拼寫的族語、漢羅併呈的雙語，或者漢羅互溶的混語進行的文學書寫之所以在一九八○年代初期之後崛興，逐漸成為台灣文學場域的主要構成景觀之一，除了是因為受到一九八四年底成立的「台灣原住民權利促進會」、一九九三年的「聯合國國際原住民年」，催發了在地／全球的原住民族文化復振的連帶影響效應之外，其中另外一個不容忽視的因素是台灣在一九八七年解除黨禁、一九八八年解除報禁之後，熱絡爭鳴的報刊雜誌、出版市場供給的文學流通、傳播機制，以及讀書市場的有條件成熟，率皆直接或間接撐廣了原住民文學的能見度。另一方面，一九九○年代迄今，隨著電腦數位科技的發展普及，愈來愈多不同世代、族裔、性別的人們運用電腦網路進行文學書寫創作，不僅使得「文學文本」、「文學社群」的構成內容必須重新定義，嶄新型態的電子閱讀平台也讓文學傳播流程、出版產銷機制面臨結構性的轉變，連帶催化了學術界必須進行跨領域的知識系統、理論觀點的接合，針對網路數位文學及其周邊現象效應進行研究詮釋。準此以觀，台灣原住民作家們透過電腦網路的數位化空間，作為文學書寫、閱讀、傳播的平台而形塑的原住民族文學，業已成為台灣文學景觀的構圖之一。

　　一如全世界的少數民族文學，台灣的原住民如果要在「文學場域」被認識或被認可，通常不得不經由官方教育體系的學習過程以運用、挪用或混用所謂「主流社會」通行的共同語文媒材──漢語進行文學書寫創作；經驗事實顯示，台灣「南島語族」的原住民通過了以漢文作為書寫媒介的文學表現及成果，遂讓台灣的原住民族

文學在相當程度上，成為社會認識、公眾閱讀、學術研究的主要
面向之一；相關學者的研究也在認識論的層面上有著共識，亦即
一九八〇年代初期湧現的原住民族漢語文學，是以認同政治、文化
抵抗作為主要構成肌理的外顯景觀之一。

　　一九九〇年代中期之後，愈來愈多的台灣原住民透過個人專屬
的網路「部落格」（Blog），交叉使用或混用漢語及族語，進行機
動性、實驗性及開放性的文學數位化書寫，不再受到報刊雜誌等平
面媒體的審稿、篇幅及字數限制；然而，相對地，部落生活的親身
經驗也逐漸變得不再那麼重要，因為透過網路的連結、網頁的瀏
覽，以及數位化資訊的拼貼式閱讀，原住民的文學書寫者即可迅速
進出各個部族的歷史文本之中，藉由滑鼠的點選移動、螢幕的畫面
捲動，以及影音的視聽流動，想像自己行走於部落之中。這樣的網
路數位化文學書寫模式，固然得以造就原住民文學書寫者個人的作
家之名、展現個人的文學才情、美學造詣或數位技能，但是是否可
能也讓原住民族文學的生產、流通及消費，愈來愈與族群、部落及
族人失去意義的關連，毋寧也是值得進一步考察的課題。

　　基於以上的認知，本章嘗試透過文學批評理論的後現代、後殖
民的概念視域，思考原住民族漢語文學作為「少數文學」（minor
literature）與「少數論述」（minority discourse）的可能構成要件，及
其相互之間的依存關係。另一方面，時值愈來愈多新生世代原住民
的文學書寫、創作朝向網路視訊、影音及數位化空間移動、發表超
文本，也就相對意味著台灣原住民族文學的定義容量必須重新思
考，進而探討原住民網路數位化的超文本書寫、創作類型，是否可
能牽動族裔文化身分構成／構造的增殖性、流動性、遊牧性或虛擬
性的相關命題。

原住民族文學的番刀出鞘：少數文學、少數論述？

　　概括以觀，一九八○年代之後的台灣原住民族漢語文學形成脈絡，不論是就宏觀的視域，或是微觀的角度來看，莫不符節於法國學者吉爾・德勒茲（Gilles Deleuze）、費里斯・伽塔利（Félix Guattari）定義「少數文學」之時所列舉的四項特點，此即「語言的解域化」（deterritorialization of language）、「文學中的一切都是政治的」、「一切都具有集體價值」，以及「景象與聲響的創造」（invention of visions and auditions）[1]。他們研究法蘭茲・卡夫卡（Franz Kafka，一八八三～一九二四）這位以德文書寫的猶太裔捷克小說家的作品當中的語言質素發現，身為捷克少數族裔的卡夫卡，生長於布拉格的德語家庭，不僅嫻熟猶太人母語的意第緒語（Yiddish），並且精通捷克境內兩大主要官方語言的捷克語、德語，同時能夠使用「德語化的意第緒語」以及「德語與捷克語的混合語」[2]，因此在德勒茲、伽塔利看來，卡夫卡是在相互解除、脫離疆域的多語流動狀態，進行語言遊牧的文學書寫，「少數文學並非產生於少數族裔的語言（minor language），而是少數族裔在主要的語言（major language）之內建構的」[3]。

　　根據美國學者雷諾・博格（Ronald Bogue）的詮釋，「『少數文學』的中心概念是語言的特殊用法（particular use of language），

---

[1] Gilles Deleuze and Félix Guattari. *Kafka: Toward a Minor Literature.* (Minneapolis: University of Minnesota Press, 1986). pp. 16-18.

[2] 雷諾・博格著，李育霖譯，《德勒茲論文學》（台北：麥田，二○○六），頁一七七。

[3] Gilles Deleuze and Félix Guattari. *Kafka: Toward a Minor Literature.* p. 16.

透過強化語言中固有的特質，使語言『脫離疆域』（deterritorializing language），此一語言的『少數』用法乃是透過『發聲的集體裝配』（collective assemblage of enunciation）運作，並且具備政治行動的功能」[4]，博格指出：

> 少數族群對主要族群語言的挪用，以及破壞其既定結構的方法。說意第緒語的族群，如布拉格的猶太人，製造了一種語言的「少數」（minor）用法，將德文的標準成分打亂、變形、使其流動，並啟動蛻變的力道。[5]

　　誠如博格的觀察，德勒茲、伽塔利並不是從後殖民論述架構的認同政治、文化抵抗的角度切入、發展「少數文學」的概念（事實上，卡夫卡有生之年的猶太人在捷克境內並未遭遇政治宰制、文化壓迫的殖民支配關係對待）[6]，但是博格也精確詮釋了對於德勒茲、伽塔利來說：

> 少數文學是全然政治的，「較關心人民而非文學史」（less a concern of literary history than of the people）；文學將個人納入政治，使個人的衝突變成是社群的「生死攸關之事」（matter of

---

[4] Ronald Bogue. *Deleuze on Literature.* (New York: Routledge, 2003). p. 91. 譯文引自雷諾·博格著，李育霖譯，《德勒茲論文學》，頁一七二。

[5] 雷諾·博格著，李育霖譯，《德勒茲論文學》，頁一八〇。

[6] 根據雷諾·博格的研究，德勒茲、伽塔利「無疑反對簡單的認同政治……反對無分別的雜燴（hybridity）政治……少數文學的目的在於發現『未來的人民』（people to come），一種尚未存在的集體性。但這樣做並不必然走上街頭或為某種政治目的撰寫評論。事實上，諸如此類的文宣最不可能成就少數文學」；引自雷諾·博格著，李育霖譯，《德勒茲論文學》，頁一七。

life and death），以及父子之間（between fathers and sons）家庭議
題的公開討論；而且不集中在單一的偉大人物，而是多位參與
顫動集體大業的作家（multiple writers engaged in a vibrant collective
enterprise）。[7]

　　綜觀德勒茲、伽塔利歸納發展的「少數文學」四項概念定義，
允可提供作為研究戰後台灣原住民族在族語、漢語、雙語、多語，
以及混語化的文化語境脈絡底下，進行敘事性的文學表述內容、語
文書寫形式的共相及殊相的概念線索[8]；箇中尤其是「語言的解域
化」及其衍義，指涉的是原住民操作在台灣各個族群、華人文化社
群之間的共通語文媒介──漢語──進行文學書寫之時，透過少數
族裔的族語或混語敘事文法，針對漢語的文句、構詞、時態、詞

---

[7]　Ronald Bogue. *Deleuze on Literature*. pp. 94-95. 譯文引自雷諾‧博格著，李育霖譯，
《德勒茲論文學》，頁一七六～一七七。此處補充說明兩點，一是李育霖的譯文
後括弧內的英文是我引自博格的原文；二是在博格的原文當中，他以複數的詞性
（fathers, sons）詮釋少數文學之為「父子之間家庭議題的公開討論」，據此當可研
判出一項訊息，亦即對於博格來說，他所理解、詮釋的「父子之間」、「家庭議
題」並非單純指涉一般意義下的親子兩代議題，而是相當程度上具有類似薩依德所
說的「文化嫡屬性」（culture filiation）、「文化隸屬性」（culture affiliation）辯
證的雙重意涵，「嫡屬性的圖式屬於自然及生命領域，隸屬性則特定屬於文化及社
會領域」；參見Edward Said. *The World, The Text, and the Critic*. (Cambridge: Harvard
University Press, 1983). p. 20.

[8]　我曾在另一篇論文探討台灣原住民族文學的混語書寫現象及意義，此處不再贅述；
魏貽君，〈書寫的文字政變或共和？──台灣原住民文學混語書寫的意義考察〉，
收於王德威、黃錦樹編，《想像的本邦：現代文學十五論》（台北：麥田，二〇〇
五），頁二八三～三一二。另外，卑南族學者孫大川對於台灣原住民族文學涉及的
語文變異問題，亦曾以宏觀的歷史論述視域進行探討，可參孫大川，〈從生番到熟
漢──番語漢化與漢語番化的文學考察〉，《台灣原住民族研究季刊》第一卷第四
期（二〇〇八年冬季號），頁一七五～一九六。

位、受格、語義以及主題情節的人稱敘事位格，展開特殊的配置、少數的用法，藉以營造而出「一部文學作品能夠贏得經典地位的原創性標誌是某種陌生性（strangeness），這是一種無法被同化的原創性（originality）……一種陌生的熟悉（strange at home）」[9]。

再如博格指出，德勒茲、伽塔利在界定「少數文學」的構成概念之時「提出文學的第四個面向，一個較新的觀點——即景象與聲響的創造」[10]，借由這個觀點以論，當可有效理解、掌握原住民族文學作家逐漸嘗試朝向劇本的文類創作，透過原住民族電視台、其他民營電視台、廣播電台以及劇場展演方式，製播原住民敘事觀點的戲劇、記錄片、廣播劇、有聲書及舞台劇的文化實踐意義。另一方面，包括阿美族的阿道・巴辣夫、排灣族的達德拉凡・伊苞、亞榮隆・撒可努、卑南族的巴代等人曾有舞團、劇場、電影或戲劇的展演經驗，顯示各族的原住民文學創作者當中，不乏劇本書寫、戲劇演出的人才。要言之，德勒茲、伽塔利發展的「少數文學」概念，揭示了一個值得尊敬的少數族群除了要有「偉大的」文學，其實也還需要「偉大的」戲劇以為支撐，正如博格所言「少數文學……不集中在單一的偉大人物，而是多位參與顫動集體大業的作家」。

另外，換從後殖民論述學者阿卜杜勒・詹穆罕默德（Abdul JanMohamed）、大衛・洛伊德（David Lloyd）的觀點來看，戰後台灣原住民族的漢語文學之為「少數文學」或「少數論述」（Minority Discourse），絕對不只是在語言學層次上的況喻修辭，或者是表現在語用學（Pragmatics）的解域化策略而已，箇中另還蘊含

---

[9] Harlod Bloom. *The Western Canon: The Books and School of the Ages.* pp. 3-4. 譯文參考哈羅德・布魯姆著，江寧康譯，《西方正典：偉大作家和不朽作品》，頁二～三。

[10] 雷諾・博格著，李育霖譯，《德勒茲論文學》，頁二七五。

著認同政治的意義脈絡之下，對於還原並復振族群文化身分位格的
歷史想像、集體記憶的再現敘事；以詹穆罕默德、洛伊德的話來
說：

> 「成為少數」（becoming minor）並不是一個本質的問題
> （question of essence）……而是一個位置的問題（question of
> position），在最終的分析當中，主體的位置只能以「政治」的
> 條件定義，亦即解除由經濟剝削、政治權利剝奪、社會控制，
> 以及在文化上對少數族裔的主題、話語的思想意識等諸方面形
> 成的支配來做定義。[11]

　　然而，在現實生活當中，歷史有著不可逆轉性；任何一個人的
身體都不可能時空跳躍、逆轉歷史到事件現場之中。但是，「成為
少數」的歷史構成過程，卻又多是人為作用的結果，而非命定的位
置事實，箇中歷程的不同殖民者、統治者以種種不同的具體或抽象
形式烙印、作用或顯影於少數族裔的文化軀體之上，因而對於過
往歷史進行的文學敘事，總是一種「想像性的再現」（imaginative
representation），誠如英國學者霍爾所言：

> 過去（past）持續對我們說話，但它已然不再是簡單的、真實
> 的（factual）「過去」，因為我們與「過去」的關係就好像是
> 孩子之於母親的關係一樣，已經永遠處於「斷裂之後」（after
> the break）的關係；它總是經由記憶、幻想、敘事和神話建構

---

[11] Abdul R. JanMohamed and David Lloyd. "Introduction: Toward a Theory of Minority
Discourse: What Is To Be Done?," in *The Nature and Context of Minority Discourse*. (New
York: Oxford University Press, 1990). p. 9.

而成的。[12]

　　在霍爾看來，神話傳說及民間故事的口傳文學，提供了「換位的敘事」（narrative of displacement）能量，那是「再現之符碼（symbolic of representation）的開端，是欲望、記憶、神話、研究、無限地探索得以更新的源泉」[13]。更進一步來說，若引後殖民論述學者巴巴的論點，將原住民族文學界定為「少數論述」，那麼「少數論述不僅是嘗試在既定的論述秩序當中，倒轉權力的平衡，並且是對社會的自我想像（imagining self of society）的象徵過程，重新做出定義」[14]；同時，如果原住民族文學的書寫者也確信漢語創作必須以解除「在文化上對少數族裔的主題、話語的思想意識等諸方面形成的支配來做定義」的話，那麼口傳文學無疑必須被詮釋為融鑄原住民族的歷史記憶，及在日常生活進行自我文化主體性想像的動能元素，乃是作為一種阻斷國家機器持續施予原住民族歷史記憶「制度化遺忘」（institutionalized forgetting）的「反記憶」（counter-memory）檔案工作；借用詹穆罕默德、洛伊德的話來說：

　　霸權文化與少數族裔之間的另一個鬥爭面向，即是恢復及調解至今仍受「制度化遺忘」牽制的各種文化實踐（cultural practices），這種「制度化遺忘」作為控制人的記憶及歷史的

---

[12] Stuart Hall. "Cultural Identity and Diaspora," in Patrick Williams & Laura Chrisman. eds., *Colonial discourse and Post- colonial theory: A Reader.* (New York: Harvester Wheatsheaf, 1993). p. 395.

[13] Stuart Hall. "Cultural Identity and Diaspora" p. 492.

[14] Homi Bhabha. *The Location of Culture* (New York: Routledge, 1994). p. 156.

一種形式，乃是少數族裔文化遭受最嚴重的傷害之一；作為一種反記憶形式的檔案工作（archival work），遂是少數論述的批判發音（critical articulation）不可或缺的要素。[15]

一如詹穆罕默德、洛伊德、巴巴、霍爾的觀點，鄒族學者巴蘇亞・博伊哲努（浦忠成）在對鄒族的口傳文學採錄、研究之時，也確認部落的神話傳說、民間故事之於現今的族人發揮著歷史意識、集體記憶的想像觸媒：

> 以時空雜揉的觀點看待特富野部落整體的敘事性口傳文學，由古遠的年代，縱橫分布在廣袤的生存領域，它們經歷無數口耳相傳的過程，有變動，有遺忘，更有融攝自外來的部落或族群者，以迄今日，真切的表達部落成員在漫長時期中的期望、思考、想像和對於所處環境的詮解。[16]

經由上引各家學者的論點爬梳，若從泰雅族游霸士・撓給赫（漢名田敏忠，一九四三～二〇〇三）在一九九五年出版的《天狗部落之歌》開始起算，各族原住民透過漢語書寫、出版的長篇歷史小說的文本構成肌理，率皆呈現著作家文學與口傳文學之間「互文性」（intertextuality）的辯證聯帶關係，此如魯凱族奧威尼・卡露斯《野百合之歌》（二〇〇一）、布農族霍斯陸曼・伐伐《玉山魂》（二〇〇六）、泰雅族得木・阿漾（漢名李永松，一九七二～）《雪

---

[15] Abdul R. JanMohamed and David Lloyd. "Introduction:Toward a Theory of Minority Discourse: What Is To Be Done?" p. 9.

[16] 巴蘇亞・博伊哲努（浦忠成），《敘事性口傳文學的表述——台灣原住民特富野部落歷史文化的追溯》（台北：里仁，二〇〇一），頁二五七。

國再見》（二〇〇六）、卑南族巴代（漢名林二郎，一九六二～）
《笛鸛——大巴六九部落之大正年間》（二〇〇七）、《檳榔・陶
珠・小女巫：斯卡羅人》（二〇〇九）、《馬鐵路：大巴六九部落
之大正年間（下）》（二〇一〇）、布農族乜寇・索克魯曼《東谷
沙飛傳奇》（二〇〇七）、泰雅族里慕伊・阿紀《山櫻花的故事》
（二〇一〇），以及排灣族陳英雄《太陽神的子民》（二〇一〇）的
長篇小說，歷史敘事的文學靈魂載體莫不依託於世代口傳的神話傳
說、民間故事與殖民史實事件之上，一方面透過漢語與間雜著族
語、日語、混語的書寫形式將之剪裁、重編而納入現代的敘事文類
之中，另一方面則以第一人稱的原住民族史觀，針對台灣歷史的總
體認識容量進行跨族裔、跨文化的文學表述對話。

出版市場景氣低迷下的台灣原住民族文學

　　不容諱言，二十一世紀之後的台灣原住民族文學的作品結集出
版量，似有逐年下滑的趨勢。根據陳雨嵐二〇〇八年的調查統計
顯示，在不區別編著者的族裔身分，以及含括文學、藝術、語言
學習、人文社科、自然、童書等六類的台灣原住民圖書出版量，她
發現「有逐年增多的趨勢，一九九二年起突破每年十本以上的出
版量，一九九八年首次突破三十本出版量，二〇〇三年達到高峰
五十一本」[17]。然而，值得注意的是，二〇〇三年之後的台灣原住
民圖書出版量逐年下滑，二〇〇四年驟減為二十八本、二〇〇五年
為十九本、二〇〇六年微升為二十五本、二〇〇七年又再降為十五

---

[17] 陳雨嵐，《台灣原住民圖書出版歷程之研究（一九八〇年至二〇〇七年）》（嘉
　義：南華大學出版與文化事業管理研究所碩士論文，二〇〇八），頁五四。

本。

　　不論「原住民圖書出版量」看似熱絡、或又下滑的出版氛圍底下，實則同時暗伏著台灣原住民族文學的生產、傳播，也正面臨著結構性的隱憂與轉型問題。

　　首先，結構性的隱憂，並不完全是原住民族文學單獨承受的問題，而是全球（當然也包括台灣）的文學傳播、出版市場普遍面臨經濟蕭條、景氣低迷衍生的結構性困境，日本的出版實務專家小林一博甚至舉證歷歷、悲觀預言二十一世紀恐將面臨「出版大崩潰」[18]；曾經擔任報社副刊主編多年的學者林淇瀁（詩人向陽）也指出，「約當台灣進入九〇年代之際，『文學已死』的聲音忽然像潮浪一樣，一波一波地襲捲此地的文壇」[19]：

> 到底問題出在哪裡？文學傳播在這個多元化的社會中依舊進行著，但多元化卻使得文學的生命及傳播空間被窄化了，這是文學的無用？或是文學傳播的無力？顯然值得文學社群思考，也值得傳播學界從傳播研究的向度加以關心。[20]

　　諸如小林一博的預言、林淇瀁的觀察是否如實，當然值得進一

---

[18] 小林一博著，甄西譯，《出版大崩潰——目前正在發生的就是接下來還要發生的》（上海：三聯，二〇〇四）。社會學者劉維公在新聞局出版的《出版年鑑二〇〇五》也指出「相信這幾年來，出版界的人一定已經相當習慣聽到，以充滿危機感與不確定性的語調來勾勒出版產業發展的狀態。『出版大崩壞！？』像是一個揮之不去的陰霾，一直籠罩著台灣的出版產業。確實有不少現象會讓人有如此憂心的觀感」，引自劉維公，〈民國九十三年 台灣出版市場總覽——跳脫產業迷思的束縛〉，收於《出版年鑑二〇〇五》（台北：新聞局，二〇〇五），頁一。

[19] 林淇瀁，《書寫與拼圖——台灣文學傳播現象研究》（台北：麥田，二〇〇一），頁五三。

[20] 林淇瀁，《書寫與拼圖——台灣文學傳播現象研究》，頁五五。

步探討，然而對於文學書寫的作品發表、出版及流通區域，仍然相當程度依附於「都市文化社群／漢人文學場域」之內的原住民作家來說，連帶的衝擊效應尤甚。卑南族學者孫大川在他擔任總編輯的《山海文化》雙月刊（一九九三～二〇〇〇）無奈作出停刊決定之後的一次訪談當中，不諱言指出：

> 原住民文學未來的市場與台灣的出版業是息息相關的，這是原住民最弱的一環，到現在原住民還沒有形成自己的市場，出版業主要的經營者大部分是漢人⋯⋯我希望原住民朋友自己能夠形成一個原住民文學的產銷體系，或者是原住民族知識的生產體系。[21]

　　林淇瀁、孫大川及其他學者對於一九九〇年代之後台灣的文學傳播、出版市場低迷現象的觀察及感慨，某個角度來說，或許也可以用來解釋一九九〇年代後期迄今的原住民族文學作品出版產量相對遞減的問題癥結，但此是否意味著在外部的文學傳播、出版市場低迷的結構性困境無法改變之前，台灣原住民族的文學發展之路就將困頓難行？在要回答這個問題之前，或許透過底下所列二〇〇五年到二〇一三年之間台灣各族原住民文學作品結集出版（初版）的表格資訊[22]，可以提供進一步探討的概念線索。

---

[21] 孫大川口述，李瑛採訪整理，〈文學的山海・山海的文學〉，《原住民文化與教育通訊雙月刊》第九期（二〇〇〇年十月），頁一一。

[22] 不含二〇〇五～二〇一〇再版的原住民文學作品集，包括夏曼・藍波安《冷海情深》（一九九七，二〇一〇）、《黑色的翅膀》（一九九九，二〇〇九），孫大川《久久酒一次》（一九九一，二〇一〇），莫那能《美麗的稻穗》（一九八九，二〇一〇）；另由莫那能口述的《一個台灣原住民的經歷》（台北：人間，二〇一〇）屬於回憶錄性質，亦不列入。

台灣原住民文學作品出版一覽表（二〇〇五～二〇一三）

年度	書名	作者	族別	出版單位
2005	我在部落的族人們	啟明・拉瓦	泰雅	晨星
2005	海浪的記憶：我的父親（夏本・瑪內灣）	夏曼・藍波安	達悟	多晶
2006	伊那Ina我的太陽——媽媽Dongi傳記	Lifok Oteng（黃貴潮）	阿美	山海文化
2006	神秘的消失：詩與散文的魯凱	奧威尼・卡露斯	魯凱	麥田
2006	混濁	拉黑子・達立夫	阿美	麥田
2006	玉山魂	霍斯陸曼・伐伐	布農	印刻
2006	雪國再見	李永松	泰雅	國立台灣文學館
2007	紀念品	董恕明	卑南	秀威
2007	航海家的臉	夏曼・藍波安	達悟	印刻
2007	笛鸛——大巴六九部落之大正年間	巴代	卑南	印刻
2007	東谷沙飛傳奇	乜寇・索克魯曼	布農	印刻
2008	巴卡山傳說與故事	伊替・達歐索	賽夏	麥田
2009	檳榔・陶珠・小女巫：斯卡羅人	巴代	卑南	耶魯
2009	莫那書	多馬斯（李永松）	泰雅	白象
2009	老海人	夏曼・藍波安	達悟	印刻
2009	太陽迴旋的地方——卜袞雙語詩集	卜袞・伊斯馬哈單・伊斯立端	布農	晨星
2009	薑路——巴代短篇小說集	巴代	卑南	山海文化
2010	走過：一個台籍原住民老兵的故事	巴代	卑南	印刻
2010	馬鐵路：大巴六九部落之大正年間（下）	巴代	卑南	耶魯

年度	書名	作者	族別	出版單位
2010	搭蘆灣手記	孫大川	卑南	聯合文學
2010	追浪的老人——達悟老者夏本・樹榕〈Syapen Sorong〉的生命史	謝永泉	達悟	山海文化
2010	山櫻花的故事	里慕伊・阿紀	泰雅	麥田
2010	太陽神的子民	陳英雄	排灣	晨星
2010	笛娜的話	沙力浪・達斯菲萊藍	布農	花蓮縣文化局
2011	當世界留下二行詩	瓦歷斯・諾幹	泰雅	布拉格
2011	外公的海	亞榮隆・撒可努	排灣	耶魯
2012	天空的眼睛	夏曼・藍波安	達悟	聯經
2012	白鹿之愛	巴代	卑南	印刻
2013	都市殘酷	瓦歷斯・諾幹	泰雅	南方家園
2013	Ina Bunun！布農青春	乜寇・索克魯曼	布農	巴巴文化

　　根據上表，二〇〇五年到二〇一三年這段期間，台灣各族原住民文學作品結集出版的冊數約有三十本之譜，雖然平均每年的出版量不到四本，但是其中至少透露了值得觀察、探討及研究的三項訊息。

　　其一，在這三十本的原住民文學作品集當中，有將近一半的十二本是架構於原住民族史觀的長篇歷史敘事小說，包括霍斯陸曼・伐伐《玉山魂》，李永松《雪國再見》、《莫那書》，巴代《笛鸛——大巴六九部落之大正年間》、《檳榔・陶珠・小女巫：斯卡羅人》、《走過：一個台籍原住民老兵的故事》、《馬鐵路：大巴六九部落之大正年間（下）》、《白鹿之愛》，夏曼・藍波安《老海人》，乜寇・索克魯曼《東谷沙飛傳奇》，里慕伊・阿紀《山櫻花的故事》，陳英雄《太陽神的子民》等，顯示長篇小說的

書寫及研究在不久的將來，可望成為台灣原住民族文學構圖的重要文類。

透過這些長篇歷史敘事的小說（文本數量另還包括泰雅族遊霸士・撓給赫《天狗部落之歌》（一九九五）、奧威尼・卡露斯《野百合之歌》（二〇〇一）、排灣族亞榮隆・撒可努《走風的人》（二〇〇二）、泰雅族達利・卡利《高砂王國》（二〇〇二）等），我們可以閱讀到了各族原住民的文學書寫者在個人的主體身分、族裔位置的基礎之上，經由原住民族的史觀，敘述了影響台灣原住民族命運甚、暴露殖民暴力、牽動族群關係變化的多起歷史事件，進而勾勒了原住民曾在這塊土地上與其他族裔的人們集體經歷的歡愉、喜樂、榮耀以及放逐、禁錮、遷徙、離散、孤立、排擠、打壓、貶抑、羞辱，乃至於死亡的故事。從這個角度來看，原住民長篇歷史敘事小說的逐漸出現，無疑愈發增強台灣原住民族文學的重量厚度，間接拓寬了今後對於台灣原住民族文學展開跨國族的原住民文學比較研究視域。

其二，除了孫大川的《搭蘆灣手記》是收錄他曾在報刊雜誌發表的作品之外，其餘的二十九本原住民文學作品集都不曾先以單篇的作品形式，發表於發放稿費的平面媒體，遑論長篇歷史小說的逐日連載於報章雜誌。再者，除了啟明・拉瓦《我在部落的族人們》、董恕明《紀念品》是由民間出版社全額負擔相關的印刷費用之外，其他的作者及其文集是在確定獲得「財團法人國家文化藝術基金會」（以下簡稱國藝會）金額數十萬不等的專案經費補助之後，才得以展開專書或長篇小說的書寫。

另一方面，雖然國藝會是半官方的文化機構，亦少干涉每期所聘的評審委員對於每件申請補助案的審核作業，但從多年各期的原住民申請人及其文本創作、出版的計畫名稱來看，獲得經費補助的

申請人似有多次重複的現象，同時也極少看到以族語書寫的創作
計畫通過補助[23]，尤其是若干出版單位在原住民作家的創作、出版
計畫案獲得國藝會補助款之後，才陸續展開出書的編印作業（此如
李永松的《雪國再見》是因為獲得國立台灣文學館主辦的「二〇〇六台
灣文學獎」長篇小說推薦獎而得出版；里慕伊・阿紀《山櫻花的故事》
則是獲得「原住民文化事業基金會」出版補助；沙力浪・達发斯菲萊藍
《笛娜的話》則是通過花蓮縣文化局主辦的「獎勵及出版地方藝文資料
計畫」審查後而獲出版），間接使得二〇〇〇年之後原住民族文學
的作者及其文本的結集出版，愈來愈必須依賴各級政府或準官方組
織、基金會的經費奧援，才有可能在日益低迷的文學傳播、出版市
場之下，勉強掙得露臉的一席之地。

　　其三，受到前述的文學傳播、出版市場低迷的結構性困境影
響，二〇〇〇年之後愈來愈多的原住民文學工作者，轉而投入
於電腦網際網路的數位化文學書寫，或者架設個人專屬的「新聞
台」、「部落格」，或者在特定的文學網站社群、「電子布告欄」
（BBS）、討論區不定期發表、轉貼原住民的文學作品及對公共事
務的論述；上表所列的原住民文學作家當中，包括霍斯陸曼・伐
伐、李永松、巴代、乜寇・索克魯曼、沙力浪・達发斯菲萊藍，
即是利用網路數位化進行機動性、實驗性及開放性文學書寫的箇
中代表，不再受到報刊雜誌等平面媒體的審稿、篇幅及字數限制，
除了為不同族群、世代的網路閱聽人提供了關於原住民文學的電

---

[23] 國藝會二〇〇五～二〇一〇年各期審查通過的補助案當中，僅有卜袞・伊斯馬哈
單・伊斯立端以布農族語及漢語書寫的《卜袞雙語詩集》獲得九七——二期出版計
畫補助。教育部國語推行委員會則自一〇〇七年開始每兩年舉辦「原住民族語文學
創作獎」，並將得獎作品收錄出版《教育部二〇〇七年原住民族語文學創作獎作品
集》（台北：教育部，二〇〇八）、《教育部九八年度原住民族語文學創作獎作品
集》（台北：教育部，二〇一〇）

子閱讀平台,進而可能結集出版實體紙本,例如阿美族的阿綺骨
(一九八三~)在二〇〇二年出版的中篇小說《安娜・禁忌・門》[24]、
李永松在二〇〇二年自費出版的散文集《北橫多馬斯》、巴代在二
〇〇九年出版的《薑路——巴代短篇小說集》、沙力浪・達發斯菲
萊藍在二〇一〇年出版的《笛娜的話》。

數位化呈現的三種模式

台灣原住民族文學的電腦網路數位化呈現模式概分三類,分別
為作家個人的部落格、文學(文化)社群網站、原住民族相關主題
的數位典藏網頁。但是必須指出的是,受限於二〇〇七年三月包括
「蕃薯藤入口網站」(Yam.com)、Giga ADSL寬頻等網路產業集
團併購整合,改組為「天空傳媒股份有限公司(webs-tv inc.)」,
間接使得多位原住民作家架設的個人「部落格」被迫停用、毀壞或
變更網址,這也顯示了網路文學寫手(當然也包括原住民作家)透過
網路空間進行文學書寫、傳播之時,可能迭需面臨的書寫平台變異
性、數位系統的不穩定性[25]。

---

[24] 一九八三年出生的阿綺骨在《安娜・禁忌・門》的扉頁自述「『純種阿美原住
民』,網路化名土狼」、「有九個耳洞」、「決定四十歲便去自殺」,高中休學之
後「日夜顛倒混吃等死」。《安娜・禁忌・門》一書,描述單親家庭長大的主人翁
「韓」,徘徊於母親及謎樣女子的安娜之間,跌宕追尋自我認同的過程,然而所有
的認同找尋之路卻都是以分崩離析告終;書中,看不到「原住民」 或「阿美族」
的字句,卻有「韓」屢次試圖割破、毀滅臉顏的自殘、自虐舉動。阿綺骨在自序
說,「還不想長大。就算是出了子宮也尚未育化完成呀」;阿綺骨,《安娜・禁
忌・門》(台北:小知堂,二〇〇二),頁九。毫無疑問,阿綺骨的《安娜・禁
忌・門》是台灣原住民最早透過網路書寫並出版的中篇小說,雖然她在書寫貼文之
時隱去不提她的族裔身分。

[25] 泰雅族作家瓦歷斯・諾幹就曾在二〇〇六年六月十二日凌晨三點二十一分在他的部
落格「吹吧!吹起部落風」寫下了一段既無奈又感慨的文字「鑑於天空掛點次數頻

　　一、原住民作家個人專屬的部落格。較常定期更新張貼包含文字、圖像及影音之類超文本的原住民文學工作者（姑且不論是否網址連結毀壞或因故而未更新），包括：

泰雅族的瓦歷斯・諾幹

「吹吧！吹起部落風」（http://blog.yam.com/walis）

「瓦斯彈藥庫」（http://wn2006.pbwiki.com/）

「烏石悅讀二館」（http://blog.yam.com/walis0822）

「烏石悅讀兒童館」（http://blog.yam.com/nokan/）

「Walis共用書籤」（http://www.hemidemi.com/user/wn2006/bookmark）

「瓦歷斯挖故事」（http://blog.chinatimes.com/walis）；

排灣族的利格拉樂・阿烏

「都市居部落心──阿女巫筆記」（http://blog.yam.com/awu0902/#top）；

布農族的乜寇・索克魯曼

「乜寇的文學與思維」（http://mypaper.pchome.com.tw/news/nneqou/）

「東谷沙飛的文學與世界」（http://blog.udn.com/tongkusaveq）；

布農族的沙力浪・達發斯菲萊藍

「原住民文學──沙力浪」（http://blog.udn.com/salizan）

「沙力浪的山林」（http://blog.yam.com/salizansak）；

泰雅族的馬紹・阿紀

「馬紹的新聞森林」（http://bloguide.ettoday.com/masaoaki/index.php）；

卑南族的巴代

「巴代的開放空間」（http://mypaper.pchomc.com.tw/news/puyuma0913/）

繁……沒事就會掉圖～樣式亂掉……決定停了這裡的更新……回到無名那個Xio#$!的鳥空間……哎～～究竟哪裡有便宜的網域空間可租呢？」

「巴代的作文簿」（http://blog.udn.com/puma0913）

「大巴六九部落」（http://www.wretch.cc/blog/puyuma0913）

「二郎的抽屜」（http://tw.myblog.yahoo.com/puyuma0913）；

阿美族的阿道‧巴辣夫

「阿道‧巴辣夫‧冉而山」（http://adaw.pixnet.net/blog）；

排灣族的莫那能

「莫那能的部落」（http://blog.udn.com/abohomeweb）。

二、文學（文化）社群網站。原住民文學作家或文史工作者除了在個人或彼此的部落格發表文字、圖像及影音文本作品之外，亦會不定期在若干民間或官方的文學（文化）社群網站、討論區或留言版發表文學作品或時事論述，箇中包括：

「原住民文學院」（http:// tawww.com/Aborigi/index2.asp）；

「山海文化雜誌社」（http://tivb.pixnet.net/blog）；

「台灣原住民作家筆會」（http://tilpen725.blogspot.com/）；

「paiwan裘古的文化教室」（http://www.wretch.cc/blog/tjuku）；

台灣第一位原住民籍執業律師、泰雅族的巴萬‧尤命（楊志航）

「志航法律事務所」（http://blog.sina.com.tw/labybw/index.php?pbgid=18463）；

「祖靈之邦」（http://www.abohome.org.tw/）；

公共電視台

「原住民網路特區」（http://www.pts.org.tw/php/news/abori/main.php）；

「與媒體對抗──原住民版」（http://www.socialforce.tw/phpBB/viewforum.php?f=51）；

「原住民電子報」（http://tawww.com/news/index.asp）；

「原住民電視台討論區」（http://forum.pts.org.tw/titv/index.php）。

三、原住民族相關主題的數位典藏網頁。台灣自二〇〇二年開始推動包括九大項目的「數位化典藏國家型科技計畫」，其中的「台灣原住民數位典藏國家型科技計畫」委由中央研究院民族學研究所負責推動執行，除了透過中研院民族所典藏有關台灣原住民的研究資訊為基礎以進行各類型資訊的數位化與典藏管理之外，「在中央研究院計算中心技術人員的支援下。經由中央政府、中研院協力推動「數位典藏國家型科技計畫」的領航效應帶動下，二〇〇二年迄今關於台灣原住民族口傳文學、作家文學的數位典藏網頁愈見繁茂，在在有助於台灣原住民族文學的社會認識、傳播效果及學術研究、教學效能。箇中主要的原住民族文學數位典藏網頁包括：

「台灣原住民百年文學地圖」（http://fasdd97.cca.gov.tw/default.php）[26]；

「台灣原住民文學家與藝術家」（http://210.241.123.11/litterateur/）[27]；

「國立台灣史前文化博物館」（http://www.nmp.gov.tw/）的原住民族文學主題相關特展。

數位化時代的認同轉變

綜合上述，當可發現台灣原住民族文學的網路數位化呈現模式，包括作家個人的部落格、文學（文化）社群網站、原住民族相關主題的數位典藏網頁，顯示各族原住民作家的網路數位文學書寫，已然蔚為風氣；然而，對於台灣「原住民網路數位文學」的研

---

[26] 行政院文化建設委員會經費補助，「中華民國台灣原住民族文化發展協會」、「山海文化雜誌社」製作。

[27] 係由行政院原住民族委員會文化園區管理局專案申請通過「數位典藏國家型科技計畫」第一期、第二期總體計畫規劃案（執行期間二〇〇三年～二〇一二年）。

究，卻又相當匱乏，箇中僅有當時就讀清華大學台灣文學研究所的
許家真在二〇〇五「第二屆網路文學研討會」發表的論文〈原住民
文學的另一種可能——原住民網路文學初探，以多馬斯為例〉、就
讀清華大學台灣文學研究所的陳芷凡在「二〇〇五青年文學會議
——異同、影響與轉換：文學越界學術研討會」發表的論文〈原住
民文學數位化的語言觀察：以明日新聞台原住民新生代寫手巴代、
乜寇為例〉，至於學者楊翠二〇〇六年在中山大學外文系主辦「台
灣文化論述——一九九〇年以後的發展國際學術研討會」發表的論
文〈迴遊・遊移・游離——原住民女性書寫的多重視域〉，則僅兼
論阿綺骨二〇〇二年出版的中篇網路小說《安娜・禁忌・門》的文
本質素及書寫風格。

　　許家真〈原住民文學的另一種可能——原住民網路文學初探，
以多馬斯為例〉，首先探討網路文學對於原住民文學而言，無疑是
將可串連起原住民族各族群新生代的讀者與作者之間的重要媒介，
「不僅對處於弱勢族群的原住民文學而言是值得嘗試的一條路，也
是讓台灣社會注重迴異於漢文化的族群內涵的方式之一」，隨後她
以原住民網路作家多馬斯為例，分析多馬斯的網路書寫文本及其選
擇發聲的「公共電視網站——原住民節目討論區」屬性內容；許家
真仔細梳理討論區對原住民族群而言具有何種特殊之處，為何吸引
多馬斯在此持續創作，進而據以探討這個網路書寫空間提供原住民
作家、讀者之間在傳統文本當中不具有的互動性，對原住民文學的
發展與未來創造可能性[28]。

　　陳芷凡〈原住民文學數位化的語言觀察：以明日新聞台原住民

---

[28] 許家真，〈原住民文學的另一種可能——原住民網路文學初探，以多馬斯為例〉，
國立交通大學通識教育中心主辦「第二屆網路文學研討會」論文，二〇〇五年十一
月。（來源http://web2.cc.nctu.edu.tw/~cpsun/xujiazhen.doc）。

新生代寫手巴代、乜寇為例〉，著重於觀察並比較巴代、乜寇‧索
克魯曼在二〇〇三年到二〇〇四年之間透過架設於「明日新聞台」
的數位平台機制底下，如何展開個人文學書寫的文字／影像語言的
運用，進而深入探討巴代、乜寇透過網路的數位化平台「發表的
文本、影像語言表現，在整個原住民文學脈絡中可能形成的新面
貌」[29]；可貴的是，陳芷凡注意到了原住民文學的網路數位書寫形
式將有可能對於原住民族的文學場域、讀者社群、作品風格、表現
模式、傳播產銷等面向，產生結構性的影響及轉化。

　　楊翠〈迴遊‧遊移‧游離——原住民女性書寫的多重視域〉，
主要的研究興趣在於針對六位原住民女性書寫者（鄒族的白茲‧牟
固那那，泰雅族的麗依京‧尤瑪、里慕伊‧阿紀，排灣族的利格拉樂‧
阿𩗩、達德拉凡‧伊苞，阿美族的阿綺）的個人生命史、文學書寫歷
程、文化身分認同轉折、文本的構成質素及書寫風格進行比較研
究，因此並不特別聚焦於以原住民網路數位文學的專論角度，深入
探討阿綺骨二〇〇二年出版台灣原住民文學的第一本網路中篇小說
《安娜‧禁忌‧門》；值得注意的是，楊翠觀察到了「E世代阿美
族女性書寫者阿綺骨的書寫風格，充滿虛無、幻滅、憤怒、荒謬等
語境，她作為一名原住民女性身分的書寫者，與E世代網路作家的
書寫者，這兩個身分究竟可以相互扣連支援、或者分裂、或者全然
無涉？」[30]

　　綜合許家真、陳芷凡及楊翠的論述觀點，無疑都已初步揭示了

---

[29] 陳芷凡，〈原住民文學數位化的語言觀察：以明日新聞台原住民新生代寫手巴代、
乜寇為例〉，收於封德屏主編，《二〇〇五青年文學會議論文集——異同、影響與
轉換：文學越界學術研討會》（台南：國家台灣文學館，二〇〇六），頁一九二。

[30] 楊翠，〈迴遊‧遊移‧游離——原住民女性書寫的多重視域〉，中山大學外文系主
辦「台灣文化論述——一九九〇年以後的發展國際學術研討會」論文（二〇〇六年
五月），頁一八。

台灣原住民運用網路進行數位化超文本的文學書寫、創作，所將可能觸及的相關課題面向。對於本章來說，台灣原住民族文學的數位書寫之所以接合於「少數文學」、「少數論述」的意義，主要在於網路數位超文本（hypertext）的多維度展示效能。

　　根據學者李順興的觀點，「一般所謂網路文學，學術上慣稱超文本文學（hypertext literature），超文本創作時，一個可能帶來創新內涵的方向是讓文字與圖案相互激盪出『另一層意義』，或藉由文字圖形化，呈現單一媒材無法達到的藝術效果」[31]；學者須文蔚一九九七年發表的學術論文當中，則以相對專業的數位科技術語，擴充了網路文學文本新形式的構成要素：

> 從文本的新形式來看，網路文學指的是「超文本文學」（hypertext liter-ature），它有別於平面媒介的文本，運用了新科技，配合以HTML、ASP、GIF、JAVA或FLASH等程式文本為基礎所創作出的超文本，因此，圖像的運用、音樂的輔助乃至網頁的互動變化，多被擾入其中，形成與單一文本互異的多媒體文本的新文類。[32]

　　藉由李順興、須文蔚的觀點（尤其是「超文本」）梳理及綜合，確實多可發現台灣各族的原住民運用電腦網路的數位空間進行文學書寫之時，「整合文字、圖形、動畫、聲音的多媒體文本，

---

[31] 李順興，〈網路文學形式與「讀寫者」的出現〉，《文訊月刊》第一六二期（一九九九年四月），頁四〇～四二。

[32] 須文蔚，〈邁向網路時代的文學副刊：一個文學傳播觀點的初探〉，收於瘂弦、陳義芝編，《世界中文報紙副刊學綜論》（台北：行政院文建會，一九九七），頁二五七。

並不僅止於純文字的表現，更包括了多向文本（hypertext）的可能
性……反映出三個傳統文學創作所缺乏的特質，也就是多媒體、多
向文本、互動性……網路最吸引人的閱讀模式，莫如多向文本的跳
躍與返復……讓作者與讀者共同完成作品，作者引退，提供基本
的素材，讀者利用自己的生活經驗及想像，協力創造出一個藝術
品」[33]。

　　要言之，愈來愈多的台灣原住民文學作家運用電腦網際網路的
數位化平台，進行不同文類形式的文學表述及書寫，這股發展趨勢
正如美國學者雪莉‧特克（Sherry Turkle）的分析所言：

> 在「擬像文化」（culture of simulation）之中建構認同的故事
> 裡，網際網路上的經驗顯得特別重要，但是如果要瞭解這些經
> 驗，一定要在更大的文化脈絡裡進行。這個脈絡就是一連串關
> 於真實與虛擬、生氣勃勃與缺乏活力、統合自我與多重自我的
> 界線被侵蝕（eroding boundaries）的故事；這些故事在科學研究
> 的領先場域，或者日常生活的場域中，隨時都在上演著……我
> 們已然能夠看見在創造與體驗人類認同方面，已經出現了本質
> 性的轉變。[34]

　　網際網路的數位化、流動性平台展開的原住民族文學表述、書
寫是否真的可能會讓台灣原住民的認同對象、過程及體驗「出現了

---

[33] 須文蔚，《台灣數位文學論──數位美學、傳播與教學之理論與實際》（台北：二
　　魚文化，二〇〇三），頁三二。

[34] Sherry Turkle. *Life on the Screen: identity in the age of the Internet.* (New York: Simon
　　and Schuster, 1995). p. 10. 譯文參考凱瑟琳‧伍沃德（Kathryn Woodward）等著，林
　　文琪譯，《身體認同：同一與差異》（台北：韋伯，二〇〇四），頁四七三。

本質性的轉變」，都還有待更進一步的辯證探討，然而透過這股逐漸蔚為風潮的發展趨勢以觀，確實已讓戰後台灣原住民族文學的形成脈絡在「何處」（Where）進行敘事性文學表述、書寫的空間性意涵，不論是在認識上與實踐上，都將產生結構性的意義翻轉。底下，我將針對台灣原住民運用電腦網路數位化平台書寫、創作的超文本，進行概略式的考察與分析；限於篇幅，我的取樣探討範圍集中於「原住民文學院」。

網路數位化的原住民「超文本」書寫

　　「原住民文學院」是排灣族裔的新聞工作者林德義（族名：達摩棟，一九五〇年出生，世界新聞專科學校畢業）[35] 在一九九九年九月架設，林德義擔任院長，首任總編輯為已故的布農族作家霍斯陸曼・伐伐（一九五八～二〇〇七），二〇〇八年七月起由卑南族作家巴代（一九六二～）繼任總編輯。

　　「原住民文學院」的網站系統管理，頗為嚴格及嚴謹，網站的所有詩文開放點選瀏覽、用戶的註冊資格並無國籍族裔的限制，但是使用者若欲入內發表文字、圖片、影音及留言之前，必須先行閱讀並同意版規協定[36] 之後才得以註冊；用戶完成登錄手續，才得以

---

[35] 林德義是台灣原住民的第一位新聞工作者，歷任《民眾日報》地方新聞組副主任、《太平洋日報》編輯主任，並在一九九〇年代中期擔任台灣第一份原住民報紙的《南島時報》總編輯，目前以筆名「林歌」活躍於電腦網路的原住民文學書寫，同時擔任《民眾日報》編輯主任。

[36] 版規協定包括不得發表「煽動民族仇恨、種族歧視，破壞民族團結」、「猥褻或不雅」、「廣告或商業性」、「涉及人身攻擊或不實」等的圖文或資料，違者逕予刪除。

發表文章或留言，然而任何創作、評論或轉貼的文章則須經過院
長、總編輯的審核通過之後才會刊登。截至二〇一一年五月，「原
住民文學院」的註冊用戶為四二三名、文章總數為九八一篇、評論
總數為三十八則。文章發表篇數若滿二十篇以上者，則以作者專輯
形式呈現，點選後以另開視窗的方式，條列每篇文章的刊登日期、
摘要及全文，統計已有包括霍斯陸曼・伐伐、巴代、tanivu、嵐
峰、伊虹・比岱、阿甘、watantalu、sauli、惡樂恩、林歌等十位作
者專輯。

　　「原住民文學院」的首頁以八種文類的分類項目，詳細輯錄用
戶發表的創作、評論、轉貼的詩文作品或分享的藝文資訊，詳如下
表：

「原住民文學院」詩文分類表（2011年5月）

文類	子題
散文小品	真情散文（二〇九篇）
	心靈小札（一〇七篇）
	勵志小品（五〇篇）
	旅遊報導（四篇）
	即興隨筆（六六篇）
小說故事	短篇小說（六八篇）
	長篇連載（三篇）
	傳記故事（五篇）
詩歌曲譜	新詩創作（一〇六篇）
	唐宋古律（一篇）
	歌謠詞曲（一〇篇）
	即興隨筆（九9篇）

文類	子題
部落文學	部落風情（二四篇）
	部落人物（二四篇）
	笑話分享（二○篇）
	神話童話（一八篇）
藝文資訊	原住民族相關的藝文活動訊息（三七則）
評論文章	關於原住民族的文學、文化及教育議題評論（四一篇）
文章分享	轉貼分享（五二篇）
	其他文章（二篇）
徵文消息	各項文學獎的徵文辦法及相關資訊（二二則）

　　經由上表的概觀、文本的細觀，或可約略獲知以下幾項訊息。

　　其一，即使是在「原住民文學院」的網路數位化媒介平台，散文及新詩的文類創作，仍為台灣原住民進行文學書寫的主要選項；至於巴代在「原住民文學院」連載的小說〈鬥法〉、〈沙金胸前的山羊角〉則已收錄於二○○九年出版的《薑路——巴代短篇小說集》之內，另一篇連載的小說〈部落的自殺事件〉則是再經改寫成為二○○七年出版的長篇小說〈笛鸛——大巴六九部落之大正年間〉第一章。「原住民文學院」的作者多為化名或暱稱，即使詩文作品發表篇數已達二十篇以上的作者，大多數也是研究者所陌生（例如tanivu、嵐峰、伊虹‧比岱、阿甘、watantalu、sauli、惡樂恩），顯示網路數位空間之中的原住民文學寫手臥虎藏龍，為此「原住民文學院」總編輯巴代在二○○九年八月公開提出編選《原住民文學院創作專輯》的出版構想[37]，倘若此議落實，將可豐富台灣原住民族文學的文本研究素材，也為原住民的網路數位化文學書寫、超文

---

[37] 巴代，〈本學院「文學創作專輯」出版構想〉，（來源http://paiwan.tw/Aborigi/ShowArticle.asp?ArticleID=1337）

本的多維創作，提供了更多可供考察、探討的層次面向。

　　其二，「原住民文學院」的網路數位化媒介平台，刊登了多篇「整合文字、圖形、動畫、聲音的多媒體文本」，箇中最為頻繁運用數位技能的超文本書寫者，是為署名「小兵兵」的作者，此如題為〈人心〉的新詩，敘寫二〇〇九年八月的莫拉克颱風重創台灣的景況，「風雨過了／陽光依舊是會露臉的／在此深深的給予這次／水災受難的人們最大的關懷和祝福／雖然往者已遠矣／但生者更須勇敢的來面對和接受／就讓我們的心繫在一起／共同迎向未來的漫漫長路……」，就在閱讀網頁詩句的同時，讀者的眼睛也在瀏覽著「小兵兵」張貼三張滾滾洪水氾濫、侵蝕河床邊緣的原住民族人屋舍的照片，然而恬適得安撫人心的鋼琴聲響也從電腦傳來；這首結合了詩句文字、照片圖像以及鋼琴樂音的超文本〈人心〉，使得文本閱讀的同時也啟動了視覺、聽覺的意義理解機制，因而也使得詩句勾勒人們面臨災難之時、之後的協力互助意象，愈發有了具體多維度的動人穿透力，「我們一定要好好珍惜善待周遭的人事物／恪遵彼此之間的一種契合／人心不也更是如此」[38]。

　　另如〈自我放空〉一詩，「小兵兵」意圖塑造一股偷得浮生半日閒的慵懶氛圍，作者在網頁中置放了三張看似幽靜的庭園咖啡廳照片，樹蔭底下整齊擺放的玻璃桌、藤椅及遮陽傘，空無一人；詩句敘寫著「秋風難掃纏綿的榕葉／卻已吹逝了憂人的愁／留下淨空靜思的心靈／共享自我放空的片刻」，詩句之下則是搭配著一位嘻哈少年、一位金髮少女舞動手腳、跳躍身軀的街舞動畫[39]，整個網頁呈現著超文本的視覺效果，揉合著靜態的詩句、恬適的照片，以及年少氣息的動畫舞姿。

---

[38] 小兵兵，〈人心〉，（來源 http://paiwan.tw/Aborigi/ShowArticle.asp?ArticleID=1339）

[39] 小兵兵，〈自我放空〉，（來源 http://paiwan.tw/Aborigi/ShowArticle.asp?ArticleID=1276）

　　其三，作為台灣原住民族文學網路數位化的主要平台，「原住民文學院」自然也為族語的文學敘事作品提供了發表空間；值得注意的是，已刊的族語作品全都集中於字數篇幅較為精短的散文、新詩文類，至於小說及傳奇故事則未見以族語敘事的作品，似乎顯示新生代的台灣原住民在漢語化的教育體制底下，已然逐漸難以操作嫻熟的族語，用以表述、書寫小說敘事架構的經營。

數位空間的族語守護者

　　「原住民文學院」並未特別限定須以羅馬字的族語記音系統書寫，也開放以族語、漢語併存或混用的文學敘事書寫。例如題為〈Laqi！wa su ini pzyugi？（孩子！你怎麼不跳舞？）〉的散文，作者Sabi‧Piling（張淑芬）以一段泰雅族語、一段漢譯的原漢語文併存敘事手法，描寫一位信仰基督教的泰雅族父親，禁止念小學的女兒學習泰雅舞蹈，因為「kmal mrhuw kyokay ma, mzyugi zyugi na Tayal ga iwan na mluw tmatoq 'lyutux Akuma', snhi' kyukay na squliq ga ini pzyugi hya（教會的牧者規定，跳原住民舞蹈就等於祭拜魔鬼撒旦，教會的信徒不可以跳舞）」，即使學校的泰雅族裔老師苦勸：

　　　　mqas mzyugi zyugi ta nanaq ga kya zmi' nya pi？phswa ta rmuru zezyaw na zyaw Tayal babaw nya la？laxan ta zyugi na snbing na bnkesan ta lga？talangay！ima mwah pyunaw mqabaq zyugi ta la？musa ta myan akuma'kahul qba ta nanaq pskyutan ta zyaw ta Tayal lga？（快樂的跳起屬於自己的舞蹈有罪嗎？這樣下去我們要如何推動自己的文化？祖先留下的舞蹈我們就這樣丟棄不管了嗎？將來會有誰來傳承呢？還是，我們要像想像中的魔鬼一樣親手摧毀屬於自己的文化嗎？）

　　但是那位泰雅族父親依然不為所動，即使是教會的牧者也堅持
「聖經上記載，原住民的舞蹈是魔鬼的舞」，老師為此而哀傷，寂
涼的眼神望向天際「mita babaw kayal, r'usuw balay inlungan nya（望
著天，心裡很沉重）」[40]。

　　另如題為〈Laqi Bgihur（風之子）〉的新詩，作者Rowbiq・Ragu
（伊虹・比岱）先以太魯閣族語敘寫，詩末再附上自譯的漢文，全
詩以太魯閣族的史觀描述殖民者、統治者的同化政策導致族人的歷
史記憶斷裂、傳統文化崩塌，部落被帶往破壞與貧窮：

Embahang　聽

Niqan cicih hnang　有些聲音

Kibi saw pnaah thiyaq　似乎來自遠方

Na lmingis ka utux rudan ta　祖靈們在哭泣

Gaga prana mnaqih ka knlangan saying　社會的涵化將更加惡劣

Mrana ta meydang　我們陷入迷失

Ini da duwa musa baatan bitaq hici　未來都難以抵禦

Emphuya tata　我們該如何自處

Mowda nami inu ka elug saman　未來又該何去何從

Ima ima duwa rmngaw mnan　誰 誰能告訴我們[41]

　　不論是散文的〈Laqi！wa su ini pzyugi？（孩子！你怎麼不跳
舞？）〉或是新詩的〈Laqi Bgihur（風之子）〉，兩位原住民族裔

---

[40] Sabi・Piling（張淑芬），〈Laqi！wa su ini pzyugi？〉（孩子！你怎麼不跳舞？）
（來源http://paiwan.tw/Aborigi/ShowArticle.asp?ArticleID=1480）

[41] Rowbiq・Ragu（伊虹・比岱），〈Laqi Bgihur（風之子）〉，（來源http://paiwan.
tw/Aborigi/ShowArticle.asp?ArticleID=1203）

的作者以族語、漢語併用或混用的敘事角度，透過原住民族的文化
史觀，言說少數民族在歷史進程底下漸次失卻文化位格的生命哀
歌，詩文雖然難掩淡淡的愁緒，但以族語書寫的本身就蘊含著對於
族裔文化身分認同線索的拒絕消解、自我挺立的意義；對於選擇以
族語進行文學書寫的原住民來說，他們的心中某個角落隱居著一個
老靈魂，老靈魂透過這些以族語敘事的原住民作家們，向所有的原
住民族裔子孫們敘說著我族／我群的靈歌，雖然族語的敘事性作品
進入一般的文學市場而被傳播、流通、接受與理解的難度門檻極
高，對於漢語的文化／文學表意系統也難以主動而積極產生頑韌的
介入效能，但以族語書寫的原住民作家們猶如民族文化庫藏室的
守護者，堅毅地等待、相信著只要族群的語文香火不熄，遺產將
成資產，日後或有另一番景觀的創造可能性，正如在國小任教的
Pali・Bagah（李順命）在題為〈Yulung・inlungan na Tayal（雲・泰
雅心）〉的詩中所言：

> Tnaq ciux mlaka babaw kayan
>
> 好像風箏在遼闊的天空飛翔
>
> Tnaq yulung ciux maki babaw kayan iwey myu'ru ini pitnaq ktan
>
> 好像雲朵在無際的天邊變換
>
> Neli ku yulung kuzin
>
> 我以為我是雲
>
> aw ga
>
> 可是
>
> Yaqeh na inlungan ini pintnaq Behuy khmut mlaka la
>
> 漂泊的心不再隨著風向浪跡
>
> Ltu' yulung pintru' nya tnaq cyux mqas mlawa

冷雲下的停留是熱情的招手

Balay ga

終於

Yulung ga ini hazi spyang say yulun la

雲不再只是飄盪的雲

Si ktay nyux yugun sona qalah（la）

而是化成雨

Musa mqlyu metaq silung songnya kiang

流向海洋的歸屬[42]

　　台灣原住民族的文化位格如何擺脫被殖民的權力規訓、被霸權的文化凝視，不再是任由風向的轉變，隨之飄浪於天際的雲朵，一九八〇年代迄今的經驗事實顯示了：第一人稱的文學書寫、創作乃是我族／我群的生命主體性得以自我定義、向外敘事，進而尋求社會認識、彼此對話的重要觸媒之一。做為少數文學，台灣原住民族文學以多層次維度的語文書寫方式，也以口傳文學、作家文學的複式互文接合策略，介入了文學場域的形構邏輯，拓寬了台灣文學的定義容量。

　　近年以來，愈來愈多原住民投入於網路數位化空間的文學書寫、創作，亦非是對於新科技媒介的炫惑、追逐而迷戀於嬉戲式的數位技能，絕大多數的超文本仍然聚焦於我族／我群文化認同線索的搜尋、拼湊及重新整編。通過本章的考察及探討，不難看出，一九八〇年代迄今台灣原住民族文學的形成、發展及轉型脈絡，已為少數文學與數位書寫的建構及共構關係，作出了示範式的操演。

---

[42] Pali・Bagah（李順命），〈Yulung・inlungan na Tayal（雲・泰雅心）〉，（來源 http://paiwan.tw/Aborigi/ShowArticle.asp?ArticleID=1488）

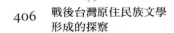

　　不容諱言，關於台灣原住民的網路數位化文學書寫涉及的相關
議題，確實繁多而複雜，箇中犖犖大者如個別作家使用電腦進行文
學書寫、創作的動機、技能、歷程，及其個人部落格經營方式的差
異；「數位落差」（digital divide）[43]是否可能影響原住民網路數位
文學的傳播效能；一九九〇年代之後出生的不同族裔新世代學子
們，對於原住民族網路數位文學的認識、接受程度有何不同……這
些問題，容我在此存而不論，留待他日探論。

---

[43] 根據學者曾淑芬、吳齊殷的觀點，「『數位落差』簡單來說，就是存在於能否接近
使用新科技的兩群人之間的差異……對於資訊接近使用的狀況，的確會隨著不同的
收入、種族、城鄉發展狀況及教育程度而有所差異」；行政院研究發展考核委員會
編，《台灣地區數位落差問題之研究》（台北：行政院研究發展考核委員會，二
〇〇八），頁一三。

第九章

「布農文學」的形成及構造的初步考察

關於「布農文學」準備入史的幾點思考

　　一九九○年代中期之後，台灣多位原住民學者、作家開始思考編撰「台灣原住民文學史」的必要性及可能性，並在學術研討會、期刊之中，公開提出這項議題。

　　一九九八年，泰雅族作家瓦歷斯・諾幹在〈關於台灣原住民族現代文學的幾點思考〉的論文，分別使用「原住民文學史」、「原住民族文學史」的修辭；瓦歷斯・諾幹指出，「建構原住民文學的理論基礎，甚至寫出台灣原住民族文學史，當是點亮油燈的火苗」[1]。無疑地，這是在探討關於台灣原住民文學的主體定位、構成肌理、發展方案的論述脈絡之中，「原住民文學史」一詞的首度出現。

　　二○○五年，卑南族學者孫大川在題為〈用筆來唱歌──台灣當代原住民文學的生成背景、現況與展望〉的論文，採取「文學史式的回顧與檢討」的雙重論述策略，一方面以自我的「文學生命史」萌發歷程為例，分別檢視了家族耆老、同世代各族作家對於語言、文字及時代環境變遷的親身感受，另一方面則是針對「原住民族文學史」的構成範疇及其可能遭遇的限制或詰難，提出了多個深刻而複雜的省思，包括「面對新的文學形式，原住民如何解決『文字化』所引出的問題？如何界定原住民文學的邊界？原住民文學包含了什麼樣的成分？它又將如何與它的讀者對話？族語有可能對漢語進行創造性的干擾嗎？國際間譯介的情況又如何？原住民的文學

---

[1] 瓦歷斯・諾幹，〈關於台灣原住民族現代文學的幾點思考〉，收於周英雄、劉紀蕙編，《書寫台灣──文學史、後殖民與後現代》（台北：麥田，二○○○），頁一一三。

工作者，將如何在用筆創的同時，仍能保持與自己的傳統對話？」[2]

　　二〇〇七年，鄒族學者巴蘇亞‧博伊哲努（浦忠成）的論文〈台灣原住民族文學史建構的可能及其特性〉，除了延續瓦歷斯‧諾幹、孫大川的問題意識及觀點，更是直接挑明了強調「台灣原住民族文學史的論述與建構，在現階段是重要的課題」；然而，他也同時指出：「要探討原住民族文學發展的歷史，不能停留在作家的文學，而必須溯源已經綿延數百、數千年的口傳文學，神話與古老的歌謠才是原住民族文學的源頭」[3]。

　　原住民族裔身分的學者、作家從一九九八年開始提出「台灣原住民族文學史」的編撰構想，固然有著讓人肯定、敬重的對於民族情感強烈認同的心理趨力，但更關鍵也更現實的問題在於具體的文本數量能否支撐？編撰的技術上如何操作？然而，很快地，這項關鍵而現實的問題有了答案。

　　二〇〇九年十月，巴蘇亞‧博伊哲努的著作《台灣原住民族文學史綱》出版，全書計分上、下兩冊，厚達一千一百八十五頁，較諸於其他業已出版的中國文學史、台灣文學史的總論式相關著作，此書的論述篇幅規模，堪稱為最。概覽全書，巴蘇亞‧博伊哲努的這本著作，並未全面探討台灣原住民各族的敘事性口傳散文（prose）、韻文（poetry）系統的發展史脈，他在書中的序言指出，「取『史綱』之名，表示有待探討的地方還有很多很多，這本書只是初步的嘗試」、「一個部落就該有一部自己的歷史，文學歷史也

---

[2]　孫大川，〈用筆來唱歌──台灣當代原住民文學的生成背景、現況與展望〉，《台灣文學研究學報》第一期（二〇〇五年十月），頁一九五。

[3]　巴蘇亞‧博伊哲努（浦忠成），〈台灣原住民族文學史建構的可能及其特性〉，「文學的民族學思考與文學史的建構」學術研討會論文（國立政治大學民族學系主辦，二〇〇七年六月），頁二一。

當如此」[4]。

　　巴蘇亞・博伊哲努的言下之意，不啻於表示：若將台灣原住民族各個族群、部落的「文學歷史」[5]盡納其中，那麼「台灣原住民族文學史」的篇幅規模，必然遠遠多過於《台灣原住民族文學史綱》上、下兩冊的一千一百八十五頁。

　　《台灣原住民族文學史綱》的撰述及出版，容或蘊含著多重的宣示性、召喚性意義與價值。廣義來看，巴蘇亞・博伊哲努的發願撰述《台灣原住民族文學史綱》，某種程度是以文學的思考及實踐角度出發，呼應一九九〇年代迄今的台灣原漢學者、作家及文史工作者協力編纂、撰寫的原住民族史，嘗試透過學術的專業爬梳、論辯高度以宣示、落實原住民族對於「歷史主體性的追尋」[6]；另一方面，巴蘇亞・博伊哲努毋寧也在自謙個人的治學能力有限、觀

---

[4] 巴蘇亞・博伊哲努（浦忠成），《台灣原住民族文學史綱（上）》（台北：里仁，二〇〇九），頁 II-III。

[5] 在孫大川看來，台灣原住民族「文學歷史」的源頭，必然溯及於敘事性的歲時祭儀、生命禮儀及日常生活的歌謠吟唱，「對我們上一代部落族老而言，唱歌不純然是音樂的，它更是文學的；他們用歌寫詩，用旋律作文。幾千年來，我們的祖先就這樣不用文字而用聲音進行文學的書寫」，孫大川，〈用筆來唱歌──台灣當代原住民文學的生成背景、現況與展望〉，頁一九八。

[6] 國史館台灣文獻館一九九八年開始陸續出版《雅美族史篇》、《卑南族史篇》、《史前篇》、《語言篇》、《賽夏族史篇》、《邵族史篇》、《阿美族史篇》、《都市原住民史篇》、《魯凱族史篇》、《鄒族史篇》、《平埔族史篇（北）》、《平埔族史篇（中）》、《平埔族史篇（南）》、《排灣族史篇》、《政策篇（一）》、《政策篇（二）》、《政策篇（三）》、《泰雅族史篇》、《布農族史篇》等十七冊專書。學者譚昌國認為，上述的十七冊專書當中，不乏原住民族裔的學者書寫自我的族群歷史，箇中意味著從「異己論述」到「自我書寫」，標示出原住民歷史研究和書寫的轉變的軌跡，代表原住民在知識／權力的場域中的主體性提升，和在文化政治的場域中權力的增強；譚昌國，〈歷史書寫、主體性與權力：對「排灣人寫排灣族歷史」的觀察與反思〉，《台大文史哲學報》第五十九期（二〇〇三年十一月），頁六九。

照層面有欠的同時，發出了召喚，盼望著台灣的原住民族除了接合各族的總論式文學史之外，也能發展各個族群、部落的文學歷史，「即使再遠的行腳，再複雜多樣的閱歷，呈現的仍然是原住民族的圖騰風味」[7]。

巴蘇亞・博伊哲努的召喚，是否就能應聲而出台灣原住民各族的文學史，毋寧還是必須證諸於經驗事實及客觀條件的支撐。這樣的命題能否證成落實，箇中的主要判準，除了繫諸於能否及如何採錄、編纂並詮釋各該族群「綿延數百、數千年的口傳文學，神話與古老的歌謠」之外，仍然必得檢證於各該族群是否已然發展、創作出了足以入史質量的作家文學，以及相應而發的文學活動之上。

毋庸置疑，伴隨一九八〇年代初期的台灣原住民族文化復振運動迄今，各族原住民的文學創作者使用漢語、族語或混語，進行「現代文學類型」（新詩、散文、小說、劇本及報導文學）的書寫，已然取得一定成果；期間，各族的文學創作者輩出，累積了可觀的文本數量，不僅成為台灣文學景觀的主要構圖之一，也在相當程度上成為學術研究、教學的重要課題，「不但有碩博士論文，大學相關科系亦開始開設原住民文學的課程」[8]。

總地來看，國內外學者對於台灣原住民族文學的研究，大抵呈現著三種的論述取向：㈠運用民族誌的參與觀察法的田野踏查方法，就近探看作家的生命文本曲線，據以參照於其文本而進行整體式的閱讀、調查、訪談及探討；㈡借引文學社會學或文化人類學的概念線索，透過「國族」、「民族」、「族群」的探看視域，進行跨族式的文學主題比較研究；㈢援引西方文學批評理論（包括敘事

---

[7] 巴蘇亞・博伊哲努（浦忠成），《台灣原住民族文學史綱（下）》，頁一一八二。
[8] 孫大川，〈用筆來唱歌——台灣當代原住民文學的生成背景、現況與展望〉，頁二一五。

學、後殖民理論、新歷史主義等），用以解析台灣原住民族「口傳文學」與「作家文學」之間繁複的互文關係，據以偵測「作家文學」在挪借或改寫了「口傳文學」之後的長篇歷史小說如何增值／增殖了歷史文化意義。上述的研究取向，莫不確認了台灣原住民族文學的學術位格、豐富了台灣的文學研究架構。

　　然而，現今累積可觀的台灣原住民族文學的研究成果之中，相對地，較少以特定「族群」作為總攝式的研究主題，據以聚焦於論述該個族群史脈底下的文學形成、構造體系，及其如何「同於／異於」其他原住民族裔文學的辯證意義；反觀中國政府、學界對於境內五十五個少數民族的各族文學史編纂及出版，不容諱言，已然相當程度取得了國家治理意志所要求的學術成果[9]。

　　因此，本文嘗試透過對於台灣布農族文學作者的生命歷程參照、文本閱讀及分析，進而檢視、思索既有的「布農文學」[10] 成果

---

[9] 根據學者黃季平二〇〇七年的調查，中國的五十五個少數民族「約有四十六個民族已經出版文學史或文學概論……未出版的各族文學史，應會陸續出版」；黃季平，〈彝族文學史的建構過程〉，「文學的民族學思考與文學史的建構」學術研討會論文（國立政治大學民族學系主辦，二〇〇七年六月），頁九一。唯若檢視中國陸續出版的各族文學史，不難發現，普遍地以黨國社會主義的僵硬教條凝視各族的文學編撰史觀，例如二〇〇九年九月出版的《羌族文學史》指出，近現代的羌族文學作品「大都具有反帝、反封建、反對官僚資本主義的內容，歌頌黨、歌頌紅軍的文學作品更是絢麗多姿。當代文學，是建國後社會主義新文學……羌族人民以國家主人翁的姿態，屹立在祖國大地上。這一時期的文學，以頌歌為基調，歌唱黨、歌唱人民領袖、歌唱日新月異的社會主義祖國……在黨的民族政策的光輝照耀下，一批業餘文藝工作者迅速成長」，引自李明主編，《羌族文學史》（成都：四川民族，二〇〇九），頁一四。

[10] 「布農文學」這個名詞是已故的霍斯陸曼・伐伐首先提出，他在一九九七年的一場座談會表示，他寫的不是「原住民的文學」，他也不是「原住民的作家」，霍斯陸曼・伐伐說自己寫的是「布農族的文學」，他是「布農族的作家」。參見魏貽君，〈回到祖靈永居之地——悼伐伐，兼論他的文學〉，《INK印刻文學生活誌》第五四期（二〇〇八年二月），頁一一九。

之於未來的「布農族文學史」當中的組構意義。換句話說，本文的目的並不在於具體勾勒或描繪未來的「布農族文學史」該要折射於何等樣貌的史觀？該要含括哪些章節主題類型？該要如何進入實體的編撰技術及其取捨依歸？本文首先要問的是，為什麼是布農族文學（而不是其他族群）已然蘊釀也成熟了入史準備？其次，我要回答「布農文學」在台灣原住民族文學的位置當中，如何「同於／異於」其他族裔的原住民文學？處理了前兩項問題，我將試圖對於今後台灣原住民族文學的研究，提出另外一種關於「族群文學史」如何可能的問題意識，並將論證「布農文學」的入史準備及條件，已然漸趨成熟。

「布農文學」在台灣文學／原住民族文學的位置

根據行政院主計處、原住民族委員會的統計，二○一二年台灣布農族的總人口為五萬三千餘人，佔全台灣原住民族總人口數五十二萬二千餘人的百分之五點一五，「次於阿美族、排灣族、泰雅族而排列為第四大族，分布面積則居全台第二，僅次於泰雅族」[11]；布農族「現今分布在中央山脈以南，分布於泰雅族和排灣族中間，東接阿美族，西鄰鄒族，由濁水溪上游向南延伸至高屏溪、卑南溪之中上游地區」[12]。族群的總人口數雖然不多，但在戰後台灣原住民族文學的構圖當中，多項統計指標顯示，布農族裔的作者人數及其文學創作的成果、成績及成就，允然蔚為特殊景觀。

---

[11] 海樹兒・发剌拉菲，《布農族部落起源及部落遷移史》（台北：行政院原住民族委員會，二○○六），頁五。

[12] 何撒娜，《布農族》（台東：台灣史前文化博物館，二○○四），頁四。

　　換個角度來說，台灣原住民族文學之所以在一九八○年代初期
之後逐漸受到文學報刊雜誌、圖書出版市場、學術研究領域的相當
規格重視，主要的趨力因素之一，正是布農族的拓拔斯‧塔瑪匹瑪
（巒社群。漢名：田雅各，一九六○～）以布農族裔身分第一人稱的
漢語敘事位格書寫、發表多篇具有原住民族裔自覺意識、文化身分
認同的文學作品，並在一九八六年以短篇小說〈最後的獵人〉獲得
吳濁流文學獎，一九九一年獲得第一屆賴和文學獎。事實上，拓拔
斯‧塔瑪匹瑪不僅是第一位獲得吳濁流文學獎、賴和文學獎的台灣
原住民，同時也是這兩項在當代台灣的文化、文學、人權層面上具
有歷史象徵意義的全國性文學獎的最年輕獲獎者（二十六歲獲吳濁
流文學獎，三十一歲獲賴和文學獎）。

　　另就原運之後的台灣原住民族文學的研究脈絡來看，日本學者
下村作次郎一九九二年一月發表於日本《天理台灣研究會年報》第
一期的〈トパス‧タナピマ的文學〉（拓拔斯‧塔瑪匹瑪的文學）[13]，
允為發表於學術期刊研究戰後台灣原住民文學的第一篇論文；岡崎
郁子一九九二年三月發表於日本《吉備國際大學研究紀要》第二期
的〈非漢族の台灣文學──拓拔斯〉[14]，也是以拓拔斯‧塔瑪匹瑪
的成長經驗、文學作品及創作過程作為探討主題。這些事證顯示，
「拓拔斯‧塔瑪匹瑪其人其文，確實是撐開一九八○年代之後對於
台灣原住民族文學書寫、研究及出版熱潮的重要代表者」[15]。雖然

---

[13] 該文已節譯為〈台灣原住民文學序論〉，收於下村作次郎著，邱振瑞譯，《從文學
讀台灣》（台北：前衛，一九九七），頁二四四～二七八。

[14] 該文已收於岡崎郁子著，葉迪、鄭清文、涂翠花譯，《台灣文學──異端的系譜》
（台北：前衛，一九九七），頁二七一～三三五。

[15] 魏貽君撰，〈拓拔斯‧塔瑪匹瑪（Topas Tamapima）〉，收於「台灣大百科全書」（行
政院文建會，二○○八），（http://taiwanpedia.culture.tw/web/content?ID=4517#）。

在一九九八年的《蘭嶼行醫記》出版之後，拓拔斯・塔瑪匹瑪「面
對更繁忙的人事物，更無法提筆寫作」[16]，幾乎不再對外發表文學
創作，但是布農族裔的文學書寫梯隊繼之而起，協力透過神話傳說
的採錄、文學書寫的實踐，拱塑著「布農文學」儼然成形，輝耀著
台灣文學／原住民族文學的亮麗景致。

　　台灣原住民族文學的「布農文學」書寫梯隊，若就已有作品結
集出版的角度以觀，創作者／編撰者的出生世代從一九二〇年代以
至一九八〇年代，代有人出，箇中包括一九二〇年代出生的瑪哈
桑・達和（郡社群。漢名：林太，一九二九～一九九八），一九五〇
年代出生的余錦虎（巒社群。族名：Dahu Ispalilav，一九五二～二〇〇
七）、達西烏拉彎・畢馬（巒社群。漢名：田哲益，一九五五～）、
阿浪・滿拉旺（丹社群。漢名：杜石鑾，一九五五～）、卜袞・伊斯
瑪哈單・伊斯立端（郡社群。漢名：林聖賢，一九五六～）、霍斯陸
曼・伐伐（巒社群。漢名：王新民，一九五八～二〇〇七），一九六
〇年代出生的拓拔斯・塔瑪匹瑪，一九七〇年代出生的乜寇・索克
魯曼（巒社群。漢名：全振榮，一九七五～），一九八〇年代出生的
沙力浪・達发斯菲萊藍（父親為郡社群、母親為巒社群。漢名：趙聰
義，一九八一～）[17]。綜合上述，表列如下：

---

[16] 拓拔斯・塔瑪匹瑪，《蘭嶼行醫記》（台中：晨星，一九九八），頁一一。

[17] 作品曾獲文學獎而尚未出書的布農族作家，包括余金財（台灣師範大學國文系畢
　　業，一九六一～）、阿芨・依斯達希達（漢名陳逸君，倫敦大學社會人類學博
　　士，一九六六～）、打亥・伊斯南冠・发拉菲（屏東教育大學，一九六八～）、
　　友哈你（漢名王榮貴，逢甲大學中文系，一九七〇～）、崔先德（高中肄
　　業，一九七一～）、達嗨・閣奇暖（漢名蔡善神，政治大學民族學系碩士，
　　一九七四～）、阿布思（漢名伍聖馨，台中教育大學畢業，一九七八～）、余桂榕
　　（族名adus palalavi，東華大學多元文化教育研究所碩士，一九七八～）、甘炤文
　　（台灣大學台灣文學研究所碩士，一九八五～）等人。

表一：已出版文學創作（含編譯）作品的布農族作家一覽表

族名	漢名	出生	學歷	書名	出版年	出版社	備註
瑪哈桑‧達和（郡社群）	林太	1929｜1998	不詳	走過時空的月亮	1998	晨星	李文甦、林聖賢合著
Dahu Ispalilav（巒社群）	余錦虎	1952｜2007	不詳	神話‧祭儀‧布農人	2002	晨星	歐陽玉合著
達西烏拉彎‧畢馬（巒社群）	田哲益	1955	政治大學中文系碩士	台灣布農族的生命禮儀	1992	臺原	
				布農族口傳神話傳說	1998	臺原	達給斯海方岸‧娃莉斯（全妙雲）合著
				泰雅族神話與傳說	2002	晨星	
				鄒族神話與傳說	2003	晨星	
				賽夏族神話與傳說	2003	晨星	
				排灣族神話與傳說	2003	晨星	
				魯凱族神話與傳說	2003	晨星	
				布農族神話與傳說	2003	晨星	達給斯海方岸‧娃莉斯（全妙雲）合著
				阿美族神話與傳說	2003	晨星	
				卑南族神話與傳說	2003	晨星	
				邵族神話與傳說	2003	晨星	
				達悟族神話與傳說	2003	晨星	

族名	漢名	出生	學歷	書名	出版年	出版社	備註
阿浪‧滿拉旺 （丹社群）	杜石鑾	1955	政治大學民族系碩士	與月亮的約定：布農族	2003	新自然主義	
卜袞‧伊斯瑪哈單‧伊斯立端 （郡社群）	林聖賢	1956	台灣師範大學體育系	山棕月影	1999	晨星	
				卜袞雙語詩集：太陽迴旋的地方	2009	晨星	
霍斯陸曼‧伐伐 （巒社群）	王新民	1958 ｜ 2007	屏東師院數理教育系	玉山的生命精靈——布農族口傳神話故事	1997	晨星	
				那年我們祭拜祖靈	1997	晨星	
				中央山脈的守護者：布農族	1997	晨星	
				黥面	2001	晨星	
				玉山魂	2006	印刻	
拓拔斯‧塔瑪匹瑪 （巒社群）	田雅各	1960	高雄醫學院	最後的獵人	1987	晨星	
				情人與妓女	1992	晨星	
				蘭嶼行醫記	1998	晨星	
乜寇‧索克魯曼 （巒社群）	全振榮	1975	靜宜大學生態系碩士	東谷沙飛傳奇	2007	印刻	
				Ina Bunun！布農青春	2013	巴巴文化	
沙力浪‧達發斯菲萊藍 （父親為郡社群、母親為巒社群）	趙聰義	1981	東華大學民族發展所碩士	笛娜的話	2010	花蓮縣文化局	

　　上列的「布農文學」書寫者當中，曾經獲得跨族裔的全國性文學獎肯定者，除了拓拔斯‧塔瑪匹瑪之外，另外還包括霍斯陸

曼·伐伐[18]、乜寇·索克魯曼[19]。值得注意的是，分別在不同的年
度獲得吳濁流文學獎的拓拔斯·塔瑪匹瑪（田雅各）、霍斯陸曼·
伐伐（王新民）、乜寇·索克魯曼（全振榮），雖然出生於不同的
年代，有著不同的漢姓，其實他們的血緣都是來自於在布農族巒
社群之中有著歷史榮耀印記的「索克魯曼（Soqluamn）／霍斯陸曼
（Hosluman）」氏族[20]。

　　我之所以特別標示「布農文學」這個語詞，並對布農族裔作者
的出身社群、氏族加以註記，主要是為強調「台灣原住民族文學」
／「布農文學」內部構造的差異問題。對於前者，「台灣原住民族
文學」內部構造的差異，相關的先行研究業已取得共識，此即不同
族別的原住民作家的文學書寫及文本創作，雖然共同分享「原住民

---

[18] 短篇小說〈獵人〉獲一九八八年吳濁流文學獎小說獎正獎、長篇小說《玉山魂》獲
二○○七年台灣文學獎。

[19] 長篇小說《東谷沙飛傳奇》獲二○○七年吳濁流文學獎小說獎正獎、二○○八年台
灣文學獎長篇小說金典獎。

[20] 拓拔斯·塔瑪匹瑪的祖母，族名為「阿佩·索克魯曼」；霍斯陸曼·伐伐則因童年
隨父遷居台東的布農族郡社群，原本的巒社群族名受到郡社群的發音影響（郡社群
沒有q的音，發成h），氏族發音遂從Soqluamn（索克魯曼）變為Hosluman（霍斯
陸曼）。根據日治時期的日籍學者調查，索克魯曼／霍斯陸曼的氏族名稱之義，包
括「祖先數人外出獵人頭時，發現了敵人，便躲入草叢，待敵人鄰近即包圍之，並
取得人頭，故以Sukluman尊稱之。Lumnn有『包圍』之意」，參引佐山融吉著，余
萬居譯，《蕃族調查報告書·第六冊·布農族——前編》（台北：中央研究院民族
學研究所，二○○八），頁三○。另有相近的解釋為「氏族名稱出自"ma-lom"（圍
繞）。古時候圍攻有宿仇的敵人並加以殺害」，參引移川子之藏、宮本延人、馬淵
東一著，楊南郡譯註，《台灣原住民族系統所屬之研究》（台北：行政院原住民委
員會、南天書局，二○一一），頁一四二。至於布農族裔作家達西烏拉彎·畢馬的
解釋則為：「『魯曼』luman布農語意為『監牢』。當選是出草獵人頭時代，他們
的祖先曾經將敵人『馬魯母』malum（圍困）起來，他們的祖先就叫『索各魯曼』
氏族，亦即曾經圍困敵人的氏族」，參引田哲益、全妙雲，《布農族口傳神話傳
說》（台北：臺原，一九九八），頁一六一。

文學」或「原住民族文學」的泛稱指涉，但在各別文本運用的敘事素材、語文媒介而據以再現歷史記憶、文化想像的地文、水文、人文的構成脈絡當中，仍然可以發現各族作者彼此之間有著明顯的族群差異。

　　至於後者，「布農文學」構造肌理的內部差異，一方面是因為布農族源自於巒社群、郡社群兩大系統的六個部族[21]，由於遷徙或移居的時代、路徑與日常生活空間的不同，致使其在文化習俗、詞彙語音的面向漸有變異使然；另一方面，則是因為布農族裔作者的出生年代、成長歷程、生活空間、敘事位置及書寫策略的不同使然，唯有透過對於布農族歷史、文化、祭儀與語言的梳理掌握，以及對於文學表述與創作的文本閱讀與比較，方能相對細膩把握「布農文學」構造的共相及其殊相。

　　綜合上述，本文觸及的論證範圍，在於針對多位布農族裔文學創作者、工作者的文化身分（culture identity）發展歷程進行爬梳、比較的同時，透過對於布農族敘事性口傳文學、作家文學及其互文、共構關係的探討，據以掌握「布農文學」在不同的社會空間、文化時間當中的形成脈絡、構造樣態的歷史辯證進程。

遭遇於學術的布農族及其文學的位移

　　在進一步深論之前，仍有必要先行探看、瞭解並掌握台灣學界

---

[21] 布農族的六個部族源自於巒社系統及郡社系統。巒社系統包括巒社群（Taki banuaz）、卡社群（Taki bakha）、卓社群（Taki tudu）、丹社群（Taki vatan），郡社系統包括郡社群（Isbukun）及蘭社群（Tapukul；遷居之處近於鄒族，因為日常生活的接觸及通婚，故已鄒化）。參引海樹兒・发剌拉菲，《布農族部落起源及部落遷移史》，頁六～九。

對於「布農研究」的問題意識、主題取向，及其學術價值的發展梗脈；必須強調的是，本文雖以「文學」的思維視域出發，探討布農族文學的形成與構造，但因現今所見的布農族文學作者、文本觸及（援引、挪借或譯寫）的文獻含括層面，相當廣泛且複雜，至少包括了族群源起、氏族分布、生產方式、遷移路線、地名由來、涉外事件、文化構成（包括語言、祭儀、樂舞、飲食、信仰、神話與傳說），以及作者的生命史等面向，因而造就了相關領域的學者對於「布農研究」龐大的學術生產規模。

學界針對布農族進行的學術性調查、研究及撰述，始於日治初期的一九一〇年代，箇中較具代表性的專書（單篇學術論文甚多，暫不臚列），略為佐山融吉《蕃族調查報告書・第六冊・武崙族——前編》（一九一九）[22]，移川子之藏、馬淵東一、宮本延人《台灣高砂族系統所屬の研究》（一九三五）[23]，黃應貴《東埔社布農人的社會生活》（一九九二）、《台東縣史——布農族篇》（二〇〇一），葉家寧《台灣原住民史・布農族史編》（二〇〇二），黃應貴《布農族》（二〇〇六），海樹兒・发剌拉菲《布農族部落起源及部落遷移史》（二〇〇六）等。

上列的布農族研究的專書當中，若以本文的問題意識、論述主旨的角度來看，其中兩位學者的國族身分、研究位置及敘事脈絡之間，有著饒富意義的參照對比，一位是日治初期來台的日本學者佐山融吉，另一位則是一九六九年出生的布農族學者海樹兒・发剌拉菲（郡社群。漢名：余明德。國立政治大學民族研究所博士）。

---

[22] 此書於二〇〇八年由中央研究院民族學研究所漢譯出版，初譯者余萬居，校譯者黃淑芬，書名更譯為《蕃族調查報告書・第六冊・布農族——前編》。

[23] 楊南郡譯註，《台灣原住民族系統所屬之研究》（台北：行政院原住民委員會、南天書局，二〇一一）。

　　佐山融吉《蕃族調查報告書・第六冊・布農族──前編》的成
書背景，自然難掩日本帝國初領台灣為求治理順遂的軍事經略、文
化政略的考量；事實上，佐山融吉在撰編該書之時的職位，也是編
制於台灣總督府「臨時台灣舊慣調查會」的蕃族科補助委員，總計
八冊的《蕃族調查報告書》（一九一三～一九二一）都是亦官亦學的
佐山融吉主持編撰。雖然佐山融吉的書寫位置是殖民官員，透過殖
民官廳系統的協力、官警隨行的居間翻譯而採錄、取得了編撰所需
的素材，但在《蕃族調查報告書・第六冊・布農族──前編》全書
的十三章各節當中，並未在語句詞彙的使用上，顯露殖民權力凝視
的倨傲，僅有的是他在郡社群Ibahu部落看到族人參加婚禮酒宴時
的醉態百出，「當時只覺得好像看到一幅百鬼夜行地獄圖般……飲
酒過度發酒瘋而出現此等醜態」[24]。除此之後，全書未見佐山融吉
將布農族的諸般文化構成樣態予以妖魔化、擬獸化的貶抑。

　　再者，《蕃族調查報告書・第六冊・布農族──前編》提供了
後人認識二十世紀之前的布農族人如何地將關聯於飲食的作物、食
材、禁忌及規範用之於社名、祭儀與神話、傳說當中，尤其全書採
錄了六個部族、社群的耆老們講述的一百八十七則神話傳說，不僅
以日文的片假名標記了每一位耆老的族語社名及其族名，並將神話
傳說提及的野菜等食材以油墨拓印下來。

　　佐山融吉的著作，固然有將布農族人的文化慣習予以靜態化、
定格化，乃至於封箱化處理之嫌，抽離了殖民權力介入操弄之後的
裂變散異，但在包括達西烏拉灣・畢馬、霍斯陸曼・伐伐等布農族
裔作者的文學作品之中，仍可看到《蕃族調查報告書・第六冊・布
農族──前編》載錄的神話傳說被頻繁引用、譯寫或改寫，某種程

---

[24] 佐山融吉著，余萬居譯，《蕃族調查報告書・第六冊・布農族──前編》，頁
一二七～一二八。

度顯示了佐山融吉的著述已然成為布農族人認識、認知或召喚我族／我群的歷史記憶檔案儲存庫。

　　對於《蕃族調查報告書・第六冊・布農族——前編》提供學術研究的文獻價值，學界的評價頗高，例如在布農族研究已成一家之言的漢族學者楊淑媛指出：「本書可說是最早的有系統的關於布農族的研究。它提供了對近百年前布農族的社會組織、宗教信仰、物質文化和生活狀態等層面的基本記錄，成為理解傳統布農族社會文化不可或缺的參考資料」[25]；海樹兒・发剌拉菲則以布農族裔的學者身分指出：

> 本書乃第一本較完整之布農族民族誌，內容的豐富性及深度性至今仍無能及，也常常是日後研究布農族史志的必要參考書。其中的布農族神話傳說，蒐集數多達187個，另語彙資料內容亦相當豐富，這些都是本書予後輩研究者及布農族子孫最大的貢獻。[26]

　　正是在《蕃族調查報告書・第六冊・布農族——前編》以及其他學者先行研究的基礎之上，海樹兒・发剌拉菲《布農族部落起源及部落遷移史》的學術貢獻在於他以歷史發展的辯證脈絡，爬梳、整理了布農族在不同殖民者、統治者的權力施用底下的諸般轉異變貌，並以同情的理解、詮釋的批判立場，解析了族人在日治時期的集團移住、戰後迄今的村落遷移、個人移居當中，造成的各種文化認同線索的斷裂與轉變，包括㈠政治上、㈡土地與經濟、㈢親族組

---

[25] 楊淑媛，〈編序〉，收於佐山融吉著，余萬居譯，《蕃族調查報告書・第六冊・布農族——前編》，頁iv。

[26] 海樹兒・发剌拉菲，《布農族部落起源及部落遷移史》，頁二六。

織與婚姻、㈣教育與語言、㈤祭儀與宗教、㈥部落生活等面向；全書結尾，則以今後的布農族如何推動部落自主及自治的建議方案作結。值得注意的是，海樹兒・发刺拉菲的調查、研究及論述，揭示了布農族的祭儀內容、飲食方式及其相應的文化符碼體系，在所謂的殖民現代性、山地現代化、社會工業化，以及部落觀光化的先後夾擊沖激底下，形成了既被迫接受而解體，又主動迎合而重組的互文現象（相當程度上，這類現象也正是投影於「布農文學」書寫的敘事主軸）。

至於以布農族相關議題作為研究主題的學位論文，自一九八四年迄二〇一一年的產量，粗步核算多達一百零七篇碩士論文（沒有博士論文）。其中，【附錄一、表二：研究布農族相關議題（不含文學）的學位論文】所列的表格，是我根據國家圖書館「台灣博碩士論文知識加值系統」以「布農族」及「Bunun」為關鍵詞檢索、篩濾之後的九十三篇碩士論文，以表列方式呈現（以布農族文學、作家或文本為研究主題的十四篇學位論文，另表處理）。

【附錄一】所列九十三篇碩士論文的撰述年度及研究主題，有著兩項重要的訊息值得注意。

首先，伴隨著一九八〇年代中期之後的原住民族文化復振運動的效應影響，台灣各所大學相關學科領域的新世代研究生，對於探討、研究原住民族議題的學術興趣或熱情迅速增強，尤其是在一九九〇年代之後著重於對包括布農族在內的原住民族「積極賦權行動」（affirmative action）──諸如祭儀、歌謠、語言、宗教、服飾、狩獵、農牧、生態、體育、編織以及族群遷移、集團移住與文化調適等面向，展開了嚴謹的理論思考、田野調查及論證；研究的主題固然有別，卻都幾乎是以「認同」、「歸返」作為共同的核心概念。

其次，在這九十三篇碩士論文當中，有兩篇的撰述者也正是本章的探討對象之一，分別是沙力浪・達发斯菲萊藍（趙聰義）的《拉庫拉庫溪流域語言、權力、空間的命名——從panitaz到卓溪》（二〇〇七）、乜寇・索克魯曼的《Bunun的家園自然：一個在地人的觀點》（二〇〇九）[27]。

這兩位一九七〇年代中期之後出生的新生代布農族裔作家，都以自己出生、成長的部落作為研究主題，個人生命史交融於部落生命史，透過漢文及族語的混用敘述，一方面以自我生活經驗的敘事為經，另一方面援引西方相關理論的論證為緯，交織探討部落作為地理空間、文化空間之雙重意涵的地文、水文與人文的歷史變遷，例如沙力浪・達发斯菲萊藍表示：「本論文所討論的地名與權力關係，並從asang daingaz（祖居地）重新認識、整合傳統對拉庫拉庫溪流域的新意涵。透過『asang daingaz』（祖先的居住的地方）為基礎，建立起『asang daingaz』這個區域地名的多重想像，鞏固己群的固有認同和內在凝聚，並和外人（the outsider）有所區隔。這些實踐在『asang daingaz』傳統空間的活動，成為在地族群抵抗優位國族論述的行動根源及論述空間」[28]；乜寇・索克魯曼指出：「筆者

[27] 余桂榕（一九七八～）的碩士論文《採收自在：布農部落婦女生活教育的故事》（東華大學多元文化教育研究所），亦以檢視自身的生命史為論述起點，坦言「對自身文化及自我理解的認同，感到錯亂與掙扎……那個斷裂，使自己困難適應於部落的價值與律動。那是當我接觸大環境的衝突、開始認真思考自己存在的同時，驚訝於對自身文化的理解，極為有限的空虛使然」，參引余桂榕，《採收自在：布農部落婦女生活教育的故事》（東華大學多元文化教育研究所碩士論文，二〇〇九），頁八；從這個反省為起點，余桂榕探討部落婦女在小米種植的歲時祭儀、生命禮儀當中的社會位置及文化功能。惟因余桂榕的文學作品有限（作品〈移動中的部落廚房：原鄉都會布農族勞工的網絡地圖〉獲「一〇〇年台灣原住民族文學獎」報導文學組第三名；作品〈梅酸〉獲「一〇〇年台灣原住民族文學獎」散文組佳作），她在「布農文學」形成及構造的位置尚待觀察，本文暫不討論。

[28] 趙聰義，《拉庫拉庫溪流域語言、權力、空間的命名——從panitaz到卓溪》（花蓮：東華大學民族發展研究所碩士論文，二〇〇七），頁ii。

以自身為Bunun的身分為研究起點，深入Bunun的語言脈絡進行相
關詞源的探討，以及語意、構詞的分析與討論，從asang作為Bunun
家園的理解，進一步提出『家園自然』（home-nature）的概念」[29]。
兩位作家的學術訓練成果如何交融於其文學創作之中，留待下述。

　　關於台灣布農族文學的學術研究狀況，截至本書出版之前，尚
未出現以專書規格進行學術研究的著作；以布農族文學作家及文本
作為專論或兼論主題的期刊論文，及已結集出版研討會論文集的論
文，初步統計有二十三篇，表列如下：

表三：專論或兼論布農族文學作家及文本的單篇論文

製表：魏貽君

年度	撰者	篇名	期刊或研討會名稱
1974	鄭恆雄	神話中的變形：希臘神話與布農神話比較	《中外文學》第三卷第六期
1990	鄭恆雄	從道家觀點看漢族和布農族的變形神話	《漢學研究》「民間文學國際研討會論文專號」第八卷第一期
1992	下村作次郎	拓拔斯・塔瑪匹瑪的文學	《天理台灣研究會年報》第一期
1992	岡崎郁子	非漢族的台灣文學——拓拔斯	《吉備國際大學研究紀要》第二期
1993	魏貽君	反記憶、敘述與少數論述——原住民文學初探：以布農族小說家田雅各的小說〈侏儒族〉為例	《文學台灣》第八期
1994	許俊雅	山林的悲歌——布農族田雅各的小說〈最後的獵人〉	《國文學報》第二十三期

---

[29] 乜寇・索克魯曼，《Bunun的家園自然：一個在地人的觀點》（台中：靜宜大學生
態學研究所碩士論文，二〇〇九），頁iii。

年度	撰者	篇名	期刊或研討會名稱
1995	謝繼昌	布農族神話傳說思維的探討	「1995年中國神話與傳說」研討會
1997	鄭恆雄	從語言學的觀點看布農族的神話與故事	《首屆台灣民間文學學術研討會論文集》
1998	吳家君	原住民現代文學創作中引用神話傳說之分析	「1998年台灣原住民文學」研討會
1998	朱雙一	「原」汁「原」味的呈現——略論田雅各的小說創作	《山海文化》第十八期
1999	洪銘水	原住民的心聲——拓拔斯《最後的獵人》	收於洪銘水，《台灣文學散論——傳統與現代》
1999	簡銘宏	論田雅各《蘭嶼行醫記》的人道關懷	《中國現代文學理論》第十六期
2000	簡銘宏	從《蘭嶼行醫記》看族群文化的省思	《中國文化月刊》第二四七期
2001	巴蘇亞‧博伊哲努	神話與文化的融攝：布農族的例子	《北市師院語文學刊》第五期
2001	洪珊慧	原住民文學——談拓拔斯‧塔瑪匹瑪的〈拓拔斯‧搭瑪匹瑪〉及〈最後的獵人〉	《長庚護專學報》第三期
2002	林韻梅	霍斯陸曼‧伐伐《黥面》評述	《東台灣研究》七期
2003	許家真	從民間文學的版權保護談論民間文學的改寫——以霍斯陸曼‧伐伐的《狗王子》為例	《台灣文學研究學報》第三期
2004	劉秀美	拓拔斯‧塔瑪匹瑪小說中的原鄉關懷	《中國現代文學》第一期
2005	林逢森	山野的精神——論田雅各小說中的神話傳說與禁忌信仰	《中國現代文學季刊》第七期
2006	陳芷凡	原住民文學數位化的語言觀察：以明日新聞台原住民新生代寫手巴代、乜寇為例	《2005青年文學會議論文集——異同、影響與轉換：文學越界學術研討會》

年度	撰者	篇名	期刊或研討會名稱
2007	劉秀美	九〇年代台灣原住民文學的重構——霍斯陸曼‧伐伐小說中民族圖像的書寫意義	《2007海峽兩岸華文文學學術研討會論文選集》
2011	余順琪	布農族作家霍斯陸曼‧伐伐認同轉折初探	《我在圖書館找一本酒：2010年台灣原住民文學作家筆會文選》
2011	魏貽君	花蓮地區原住民的漢語文學初探——以阿美族拉黑子、布農族沙力浪的作品為例	「第六屆花蓮文學研討會」

　　根據上表，二十三篇的學術論文當中，以拓拔斯‧塔瑪匹瑪（田雅各）其人其文作為專論或兼論的論文，多達十一篇之多；另以霍斯陸曼‧伐伐的文本為探討主題的論文則有四篇。如此集中於對特定作家及其文本的研究現象，相當程度也顯示在新生代的碩士班研究生在提交學位論文的研究主題／對象的取樣上，詳見下表：

表四：專論或兼論布農族文學作家及文本的學位論文

製表：魏貽君

年別	撰者	論文名稱	畢業學校系所
2005	張志雲	論田哲益《原住民神話大系——布農族神話與傳說》	台東大學兒童文學研究所
2005	許家真	口傳文學的翻譯、改寫與應用：以布農族為觀察對象	清華大學台文所
2006	侯偉仁	拓拔斯‧塔瑪匹瑪（Tuobasi‧Tamapima）小說研究	屏東教育大學中國語文學系碩士班
2006	陳瓊薇	拓拔斯‧塔瑪匹瑪作品研究	台灣師範大學國文學系在職進修碩士班
2006	林叔吟	台灣原住民山海文學之研究——以拓拔斯‧塔瑪匹瑪和夏曼‧藍波安之創作文本為考察對象	台灣師範大學國文學系在職進修碩士班

年別	撰者	論文名稱	畢業學校系所
2007	張雅茹	當代布農作家文學所見的神話實踐	台北市立教育大學中國語文學系碩士班
2008	蘇杏如	論霍斯陸曼・伐伐作品中的布農族文化顯影	中興大學台文所
2008	黃茜蓉	霍斯陸曼・伐伐文學作品中的倫理觀念及品格教育研究	中正大學台文所
2009	余順琪	台灣原住民族漢語文學中的祭儀書寫——以奧威尼・卡露斯、霍斯陸曼・伐伐為例	政治大學台文所
2009	周雍容	霍斯陸曼・伐伐文學與布農文化的獵人視野	逢甲大學歷史與文物管理所
2010	林芳如	布農族生態文學探討——以《玉山魂》為研究中心	中正大學台文所
2010	吳志邦	布農族文化及地景之再現——以《東谷沙飛傳奇》為對象	中正大學台文所
2011	甘炤文	當代台灣布農族作家作品中的族群經驗與文化向度：以為霍斯陸曼・伐伐、卜袞・伊斯瑪哈單・伊斯立端、拓拔斯・塔瑪匹瑪、乜寇・索克魯曼討論對象	台灣大學大台文所
2012	全淑潔	聽見祖靈的聲音——Bunun作家Bukun Ismahasan Islituan	台東大學華語文學系台灣語文教師碩士在職專班

　　上表顯示，十四篇的學位論文當中，以霍斯陸曼・伐伐為專論或兼論的論文最多，計有六篇；研究拓拔斯・塔瑪匹瑪（田雅各）的學位論文則有三篇。值得注意的是，不論是學者的期刊論文、研討會論文，或是碩士學位論文，僅有全淑潔（布農族裔）選擇以布農族語創作、書寫的卜袞・伊斯瑪哈單・伊斯立端作為研究主題，顯示了原住民族／布農族的族語文學之研究領域尚待開發，箇中的

因素當然同時牽涉到了創作者／研究者對於族語書寫、解析的掌握
能力。

　　另外一項值得注意的訊息，則是研究者對於作家文學與口傳文
學之間的互文關係產生高度興趣，尤其是對長篇歷史小說（例如霍
斯陸曼‧伐伐的《玉山魂》、乜寇‧索克魯曼的《東谷沙飛傳奇》）之
中的敘事情節大量、頻繁援引布農族神話、傳說、祭儀蘊含的文化
元素及象徵符碼。唯此同時，也有新生代的研究生以詮釋性的批判
角度，質疑達西烏拉彎‧畢馬（田哲益）在二〇〇三年起陸續出版
包括泰雅族、鄒族、賽夏族、阿美族、排灣族、魯凱族、布農族、
卑南族、達悟族及邵族神話傳說在內的十冊《原住民神話大系》，
「作者」的頭銜一律掛上達西烏拉彎‧畢馬的族別、族名及漢名，
年輕研究者許家真認為這是一種公然的侵權行為，「將其他採集者
辛苦田調得來的資料任意挪用、刪減、出版，理所當然是一種侵權
行為……用『作者』來稱呼田哲益是相當不正確的，應稱為『編
者』為宜」[30]。

　　綜合上述，經由不同年代、不同國族的學者調查、編纂、撰述
的努力之下，已為「布農研究」生產出了豐碩的文獻成果；至於布
農族裔的文學工作者創作、書寫的「布農文學」文本數量，也已逐
漸累積到了一定的重量與厚度，因此對於「布農文學」的形成與構
造之研究，也就必須建築在對既有文獻、文本及研究成果的耗時費
神閱讀的基礎之上，持續尋求並開展新的思維視域，拓增「布農文
學」入史的更多的可能條件。

---

[30] 許家真，〈從民間文學的版權保護談民間文學的改寫——以霍斯陸曼‧伐伐「狗王
子」為例〉，《台灣文學研究學報》第三期（二〇〇六年一〇月），頁五九。

探察「布農文學」的三重層疊面向

　　準此，本文針對「布農文學」的形成及構造進行初步考察的探討範圍，主要聚焦於觀察以下的三重層疊面向，一是布農族裔文學創作者、工作者的生命敘事文本之折射意義，二是「布農文學」的文本敘寫空間透顯的歷史記憶、文化想像及社會調適的軌跡，三是布農族裔文學創作者、工作者對其文化實踐策略、文學傳播形式的抉擇線圖。

(一)生命敘事文本的折射意義

　　根據「表一：已出版文學創作（含編譯）作品的布農族作家一覽表」所列，一九二九年出生的瑪哈桑・達和，允為整理、譯寫並出版布農族口傳文學專書的最年長耆老。《走過時空的月亮》以布農族語為主、漢文翻譯為輔，值得注意的是全書的原初撰寫時空，卻並不是在台灣的原生部落，而是他一九五七年任教於中國北京中央民族學院（中央民族大學前身）的「少數民族語言文學系」之後，歷經三十餘年的整編、註譯而成。

　　一九四五年八月，日本結束對台灣的殖民統治，中國的內戰又起，台灣多有各族的原住民遭到國民黨政府的脅逼誘騙而入伍，被迫投入中國境內的國共戰爭，期間不乏原住民的士兵遭到中共俘虜或因傷未及撤退而滯留中國，這群所謂「身陷匪區」的台籍原住民士兵人數不詳，但在一九八〇年代之前的生命歲月，卻是外人難以想像的悲慘。一九四七年，瑪哈桑・達和「與他么弟同部落中另外五名年輕人，被國民政府軍誘往大陸參加剿共戰役，結果失去了音訊」[31]，受俘而滯留中國期間的瑪哈桑・達和，一九五七年被

延攬到北京中央民族學院擔任布農族語的「口語、講讀教師」[32]，
一九九二年獲准返回台灣高雄的那瑪夏鄉故居，一九九八年去世於
故鄉。瑪哈桑‧達和的生命史，毋寧寫照了台灣原住民的身體無奈
受制於日本殖民帝國、中華民族／國族的軍事征伐而被編制、擺
蕩、游移的歷史線索；但讓後人為之敬重感佩的是，即使置身於文
化異鄉的中國，瑪哈桑‧達和的《走過時空的月亮》仍以鮮明的布
農文化敘事視域，整編、註譯他所記憶的布農族傳說、故事、歌謠
與風情習俗，因而豐富了台海兩岸的漢族學者、布農族作家對於台
灣布農族口傳文學的認識及傳承[33]。

再者，如同於台灣原住民族文學的主要書寫梯隊的出生世
代，「布農文學」作者的出生世代也多集中於一九五〇年代到

---

[31] 林聖賢，〈種柚子的人〉，收於林太、李文甦、林聖賢合著，《走過時空的月亮》
（台中：晨星，一九九八），頁一一。

[32] 李文甦，〈後記〉，收於林太、李文甦、林聖賢合著，《走過時空的月亮》，頁
四六八。

[33] 瑪哈桑‧達和任教於北京中央民族學院的漢族學生李文甦（現任中央民族大學少數
民族語言文學系教授）回憶指出，跟隨瑪哈桑‧達和老師學習布農族語的過程「使
我把握了一種嶄新有趣的民族語言，探討它的規律，而且通過語言，對布農族傳統
文化產生濃厚的感情」；參見李文甦，〈後記〉，收於林太、李文甦、林聖賢合
著，《走過時空的月亮》，頁四六八。布農族作家卜袞‧伊斯瑪哈單‧伊斯立端更
是高度推崇《走過時空的月亮》對於台灣布農文學的貢獻「結合了口傳敘述風格以
及現代文學寫作技巧，使之成為一本獨一無二的布農古典文學，足以作為布農族人
布農語寫作範本」；參見林聖賢，〈種柚子的人〉，收於林太、李文甦、林聖賢合
著，《走過時空的月亮》，頁一一。另一位布農族作家拓拔斯‧塔瑪匹瑪也以驚喜
的語氣回憶初識瑪哈桑‧達和其人其文的激動心情「我感到驚訝又佩服的是他的布
農語非常布農，聽他講起布農就像上一堂布農歷史課，看了他的作品之後，好像又
聽到布農優美的語言，正是年輕作家無法達成的境界，我宛如發現布農的寶物」；
參見拓拔斯，〈最珍貴的一部著作——序《走過時空的月亮》〉，收於林太、李文
甦、林聖賢合著，《走過時空的月亮》，頁六。

一九七〇年代之間，例如余錦虎（一九五二）、達西烏拉彎・畢馬
（一九五五）、阿浪・滿拉旺（一九五五）、卜袞・伊斯瑪哈單・伊
斯立端（一九五六）、霍斯陸曼・伐伐（一九五八）、拓拔斯・塔瑪
匹瑪（一九六〇）、乜寇・索克魯曼（一九七五）[34]。若就台灣原住
民族文學「作者形成」（authorship formative）的脈絡來看，鄒族學
者巴蘇亞・博伊哲努的觀察是準確的：

> 台灣原住民作家文學的產生有幾個重要條件，其一是戰後出生
> 並接受現代教育的原住民知識份子，其二是台灣社會運動勃興
> 及重視本土文化的風潮，促使原住民作者對於台灣社會及原住
> 民知識份子在政府規劃中小學師資、醫生養成及特考的措施
> 下，逐漸形成有史以來最龐大的原住民基層教育、行政及醫護
> 工作團隊⋯⋯在「爭取政治參與」、「正名」、「還我土地」
> 等運動的推動中，文學創作成為原住民表達其沉重悲傷及嚴肅
> 目標的重要方式。[35]

誠如巴蘇亞・博伊哲努的觀察，一九八〇年代之後現身的布農
族文學創作者、文史工作者，絕大多數有著大專院校的學歷背景，

---

[34] 這串名單其實還應包括單篇作品曾獲文學獎，亦仍持續創作而並未結集出版的布農
族作家，例如一九五六年出生的達給斯海方岸・娃莉斯（漢名：全妙雲，嘉義師院
幼教科畢業）、一九六一年出生的余金財（台灣師範大學國文系畢業）、一九六六
年出生的阿並・依斯達希達（漢名：陳逸君，倫敦大學社會人類學博士，父親為
漢人）、一九七〇年出生的友哈你（漢名：王榮貴，逢甲大學中文系畢業）、
一九七四年出生的達嗨・閣奇暖（漢名：蔡善神，政治大學民族學系碩士）、
一九七八年出生的阿布思（漢名：伍聖馨，台中師院畢業）等人。

[35] 巴蘇亞・博伊哲努（浦忠成），〈原住民文學發展的幾回轉折──由日據時期以迄
現在的觀察〉，收於巴蘇亞・博伊哲努（浦忠成），《思考原住民》（台北：前
衛，二〇〇二），頁一三三。

也都不乏教師、醫師及基層公務員的身分；雖然接受的是以漢語文
為主要傳授媒介的學院知識訓練，但是仍然具備著布農族語的聽講
能力，使得一九五〇年代到一九七〇年代之間出生的「布農文學」
表述者、創作者，掌握了能以族語思考，再以雙語或混語進行書寫
的敘事能力[36]。另外值得觀察的線索則是一九八〇年代之後躍現的
原住民族文化復振運動，確實從中構育了戰後台灣原住民族文學形
成核心的「原運世代」，這也顯現在一九五〇年代到一九七〇年代
之間出生的「布農文學」表述者、創作者的書寫位置，及其文本的
形式內容，直接投射了對於自我族裔文化身分認同的切身經驗，及
以文學書寫彰顯的文化抵抗意義。

　　對於一九五〇年代到一九七〇年代之間出生的「布農文學」作
家來說，不論是以族語、漢語或雙語書寫的文學創作，並不是為了
求取自我的文學感覺而耽溺於美學講究；他們透過不同的語言媒
介、文本表現形式，除了發抒個人的文學想像以闡釋親友、家屋、
氏族或部落的歷史記憶圖像，一方面嘗試以文學的表述、書寫形式
而整理個人的生命經驗、族群連帶，另一方面通過以布農族裔的敘
事觀點（或以原住民族的史觀）敘述原住民曾與其他族裔的人們共
同經歷的故事；對於詩文的敘事結構布局、語言錘鍊技巧，固然多
少尚存青澀況味，但是一路閱讀下來，總是隱約窺見詩文的底蘊之
內棲息著一個老靈魂，時隱時現，例如Dahu Ispalilav在《神話・祭
儀・布農人》的自序指出：「藉這本書，讓大家能瞭解、認識我布
農族自古先人們在高山上如何吸取大自然的智慧、形態變化、族人

---

[36] 雖然具有族語的聽講、思考能力，但不必然就能操作族語拼音的書寫創作，因為這
　還有賴另外一套繁複的族語書寫符號系統的學習。目前所見已有作品結集出版，
　能以族語進行文本書寫、創作的布農族作家，包括Dahu Ispalilav、卜袞・伊斯瑪哈
　單・伊斯立端、乜寇・索克魯曼，以及一九八一年出生的沙力浪・達发斯菲萊藍。

的生活習性，道出我布農民族的個性」[37]；卜袞‧伊斯瑪哈單‧伊斯立端指出：「我嘗試寫書，好讓後代子孫曉得，原來我們祖先有特殊看人性、世界、宇宙的智慧可以寫成書」[38]；霍斯陸曼‧伐伐說：「當初參與原住民文學創作，除了想把自己的族群──布農族，最真實、最內斂的民族靈魂展現在這個時代之外，也感認祖先累積的智慧和美好的歲月，不應只是在部落裡流傳和吟詠」[39]；拓拔斯‧塔瑪匹瑪強調：「自己仍對文學尚存熱愛之情，因為我依然相信且期待藉文學配合文化藝術等等努力，以提高族群的地位，找回原有的生存尊嚴。所以，積極參與和從事創作是維繫原住民文學命脈的唯一途徑」[40]；乜寇‧索克魯曼認為：「故事是必須要再繼續說下去的，就像部落耆老堅守民族任務將故事傳述給我們一樣，只是說故事的方式必須要更具創意，也必須要在新的時代脈絡之下找到新的再現的方式」[41]。

　　一九八〇年代之後出生的布農族文學創作者，雖然不再類似父母兄姊輩的各族原住民離鄉求學、工作，被迫承受著文化身分認同徘徊、隱瞞的心靈煎熬，然而這些新世代的布農族文學創作者，不論是在生命位置的移動、族裔身分的認同，或是在創作空間的轉折面向上，仍是統攝於廣義的原運影響效應的幅射網絡之內。

　　例如一九八一年出生於花蓮縣卓溪鄉中平部落的沙力浪‧達发斯菲萊藍，雖然家境清貧（父母育有八名子女，他排老么，上有兄

---

[37] 余錦虎、歐陽玉合著，《神話‧祭儀‧布農人》（台中：晨星，二〇〇二），頁四。

[38] 卜袞‧伊斯瑪哈單‧伊斯立端，《太陽迴旋的地方──卜袞雙語詩集》（台中：晨星，二〇〇九），頁一四。

[39] 霍斯陸曼‧伐伐，《黥面》（台中：晨星，二〇〇一），頁一三。

[40] 拓拔斯‧塔瑪匹瑪，《情人與妓女》（台中：晨星，一九九二），頁一九三。

[41] 乜寇‧索克魯曼，《東谷沙飛傳奇》（台北：印刻，二〇〇七），頁一三。

姊七人），他的青少時期鮮少因為族裔身分而遭遇「認同污名」的社會凝視，他在一九九〇年代就讀的卓溪鄉太平國小、玉里鎮三民國中、台東體育實驗高中，原住民籍的學生有著一定比例，間接鞏護著沙力浪對於族語的熟稔、部落的親近，使得成年之後的沙力浪在其文學創作之中頻以漢語、族語併置的方式，書寫部落的諸般形貌，「部落是原住民最基本族群認同的單位，也是實踐傳統社會機制裡禁忌或律法，在這樣的情景下……透過部落的書寫，書寫著過度浪漫的想像，進行著沉重的反思，從部落中寫出自己的經驗和角度」[42]。

　　然而，對於也是一九八一年出生於台北的都市布農族全淑娟來說，身為「原住民」的文化身分與族群思維底下的文學細胞之間，不必然就是對等的命題關係，「週間，我屬於都市；週末，我屬於部落。這樣，還完整嗎？介於部落與都市之間，我是一個『灰色』的人」[43]。新世代的都市原住民眼中，所謂「『原住民』實質的生命經驗」，往往體現在部落老一輩家族親人的身體及記憶之中，這種文化的鄉愁只能想像、感受而不易進入，例如一九八五年出生在台中市的布農族作家甘炤文，在他獲得「二〇〇三年台灣原住民族短篇小說獎」第一名的作品〈賦格練習〉中，也毫不掩飾漢語是他在進行文學思考、創作之時最為嫻熟、依賴的語文操作工具：

　　舊時的風景啊！舊時的人，請不要暗自嚶泣，此時此刻，我正拿著筆替你們鑿孔、替你們開竅呢。這是一場莊嚴的賦格練

---

[42] 沙力浪・達发斯菲萊藍，《笛娜的話》（花蓮：花蓮縣文化局，二〇一〇），頁IX。他在就讀元智大學中文系之時，花了兩年的時間以自修研讀方式，習得布農族語的羅馬字記音拼寫能力。

[43] 全淑娟，〈我是我，我是Bunun〉，《Ho Hai Yan台灣原YOUNG》雙月刊第十四期（二〇〇六年五月），頁五八。全淑娟是東華大學民族發展研究所碩士。

習，雖然不過是起點。就讓我，讓我借用漢民族的方塊字來敘述，敘述一些族群共有的記憶和神話，同時也敘述從山到海的部落歷史。[44]

總地來看，正是透過一九八〇年代的威權體制鬆搖、民權運動勃興，形構了台灣各個族裔的作家以母語或混語的文學書寫策略，作為殖民歷史的重述、認同內容的重構，亦即通過文化身分政治學、書寫位置政治學的雙重辨認實踐，嘗試要在國族交雜的文化想像之中，以「書寫／語言」敘事方式的置換，展開一場自我文化主體身分的「發現」之旅；原住民族／布農族裔作家們以漢語、族語、雙語及混語而參與的文學書寫意義，也就在這個時空脈絡的詮釋架構之內被突出。

㈡文本敘寫空間透顯的歷史記憶、文化想像及社會調適的軌跡

「表一：已出版文學創作（含編譯）作品的布農族作家一覽表」顯示，布農族裔作家們在其表述、創作的文本之中頻繁而大量運用漢語、族語、雙語及混語而引用社群／部落敘事口傳文學的神話、傳說、故事、歌謠及諺語進行的文學書寫，蔚為台灣原住民族文學的醒目景觀。例如，拓拔斯·塔瑪匹瑪在評述瑪哈桑·達和的《走過時空的月亮》指出，「每篇神話故事裡隱藏布農族的寓言，呈現布農族人的禁忌及信仰，作者以寫實的手法描述布農族人非常不同的風俗習慣，反映布農族人獨特的思維及行為方式」[45]。

---

[44] 甘炤文，〈賦格練習〉，《Ho Hai Yan台灣原YOUNG》雙月刊第十四期（二〇〇六年五月），頁六二。

[45] 拓拔斯，〈最珍貴的一部著作——序《走過時空的月亮》〉，收於林太、李文甦、林聖賢合著，《走過時空的月亮》，頁六。

　　若以英國學者霍爾的話來說，神話傳說及民間故事的口傳文學，提供了「換位的敘事」（narrative of displacement）能量，那是「再現之符碼（symbolic of representation）的開端，是欲望、記憶、神話、研究、無限地探索得以更新的源泉」[46]。包括拓拔斯・塔瑪匹瑪、霍斯陸曼・伐伐、乜寇・索克魯曼的小說文本，正是通過了作家文學與口傳文學之間的互文關聯，藉由「換位的敘事」而以我族／我群的敘事位置，再現布農族的歷史記憶、文化想像。

　　拓拔斯・塔瑪匹瑪的短篇小說，雖然多以漢語書寫的形式表現，相當程度卻是汲取自布農族敘事性口傳文學的歷史記憶檔案庫，將其小說作品烘托為布農族的「文化創新性」（cultural innovation）與「歷史重書性」（historical reinscription）的敘事策略，例如收錄在他的第一本小說集《最後的獵人》之中的〈侏儒族〉，描述作者帶外祖父到都市的戲院觀賞美國來的馬戲團表演，外祖父誤把在舞台表演的黑人侏儒當成「殺日鳥術」（台灣最早的原住民之意），堅持奔至舞台前以布農族語向「殺日鳥術」告解贖罪，引起全場觀眾的譁然騷動；文中，拓拔斯・塔瑪匹瑪透過外祖父的贖罪口吻，敘述一則流傳在布農族部落的傳說故事，事實上，這也同時是一篇具有歷史記憶象徵隱喻效果的現代文類作品。

　　再如霍斯陸曼・伐伐的長篇小說《玉山魂》，全書以兩部各十章的史詩式敘事架構，並以布農族巒社群的霍斯陸曼氏族為模本，描述少年烏瑪斯及其家族在祖父達魯姆的帶領之下，沿著中央山脈的山稜線往南遷移，攀山越嶺、找尋新天地落居的故事。書中，伐伐以民族誌的田野調查模式取得文學書寫的材料，透過孩童、少年

---

[46] Stuart Hall. "Cultural Identity and Diaspora," in Patrick Williams & Laura Chrisman. eds., *Colonial Discourse and Post- colonial Theory: A Reader*. (New York: Harvester Wheatsheaf, 1993). p. 492.

的新生世代視域，接合並賡續布農族各個社群、氏族表現在飲食文化的神話傳說、部落故事、農耕祭儀、生命儀禮及倫常規範之上；全書幾乎就是布農族傳統祭儀、生活文法的大融貫，頻繁而大量、不厭其煩描寫布農族人在農耕歲時祭儀、生命成長禮儀當中涉及的飲食相關內容、方式、過程、禁忌及規範，為的是想重新召喚、模塑新生世代族人活出布農族該有的生命文法。

　　又如沙力浪・達发斯菲萊藍以多語併置的技巧，書寫置身於學院內新生代原住民「另類飲食」（包括西方的理論、學派、知識的術語）的多篇詩作，據以敘寫台灣原住民族歷史身影的漢文史料典籍，以及各種市面販售的飲品，如何混雜而成新生世代原住民的歷史記憶、文化想像及知識構成；例如〈旅外青年〉一詩，誠實反省、批判新生世代原住民知識青年的學習態度、生命位置，以及文學書寫的功能：

　　　工地青年
　　　一磚一瓦
　　　砌出他者華廈大樓

　　　板模青年
　　　一釘一槌
　　　築出他者101大樓

　　　藝文青年
　　　敲打中　是否也
　　　建構出　族人
　　　高不可攀的殿堂[47]

這首〈旅外青年〉不長，只有三段十行，卻也隱約輻射出了史詩一般的氛圍，偵測到了原住民青年因為殖民政治的權力介入驅迫、商業化資本主義的貨幣經濟誘導，致使族人主動或被動、集團式或個別性的移居、遷徙、離散及旅外，因而衍生「故鄉異鄉化／異鄉故鄉化」弔詭的疏離異化情勢，另一方面則是呈現了愈來愈多的新生世代原住民（尤其是進入研究所的深造階段之後）在對「知識」的追逐內容上、「藝文」的追捕過程中，不時處於理論及技巧的焦慮狀態，恆常處於知識雜染化的越界、移動與飄移，他們或者可能饑渴於學術知識、文學位置的追逐，但也可能因此而饑餓於我族文化的追覓，終究得來的代價是「建構出　族人／高不可攀的殿堂」。

要言之，戰後台灣原住民族／布農族作家在文學書寫的語文選用、及其文本敘寫空間透顯的歷史記憶、文化想像及社會調適而衍生的相關課題或問題，若以霍爾的話來說，問題的本身「就是族裔離散（diaspoar）、多樣性（diversity）、混雜性（hybridity）及差異（difference）的開始」[48]；布農族裔作家的出生年代、生活空間、知識養成的過程固然不同，文學的書寫對象、內涵及創作位置也有差別，但是共同之處在於他們嘗試以誠實的書寫態度，將自我的生命史溶入於部落的生命史，透過嫻熟的族語或素樸的漢語，敘寫他們對於那些年的那些人、那些事所曾烙印下來的生命經驗、生活情感，透過文學性的書寫表述而懷念已往、沉吟當下、想像未來。

㈢文化實踐策略、文學傳播形式的抉擇線圖

多位「原運世代」的原住民文學作者在一九八〇年代後期，開

---

[47] 沙力浪・達发斯菲萊藍，《笛娜的話》，頁二九。

[48] Stuart Hall. "Cultural Identity and Diaspora," p. 401.

始陸續將工作的、居家的生活場域從都市遷返部落，這不僅是他們對於個人生命經營轉向的重大抉擇，既賡續也維護著原運香火向部落傳遞的實踐空間，同時也讓以往社會認識的原住民族文學景觀產生結構性轉折，從訴諸於泛族意識「文化的滲透／抵抗」書寫策略，轉向部落意識「認同的學習／增值」實踐模式。證諸於「原運世代」作者陸續在返居部落之後書寫、發表的文化論述、文學創作，幾乎可以說是他們最為社會認識、閱讀及受學者取樣研究的代表作，同時也是構成一九九〇年代之後原住民族文學「雙語創作」、「混語書寫」主要的文本肌理；箇中的犖犖大者，就是拓拔斯・搭瑪匹瑪一九八七年七月志願前往達悟族人的蘭嶼行醫之後，一九九二年十二月出版的短篇小說集《情人與妓女》、一九九八年六月出版的散文集《蘭嶼行醫記》。

霍斯陸曼・伐伐對於布農文學書寫的投入程度，則是另外一種模式。幾乎可以說是懷抱著「拚命三郎式」的實踐認知，不僅在近四十歲之時從任教的國中辦理提早退休，也常從屏東的住家前往南投縣信義鄉的布農族部落停留好幾個工作天，向族中耆老採錄神話、傳說及民間故事。因為教育過程對於我族／我群文化質素認識的欠缺、匱乏而導致的文化饑餓感，使得伐伐幾近貪婪的尋食、吞嚥布農族原初的文化構造養分：

> 長久以來，因外在主流文化的漠視和扭曲之下，台灣原住民，包括布農族，確實在政治、經濟、文化、教育各方面資源的分配，淪為社會的邊緣、下層……「自我失落」的時日過於久遠，我們竟然有著「思想不起」的悲慘困境。也更激勵著我……以布農族人的身分及族人應有的思維方式作有系統的記錄及編寫……對自己的族群盡點心力，重拾祖先面對困境的那

份「自信」和屬於自己的「尊嚴」。[49]

　　相較於霍斯陸曼・伐伐的「悲壯」之舉，同樣也在中學任教的卜袞・伊斯瑪哈單・伊斯立端，對於布農文學的書寫、布農文化的實踐，則是另外一種的「苦行僧」模式，他將族語文學書寫的創作空間歸返到最原初、素樸的山中工寮：

　　這本書裡面的文章，大部分都完成於我山上的工寮。剛住進去
　　時，裡邊沒有什麼照明設備，寫作時都用蠟燭照明，電燈是後
　　來的事了。我住到那兒的原因，是因為只有在森林的夜晚，心
　　靈才能與祖先相見、接觸、契合。在寧靜的夜；在黝黑的夜；
　　在月光皎潔的夜；在雲霧迷漫的夜；在螢火蟲漫妙飛舞的夜
　　裡，我彷彿看到不同祖先的臉來拜訪。只有心靈才看得到祖先
　　的臉。[50]

　　至於一九七五出生的乜寇・索克魯曼、一九八一年出生的沙力浪・達發斯菲萊藍，兩人在文化實踐的策略、文學傳播的形式上，有著讓人驚訝的相似軸線。

　　兩人都是參加「山海文化雜誌社」主辦的原住民族文學獎獲得名次肯定而持續創作，都是在大學時期透過自修、研讀的方式而習得布農族語的羅馬字記音拼寫能力，都以各自出生成長的部落山脈、河域生命史作為碩士論文的研究主題，也在取得碩士學位之後歸返部落從事文史教育工作（乜寇・索克魯曼回到南投縣信義

---

[49] 霍斯陸曼・伐伐，《中央山脈的守護者：布農族》（台北：稻鄉，一九九七），頁五～六。

[50] 卜袞・伊斯瑪哈單・伊斯立端，《卜袞雙語詩集：太陽迴旋的地方》，頁一四。

鄉望鄉部落從事高山生態嚮導，沙力浪・達发斯菲萊藍回到花蓮縣卓溪鄉擔任小學的民族支援教師）。兩人也都投入於電腦網路的數位化文學書寫，架設個人專屬的「部落格」（Blog），利用網路數位化進行機動性、實驗性及開放性的文學書寫、文化論述及時事評論。乜寇・索克魯曼的部落格包括「乜寇的文學與思維」（http://mypaper.pchome.com.tw/news/nneqou/）、「東谷沙飛的文學與世界」（http://blog.udn.com/tongkusaveq）；沙力浪・達发斯菲萊藍的部落格，則有「沙力浪的山林」（http://blog.yam.com/salizansak）、「沙力浪的書寫」（http://blog.udn.com/salizan）。

　　作為所謂原住民族文學「數位世代」的文學創作者，乜寇・索克魯曼、沙力浪・達发斯菲萊藍，既以漢語、族語及雙語的語文做為文學書寫的媒材，也以口傳文學、作家文學的複式互文、接合策略，介入了文學場域的形構邏輯，拓寬了台灣／原住民族文學的定義容量，更以網路數位化空間的文學書寫、創作形式而聚焦於我族／我群文化認同線索的搜尋、拼湊及重新整編，毋寧開啟了外界對於新世代的原住民族／布農族作家對其文化實踐策略、文學傳播形式的另一種認識窗口。

台灣原住民族的「族群文學史」如何可能？

　　跨世代／國族／學科領域的學者們對於台灣「布農族研究」的學術著述，已然累積可觀的成果；然而，對於「布農文學」的研究，則仍集中於對特定幾位以漢語進行文學書寫的作者，反觀對於長篇歷史小說、族語文學書寫，以及網路數位文學書寫、創作及其文本，相關的研究論述仍嫌單薄。

　　證諸經驗事實，當代的布農族裔文學性表述、創作及書寫的成果——包括口傳文學的說唱傳播類型、作家文學的紙本傳播類型、網路文學的數位傳播類型等三種文本傳播形式，不論是就量或質的角度檢視，毋寧都已具備了「布農族文學史（綱、略）」的構成條件。對於今後台灣原住民族文學進行跨國族、跨文類的比較研究之時，關於「族群文學史」如何可能的問題意識之提出，毋寧是必要的，這將敦促我們以更微觀的角度以細膩考察、比較一個宏觀的問題，也就是布農族的文學形成、作者構成、文本形式及傳播方式的演變脈絡，如果「同於／異於」台灣原住民族文學的構成模式。

　　換句話說，「山林」、「海河」地景的文學書寫，常被學者們作為認識、界定台灣原住民族文學的主要特色之一，那麼「山林海河」的地景文學書寫又是如何連結於、呈顯於布農族裔的原住民文學？其中是否可能因為出生的「族群」、「區域」、「世代」的不同，而有著明顯或細微的差異？倘若有差異，箇中的構成線索又是什麼？倘若地理空間及文化空間確實影響著文學書寫的構成空間，那麼布農文學之形成及其構造，是否同於、如何異於台灣其他地區的原住民族文學？

　　其次，因為布農族裔作家的出生年代、社群、生活區域、教育程度、職業類別及其文學活動的不同，使得協力組構「布農文學」作者們的生命敘事文本折射意義，文本敘寫空間透顯的歷史記憶、文化想像及社會調適的軌跡，文化實踐策略、文學傳播形式的抉擇，也就呈現不同的幅射線圖。

　　探掘「布農文學」蘊含的豐饒礦脈，某個角度來說，毋寧是在要求原住民族文學的創作者、書寫者及研究者們，更加凝神觀測原住民族傳統知識體系建構的「族群」、「氏族」及其日常生活託寓的「地區」、「區域」等元素，如何可能作為原住民「文學敘事／

文化展演」的生成空間，細察不同族群／地區的原住民如何相應於各自的「地理／文化空間」孕含的地文、水文及人文的隱喻或象徵，進而發展殊異的文學敘事及展演活動，容或將是搭建台灣原住民族「族群文學史」的關鍵一步。

【附錄一】

表二：研究布農族相關議題（不含文學）的學位論文

製表：魏貽君

年別	撰者	論文名稱	畢業學校系所
1984	陳運棟	布農族親族組織的變遷：利稻村社會人類學的研究	中國文化大學民族與華僑研究所
1984	趙福增	利稻村布農族經濟結構變遷之研究	中國文化大學民族與華僑研究所
1984	馬怡山	一個布農族社區權力結構之研究	中國文化大學民族與華僑研究所
1986	徐韶仁	利稻村布農族的祭儀生活——治療儀禮之研究	中國文化大學民族與華僑研究所
1990	陳逸杰	光復後一個布農族部落的歷史社會變遷：以東埔社為例	淡江大學建築工程研究所
1994	葉家寧	高雄境內布農族遷移史：兼論遷移動因與「聚落」概念的變遷	台灣大學人類學研究所
1997	李慧琪	奧福教學運用於布農族歌謠之實驗教學研究	中國文化大學藝術研究所
1997	林澤富	日治時期南投地區布農族的集團移住	成功大學歷史系碩士班
1997	林頌恩	台東縣延平鄉布農幼稚園鄉土文化教學之研究	成功大學藝術研究所
1997	方志榮	血.is-ang與布農族的親屬關係——以崙天為例	東華大學族群關係與文化研究所
1997	許加惠	阿美及布農族長老教會現代聖詩之音樂研究	師範大學音樂系碩士班
1998	許文忠	山地布農族學童族群認同與自尊之研究	台北市立師範學院國民教育研究所
1999	顏亮平	拉庫拉庫溪流域布農族居住文化變遷之研究	中原大學建築系碩士班

年別	撰者	論文名稱	畢業學校系所
2000	廖建維	台灣東部山地原住民（排灣族、布農族和阿美族）弓蟲抗體陽性率與年齡層和性別關係之探討	台北醫學院醫學研究所
2000	黃正璋	一個深山部落面對現代化處境的生存策略	東華大學族群關係與文化研究所
2000	張琇喬	台灣布農族學生族群認同之相關研究——以南投縣信義鄉為例	靜宜大學青少年兒童福利系碩士班
2001	陳穆儀	從社工員的實務經驗思考原住民社會工作教學內涵	暨南國際大學社會政策與社會工作學系碩士班
2002	李韻儀	布農族女性藝術家Ebu繪畫中的性別與族群認同探究	成功大學藝術研究所
2002	鄭安睎	布農族丹社群遷移史之研究（1930-1940年）	政治大學民族學研究所
2002	許嘉祥	布農族桃源鄉梅山聚落變遷之研究	逢甲大學建築所
2003	張景舜	台灣原住民可持續部落規劃準則初探——以南投布農族潭南部落為檢驗案例	東海大學建築系碩士班
2003	林怡芳	布農族射耳祭音樂之宗教與社會功能	成功大學藝術研究所
2003	劉秋雲	台灣地區原住民母語教育政策之探討：以布農族為例	政治大學語言研究所
2003	顏國昌	日本統治下布農族所發生的歷史事件〈一八九五年至一九四五年〉	政治大學民族學研究所
2003	李春慧	花蓮縣萬榮鄉布農族學生族群認同階段性發展之研究	慈濟大學教育研究所
2003	許凱雯	堪卡那福部落布農族之族群關係	台南師範學院鄉土文化研究所
2004	陳述巧	布農族織品服飾與認同關係之研究——以卓社群卡度部落為例	成功大學藝術研究所
2004	陳怡妃	花蓮縣古風村現代化布農族傳統歌謠的文化再造與傳承危機	成功大學藝術研究所

年別	撰者	論文名稱	畢業學校系所
2004	周慧玲	在部落與學校之間：我與布農族少年一同學習的故事	花蓮師範學院多元文化研究所
2004	蘇美琅	花蓮縣布農族小學家長對學校推動文化活動態度之研究	花蓮師範學院國民教育研究所
2004	吳培華	布農族狩獵文化之探討：以東埔為例	清華大學人類學研究所
2004	許淑貞	運用台灣原住民歌謠於國民學校音樂課程之研究——以布農族為例	台南大學音樂教育學系碩士班
2004	顏浩義	台灣布農族Tamahu聚落近代文化變遷之研究——以氏族移動、宗教信仰改宗為例	台南大學鄉土文化研究所
2005	徐雅慧	布農族的小米文化生態學研究——以南投縣望鄉部落為例	中原大學文化資產研究所
2005	蘇文祥	從布農族的物質文化體現環境公共標識設計之規劃——以布農部落文化園區為例	中原大學商業設計研究所
2005	許若凡	當代台灣布農族童謠的文化傳承問題研究	成功大學藝術研究所
2005	王土水	從在地觀點探究布農族ISDAZA〈內本鹿〉的歷史	東華大學族群關係與文化研究所
2005	謝易成	從世界觀探討國小布農族學童之科學學習——以「製作樂器」單元為例	花蓮教育大學科學教育研究所
2005	石佩文	台灣原住民之民族史觀：以布農族內本鹿為例	政治大學台灣研究英語碩士學程
2005	范文篤	布農族卡社群之氏族（Sidoq）研究——以潭南部落為例	政治大學民族研究所
2005	曾清峰	南投縣布農族卓社群民族植物之研究——以卡度部落為例	彰化師範大學生物學系碩士班
2005	胡小明	國小布農族語教師教學歷程之個案研究——以郡社國小古老師為例	台東大學教育研究所
2005	胡湘彗	土地使用歷史變遷之探討——以南投縣信義鄉雙龍村布農部落為例	靜宜大學生態學研究所

年別	撰者	論文名稱	畢業學校系所
2006	周子閔	布農女性穿越月經循環的生活經驗與意義	東華大學族群關係與文化研究所
2006	林秀月	布農部落中白領階級原住民之生活經驗探究	嘉義大學家庭教育研究所
2006	宋玫琪	國家公園法的施行與區內原住民衝突關係之變化——以玉山國家公園為例	嘉義大學森林暨自然資源研究所
2006	呂欣蕙	布農族望鄉部落生態旅遊發展之研究	台中教育大學社會科教育學系碩士班
2006	古惠茹	雙龍部落生態旅遊進展分析	雲林科技大學文化資產維護系碩士班
2006	全鴻德	塔塔加地區植物相調查與解說規劃	靜宜大學生態學研究所
2007	趙聰義	拉庫拉庫溪流域語言、權力、空間的命名——從panitaz到卓溪	東華大學民族發展研究所
2007	江冠榮	台灣雲端上消失的獵人——再現布農族於八通關聚落原貌與遷移歷程	中原大學室內設計研究所
2007	劉建政	布農族原住民對於生態社區環境態度之研究—以台東縣延平鄉為例	中國科技大學建築研究所
2007	王國慶	Biling看布農族人唱Pasibutbut成為Bisosilin——以認真休閒理論探討	亞洲大學休閒與遊憩管理學系碩士班
2007	彭建豪	丹大地區布農族狩獵文化之研究	屏東科技大學森林系碩士班
2007	廖春芬	丹大地區布農族狩獵管理規範建立之研究	屏東科技大學森林系碩士班
2007	林婷玉	探究南投縣布農族學童學習情形——以國語科學習為例	嘉義大學國民教育研究所
2007	陳順生	原住民鄉土文化教材之分析——以國民小學原住民文化教材布農族篇為例	嘉義大學視覺藝術研究所
2007	胡祝賀	布農族的節日——射耳祭活動意義：以初來部落為例	台東大學教育學系碩士班
2007	陳坤弘	台東縣布農族地區民族教育整合之研究——以三所國小為例	台東大學教育學系碩士班

年別	撰者	論文名稱	畢業學校系所
2007	徐靜芬	寶山村布農族社會調適之研究	台南大學台灣文化研究所教學碩士班
2008	董世孝	台灣原住民住宅之空間構成研究——以南投縣仁愛鄉布農族與泰雅族為例	中原大學室內設計研究所
2008	洪膺詮	從天神到上帝：1950年代布農族望鄉部落集體改宗之研究	東海大學宗教研究所
2008	林育誠	布農族天文與氣象在地知識所蘊含之自然觀	花蓮教育大學科學教育研究所
2008	郭富祥	布農族小米祭典模組教學對學生族群文化認同與科學學習之影響	台南大學材料科學系碩士班
2008	顏浩泙	從親屬組織論桃源鄉布農族郡社群isbukun殺豬文化	台南大學台灣文化研究所碩士班
2008	李權峰	布農族工藝文化商品設計脈絡研究——以丹大地區在地工藝師與外來設計者的作品為例	雲林科技大學工業設計系碩士班
2008	許佩茹	就業弱勢者回原鄉謀生的漫漫長路：以信義鄉布農族為例	靜宜大學青少年兒童福利研究所
2009	余桂榕	採收自在：布農部落婦女生活教育的故事	東華大學多元文化教育研究所
2009	乜寇·索克魯曼	Bunun的家園自然：一個在地人的觀點	靜宜大學生態學研究所
2009	轆虎·伊斯瑪哈單·伊斯	高雄縣那瑪夏鄉布農族親屬與文化之研究	台南大學台灣文化研究所碩士班
2009	張董淵	敘說一位守護布農族童聲合唱團 勇士的故事——以馬彼得為例	台中教育大學音樂學系碩士班
2009	全皓翔	台灣原住民族狩獵權之研究：布農族、排灣族個案探討	東華大學民族發展研究所
2009	梁文珍	布農族的生態智慧與美感經驗：以民族植物為例	東華大學民族藝術研究所

年別	撰者	論文名稱	畢業學校系所
2009	魏嘉玉	探討花蓮縣布農族國中生生活技能與嚼食檳榔行為之關係	慈濟大學公共衛生研究所
2009	鍾怡玲	布農族青少年休閒行為之研究——花蓮某部落為例	台灣師範大學公民教育與活動領導學系
2009	李曉櫻	布農族傳統體育之研究：以霧鹿部落射耳祭為例	國立體育大學體育研究所
2009	薛文燕	布農族童謠探究——聆聽原始的歌聲	中興大學中國文學系碩士班
2010	王姿方	一位漢族教師帶領布農族學生的尋根之旅	東華大學教育行政與管理學系碩士班
2010	蔡嘉琪	小米文化產業之創新實踐與經營——以台東紅葉村布農族為例	東華大學藝術創意產業學系碩士班
2010	田紹平	布農族編器材料探討與創作研究	台東大學美術產業碩士學位在職進修專班
2010	舞瑪夫·達給魯頓	原住民節慶活動定位與策略之研究：以南投縣布農族部落為例	南華大學視覺與媒體藝術學系碩士班
2010	田錦秀	原住民部落圖書資訊站營運績效之研究——以布農族部落為例	南華大學出版與文化事業管理研究所
2010	烏瑪夫·以斯瑪哈散	布農族身體經驗之獵食想像：以南投縣境明德村為例	高雄餐旅大學台灣飲食文化產業研究所
2010	游秀雯	布農族合唱之教育功能及內涵——以南投縣信義鄉台灣原聲音樂學校為例	台灣師範大學音樂學系在職進修碩士班
2010	李采容	我的藝術創作書：布農族傳統作物圖像創作研究	東華大學藝術創意產業學系碩士班
2010	黃瑜珮	基於S-P表與試題關聯結構法分析布農族學童乘法概念之學習表現	台中教育大學教育測驗統計研究所
2010	張健鋒	我國社會企業對於原住民就業問題之因應——以布農文教基金會與光原社會企業為例	東海大學行政管理暨政策學系碩士班

年別	撰者	論文名稱	畢業學校系所
2011	全秀蘭	文化傳承對老人自我實現、成功老化之研究——以布農族Lileh之聲傳統音樂社團為例	南開科技大學福祉科技與服務管理所
2011	蕭芸婷	布農族籍國中生族群社會化、族群認同與自我概念之探究	東海大學教育研究所
2011	全茂永	卡社布農語名詞構詞初探	新竹教育大學台灣語言與語文教育研究所
2011	林嘉賢	高雄地區布農族聚落災後重建對於生活方式與文化延續之可能性	高雄大學都市發展與建築研究所
2011	謝金福	郡社群布農語的比較句結構	高雄師範大學台灣文化及語言研究所
2011	藍凱柔	布農語初級教材分析及族語教學歷程個案研究	國立台北教育大學台灣文化研究所

第 十 章

花蓮地區原住民的漢語文學初探

——以阿美族拉黑子、布農族沙力浪的作品為例

花蓮地區原住民文學書寫梯隊的共構系譜

　　伴隨一九八○年代初期的原住民文化復振運動迄今，台灣原住民族使用漢語文進行「現代文學類型」（新詩、散文、小說及報導文學）的書寫，已然取得豐碩成果；期間，各族的文學創作者輩出，累積了可觀的文本數量，不僅成為台灣文學景觀的主要構圖之一，也在相當程度上成為學術研究、教學的重要課題。值得注意的是，國家認定的台灣原住民族十四族當中，花蓮地區就有阿美族、撒奇萊雅族、太魯閣族、賽德克族、噶瑪蘭族、布農族等六個族群的傳統領域，允為含括台灣原住民族別數目最多的單一行政區域，但在台灣原住民族文學的構成系譜之中，花蓮地區的原住民作家及作品數量，相對較少，亦未受到學界的普遍重視。

　　總地來看，學術界對於台灣原住民族文學的研究大抵有三種取向，或者是以作家及其文本進行整體式的閱讀、調查、訪談及探討，或者是以「民族」、「族群」的視域進行主題式的比較研究，或者援引文學批評理論以解析台灣原住民族「口傳文學」與「作家文學」的互文關係；上述的研究取向，莫不確認了台灣原住民族文學的學術位格、豐富了台灣的文學研究架構。然而，現今累積可觀的台灣原住民族文學的研究成果之中，相對地，較少以「區域」或「地區」的角度，特定聚焦於探討花蓮地區原住民文學的形成、構造及其意義。

　　相關主題的先行研究顯示，學者以花蓮地區原住民的漢語文學為探討主題或兼論的論文，僅有董恕明〈在生活與歷史之間的磨合──以東台灣原住民作家的在地書寫為例〉（二○○九）、董恕明〈我輩尋常──東台灣原住民作家漢語書寫初探〉（二○○八）、

陳芷凡〈語言與花蓮海洋意象的交會——以阿美族作家阿道·巴辣夫作品為觀察對象〉（二〇〇八）、陳芷凡《語言與文化翻譯的辯證——以原住民作家夏曼·藍波安、奧威尼·卡露斯盎、阿道·巴辣夫為例》（二〇〇六）、陳芷凡〈語言與繁複的原鄉意象——以阿道·巴辣夫作品為觀察對象〉（二〇〇五）等篇。董恕明的論文提及「東台灣原住民作家」阿道·巴辣夫、拉黑子·達立夫這兩位出身花蓮的阿美族作家及作品，並未深入專論；陳芷凡的論文則是以阿道·巴辣夫的其人其文為專論或兼論對象。

　　董恕明、陳芷凡的研究，提供也提醒了在以「區域」或「地區」的角度重新思考、探討「東台灣」、「花蓮地區」的原住民作家、文本在台灣原住民族文學的書寫位置的特殊性及差異性之後，或許有助今後對於台灣原住民族文學的研究進行更為細膩的構圖探察。換句話說，對於「山林」、「海河」地景的文學書寫，常被學者們作為認識、界定台灣原住民族文學的主要特色之一，那麼「山林海河」的地景文學書寫又是如何連結於、呈顯於山海之間花蓮縱谷地區的原住民文學？其中是否可能因為出生的「區域」、「世代」的不同，而有著明顯或細微的差異？倘若有差異，箇中的構成線索又是什麼？倘若地理空間及文化空間確實影響著文學書寫的構成空間，那麼花蓮地區的原住民文學之形成及其構造，是否同於、如何異於台灣其他地區的原住民族文學？

　　檢視戰後台灣原住民族的漢語文學發展脈絡，多位非花蓮籍的原住民作家曾在花蓮地區工作、踏查而留下若干重要的文本紀錄。台灣第一位原住民出版個人漢語文集的排灣族作家陳英雄（族名：谷灣·打鹿，一九四一年出生於台東縣大武鄉愛國浦部落），他的著作《域外夢痕》（一九七一年初版，二〇〇三年再版，書名更改為《旋風酋長——原住民的故事》）收錄的多篇小說即是一九六〇年代他在花

蓮縣警局擔任外事警察、派出所員警期間創作[1]；泰雅族作家瓦歷斯‧諾幹（漢名：吳俊傑，一九六一年出生於台中縣和平鄉雙崎部落）一九八二年在花蓮縣富里鄉富里國小擔任兩年教職，期間書寫、發表的〈與學童書〉、〈學童記載〉系列詩作也收錄於一九九四年結集出版的《山是一座學校》；排灣族作家利格拉樂‧阿𡠄（漢名：高振蕙，一九六九年出生於屏東縣屏東市眷村）的散文集《誰來穿我織的美麗衣裳》（一九九六）、《紅嘴巴的Vu Vu》（一九九六）也收錄多篇她在花蓮地區原住民部落進行田野調查的散文及報導文學；布農族作家拓拔斯‧搭瑪匹瑪（漢名：田雅各，一九六〇年出生於南投縣信義鄉人和部落）一九九二年亦曾在省立花蓮醫院擔任住院醫師。至於花蓮地區出生的原住民作家及作品，則是一九九〇年代之後才逐漸受到學界的注意與重視。

初步檢視發現，花蓮地區出生的原住民族文學創作者之中，阿美族、布農族在「口傳文學」、「作家文學」多年累積下來的漢語史料、創作人數及文本，都比其他的四個族群為多。若從「口傳文學」的脈絡來看，日治時期的一九一〇年代迄今，不同國族背景的學者們即已針對花蓮地區的原住民族神話、傳說及故事，進行有系統的採錄、編印及出版；花蓮地區出生的原住民作家、文史及教育工作者當中，率先投入採集「我族／我群」神話、故事及諺語的口傳文學者，允為一九九四年出版《阿美族神話故事》、二〇〇五年出版《阿美族群諺語》的撒奇萊雅族帝瓦伊‧撒耘（漢名：李來旺，一九三一～二〇〇三），另外阿美族學者吳明義（族名：Namoh Rata）亦在一九九三出版《哪魯灣之歌：阿美族民謠選

---

[1] 陳英雄《域外夢痕》的後記註明：「作者寫于六十年四月二十五日花蓮秀姑巒溪畔」；陳英雄，《域外夢痕》（台北：商務，一九七一），頁一八五。

粹一二〇》，撒奇萊雅族後裔的學者馬耀・基朗（漢名：陳俊男，
一九七九～）則在二〇〇二年出版《阿美族：巨人阿里嘎該》，至
於出身花蓮縣萬榮鄉馬遠部落的布農族公務員阿浪・滿拉旺（漢
名：杜石鑾，一九五五～）在二〇〇三年出版《布農族：與月亮的約
定》。

　　另從「作家文學」的角度以觀，花蓮地區出生的原住民使用漢
語進行新詩、散文、小說及劇本等文類的創作書寫而為學界注意
者，根據「山海文化雜誌社」整理的資料顯示，首先是由阿美族
劇場工作者阿道・巴辣夫（漢名：江顯道，一九四九年出生於花蓮縣
光復鄉太巴塑部落）發表於一九九一年一月二二日《自立晚報》副
刊的散文詩〈說哇之Amis〉起始[2]，雖然他已創作了為數不少的新
詩、散文及劇作文本，但是尚未結集出版，唯仍無損阿道・巴辣夫
之為花蓮地區原住民文學創作者的指標性地位。

　　嚴格來說，花蓮地區原住民族「作家文學」的第一本漢語文
集，乃是阿美族藝術家拉黑子・達立夫（漢名：劉奕興，一九六二年
出生於花蓮縣豐濱鄉港口部落。以下略稱拉黑子）在二〇〇六出版的散
文集《混濁》；之後則是新生代的布農族作家沙力浪・達发斯菲萊
藍（漢名：趙聰義，一九八一年出生於花蓮縣卓溪鄉中平部落。以下略
稱沙力浪）在二〇一〇年出版的《笛娜的話》。

　　然而，花蓮地區原住民以漢語書寫的作家及文本，並不僅只於
此，早在一九九二年由行政院文建會策劃、文化總會主辦「第一
屆山胞藝術季」的文藝創作徵選活動，得獎者名單當中就有多位
是花蓮地區出生的原住民，例如賽德克族的陳冠二（一九六二～，

---

[2] 引自「山海文化：台灣原住民文學數位典藏」（http://aborigine.cca.gov.tw/writer/
　　writer-2-2.asp）。

詩歌類社會組第二名），太魯閣族的古金益（一九七一～，小說類社
會組佳作），阿美族的田秀梅（一九六四～，詩歌類社會組佳作）、
賴惠萍（一九七三～，詩歌類學生組第三名）、陳明珠（一九六〇～，
散文類社會組佳作）等；再如「山海文化雜誌社」自一九九六年
開始主辦的多項文學獎當中，花蓮地區出生的獲獎者包括阿美族
的黃東秋（一九五四～）、羅聰福、梁明祥，太魯閣族的蔡金智
（一九七一～）、程廷、張健龍、蔡光輝、曾玉菁，賽德克族的沓
日羿・吉宏（一九六二～）、艾忠智，布農族的沙力浪・達发斯菲
萊藍等；另如二〇〇三年由卑南族學者孫大川主編、出版的《台灣
原住民族漢語文學選集》四卷七冊，總共選錄了三十五位漢語創作
的原住民作家，花蓮地區出生者包括阿美族的阿道・巴辣夫、賽德
克族的沓日羿・吉宏、太魯閣族的蔡金智；又如二〇一一年由「山
海文化雜誌社」出版發行的《我在圖書館找一本書：二〇一〇台灣
原住民文學作家筆會文選》，也收錄了包括阿道・巴辣夫、沙力
浪、瑪耀・耳浪（阿美族）等花蓮地區原住民作家的詩文作品。

綜合上述，當可窺出一九九〇年代的原住民族文化復振、正名
運動方熾之際，花蓮地區各族的原住民即以漢語書寫我族／我群
的「口傳文學」與「作家文學」互文關係，敘寫部落族人輾轉於
都市邊緣、遠洋船舶的勞動情景，例如賽德克族陳冠二在一九九二
年獲得「第一屆山胞藝術季」文藝創作徵選活動的詩作〈獵日英雄
傳〉，即以泰雅族的射日神話為借喻，敘述花蓮縣萬榮鄉支亞干
部落的青壯族人流離於都市的工地、遠洋的漁船，「散入都市肉體
勞動層……在鷹架工地間，海上飄流生活中，頂著烈日為圖生存。
猶如百年前傳說中的『射日英雄』，為了族群的命運傳承挺身戰
鬥」，然而都市勞工的族人「泥沙蝕骨／工資微薄／……賣掉了力
氣／流逝了青春／也換不回一世的尊嚴」，至於遠洋漁工的族人

「死於遠洋海上，留下妻子三人，死因不明」[3]。時序演進，隨著原住民族文化復振、正名運動的成果漸豐，花蓮地區的原住民文學創作者亦漸轉而凝視部落的莊嚴容貌，書寫我群的歷史記憶、自身的生命構圖，雖然礙於出版市場的結構因素而結集編印的漢語文學創作冊數不多，但是不同世代出生的花蓮地區原住民漢語文學書寫梯隊儼然已有趨近於山海縱谷的地文、水文、人文共構系譜可察。

本章嘗試透過兩位在不同世代出生於花蓮、工作（求學）於北部、復又歸返花蓮的原住民作家及其作品——阿美族拉黑子二〇〇六出版的《混濁》、布農族沙力浪二〇一〇出版的《笛娜的話》的文本細讀，進而分析、比較以探討兩位作家的生命經歷、書寫位置、文本特色，及其創作風格如何同於／異於台灣其他地區的原住民文學，期望能為今後的台灣原住民族文學研究，提供另一種觀看視域的問題意識。

拉黑子、沙力浪的文學書寫、文化實踐過程

台灣原住民族的漢語文學書寫梯隊的構成系譜之中，拉黑子、沙力浪的文學書寫及文化實踐，雖然不被納歸於「原運世代」的範疇之內，然而他們不論是生命位置的移動、族裔身分的認同、創作空間的轉折，或是文化實踐的學習歷程、文學書寫的對象內涵，都能發現到原運影響效應的直接或間接的幅射軌跡，這也幾乎是構成大多數原住民作家的文學生命之共同肌理，並不因為出生年代、地區的不同而有明顯的本質差異。

如今已是知名雕塑家的拉黑子，他的雕刻技藝、文學創作的習

---

[3] 陳冠二，〈獵日英雄傳〉，收於吳振岳、陳碧珠策劃編輯，《第一屆山胞藝術季文藝創作》（台北：中華文化復興運動總會，一九九三），頁一四～一九。

得、養成與熟練的過程，必須同時聯結於他的身體移動於不同的文化空間，以及原住民族在社會空間的整體位置移動，方能掌握並詮釋得宜。

一九六二年出生的拉黑子，花蓮縣立豐濱國中畢業後，礙於拮据的家境而未再升學，如同一九七〇年代前後的花東一帶青壯原住民為圖生計、出路而向西部、北部集體遷移一般，少年拉黑子也在這波勞動移民潮勢的推湧之下，漂移到了台北成為學徒，學習室內設計的裝潢技能。

少年拉黑子的身體移動於北部的社會空間，投入體力勞動市場，逐漸取得繪圖、雕刻的技藝，代價是他也被迫脫聯於阿美族港口部落男子年齡階級養育、訓練的文化空間（其實這也同時是花東地區實施男子年齡階級制度的阿美族、卑南族傳統社會組織、文化基礎普遍面臨掏空、斷裂的崩解訊息）。供輸族裔文化身分認識、認同養分的地文、水文及人文線索愈發淡稀，使得少年拉黑子在台北承受著文化身分認同的徘徊、煎熬及抉擇的心靈多重試煉；一九九〇年代後期的拉黑子在接受訪問時坦言，「以前在台北工作時，我曾經刻意隱瞞自己原住民的身分」[4]。

類似少年拉黑子在西部、北部工作或求學的原住民刻意隱藏族裔身分的焦慮心理，並不讓人陌生；學者謝世忠的研究顯示，一九七〇年代之後的台灣對於原住民族的公共認識、文化分類及社會評價的等級，恰也正是原住民族「認同的污名」被建構、操作的現象漸次普遍化之際[5]。一九八四年「原權會」的成立、推動並

---

[4] 簡扶育，《搖滾祖靈——台灣原住民藝術家群像》（台北：藝術家，一九九八），頁一六一。

[5] 謝世忠，《認同的污名——台灣原住民的族群變遷》（台北：自立晚報，一九八七），頁三七。

爭取原住民族文化復振、集體權益的相關行動，相當程度聚焦於對「認同的污名」機制的質疑、鬆搖並翻轉，訴諸於泛原住民意識的行動策略，從而對於我族／我群的文化主體位格重新認識、定義、詮釋，以召喚、凝聚原住民文化身分意識的整備。

值得注意的是，一九八〇年代後期，多位不同族別的「原運世代」文學創作者、文化論述者開始思索「原住民族傳統知識體系」如何建構、實踐可能的相關議題，從而確認了部落之為「原／源生」的文化學習、再造的實踐空間，包括布農族的拓拔斯・搭瑪匹瑪、達悟族的夏曼・藍波安、泰雅族的瓦歷斯・諾幹、排灣族的利格拉樂・阿烏、魯凱族的奧威尼・卡露斯等多位「原運世代」作家陸續將工作的、居家的生活場域從都市遷返部落，重新認識部落的文化地景歷史、進入族人的公共生活領域，並在歲時祭儀的節奏之中、日常生活的脈絡當中，學習族群的生命禮儀、部落的生活文法。這不僅是他們對於個人生命經營轉向的重大抉擇，從而豐厚了他們的文學書寫資材，也賡續、維護著原運香火向部落傳遞的實踐空間，同時也讓以往社會認識的原住民族文學景觀產生結構性轉折，從訴諸於泛族意識「文化的滲透／抵抗」書寫策略，轉向部落意識「認同的學習／增值」實踐模式。

一九八〇年代在台北的拉黑子，並未實際參與原權會及其周邊組織的行動，也未嘗試操作漢語進行文學書寫，但是原住民族文化復振的氛圍顯然激昂了他，一九九一年返回故鄉定居，自此透過了雕刻、繪畫、書寫而展開他對花蓮縣豐濱鄉港口部落的阿美族歷史、文化的重新認識、學習、採集、參與及創作之旅；除了取材創作於部落的雕塑作品頻頻獲獎，並在海內外巡迴展出之外，拉黑子花費更多的時間投入部落的口傳史料採集，二〇〇一年協助阿美族學者蔡中涵訪談部落耆老關於一八七七年「大港口事件」的歷史記

憶，同時以復原部落的男子年齡階級[6]為念，他除了完成以漂流木
為媒材的雕刻「精神山」（kakacawan）[7]立於部落，並在四十歲的
二〇〇二年七月升上「mama no kapah」（青年之父；意指領導、管
理青年組織的階層），拉黑子在題為〈期待〉的詩作描敘自己的心
情，「青年之父，mama no kapah／這是一生中最重要的階層／也
是部落最高階層／對我來說是生命的開始／我將永遠成為部落孩子
的父親」[8]。

　　關於拉黑子返鄉後的雕塑創作及文化實踐，逐漸受到學院注
意，已有多篇碩士論文為題探討，包括楊正字《生態、藝術與原住
民：探索港口部落藝術家的生態視野》（國立東華大學民族藝術研究
所碩士論文，二〇〇八）、白皇湧《歷史的詭跡：關於秀姑巒出海口
地區的歷史書寫、敘說與展演》（國立東華大學族群關係與文化研究
所碩士論文，二〇〇七）、呂憶君《記憶、海祭、身體實踐：花蓮港
口阿美的海岸空間》（國立清華大學人類學研究所碩士論文，二〇〇
六），單篇學術論文則有盧梅芬〈從季・拉黑子的創作歷程看九〇
年代台灣原住民創作意識的覺醒與矛盾〉（二〇〇三）。

　　相較於拉黑子的少年、青年時期在台北承受著文化身分認同徘
徊、隱瞞的心靈煎熬，一九八一年出生的沙力浪在青少時期並未經

---

[6]　阿美族男子年齡階級的各階級譯寫，各部落不一，本文採取拉黑子的族語翻譯：
　　「部落的年齡組織分青年（kapah）與老人（matoasay）兩階段，青年階段共分
　　八級，【自幼而長依序】分別是miafatay，midatongay，palalanay，miawawway，
　　ciromiaday，malakacaway，civiracay，mama no kapah，是所謂八大年齡階級」；拉
　　黑子・達立夫，《混濁》（台北：麥田，二〇〇六），頁一八九。

[7]　「傳說中，這座山Kakacawan一直是部落孩子進入年齡階級時準備站立的地方，那
　　是瞭望著部落，守護著部落，也是部落發出第一個訊息的位置」；拉黑子・達立
　　夫，《混濁》，頁七一。

[8]　拉黑子・達立夫，《混濁》，頁九九。

此苦旅，一方面是因為原運影響效應底下對於原住民族的社會認識結構逐漸轉變，另一方面則是因為他在日常生活的成長空間、學校環境的地理結構因素使然；雖然家境清貧（父母育有八名子女，他排老么，上有兄姊七人），沙力浪的青少時期鮮少因為族裔身分而遭遇「認同污名」的社會凝視，他在一九九〇年代就讀的卓溪鄉太平國小、玉里鎮三民國中及台東體育實驗高中，有著一定比例的原住民族裔學生，間接鞏護著沙力浪對於族語的熟稔、部落的親近，使得成年之後的沙力浪在其文學創作之中頻以漢語、族語併置的方式，書寫部落的諸般形貌，「部落是原住民最基本族群認同的單位，也是實踐傳統社會機制裡禁忌或律法，在這樣的情景下……透過部落的書寫，書寫著過度浪漫的想像，進行著沉重的反思，從部落中寫出自己的經驗和角度」[9]。

在台灣原住民族漢語文學的作家系譜之中，或許可以把沙力浪劃歸為所謂的「山海世代」，亦即經由角逐「山海文化雜誌社」在一九九五年開始主辦的歷年多項文學獎而獲得名次、持續創作，並且出版文集的原住民作家，箇中包括鄒族的伐依絲・牟固那那（漢名：劉武香梅，一九四二～）、賽夏族的伊替・達歐索（漢名：根阿盛，一九五七～）、泰雅族的里慕伊・阿紀（漢名：曾修媚，一九六二～）、卑南族的巴代（漢名：林二郎・一九六二～）、排灣族的亞榮隆・撒可努（漢名：戴志強，一九七二～）、泰雅族的多馬斯（漢名：李永松，一九七二～）、布農族的乜寇・索克魯曼（漢名：全振榮，一九七五～）等。前列的原住民族漢語文學書寫「山海世代」梯隊當中，沙力浪是最年輕的一位，二〇〇〇年就讀元智大學中文系一年級時，以詩作〈笛娜的話〉獲得「二〇〇〇第一屆中

9　沙力浪・達发斯菲萊藍，《笛娜的話》（花蓮：花蓮縣文化局，二〇一〇），頁IX。

華汽車原住民文學獎」詩歌佳作，「這次的肯定讓我認真的去寫
詩，開始用詩紀錄我的生活、我的部落、我的族群」[10]。

　　十九歲的詩作獲得文學獎的肯定，厚實了沙力浪以詩文書寫方
式記錄家人、族人、部落的生命容顏，以及原住民族歷史變貌的信
心與決心；除了在中文系的課程研讀漢語的文學典籍，藉以精煉書
寫技巧，沙力浪也思考著如何能以族語書寫的方式呈現「笛娜」
（tina，母親）的話語，他透過閱讀羅馬字聖經的自修方式學習布農
族語的羅馬字記音拼寫，歷時年餘有成，成為繼乜寇·索克魯曼之
後另一位能夠同時操作漢語、族語而進行文學閱讀、書寫的新生代
布農族作家。習得族語的書寫技能，使得沙力浪作品的語文張力較
諸於同世代的各族群作家更為豐厚。

　　二○○三年，沙力浪考入國立東華大學民族發展研究所，日常
生活及課業學習的位置又再接近原鄉部落。碩士班的學業訓練，使
得他有系統研讀西方的社會學、人類學、語言學及文學批評理論，
同時經由各個原住民部落的田野調查課程觀察資本主義生產體系、
國家山林開發政策如何結構性的衝擊、影響原住民部落地文、水文
及人文的變化。隨著年歲漸增、知識庫存漸豐，沙力浪就讀碩士
班之後的文學書寫視域撐開，他的作品之中頻繁運用漢語、族語併
置的書寫技巧，嘗試借用西方理論的摹寫或改寫的敘事角度，大量
地以個人的、部落的生命史脈，以及族群的、民族的文化史觀為底
蘊而介入、重寫台灣的族群關係史、山林開發史或所謂的文明進步
史。

　　二○○八年，沙力浪以探討部落原鄉「拉庫拉庫溪」流域的地
文、水文、人文的歷史變遷、文化容量為題撰寫的《拉庫拉庫溪流

---

[10] 沙力浪·達发斯菲萊藍，《笛娜的話》，頁VIII。

域語言、權力、空間的命名——從panitaz到卓溪》碩士論文取得學
位。從論文的撰寫過程與章節內容來看，充分顯示年輕的沙力浪已
然掌握了以文學書寫的技巧消化、詮釋各家各派的各種理論，嫻
熟地以微觀的敘事角度處理宏觀的歷史脈絡；透過漢語、族語、外
文併置的論文撰寫訓練，以及田野調查的過程經驗，都為沙力浪今
後的文學創作、書寫提供可貴的敘事元素。二〇〇九年之後，沙力
浪加入「台灣原住民文學作家筆會」、運用電腦網路以經營個人的
文學部落格、頻獲文學獎（小說〈刀巴斯・倉頡〉獲「九九年台灣原
住民族文學獎」小說組佳作，散文〈部落地圖〉獲「二〇一一年花蓮縣
文學獎」書寫原住民組第二名），同時以長篇小說〈刀巴斯・倉頡〉
撰寫計畫案獲得二〇一一年第一期的「財團法人國家文化藝術基金
會」專案經費補助，個人的第一本文集《笛娜的話》也在二〇一〇
年出版，顯示沙力浪的文學創作力、活動力讓他成為值得期待、觀
察的台灣原住民族文學新生代作家。

　　綜合上述，當可窺出花蓮地區出生的拉黑子、沙力浪在生命位
置移動、族裔身分認同、創作空間轉折的面向上，統攝於廣義的原
運影響效應的幅射網絡之內，因而結構性的類近於其他地區出生的
原住民文學作家。至於個別的差異，則是拉黑子在一九九一年返回
部落定居之後，才以握持雕刀的手，嘗試書寫文學，「那說自己不
會寫字的人終於奮力一擊，逮到機會，想盡辦法的，想盡一切辦法
的，掌握住也能寫字的機會，好好的寫下心裡想要說出來的話。寫
字了！」[11]

　　拉黑子的《混濁》書寫對象，完全聚焦於阿美族人在花蓮縣豐
濱鄉港口部落的生命回憶、歲時祭儀、年齡組織與歷史事件，包括

---

[11] 梁琴霞，〈野地裡的聲音〉，收於拉黑子・達立夫，《混濁》，頁四。

海洋、海岸、海風、海浪以及山脈的光影都是他的敘事元素；那是
需要長期而扎實的部落在地生活之後，方能陶鑄豐厚的地方知識以
支撐他的部落書寫。

　　沙力浪的《笛娜的話》，一方面將童年的部落生活記憶入詩，
「書寫的區域為花蓮玉山國家公園拉庫拉庫溪流域……我對這個地
方充滿情懷的主要原因，是因這裡有東部布農族集團移住的歷史、
有族人對這裡的傳說口述、有祖父遷移的故事，也有我對這裡的文
學想像」[12]；另一方面，他將學院研讀的知識、理論解構入文，據
以敘寫他對原住民族史的深沉省思，「透過在東華大學的學習，書
寫花蓮生活，去沉思一些想像……雖然位在邊緣，期望寫出自己的
中心」[13]。

　　拉黑子、沙力浪的出生年代不同、族裔文化不同、生活空間不
同，文學的書寫對象、內涵及創作位置也有差別──拉黑子屬於地
方知識型的文化實踐者，沙力浪則是學院青年型的文學創作者──
但是，兩人都將自我的生命史溶入於部落的生命史，皆以嫻熟的族
語、素樸的語詞，敘寫他們對於那些年的那些人、那些事所曾烙印
下來的生命經驗、生活情感，透過文學性的書寫表述而懷念已往、
沉吟當下、想像未來。

拉黑子《混濁》文本細讀及探討

　　拉黑子的《混濁》，提供研究者特殊而複雜的閱讀經驗。對於
一般的讀者來說，那是一本「很好看」，但是「不易讀」的書；那
是一本讀了之後，也不易理解的書。

---

[12] 沙力浪・達發斯菲萊藍，《笛娜的話》，頁VIII。

[13] 沙力浪・達發斯菲萊藍，《笛娜的話》，頁VIII。

　　單就書本的頁面編排效果來看，《混濁》的版面構成「很好看」；配合每一篇詩作、散文或小說的敘事情節，出版社編輯大量穿插了拉黑子以炭筆勾勒的雕刻造型、流利的人體律動線條、動植物的光影反差素描、建築物的空間透視構圖，幾乎每一幀炭筆圖都有繪者的落款及年代，或以漢名「劉奕興」或以族名「拉黑子」、「Rahitzu」署名，間而又或搭配拉黑子以鉛筆書寫的漢字、英文或羅馬字拼寫的族語。整本書的版面構成，確實呈現了詩文、圖繪協調的視覺美學效果，使得《混濁》在逐頁翻動之下，自然地讓讀者發出「很好看」的讚嘆，拉黑子果然是位有著高超繪畫技巧的雕刻家。

　　「很好看」而「不易讀」，那是因為拉黑子在這本以漢語書寫為主的文集之中，裹覆了語文多元、史脈複雜，而又意象豐饒的敘事元素。《混濁》全書蘊藏著以文學書寫技巧而隱喻、再現、轉譯花蓮縣豐濱鄉港口部落阿美族人的歷史縱深、文化符碼，對於一般的讀者（包括其他族裔的原住民，或是新生世代的阿美族人）來說，那都無疑是不易解讀、判讀的密碼叢林。對此，拉黑子的妻子、漢人作家梁琴霞在《混濁》的序言中，也不諱言這本文集「為什麼這麼難理解？」梁琴霞認為：

　　這是一本靠近心靈的文字，質樸無華。不理睬心靈很久的人恐難明白那語法怪異措辭特殊的文字……為什麼這麼難理解？因為族語與國語的……性情不同……因為文化差異與生活環境不同……文本書寫如同母語本身，承載部落文化擁有的一切，也幽微隱晦的隱藏個人的思維與靈魂。[14]

---

[14] 梁琴霞，〈野地裡的聲音〉，收於拉黑子・達立夫，《混濁》，頁四～六。

　　梁琴霞的觀察與分析，主要是想揭示拉黑子「語法怪異措辭特殊的文字」而導致《混濁》一書不易理解。檢視拉黑子的文本，確實頻繁採取「多語併寫」、「夾敘夾譯」、「混語書寫」，以及時而單獨使用族語敘事，時而又與漢語交叉運用，偶爾再以阿美族式的語法、構詞，對於漢語的句法、語義、詞彙、音節進行重新置換或挪動，形成了曲線的閱讀障礙、意義的理解延宕；類似的多語或混語書寫方式與策略，事實上，對於研究者而言並不陌生，已有多位原住民文學的作家及其文本如此操作[15]。

　　值得注意的是，在梁琴霞看來，拉黑子並非有意識地、策略性的以族語去介入或干擾漢語的詞義結構，「或許也該感謝Rahic不完整的漢文教育與極為完整的族語教育，讓創作者與創作環境之間保持同等的平視態度」[16]；拉黑子首先是以族語思考，沉吟斟酌後，再以羅馬字拼音的族語書寫，「他最希望的是那看字的人能流利講出族語」，至於族語表述之後出現的漢語，則是因為他「不放心」而再寫上[17]，拉黑子且還「不放心」的是頻以邊頁加註的方式，協助讀者理解文本出現的阿美族語、特定的詞義、特殊的事物或歷史典故。

　　《混濁》之所以不易理解，並不是文本頻繁運用族語書寫使然，主要的原因在於他將港口部落阿美族人的歷史縱深（如一八七七年「大港口事件」）、社會組織（如男子年齡階級）、文化

---

[15] 對於原住民文學作家的多語或混語書寫，參閱本書第七章〈書寫的文字政變或共和？——台灣原住民文學混語書寫的意義考察〉。並可參閱陳芷凡，《語言與文化翻譯的辯證——以原住民作家夏曼・藍波安、奧威尼・卡露斯盎、阿道・巴辣夫為例》（國立政治大學台灣文學研究所碩士論文，二〇〇六）。

[16] 梁琴霞，〈野地裡的聲音〉，收於拉黑子・達立夫，《混濁》，頁六。梁琴霞文中提及的Rahic即是拉黑子，他在《混濁》的作者族語使用Rahic Talif。

[17] 梁琴霞，〈野地裡的聲音〉，收於拉黑子・達立夫，《混濁》，頁四。

符碼（如「精神山」、「站立者」）濃縮於抽象的隱喻之中，除非讀
者、學者先行具備對於港口部落阿美族的歷史認識、地方知識與文
化認識，否則總有意義的誤讀之虞。換個角度來看，其實這也正是
拉黑子的文學位置，及其文本價值的獨特魅力之處，畢竟他不是撰
寫關於花蓮縣豐濱鄉港口部落的文化觀光導覽手冊；再次借用梁琴
霞的話來說：

> 這麼多不同範疇的篇章，或長或短，或以詩、散文，或以近似
> 短篇小說的形式書寫，皆是企圖將部落族人的生命樣貌、信仰
> 價值、思想情緒與處世態度等等，以文字的方式做細緻呈現，
> 同時藉書寫過程進行自身反省。[18]

　　拉黑子的《混濁》透過每一篇看似各別獨立，卻又彼此串接為
意義脈絡的詩、散文、小說的敘事類型，一方面譯寫構成部落生
命史肌理的口傳神話、傳說、故事以及歷史事件，另一方面敘寫
支撐個人生命史的童少記憶、勞務參與、耆老話語以及部落公眾事
務的體驗。對於拉黑子來說，他之所以能從港口部落的地文、水
文、人文的知識共構系統，取得雕刻或書寫的元素，起初至少經歷
了八年的摸索學習階段。　九九　年返回部落定居的拉黑子，曾在
一九九九年的演講表示，「這八年來在創作過程中探索所謂原住民
的藝術，我翻了相當多的書，問了很多人，也跑了很多地方」：

> 剛回到部落時對原住民阿美族的雕刻非常模糊。第一次拿到雕
> 刻刀時，別人問我「為何要雕刻，阿美族有雕刻嗎？好像只有

---

18 梁琴霞，〈野地裡的聲音〉，收於拉黑子・達立夫，《混濁》，頁六。

排灣、魯凱或卑南族有，阿美族沒有雕刻……」，聽到這種話
真的很難過，甚至要去參加任何雕刻比賽時可能都無法參加，
因為我作品不被視為原住民雕刻。[19]

決定從台北遷返部落定居之前，拉黑子不僅是對「原住民阿美
族的雕刻非常模糊」，也茫然於自己的生命方向，整個部落也像是
個步履蹣跚的衰老身軀，「那年，是我內心最複雜的時候。對自
己、對未來、對部落都茫然……我似乎找不到自己，很無力。我對
自己說，我們真的沒有了嗎？我不知道我要找什麼？」[20] 在收錄於
《混濁》的憶往散文〈方向〉之中，拉黑子以平實的語詞、舒緩的
節奏，敘述了他的生命走向之所以有了大翻轉，開始於一場偶遇；
他在部落茫然行走時，偶遇了老頭目勒加·馬庫（Lekal Makor，漢
名：許金木，一九〇八～二〇〇三）[21]，拉黑子敘述：

---

[19] 季·拉黑子（劉奕興）主講，〈原住民藝術創作的現代化〉，收於林宜妙等編輯，
《太陽門下的夢想家——原住民文化工作者田野應用手冊㈣》（台北：山海文化，
一九九九），頁三一。

[20] 拉黑子·達立夫，《混濁》，頁五八。

[21] Lekal Makor是台灣原住民族的傳奇人物，行誼略以「Lekal Makor港口部落前任頭
目。一九〇八年九月十五日生於大港口，為Cilangasan氏族。出生時命名Lekal，其
父名為Makor，因此全名為Lekal Makor。年幼時因家人發現其身形如南瓜般結實，
又取名Tamorak（南瓜）。日治時期更名竹山，國民政府時代又更名為許金木。
十六歲入年齡階級，因學習能力強，表現優異，深受長輩器重，又因各方面表現突
出，成為部落年齡組織之重要意見領袖及部落公共事務之靈魂人物。七十四歲由前
任頭目與部落推舉為頭目，任期至去世為止共二十二年。老頭目不論是在山林海洋
的傳統領域裡，或是在口傳歌謠的傳唱與講述，一直致力於族群文化之承傳。二
〇〇三年六月十八日，享年九十六歲，於家中逝世」，引自拉黑子·達立夫，《混
濁》，頁二二三。關於老頭目生前受訪的身影話語、詳細的生平資料，可參「藤
文化協會」製作的「部落的智者 Lekal Makor 紀念影展」（http://www.realpangcah.
net/2003Lekar/）。

有一天我看見他的身影，有種力量吸引我，我靠近他，從他的
側面看他，他突然說話。他說，「前面的蘆葦為什麼長得很
快，我都看不到田了，而我的駝背也沒辦法伸直了。這些孩
子再不回來，我根本看不到海了。孩子們再不回來，我走過的
路，你根本也找不到，因為都是被草蓋住了。回來吧！……再
不回來就找不到回家的路了！因為沒有牛吃草。」講時微微笑
著。[22]

老頭目的悠悠話語，聽得拉黑子的心緒波瀾；遷返部落定居之
初，拉黑子獨自摸索、閉門苦思著什麼是「原住民」？「阿美族的
雕刻」又是什麼？如同為賦新詩強說愁一般，拉黑子的身體回到部
落，心靈與雙腳以及汗水卻未貼溶於部落的泥石之內。閱讀《混
濁》多篇微沾懺悔況味的憶往文字，不難清楚發現在拉黑子遷鄉之
後、老頭目去世之前的那段時日，老頭目Lekal Makor提振了拉黑
子的生命、提示了拉黑子的心靈，也把年齡組織的運作意義提升到
精神哲理的層次，傳授予拉黑子。事實上，《混濁》全書，幾乎就
是環繞著拉黑子對於老頭目的感念、懷念以及闡釋的脈絡，幅射而
出。

換句話說，老頭目Lekal Makor就是《混濁》敘事的核心意
象。對於拉黑子來說，「他是我的依靠」[23]，對於更多的港口部落
阿美族人來說，老頭目既是實體的存在，也是精神的象徵；他是以
前的青年之父，也是永遠的青年之父，他是守望部落的精神山。回
到《混濁》的文本脈絡，拉黑子使用相當多的譬喻、意象以描述、
勾勒老頭目的生命樣態或精神隱喻，箇中最為頻繁出現的關鍵詞

---

22 拉黑子・達立夫，《混濁》，頁五九。
23 拉黑子・達立夫，《混濁》，頁五八。

語，就是「站立者」（tireng）：

> tireng站立者是站立與身體的意思。那能站立的形體必然是身
> 體，當tireng由口中說出，聽者意會到的是一種能仰望而視、
> 堂堂正正的站立姿態，與清明驚醒的堅毅不惑身軀。站立者的
> 出現是因為前一位站立者的存在，而前一位站立者之所以能在
> 口傳中被代代相傳，正因為這位站立者的出現。一代一代踩在
> 巨人肩膀上的站立者，有一天也會成為後一位站立者踩踏的肩
> 膀。[24]

　　不論是在拉黑子的文本，或是港口部落阿美族人的認知中，
「站立者」都不是一組去脈絡化而單獨存在的語詞，也不是只被抽
象思考的概念。「站立者」指涉的並非超凡入聖的英雄人格特質
（根據拉黑子的描述，老頭目的眼睛很少眨，眼珠很少動，就是注視，
單純地注視，像動物一樣）[25]，在阿美族的港口部落，「站立者」之
被肯定、確認而出現，首先聯結於男子年齡階級組織的運作機制，
再是身體之於部落公共事務的勞動參與。前者，「站立者」必須在
年齡上、品性上與功績上，至少具備男子年齡組織青年之父階級的
資格，如此才可在海祭、豐年祭的歲時祭儀廣場「站在羽毛的正中
央」[26]；後者，青年之父階級的取得，並非隨著年歲漸增而自動升
級，因為「那能站立的形體必然是身體」，唯有投入部落公共事務

---

[24] 拉黑子・達立夫，《混濁》，頁二一八。

[25] 拉黑子・達立夫，《混濁》，頁二〇八。

[26] 年齡階級中，青年階段的第一級到第五級參加祭儀時佩戴鷹羽頭飾或禮冠；當上青
年之父階級的領導者，站在部落的正中央，猶如站在羽毛的正中央，發號施令，
是所有舞者停止跳躍時注意的對象。拉黑子・達立夫，《混濁》，頁一八九、二
〇〇。

勞動參與的身體，才能讓「身體詮釋了明白⋯⋯身體在部落的心靈
／身體讓部落再傳唱」[27]。

　　透過「前一位站立者」老頭目的生命示範，如今拉黑子也已站
立在「後一位站立者」的位置之上，不是經由繼承，而是一次又一
次部落公共事務的身體參與勞動：

　　　　我喜歡在中午的十一點到兩點，行走海邊，撿拾漂流的木
　　　頭。太陽愈烈，我扛的木頭愈重。我心裡想著部落取得木頭的
　　　辛苦，現在我在海邊這樣的搬運，又算得了什麼呢？
　　　　我幾乎溯盡所有的山林溪水，每一次溯入源頭時，我就又一
　　　次次發現木頭真正的生命——而我自己呢？我該如何在學會了
　　　這環境裡的一切時，再分享給其他族人呢？[28]

　　烈日之下，忍受腳底踩踏礁岩的炙痛，拉黑子在海邊撿拾、扛
回的漂流木，並不完全是為自己的雕刻媒材之用，主要是在重新
啟動「木頭真正的生命」以分享部落及族人。二○○三年九月，
拉黑子與部落青年們，共同在部落建造一棟創新形式的古房舍
（tikar），希望能將古老精神在現代空間機制裡發揮創作，這棟空
間建築在二○○四年夏季完工，命名為napololan，站立者之屋[29]。
在題為〈napololan 集結的所在〉的詩句中，拉黑子敘寫napololan

---

[27] 拉黑子・達立夫，《混濁》，頁二○七。

[28] 拉黑子・達立夫，《混濁》，頁五六。

[29] 港口部落的海岸阿美族人在以往建造集會所的房舍（tikar），必須動用整個部落
　　年齡階級組織的力量，在mama no kapah青年之父的領導下，上山或至海邊取得建
　　材，尤其是各式橫樑（最常可達十二公尺以上）、立柱（最高可達六公尺以上）、
　　藤與茅草的取得，皆是由青年階段的八大年齡階級負責，同心協力、分享榮耀，才
　　能完成建造家屋的工作；引自拉黑子・達立夫，《混濁》，頁五六、八八。

（站立者之屋）建造過程的族人分工與意義：

　　是大地的線把人連接起來，

　　是女性的線把所有人的衣服織起來，

　　是線把人的思維連接起來，

　　是母親的手把苧蘇線線綑起來構成polol。

　　古老的傳說，站立者的位置是napololan，

　　是溯源、思考、

　　反省、創造、

　　集結、對談、學習、

　　訊息與傳達的所在。[30]

　　napololan（站立者之屋）的建造、完工之時，那位被部落所有族人暱稱為「阿公」的老頭目已經去世了。透過這棟屋舍的完成，老頭目與拉黑子、部落的生命產生更為深沉緊密的連結。題為〈站立者〉的詩中，拉黑子寫下：

　　站立者，

　　是部落的依靠

　　是部落的建築

　　你的站立，是我們的方向，

　　代表著每一枝箭竹，站立在那裡。

　　讓napololan空間有了安全的感覺，

　　讓內外的人連接起來。

　　孩子們令人感動，是明白的人。

---

[30] 拉黑子・達立夫，《混濁》，頁八八。

這樣的感動，想起阿公，

因為站立者出生在napololan。[31]

　　拉黑子與老頭目Lekal Makor之間的互動情誼微妙，親近而不親暱。透過老頭目的講述，拉黑子貼近歷史現場、知悉一八七七年「大港口事件」[32] 對部落生命的衝擊影響，「記憶，永遠是記憶／不知有多少族人記得／這記憶是紅色的」[33]；對於部落的新生世代孩子們，老頭目也是溫暖的歷史知識講述啟蒙者，「孩子的記憶裡／站立者是回家的第二個理由／每年ilisn／孩子們回來／從站立者身上看到過去／從他的身上看到精神」[34]。事實上，拉黑子對老頭目敬之、親之，卻也畏之，總覺得自己在部落還做得不夠多、不夠好，「我不常去站立者的家，因為做不好部落與自己的工作，很怕見到他，不知道要跟他說什麼。如果去找他，都是因為我要請教，或是帶人去拜訪……，我不敢再找他」[35]。

　　老頭目把拉黑子找來了。二〇〇三年，九十六歲的阿公病衰，他喚來拉黑子，叮嚀最後的三件事：

---

[31] 拉黑子・達立夫，《混濁》，頁九二。

[32] 「大港口事件」亦稱Cepo'事件（Cepo'為港口部落的族語舊稱）。一八七七年，部落族人不滿清軍將領吳光亮藉故率兵來犯，部落的青年階層八大年齡階級群起反抗，兵敗而遭屠殺，族人四散奔逃，數十年之後才陸續返回故居部落。「大港口事件」始末，可參考蔡中涵、莊雅仲，《原住民部落重大歷史事件——大港口事件》（台北：台灣原住民文教基金會，二〇〇一），頁一三六～一四一；書中的附錄，即為老頭目與拉黑子的問答逐字稿。

[33] 拉黑子解釋「記憶是紅色的」一詞為口傳敘述裡，Cepo'勇士因Cepo'事件死亡人數多達千人以上，族人與清軍作戰時，kapah（進入年齡階級組織的青年）受傷死亡的鮮血染缸了秀姑巒溪。拉黑子・達立夫，《混濁》，頁二四四。

[34] 拉黑子・達立夫，《混濁》，頁二〇五。

[35] 拉黑子・達立夫，《混濁》，頁二二八。

　　你以後不要再來找我了。我有三件事要告訴你，這是最後的
話。

　　第一件，現在有美國人、大陸人還有其他的人。這世界很
大，阿美族的想法要改變，因為這個土地不只是阿美族的了。

　　第二件，我最難過的事情，我們非常重視女性。為什麼我們
的女兒嫁給漢人，名字會冠夫姓？我們的女兒嫁出去以後，阿
美族的人就好像少了一半。

　　第三件，我最擔心的，我們的孩子為什麼都不會說母語？如
果我們的母語沒有了，我們就消失了。

　　這是最後的三件事，你自己去想。[36]

　　拉黑子寫下老頭目的最後叮嚀，讀來，讓人低吟。衰老躺下的
站立者，掛念著海岸阿美族人該要如何站起來；但是，「你以後
不要再來找我了」，對於拉黑子來說，老頭目的話語不是絕情的
告別，因為他就將是部落的青年之父，「最後的三件事」是那些踩
踏在前一位站立者肩膀上的拉黑子們，所要承擔、思考並面對的功
課。

　　老頭目逝去，拉黑子沒有悲痛哀泣，他寫下〈承諾〉：「站立
者，活了一個世紀，看著部落的變化。為了祖先、為了承諾、為了
這個部落，你將永遠站立在部落族人的心中」[37]，似乎是將老頭目
曾經許過的承諾，轉化而成自身今後的生命承諾；他也寫下〈站
立‧位置〉，確認今後的生命站立方位：

---

[36] 拉黑子‧達立夫，《混濁》，頁二二九。

[37] 拉黑子‧達立夫，《混濁》，頁二一八。

活在老者的位置

身體的站立在傳說

你的站立無形

聲音建構有形的位置

我的身體讓他站立

孩子有了位置

你的站立是因為前人的位置

讓你發現這個世界

我站在他站立的所在

永遠傳唱[38]

　　代代的港口部落阿美族人，傳唱著代代「站立者」的生命之歌；「站立者」的生命，既是實體的存在，也是精神的象徵。站立的位置何在？拉黑子的回答有著童謠一般的旋律，很簡單、很直接，也很素樸：

　　海洋是我們的生命是文化的源頭

　　這裡有條秀姑巒溪，是部落文化的泉源。

　　我站立的位置是我取水的地方。我家有大海，廚房有清澈的

　　水。我家後面

　　有母親的菜園。我家有大海的孩子。[39]

---

[38] 拉黑子・達立夫，《混濁》，頁一○三。

[39] 拉黑子・達立夫，《混濁》，頁一九八。

綜合上述，扣緊了拉黑子的敘事核心意象——「站立者」的雙重意涵，《混濁》裏覆的港口部落阿美族文化符碼，或許也就不再迷離而晦澀了；必須指出，《混濁》的敘事元素豐富，文本構成的意義網絡繁密，本章的論述切入點僅只進行主題式的片面探討，但也確認拉黑子的文學值得更多其他專業領域的學者參與研究解碼。

沙力浪的尋鹽之途

沙力浪的詩集《笛娜的話》是二〇一〇年獲得花蓮縣文化局主辦「獎勵及出版地方藝文資料計畫」的審查通過出版，收錄他二〇〇〇年之後在大學校園求學階段書寫、發表或得獎的四十八首詩作。全書共分兩輯五篇，第一輯的四篇主要以漢語書寫（偶爾攙雜族語），篇名依序為「山上」、「山下」、「部落」及「風雨」，輯錄詩作四十三首；第二輯未列篇名，收錄五首以族語書寫、漢語隔頁對照的詩作。

《笛娜的話》是沙力浪的第一本詩集，這些多是書寫於「三十而立」之前的校園青春詩作，對於詩的語言錘鍊技巧，固然多少難掩青澀況味，但是一路閱讀下來，總是隱約覺得詩句之內棲息著一個老靈魂，時隱時現。想來，青春年歲寫詩的沙力浪，總是要跟老靈魂糾纏，當是寫得很辛苦吧？

之所以會有如此略嫌靈異的閱讀感覺，或許是跟詩人沙力浪的出生年代、書寫位置有關吧？一九八一年出生、成長於花蓮僻壤部落的沙力浪，其實是跟那當時喧騰於台北城區的原運，一點關係牽連都沒有；只是因為喜歡閱讀、愛好創作，又對原住民族的歷史好追問，初試寫詩的沙力浪，一下子就把自己的創作題材、書寫感情拉到「原運世代」，甚至還比「原運世代」更為久遠的年代，驚擾了老靈魂，附身在他的青春心靈而化為詩。問題是，詩人的肉身活

在二十一世紀的當下，老靈魂不耐寂寞，總又顯靈於他的詩句。

　　棲息於沙力浪的詩文底蘊的老靈魂，究竟是為何方神聖，恐怕也得回到沙力浪《笛娜的話》的文本脈絡去找尋。

　　沙力浪寫於十九歲的第一篇獲獎詩作〈笛娜的話〉，顯示了在他的文學芽胞初萌之時，就把自我的生命位置、敘事對象，聯結於廣義的「笛娜」（母親）意象——部落、族群以及整個原住民族。整首詩以四段二十四行的詩句組成，前三段敘述在部落的童年浸淫於傳統而素樸的生活，「幼稚的智慧已發芽」，隨著年紀漸增、入學接受漢式教育，原住民的文化及語言在學校、教室遭到制約與禁制，因此「害怕　害怕／說出笛娜的話」。

　　類似沙力浪的遭遇，也曾顯影於大多數「原運世代」原住民文學作家的身上，泰雅族作家瓦歷斯‧諾幹描寫他的國中生活，「將自己深埋在一本本的自修書。我一直認為，書堆是一口深而黯的黑洞，他將我的熱情、快樂、自在、童年都逐日地吸盡，成為蒼白羞澀的失血少年」[40]。被歧視的民族、受傷的心靈尋求療癒，通常會有一股集體重返源初、貼近母體溫暖的文化衝動，沙力浪也不例外，他在最後一段發出祈求式的呼喊：

　　哦　　笛娜

　　再一次

　　用妳的話灌溉我

　　有如山羌遽然眨眨眼

　　擁在族人的懷抱裡　　自然的恩惠裡

　　赤著腳跟　　自由跳躍

　　向山林

---

[40] 瓦歷斯‧諾幹，《戴墨鏡的黑鼠》（台中：晨星，一九九七），頁三三。

向

山

林[41]

　　雖然詩句的意象青澀、斷行的技巧樸拙，沙力浪的文學生命出
發之作，就可窺出他向民族的老靈魂召喚、賜予溫暖，以能重新自
我整備文化心靈。如前的引文所示，〈笛娜的話〉獲獎，確實鼓勵
了沙力浪，「認真的去寫詩，開始用詩紀錄我的生活、我的部落、
我的族群」，但對一個剛滿二十歲、文學腺素分泌旺盛，卻又相對
欠缺生命經驗的布農族文學青年來說，光是依賴文學創作的衝動、
書寫技巧的操弄，並不足以承載民族老靈魂的歷史重量，甚至可能
出現類似中國古籍《淮南子・原道訓》所說的，「以神為主者，形
從而利；以形為主者，神從而害」[42]，我族的文化底蘊、我群的生
命樣態，淪為文學書寫技巧、形式的點綴配件。

　　顯然地，沙力浪也曾意識到這個問題；他以多年的時間自我豐
厚對於我族的歷史認識、我群的社會認識，包括以自修方式習得布
農族語的羅馬字記音拼寫能力，並在進入碩士班後苦讀原住民族文
化史、研讀艱澀的相關學術理論，頻繁返回部落進行田野調查。文
學書寫技巧、形式的磨鍊上，也能看到沙力浪創作了多篇勇於實
驗、敢於越界的多維度詩作，更重要的是他誠實反省、批判新生世
代原住民知識青年的學習態度、生命位置，以及文學書寫的功能，
例如〈旅外青年〉一詩：

---

[41] 沙力浪・達发斯菲萊藍，《笛娜的話》，頁三七～三八。

[42] 何寧，《淮南子集釋（上冊）》（上海：中華，二〇一〇），頁一七。

工地青年
一磚一瓦
砌出他者華廈大樓

板模青年
一釘一槌
築出他者101大樓

藝文青年
敲打中　是否也
建構出　族人
高不可攀的殿堂[43]

　　這首〈旅外青年〉不長，只有三段十行，卻也隱約幅射出了史詩一般的氛圍。除了偵測到了原住民青年因為殖民政治的權力介入驅迫、商業化資本主義的貨幣經濟誘導，致使族人主動或被動、集團式或個別性的移居、遷徙、離散及旅外，因而衍生「故鄉異鄉化／異鄉故鄉化」弔詭的疏離異化情勢；另一方面也反省了原住民的文學青年「以形為主，神從而害」的矯揉身段，貴族化的知識莊園、文學殿堂疏離於族人，卻也囚禁了自己。

　　也正是因為《笛娜的話》收錄他在大學校園求學階段書寫、發表或得獎的詩作，因而可以看到多篇沙力浪以多語併置的技巧，書寫置身於學院內新生代原住民「另類」飲食（包括西方的理論、學派、知識的術語）的多篇詩作，據以敘寫台灣原住民族歷史身影的

<hr>

43 沙力浪‧達发斯菲萊藍，《笛娜的話》，頁二九。

漢文史料典籍，以及各種市面販售的飲品，如何混雜而成新生世代
原住民的歷史記憶、文化想像與知識構成，例如題為〈三合一〉的
詩：

自調的三合一
米酒、咖啡、國農

混入
後世界（tastudalaq -kinuz）、後部落（asang-kinuz）
後物質主義（qaimangsut-kinuz）、後福特主義（vudut-kinuz）
後現代主義（laupaku-kinuz）、後卡拉OK（kalaOK-kinuz）
調製成　　混種性的酒

萎縮在邊陲的花蓮
吐出混種化的穢物[44]

另如，題為〈強碰〉的詩：

最初的酒杯
倒入
酸甜的小米酒

杯觥交錯中
換來
順口的《女性主義》紅酒

---

[44] 沙力浪・達发斯菲萊藍，《笛娜的話》，頁二五。

觥籌交錯中
又換來
馬克思調製的酒

思緒
產生了
猛烈的強碰[45]

　　沙力浪的詩作〈三合一〉、〈強碰〉，準確呈現了愈來愈多的
新生世代原住民（尤其是進入研究所的深造階段之後）在知識的「飲
食」內容及過程上，不時處於理論的焦慮狀態，恆常處於知識雜染
化的越界、移動與飄移，他們或者可能饑渴於學術知識的追逐，但
也可能因此而饑餓於我族文化的追覓；對於沙力浪來說，他終究還
是一個「尋找鹽巴」的布農族人，「失去原味的身分／一種淡淡的
憂慮　在唇上／被咀嚼於咽喉／那，失去鹽份的歲月／總在尋找鹽
巴中度過」[46]。

　　他的尋鹽之途，經常是踏上古道——文獻的、部落的。沙力浪
以雙眼閱讀日治時期人類學家寫下的史料、以雙腿親身踏勘故鄉的
山林溪河，再以布農族人的文化史觀／詩觀而重新摹寫、改寫或重
寫，創作了包括〈站在南大水窟上〉、〈森丑之助的行腳中遇見阿
拉〉、〈翻山越嶺至馬西桑〉、〈射速砲口逑史〉等多篇融塑地
文、水文與人文的詩作。

　　二〇〇八年取得碩士學位，顯示沙力浪已然逐漸豐厚了他對母
體文化的認識、知識及詮釋能力，文學書寫的面向上也愈發勇於實

[45] 沙力浪・達发斯菲萊藍，《笛娜的話》，頁二四。
[46] 沙力浪・達发斯菲萊藍，《笛娜的話》，頁一九。

驗、敢於越界，他在電腦網路架設了兩個個人的文學部落格[47]，透過數位化平台發出他的文學邀請函，並在詩的語言形式上，嘗試進行實驗式的多維度書寫，例如題為〈網路叢林〉的詩作：

```
<HTML>
<HEAD>
<TITLE>族人的發聲地</TITLE>
</HEAD>
<BODY>background="http://m3.ndhu.edu.tw/images/bunun.
gif"bgproperties=fixed>眾聲喧嘩的網路叢林中<br>部落的聲音
<br> <big>重返部落</big><br>狩獵權<br>文化權<br>是否能
以焚燒狼煙<br>傳達訊息<br>在未知的深山峻林中<br>重返
</BODY>
</HTML>[48]
```

　　沙力浪的〈網路叢林〉點出了一個不可避免的趨勢，以及可能出現的問題，亦即關於數位化時代的原住民族文化傳播問題。

　　〈網路叢林〉是一首無法朗讀，只供閱讀的詩作，但是閱讀之時又頻遇障礙，太多的電腦程序語言、代碼及亂碼，將原住民族的文化符碼團團圍住。倘若跳過電腦的代碼不讀，其實仍可讀出詩中的漢語詞意（沒有電腦的年代，原住民族的文化仍然可以傳播）；然而，置身於數位化傳播的時代裡，看似便利了原住民族的文化傳播，電腦網路彷彿成了另類「族人的發聲地」，但在部落裡年老

---

[47] 「沙力浪的山林」（http://blog.yam.com/salizansak）；「沙力浪的書寫」（http://blog.udn.com/salizan）。

[48] 沙力浪・達发斯菲萊藍，《笛娜的話》，頁二七。

的、清貧的族人，卻也可能因為「數位落差」（digital divide）[49]問題，真實面臨失聲之虞。

網路資訊的膨脹，不代表意義的增殖；孩子聽著電腦合成的聲音學族語，卻不常有機會握著耆老的手聽母語。人們常在網路裡迷路，發現他（她）輸入或連結的網址無效，「糟糕！Internet Explorer找不到……」。人們在電腦螢幕瀏覽、感動而以滑鼠按讚，但不保證站出來的行動參與。〈網路叢林〉一詩的寓意及衍義，很耐咀嚼。

〈遷村同意書〉的語言、形式及技巧，則是《笛娜的話》最為特異的創意之作。國家不當的山林開發政策，導致高山的原住民村落每遇地震、颱風或豪雨侵襲，總是面臨地層滑動、走山、崩塌的威脅，隨後則是遷村與否的問題。沙力浪採取亦莊亦諧的敘事手法，模擬官方的「遷村同意書」格式，通篇展現強烈的文學想像張力：

---

[49] 根據學者曾淑芬、吳齊殷的觀點，「『數位落差』簡單來說，就是存在於能否接近使用新科技的兩群人之間的差異……對於資訊接近使用的狀況，的確會隨著不同的收入、種族、城鄉發展狀況及教育程度而有所差異」；行政院研究發展考核委員會編，《台灣地區數位落差問題之研究》（台北：行政院研究發展考核委員會，二○○八），頁一三。

本人＿＿＿＿因為在山上種植地瓜、玉米、高麗菜、文化、習
俗，利用竹子蓋工寮，佔用了林務局的土地，阻礙了BOT的建
設，破壞了旅人尋找桃花源的夢，造成土石流，破壞國土等
重大事故，願意放棄祖先種的橘子、小米園、香蕉、記憶、傳
說、儀式；放棄經過千年與山、河、樹、風，錘鍊、凝聚出的
對話；永久喪失重返祖居地的權力，將「家園」完全交給國
家，降限使用，以保障財團完成美麗的「私樂園」。
遷居地：1. □中南美洲
　　　　2. □不永久的「永久屋」
　　　　3. □「把你當人看」的都會區
　　　　4. □其他（平地不是我的森林）
　　　　　　立書人（戶長）：
　　　　　　戶籍地址：＿＿＿＿＿＿＿＿＿＿＿＿＿＿＿＿
　　　　　　現居住所：□同戶籍
　　　　　　□暫住＿＿＿＿＿＿＿＿＿＿＿＿＿＿＿收容中心[50]

　　沙力浪的〈遷村同意書〉透過現實及虛擬交叉的敘事手法，一
針入脈式的點出了國家山林開發政策、遷村配套措施，以及政客談
話內容的荒謬況味。一九八〇年代之後台灣山林、海濱及離島的原
住民部落，逐漸被吸納進入商業資本的積累空間、日常生活的休閒
網絡之後，相當程度是建築在扞格於原住民族的部落生活機能、土
地歷史記憶的市場貨幣經濟體制之上。原是各族群、各部落原住民
傳統生活領域世居的聚落區域，普遍面臨了地文、水文及人文的結
構性撕裂變貌，不僅個人的生命價值觀逐漸溶解於貨幣經濟之中，

---

[50] 沙力浪・達发斯菲萊藍，《笛娜的話》，頁二四。

往昔用以維繫部落的倫理規範機制亦漸崩裂，處處沾染資本主義模式的商業化庸俗油彩。二十一世紀之後，原住民的部落族人，甚且因為天災（人禍？）而在「遷村」問題上，一再面臨政商權力的傲慢對待。〈遷村同意書〉固然諧擬，箇中蘊含的批判力道卻是頑韌的。

拉黑子、沙力浪以一本文集，展現而出的文學書寫實力與潛力，後勁可期。拉黑子、沙力浪的出生年代不同、族裔文化不同、生活空間不同，文學的書寫對象、內涵及創作位置也有差別，但是，兩人都將自我的生命史溶入於部落的生命史，皆以嫻熟的族語、素樸的語詞，敘寫他們對於那些年的那些人、那些事所曾烙印下來的生命經驗、生活情感，透過文學性的書寫表述而懷念已往、沉吟當下、想像未來。再者，花東縱谷地區在花蓮就有阿美族、撒奇萊雅族、太魯閣族、賽德克族、噶瑪蘭族、布農族等六個族群的傳統領域，允為含括台灣原住民族別數目最多的單一行政區域，或許可以如此期待著，花蓮地區原住民文學的未來構圖，將是可以期待的妍麗。

附 錄[*]

地牛踩不斷的番刀

——試論九二一地震前後的瓦歷斯・諾幹部落書寫策略轉折

* 本文收於路寒袖主編,《台中縣作家與作品論文集》(台中:台中縣立文化中心,二〇〇〇),頁二三五～二七一。原文的論述架構、論點保留,僅就錯別字部分進行修改。

部落：說話主體的容器

　　這是一座極小極可愛的泰雅族部落，雖然僅僅離開山城小鎮才十三公里，但它小得令人隨時都可以被遺忘，可愛地卻讓認識它的想緊緊擁著，像離不開將別的戀人般。[1]

　　直到自覺著血管裡奔流泰雅族熱烈的血液後，我對土生土長的Miexo部落（日據時代稱「埋伏坪」，今稱「雙崎」，屬和平鄉）才懷抱著無盡的追戀與遐思。到現在，我也可以無懼於自稱是泰雅族人，並且以這個名為榮。[2]

　　我大約在三十歲才開始逐漸認識自己的部落。三十歲以前，我像一縷幽魂蕩漾在每一座不知名的城市……三十歲以後，我的靈魂逐漸有了具體的血肉，它也不再遊蕩在不知所以的角落。[3]

　　我喜歡在典籍中耙梳歷史對埋伏坪的記錄，字裡行間透露著平凡而真實的族人的興衰；我喜歡來到族老家中，聆聽族人對土地的恩怨情仇……我喜歡所有的人都開始認識屬於自己的「埋伏坪」，通過被喚醒的記憶，使我們正視腳踩的每一畝土地。[4]

　　地動為我們的部落開了一次巨大的玩笑，它將沿大安溪畔的山巖南北切掉五至十公尺，原來的樹叢紛紛墜落溪谷，當下的視野一目了然，你可以將眼睛伸到卓蘭鎮，天氣好的話，甚至

1　柳翱（瓦歷斯・尤幹），《永遠的部落》（台中：晨星，一九九〇），頁一〇一。

2　瓦歷斯・諾幹，《戴墨鏡的飛鼠》（台中：晨星，一九九七），頁二五。

3　瓦歷斯・諾幹，《番人之眼》（台中：晨星，一九九九），頁一一二、一一四。

4　瓦歷斯・諾幹，《番人之眼》（台中：晨星，一九九九），頁一七一。

可以伸到中山高速公路旁的火炎山。[5]

　　上摘的五則引文，盡皆出自泰雅族作家瓦歷斯‧諾幹的著作，依照出版時間排列，依序是一九九〇年九月以筆名柳翱出版的第一本散文集《永遠的部落》、一九九七年一月以族名瓦歷斯‧諾幹[6]出版的散文集《戴墨鏡的飛鼠》、一九九九年九月以族名瓦歷斯‧諾幹出版的散文集《番人之眼》，以及九二一大地震之後的一九九九年十一月，以族名瓦歷斯‧諾幹出版的詩集《伊能再踏查》。十年以來的寫作、出版時歲，「部落」成為瓦歷斯文學的中心意象。

　　從一九九〇年到一九九九年的這十年來，瓦歷斯‧諾幹的作家之名，曾有三度轉折──柳翱、瓦歷斯‧尤幹、瓦歷斯‧諾幹──即使是在部落的漢譯名稱上，瓦歷斯也曾使用三種羅馬拼音來呈現──Miexo、Mihuo、Mihu；這樣的轉折呈現，出自一個共通的理由：部落作為瓦歷斯‧諾幹「說話主體的容器」，為的是想溯回泰雅的原愛[7]，那個屬於母性空間的「子宮」（womb）。

---

[5] 瓦歷斯‧諾幹，《伊能再踏查》（台中：晨星，一九九九），頁二〇四～二〇五。

[6] 柳翱的筆名係瓦歷斯‧諾幹就讀台中師專（台中教育大學的前身）參加「慧星詩社」之時所取，直至一九八五年原住民身分意識覺醒，並從友人鄧相揚的建議，遂捨筆名柳翱、漢名吳俊傑不用，恢復以族名瓦歷斯‧尤幹從事創作，另在一九九四年夏天邊回部落定居，遵循泰雅族父子聯名的傳統，父親健在之時，長子名字的母音改為N音，故將沿用已久的瓦歷斯‧尤幹（Walis Yugang）改為瓦歷斯‧諾幹（Walis Nogang）。

[7] 重回泰雅是為回到原愛，在瓦歷斯‧諾幹的十本著作之中，隨處可舉相關文字以為佐證，例如「是的，我該回去了，作為一位教師，就該好好的教導部落的學童，就學學雨水如何豐沛大地，森林如何護衛走獸，聽聽山的胸膛鼓動的心跳吧！」；瓦歷斯‧尤幹，《山是一座學校》（台中：台中縣立文化中心，一九九四）。「我知道，只有回歸到生死共的土地上，屬於泰雅的血液才得以清晰而無阻地流動著」；

　　部落作為一個地理空間，直接連帶於當地住民的身分認同，這
不是什麼學術上的真知灼見，而是屬於俗民日常生活的共通常識，
但在另一個常識範疇的經驗事實也告訴我們，部落所提供給原住民
身分認同的黏稠效力，是被許多文化控制力量所切割的，瓦歷斯‧
諾幹不就曾經坦承，「我大約在三十歲才開始逐漸認識自己的部
落。三十歲以前，我像一縷幽魂蕩漾在每一座不知名的城市」？

部落的地方感與感情結構

　　泰雅孩子何以竟成城市幽魂？至少在瓦歷斯‧諾幹的身上，曾
經有著那麼一股外在的文化控制力量在作用著，他說「教科書不再
記錄泰雅的歷史；教科書不再鋪陳泰雅精神的可貴；教科書不再記
載台灣這塊土地的人文」[8]；所以，三十歲之前的瓦歷斯，失卻了
部落記憶的真確時空感，「很自然地就成為『空心人』」[9]。

　　通過曾在瓦歷斯‧諾幹身上起作用的文化控制力量的理解，對
台灣的原住民族來說，部落作為提供原住民對土地的歷史記憶，以
此產生自我文化身分認同的實踐動源，從來就不是伸手可得、不辯
自明的便宜差事；歷史告訴我們，那是一段有關於「權力／知識」
的掙扎與拉扯的過程，這個過程還未走入終點（或許其實是根本沒
有終點）。

　　瓦歷斯‧諾幹，《戴墨鏡的飛鼠》，頁五〇。「回到原住民的愛，更讓我堅持愛台
　灣土地的人、事、物」；瓦歷斯‧諾幹，《戴墨鏡的飛鼠》，頁四四。「讓我們回
　到世居的所在／像河流溯回山林的窗前／讓雲豹棲息森林／像落葉融入根部底處／
　回到世居的所在／讓我們擦亮生鏽的名字／一如鷹隼擦亮天空的眼睛」；瓦歷斯‧
　諾幹，《伊能再踏查》，頁一九三～一九四。

[8]　瓦歷斯‧諾幹，《戴墨鏡的飛鼠》，頁三七。

[9]　同上註。

　　我們不能對這段過程的運作與發展，欠缺專注的、集中的理解；人們所生成、立足的地理空間，在其背後蘊含著地理的／權力的辯證關係，若當知識的形構過程抽離了「地方感」（sense of place）與「感情結構」（structure of feeling），其所養成的恰是瓦歷斯・諾幹所說的「空心人」，因此在對瓦歷斯的部落發聲策略進行探索之前，我們或有必要對揉雜著權力的／地理的空間論述，進行初步的耙梳。

地理空間決定身分認同

　　在西方學者傅柯、索雅與普瑞德有關權力和地理關係的空間論述中，都曾清楚指涉一項對等的論述命題：地理空間與自我身分認同的關係，乃是日常生活的實踐。普瑞德說得很清楚，「每一個行動和事件，始終具有時間和空間的屬性，以此形成個體的存在。透過時間——空間的主體（time－space subject）在日常的或是較長的觀察尺度上，一個人的一生可以被概念化和圖示化」[10]。

　　在普瑞德看來，地理空間乃是人類主體在日常生活實踐的客體，身體的經驗在此累積、公眾的生活在此開展、權力的施用也在此處流動，正如英國文化研究學者雷蒙・威廉斯（Raymond Williams）所指出的，這是一種在特殊地點和時間之中，「生活特質的感覺」。

　　威廉斯告訴我們，這種特殊活動的感覺方法，結合成為了思考

---

[10] Allan Pred. "Structural and Place: On the Becoming of Sense of Place and Structure of Feeling," in *Journal for the Theory of Social-Behavior*, vol, 13, No, 1 (March 1983). p. 45-68. 譯文參引艾蘭・普瑞德著，許坤榮譯，〈結構歷程和地方——地方感和感覺結構的形成過程〉，收於夏鑄九、王志弘編譯，《空間的文化形式與社會理論讀本》（台北：明文，一九九三），頁八三。

和生活的方式，威廉斯指出，「這種感覺……不是與思想對立的感覺，而是感覺到的思想，思想的感覺，是一種呈現當下的實際意識，具有活生生的、互動的連續性。我們將這些元素界定為一種『結構』：像是一個集合，有特定的內在關係，互相鎖結」[11]。

　　部落作為融塑瓦歷斯・諾幹「地方感」與「感情結構」的地理空間，應該是被視為部落發聲、文化復振等等整體複雜關係當中，不可分離的形構地基，而在部落所形成的思考和生活的方式，都是瓦歷斯的原住民視域所當下呈現的實際意識。

地理景觀的塑造與重塑

　　法國當代的空間社會學者，也是人文地理學者的昂希・列斐福爾（Henri Lefebvre），曾在他的知名論文〈空間：社會產物與使用價值〉當中，劈頭就說，「空間是一種社會關係嗎？當然是……空間裡瀰漫著社會關係，它不僅被社會關係支持，也生產社會關係和被社會關係所生產」[12]。

　　原住民的部落作為一個空間存在，自然是被複合多元的社會關係所糾纏瀰漫著，任何一項社會關係的根源都是不脫原住民的與非原住民的歷史、地理及社會利益的相互聯結。瓦歷斯・諾幹的原鄉雙崎部落，以及世居於此的泰雅族人，作為一種「社會存有」，若是借用索雅的話來說，乃是由三股力量加總作用而成：歷史的「歷史性（historicity）」、地理的「空間性（spatiality）」，以及社會的

---

[11] 引自 Allan Pred，同上註。

[12] Henri Lefebvre. "Space: Social Product and Use Value," in J. W. Freiberg (ed). *Critical Sociology: European Perspectives* (New York: Irvington. 1979). pp. 285-295. 譯文參引昂希・列斐伏爾著，王志弘譯，〈空間：社會產物與使用價值〉，收於夏鑄九、王志弘編譯，《空間的文化形式與社會理論讀本》，頁二〇～二一。

「社會性（sociality）」。在索雅提供的這項認識論之下，我們可以這麼說，雙崎部落之為泰雅族人的生活世界，「不僅是歷史的創造，同時也是人文地理學的建構、空間的社會生產，以及地理景觀不曾歇止的塑造與重塑」[13]。

綜合上述，當我們探索瓦歷斯・諾幹在九二一大地震前後的部落發聲策略轉折之時，自然無法將瓦歷斯的文學書寫，抽離於他對部落生活的歷史性、空間性與社會性的考察與實踐，這股意義不因大地震而有鬆軟，畢竟部落生活歷史的創造也還關聯在「地理景觀不曾歇止的塑造與重塑」。

尤為重要的關鍵所在，乃是瓦歷斯・諾幹不曾遺忘去暴露、去考察原住民部落在台灣政治、經濟、文化力量交纏底下被擠壓的社會位置；在這項工作上，瓦歷斯不是一位哀哀求憐的災民，反而是像傅柯在名為「地理學問題」（Questions on Geography）的學術訪談當中所說，在書寫論述對空間意義的標重，乃是一種「策略性的」（strategic）、「鬥志昂揚的」的思想表徵，以此作為政治實踐的地域和議題；傅柯說，「如果使用空間、策略的隱喻來解讀『權力』論述，則讓我們能夠精確地掌握到論述在權力關係的基礎之中、之上的那些轉變點……對於論述現實的空間化描述，有助於對權力的相關效果分析」[14]。

經由上引諸家稍嫌絮叨的空間論述，我們或可得出這些西方學

---

[13] 轉引自愛德華・索雅，殷寶寧、王志弘、黃麗玲、夏鑄九等譯，〈後現代地理學和歷史主義批判〉，《台灣社會研究》季刊第一九期（一九九五年六月），頁一～二九。

[14] Michel Foucaul. *Power/Knowledge* (New York: Pantheon, 1980). pp. 55-62. 譯文參引米歇爾・傅柯著，王志弘譯，〈地理學問題〉，收於夏鑄九、王志弘編譯，《空間的文化形式與社會理論讀本》，頁三九一～三九二。

者所企圖揭示的結論：地理空間的認同，構成了個人認同的效果，但這並非伸手可得的桌上之柑，而是得要集中精神、專注理解權力躲在知識背後作用的斧痕，所以這也是解構權力的策略性政治實踐，借用社會學者趙剛的話來說，「是以反思、參與、溝通等過程所時刻維繫的，它充滿了各種的改變現狀的可能性，是前瞻性的、討論的、行動的、與歡愉的，而非回顧的、緘默的、信仰的、與妒恨的」[15]。

　　以下的文字，我們將要進入瓦歷斯‧諾幹在九二一大地震前後，所曾出版或是尚未結集的作品文字，檢視他的書寫發聲策略是如何著根於、如何轉折於部落生活的土地歷史記憶？

大地動之後的雙崎部落

惡夜闖出的地牛

　　一九九九年九月二十一日的凌晨一時四十七分十二點六秒，夜未眠的台灣人民，驚駭於一場突如其來的天搖地動，直覺告訴他們，這將會是一個被歷史所記載的惡夜。

　　餘震未歇，中央氣象局地震測報中心發出「○四三號有感地震報告」，證實了人們的驚駭直覺是正確的。

　　不帶感情的數據報表，如此載寫著：「地震時間：民國88年9月21日1時47分12.6秒；震央：北緯23.85°、東經120.78°；震源深

---

[15] 趙剛，〈新的民族主義，還是舊的？〉，《台灣社會研究》季刊第二一期（一九九六年一月），頁一～七二。

度：1.0公里；規模：7.3；相對位置：日月潭西南方6.5公里」[16]。

　　一目了然的地震報告，上頭寫著「集集大震」，卻也飽含著難以數計的人民挫痛。統計資料顯示，因為車籠埔斷層活動，地層錯動長達八十公里，估計造成二千四百一十三人死亡，一萬一千三百零五人受傷，房屋全倒五萬零八百五十戶，半倒四萬六千五百三十八戶，未認定有爭議八千三百一十五戶。

　　每一位人民的死亡，都有著骨肉分離的慟；每一戶屋舍的傾倒，都有著家破人亡的悲。如此沉痛、如此沉重的震災故事，自然不是筆者所能負荷的，亦非這篇單薄的文字所能處理，我們所要探討的是，若以總人口比例來換算，原住民在集集大震的傷亡程度，不比其他族群來得低。

地動給雙崎開了大玩笑

　　根據行政院原住民委員會的調查，總人口數約有三十八萬一千一百七十四人的原住民[17]，在集集大震當中不幸罹難有二十七人，受傷二十五人，失蹤十六人，房屋全倒八百三十六戶，半倒八百六十四戶，災區廣布南投縣的仁愛鄉、信義鄉，苗栗縣的泰安鄉，台中縣的和平鄉，總計六個部落有急迫危險，若遇豪雨應立即疏散民眾，原住民委員會建議「有遷村的必要」，其中包括瓦歷斯‧諾幹的原鄉，台中縣和平鄉自由村的雙崎部落。

　　雙崎部落屬於台中縣和平鄉自由村的三個部落之一（另外兩個部落為三叉坑、烏石坑），東臨雪山山脈底、西濱大安溪的小台地。全村居民八○％為泰雅族人、一五％閩南漢人、其餘族群五％，約

---

[16] 引自中央氣象局網站（http://www.cwb.gov.tw/V7/index.htm）。

[17] 這項原住民九族人口統計數，係由行政院原住民委員會一九九六年底調查統計所得，詳見台灣原住民文教基金會編，《跨世紀原住民政策白皮書》（台北：台灣原住民文教基金會，一九九八），頁二一。

二百五十戶、常住人口約六百人，雙崎部落約一百二十戶，約有四百人。

「地動為我們的部落開了一次巨大的玩笑，它將沿大安溪畔的山巖南北切掉五至十公尺」，瓦歷斯‧諾幹在震後出版的詩集《伊能再踏查》的後記當中，這樣寫道[18]。

事實上，這個「巨大的玩笑」包括了：死亡三人、重傷四人、七〇%以上的住屋不堪居住、臨靠大安溪的崖壁崩落五至十公尺、下部落地面出現三條東西向斷痕，部落下方觀音溪沿林務局雙崎工作站一線嚴重走山，農地、林地、耕地流失甚鉅，可以說是這次災變受損最為嚴重的山地部落之一。

除此之外，部落的公墓因為地層滑動，導致墓地裸露，先人骨骸外曝，也將引發日後安葬空間不足的問題；民生供水問題的嚴重性，也使震後的雙崎部落日常生活，愈見窘迫；雙崎部落在集集大震之前，使用簡易自來水設備供水，部落並設有「自來水管理委員會」，以每戶每月一百五十元的收費維護簡易自來水，雖有農用灌溉的爭議，所幸都能適時解決供水問題，僅在雨季來時，自來水湧出黃濁色的水流，但在地震之後因為水源走山、崩塌而斷水，緊急以簡易接水方式供應飲用水，飲水衛生與飲水用量均顯不足，加以旱季將臨，目前分兩段放水，農用灌溉則付之闕如，影響日常民生、農林生產至鉅。

地牛踩斷土地認同的線索？

地牛翻身的地動給雙崎部落開的「巨大的玩笑」，還包括一口氣製造了許多失業人口，由於部落東面的土石流，造成山地保留地、林班地、農地的流失，不僅部落的經濟生產損毀，等待收成的

---

[18] 瓦歷斯‧諾幹，《伊能再踏查》，頁二〇四。

農產品損失不皆，也讓不少泰雅老人到了臨老之際，卻要嘗受「失業」之苦，例如瓦歷斯‧諾幹的父親「看著山腰上的果園被地牛整得好累的情景，父親還坐在地面上瘖啞地哭上一個下午才回家」[19]。

集集大震對瓦歷斯‧諾幹所開的「巨大的玩笑」，在於構成他的文學生命主幹的部落書寫，面臨了歷史記憶恐將驟然斷裂之虞；那些原是構成雙崎部落的地理景觀，飽含歷史意涵的山林溪谷，都在大地動之後不見了，或者變貌了，這個玩笑真是開得太大了，因為賴以提供身分認同的地理線索，不是消失了，就是傾斜了。

這對三十歲之後才開始逐漸認識自己部落的瓦歷斯‧諾幹來說，真像是把靈魂抽離出真實的、具體的血肉之外[20]，他曾在一篇論述性的文字當中提說，部落生活的土地認同，是他學習做個泰雅的阿基米德點，「透過瞭解自身居住生存的空間以往曾經流動哪些歷史事件、感人事蹟，不正是對自我認同的一個開端與啟蒙？」[21]

瓦歷斯的部落發聲三轉折

我是不是一位浪人？

自從一九七六年嘗試寫詩至今，瓦歷斯‧諾幹的文學書寫已有

---

[19] 瓦歷斯‧諾幹，〈散步在原鄉〉，《台灣日報》副刊（二〇〇〇年四月一日）。

[20] 「我大約在三十歲才開始逐漸認識自己的部落。三十歲以前，我像一縷幽魂蕩漾在每一座不知名的城市……三十歲以後，我的靈魂逐漸有了具體的血肉，它也不再遊蕩在不知所以的角落」；瓦歷斯‧諾幹，《蕃人之眼》，頁一一二、一一四。

[21] 瓦歷斯‧諾幹，〈地名、口傳與國家統治的變異——以泰雅人Vai Beinox（北勢群）為例〉，收於林松源主編，《首屆台灣民間文學學術研討會論文集》（彰化：磺溪文化學會，一九九七），頁三三四。

將近二十四年的光景，筆者曾經詢及瓦歷斯，雙崎部落是在何時成為他的文學家園？結果在思索好一陣子之後，他卻笑稱，「不可考」。

其實，答案不難尋；根據瓦歷斯‧諾幹整理的寫作年表[22]顯示，他是在考上台中師專的第二年，也就是一九七六年嘗試寫詩，之後長達十年的時間，瓦歷斯或寫小說、或去服役、或在花蓮縣富里國小任教，總以筆名「柳翱」寫些「與學童書」、「學童記載」的系列詩作，原住民的文化身分意識既未醒覺，又如何能夠堅實地以部落為文學發聲基地？

瓦歷斯‧諾幹在文學書寫上「發現」自己是原住民，台中師專的漢人學長林輝熊，有著喝醒之功。在一次接受筆者的訪問時，瓦歷斯述說了這段過程，原來在他的系列詩作「與學童書」、「學童記載」逐漸完成之後，發現自己好像沒什麼題材可以寫了，於去跑到也住花蓮的林輝熊家中求助，林輝熊對他說，你本身是山地人，你怎麼不寫你山地的東西？可以寫你從小成長的部落故事。

瓦歷斯‧諾幹坦承，乍聞林輝熊之言的當下心情，「滿震撼的」，他從不認為寫這樣的東西是很重要的；終究，還是勉強一試，「我回到宿舍開始要寫的時候，我發覺自己竟然寫不出來，發現自己和部落的關係其實還是滿疏遠的」[23]。

從開始舞文弄墨以來的十年光景，瓦歷斯‧諾幹從來不曾將部落故事入其詩文，換句話說，他整整遺忘了雙崎部落十年，這樣的驚心發現，頓時就讓行將三十歲的瓦歷斯陷入自慚、自疚、自責的心靈拉扯，例如他問自己「我是不是一位浪人……我呢！Atayal後

---

[22] 〈瓦歷斯‧尤幹寫作年表〉，收於《山是一座學校》，頁一〇八～一一〇。

[23] 魏貽君，〈從理伏坪出發──專訪瓦歷斯‧尤幹〉，收於瓦歷斯‧尤幹，《想念族人》，頁二〇六～二三五。

代，自身上一片一片剝落的，正是祖先的容顏」[24]、「入夜後，山
雨的手勢／很模糊，也許是邀我入山／ 難說，不過我倒想起部落
的番刀／掛電話問父親番刀的下落／竟說是離家出走了」[25]。被父
親這位老泰雅怨稱是「離家出走的翻刀」，瓦歷斯對父親的愧疚，
也在這段時期出現在他的詩作中，「父親給我一條時間的繩索／夜
以繼日，我以淚水及汗水／拉之、扯之、搓之、揉之／拉扯出安詳
地住家／搓揉出安定地工作／微笑裡，父親退至繩索一端／漸漸
地，漸漸／沒、入、黑、暗……」[26]。

發現自己一寸一寸從城市消失

　　這樣日囓夜咬的部落鄉愁、泰雅召喚，瓦歷斯・諾幹也只是
「大多時候，我藉著文學書籍所提供的浪漫地幻想，沖淡對泰雅
的追憶」[27]，即使是在一九八八年調往台中縣豐原市的富春國小任
教，距離部落不過一小時的車程，瓦歷斯仍然怯於返鄉落居，「父
親每每暗示我何時回到部落任教，我總是推托良久」[28]。

　　賃居於瓦歷斯・諾幹所暱稱「F市」的豐原市，他與排灣族的
妻子利革拉樂・阿烏，在一九九〇年的八月獨力創辦了《獵人文
化》雜誌，並在一九九二年的十月改組為「台灣原住民人文研究中
心」，同時出版了二本詩文集，在許多報刊雜誌發表文字，聲名頗
有。然而，另一方面的瓦歷斯，「在城市，我已不說泰雅母語／盡
量粉刷黧黑的膚色／盡量掩飾蠻強的血液／甚至深埋童年的記憶／

---

[24] 瓦歷斯・尤幹，《荒野的呼喚》（台中：晨星，一九九二），頁三七～三九。

[25] 瓦歷斯・尤幹，《山是一座學校》，頁六七。

[26] 瓦歷斯・尤幹，《山是一座學校》，頁八二。

[27] 瓦歷斯・諾幹，《戴墨鏡的飛鼠》，頁三六。

[28] 瓦歷斯・尤幹，《山是一座學校・序》，未標頁數。

學習與眾人愉快地交談／打蝴蝶結領帶，喝咖啡／他們輕拍我的肩
膀讚許／我忽然覺得沉重」[29]。

　　忽然的莫名沉重，瓦歷斯・諾幹「發現自己一寸一寸地自城市
消失」[30]，也看到了「一日衰老一日的父親，他正像每一座部落需
要活水灌溉」[31]，還有他的大兒子Bei-Su（飛曙）已經長到要念小
學的年紀了，瓦歷斯希望飛曙「與太陽一同早起」、「一同在山嵐
中入睡」、「要與陽光一同上學」[32]；瓦歷斯也看到自己的部落是
「逐漸萎縮的部落／（它需要更多的孩子）」[33]。父親的衰老、兒子
的成長、部落的萎縮，都在逼使著瓦歷斯得要做出一個抉擇。

終於還是戀鄉的鮭魚

　　這個抉擇，將會決定了瓦歷斯・諾幹能否自我療療？也將決定
了他將如何自我振奮？在前者，瓦歷斯發現城市的日常起居步驟，
讓他認識更多簡易的、快速的、優雅地生活情調；只不過，這樣的
優雅，卻是不泰雅的，「相對地失去更多踏實的與土地搏鬥的生命
情調。這樣的矛盾激化到深刻的痛楚時，彷彿只有深沉而低柔的泰
雅的召喚，才能緩慢地治療離開部落的疾病」[34]。

　　在後者，瓦歷斯・諾幹知道他不能失去部落，否則就是一個有
槍沒子彈的愁苦獵人，他寫道「我咸信原住民族的傳承，每一座部
落是實踐場域的原點……失去了部落，原住民族群相對地亦失去了

---

29 瓦歷斯・尤幹，《想念族人》，頁一〇八。

30 瓦歷斯・諾幹，《伊能再踏查》，頁一四四～一四九。

31 瓦歷斯・尤幹，《山是一座學校・序》，未標頁數。

32 瓦歷斯・諾幹，《伊能再踏查》，頁一三六～一四三。

33 瓦歷斯・尤幹，《想念族人》，頁一二六。

34 瓦歷斯・諾幹，《戴墨鏡的飛鼠》，頁五〇。

抗爭的場域，抗爭的終極關懷」[35]。

正是在對父親的衰老、兒子的成長、部落的萎縮有了真切體念，瓦歷斯·諾幹在一九九四年的七月以行動兌現抉擇，「像鮭魚始終依戀著源頭／順著洶湧的黑潮回溯／狂風吹不斷路徑／暴雨阻不止鄉途／返鄉者始終依戀著母土」[36]，舉家遷回雙崎部落，任教原鄉的自由國小（也是他的母校）。自此之後，瓦歷斯文學書寫的部落發聲策略，逐漸蹦現，也逐漸讓台灣的歷史重新書寫有了「原漢對話」的可能性。

從家園看到文化差異性

曾在一九九〇年出版《思慕：種族，性別與文化政治》（Yearning: Race, gender, and cultural politics）一書，隔年隨即再版而聲名鵲起的非裔美國女性主義學者胡克絲（bell hooks），曾對「家園」作為一種發言位置的文化政治意涵，有著精闢的討論，她認為因著家園的歸屬感，使得弱勢族群找到觀察現實的新方法，找到文化差異性的疆界所在，胡克絲指出「家園因而不再只是一個方位……家園是那個能夠提供多種恆在改變的觀點之處，那個讓我們發現新的方式觀察現實、發現差異疆界的地方」[37]。

「沒有這些空間我們活不下去」，胡克絲認為，弱勢族群的家園既是真實的空間，同時也是隱喻的空間，弱勢族群要在這個空間裡「創造能夠挽回、爭回過去的、痛苦的遺產，苦難的以及勝利的

---

[35] 瓦歷斯·尤幹，《番刀出鞘》（台北：稻鄉，一九九二），頁五二。

[36] 瓦歷斯·尤幹，《泰雅孩子台灣心：一九八六-一九九三》（台中：台灣原住民人文研究中心，一九九三），頁八六。

[37] bell hooks. *Yearning: Race, gender, and cultural politics.* (Bston: South End, 1990). pp. 147-148.

空間，其方式必須能夠改變當前的現實」[38]。

　　閱讀瓦歷斯‧諾幹返回部落之後的書寫著述，恰是若合符節於胡克絲的論點。

用心閱讀自己的家園史

　　若以作品集結出版的速度作為一個檢測標準，一九九四年七月的返回部落定居是為分界點，在此之前的十八年習作、寫作歲月，瓦歷斯‧諾幹出版了六本著作，文類概括了散文集、評論集、報導文學集與詩集，平均每三年出版一本（這種換算法，讓筆者略感心虛）；但在回返部落至今的六年時間當中，瓦歷斯出版了三本著作，平均每兩年出版一本，甚至在一九九五年至一九九八年的短短四年當中，瓦歷斯的部落書寫屢在多項文學獎獲得優秀名次[39]，還被謔稱是「得獎專家」[40]。

　　「得獎專家」不過是句調侃之詞，批評的人卻沒見到瓦歷斯‧諾幹在返居部落之前，那樣專注的、集中的閱讀家園的生命滄桑。返鄉落居對於瓦歷斯來說，並不是買張車票，跳上巴士那樣簡單，

---

[38] bell hooks. *Yearning: Race, gender, and cultural politics.* p. 147.

[39] 瓦歷斯‧諾幹返回部落之後，一九九五年到一九九八年獲得的文學獎名次包括一九九五年「年度詩獎」（現代詩社主辦）、「陳秀喜詩獎」（笠詩社主辦）；一九九六年「時報文學獎新詩評審獎」；一九九七年「時報文學獎新詩甄選獎」；一九九八年「台北文學獎散文首獎」、「文學年金獎」（台北市政府主辦）、「台灣文學獎新詩首獎」（文學台灣雜誌社、《民眾日報》合辦）、「時報文學獎小說甄選獎」、「聯合文學小說新人獎」、「聯合報文學獎」。另在九歌出版社一九九八年出版的套書《台灣文學二十年集》，評選者亦將瓦歷斯‧諾幹選為「新詩二十家」之一家，與多位詩壇大老齊名。

[40] 瓦歷斯‧諾幹屢屢得獎而招致的非難、質疑，詩壇先進吳晟曾經仗義執言，撰文批駁，詳見吳晟，〈超越哀歌〉，收於瓦歷斯‧諾幹，《伊能再踏查》，頁一○～一二。

設若他對泰雅曾經有過的歷史蒼涼、部落曾經有過的榮枯年華，盡皆不識的話，那麼返居雙崎的瓦歷斯‧諾幹，不過只是個「故鄉的異鄉人」，用著陌生人一般的語言技巧同族人說話。

於是我們看到了，在一九九四年七月返鄉定居之前的那年寒假，瓦歷斯‧諾幹看完了十八本的《台中縣志》（有多少人曾經這樣閱讀自己的家園史？）；他說，「我們看到漢人的開墾史，完全看不到原住民的退卻史，我現在所做的……也就是我從小長大的部落，我希望花幾年時間把北勢群的人文歷史寫出來，因為沒有歷史，原住民的面目會模糊掉」[41]。

部落的歷史藏在泛黃的文獻史料之中，也藏在族老的記憶之中；返鄉之後的瓦歷斯‧諾幹與族中男女老幼共同生活，開始學習以族人的日常生活口吻說話，真實地進入部落的生活文法節奏之中，也在老泰雅的父親居間協助翻譯下，訪問探看族老的記憶深層處；他也重新認識部落山區的每一株樹種，嘗試要以泰雅族語恢復舊名，計畫要以泰雅語、漢文或日語並陳的方式出版，因為如果還再沿用既有的漢文命名，樹種仍被賦予商品化的經濟作用價值，瓦歷斯說，「這棵樹砍掉以後，可以做那些用途，賺多少錢，也就是從商品、金錢的角度來看這棵樹的價值，但在我們族人眼裡是不一樣的，樹可以供養鹿或是飛鼠的食物和棲息，或者是招來小鳥築巢，而很多的樹就可以成為森林，這是很不一樣的價值觀」[42]。

經過了翻閱書蛀的泛黃史料，以及族老的口述載錄，瓦歷斯‧諾幹在一九九七年初寫了一篇七千字的學術性論文〈地名、口傳與國家統治的變異──以泰雅人Vai Beinox（北勢群）為例〉，並在

---

[41] 瓦歷斯‧尤幹，《想念族人》，頁二三三～二三四。

[42] 瓦歷斯‧尤幹，《想念族人》，頁二二一～二二二。

「首屆台灣民間文學」學術研討會上宣讀,那是雙崎部落的歷史容顏第一次被她的孩子講述,而被眾人捧讀[43];這篇論文的提出,也兌現了瓦歷斯在返鄉之前「把北勢群的人文歷史寫出來」的自我承諾。

學習重新做個泰雅

除了試圖去還原、拼湊、講述部落的歷史梗概,瓦歷斯・諾幹也在「小主體認同」之上貼近泰雅。例如,遷回部落定居未久,即將沿用已久、亦有文名的瓦歷斯・尤幹(Walis Yugang)之名,改為瓦歷斯・諾幹(Walis Nogang),那是在對泰雅族父子聯名傳統的遵循,父親健在之時,長子名字的母音改為N音;又如他與妻子利革拉樂・阿烏在為子女們命名時,就為下一代建立了聯結於泰雅、黏貼於部落的歷史生命認同,長子名為「威曙・瓦歷斯」——威曙,取其音似飛鼠,因為飛鼠是泰雅族人傳統以來重要的脂肪來源,牠是山林的精靈;長女名為「麗度兒・瓦歷斯」——麗度兒,沿用家族一位已過逝的長輩名字,阿烏則愛膩稱其女的排灣族名字為「苞樂絲」,因為長女曾以排灣族的滿月禮儀作為她的第一個生命禮

---

[43] 瓦歷斯在論文當中,如此描述他的原鄉部落:雙崎部落:原武榮社,即自稱Svji的部族,為八社中勢力最大者。其原址亦稱Sbaai(斯巴愛),溼地的意思。嘉慶時代居現今東勢角附近石角庄(今石角)及中科坑(今中科)一帶,隨著和仁的侵入轉移羅布溝山背後,一九一二年日人討伐後遷雪山坑溪上游原居地。總督府理蕃課日後在此地築水田、建房舍、設駐在所(派出所)、蕃童教育所、衛生所等,招來北勢群各部落之反抗蕃定居管理(以武榮社居多),成為日據時期北勢群的政經文教中心,也是台中廳五個模範部落之一。雙崎部落為一大安溪畔之小台地,清林朝棟大軍曾駐紮於此,以前有被泰雅人埋伏之紀錄,故清代稱此為「埋伏坪」。埋伏坪下為兩山交握之處,大安溪在此最為狹窄,從卓蘭望去,宛如一扇欲合攏的大門,清人稱為「關門」。瓦歷斯・諾幹,〈地名、口傳與國家統治的變異——以泰雅人Vai Beinox(北勢群)為例〉,頁三三一~三三二。

儀；次子名為「威海‧瓦歷斯」──威海，那是因為一八九五年甲
午戰爭，清朝的北海艦隊敗給日本，台灣割讓給日本，「結果日本
人來到台灣，和我的祖先打了大大小小一百五十場以上的戰爭！」[44]
北海艦隊的駐紮基地即是威海外的劉公島，瓦歷斯希望威海逐漸長
大之後，還能從自己的歷史性名字去認識泰雅族老的抗暴史跡。

　　小主體認同的命名發聲策略，當然不是玩笑之舉，在一首令人
讀來動容的短詩當中，瓦歷斯‧諾幹間接地述說了他為孩子取名的
心情，「孩子，給你一個名字。／讓你知道雄偉的父親，／一如我
的名字有你驕傲的祖父，／你孩子的名字也將連接你。／孩子，給
你一個名字。／要永遠記得祖先的勇猛，／像每一個獵首歸來的勇
士，／你的名字將有一橫黥面的印記。／孩子，給你一個名字。／
要永遠謙卑的向祖先祈禱，／像一座永不傾倒的大霸尖山，／你的
名字將要見證泰雅的榮光」[45]。

　　上引的短詩之中，瓦歷斯‧諾幹將子女的名，串成泰雅歷史的
縮記，含括了泰雅族的父子連名制、泰雅族的祖靈崇拜，以及泰雅
族北勢群的歷史發源地──大霸尖山；如此具含著莊嚴的歷史意
識、土地認同、泰雅記憶的命名發聲策略，瓦歷斯說是「先學習做
個泰雅人，進而成為愛鄉愛土的台灣人，也才有條件成為健全的社
會人」[46]。

雙崎部落住一群神奇寶貝

　　部落的日常生活節奏，當然不是時時都是莊嚴肅穆的，這樣的
生活太辛苦了；閱讀瓦歷斯‧諾幹返鄉之後出版的散文集《戴墨鏡

---

[44] 瓦歷斯‧諾幹，《戴墨鏡的飛鼠》，頁二三六。

[45] 瓦歷斯‧諾幹，《伊能再踏查》，頁一二二～一二三。

[46] 瓦歷斯‧諾幹，《戴墨鏡的飛鼠》，頁三八。

的飛鼠》，讀者又好笑又好奇，雙崎部落真的住著一群瓦歷斯筆下的泰雅族「神奇寶貝」？

　　瓦歷斯‧諾幹告訴我們，他的部落住著一位被猴子欺侮──別小看這群潑猴，牠們「大學畢業」，愛照vaguniya（後照鏡）──的老獵人Hajung（哈勇），他的兩句名言是「我已經很久沒有泰雅的感覺了」、「連飛鼠都要保育，森林是會笑的」；還有一位身高一百五十公分，獵到山豬後大醉三天，摔到水溝中的最後一位老獵人Vujung（烏仲），可是他在浴室跌倒死掉了；還有瓦歷斯唯一的乾爹，那位愛吃狗肉的外省老兵Yava Danah（紅爸爸），他被部隊長官騙錢說，部落裡有個老婆在等他，結果紅爸爸從東勢走了十三公里到部落來，「才知道這一趟是徹頭徹尾的騙局」，他的牆上掛著一面亮麗的大紅大藍的國旗，整天巴著要回大陸探親，可是「後來還是沒趕上回大陸探親，兩腿一伸，就躺在Miho的土地上」；還有那位在一九二〇年三月二日，用土槍打下一架日本飛機的族老Hovin Lawai（侯咸恩‧拉外），還把兩個受傷的「小日本人」的生殖器割下來，瓦歷斯告訴我們，如果你認為這件太荒謬，不相信的話，「保證老人家要和你決鬥」；還有部落那位年輕人Bayas（巴訝斯），他說親眼目睹山羊跑很快，蹄子爆出淺淺的紅花，「風一吹，紅花就變成火燄」，森林大火就是這樣來的；還有那位很有野生動物保育觀念的老人家Si-zei（希賴），他叫林管處的巡山員發給所有的飛鼠一付墨鏡，好讓飛鼠的眼睛不被獵人的強力探照燈照到……[47]

　　這些聽來很是「U-La」（泰雅族語，意指誇張的傢伙），滿有黑色喜劇況味的山林散文，都是瓦歷斯‧諾幹歸返部落之後的作品，

---

[47] 瓦歷斯‧諾幹，《戴墨鏡的飛鼠》，頁六八～一四五。

文中那種高度想像、幾近誇張的泰雅幽默，真實存在於部落遠早時期的口傳文學，族人如今的日常生活文法亦復如此；正因為瓦歷斯不再是隔著城市去想像部落，他以部落生活作為觀察現實的發言方法，也就逐漸使得他的文字回復泰雅族天生的樂觀幽默，不再訴諸淒厲的控訴，雖然該被控訴的外在結構仍存。

要求歷史重新書寫的原漢對話

除了細膩觀看族人的外在生活樣態，瓦歷斯・諾幹也還試圖捕捉族人們在幽默的、健朗的外表之內的心靈構造，這項嘗試一經著手，瓦歷斯意外找到了原住民族在台灣近代史上的聯接點，也讓戰後台灣歷史的重新書寫工程，進入了「原漢對話」的境域。

回到部落定居，瓦歷斯・諾幹看到一項嚇人的事實，「我們部落至少出現過五個瘋子，好像我們部落是專門培養精神病患的大病院一樣」[48]，這也觸動了他所殘存的童年記憶，在他十歲的時候，部落有一位台中一中畢業的高材生Vo-Ya（佛雅），但他突然發瘋了，常從山上扛回一串香蕉，對著香蕉咒罵自己的父親是「混蛋」，這讓少年瓦歷斯很是愕訝，但是部落的族人卻都不願多說，只是含糊地對瓦歷斯說，「做壞事的父親，祖先懲罰他的孩子」[49]。

這樣的童年疑惑，持續到他返歸部落之後仍在；部落裡有著幽默的、開朗的族人，卻也夾攙有陰鬱的、癲瘋的族人，但從家人的口中又隱約得知，他們的癲瘋是有隱情的，瓦歷斯・諾幹為此又再翻找泛黃的史料，終於在昭和十年（一九三五）由總督府出版的《理蕃之友》第四年十一月號，找到了他要的答案。

---

[48] 瓦歷斯・諾幹，《戴墨鏡的飛鼠》，頁一〇五。

[49] 瓦歷斯・諾幹，《戴墨鏡的飛鼠》，頁一〇六。

　　原來，Vo-Ya的父親在日治時期的皇民化運動改名為「澤井藤內」，被族人認為是雙崎部落最聰明的人，他與當時的高砂族少數先覺者、戰後第一位原住民族民意代表（省參議員）的泰雅族大豹社領袖羅幸・瓦旦（Losin Wadang；漢名：林瑞昌）是姻親關係；當一九五四年以羅幸・瓦旦為首，包括鄒族的嘉義縣吳鳳鄉（今稱阿里山鄉）鄉長的吾雍・雅達烏猶卡那（Uongu Yatauyogana；漢名：高一生）的原住民菁英被國民黨政府以「匪諜」罪名清勦之後，澤井藤內也遭波及，被約談監視，未受重用為鄉內幹部，終致鬱鬱寡歡、獲疾而死，時為三十八歲壯年。

　　瓦歷斯・諾幹從史料當中看到一項嚇人的發現，竟有一齣悲劇藏在部落幾十年了，但是族人卻都不約而同地，避免觸碰到它，瓦歷斯曾有一首短詩〈流浪或者遷徙〉，精準地表露出原住民對政治禁忌造成悲劇的歷史疑懼，「不忍大氣吭聲的族人／是害怕觸怒歷史的琴弦／老年的時候沉默最好／太過熟悉的故事／令人顫抖地喊疼」[50]；但是倘若不曉這起悲劇，瓦歷斯的部落歷史書寫即要中挫，為此他仍頻頻走訪族老，終於知道了悲劇的另一個轉折，「據趕上澤井藤內彌留的族人說，澤井的遺言留給兒子的，竟只有一句話：『不要相信你身邊任何一個人』」[51]，這句遺言像雷電一般劈在Vo-Ya的腦門，目睹父親的死狀、憶起父親的抑鬱，Vo-Ya竟也發瘋了，終身未娶，至今一人獨居。

　　發生在Vo-Ya父親身上的悲劇，在族人素樸的政治意識認知當中，竟然是「做壞事」；至於還是不敵白色恐怖氛圍的囁咬，終至瘋癲的Vo-Ya，在族人眼中竟是被「祖先懲罰的孩子」，這是多

---

[50] 瓦歷斯・尤幹，《想念族人》，頁一三一～一三二。

[51] 瓦歷斯・諾幹，《戴墨鏡的飛鼠》，頁一〇九。

麼扭曲的人性對待！Vo-Ya的悲劇，儼然成為族中婦人教導子女的
「虎姑婆」版本，例如在瓦歷斯・諾幹童年時候，他的母親就以
Vo-Ya為例，一再叮嚀她的孩子：「他爸爸是我們部落最聰明的
人，沒有人知道他腦袋裡裝什麼、想什麼？所以，你晚上讀書的時
候也不要太用功，我擔心你會變成部落的第六個瘋子」[52]。

凝神注視族人的精神結構

一齣藏在部落的記憶底層，時時箝制族人潛意識政治態度的白
色恐怖悲劇，在瓦歷斯・諾幹返鄉定居之後被挖了出來，他必須去
思考一個可能性，這齣悲劇只在他的部落存在嗎？還是普遍暗存在
其他的原住民部落？

瓦歷斯・諾幹逼迫自己去面對、去剖析整個原住民族在政治認
識論上的精神結構，他與妻子盡可能去尋訪各族原住民在一九五
〇、六〇年代白色恐怖時期的受難歷史，終於發現到一項普遍暗存
在其他的原住民部落，卻被湮滅甚久的史實，瓦歷斯寫道：「台灣
原住民族受到『白色恐怖』牽連的至少有四十五名，其中已執行槍
決的有六名。他們的第二代、第三代已超過二百人以上，他們都曾
經有一個『匪諜』的童年，沒有人告訴這些孩子他們的父祖是無辜
的，甚至是民族的鬥士」[53]。

這項尋訪原住民族白色恐怖驚悚經驗的田野調查工作，至少是
有兩種意義層面值得注意。

第一，當年幾乎是在原住民各族的部落當中，都有知識菁英遭
受類似的迫害，這使原住民族對政治參與更是疏離，對統治者的威

---

[52] 瓦歷斯・諾幹，《戴墨鏡的飛鼠》，頁一〇七。

[53] 瓦歷斯・諾幹，《戴墨鏡的飛鼠》，頁一七三。

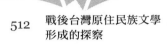

權愈顯順從。這種疏離的、順從的政治態度，不僅只是對外的，也在部落之中互穿著；在瓦歷斯・諾幹的部落田野調查中，也發現有早年被國民黨政府吸收，作為線民以監視部落動靜的原住民，一位復興鄉泰雅族的老人告訴瓦歷斯，「我們的族人也有當線民的，因為抓匪諜的獎金很高，但是他們的下場更慘，沒有利用價值就被抓進去關了」[54]；瓦歷斯曾經告訴筆者，現在這些「線民」垂垂老矣，獨居在部落外圍，幾乎不曾融入部落的生活圈內，死了都沒人知道。這麼一股森嚴的白色恐怖氛圍，無形中穿透在原住民族各部落老人的歷史記憶之中，甚至制約了他們的日常生活習慣，瓦歷斯在訪問一位如今擔任山地鄉農會理事長的受難者家屬時，發現這位族老「養成了不做名片不留證物的習慣，族老說：『不能害朋友啊！』」[55]。

第二，近年台灣社會掀起歷史重新書寫的所謂「翻案風」，但在整個書寫資料的架構當中，相當比重是以漢人歷史記憶的重新發現為主體，例如電影的「悲情城市」、「超級大國民」與二二八事件、四六事件、白色恐怖的史實再挖掘，以及意義的再解讀；然而，原住民族的受難經驗仍被善意的遺忘，遂使原住民族在台灣的近代史書寫建築之中是缺席的。

在這個意義層面的思考上，我們發現，瓦歷斯・諾幹以原住民族的歷史記憶為主軸的書寫工作，既是以雙崎部落作為說話主體的容器，也是在尋找原住民歷史記憶原初所起的子宮方位，進而尋求原住民族參與台灣歷史主體建構的對話位置，因此是把參加文學獎作為一種尋求對話的發聲策略，例如他將羅幸・瓦旦一生的故事，及其後代在白色恐怖的驚悚疑懼，寫成〈Losin・Wadang——殖

---

[54] 瓦歷斯・諾幹，《戴墨鏡的飛鼠》，頁一六四。

[55] 瓦歷斯・諾幹，《戴墨鏡的飛鼠》，頁一七二。

民、族群與個人〉，獲得一九九四年的「第十七屆時報文學獎」報導文學類首獎。

　　我們應該拋除酸溜溜的口吻，代之以如此的詮釋：瓦歷斯・諾幹把他的文學發聲策略，建築在部落的土地記憶、族人的歷史經驗之上，乃是在向主流文化的論述領域，積極尋求對話、溝通的確立。舉凡有關於台灣在白色恐怖時期，人民歷史記憶重新書寫的公共論述領域上，不能只有漢人主體的單向操作發聲，而讓原住民族的歷史再度沉默噤語。瓦歷斯的打開溝通大門，既是要讓原漢之間的各個他者文化，相互知悉彼此在威權宰制時期有著共同的受難經驗，另一方面，也在試著要讓原住民族社會走出政治認識論上的陰影禁錮。

震後的部落發聲策略

震傷了失去華顏的老婦

　　筆者很是絮叨敘述瓦歷斯・諾幹在九二一大地震之前，所曾有過文學發聲策略的多重轉折，主要是為強調一項結論，他對雙崎部落的「地方感」與「感情結構」，乃是瓦歷斯文學的地基——地方感建立在對部落空間構造的體觸，感情結構建立在對族人日常生活互動的發酵——如果抽掉了雙崎部落對瓦歷斯在地理上、在感情上的作用，可以斷定的是，瓦歷斯文學將要消瘦得形銷骨立，又是「一縷幽魂蕩漾在每一座不知名的城市」。

　　雙崎部落豐厚了瓦歷斯・諾幹文學發聲的嗓音，但是，這個泰雅小部落卻是脆弱的，只要雨勢稍大、落得稍久，瓦歷斯就要心懸

不已，懸在「部落裡的每一父親都憂傷的開著搬運車查看受傷的果園」，懸著「部落通往城市的產業道路都染上坍方的疾病」，然後他以祈禱的口吻對天講話：「雨啊雨，請你滋潤我們的部落，而不是毀壞部落」[56]。

這麼一個「彷彿垂老得失去華顏的老婦」[57]的老部落，一場大雨就會受傷的小部落，又如何禁得起規模七點三級的肥碩地牛翻身？可這地牛還是魯莽翻了身。

於是，果園不是受傷了，是被地牛吞進肚裡；產業道路不是染上坍方的輕微症頭，是被地牛頂上天，又摔下地，碎成一段又一段，連螞蟻都爬不過去。瓦歷斯・諾幹當然是怕地牛翻身的那個惡夜，但他更怕的是，許許多多族人早已熟悉，藏有世世代代族人記憶感情的空間景觀，都在地震的瞬間換上殘破的、陌生的面目，「我擔心的是地文的變異，將使族人無所適從起來」[58]。瓦歷斯怕的是，原本常在放學之後攜子入山的他，再也沒法讓孩子從殘破、扭曲的地理變貌之中，尋覓父親的父親、祖父的祖父曾經有過的童年山林記憶。

以智慧、團結來擊殺地震

但是，自憐自艾從來不是泰雅的膚色；瓦歷斯・諾幹也知道，他該以泰雅的眼睛來看這場地牛翻身。在九二一大地震之後出版的詩集《伊能再踏查》的後記當中，他以一則古老的泰雅族口傳神話來解釋地震，原來，地震是可以被殺死的，如果有智慧與團結的話。

---

[56] 瓦歷斯・諾幹，《番人之眼》，頁一〇四。

[57] 瓦歷斯・尤幹，《想念族人》，頁一二七。

[58] 瓦歷斯・諾幹，〈散步在原鄉〉，《台灣日報》副刊（二〇〇〇年四月一日）。

這則泰雅族的口傳神話將地震擬人化，那是粗蠻的、狂暴的、狡猾的、靈活的、貪婪的、好色的巨人哈路斯（Halus），但在部落的智者與族人的共同努力下，終於計殺哈路斯，「燒成一灘碳焦……被每日的暴雨洗刷乾淨」[59]。

瓦歷斯‧諾幹以巨人哈路斯來譬喻地震，既將原住民的口傳文學融化於現代文類的發聲策略，也在呈現出泰雅族人面對災厄之時，仍然不忘樂觀的想像，以及團結的族群天性。正當不少災民還對餘震不歇，存著動物本能的驚悸之時，瓦歷斯寫下了這段話，「人還是必須活下去，族人還是必須圍著篝火口傳某些經驗給下一代的孩子，有智慧的族人因而創造具象的巨人哈路斯，卻也因為具體的有血有肉可感可觸而得以搏殺之」[60]。

人還是得活下去，部落也不能丟其荒草蔓生，否則現代的雙崎部落泰雅人，反將遭受巨人哈路斯的復活搏殺，於是我們又看到雙崎泰雅人在「智者」瓦歷斯‧諾幹的穿引之下，重新對抗地震的現代化身──巨人哈路斯。

重新促生泰雅的憲法Gaga

當雙崎部落被台中縣政府安排在中興嶺的十軍團收容中心暫居，瓦歷斯‧諾幹召集了部落中壯青年，決定成立「Mihu團隊重建協進會」，部落每一戶推派一位代表參加，進而促生了泰雅族傳統祭團組織「Gaga」[61]的精神復甦於地牛肆虐之後，瓦歷斯也被族

---

[59] 瓦歷斯‧諾幹，《伊能再踏查》，頁二〇〇～二〇四。

[60] 瓦歷斯‧諾幹，《伊能再踏查》，頁二〇五。

[61] 泰雅族是為祖靈信仰的族群，一個人生下來之後即為Gaga的一員，個人的生存必定依賴Gaga，積極參與Gaga的群體功能是個人最大的安全保障與維持生存的保障，以往泰雅族人對觸犯祖靈者的最重處罰之一，是將之逐出Gaga；引自瓦歷斯‧諾幹，《伊能再踏查》，頁一二四。

人推舉為「Mihu團隊重建協進會」的會長。

　　瓦歷斯・諾幹協同著「Mihu團隊重建協進會」的族人，分向
兩個路徑尋求部落的重建；首先是在部落的地理空間整理上，恢復
舊觀是有困難的，至少得讓族人的生命記憶還能著根於部落，瓦歷
斯在一九九九年的十月五日趕上台北，為的是要尋求部落搭建組合
屋的相關資源助力。台北市第三四八〇地區扶輪社的漢人朋友，對
雙崎部落的泰雅族人伸出熱情的援手，在部落族人無償提供土地的
情況下，扶輪社資建的組合屋在十一月三十日開工整地，並在二
〇〇〇年的一月落成啟用，總計二十七戶。

　　另外一項的部落重建路徑，則是獨賴瓦歷斯・諾幹的文字番刀
出鞘了。

數位化網路的部落視域

　　這把文字番刀仍然有著部落的、山林的犀利，卻也巧妙結合都
市的、科技的便利。瓦歷斯・諾幹在一九九九年的十月十五日，獨
力以電腦的彩色編輯拼版功能，完成第一期的「MIHU快訊」，利
用電子郵件（E-Mail）大量快速寄送給長期關切原住民事務的政府
機關、學術團體、民間社團與學者友人，之後每隔十天之內再出下
一期，截至二〇〇〇年的三月初，已經出版第十期。

　　除了利用電子郵件寄送「MIHU快訊」，瓦歷斯・諾幹也讓雙
崎部落首度登上了網際網路（Internet），連結於「原網站──台灣
原住民族資訊網」，使得雙崎部落從固定的山林空間，同時擁有了
網路社會的流動空間，這種「地方空間與流動空間」的結合，使得
非原住民的人們，或是遷居、暫居外地的雙崎部落泰雅族人，能在
冰涼的電腦螢幕前面，聯繫於那被地牛作弄的部落，感受於族人對
部落的集體記憶感情。

瓦歷斯・諾幹利用電子郵件、網際網路所傳送出去的訊息，當然不是所謂的「數位化資訊」；他在利用電腦功能所傳輸的相關文字、影像書寫，乃是出自「當地人的視域」，那是有著凸顯文化差異性的發聲策略，完全不同於外來媒體記者的善意或無意的災區獵奇態度；例如在「遷村」的議題上，官員或媒體看到的是部落地質的穩定度能否續住，箇中有關族人對部落的認同感情是被放在其次，但在瓦歷斯的論點不然，他說「遷村與否是個絕對的大事，因為它牽涉到一個部落集體記憶的延續與重構，它牽涉到一個部落經濟生產的換置與改易，它牽涉一個部落社會結構的調整與變化」[62]。

拒絕恭順馴化在權力腳下

又如政府在多處災區的重建方案，是以力求恢復原貌為主，但是相同的問題，瓦歷斯・諾幹卻提出另一種問法：我們是不是「只要」恢復到地震前的那種生活與價值就可以？他的觀點在於災難既生，硬體建築或許可能恢復舊觀，但是人民的心靈與智識的建設呢？

站在這樣的問題意識之上，瓦歷斯・諾幹準備將以兩年的時間，透過「Mihu團隊重建協進會」的Gaga精神貫徹，在雙崎成立「部落學院」，預計規劃出資訊教育、心靈重建、農業發展、部落人文、部落空間的五門課程[63]；瓦歷斯的這番部落重建企圖，正如筆者之前援引胡克絲的觀點，是在希望下一代的新生小泰雅，不再只把家園視為一個方位，一個出外學習、工作之後返回歇息的方位，又是在三十歲之後曾會逐漸認識自己的部落，透過「部落學

---

[62] 「MIHU快訊」第三期，〈部落重建團隊對「遷村」的看法〉（一九九九年十月三十一日）。

[63] 「MIHU快訊」第六期，〈重建工作團隊的安置〉（一九九九年十一月二十二日）。

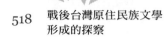

院」的運作，家園也將是一個能夠提供觀察外在社會、部落社會恆在改變的視域之處，在這裡的族人們將以部落的生活文法、泰雅的生命節奏去觀察現實，去發現文化差異的疆界所在。

一當文化差異性的身分疆界被標定，瓦歷斯‧諾幹對政府的災後重建方案，自然不會是恭順地馴化於既定的權力結構，這在他震後所書寫的「政治性文字」當中，可以清楚讀出；所謂的「政治性文字」，乃是寫來以供政府機構閱讀之用，例如他在一九九九年十一月二十四日前往監察院報告「雙崎部落重建團隊」災後重建工作之時，當著柏台諸公的面，宣讀一份題為「災區、土石流、政治人禍」的書面文稿，批評政府單位在雙崎部落的重建認養工作，只不過是「溫馨接送情」的浮面，送八十頭豬到部落，舉辦卡拉OK唱歌比賽，找族人來聯合聚餐，他說，這樣的重建認養工作，「總地看來，是與地震之前粉飾太平的心態是一致的」[64]。

又如二〇〇〇年總統選舉前夕，國民黨總統候選人連戰播放一則電視競選廣告，最後一幕的畫面，正是連戰與雙崎部落的泰雅族人站在自由國小的操場一同歡呼，瓦歷斯‧諾幹見狀，立即在三月十二日以「Mihu團隊重建協進會」會長的名義，撰寫一篇〈連競選廣告是怎樣「再現」原住民？〉對這則電視廣告的影像呈現，提出強烈質疑。文中，首先說明一項事實，連戰在災後一個月抵達雙崎部落，開出了道路重建、安置災民、民生公共系統重建、部落重建及優裕貸款的支票，末了與群眾在操場一同歡呼，不料此舉便成為競選廣告上的最後一幕，前所開出的承諾亦未完全兌現，但因連戰的這則競選廣告事先不曾告知族群，此次「救災」的過程將成為競選廣告，也未討論影像的權利義務，瓦歷斯批評這是「表現了十

---

[64] 〈災區、土石流、政治人禍〉，《山地部落重建報告書》，監察院，一九九九年十二月出版。

足的資本帝國面貌，而原住民不過是無聲無息的『被動員』在競選廣告裡，換言之，將原住民『再現』的機制其實是一場赤裸裸的『剝削』，是權力的積極應用」[65]。

　　瓦歷斯‧諾幹在震後部落重建的工作上，多次以口頭表述、文字書寫的方式「衝撞」權力結構，正是在運用傅柯所曾說的，以現實的空間描述來解讀權力，呈露出權力結構的偽善與虛矯，這也誠如傅柯在另外一個地方所說的，凡是任何一位感受到權力操控機制「是不可容忍的人們，可以在他們發現自己的任何地點開始對抗，而且以他們自己的行動為依據。當他們致力於這場屬於他們自己的對抗、完全瞭解行動的目標、也可決定行動的方法時，他們就進入革命的過程」[66]，這對瓦歷斯來說，他已經從歷史文獻的閱讀之中、從他成長過程的親身感受之中，知道了、也發現到了原住民族在政治、經濟、文化力量交纏底下被擠壓的社會位置，所以他對權力說真話的口頭表述、文字書寫，就在體現傅柯所說的「就地抗爭」，陳光興也曾指出，「沒有人能夠否認，抗爭仍然在世界的各個角落進行之中，無論它的形式是多麼古老，沒有人有權利去否定被壓迫群體的就地抗爭」[67]。

詩慰亡靈：從部落下山的土地之愛

　　面對外在權力操控機制的就地抗爭之聲，當然不是構成瓦歷

---

[65] 瓦歷斯‧諾幹，〈連競選廣告是怎樣「再現」原住民？〉，「南方電子報」（二〇〇〇年三月十五日）http://enews.url.com.tw/enews/1435

[66] 引自 Gayatri Chakravorty Spivak. "Can the Subaltern speak?" in Patrick Williams & Laura Chrisman.eds., *Colonial Discourse and Post- colonial Theory: A Reader.* (New York: Harvester Wheatsheaf, 1993). pp. 392-403.

[67] 陳光興，〈去殖民的文化研究〉，《台灣社會研究》季刊第二一期（一九九六年一月），頁七三～一三九。

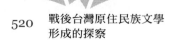

斯‧諾幹在震後部落發聲的全部，畢竟，地牛翻身不是只找原住民
的麻煩，那個令人不忍看上十秒鐘的傷亡人數，自然也讓詩人瓦
歷斯很是悲憫不捨，在他傳送給筆者總計四十五首，詩集暫定名為
《紀念冊》[68]，將要陸續發表出版的地震組詩當中，我們都能讀出
這位泰雅族詩人的不忍之心，例如在題為「兒童」的短詩中，瓦歷
斯寫著「巨樓碾壓的兒童／在黑夜蛹化／一隻隻蝴蝶／在人間的花
朵採蜜」，在題為「死者」的詩中寫著「母親／曲成擁抱的剪影／
小孩／彷彿沉睡羊水裡」，故去的兒童將要蛹化為蝶，將要重回子
宮，詩句含著淡淡的愁，卻在靜穆之中慰撫亡靈。

　　泰雅族詩人的土地感情，也從山上的雙崎展向平地的豐原，從
八雅鞍部伸向九份二山；在寫給災後豐原市的短詩「在ㄈ市，災後
所見」，瓦歷斯的詩筆是帶著感情的、回憶的錄像機，「向陽路上
陽光不再上路／幽魂鎮壓在傾頹的大廈／有人匆匆走避，如死城／
穿越／三民路，蓄積豐沛的民生主義／咖啡廳的話語動盪喜悅的陽
光／眾人出入商店，怨懟物價漲了少許／一座城市／彩色越過地
下道就是灰色／哭號跨過火車道就是歡樂」；在題為「九份二山」
的詩句中，瓦歷斯以反諷的、又悲憫的筆觸敘寫他的心情，「如果
想看滑雪場／請來九份二山／如果想看土石流／請來九份二山／如
果想看山河變色／請來九份二山／這地震，我們用血淚承受／三年
後，請來九份二山／我們用愛與無悔收割」。

睜亮泰雅之眼的部落書寫

　　在這篇單薄的文字當中，筆者試圖詮釋瓦歷斯‧諾幹在文學書

---

[68] 這本詩集尚未出版。

寫上曾對家園部落認同過程的跌宕與轉折，遲疑與歸返，筆者也曾劃分出一九九四年的七月、一九九九年的九月二十一日這兩個時間分界點，作為瓦歷斯文學部落發聲的兩大轉折點。

在第一個時間分界點——一九九四年七月——之前，瓦歷斯·諾幹強自忍受著部落的鄉愁、泰雅的召喚，隨著定居不同的城市來想像父祖的部落，卻也發現自己一寸一寸地自城市消失，也看到泰雅的容顏在自己的身上一片一片剝落；當他的生活日益優雅，生命卻已不再泰雅之後，他又如何再以原住民作家的身分發聲？

當他赫然見到父親的衰老、兒子的成長、部落的萎縮，瓦歷斯·諾幹選擇作為返鄉的鮭魚，在一九九四年七月遷返部落定居。

一九九四年七月之後，一九九九年的九月二十一日之前，筆者簡單敘說了瓦歷斯·諾幹如何在生活學習上，重新作為一個泰雅，如何在文學的敘舊觀點上，回復泰雅的生命特質，如何開挖族人的記憶底層對白色恐怖的陰霾，如何展開文學書寫的部落發聲策略，尋求台灣的歷史重新書寫能有「原漢對話」的可能性。

筆者也介紹了第二個時間分界點——一九九九年的九月二十一日——之後，瓦歷斯·諾幹經由部落重建組織的成立，重新尋回泰雅族傳統的精神規範組織Gaga，也以族人對巨人哈路斯的口傳神話為喻，振發部落族人克服大地震帶來的破壞挫痛。

筆者也介紹了瓦歷斯引介漢人朋友的關懷、資源進入部落興建組合屋，也介紹了瓦歷斯·諾幹利用現代科技的電腦數位化功能，以當地人的視域，述說了部落重建的文化觀點，同時也如鬥魚一般，直揭政治人物在部落重建的虛矯作為。

筆者也強調了瓦歷斯·諾幹的土地之愛並非單只局限在泰雅部落，他以悲憫不忍的詩句，述說他對震災不幸罹難人民的哀悼，以及以詩溫暖亡靈。

　　一場大地震，造成台灣許多區域的地理景觀被地牛重新捏塑，許多平地人民被迫離開世居之地，雙崎部落的泰雅族人能在世居之地勉力重建，似乎境遇好了些；但是，若把族人對部落土地的集體記憶、世代感情，以及重新購屋卻相對貧窮的經濟因素加總來算，山地部落的境遇似乎又狠狠跌了下去。

　　其實，災痛是無法比較的。瓦歷斯・諾幹在地震前後對部落感情的文字書寫，正在告訴我們一個啟示：與其去哀哀比較失去土地的痛，不如去找尋能為受傷的土地找回多少的愛。

　　地牛踏壞了土地，卻踩不斷瓦歷斯・諾幹的文學番刀，他正在以他的泰雅觀點述說一個人與土地的故事──人對土地若沒感情，大地對人也就不留情的故事。

　　　大地與人類是平等而尊重
　　　你不能從大地上取走任何一片肌膚
　　　人類甚至只是，大地的毛髮[69]

---

[69] 瓦歷斯・諾幹，《伊能再踏查》，頁一一六。

文學叢書 372

INK PUBLISHING
戰後台灣原住民族文學形成的探察

作　者	魏貽君
總編輯	初安民
責任編輯	鄭嫦娥
封面設計	林麗華
美術編輯	林麗華
校　對	魏貽君　鄭嫦娥

發 行 人	張書銘
出　版	INK印刻文學生活雜誌出版有限公司
	新北市中和區中正路800號13樓之3
	電話：02-22281626
	傳眞：02-22281598
	e-mail：ink.book@msa.hinet.net

網　址	舒讀網http：//www.sudu.cc
法律顧問	漢廷法律事務所
	劉大正律師
總 代 理	成陽出版股份有限公司
	電話：03-3589000（代表號）
	傳眞：03-3556521
郵政劃撥	19000691　成陽出版股份有限公司
印　刷	海王印刷事業股份有限公司

港澳總經銷	泛華發行代理有限公司
地　址	香港筲箕灣東旺道3號星島新聞集團大廈3樓
電　話	(852) 2798 2220
傳　眞	(852) 2796 5471
網　址	www.gccd.com.hk

出版日期	2013年9月18日　初版
ISBN	978-986-5823-34-4

定　價　　499元

Copyright © 2013 by Wei, Yi-Chun
Published by INK Literary Monthly Publishing Co., Ltd.
All Rights Reserved
Printed in Taiwan

國家圖書館出版品預行編目資料

戰後台灣原住民族文學形成的探察 / 魏貽君著.
-- 初版. -- 新北市：INK印刻文學, 2013.09
　　524面；17×23公分. --（文學叢書；372）
　　ISBN　978-986-5823-34-4（平裝）
　　1.台灣文學史　2.民族文學　3.台灣原住民
863.809　　　　　　　　　　　　　　　　102017705